宝石记

刘晨 著

文汇出版社

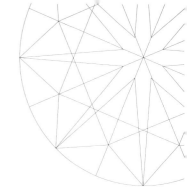

卷首语

生灵是种精致的物质。有种精致的生灵叫人。
晶体是种精致的物质。有种精致的晶体叫宝石。
情感是种精致的能量。有种精致的情感叫爱。

情感是弦律，萦绕世间。
宝石作为精致的物质承载能量，传递情感，波动心弦。
能量是弦律。弦律的波动会在物质中穿行。
律动的诠释可以记载物质曾经的存在与精致。

世界可以没有物质，但不能没有能量。
物质是种有形的能量。
物质可逝去，弦律能忆回。这就是传奇。

世间真有传奇么？
万事万物经历漫长时间的洗礼和千锤百炼的磨耗，还能剩下多少供后人追忆和铭记？
穿越时空留给后人的万事万物真不多，因为大部分都已湮灭了，仅存的物质并不多，其中有种结晶物质叫宝石。
宝石是一切的凝结，是世界的结晶，蕴含着能量和你能所想所思的，也许是爱情，也许是各种情感。
人育宝石，宝石寓人。

宝石恒久远，光辉永流传！

我愿一切美好的，化成宝石来传奇，故为记。

刘 晨

2018 年 10 月 30 日

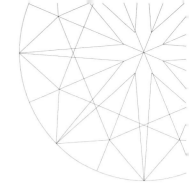

目录

第一卷　水晶王座

第二卷　十二月宫

第三卷　绿石林谷

第四卷　冰玉奇缘

第五卷　乐海寻因

第六卷　出入生死

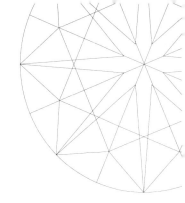

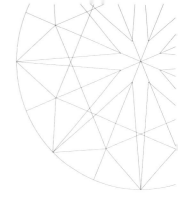

石族七大族系： 宝石族（晶族）、玉石族（玉族）、水石族（水族）、土石族（魔族）、化石族（冥族）、金石族（金族）、天石族（神族）

晶族、玉族、水族三个族组成联盟叫人族，和神族一起代表光明世界，对抗魔族和冥族组成的暗黑世界

主人公之一 "小桃红"花飞雪： 碧玺族中红绿双色碧玺掌石人，玉族翡翠族"花仙"罗兰之女

"花仙"罗兰： 玉族翡翠族紫衣公主，紫翡翠掌石人，花飞雪的母亲，居香花林中香花宫

"武圣人"花雨： 红绿蓝三色碧玺掌石人，碧玺族圣使，花飞雪的父亲

口水狗拉拉： 全称拉布拉多，金族贵金属族黄金族长黄赞金咏的爱徒，花飞雪的玩伴随从

鼻涕蛇文文： 全称文和文远，花飞雪的玩伴随从，在金族荧金属族留学

"啸天虎"雷霆： 虎睛石族掌石人，狮虎会（光明世界三大雇佣军组织之一）虎帮帮主之子，花飞雪的随从护卫

"扬威鹰"霹雳： 鹰眼石族掌石人，天鹰会（光明世界三大雇佣军组织之一）会长之子，花飞雪的随从护卫

"闺咪"： 金绿宝石族长帝梵金碧的女儿金吉拉，猫眼掌石人，花飞雪的随从护卫

主人公之一 花行云： "小桃红"花飞雪的哥哥，绿碧玺族长和掌石人，"花仙"罗兰之子，师父为绿碧玺原族长和掌石人克雷子，师娘为冥族琥珀族中绿珀掌石人"绿婆婆"，义父为人族圣使宝石之王卡龙

主人公之一　卡龙：碧玺族族长，帕拉伊巴碧玺掌石人，人族两圣使之一"宝石之王"，冥族幽使"霓电晴"福龙，晶睛会特使意识曾，晶魂会特使意识留，前任冥族幽使的知己意识嵌，上一届蓝石湾大会冠军；坐骑南玄仙鹤，四大神兽之一；居灵玺宫

晶族：水晶族抗魔十二利器
悬天圣宫十二月宫宫主

钻石族："八心""八星""八箭"

光明世界三大雇佣军组织：天鹰会、狮虎会、晶睛会

玉族白翡翠掌石人罗白雪：冰仙的女儿，花飞雪的姨妈，居灵熵宫

水族：分为珍珠族、珊瑚族、螺珠族
水族五大高手

金族：矿金属族（矿金族）、贵金属族（贵金族）、荧金属族（荧金族）、稀金属族（稀金族）；矿金族近向魔族，贵金族亲向人族，荧金族倾向冥族，稀金族好向天石族

魔族：魔族十长老
魔族三圣："蜥线眼"暗黑之王、"黑白极灵"之北极白灵即冰仙的丈夫罗亚、"黑白极灵"之南极黑灵即魔族之祖至极妖婆

冥族：分为幽灵族和精灵族，幽灵族分为生灵族和亡灵族。冥族鬼使即亡灵族族长、冥族幽使即生灵族族长、冥族灵使即精灵族族长，合称冥族三使，冥界"鬼幽灵"。魔族三圣与冥族三使，合称暗黑世界三圣三使；魔族暗黑之王和冥族"鬼幽灵"三使，合称"魔冥四暗客"；"魔冥四暗客"加上"黑白极灵"

是暗黑世界三圣三使

冥族灵使"毅精睛"傲魄儿：欧泊石族中黑欧泊石掌石人，卡龙之子叶惊风的义母，居灵魄宫

精灵族精灵王子 叶惊风：卡龙之子，义母冥族灵使傲魄儿，后以新任精灵族族长身份继任冥皇

神族特使 摩弦音：人族两圣使之一神差，兼任橄榄石掌石人和悬天圣宫风月宫宫主，月亮陨石，月星族，花行云的生母，居天镜城中乐风宫

第一卷

水晶王座

第一章

天空之镜

蓝天白云，对称无边；
天地相逢，共水无界；
心空缥缈，思绪无尽；
灵感驰骋，向往无极。

人在湖中，举头望天，俯首观云，坐看云起，漫步云中。

这个天空之镜美景下的湖，名叫镜水湖，是玉石族中翡翠族紫衣公主罗兰的领地。翡翠族的紫衣公主有着惊魂的灵美气质，被誉为"花仙"。

花仙有个七岁女儿，名叫花飞雪，人称"小桃红"，此时正与一群幼童在镜水湖的浅滩上玩耍。

这群幼童缠着一位浑身都是须的老者，这位老者用数根须子搭成滑梯，供幼童们滑下和攀爬。

这老者的须子神奇之处是伸缩自如，韧而不断！

小桃红爬上老者的头顶，将一根须打结后当成秋千，坐在须上，双手抓须，须如人意，伸缩自如，载其飞荡在蓝天白云中。

成群鸿雁飞过，受其惊吓，四散开来。

小桃红为自己的"惊鸿之作"很是得意开心，天地悠悠中，哼唱着小调："蓝蓝天空云海上，漂浮宝石船！腾云驾雾闪光芒，载我回家乡！"

唱着，哼着，进入了梦乡！

老者感知了，随即将须收回，小桃红小腿一沾水，竟忽地醒来，不见自己在天上飞，顿时哇哇呜呜，泪花四溅。

桃红梦燕，醒来大喊：“小燕子，小燕子——”

老者乐呵呵地来哄：“天上的是大雁子哦，你说的小燕子是？不会是你吧？”

“我叫小桃红，不是小燕子。”小桃红噘嘴说。

小桃红不停地蹬腿哭的伤心样子，让老者看得开怀大笑！

老者不停用须做成各种东西来哄，却不见效。

忙乱中，老者说道：“要宝贝么？”

小桃红戛然顿住，好奇地问：“什么宝贝？”

老者释然说：“世间啊，宝贝很多，你要什么？”

小桃红挠头说：“让我想想哦……”随即陷入沉思中。

此时，一群幼童玩累了，就缠着老者，要求讲故事。

老者说：“我不怎么会讲故事哦，那就讲些记忆里印象深的事，好不好？”

幼童们众口同声：“好呀。”

老者说：“这个世界是在一次大爆炸后逐渐形成的，之前是别样的世界。之前的世界啊，有个超级巨大的晶莹多彩的宝晶照耀着。

“一天，这个巨大宝晶突然被天外飞来的大陨石击中撞碎了。

“这次撞击，天地裂变，我被震飞到天上，在天上飘荡了很久很久。我从天观地，宝晶碎裂，散落在各地，暗黑与光明的世界里都有。

“很久以后，天外又飞来一小陨石，把地撞个大坑，地表都是灰尘，风尘暴虐，有一股冲天的旋风，将天上飘荡的我吸回地面。

“这次撞击，把宝晶碎裂后产生的大部分生灵给毁灭了哦。尘封很久后，散落的各种各色的碎晶，又被生灵们拾起，各自守护、佩戴、流传。”

幼童们都瞪大眼睛，懵晕和好奇。

其中，一只狗听得口水直流，一条蛇听得涕水直淌。

小桃红对着这口水狗说：“就你流着口水的样子，还思考世界？”

小桃红对着这鼻涕蛇说：“就你淌着鼻涕的样子，还思考人生？”

小桃红吐了下舌头，左手五指顶在左脑上晃，右手五指顶在右脑上晃，同时做了个鬼脸，老者和幼童们见状都哈哈大笑。

笑后，老者说："时间不早了，大家都散了吧。"

小孩子们三五成群地散去。

突然，小桃红蹦蹦跳跳过来，对老者说："仙翁爷爷，问你个问题？"

仙翁笑答："什么问题噢？"

小桃红问："你在天上待久了，那天上有边际吗？"

仙翁说："天上是无边无际的噢！"

小桃红又问："那你在天上待得很久啦，你父母肯定会想念你哦，你叫什么名字啊？"

仙翁说："我没有父母，我是天生的！我没有名字，我不是人类，我是菌类。"

小桃红顽皮地说："万事万物都得有名字，那你就叫无极吧。"

小桃红对着仙翁上看看，下看看，左看看，右看看，说："你身上长满长须子，这些须子是胡须啊还是眉毛啊？你的手脚是不是藏在须子里面呢？"

仙翁大笑："我和你们人类不同，这些须子啊，既不是胡须，也不是眉毛，是体毛啦。我没有手脚，这些须子足以代手脚哦，我有眼睛、口、毛，就足够用喽。"

小桃红噘嘴说："你骗人，这么灵活结实的须子怎么会是体毛呢？刚才，你说要给我宝贝的，那你就把可以编成秋千和滑梯的灵须给我吧。"

仙翁说："好吧。"

小桃红马上伸出小手夹住了四根须子。仙翁拔下这四根长须子并教会小桃红操控技法。

小桃红练会后蹦跳地欢欣离去，与仙翁挥手告别。

第二章

凌云顶

在一个人迹罕至的山地森林中，有座高耸入云的独座火山口，名叫凌云顶。在火山口中央有个清澈的水潭，名叫净水潭。

火山常年积雪的圆形山峰仁立于云中，日光照耀火山口里的绿树、蓝水、青山，宁静陶然。

净水潭的中间，常集聚着飘落潭水中的落叶，加之早晨雪霜的凝结效果，形成了净水潭中独孤的漂浮的雪叶群。

在这片雪叶上经常躺着一个人，此人名叫花行云，是花飞雪的哥哥，与花飞雪同龄。

这天早晨，在日月交辉时刻，躺在雪叶上睡觉的花行云，梦见一位白衣飘飘的神似母亲的人拥着他，当他感知到，想看清她时，她却飘然远去！他发声大喊：妈妈！随即惊醒。

七岁的他已经做了几次同样的梦，他知道每次都看不清神似母亲的这女子的模样，只有飘摇而去的身影。

他知道他的母亲总是身着紫衣，而常在梦中出现的神似母亲的女子却总是白衣，但梦中这女子有着妈妈的感觉和体味，令他遐思怅然！

此情此景可谓是：

日辉蓝水雪叶飘，月映青山情梦遥！

正当花行云梦醒发呆之际，空谷传来师父的声音："云儿，拿好行装到彩虹桥来，等候你义父到来，和他一起去香花林见你娘啊！"

一听到和义父一起去香花林见娘，花行云顿时精神抖擞，在雪叶上站起，施展"水上漂"的轻功，踏水至岸上；回到房间，拿起昨日已准备好的行装，钻进山洞。

这个山洞位于凌云瀑的下方，崖石内凹成洞，洞外是净水潭水从火山极细颈的缺口处倾泻涌出的瀑布，凌云而出，如蛟龙出海，落到千米下的山腰，据此景象得名凌云瀑。

洞外的凌云瀑如同水龙，故该洞得名水龙洞。

凌云瀑上方几米处有座飞梁石桥，横亘在火山缺口处，云雾蒸腾，在日光下经常出现彩虹，据此景象得名彩虹桥。

身披彩虹，沐光浴雾，云中漫步！

花行云从水龙洞旁的上方崖壁，攀援而上到了彩虹桥，师父已立在桥中，正眺望远方。

花行云的师父是绿碧玺族族长，同时也是绿碧玺族掌石人，名叫克雷子。

何为掌石人？就是掌管能量最强或质地最优的某种宝石的守护人。这个宝石守护人一般是最了解或最挚爱这种宝石的顶尖专家或者守护能力最高强的能人。

花行云的义父是人族的宝石之王卡龙。

人族下有宝石族、玉石族、水石族三族。

人族首领是人皇，现任人族人皇由宝石族中钻石族族长担任。

卡龙出身宝石族中碧玺族，是碧玺族族长，是顶级碧玺帕拉伊巴碧玺掌石人，因收藏宝石和奇石最多，也最有研究，被誉为"宝石之王"。

卡龙的坐骑可是世界四大神兽之一：

南玄仙鹤，此仙鹤是体形最大、飞得最高的鸟，金色，生活在光明世界，是宝石之王的坐骑。

另三大神兽是：

北冥鬼龟：此龟是最大的龟，地上用巨壳滑行如飞，嘴似巨大鹰喙，能钻破硬物入地，遁地穿行，海中游行，常从地下现利爪如地刺突袭，灰色，生活在暗黑世界中冥界，是冥皇的坐骑。

东明神龙：能飞的拥有鳞甲的巨型爪龙，攻防与能量及功力异常强悍，银色，生活在光明世界，是玉石族族长的坐骑。

西暗魔鱿：具有与周围环境融为一体的即时变色能力，达到隐身效果，出其不意地从角落或盲点处，伸出触臂如鞭抽劈，吸缠抓刺，陆海游行，地下无阻滑行，喷出气体、液体、毒物，具有八爪吸盘触臂的无固定形状的软体，黑色，生活在暗黑世界，是暗黑之王的坐骑。

师徒在彩虹桥等候宝石之王卡龙的到来。

不一会儿，天空飞来一巨鸟，正是神兽南玄仙鹤。

下来一人，浑身披着藤甲，这藤甲是由千年藤条浸入油和特殊液体里后制成，不仅刀枪不入，而且遇水和各种液体不沉，遇火和毒无恙，是藤甲中的极品。

藤制头盔前部遮住了上半部脸，但从藤甲的缝隙中，能见到霓虹亮的湖蓝色眼睛！颈部戴着一串镶满各种各色碧玺的项链，项链中间为霓虹亮的电光蓝色的帕拉伊巴碧玺。

来者正是宝石之王卡龙。

克雷子正要行礼，宝石之王卡龙对克雷子说："免。"

卡龙对花行云说："云儿，过来，走吧。"

宝石之王卡龙带上花行云坐在金鹤背上飞离，卡龙和花行云二人回首挥手，与克雷子作别。

克雷子也挥手告别。望着远去的背影，克雷子回想：每两年的深秋，净水潭起冰霜的当天，宝石之王卡龙都会乘金鹤飞临凌云顶的彩虹桥，接走云儿去见他的母亲。数日后又将云儿带回，来也匆匆，去也匆匆，这是第三次了。此外，他都是不定期地来探望云儿并教云儿技艺和功夫。但有六次不定期的飞临却很特别，都是在晚上云儿熟睡之际，而且多了位白衣人！

克雷子深知此事重大，他会为本族的族长卡龙严守秘密，不会告诉任何人。

克雷子深晓本族族长卡龙，之所以选定自己作为云儿的师父，必定是深思熟虑的结果和对自己的信任。

第三章

香花林

镜水湖的一侧有座山丘，名叫雁荡岭。

雁荡岭下有片一望无际的树林，远看树林是长在花海中。这花海是由丰富多彩的各种花草组成，不同色彩组合出无数的圆形、长方形、正方形等各种形状和数不胜数的图案。

花海飘香，各种花香都有，各种花都在，很多花都只闻花香却未闻花名。

这片神秘花海，名叫香花林。

香花林中有座香花宫，宫中住着花仙罗兰公主，翡翠族中紫翡翠族掌石人。

外人进入香花林一定会迷路，无法找到香花宫，因为入内的各个路径，须特色花和特定香的指引才能找到。外人刚步入，其气味就能被香花宫感知和辨识。

香花林盛产和培育世界上的各种花，是花、香味、气味的集成者和收藏博物馆。

香花宫为世界各族供应各种香水、香料、气味物。

小桃红与仙翁作别后，来到了香花林入口处的亭堂，此亭堂为香花林的入口，名叫林语堂，小桃红在堂内企盼哥哥花行云和义父卡龙的到来。

小桃红特别欢喜义父。对于小桃红来说，义父无所不能，每次见面都会有精美礼物相送，义父就是亲爹。

小桃红的父亲花雨在花飞雪出生前即殁，小桃红从小就没有父亲。

其父花雨在保卫人族圣地悬天圣宫的最后关头，使出绝技与暗黑世界的来犯强敌同归于尽，逆转危局，最终捍卫了人族与光明世界，被人皇封为"武圣人"，为光明世界所尊崇和景仰。

花雨生前是碧玺族的圣使，是红绿蓝三色碧玺掌石人，与碧玺族族长卡龙心同意合、情同手足、出生入死，二人是知己、挚友、战友。

爱屋及乌，宝石之王卡龙对于碧玺族圣使花雨与玉石族翡翠公主花仙罗兰所生的女儿花飞雪，特别宠溺。

夕阳下，一只巨大的飞鹤展翅高飞，羽翼上沾满金色的光辉！

金鹤在花海前的林语堂旁落下，小桃红蹦蹦跳跳地跑过来，与哥哥和义父相拥。

嘘寒问暖后，小桃红双目炯炯地问道："义父啊，这次带来什么宝贝啦？"

卡龙拿出了一个宝盒。小桃红欣喜地打开，看到后万分开心，笑容灿烂，拍手叫好。

只见一颗直径二十四毫米圆形珍珠，其黑色基调上泛着飘溢游动的霓虹亮的孔雀绿色，使见者心荡意漾，倾心爱慕。

卡龙说："雪儿，这次我给你娘带来的是一颗'海洋之极'珍珠，来自海洋中距离周围陆地都最远的岛。你把这颗黑珍珠交给你娘吧。"

小桃红欢天喜地地收下"海洋之极"珍珠，同时拿出两根须子递给卡龙，说："这两根须子能变得很长，细却不断，可以荡秋千到天上去。义父你每次来都送宝贝，这次我也送你个宝贝如意灵须，是我刚从无极仙翁那得到的。"

卡龙问道："无极仙翁是谁？"

小桃红就把刚才在镜水湖浅滩上与无极仙翁玩耍时发生的事全部说出，同时展示操控灵须技法。

卡龙端详着两根灵须，只见肉色灵须上浮动着朦胧的浅蓝紫色，听完小桃红奇遇无极仙翁的事，说："这两根须子，是肉菌的毛，这个无极仙翁应该是世上罕有的菌类中的天生灵物！"

"他讲的那个宝晶的事，竟和天下流传至今的远古宝晶的起源传说吻合！"

卡龙说完，陷入沉思中。

卡龙知道这世界上有四位长生至今的仙人：神族之祖太极神翁，魔族之祖至极妖婆，水族之祖终极地姥，金族之祖元极天翁。

如今又多了位菌类之祖无极仙翁！

而出现的这位无极仙翁竟然历经远古宝晶时代！显然早于其他四族之祖！几乎是创世之前的生命体！

小桃红见卡龙正在沉思，就转而看哥哥花行云，目光盯上了花行云的脖颈项链。

这条项链是由陨铁做的链条和直径二厘米圆球陨铁做的吊坠构成，陨铁表面有铁线和镍线呈八面体排列的图像，呈亮银色。

小桃红指着项链，对花行云说："你这个项链，送给我戴吧，好吗？"

花行云刚要张口说"好"，却被义父卡龙打断。卡龙郑重地对小桃红说："雪儿，这条项链是我给云儿量身定制的，只能云儿戴！"

小桃红头一次听到义父如此严肃的不合她心意的重语，顿时坐在地上一边嗔怒，一边不断左右连环蹬腿撒娇。

花行云看着义父说："妹妹喜欢珠子，把这个吊坠球解下来送给她吧？"

义父威严地喝道："不行！"

小桃红和花行云都深知义父卡龙一向是说一不二的！

小桃红不服气地说："那把链子送我吧，我送你根如意灵须，代这链子来拴住这吊坠球。你的链子，我正好用来挂我的西瓜碧玺吊坠。"

西瓜碧玺颜色与构造如同西瓜，内是桃红色，外是翠绿色，是红绿双色碧玺。小桃红长大后，是碧玺族中红绿双色碧玺掌石人。

小桃红见义父卡龙一时没有反对，就拿出一根如意灵须送给了花行云，同时嘟囔地说："四根里，我就只剩一根啦！"

花行云收下同时，也解下陨铁链子送给了小桃红，将如意灵须吊起陨铁球后挂在脖颈上。小桃红教会了花行云操控灵须技法。

义父卡龙郑重地对小桃红说："雪儿，你身上的最后一根灵须不许再送人！你留着自用，切记！"

说完，转头对花行云说："云儿，你脖子上的这根也不能给人，只能自用。"

小桃红噘嘴，答道："记住了。"

随后，三人步入香花林。每两年一次的三人行，总是夕阳下，花海上，芬香中。

对于人族宝石之王卡龙，在香花林的每两年一度的这几天，总是百感交集！

第四章

习武论道

在花行云满周岁之际，义父卡龙将花行云带离香花宫，离开花仙身边，同时带走接生花行云并一直陪护花行云的接生婆，一同乘金鹤飞抵凌云顶。

凌云顶上住着一个人，绿碧玺的掌石人克雷子，克雷子收下花行云作为唯一的徒儿，倾力辅导花行云，教育与习武。

从小接生花行云和花飞雪的接生婆，医术极高，人称"绿婆婆"，是琥珀族中绿琥珀掌石人。

绿婆婆在接生花仙之前，就相识克雷子，二人为情侣，是事实夫妻。而除了卡龙和日后知晓的花行云外，外界并不知克雷子和绿婆婆的关系。

外界只是知道世上有个医术极高的绿婆婆，但难见踪影。二人是花行云的养父母，一直照料看护花行云至十六岁。

花行云不仅天生就具有武学极佳的生理，还聪颖好学好问，乐于研习，并能很快掌握和融会贯通。

有一次，克雷子给花行云讲述远古宝晶起源的传说。

"早期的原始世界中有个巨大的宝晶普照大地。一天，这块巨大宝晶突然被天外飞石击碎。世界为此堕入暗黑之中。黑暗并不能掩饰散落在各地的碎晶自身的光芒，后逐渐被发现和捡拾。物以类聚，人以群分，久了，各地也相应形成了拥有和守护各种碎晶的各石族，引出了无数的传奇和故事！"

花行云听后，问："那如果各地各族的碎晶合为一体，是不是合体后产生的威力，会变得无比强大？"

克雷子暗自惊叹，答道："理论上应该是的。一直有个上古传说：碎晶合体，威力无比，时空变化！

"咱们碧玺族的各种碧玺，合体后产生的能量就已惊人地强大。各色碧玺融合后释放的能量，远远超出各个能量的叠加！这个是咱们碧玺族的一个秘密，你切不可对外吐露。"

克雷子又说："围绕这些碎晶形成了形形色色的石族，后形成七大族系。"

花行云好奇地问："是哪七大？"

克雷子说："这七大族系分别是：宝石族、玉石族、水石族、土石族、化石族、金族、天石族。

"简单来记，就是：晶、玉、水、土、木、金、天。

"世人通常叫作晶族、玉族、水族、魔族、冥族、金族、神族。

"晶族、玉族、水族这三个族组成的联盟叫人族，和神族一起代表光明世界，对抗魔族和冥族组成的暗黑世界。"

花行云听后，问："七大族系中的六大族系都与石有关，为何金族与石无关，却还被列为碎晶后代？难道金属也是远古宝晶的组成部分？"

克雷子听此问后，更加暗自惊叹，答道："金族由矿金属族、贵金属族、荧金属族、稀金属族组成，世人通常叫作矿金族、贵金族、荧金族、稀金族。

"金族是自身非石，故保持中立，不参与石族之间的争斗。

"公认的说法是：远古宝晶的碎晶后代是六大石族，没有金族，通常说法是六大族系。但神族与金族，还有人族中的少部分人，却认同金属是远古宝晶的组成部分和碎晶后代，认可七大族系说法。"

花行云追问："人族中这少部分人里都有谁？师父，有你吧？"

克雷子微笑地答道："是的，这少部分人里有我和你义父，都坚信金属是远古宝晶的组成部分，认同远古宝晶的碎晶后代是七大族系，有金族。"

"众晶合体，威力无比！金晶合体，无与伦比！"

有一次，义父卡龙驾临，给花行云和克雷子讲授武学之道。

卡龙说："武学的关键点在于能量！能量有动能量和静能量。"

"动能量体现在力和速度上。

"力不仅有常见的吸力、斥力、引力，还包括神秘的电力、磁力。

"静能量蕴含于物和维度中。

"大小相等的物体，内在结构不同，能量也不同。一块冰化成一摊水，再化成一团汽，其实能量未变，只是在不同的形态和结构及维度中转化。

"能量与物体转化，会发生爆变。

"爆变形式之一就是大裂爆，就是物体裂变，释放能量，达到强大的大爆炸威力。反向来说，物体也能聚变，吸收能量，产生可怕的毁灭效果，这是爆变的另外一种形式大聚爆。

"各种力、各种度、各种能、各种物都是能量的表现！

"武学之道就是运用、掌控、驾驭能量！"

花行云听后，问："那我父亲在悬天圣宫前的保卫战，是不是运用了裂变原理，使他佩戴的三色碧玺裂变产生大裂爆的威力，击溃了来犯的强敌呢？"

卡龙黯然神伤，沉默一会后答道："准确地说，是花雨运用了三色合一的绝技，产生了强光束，激发、感应了其灵石三色碧玺，发生大裂爆威力击溃了强敌。

"大裂爆后，还是有几个强敌生还。裂变大爆炸这招，并非必杀术，而是同归于尽的无奈之举！"

克雷子听到，惊讶地脱口而出："什么？还有敌人生还？大裂爆下居然还能……"

卡龙叹道："花雨虽然运用了这种大裂变能量，但还没能达到熟练掌控大裂爆的地步！问世间又有几人能够做到？

"宝石蕴藏能量。这个世界是能量的世界！只要能量足够强，时间和空间及维度，都会开裂转变！"

沉默了一会后，卡龙讲："能量蕴藏于物体内的结构中，也散漫在宇宙中，依弦而联，靠律而动，通波而传。

"掌控能量的能力，就是功力。

"在速度、角度、强度、维度等各种度上，都能掌控能量，方是驾驭，达到终极！"

卡龙幽然地说："刚才说的，都是我个人对于武学之道的体会和理解。你们还是好好练功吧！"

花行云不舍地问:"我练了很多功,那最厉害的功是什么呢?"

卡龙微笑地答道:"云儿啊,厉害都是相对来说的,对于不理解的克敌制胜能力,都可以称作厉害!

"世上未知的和知道的却不理解的,就是神奇!

"若能被理解,也就不神,也就不奇了!没有所谓的最厉害!"

听着听着,恍然间,花行云在师父克雷子和义父卡龙的指导下,在凌云顶习武至十六岁。

十五岁时,克雷子已不是花行云的对手,花行云自身的爆发力让克雷子抵挡不住。克雷子见花行云现在功力了得,已然可授绿碧玺族的独门绝技辟邪重影。

寒冬的一个清晨,克雷子叫上花行云,一起来到净水潭边的大石处,郑重对花行云说:"今天呢,我开始传授你绿碧玺族独门绝技辟邪重影!

"这是上古以来绿碧玺族特有绝技,是其他宝石族都未有的神功!

"掌石人只对其继承人亲自传授,无第三人会使,你对外必须保密!"

花行云郑重地答道:"是。"

克雷子随手向厚冰覆盖的大石一击后,对花行云说:"你看下我这一拳,在这石头上留下的印记,有何特点?"

花行云看后答道:"这印记居然有两个拳印,但是,两个拳印的深度和状态几乎一模一样哦。为什么明明你只打了一拳,石头上却有两个拳印呢?"

克雷子告诉花行云说:"辟邪重影特点,就是一击现双影,让敌人无处遁藏。

"本族的辟邪重影,易被外人混淆为幻影功夫,其实本族的辟邪重影功夫与幻影功夫,在很多方面都不同。

"我先说说这幻影功夫。世上很多高手身形移动和出击速度都极快,就会产生特别多的虚影,或是因为快而产生虚影与实体叠加成为一体,虚实影像令人难以辨别,这就是幻影效应。

"顶级的幻影术并不在于有太多的虚影,因为再多的虚影也只有一个实体,但可有多个方法来辨别和找到这个实体。

"虚影与实体叠加为一体的现象,则是高难的幻影术了,而且实体的速度越快，就更可以多层叠加，导致产生的本体影像发生重影，重影的层次越多和深度越厚，就越难以找到这个实体的真实位置，所以虚实难辨，外人观测就测不准，找不到实体出现的那个时点啦！从而使敌人的攻击落空，或使敌人的防御难以招架！

"以实治虚实，以一敌二，对付幻影术是无效的。

"破解幻影神功的方法是用双实治虚实，以二对二，捕捉到幻影中的那个实体。"

"本族的辟邪重影就是幻影术的克星，双影是双实，来对付幻影效应中的虚和实。"

花行云好奇地问道："幻影实体移动特别快，那我们的辟邪重影，怎样测准它的位置？"

克雷子答道："虚影是幻影实体的轨迹，是幻影实体的过去路径或是将要重复的路径。

"我们的辟邪重影，一个从幻影实体的过去路径和虚影入手，可谓'追'；另一个从幻影实体的运行路径的外围掌控，可谓'堵'；这就是克制幻影术的原理。"

花行云接着问："我记住了，但师父刚才一拳却出现两个击印，是怎么做到的？"

克雷子解释道："对强敌时，一击不中或一击没有效果，再出手第二击，可能就没有机会或来不及了。我们要一击必中！

"在一击之中要掌控力道，在运行中前段就把实力暗自一分为二，在运行后段分化攻击。"

花行云又问道："那命中的力度岂不减半了？"

克雷子微笑道："起初练这功夫，为了便于掌控，一击力度均分为二，命中力度是减半；但却是双中，总力度不变。

"等熟能生巧后，运用自如，就能将分化两力的各自力度，随欲调整，并非均分！同样一击命中，本族的辟邪重影是一击两实力，同时又双中。"

花行云天资聪颖，不久后就学会了绿碧玺族的辟邪重影。

花行云学会后不久，与克雷子一同闲庭信步，徜徉在彩虹桥上，克雷子突然说："彩虹本是白色阳光，蕴含七彩却又合一，而我们的辟邪重影，也是一力化二，但也合一，在外部看，一束阳光和一击，表象都是一，但实质这个一却是可分的！"

花行云赞同地说道："我族的辟邪重影功夫很奥妙的，弟子仍在领会。"

克雷子仰头长啸，说："哈哈，岂止是你，为师我至今也仍在领悟！"

克雷子继续说："绿碧玺族先人深爱绿碧玺，研究中发现绿碧玺与其他宝石，包括碧玺中其他色碧玺相比，有个独有的特点，就是绿碧玺有独特的折射重影现象，重影虽很细微，但很惊异！

"世界各族都是依据各族族石的特点，创立和发展各自的功夫。

"人养石，石养人，人与石相互守护。

"我族也不例外，先辈们以绿碧玺的特点创立发展成我族的辟邪重影功夫，人力终究是有限的，却还要一力化二，看似愚拙，实际上却别有洞天！

"以前我说过，敌人因为速度快会产生虚影和实体叠加现象，这是我们从敌人的前后移动角度来看的。

"如果敌人横向左右移动，比如一块砖头有两个紧密相邻且大小相同的小洞，敌人就躲在洞后，就在这两个洞后之间极快移动，使用辟邪重影功夫一出击，通过两洞必定命中敌人；但敌人速度和移动频率也够快的话，虽被击中，问题是：敌人的实体究竟是在哪个洞后被击中的？

"这两个紧密相邻的小洞，从外界来观察，极易被当成是一击而中的，尤其是从砖头的侧面来看，而实际上是通过两个洞或者说是通过两个路径击中敌人。

"刚才的问题换句话说：砖头两端的敌我都是现实世界，但敌我之间发生真实关系的通道，究竟是通过哪个路径？难道两个路径都是？

"刚才的问题还让我联想到：砖头两端的世界，如果比作出生和死亡的话，砖头中的这两个洞放大来看成是我们的人生过程，同一个出生和同一个死亡注定之下，难道会有不同的人生过程？难道不同的人生路径同时发生？

"这个世界，有很多邪门的事！

"碧玺谐音辟邪，碧玺族被世人誉为辟邪族，是因为碧玺族好学研广，博大精深，善于探索开辟，自然遇邪不惊。

"世人以为辟邪是避开、躲避和规避邪门，其实我们以辟邪自居，辟邪本意是开辟邪门之地和探索未知领域。

"我们绿碧玺在碧玺各大族中，虽不如其他碧玺族武力高强，更比不上其他碧玺族那么人丁兴旺，但凭着特有的这个神功，独步天下！"

师徒二人在彩虹桥上，望着凌云顶上下的浮云，飘飞的思绪畅漾云海中，遨游天地间。

克雷子兴致大发，说："凌云顶，比其他地方更容易、更能经常看见海市蜃楼这个现象，大家都认为海市蜃楼这个虚像和宝石折射原理差不多，但很多次的海市蜃楼现象中产生的虚像，在当下的世界中是没有原型的！"

花行云惊奇地问："那意味着？"

克雷子意味深长地说："眼见为实，眼见为虚，都是眼见为真。

"虚虚实实，虚实都是真，虚像是实像的映射，实像虚像都是真像。

"人族、神族、魔族、冥族、金族各族都在一个实像的世界里，就以为这个实像的世界，是真实的世界，而虚像的世界是非真实的。

"但我认为虚像的世界是另一个实像世界的映射，存在着另一个实像世界，那另一个实像世界，也是真实的世界，存在着多重世界！"

克雷子叹道："很多的存在，难以企及，并不意味不存在、不真实！

"存在的，就会留痕。见痕知存，宝石凝结着以往的存在和痕迹，是感知以往的世界和步入另外的世界的一把钥匙。

"乐音是又一把钥匙，通过色彩和律动可以探知一个世界的存在。

"宝石凝结世间和各世代的各种色彩，通过宝石深究色彩，通过乐音深究律动，我们就会与那个世界，同在同联、共弦共鸣。

"绿碧玺独有的折射重影现象，就是另外的实像世界。在我们这个实像世界里留下的微痕，是两个世界碰撞和交会的痕迹，存于我们绿色系中，我们有幸有缘，得以发现和感知。"

"我刚才说了，外界从侧面看那个紧密相邻且大小相同两洞的一块砖头，应该不会有重影，应该是一个实像，而我们的一次出力，也是一个实像，那两个平行小洞和我们的平行力，从砖头侧面来观察应该都是一，不应有二。

"但我们自己深知我们的力是平行力，感知到了那个洞是两个小洞组成的，但世上很多的真谛，是很难来阐释的或者难有证据佐证的。

"也许是某次不寻常的强力,使得这两小洞在砖头侧面一方产生细微的投射差异,因为这两洞大小相同,侧方观察的人就以为是重影,将重影证据留存于世。我们的绿碧玺也许就是唯一将重影固定为现实证据的存世证物。

"我们的先辈就是恰巧从砖头侧方观察的人,为此钟情绿碧玺,为其神秘所吸引。为师我和你的义父,现在认为这个重影,实际上并不是同一个实体的映射!强大的力量会使另外隐藏的世界显影现身,这不是梦!

"这紧密相邻且大小相同两洞,就好比紧密相连且大小相同的油气泡和水气泡,除了物质不同外,其他各方面几乎都相同,还都透明,从侧面看,确是一个气泡。

"水气泡的世界与油气泡的世界,互不相融,隔绝;唯有强力激振,两气泡因其物质不同必留下不同律动的痕迹,否则绝难发现!晶体亦然,例如水晶世界和钻石世界虽相同处很多,但不同处更让人惊奇!不同处,源自基石及其基本元素!

"据你义父讲,很多地方还存在着另外的世界。

"晶族的水晶族圣地水晶宫下有个禁止之城,叫紫晶城,是个神秘的世界。

"水族的海晶宫上有个遗忘之城,叫海景城,是个遗忘的世界。

"神族的天晶宫旁有个缥缈之城,叫天镜城,是个玄妙的世界。

"冥族的灵晶宫内有个失落之城,那里有个失落的世界。"

"很多世界是平行存在的,但不完全相同,也许世界是多重的。

"了解和感知那个平行世界或者进一步说是多重世界,可以从相同处想象和感同身受,从相交处切入来发现和探索。

"未知的世界换个角度和维度,是可以被发现的!力量能使角度和维度产生变化,维度变化会产生律动,角度变化会产生色动。

"相同处可以理解成对称,世上的动物的结构几乎都是对称的,晶体也是。

"对称才能守恒,守恒方能不灭,世界与万物的存在与对称相关。

"但终归对称,也还是有个相交处或相交点的,那个点就是重点、关键点,若能理解和掌握,便可进而发现新世界;若不能理解、无法掌握,则是怪点、奇点,阻隔之界!

"这个点如果是现在,那么现在的世界是无法穿越回过去的世界的。"

花行云质疑地问："为什么？"

克雷子解释道："现在的我，如果能回到过去，杀死了过去的我，那现在的我，怎么还会存在？这就反证：现在改变不了过去；但现在可以决定未来。

"我曾在彩虹桥，看到短暂存在的海市蜃楼的虚像，这个虚像中居然有个苍老的我，那是未来的我，虚像那边未来的我，让我立即出手杀了他！看见被束缚的未来的我，另外试探这个太不可思议的虚像，我就出手袭击，随之，这个海市蜃楼的虚像消失了。这个虚像到底是不是幻像，我一直在思考和质疑。

"这个点如果是现在，那么现在是可以跨越未来，穿越到未来的某个世界。见到未来的我，是符合逻辑的，是可能的。

"所以预见和预言是种符合逻辑的可能。

"现在的你我，可以决定未来的你我。

"现在你的悟性高，决定未来的你功夫高。

"晶体蕴含能量，掌控、运用我们自身和晶体的能量，就和对称、重点、守恒相关。

"掌握原理，知晓渊源，因人发挥发展，就会到达新的境界。

"你是我族中，从古至今，天资和实力最好的，为师我很欣喜，希望你光大和探索。

"我谈过的双洞干涉下的影像纠结，各洞路径映射出的图案，对称意味恒与定和平衡，不对称意味着不守衡，也意味着有单向的始终与不定。在本星的环境下，各洞路径映射出的图案都是对称！

"宝石之王认为，本星上试验结果都对称也不意味着世界是注定或恒定的。宝石之王猜想，双洞间距在一定界限之内例如一秒光速之下结果对称；在一秒光速上的一定界限外，双洞干涉下的影像结果会不对称，意味着世界是有单向的始终，并非注定！在本星与月亮上同时双洞试验，才能印证这个猜想。

"人生是得道之经历，道别此生前，看道，知道，想道，感道，问道，悟道，会道，行道，传道，留道。

"人生中要观察过往，感触当今，思想未来，不要被云雾遮迷。"

此时凌云顶各处都已被云雾缭绕，师徒二人，云中漫步，雾里散心。

盛夏的一天，花行云被师父克雷子紧急地唤至房间。

花行云进房间就发现，师父克雷子和绿婆婆神情都特别凝重。

克雷子对花行云说："你马上下山，到香花林找你娘，让你娘尽快联系你义父卡龙，你转告你义父就说冥族来过这里，之后你就在香花林等候你义父安排。"

花行云惊问："为什么？"

克雷子："你师娘是冥族中的亡灵族人，由你义父悄然安排我们生活在这里。没想到冥族居然能找到这里！

"你师娘的隐藏地已暴露，日后必被冥族纠缠！你立刻离开这里，你师娘和亡灵族的过往，来不及说了，总之记住，日后要回避亡灵族的人！

"你师娘教你的功夫和医术，不要对外显露。

"冥族由幽灵族和精灵族组成，幽灵族占大部分，幽灵族又分为生灵族和亡灵族。生灵族、亡灵族、精灵族三族族长轮流执政冥族。"

克雷子说完，摘下手上镶嵌的一颗很大的极品绿碧玺的戒指，戴到了花行云左手食指上，庄严地说："我是绿碧玺掌石人，现将信物传给你，由你作为新的绿碧玺掌石人发扬光大！"

花行云见师父克雷子如此严肃、郑重，只得接受遵从。

随后三人在水龙洞口深情相拥，之后克雷子对花行云说："你在瀑布下面顺着河流走，走出森林后，经过水晶族的领地，赶往玉族的香花林。"

花行云不肯走，克雷子安慰地说："相聚是缘，别离是分，缘分是命运注定的，我们要坦然面对！

"缘来是聚，缘尽而分，各自安好，互在心上！"

花行云听后，情不自禁，流下热泪，晶莹的泪珠如水晶，洒在云中随风飘。

克雷子让花行云坐进一小木艇，随后推进凌云瀑中，花行云恋恋不舍地挥手，消失在瀑布中。

花行云在瀑布底下的水潭中钻出，深情地凝望凌云顶；随后沿着河流，走出森林，来到了人来人往的村庄，走在乡间的小路上。

第五章

静寂谷

花行云多次询问路人后，来到了离水晶族领地不远的村镇上。

在镇的主干道上，一个老人告诉花行云说，镇子前面的山谷叫静寂谷，静寂谷的另一边，就是水晶族的领地。

花行云听后正欲前行，身后一人紧接着问这位热心老人，是否看到一队人马从镇上经过。

花行云转身看到一位黄衣少年，正在向这位老人询问。

这位少年上身着鹅黄色衣服，下穿杏黄色裤子和褐黄色鞋子，脖颈上的橘黄色绳圈下，吊坠着一颗很大的雨滴形黄水晶。他风度翩翩，一表人才。

老人说："是有一队人马刚离开，向着前面山谷而去，有一会儿了。"

黄衣少年谢过后，大步流星向山谷走去，黄衣飘飘甚是潇洒。

花行云见状不肯落下，紧紧随之，步伐轻盈流畅。

两人走了一小段路后，黄衣少年心想身后这人轻功很好，我走得如此之快，他竟能轻松紧随，直觉感到他并非坏人。

黄衣少年转身拱手说："您身手不错，轻功了得，请问您怎么称呼？我是黄水晶族的，叫黄衫一白。"

花行云赶忙也拱手回礼，答道："我是绿碧玺族的，叫花行云，要经过水晶族领地去玉族，您应该比较熟悉水晶族地域吧？"

黄衫一白开怀地笑着说："水晶族地域广大，到玉族的路，我是挺熟的。"

花行云问："那能带上我同行吗？我从没来过水晶族领地。"

黄衫一白答道："当然可以啦，况且你还是碧玺族的人呢，水晶族和碧玺族可是很好的盟友哦！一起走吧。"

两人快行了一段路后，黄衫一白说："去玉族的路，必经过我们水晶族圣地水晶宫，正好我们都要到水晶宫，我得先赶上前面的一队人马，与他们会合，这队人马也到水晶宫。"

花行云答道："好啊，会合后一起去！"

黄衫一白顿了顿说："不过呢，这队人马有重要物品前往水晶宫，我接到水晶族长的指令，赶来护送，护送路上有可能会遇到抢劫和意想不到的危险。"

花行云说："那我助你一臂之力！"

黄衫一白远望前面的静寂谷，说："希望没有事。"

黄衫一白说到的这队人马一行二十八人。

其中十二人，身着黑色连体飞翼服，裤腿镶着银色的展翅飞鹰标志，背后左背弓，右背砍刀和箭袋，箭镞头露绿色、含毒，手执可伸缩的枪刀，身形瘦高，骑黑马。

另有十二人，身着灰衣灰裤，臂肩处镶着金色的皇冠、皇冠下各站立一头狮虎的标志，背后左背连珠毒钉弩机，右背砍刀，左手持圆形钢制盾牌，右手执伸缩的枪刀，身强体壮，浑身健硕肌肉，骑灰马。

枪刀是在可伸缩的铁枪前部套装尖刀，像长枪一样能达到远距离刺杀的效果，近距离时收缩枪管后，又可如刀般进行近身劈砍。

还有二人，身着灰色过膝的带帽大衣外套，内着白衣白裤，一少年，一中年，乘坐在四匹棕色马拉的大木车前面位置上，这少年牵四马的缰绳，驾驭四马前行，这中年坐镇中央指挥。

骑黑马的十二黑衣人，是天鹰会的"十二飞鹰"，射箭百发百中，能平地腾空后即借着连体飞翼服，滑行如飞，在空中袭人，威猛无比。

骑灰马的十二灰衣人，是狮虎会的"十二地龟"，飞钉射无虚发，盾挡刀劈，滚地砍人，凶悍异常。

天鹰会和狮虎会及晶睛会，是光明世界中的三大雇佣军组织，领佣后受托，行保镖和赏金猎捕角色。

这三家帮会，纪律严明，层级分明，严格保密守约，有着很高的任务完成率，在雇佣行业和江湖中，口碑极佳，名气很大。江湖上的劫匪盗寇，一般不敢招惹这三家帮会。

这三家帮会行事时均身有帮会标志，一是明示，广告宣传；二是警示，告诫外人勿扰，以免惹祸上身；三是告示，通知本会成员互助、增援，或暗示本会成员不得自相拆台、不得攻守互搏。

这三家帮会成员均以绰号或代号领命和交流，不问成员各自的过往，新人入会启用新的绰号或代号。

这行队伍，仅有四马车上内着白衣的两人是水晶族成员，中年白衣人是水晶族中胆晶掌石人，名叫阿雷利。

胆晶是内部天然含有胆腔包裹体的水晶，胆腔内是水晶在形成过程中进入其中的气体或液体又或是固体，胆腔内含气、液、固三态兼有的胆晶则是胆晶的上乘之品。

驾驭四马的少年白衣人是其徒儿。阿雷利师徒和天鹰会的"十二飞鹰"及其首领与狮虎会的"十二地龟"及其首领一道，护送车上的贵重物品，赶往水晶族圣地水晶宫。

显然护送的物品很贵重，水晶族中白水晶掌石人白天晴，也是现任水晶族族长，为了确保成功送达，雇佣天鹰会和狮虎会，为此行担当保镖。这样天鹰会和狮虎会的人，就不会再接手劫猎有关本次护送物品的任务和单子。会员即使误接，见本会标志和行事成员也不能劫攻！至于晶睛会，与晶族渊源很深，几乎很少劫攻晶族的贵重物品和成员。

另外，水晶族族长传信黄水晶掌石人黄衫一白赶去护送；传信绿水晶掌石人兴安灵从水晶领地，前往边界接应这支护送队伍；传信紫水晶掌石人艾美丽到水晶宫布置水晶大会，为了选任新一届水晶族长进行会场准备，同时等候和迎接这支护送队伍。

静寂谷，谷外，任凭风吹雨打；谷内，依旧寂静寞然。

静寂谷，形似胃肠。谷道，似肠，蜿蜒曲转，像星系的旋臂；谷中有个大的空阔场地，似胃，能容置放，像星系的星核。

静寂之地，像亿万年的星系，平寂岁月，凝静时间！

走出静寂谷，这队人马到达水晶族领地，就会遇到前来接应的兴安灵所率的绿水晶族的大队兵马，平安完成任务。但这队人马，当前还在谷中，就在那个空阔场地。

这队人马一进空谷，就发现已有一队灵车，随即列阵以待。

天鹰会的"十二飞鹰"在内圈护住四马木车，狮虎会的"十二地龟"在外圈警戒。

狮虎会的"十二地龟"的首领，绰号"戮虎"。

戮虎从小好斗，年轻时偶遇一头大老虎，惊吓之际只得肉搏，竟徒手打死了这头大老虎，声名大噪，后经常捕虎猎虎，人送绰号"戮虎"。加入狮虎会时，被要求另行安排个称号，原因是其绰号不利狮虎会的会名，忌讳。戮虎不同意，此事惊动了狮虎会高层，鉴于其用此绰号成名已久，非故意辱会，不触犯任何一条狮虎会会规和雇佣界的条法，则获批其可用此称号行事，堪称狮虎会中的猛人。

天鹰会的"十二飞鹰"的首领，绰号"屠鹰"，真名也叫屠鹰。

屠鹰猎户出身，曾执刀与一群有着巨型利爪和利嘴的大秃鹰肉搏，杀死了十多只秃鹰！这场悍斗惊动了众人，均认为其自称屠鹰，称号恰如其人，并将此事宣传开来；其实世人不知，他本名屠鹰。后加入天鹰会时，被要求另行安排个称号，原因是其绰号不利天鹰会的会名，忌讳。屠鹰不同意，天鹰会为此调查其背景，鉴于真名如此，非故意辱会，不触犯任何一条天鹰会规和雇佣界的条法，只得批准其可用此称号行事，堪称天鹰会中的悍将。

谷内有二十四辆四轮木车，一字排开，紧靠在谷壁暗处。每辆木车有四个木制长方形棺材，分两层，每层并排两个棺材。

四个身着黑衣的人待在三处，首尾各一人，中间两人，刚过正午时分，都在打盹休息。

"十二地龟"的首领"戮虎"，一声令下，"十二地龟"队伍中间冲出两骑灰马，直奔灵车队伍中间而来。

"十二飞鹰"的首领"屠鹰"，咳嗽两声，"十二飞鹰"队伍中间奔出两骑黑马，紧随冲出的两骑灰马。

骑着灰马的两位狮虎会"地龟"，来到灵车队伍中间的两黑衣人面前，左手持圆形钢制盾牌，右手执枪刀，凝视观察。

骑着黑马的两位天鹰会的"飞鹰"，离灰马不远时，就停住，飞身腾空，借着连体飞翼服滑飞在空中，弯弓搭箭，空中警戒。

灵车队伍中间那两人早就被惊醒，目瞪口呆地站起，不知所措。

一位狮虎会"地龟"高声喝问："你们是做什么的？在这里干什么？"

灵车队伍中间一人答道："我们受雇，运送背后这些尸棺。"

这位"地龟"继续问："就凭你们四个？马都哪去了？"

灵车队伍那人继续答道："其他的人都把马骑走了，到谷外的村里补充食物和休息；留下我们看守这些棺材。运送尸体，受人避讳，我们就避开人群，在这里集散、休息，天暗了才上路。"

这位"地龟"见这两人手上长有厚老茧，皮肤黝黑、褶皱，面相质朴，分明是干体力活的人，随即目光扫视棺材。

空谷寂静，这些对话，都已被这些功夫之人听到。狮虎会的首领戮虎施展"狮子吼"功夫，低音秘密传声前往的两位"地龟"开棺检查。

这两位"地龟"不再问话，突然地闪到棺材旁，各自打开一口棺材顶盖。只见棺材内部各有一具僵硬明显的死尸躺在里面，僵硬死尸旁摆放着骨制利器。

不等对面两人搭话，这两位"地龟"迅速闪到各处，随机地又各自打开一口棺材顶盖。里面均是一具僵硬明显的死尸和骨制利器。

检视的两位"地龟"和空中警戒的两位"飞鹰"，见无其他状况，就回归本阵，归位报告各自首领。

护送队伍重新整队启程，当队伍刚行进至一字灵车队的中间时，忽见远处灵车队首的那个黑衣人，俯身搬开地上一块大石头，露出地洞，顿时地洞里连贯地飞出红眼黑色大乌鸦，成群地飞满空谷的上空，遮蔽了太阳，谷内顿时灰暗。

灰暗的突临，伴着队首黑衣人吹奏的刺耳怪异笛声，随之而来的是灵车发出不断的"咔嚓、叮咣"的爆裂声响。

九十六个僵死尸体居然打开棺盖或击裂棺木，挺身而出，拿起身旁的骨制利器，很多僵尸还拾起棺板作为盾牌，分作四排，每排二十四个，朝着护送队伍围拢、推进过来。

这些僵尸不是普通的僵尸，分明是有素质的僵尸！

阿雷利见状，令队伍依傍谷壁，列阵面对谷壁灵车里出来的僵尸军团。

戮虎令狮虎会"十二地龟"在外圈持盾防御。

屠鹰令内圈护住四马木车的天鹰会"十二飞鹰"，搭弓射箭射向遮蔽太阳的乌鸦群。箭无虚发，中箭乌鸦纷纷掉落，但红眼黑乌鸦们飞舞着层层补缺，始终遮阳而保持谷内灰暗。

此时，僵尸军团已逼近，戮虎令"十二地龟"飞钉射向僵尸军团，屠鹰也令"十二飞鹰"搭弓射箭转而射向逼近的僵尸们。

除了射断脖颈的几个僵尸倒地外，其他中箭或中飞钉的僵尸居然没事，继续前冲，被外圈"十二地龟"持盾抵住，"十二地龟"又同时右手突然刺出长柄枪刀，使前排僵尸中枪，但中枪僵尸没有失去战斗力，依然用骨制利器疯狂拼斗。

屠鹰令"十二飞鹰"飞身腾空，空中悬停在"十二地龟"头上，用枪刀从上方刺向僵尸头顶；前排僵尸很难同时抵住上、中、下的进攻，中枪数次；头颅中枪或被刺的僵尸方才倒地，失去战斗力。

第二排僵尸冲至阵前加入混战。

后两排围拢过来的僵尸群在后，不断投掷利器，也使得"飞鹰"和"地龟"为此不断伤亡。

"飞鹰"和"地龟"虽伤亡不断，但依然有节奏地同时出枪刀或砍刀，将僵尸们逼退在一定距离之外；但僵尸军团人数占优，只有头断的僵尸才会失去战斗力，否则即使中刀的僵尸仍在进行无休止的缠斗。

天鹰会和狮虎会的斗士，虽勇悍，但遇到无感无畏的僵尸军团，颇感无奈；随着"飞鹰"和"地龟"伤亡过大半，包围圈越缩越小。

就在此时，阿雷利大喝一声，从马车上冲出，其左右手各执一个水晶盾，劈挡僵尸们。这水晶盾只要被敌劈中或刺中，就会反应式地定向爆破出碎片，夹杂着气液态的物质反向冲激，中了碎片或感染了这气液态的物质的僵尸则扩散式地燃化掉，十几个僵尸猝不及防就此消亡，场面骇人！

在僵尸群混乱之际，阿雷利又将两个水晶盾脱手飞出，砸中两个僵尸脑袋，击毙两僵尸；随即从身后拿出水晶族抗魔十二利器之一"震魔锤"，抢锤力战僵尸军团。阿雷利左突右冲，僵尸的武器碰上此锤，纷纷被震退，僵尸军团前几排抵挡不住，包围圈顿时松散开来。

灵车队首的黑衣人，突然吹奏晕眩的笛声，紧接着从最后排的僵尸群中闪出一个如幽灵般的僵尸，飘闪至阿雷利面前。

身形之快，令阿雷利和众人都大吃一惊！

这幽灵状的僵尸在阿雷利面前并不直接攻击，而是忽左忽右，飘闪加快，使得阿雷利无法将其定位。如幻影般在阿雷利周围闪晃，不一会，这"幽灵"僵尸，突施利爪，将阿雷利击飞至谷壁。

阿雷利撞到谷壁重重落下，起身后立刻命令余下众人，放弃四马木车给僵尸，抱团退至谷壁。

僵尸们是为四马木车上的物品而来，并不理会，也不追击余下众人；争抢打开木车上的大型木箱。

只见大型木箱内放着一口大型的全是白水晶打造的棺材，这白水晶棺材是水晶族的宝物，名为水晶之棺；存世稀少，都是用一整块巨型上好的白水晶打造而成，在内的尸体经千万年不腐如初，会保存完好！更重要的是能保存将死之人的魂魄！

而这口水晶之棺，曾经封存武圣人花雨的魂魄和最后的气息，直至其妻花仙罗兰公主赶到，花雨夫妻才得以相见最后一面！

这口水晶之棺一直由水晶族族长白水晶掌石人白天晴守护，为了这次水晶大会，而回归水晶圣地水晶宫，才遣人护送。

当僵尸们打开大木箱，看到水晶之棺同时，黄衫一白和花行云也赶到了。

二人飞奔而来，正要与僵尸们交手之际，也是前排僵尸们打开水晶之棺棺盖之时，却发生了意想不到的景象！

僵尸们刚开启棺盖，就见水晶之棺里一个白光身影闪出，无人能看清是何物？只因为这个白影移动太快，如光速！

整个谷内，顷刻间，都是白光身影闪动！

在僵尸们惊讶之际，刹那间，僵尸们发现自己脖颈已被切断，片刻间，僵尸们头颅掉落地上，均已毙命。

那个"幽灵"僵尸反应其实也是极快的，而且也躲过了"白影"的第一次攻击，但这个"白影"对于"幽灵"僵尸，就如同刚才的"幽灵"僵尸对于阿雷利那样隐身般的存在和幻影般的闪现！"幽灵"僵尸躲不过后续的数次无形极快的攻击，被秒杀，成为最后倒下的僵尸。

灵车旁的四人，也早已倒地身亡。

天空上遮挡阳光的红眼乌鸦们，也全部掉落到地上死去。

活着的人都很惊诧，只有水晶族的人和身边有水晶族人陪同的人未死！

显然，这个来自水晶之棺的"白影"，攻击目标和对象是身边没有水晶族人陪同的非水晶族的生物。

这世上，只要是出棺的，基本上就不是普通的活物！而是恐怖之物！

这个出棺的白光身影也不例外，那它是什么呢？

它是有形的，只是移动速度太快，所以看起来如同白光闪现的幻影。

它秒杀僵尸军团后，突现停止在花行云的面前！

花行云和黄衫一白定睛一看，只见它是由清澈透明的白水晶打造而成的水晶骷髅！

骷髅头与各个骨头均是白水晶，通过晶体磁性连着，攻击时各个白水晶骨块都分散开来，手爪和脚爪均是攻击的利器且每爪均能分开独自飞击，近乎无形隐身般的多点秒击，令人难以招架！

水晶骷髅端视花行云许久，花行云也仔细通观这精致的旷世骷髅，谷内静默，时间仿佛停滞。

水晶骷髅注视和盯住花行云，意欲何为？下一步是攻击花行云？

静寂谷，虽无荆棘，却有惊悸！

在众人都大惑不解时，水晶骷髅突然动了一下，随即闪回到水晶之棺旁，进入棺内，阖上棺盖，秒回！

身经百战的天鹰会和狮虎会的斗士们，被此等景象和这个旷世水晶骷髅惊掉了下巴，感到难以置信！

黄衫一白跑向阿雷利，边跑边说："我晚到了，大家还好吧？"

众人缓过神儿来，黄衫一白和花行云，与阿雷利及其护送队伍相互行礼报名，之后，众人整理行装，收拾战场。

护送队伍不敢多加停留，以免生更多意外。天鹰会与狮虎会余众，各自掩埋了本会战死人员后，即在各自首领屠鹰、戮虎的带领下，启程护送载有水晶之棺的四马木车出发。

出了静寂谷，就来到了水晶族的领地，遇到前来接应的兴安灵所率绿水晶族的大队兵马，双方兴奋地相拥。各自介绍后，天鹰会与狮虎会完成了水晶族领地外的水晶之棺护送任务，屠鹰带领余下的"飞鹰"，戮虎带领余下的"地龟"，与水晶族众人告别，从水晶族领地的城镇大道返回。

花行云与水晶族人一起押车前往水晶圣地水晶宫。

此时的静寂谷内，地上僵尸、乌鸦的尸身散布遍地。

突然，在灵车车首处倒地的那位黑衣人，也就是放出乌鸦并吹笛的黑衣人，竟站了起来！

此人脱下黑衣，露出绿衣服，擦了下手上戴着的宝石，叹了口气，喃喃自语："好险！"

这颗宝石是内部含有绿色矿物质的白水晶，通常称为"绿幽灵"水晶，此人是"绿幽灵"水晶的掌石人，名叫梵特木。

梵特木在僵尸们打开水晶之棺之际，发现有白光出棺，僵尸秒毙；自知不敌，装死倒地。

水晶骷髅感应到此人身上的水晶能量，认定非敌，故不加攻击。

梵特木环视谷内战场，他主导的谷道内僵尸白日突袭行动竟功亏一篑，不禁一声叹息。

梵特木俯身将那个放出红眼乌鸦群的地洞拓宽，纵身钻入洞内，用大石块封掩住洞口。

谷内战场上的僵尸和乌鸦的尸体，在阳光下加速分解，当晚即灰飞烟灭。

很多地方发生过很多传奇的战事，若没有人提及，就如同没有发生过似的。

世间的很多传奇也是如此。这场惊心动魄骇人的战斗，也只被少数人知晓，随着岁月，被遗忘。

第六章

群晶闪耀

花行云与水晶族的黄衫一白、阿雷利、兴安灵及绿水晶族兵马，护送着水晶之棺，来到了水晶宫前。

水晶宫，晶莹剔透，阳光下闪耀着多彩光芒，靓丽射八方！

水晶宫前，人声鼎沸，恭迎护送水晶之棺队伍的到来。

人群中有两位女孩特别出挑，被众人簇拥。

一位粉衣飞扬的美女，是粉水晶掌石人芙蓉公主吉容。

一位紫衣飘飘的美女，是紫水晶掌石人艾美丽。

作为水晶族的两大超级美女，她们有着众多的追求者和迷恋者，人气极高。

能同时被水晶族两大美女接风，护送水晶之棺的队伍受宠若惊！

踏步挺拔的黄衣翩翩的少年与驻足玉立的紫衣飘飘的少女，互视不转睛；擦肩而过后，黄衫一白与艾美丽同时回眸凝望；有种情感在擦肩回眸中定格，永不相忘！

水晶族的各掌石人彼此认识，互相寒暄致意。

花行云经黄衫一白向众人介绍后，以绿碧玺族掌石人身份作为贵宾，被迎入水晶宫内已布置好的水晶大会会场就座。

水晶大会会场上的座席分为四部分：主持席、嘉宾席、竞技席、观众席。

前三种席位，每座前均有水晶牌位，水晶牌虽没有标明位主名字，却显示了位主的族名。

嘉宾席位是来参加水晶大会的非水晶族的贵宾就座观摩的区域。嘉宾席又分成两片区域，一片是水晶牌上事先已标明族名的席位区域，是已确定出席的嘉宾；一片是水晶牌上未标明族名的席位区域，是临时出席的嘉宾。

花行云被安排在临时嘉宾席。花行云头一次见到如此盛会，很是高兴，观瞧八方。

黄衫一白在旁，为他介绍水晶族的情况。

黄衫一白指向竞技席位，花行云顺手一看，只见竞技席位上的水晶牌显示各种水晶族的族名，令人眼花缭乱，显然水晶族人丁兴旺，族派众多。

黄衫一白介绍道："我们水晶族，遍布区域最广，人员也最多，如今的知名度，也是承蒙碧玺族的厚爱和其他宝石族群的支持。"

"此次举行的水晶大会，会在水晶各族的代表中竞技出四强，再从中竞选出新一任的水晶族长和水晶圣使。如果当选水晶族长和水晶圣使，就会被传授水晶密码。"

花行云好奇地问："水晶密码？"

黄衫一白紧接着说："水晶密码掌控着我们水晶族很多的神奇之物和能量！你在静寂谷看到的水晶骷髅，就受水晶密码掌控哦！我们水晶族只有水晶之王、族长和圣使会用。"

黄衫一白继续说："这次当选的水晶圣使，按照水晶族传统，肯定会被族长派往悬天圣宫，成为十二月宫中二月宫晶月宫的宫主。"

花行云好奇地问："水晶族传统？"

黄衫一白哈哈大笑："你隐居太久了，很多世事你居然都不知道噢！晶族圣地悬天圣宫，由十二月宫组成；十二月宫的宫主，由晶族十二大宝石族族长指派族内高手出任，不仅守护圣地悬天圣宫，还执行人皇指令，管理人族，代表人族，捍卫和守护光明世界！

"十二月宫中二月宫晶月宫的宫主，自从上次捍卫悬天圣宫的圣战后，就一直空缺，我们水晶族派系和人员都多，得竞技选拔出任；而其他十一大宝石族，由其族长指派就行了。

"这次水晶各族都派出了各族的高手来竞技，几乎都是各族长派出各族掌石人来竞选。

"我们水晶族领地自古以来，按方向方位分为九大区域，每个区域由水晶各

族统领和管理，世人提及的'东海'黄水晶族就是本家。

"除了'中原'白水晶白天晴作为现任水晶族长不参选，以及水晶之王'太古'银钛和前任族长'元古'银发晶不出席外，这届来的各族掌石人有：

'西峰'钛晶高加西亚；

'南洋'紫水晶艾美丽；

'北冰'金发晶亚特兰；

'东北森林'绿水晶兴安灵；

'东南群岛'铜发晶尼西亚；

'西南高山'黑发晶艾弗卡；

'西北峡湾'红发晶凯尔特佳；

'上古'胆晶阿雷利；

'品食之神'茶晶水一枯；

'玩睹之鬼'烟晶烟燃一笑；

'变色之魔'毛晶罗伯特；

'变身之仙'柠檬晶芸香公主；

还有，水晶族的超级美女，粉晶'芙蓉公主'！

"在主持席上的大会主持人，来自权杖水晶掌石人，是历届水晶大会的主持人，这是我们水晶族的传统。权杖水晶的人从不参选，水晶族各种会场的主持人和裁判，几乎都是由权杖水晶的人担任。"

花行云听完黄衫一白对竞技席和主持席人员的介绍后，又转视嘉宾席。

只见已确定出席的嘉宾席位区域水晶牌上已事先标明族名。黄衫一白指点出其中十个牌子说："那里有我们水晶族自古以来的十大盟友：月光石族、日光石族、萤石族、葡萄石族、蓝晶石族、堇青石族、苏纪石族、龙晶石族、红纹石族、海纹石族。"

当护送水晶之棺的队伍被迎入水晶宫城后，宫城门口处的人群逐渐散去，最后仅有士兵把门。

一个小眼睛瘦高士兵和一个大眼睛胖矮士兵准备关上城门之际，城外远处传来呼喊声："等等我，等等我，等等啊——"

这两士兵定睛一看，只见一只大老虎狂奔过来。

老虎上翘的尾巴上还连晃着一只大老鹰，大老虎驮着一个带背包的身着桃红色服装的小女孩。

小女孩肚子前还挂着一个猫咪，小女孩大呼小叫，不停挥舞招手。

这两士兵互相对视，寻思："什么情况？这是什么组合？要干什么？"

不一会，大老虎跑到了宫城门口，被大眼睛胖矮士兵拦住说："动物不能进去。"

小女孩噘着嘴，指着大老虎说："他是虎人，会说话的噢。"

又指了下身后的大老鹰说："他是鹰人，也是会说话的哦。"

这时大老虎开口说："是的，我会说话的。"

紧接着，大老鹰也张口说："请让我们进城。"

小眼睛瘦士兵突然发现小女孩身后背包里有东西在动，对着小女孩大喝道："你背包里有东西在动，是什么？"

话音刚落，背包左右挂兜里各钻出两个头，一个小狗头，一个胖眼镜蛇头，小狗流着口水，小胖蛇流着鼻涕。

小眼睛瘦士兵说："什么虎人、鹰人的，这狗、猫、蛇的，是你的小宠物吧，宠物不能进去。"

小女孩放大声音说："你们不能以貌取人！他们可不是宠物，都是能说话的，都是我的好伙伴呢。"

小女孩嘟嘟嘴，奶声奶气地说："我可是白天晴邀请来的，来参加水晶大会。"

小女孩话落，小女孩肚子上挂着的小猫咪立刻跳到虎头上，出示了白水晶令牌，开口说："邀请证明在此。"

小眼睛瘦士兵接过白水晶令牌，放到旁边的白水晶柱上扫描了下，结果显示："水晶大会　翡翠族贵宾　白水晶族白天晴　签发"。

小眼睛瘦士兵看后随即问小女孩，说："你们是哪个族的？谁是头儿啊？"

小猫咪站在虎头上，朗声说道："翡翠族，她是翡翠族紫衣公主的女儿，武圣人的女儿，带领我们参加水晶大会。"说话同时，伸出大拇指指向小女孩。

小眼睛瘦士兵和大眼睛胖矮士兵听闻武圣人的名头，顿时惊住了，立刻俯首连声说："请进，请进，失敬，失敬。"

武圣人在光明世界可谓世人皆知，众人景仰。名人之后，这两士兵自然不敢怠慢。

武圣人的女儿花飞雪即小桃红及其随行，被迎入水晶宫城内，城门随之关闭。

大眼睛胖矮士兵目送小桃红一行远去后，对着小眼睛瘦士兵说："这玉族小公主随行宠物好多噢，她们一家都这么亲近大自然哦！"

小眼睛瘦士兵附和地说："亲近大自然，嗯，是的，她妈妈花仙，精通花草植物，她女儿，看样子喜好动物，随行动物守护，出行宠物成团，整个一小小百兽王，哈哈！"

其实，小桃红最喜好的是各种宝石，最喜欢到世界各地淘宝，寻觅、收集宝石，不是在看宝，就是在寻宝的路上。小桃红身边的五个随从都身怀绝技，助力和保护小桃红。

口水狗拉拉和鼻涕蛇文文是小桃红从小的玩伴，小桃红是孩子头，从小就带领口水狗和鼻涕蛇到处玩耍。

这口水狗是金族中贵金属族的黄金族宠物，其寻觅金属类宝物或金属矿藏的灵敏度和嗅觉能力极高。

这鼻涕蛇是毒界的宠物，其探寻非金属类宝物或非金属矿藏及毒物的灵敏度和嗅觉能力极高。

口水狗和鼻涕蛇是寻宝利器和得力伙伴，还能驱毒、防毒、预警、规避危害，使小桃红这个团队不生病、不中毒，避开危险境地。

鼻涕蛇是眼镜王蛇，但蛇身短小不长，上半部很胖，小时候经常被小桃红掐肉肉的脸庞，掐出来一个小酒窝。

口水狗是小型长不大的犬，与鼻涕蛇一起，经常伏在小桃红双肩上出行。

小桃红曾对着口水狗和鼻涕蛇说："你俩总是弄脏我的衣服，得赔偿，你俩必须一生陪伴我，来作为报答！你俩懒行路，但是跟我走，就能旅游天下！"

口水狗和鼻涕蛇，被小桃红如此鼓惑，竟一时不知如何回答，只好跟随小桃红闯荡江湖了。

会说话的大老虎，是狮虎会中的虎帮帮主之子，绰号"啸天虎雷霆"，是虎睛石族掌石人。

会说话的大老鹰，是天鹰会会长之子，绰号"扬威鹰霹雳"，是鹰眼石族掌石人。

会说话的小猫咪，是金绿宝石族中猫眼石掌石人。

小桃红叫小猫咪为"闺咪"，有关梳妆打扮和宝物及审美文艺的事，都征询闺咪意见，真是闺蜜！

小桃红叫大老鹰为"霹雳"，有关天文地理和逻辑及重要的事，都征询霹雳意见。

小桃红叫大老虎为"雷霆"，有关美食和打架的事情，都交给雷霆。

小桃红与其母花仙都是吃素食的，小桃红和闺咪为了保持身材，讲究饮食，路上很多食物，都由大胃王雷霆兜底吃完。

雷霆是小桃红这个淘宝团队的代步工具，但如遇到河流等交通障碍或需要迅速逃离时，就由霹雳一手抓住雷霆尾巴，另一手抓住雷霆头部厚实的鬃发，将雷霆及其所驮载的，带至空中飞行。

水晶宫接待人员接引小桃红一行至会场的嘉宾席，被安排在翡翠族水晶牌位处落座。

这时，眼神特好的小桃红一眼就发现了嘉宾席上的花行云，脱口大喊："哥，哥——"

小桃红马上蹦蹦跳跳到花行云身边，左看看，右看看，拉住花行云的手说："你怎么来这啦？"

小桃红悄悄地用小手，晃晃指向黄衫一白，口无遮拦地问花行云："这个帅哥是谁啊？立刻告诉我噢。"

花行云在这儿见到妹妹小桃红，惊喜不已，说："我正要去妈妈那里，正赶上水晶大会，这位是黄水晶族的黄衫一白。"

花行云转向黄衫一白介绍："她是我的妹妹，翡翠族的花飞雪。"

黄衫一白惊奇地对小桃红说："原来你就是武圣人的女儿，久仰！"

小桃红欣喜地说："你叫我小桃红好啦！你久仰的是我爸爸吧，哈哈。"

黄衫一白微笑地说："武圣人为世人所敬仰，武圣人女儿现在可是收藏界的大明星哦，'淘宝公主'名闻天下，哈哈，没想到在这能遇到你。"

小桃红向花行云和黄衫一白介绍了她的五个小伙伴，黄衫一白将之前向花行云介绍的水晶大会和水晶各族及人员情况，也向小桃红说了下。

三人开心地交流着，这时主持人权杖水晶掌石人赛朋铁克宣布水晶大会开幕，全场顿时安静下来。

先由现任水晶族长白水晶族白天晴致辞，感谢各族嘉宾和观众到场，阐明本次水晶大会，从水晶各族的代表中，竞技竞选出新一任的水晶族长和水晶圣使，宣讲了竞技竞选的规则。

之后进行了美轮美奂的文艺表演，席间的嘉宾与观众，一边对"品食之神"茶晶掌石人水一枯调制的饮料和监制的美食大赞有加，一边欣赏多彩绚丽的文艺会演。

最为精彩动人的演出，则是几位掌石人的联袂出演。

起先，来自日光石族的十二位男舞者和来自月光石族的十二位女舞者，交相辉映。

日光石族的男舞者，身披金黄色的衣服反射着阳光，耀眼会场。

月光石族的女舞者，身着飘浮着朦胧月光的淡蓝色纱衣，晕睛会场。

此后，男女舞者中闪出一位鸡冠头发型的演员，奇特的是这发型颜色一会一变色，左晃右摇即能变色，如同魔术，令人惊奇，这演员就是"变色之魔"毛晶掌石人罗伯特。

最后，舞者中现出三位歌手高歌，和声合唱，动感全场，现场的惊呼与欢声始终不断。

一位是粉晶掌石人"芙蓉公主"，发插多枚粉玫瑰，粉衣飘飘，身形曼妙，如仙女下凡，一出场就惊艳众人。

一位是龙晶族中紫龙晶掌石人查罗，龙晶族族长之子，身着深紫色绸裳，紫色中带有缠绕的白色纹线，动行之间像云龙飞舞，王子出巡，帅呆了女观众。

一位是红纹石族掌石人"蔷薇公主"，红纹石族女族长灵梦之女，发插多枚红纹石，红衣翩翩，身形婀娜，似天使在人间，美呆了男观众。

第七章

惊天拍卖

开幕会演结束，众人散去。为了次日竞技，竞技席参加竞技的选手，包括黄水晶族的黄衫一白，依照规则都被安排去休息。

嘉宾席的嘉宾则自由活动，晚上消遣。

小桃红拉上花行云说："走，哥，据说水晶宫城里今晚有个大型拍卖会，我去看下，你正好陪我。"

兄妹一行来到拍卖会，拍卖会负责人得知是小桃红来了，当即亲自出迎，对小桃红说："'淘宝公主'光临，令我们蓬荜生辉，请进。"

兄妹一行被热情地迎接至贵宾席，并由拍卖会负责人亲自陪同，逛看展览区中即将拍卖的展品。

小桃红浏览得很快，只是在一件内含一个蓝紫色长毛须的白色透明的水胆水晶前驻足了一会儿，仔细端详。

此时挂在小桃红脖子上的灵须，突然自行动了两下，挂在花行云脖子上的灵须也是如此。

小桃红看了一圈后，拍卖会负责人问："有没有入眼的、相中的？一会儿出手拿下哦。"

小桃红叹道："哎呀，这些拍卖的东西，我都有样品了，我呢，希望买些没有的东西。"

拍卖会负责人说："您见多识广，无妨，一会儿拍卖会上有合适的，还是可以买的呀，送人也行噢。"

小桃红点头称是。

拍卖开始了，一件接一件地竞价，拍卖规则是竞价时可任意报价，同一竞价人也可改价，但以落槌时最后报价人的最后价格为准成交。

由于到场有很多各族的嘉宾，竞价很激烈，稍微有特点或少见的展品，就会引来数次的竞价；但小桃红看了两件展品竞价就打起了瞌睡，不一会儿，竟然睡着了；小桃红像长不大的婴童，睡得很香，旁边的喧闹于她无影响。

口水狗拉拉和鼻涕蛇文文聚精会神地看着竞卖品，而啸天虎雷霆、扬威鹰霹雳、闺咪却环视全场，展示保镖本色。

花行云见小桃红的随行五个小伙伴奇异，再看着拍卖会场上的各种拍卖品和光怪陆离的喧嚣世界，颇有些恍如隔世之感。

小桃红的随行五个小伙伴突然动了，原来是小桃红醒了，其实小桃红是被脖子上灵须的突然跳动弄醒的。小桃红蹬腿伸腰，小手揉着眼睛说："这么热闹啊，什么时候结束？"

闺咪答道："下一个展品是件内含一毛须的水胆水晶，此外，还有两个展品拍卖完就结束了。"

这时，拍卖师向大家展示内含一根蓝紫色毛须的水胆水晶，介绍说："大家都知道，自古以来，自然界至今还没有天然蓝水晶出现，紫色的生物在自然界也不多见，蓝与紫，神秘的色彩！而这个水晶里面却含有一根长须，是蓝紫色的噢！是数亿万年前的生物的哦！"

台下的绝大部分观者却不买账，纷纷嘀咕。

有的说："有什么用？就一根不知名的须子嘛。"

有的说："水晶里有内含物，又不稀奇，关键是要有稀奇的内含物！这须子也叫稀奇？骗谁呢？"

有的说："凭什么说是数亿万年前的生物的？"

有的说："毛晶的人呢？晶里有毛，得毛晶族的人说了算。"

此件拍卖开始。此件起拍价也是众多拍品中起拍价最低的，才二百水晶币。起拍价价格即使低，也无人问津。

小桃红征询闺咪，说："这件，我要了。你觉得多少钱肯定拿下？"

闺咪认为五百水晶币足够了，伸出五个指头。

小桃红随即高呼："五万！"

这报价，如晴天霹雳，震惊了全场。

大部分人目瞪口呆，不敢相信自己的耳朵，难以置信。

有个之前拍品的卖家想："这报价，也太高了！这是钱多，没处花，是哇？"

有个业内评估人士想："这报价，肯定是报错了，神经错乱？"

有个常出入拍卖会场的老手想："谁呀？拿钱来砸场子么？"

有个欲要出价的人想："哎哟，我的妈呀，太吓人啦！"

有个诗人想："风气扑面而来，感觉，不是风，而是疯，不是春风，而是蠢疯！"

有个爱探索真相的人想："什么情况？难道这真的珍贵？难道这货是外星人的？怀疑人生了！"

有个之前拍品多次竞价的买家想："这电闪雷轰的报价，让我脑震荡了！"

坐在小桃红前面的嘉宾老者，回头拱手，颤颤地说："开天辟地，有史以来，您这价，高，实在是高！不服不行呐。"

拍卖会负责人想："这报价，酷极了，太强力了，怪不得'淘宝公主'名动江湖，一出手太震撼了，霸气暴露！"

此物件的所有者此时心驰神荡，内心万马奔腾，想："太幸福了，这是真的吗？"

啸天虎雷霆想："暴力场面我见识多了，这报价，绝对暴力！"

扬威鹰霹雳想："小桃红经常无厘头、莫名其妙地行事，这报价，嘻！"随手遮住面额，垂下头来，无可奈何。

闺咪一跺脚，想："以前经常是按照万为单位，伸出手指暗示小桃红，这会儿，小桃红刚睡醒，现场又喧嚣，她肯定没看清，也没听见这个物件起拍价，只看见我伸出的五指，就信口开河了！"

口水狗听到这个报价，顿时愣住，惊呆，口水倒流回嘴里。

鼻涕蛇听到这个报价，眼睛睁大三圈，面部膨胀两圈，整个懵圈。

拍卖师首次遇到自己十几年执业以来如此高的溢价，太激动了，以至于手抖，落槌之手一时没了知觉，嘴也不听使唤了。

现场仿佛时间停止。还是此物件的所有者眼疾手快，缓过神来，生怕让这千载难逢的机会跑了，对着拍卖师急切地大喊："快敲，快落槌！"

闺咪立刻将伸出的五指使劲地摆晃，意味着"不"，之后对着小桃红说："是五百！"

小桃红反应也是很快的，一看到闺咪的五指改为摆手，就不等闺咪后面的话语，立刻改口，再次脱口而出："五千！"

拍卖师听到此物件所有者的催促快落槌的喊声，回过劲来，不等其他人的报价，在小桃红的五千报价声说出之时，直接落槌，成交！

虽未按五万的惊天价成交，但成交价五千也算是惊吓价了，也远超五百的惊爆价。

这边，拍卖师和此物件所有者，都摸着额头，长出了一口气，心想："还好，再慢一点，五千这高价就没了！"

那边，闺咪和小桃红，也都摸着额头，长出了一口气，心想："还好，再慢一点，五万成交就亏大了！"

从此，靠着这次无与伦比的阔绰买价，小桃红在收藏界，再次扬威立腕。

此前小桃红在收藏界声名远扬，是因为小桃红高频次的淘买和常将奇特的藏品出卖，而被圈内人奉上"淘宝公主"的称号。

小桃红付钱后，将这个内含毛须的水胆水晶作为吊坠，用她一直挂在脖子上的灵须缠上拴住，吊在脖颈下。

小桃红对着花行云问："它们很配么？"

花行云答道："很配的，说不定这水晶里的须子和如意灵须，是同源的、一起的。"

小桃红已将刚才出了惊奇高价的糗事抛到脑后，高兴地举起双手说："嗯，我也是这么想的。我们是，身有灵须不点通！"

第八章

柠檬丽影

　　水晶大会竞技日第一天开场了，由主持人公布了初轮的对阵名单，随后各方对决，比武规定是禁止使用武器。

　　各方支持者现场不断呐喊助威，场上精彩纷呈。

　　数轮对阵后，决出了八强，分别是：黄水晶族黄衫一白，紫水晶族艾美丽，绿水晶族兴安灵，钛晶族高加西亚，金发晶族亚特兰，铜发晶族尼西亚，黑发晶族艾弗卡，红发晶族凯尔特佳。

　　主持人公布八强名单后，宣布今日休会，明日抽签决定对阵名单，再竞技决出四强，后天从四强中竞选出新一任的水晶族长和水晶圣使。

　　八强选手依照规则都被安排去休息，其余的人均可自由活动。

　　今晚，皓月当空。

　　小桃红拉上花行云，去城中夜里消遣休闲。

　　只见，休会后的水晶宫城内热闹非凡，八强选手的各族拉票活动和宣传活动正在亢奋竞争中。

　　黑发晶族艾弗卡的会场，有茶晶水一枯的声援。

　　场内还有柠檬晶族中檬族的人群支持。

　　小桃红一眼望见这群身着桔黄色服装柠檬晶族的首领，貌似柠檬晶族芸香公主，就立刻蹦蹦跳地跑过去搭讪。

　　小桃红知道柠檬晶族的化妆术和易容术闻名天下，美妆水平极高，美容效果特好。小桃红和闺咪作为女性，顿时来了兴致，意欲交流请教。

小桃红跑过去问:"请问是芸香公主吗?我是翡翠族的花飞雪。"

那个首领回头答道:"哎哟,是武圣人的女儿,久仰!我叫离梦,是她弟弟,她不在这。"

小桃红及其随行伙伴们顿时怔住,惊讶不已,这个自称芸香公主弟弟的人有着貌似芸香公主的面容,但显现帅气的俊丽之感。

小桃红及其伙伴们告别离梦后,立刻去其他会场找寻芸香公主。

绿水晶族兴安灵的会场,有粉晶芙蓉公主吉容和葡萄石族来宾的站台。

场内还有柠檬晶族中柠族的人群支持。

小桃红一眼望见这群身着青柠色服装柠檬晶族的首领,像柠檬晶族芸香公主,就马上蹦跳地跑过去搭讪。

小桃红跑到便问:"请问是芸香公主吗?我是翡翠族的花飞雪。"

那个首领回头答道:"哇,是武圣人的女儿,久仰!我叫来梦,是她弟弟,她不在这。"

小桃红及其伙伴们顿时愣住,惊奇不已,这个柠檬晶族中柠族来梦也有着貌似芸香公主的面容,但显现阳刚的奇丽之感。

小桃红及其伙伴们只好作罢,转向其他会场继续找寻。

钛晶族和金发晶族组成联队的会场,有日光石族来宾的助威。

场内还有柠檬晶族中柑族和柠檬晶族中桔族的人群支持。

小桃红望见身着金黄色服装支持钛晶族高加西亚的柠檬晶族中柑族首领,以及身着金桔色服装支持金发晶族亚特兰的柠檬晶族中桔族首领,都像柠檬晶族芸香公主。

小桃红走过去,好奇地问两位首领:"请问哪位是芸香公主啊?我是翡翠族的花飞雪。"

柠檬晶族中柑族首领答道:"哦,是武圣人的女儿,久仰!我叫厉猛,是她弟弟,她不在这。"

柠檬晶族中桔族首领答道:"噢,久仰!我叫利盟,也是她弟弟,她虽不在这,但肯定在其他的会场。"

小桃红及其伙伴们顿时呆住,惊叹不已,这两人均有着貌似芸香公主的面容,但柠檬晶族中柑族厉猛显现炫丽之感,柠檬晶族中桔族利盟显现亮丽之感。

小桃红及其伙伴们只得再寻，小桃红嘟囔地说："这个柠檬晶族，怪怪的，芸香公主，她究竟有几个好弟弟？为什么每个弟弟都那么像她？我没有弟弟，我也要弟弟。"

闺咪接话说："柠檬晶族特点是这个族的人容貌相似的特别多，虽各有细微不同，但外族、外人难以辨别，多为多胞胎，多是族内通婚。"

"柠檬晶族的美容化妆水平，在光明世界里可是首屈一指，在广告与宣传行当里相当强，水晶世界的拉票和竞技竞选活动都少不了柠檬晶族身影。

"柠檬晶族下有八族，据说这个芸香公主有九重人格和性格，身体和性别也会根据人格变化而相应改变来对应，简直雌雄同体！

"她的易容术能达到内外兼修、表里如一、生理与心理互变的程度，实在令人难以置信！"

小桃红及其伙伴们听后都感到惊骇，不知不觉中，又来到另一个会场。

铜发晶族和红发晶族组成联队的会场，有毛晶罗伯特和红纹石族蔷薇公主的登场。

场内还有柠檬晶族中橙族和柠檬晶族中橘族的人群支持。

身着橙棕色服装支持铜发晶族尼西亚的柠檬晶族中橙族首领和身着橘红色服装支持红发晶族凯尔特佳的柠檬晶族中橘族首领，均似柠檬晶族芸香公主。

小桃红这回借口累懵了，让花行云过去问，花行云来到两位首领面前拱手问道："请问哪位是芸香公主？我是碧玺族的花行云。"

柠檬晶族中橙族首领答道："哎，你好！我叫丽梦，是她妹妹，她不在这。"

柠檬晶族中橘族首领答道："嗳，你好！我叫莉萌，也是她妹妹呵，她应该在其他的会场。"

小桃红及其随行们顿时懵住，惊慌不已，这两人均有着如芸香公主的面容，但柠檬晶族中橙族丽梦显现秀丽之感，柠檬晶族中橘族莉萌显现俏丽之感。

作别后，小桃红又嘟囔地说："芸香公主，她究竟还有几个妹妹？为什么每个妹妹都和她长得一样？太不可思议啦！"

紫水晶族艾美丽的会场，有胆晶阿雷利和月光石族、蓝晶石族、堇青石族、海纹石族、龙晶石族、苏纪石族六族来宾的拥护。

场内还有柠檬晶族中柚族的人群支持。

这群身着橘紫色服装柠檬晶族的首领，有着与芸香公主相同的容貌。

小桃红悄悄走到她旁边，左看右看，仔细端详她。

这首领嫣然一笑，说："你有什么事情吗？"

小桃红睁大眼睛问："是芸香公主吧？我是翡翠族的花飞雪。"

这首领答道："咦，是武圣人的女儿啊！我叫幽梦影，是她妹妹，她不在这。"

这位与芸香公主有着相同容貌的柠檬晶族中柚族幽梦影，显现倩丽之感。

小桃红说："我可是艾美丽的好朋友，我得出把力支持她，哈哈。"

幽梦影随即说："那我们和大家一起为艾美丽呐喊助威吧！"

小桃红应允道："好耶！"

小桃红很有啦啦队长的风范，招摇挥摆。

昨晚参加拍卖大会知晓小桃红的人看见小桃红在此，加之紫水晶族艾美丽的盛名，也纷纷加入会场，成为紫水晶族艾美丽的支持者。

艾美丽的会场人气旺盛，火热爆棚。

闺咪见小桃红太兴奋了，时间也不早了，就提醒小桃红还剩下个黄水晶族黄衫一白的会场没去，芸香公主应该就在那里了。

小桃红听后向幽梦影告别，离开紫水晶族的会场，回头望着幽梦影的倩影，喃喃地说："下次，还找她一起玩。"

黄水晶族黄衫一白的会场，有柠檬晶族芸香公主和萤石族来宾的压阵。

场内还有柠檬晶族中橼族的人群支持。

这群身着柠檬黄色服装柠檬晶族的首领，和会场舞台上的芸香公主容貌一模一样。

小桃红来到这位首领身边，问道："你好啊，请问台上的那位是芸香公主吗？我是翡翠族的花飞雪。"

这首领答道："嗯，她是芸香公主。你是武圣人的女儿啊！我叫莉香，是她妹妹。"

这位与芸香公主有着相同容貌的柠檬晶族中橼族莉香，颇具靓丽之感。

此时台上的芸香公主，身披柠檬晶族下八族各色的纱衣，美轮美奂，魔丽四射，振臂助威，号召大家支持黄衫一白。

花行云作为黄衫一白的好朋友，高举双手鼓掌，内功深厚的掌声荡振全场。

黄衫一白的会场声响鼎沸，欢呼热烈。

芸香公主歇息之际，小桃红终得相见，两人互相交流，互相倾慕，互相很是欢喜，次日凌晨才依依告别。

这一晚，真是：千寻百觅看真假，五颜六色见是非。

第九章

抗魔十二利器

水晶大会竞技日第二天开场了，由主持人宣布今日会赛开始，刚说完，场下就人声鼎沸，热闹非凡。

嘉宾席上身着蓝白色相间服装的海纹石族掌石人莱利马高喊："我们远道而来，很想目睹水晶世界的抗魔十二利器啊！"

嘉宾席上身着樱花粉色服装的苏纪石族公主苏姬衫和身着粉紫色服装的苏纪石族掌石人苏俱来也高声附和，要求目睹闻名天下的水晶族的十二件武器，一饱眼福。

会场嘉宾与观众拍手赞同，因为大部分人都知道水晶各族分别持有上古打造的十二件精致武器，只有在历届水晶大会上，因为水晶各族掌石人的会聚，方能一览这十二件武器的齐聚，机会难得！

盛情难却，征得水晶族长白天晴的同意后，主持人宣布临时增加水晶族十二利器的演出，满足会场各界人士的强烈意愿和要求。

会场台下掌声雷动，大家高兴欢呼；归于平静后，会场台上，出现三层九格的巨大屏幕。

一束灯光射在屏幕前，从会场屏幕上空跳落下一位中年白衣人，手持一大锤，抡锤砸地，整个会场为之一动！

这位中年白衣人正是胆晶掌石人阿雷利，这大锤正是抗魔十二利器之一"震魔锤"！

震魔锤锤地的震感消失后，会场灯光聚射在九格屏幕的西南向。

只见一位皮肤黝黑、浑身都是肌肉块的高大黑发大力士登场，脖颈和肩膀处挂着又大又圆的黑晶珠串，大力士高喝一声，单手舞动黑晶珠串，瞬间成一黑圈，罩在头顶上，场下见此景，欢声喝彩！

这位大力士是黑发晶掌石人艾弗卡，这巨大的黑晶珠串是抗魔十二利器之一"降妖伏魔珠"！

降妖伏魔珠停舞后，会场灯光沿着顺时针方向照射在九格屏幕的西方。

只见一位蓝眼高颧骨的强壮高人出场，手持三尖两刃大刀，刀杆很长，这位高人单手转杆，三尖两刃刀旋转舞动，如同风火轮，如天神下凡！台下掌声四起！

这高人是钛晶掌石人高加西亚，这三尖两刃长刀是抗魔十二利器之一"三尖两刃屠魔刀"！

三尖两刃屠魔刀停转后，会场灯光移射在九格屏幕的西北向。

只见一位红发披肩的壮汉亮相，手举三叉戟，戟杆很长，这位壮汉单手高举并晃动着戟杆，三叉戟宛若三尖顶的皇冠，像海神在场！台下暴喊声顿起！

这红发披肩壮汉是红发晶掌石人凯尔特佳，这三叉长戟是抗魔十二利器之一"三叉降魔戟"！

三叉降魔戟放下后，会场灯光映射在九格屏幕的北方。

只见一位身着金色服装的金发美男，手执一柄长刺击剑，手柄与剑刺处有个金色圆形护手环。该金发美男跃起，腾空单手用击剑左边划出个三角形剑气，右边划出个正方形剑气，盛气凌人！台下躁动起来，女性观众纷纷尖叫！

这身着金衣的金发美男是金发晶掌石人亚特兰，这击剑是抗魔十二利器之一"天赐破魔剑"！

天赐破魔剑的剑气消失后，会场灯光转射在九格屏幕的东北向。

只见一位身着绿色服装的美男踏步入场，左手携着一绿盾，右手执着一修长的绿色剑鞘，右手抓住剑鞘中间，竟将剑鞘旋转起来，颇似船上的方向盘！

在小桃红和花行云身旁嘉宾席上的葡萄石族掌石人拍掌说："他的剑可是出剑杀！亮剑即杀敌。"

这身着绿衣的美男正是绿水晶掌石人兴安灵，这气度内敛的剑是抗魔十二利器之一"辟邪诛魔剑"！

旋转的辟邪诛魔剑剑鞘停下来后，会场灯光闪射在九格屏幕的东方。

只见一位身着黄色服装的少年步履轻盈，翩翩入场，手执着一把黄色刀鞘，突然将刀鞘抛向高空，刀气如虹！

在小桃红和花行云身后嘉宾席上的萤石族掌石人叫好说："他的刀是拔刀斩！不轻易拔刀的。"

这身着黄衣的翩翩少年正是黄水晶掌石人黄衫一白，这锋芒未露的刀是抗魔十二利器之一"荡魔刀"！

荡魔刀刀鞘落下来后，会场灯光汇射在九格屏幕的东南向。

只见一位棕发披肩的古铜色肌肤的健硕强人现场，浑身浮动着吱嘎叮咣的锁链，恰似九大行星绕日，似山神现身！台下惊呼声乍起！

这棕发披肩强人是铜发晶掌石人尼西亚，这浑身缠绕着的锁链是抗魔十二利器之一"镇魔星云链"！

镇魔星云链的吱嘎叮咣停顿后，会场灯光罩射在九格屏幕的南方。

只见一位身着飘飞紫衣的美女，玉立在场，手拿着一紫色长鞭，一声鞭响后，长鞭宛如游凤，飘舞周边，若凤凰现世！台下轰动！

这身着紫衣的飘逸美女正是紫水晶掌石人艾美丽，这浑身游舞的长鞭是抗魔十二利器之一"紫金驱魔鞭"！

紫金驱魔鞭收拢后，会场灯光齐射在九格屏幕的中央。

只见一位白水老者，缓步出场，左手执一柄雪白的剑鞘，右手拔出其中的宝剑，这宝剑竟是整块晶莹剔透水晶制成的剑！全场雷动！

会场上很多嘉宾都深知这把水晶剑，当前观来宛若整块晶莹冰块，但若被内力高强的持有者激发或挥动速度极快之时，就会透明、看不见，这样对手难以防范。

这白衣老者正是现任水晶族长、白水晶掌石人白天晴，这把透明水晶剑是抗魔十二利器之一"斩魔剑"！

会场灯光散射开来，水晶十族掌石人各展利器，熠熠生辉。

十族魅力，魅力十射！

这精彩的场面一直被后人流传。

在小桃红和花行云身前的嘉宾席上，身着蓝紫色服装的堇青石族掌石人罗莱感叹说："未见银发晶的扫魔拂尘，可惜哦。"

在小桃红和花行云身前的嘉宾席上，身着青蓝色服装的蓝晶石族掌石人莫来感慨说："水晶之王银钛的灭魔玲珑杖未现，不知道今生能否见到啊！"

精彩演出后，主持人公布了八强的对阵名单，分别是：

黄水晶族黄衫一白，对阵红发晶族凯尔特佳；

绿水晶族兴安灵，对阵金发晶族亚特兰；

紫水晶族艾美丽，对阵黑发晶族艾弗卡；

钛晶族高加西亚，对阵铜发晶族尼西亚。

第十章

八晶争霸

半决赛第一场，是黄水晶族黄衫一白和红发晶族凯尔特佳之间的比武。

双方拱手抱拳致礼后，凯尔特佳即以红发晶族的"排山倒海"功夫，向黄衫一白攻击开来，气势如虹。

身着橙黄色衣衫的黄衫一白从容应对，闪避之间，形体轻盈，宛若蝴蝶飞舞，又似乘风破浪，潇洒自如！

凯尔特佳见奈何不了黄衫一白，即止住手脚，凝视且思，准备下一波功夫再袭。

黄衫一白伸出双手，呈上数缕红发，说："你的功夫气势好强大，你看你的红发都飘落了，我顺手拾到，给你。"

凯尔特佳注视着这缕红发，暗自吃惊，随即拱手答谢，说："我功力可没你好，不如你游刃有余，恭祝你晋级！"话落，凯尔特佳转身下台。

裁判长赛朋铁克宣布第一场黄衫一白胜出。

半决赛第二场，是绿水晶族兴安灵与金发晶族亚特兰之间的交锋。

双方拱手抱拳致礼后，亚特兰先发制人以"弹指功"功夫，向兴安灵袭击开来，左手弹指发出似剑的一股气柱，右手弹指发出似剑的一波气浪，一股连一股，一波接一波，最后左右手绞合，同时射出十指剑气，气贯长虹。

身着森林绿色衣袍的兴安灵，稳重如山，护挡回避之间，身形矫健，踏浪于林海中，徜徉在绿林里，威风八面！

亚特兰见正面强攻无济于事，即慢慢转身背对兴安灵，突地一个回头甩出金发，根根闪亮金光，径直刺向兴安灵；兴安灵使出绿水晶族的"绿林幻影"功夫，脱离险境。

亚特兰发现长长的金发被森林绿色的衣袍裹住，大吃一惊，本以为使出本族出奇制胜的"蓦回首"功夫，即使不能击中，至少也会刺破兴安灵衣袍，哪知反被兜裹，显然兴安灵技高一筹。

兴安灵拱手说："蓦然回首，太酷了，我的衣袍都被你的金发迷住了！"

亚特兰将衣袍还给兴安灵，说："潇洒的脱衣，诠释了洒脱，是吗？空给我个——服！恭祝你晋级！"话落，亚特兰转身下台。

裁判长赛朋铁克宣布第二场兴安灵胜出。

半决赛第三场，是紫水晶族艾美丽同黑发晶族艾弗卡之间的竞技。

双方拱手抱拳致礼后，艾弗卡郑重地请艾美丽先手来攻，艾美丽称谢后，使出"流云甩袖舞"功夫，这功夫分明是赏心悦目、婀娜多姿的舞蹈，场下观众大饱眼福，喝彩不断。

大力士艾弗卡知道"流云甩袖舞"功夫不仅是顶级舞蹈，也是高级功夫；艾美丽数次甩出飞袖，拂面而来，都有变幻的招式作为后手。

艾弗卡定心对待，稳坐如山，对于触肤的飞袖不为所动，但也无破解办法，暗想：这飞袖本可缠身或锁脖，只是艾美丽手下留情，点到即止，目前仅撩下了几处非要害的肌肤，长此下去，终究是对守方不利。

艾弗卡大声说："我要出手反击了。"随后，大喝一声，使出黑发晶族的"力劈山河"功夫，气势壮强，想冲散艾美丽的美幻招式。

轻盈窈窕的艾美丽，凌波舞步，并不受影响。艾弗卡想加强攻击节奏和气力，冲乱艾美丽的步法，使她知强而退，但恰在此时，中了艾美丽的"随风沾衣倒"功夫，沾上了艾美丽的紫色衣裳，即被艾美丽的极强柔顺之力带歪，重心不稳差点晃倒在地。

艾弗卡随即拱手说："我这个步，赶不上你那个舞，恭祝你晋级！"话落，艾弗卡转身下台。

裁判长赛朋铁克宣布第三场艾美丽胜出。

半决赛第四场，是钛晶族高加西亚对铜发晶族尼西亚的决斗。

双方拱手抱拳致礼后，同时大打出手，劲爆十足，简直是金星撞上火星，天王星碰上海王星。

尼西亚双手同时出击，使出铜发晶族的"海逝山崩"功夫。

高加西亚不闪不退，直接左掌使出"金钟罩"接招，右拳使出"金刚拳"回击。

双方硬扛很久，均不见力度减弱。

高加西亚漠然神态自始未变，力度如滔天瀑布咆哮，不绝，不尽。

尼西亚毅然表情自始没改，力度如冲天火山崩爆，没完，没了。

水晶族长白天晴见尼西亚的棕发已飘乱，担心尼西亚有闪失，叫停。

裁判长赛朋铁克在征求裁判团判定后，宣布第四场高加西亚胜出。

赛朋铁克公布四强名单，分别是：黄水晶族黄衫一白、绿水晶族兴安灵、紫水晶族艾美丽和钛晶族高加西亚。

之后宣布今日休会，明日从四强中竞选出新一任的水晶族长和水晶圣使。

四强选手依照规则都被安排去休息，其余的人均可自由活动。

第十一章

九茶会品

休会后，四强选手的各族拉票活动和宣传活动又开始了。

又是皓月当空的夜晚。

红发晶族凯尔特佳的支持者，莉萌率领的身着橘红色服装柠檬晶族中橘族的人群和毛晶罗伯特，转而支持紫水晶族艾美丽。

月光石族、蓝晶石族、堇青石族、海纹石族、龙晶石族、苏纪石族六族来宾和胆晶阿雷利及幽梦影率领的身着橘紫色服装柠檬晶族中柚族的人群，一起为紫水晶族艾美丽助威。

金发晶族亚特兰的支持者，利盟率领的身着金桔色服装柠檬晶族中桔族的人群，转而支持钛晶族高加西亚。

日光石族来宾和厉猛率领的身着金黄色服装柠檬晶族中柑族的人群，一起为钛晶族高加西亚助威。

黑发晶族艾弗卡的支持者，离梦率领的身着桔黄色服装柠檬晶族中檬族的人群和茶晶水一枯，转而支持黄水晶族黄衫一白。

萤石族来宾和柠檬晶族芸香公主及莉香率领的身着柠檬黄色服装柠檬晶族中橼族的人群，一起为黄水晶族黄衫一白助威。

铜发晶族尼西亚的支持者，丽梦率领的身着橙棕色服装柠檬晶族中橙族的人群和红纹石族蔷薇公主，转而支持绿水晶族兴安灵。

葡萄石族来宾和粉晶芙蓉公主吉容及来梦率领的身着青柠色服装柠檬晶族中柠族的人群，一起为绿水晶族兴安灵助威。

小桃红拉上花行云，去城中竞选会场，为好朋友艾美丽所在的紫水晶族助威。

小桃红一行先经过了黄水晶族会场，一眼看见柠檬晶族芸香公主亭亭玉立台上主持活动。

小桃红想再次向芸香公主讨教和交流化妆美容之术，加之花行云也想为其好朋友黄衫一白助力，小桃红一行就进入了黄水晶族会场。

小桃红与花行云被莉香迎至会客厅歇息，等候芸香公主。

只见茶晶水一枯和离梦在嘉宾桌上摆放各种奇珍异茶和茶具。

双方遇见，相互行礼致意。

落座后，小桃红对厅中间供放的九大袋茶很感兴趣，离梦在一旁倒水沏茶，水一枯则介绍讲解各种茶。

水一枯说："借着此次水晶盛会，水晶各族精英到来，难得大家相聚，依照惯例，九大区域的各族都会带给我各自区域的名茶。"

水一枯继续说："这九袋茶，西方位的，是钛晶族带来的花茶，花茶具体有菊花茶、茉莉花茶、桂花茶等等。

"西北位的，是红发晶族带来的红茶。

"北方位的，是金发晶族带来的奶茶。

"东北位的，是绿水晶族带来的绿茶。绿茶分为炒青绿茶、烘青绿茶、晒青绿茶、蒸青绿茶。花飞雪刚才喝的是龙晶绿茶，花行云刚才喝的是云峰绿茶，离梦手上的是碧春绿茶。"

小桃红附和地说："嗯，龙晶绿茶真好喝！很清新呦！"

"东方位的，是黄水晶族带来的黄茶。

"东南位的，是铜发晶族带来的青茶。青茶是青铜乌凰茶的简称，分为岩凰、溪凰、福凰、龙凰、凤凰。

"南方位的，是紫水晶族带来的果茶。

"西南位的，是黑发晶族带来的黑茶。

"中间位的，是白水晶族带来的白茶。"

小桃红拍手称赞："一枯大师在美食和茶上的造诣闻名天下，今天我在这呢，就多喝些茶了，以后再向您请教美食方面的。"

水一枯听后哈哈大笑。

水一枯指着刚泡的杯中茶，说："人生如茶，浮起来，最后还是要沉下去的，要沉淀。"

小桃红拍手说："大师说得好！"

水一枯又指着这杯子，说："这杯子里不管有什么，不管是什么，这杯子，也要拿得起，更要放得下。"

花行云点头说："大师说得好！"

小桃红和花行云一行，品遍各大名茶，见芸香公主仍在台上主持活动，便向水一枯和离梦告辞，说晚些时候再来会见芸香公主。

第十二章

烟燃一笑

　　小桃红和花行云一行，径直来到紫水晶族的会场。只见会场里人声鼎沸，热闹非凡。

　　台上毛晶罗伯特不断变换各色发型进行表演，紫龙晶掌石人查罗王子主唱，身着樱花粉色服装的苏纪石族苏姬衫公主领舞，身着朦胧月光般淡蓝色纱衣的月光石族女舞者伴舞。

　　小桃红看见身着橘紫色服装的人群的首领，知道肯定是幽梦影，便跑过去和幽梦影一同唱歌跳舞起来。

　　酷舞，曼舞，舞舞翩翩；步伐与节奏，神态与形影，真是和谐与默契！

　　闺咪见小桃红太兴奋了，就提醒小桃红还得去下黄水晶族会场，这会儿，芸香公主应该在台下休息了。

　　小桃红听后向幽梦影作别，依依不舍地离开幽梦影。

　　小桃红和花行云一行回到黄水晶族会场时，不见芸香公主，一打听，芸香公主离开不久。

　　小桃红和花行云一行又作别水一枯和莉香与离梦，去找寻芸香公主。

　　离开黄水晶族会场不远处有一个大会场，里面人声鼎沸。

　　小桃红和花行云一行进入后，发现是个大赌场。

　　赌场主持席位上，一人叼着大拇指大小的卷烟，正点着烟；点燃后，深吸了一口，随即吐出数个圈圈，烟雾缭绕中，忽地一笑！

　　此人点燃烟后总是突地一笑，吞云吐雾中，如斟酌，像熏陶，似独醉，若游离，很是享受。

此人的莫名一笑，笑得出神，笑得出奇，笑在神奇之上。

难以形容，难以看懂，简直天理难容，在法理上无根据、无依据、无礼制、无章法可循，情理上说不通，人文地理上未有未见，毫无道理可言。

笑得太不正道，既非人道，也非魔道，貌似黑道，绝非神道。

正是烟燃一笑，披风烟，笑红尘，挟云烟，乐自在，逍遥风尘里，浪漫烟云中。

这赌场当家人，是"玩睨之鬼"烟晶掌石人烟燃一笑。

他的烟通常是白烟，若是遇到强敌，可吐黑烟闪脱，如章鱼般喷吐黑墨方式逃脱，也可吐出带毒的黄烟退敌。

烟燃一笑看见小桃红骑着虎，虎尾衔鹰，虎旁有花行云相伴，知道此一行中的女孩子是武圣人的女儿，立即相迎。

双方行礼相互介绍后，烟燃一笑问小桃红和花行云各自支持谁，意欲押注哪位当选族长。

小桃红问："最新情况是什么？"

烟燃一笑回答："挂牌行情是四位候选人的赔率都是一赔二。但最新的盘口和私下的情报显示，黄衫一白是平均水平的支持率；高加西亚和兴安灵高出平均水平，支持率更高些；艾美丽的支持率在平均水平之下。

"高加西亚功夫最强，兴安灵稳重，各方面都好，均衡全面，所以他俩在暗盘中支持率较高；黄衫一白和艾美丽，一个帅，一个美，但毕竟这次大会不是选美，得靠实力来定！

"公主，您选谁当族长？选谁当圣使？"

小桃红嘟嘟嘴："这是严重的歧视！凭什么歧视帅哥和美女？"

小桃红又来劲地说："艾美丽不仅人美，还有领袖风范，女王气质，我选艾美丽当族长。

"不爱美丽，还是女人么？谁让她长得美，名字又起得这么好！太打动我的心！"

烟燃一笑接答说："爱美，天性使然！小美女爱上大美女，自然！顺也！那公主下注多少？"

小桃红说：“五千水晶币，押注我的所爱——艾美丽，我赌她当族长！”

闺咪一听，暗想：“又是五千，看样子是上次拍卖五万报价炸场的余波未平，上次拍卖出价过高，心有不甘，这是要扳回啊！”

烟燃一笑伸出大拇指，赞道：“您这是真爱啊！这出价，刺激！霸气！豪爽！”

小桃红噘着嘴，不高兴地说：“我现在一听有人说我豪，我就不自在、不爽。”

烟燃一笑继而问：“接下来，公主，您选谁当圣使？”

小桃红挠挠头：“哎呀，圣使人选，不赌啦，不赌啦。”

烟燃一笑拿出水晶收款仪：“好吧，公主，请出下您的押注款，我这儿赌场的规定是概不赊账哦。”

小桃红在水晶收款仪上输入水晶币五千后，输入付款密码，水晶收款仪扫描了付款人小桃红影像和当下场景，认证成功，完成交易。

烟燃一笑转而问花行云：“您选谁当新族长和圣使？准备下多少注？”

花行云愣了一下，随后说：“我认为黄衫一白可以担任圣使、族长的，至于下注赌博，我就不参与了。”

小桃红对花行云和烟燃一笑说：“我哥刚下山、入世，他还没开通款项账户。哥，你尽管赌，我来下注、付款，以后你再还我就行，拿其他东西抵，也行的哩。”

啸天虎雷霆一听，暗想：“真是亲兄妹，明算账啊！”

花行云还是坚持不赌，谢绝了。

花行云一行见时间已晚，立刻作别烟燃一笑，离开赌场，去找寻芸香公主。

这时，四大候选人的会场也都同时散场，人员四散开来，夜归回宿。

小桃红和花行云一行，见状难寻，夜已深，只得放弃，回寝歇息。

第十三章

紫晶城

水晶大会竞技日第三天开场了，也是今日，竞选出水晶族的族长和圣使。

主持人宣布今日大会演出开始，一轮又一轮的文艺表演轮番登场，台下热闹非凡。

过了很久，却不见四位竞选人出场和秀演，也不见水晶族长白天晴和胆晶族阿雷利，远处隐约中还传来阵阵的锤击声音，这奇怪的现象已引起很多嘉宾和各族观众议论纷纷。

大家正在奇怪之时，水晶族席位上的红发晶族凯尔特佳、金发晶族亚特兰、黑发晶族艾弗卡和铜发晶族尼西亚四人被水晶信使带走离开，而且四人还带上了各自成名的随身武器。

闺咪对小桃红说："水晶族，这是出事啦，这四位高手离场，还带着武器出去，肯定和出的事有关吧，看来出的这事，可能需要帮手解决。"

小桃红说："那我们也去瞧瞧啊，看个究竟。"

小桃红和花行云一行也离场跟随前去，口水狗听觉灵敏，指引大家去往锤音来自的方向。

小桃红和花行云一行很快来到了阵阵锤声处；那是水晶宫内唯一的山，名叫紫晶山。

山下一洞口处，被洞内大石头堵住，一人抢起"震魔锤"，奋力地不停锤击堵石，此人正是胆晶掌石人阿雷利。

阿雷利旁边站着水晶族长白天晴和刚刚赶来的红发晶族凯尔特佳、金发晶族亚特兰、黑发晶族艾弗卡和铜发晶族尼西亚四人。

小桃红急问白天晴出了什么事，白天晴告诉大家，黄水晶族黄衫一白、绿水晶族兴安灵、紫水晶族艾美丽和钛晶族高加西亚四位候选人一同不见了。

早上，派人召集时，发现四人都不见了，但四人的武器还在。

白天晴顺着踪迹，查寻至此，见到此地新产生了一个洞口，却已被洞内大石头堵住，故派胆晶族阿雷利抢锤砸击，意图破口而入。

白天晴同时传唤红发晶族凯尔特佳、金发晶族亚特兰、黑发晶族艾弗卡和铜发晶族尼西亚四人前来助力。

口水狗嗅觉极佳，因与黄水晶族黄衫一白同行过，知道黄衫一白的气味，便告诉小桃红，黄衫一白确实在洞内，此洞口留有黄衫一白的气味。

花行云听后，立即要亲自出手助力。

这时，啸天虎雷霆突地说："等下，我听到后山那边，有传来山内部发出击打的次声波。"

口水狗也附和地说："我也听到了这个山内部传来击打的次声波，是在后山那边。"

小桃红说："这洞口堵住了，没准黄衫一白和进入洞内的人，正从山后破洞而出呢！"

大家立刻随啸天虎雷霆和口水狗赶至后山。

啸天虎雷霆和口水狗，最先来到后山的一山壁处，停留下来。

口水狗示意啸天虎雷霆发声，啸天虎雷霆冲着这面山壁，使出"啸天吼"功夫，不断暴吼，发出强震荡声波，同时暗含次声波，震动四方。

口水狗耳朵紧紧贴壁而听，探听啸天虎雷霆啸的巨吼次声波的回声和洞内声音。过了会儿，口水狗示意大家，找到了洞内声源发生处。

黑发晶族艾弗卡的降妖伏魔珠和铜发晶族尼西亚的镇魔星云链及胆晶族阿雷利的震魔锤，三人合力向口水狗示意的山壁处攻击，但未能击破山壁。

花行云担忧黄衫一白心切，亲自出手。

花行云左手按住山壁，不断发功震动山壁，右手择机突然一击，竟将山壁击裂出数道缝隙。

众人为此惊叹，小桃红拍手说："我哥威武，这是传说中的'开山手'功夫吗？哈哈，太好了！以后我寻宝开矿，就靠哥的这'开山手'了。"

花行云连忙解释道："我这可不是你说的'开山手'功夫，只是用一只手通过震荡山壁，来感知山壁的回波，发现山壁薄弱处后，再突地强击弄裂而已。

"这山如钟，外表受再强的外力，也会将外力自然地化解到大地内，因此毫发无损，只能找寻薄弱处弄裂，再将裂缝破坏、弄大后进入。

"通过强回声，我感知这山体由多种物质层层包裹，大概地说，最内层是水晶层，中间层是玛瑙层，最外层是石质层。

"玛瑙层隔绝了山内与山外的声音，外面动静再大，山内的人是听不见的，山内产生的声音，山外的人也是听不见的；我从小就在山里，所以比较熟悉这种山的结构。

"刚才洞内的动静是通过次声波传出来的，幸好我们有两位对次声波灵敏的伙伴在。"

话落，黑发晶族艾弗卡和铜发晶族尼西亚及胆晶族阿雷利，三人合力聚击一裂缝处，将此裂缝处击成了一孔洞。

小孔洞内传出人的声音，是兴安灵、高加西亚、黄衫一白三人的声音。洞内外双方约好同时发力，夹击小孔洞，以便拓宽洞口出来。

洞外，红发晶族凯尔特佳和金发晶族亚特兰合力，与黑发晶族艾弗卡的降妖伏魔珠、铜发晶族尼西亚的镇魔星云链及胆晶族阿雷利的震魔锤，连同洞内的兴安灵、高加西亚、黄衫一白三人合力，轰击洞口。

巨响过后，洞口可容纳一人进出。

洞外，人们见到兴安灵、高加西亚、黄衫一白三人出来，却不见紫水晶族艾美丽，忙问她下落。

绿水晶族兴安灵说："我们误入山洞内，入口突然坍塌堵死，被困在洞内，艾美丽为了我们三人活下去，牺牲了自己，坠入了洞内深崖，唉！"

钛晶族高加西亚点头称是，黄水晶族黄衫一白则闭目泪流满面。

众人听后都黯然，这时，洞内远处传来清脆的声音："你们还好么？是我，艾美丽。"

众人惊喜皆动，黄水晶族黄衫一白早已飘飞进洞内去救援，绿水晶族兴安灵立刻用手撑住洞顶，说："这山的特点是一有洞口，过一会儿洞口就坍塌，我们在洞内遇到多次了，大家先把洞口撑住。"

铜发晶族尼西亚的镇魔星云链跟着黄水晶族黄衫一白的身影飞入洞内，除了铜发晶族尼西亚，其他人撑住洞口。

果然，洞口上方开始坍塌，巨大的重力强压洞口。

还好，黄衫一白及时抱住了艾美丽，同时镇魔星云链拴住了黄衫一白，众人拉链，急速将两人拉飞出山洞，众人释然，一同在洞外欣然庆祝。

这山洞口在众人欢呼声中，被上方轰然而下的碎裂山石压挤覆盖，消失了。

兴安灵向众人讲述了被困山洞内的经历。

昨晚，包括兴安灵在内的四强候选人，去赛会指定的休息区歇息，这休息区背靠紫晶山。

兴安灵歇息中，突然感觉到有人影从房间外一闪而过，兴安灵直觉是不祥之感，这个休息区域，除了四强候选人和会务人员外，不该有如贼般身形的人显现，兴安灵出房紧随此人影。

高加西亚也听得动静，出房察看，遇到兴安灵。

兴安灵说有人闪过，高加西亚点头认可，两人朝逃跑的人影方向追去，这人影跑进紫晶山后不见踪影。

正当兴安灵和高加西亚在山脚下凝神搜索时，发现了山腰处一男一女。

跑过去一看，竟是黄水晶族黄衫一白和紫水晶族艾美丽。

高加西亚高声质问："你们在此干吗呢？"

黄衫一白答道："皓月当空，我在此赏月，偶遇艾美丽。你俩紧急跑来，发生了什么事啦？"

高加西亚冷冷地哼了一声："偶遇？你俩分明是约好的。赏月？鬼信。"

黄衫一白生气地说："你话别乱说，别伤艾美丽。"

兴安灵立刻插话："你们别说了，且听我说，刚才我和高加西亚在咱们休息地发现一贼影，刚跑进这山中不见，不知这贼做什么坏事，你们有没有注意附近？"

艾美丽说："我没有注意到，既如此，那我们合力追寻吧。"

高加西亚又冷冷地哼了一声："追？这贼刚才就在你们附近，你们竟没注意到？"

黄衫一白气愤地说："你这是什么意思？你这话给我说清楚。"

眼见双方要打架，兴安灵立刻制止了双方。

高加西亚转向了山壁，郁闷地向山壁击出了一重拳，竟然打出了一个山洞。

高加西亚觉得奇怪，径入其中，兴安灵来不及止住他，只得跟随进入，黄衫一白和艾美丽见兴安灵进入洞内，也随之入洞。

洞内空间很大，壁上都是水晶，晶光闪闪，原来是个巨大的水晶洞。

还未等四人看得仔细，洞口轰然坍塌。

高加西亚使出"金刚拳"轰击洞壁，竟然无法开口；其他人也出击未果，四人合力击一处仍未果。

艾美丽说："这是个巨大的水晶洞，大家也看到了内壁上都是大块的水晶，水晶后面肯定是厚实的玛瑙层，玛瑙层外是坚硬的石质层。

"我们合力，居然打不出一个口，肯定是洞的结构，将我们的合力分解至洞周边，化解至大地中；再击打下去也无济于事。

"现在洞外的声音都听不见了，很寂静，显然洞内我们动静再大，洞外也是听不见的。"

艾美丽继续说："但也别急，看，这封闭空间内晶体还能闪着光，说明远方的某处有光，这光在各个晶块间折射和转射，这光源没准就是另外的洞口。让我们同心协力，一起出去吧！走！"

黄衫一白挺身走在艾美丽前面，寻光而走，高加西亚断后。

每遇到发出光的小缝隙，众人就合力击出个洞口，穿洞继续前行，但每次不久，就传来身后洞口坍塌的声音。

终于历尽数次艰难的辗转，四人来到了光源处。

黄衫一白和兴安灵忽地同时一脚踏空，艾美丽立刻伸手抓住黄衫一白的一只手，艾美丽另一只手抓住兴安灵衣服，将二人拉稳拉回。

原来四人处在一处悬崖边上，下面是黑暗不见底的深渊，对下面发声后，却无回声。

在悬崖的对面，有个发光的蜡烛。

这光源形似蜡烛树，树顶尖有火，下面整个树干内外油光，深入崖下。

对面悬崖的发光蜡烛上方，依稀可见一个带字的牌匾，字为紫晶城。

悬崖两边间隔过大，无辅助工具是无法到达对面的。

四人暗想，难道到此就结束了？

艾美丽说："大家别急，我发现咱们身后也有个牌匾。"

四人摸出这牌匾上写的字：世人禁入紫晶城，入者死。不入者左转遇门可活。元古。

四人知道"元古"是上一任水晶族长的名号，即现任水晶族长白水晶族白天晴的前任。

四人岂敢不听前辈的告诫和指点，左转探寻生路，果然有个小道，这小道始终贴着悬崖峭壁。

四人沿着崖壁小道走了很久，小道尽头是个崖壁石门，旁边仍是无底的深渊。四人合力也无法打开此门。

正当四人郁闷之际，兴安灵发现崖壁有刻字。

兴安灵念出："门旁崖下有个树，须牺牲一人紧抱此树坠崖，门可开启。"

四人默然，向门旁崖下看去，可见一个从门下的崖壁处伸出的小树，想必是此石门开启的机关。

兴安灵悄悄地拍下了黄衫一白和高加西亚两人的肩膀，示意到旁边。

三人聚一起，兴安灵悄悄地说："我们三人中出一人下去抱此树。"

黄衫一白和高加西亚两人点头悄声说好。

此时，就听艾美丽说："你们要好好活着！保护好族人！"

三人一听，暗叫不好，立刻回头时，艾美丽已纵身跳下。

黄衫一白大喊："你别……"也舍命飞身跳下，欲拉住艾美丽，但为时已晚，此时艾美丽已紧抱着断树，坠入深渊中。

兴安灵也奋不顾身，死命拉住已跳下的黄衫一白的脚踝，但惯性使得兴安灵也被拖入崖下；高加西亚则抓住兴安灵的双脚，奋力将两人拉回崖上。

黄衫一白伸直着手，泪水如颗颗水晶滴落进深渊中，呼喊着："你伴我追月一时，我陪你逐日一世！我来陪你！"

这呼喊声在深渊中，响彻很久，很久。

兴安灵和高加西亚两人制住黄衫一白，但黄衫一白仍痛哭要跳崖。

经过兴安灵数次的安慰，黄衫一白最后平静下来说："我们都先好好地活着，若能出去，我会很快返回找她陪她，我不再竞选，你俩要保护好族人。"

黄衫一白真是：不爱权力爱美丽，不爱江山爱美人！

高加西亚用力推门，门有些松动，不似刚才坚不可动。

三人合力推开石门，见一暗道，沿着暗道走到了尽头。

这道尽头满是碎石和碎晶，似坍塌过，三人清理后发现这道尽头是个山壁，这山壁有细微的缝纹。三人合力轰击山壁，竟然不能打出洞来。

三人的强力引发的次声波，幸好被啸天虎雷霆和口水狗听见，继而得到了外部救援，脱险。

第十四章

元古之禁

　　艾美丽紧抱着断树坠入深渊中，以为定会粉身碎骨而亡。

　　下落中，艾美丽也听见了黄衫一白的呼喊声"你伴我追月一时，我陪你逐日一世！我来陪你"，内心颇感欣慰，闭上了双眼。

　　闭上双眼后，随即感觉腰部被丝线缠绕，被拉向崖壁。

　　艾美丽睁眼一看，已在一个崖洞内，这洞内还有小水溪，洞壁都是水晶，晶光闪烁，如星光闪耀；洞内光线忽明忽暗，各个光点幻动着，溪水上面波光粼粼。

　　在一个白水晶台座上，一个银发飘飘的白衣美男盘腿端坐着，右手执银色丝线的拂尘。

　　艾美丽听族内老人讲过，上一任水晶族长是银发晶"元古"，满头银发，手执拂尘，加上刚才紫晶城下有"元古"所立的牌匾，立刻想到此人应该就是上一任水晶族长。

　　此人手上所执的，应该就是传说中的抗魔十二利器之扫魔拂尘，想必刚才就是他用扫魔拂尘缠住她的腰身救下她。

　　艾美丽立刻跪拜，说："族长好！我是紫水晶的艾美丽，多谢您救命之恩。"

　　白衣银发美男微然一笑："请起，你真是机灵，反应真快，我是'元古'；你为朋友牺牲自己坠崖，很有担当，怪不得你这么年轻，就成了紫水晶掌石人，是咱们水晶族的豪杰！"

　　艾美丽好奇地问："族长，你为何在这里呢？外面的族人很久都没见着你了。"

"元古"再次微然一笑，说："这里，有山有水有河流，很适合修行。"

"元古"继续说："更重要的是，我在这里看守紫晶城，隔断紫晶城内外世界的生灵进出。此山如钟罩，里面如蜂窝，每个蜂窝也似钟罩，层层罩住紫晶城。"

艾美丽好奇地问："城里面是什么？妖魔鬼怪吗？"

"元古"苦笑："估计所有城外的人，都想知道城内的世界，所有城内的生灵们，也都想知道城外的世界！"

"元古"严肃地说："我守在这里，就是让城外的人进不去，若有人强入，就会引发各种机关丧命。目的是避免世界大战。这个城内外的世界若发生大战，就会带来极其可怕和难以想象的后果，可比咱们光明世界与暗黑世界的数次世界大战要严重得多！"

艾美丽惊奇地说："城里面还有比妖魔鬼怪更可怕的东西啊？"

"元古"再次苦笑："那倒不是，城里面的东西是光明世界和暗黑世界都未知的生灵和未知的世界。

"对于未知的恐惧也许比可怕更甚。

"在没搞清楚城内世界运行的状况前，还是避免城内外两个世界的联系，进行隔绝为好，否则后果难以想象。"

"元古"继续说："我们世界的生灵是肉体生灵，而城内的生灵是晶体生灵！"

艾美丽听后大惊失色，啊了一声。

"元古"说："不怕晶体有灵性，就怕晶体是生灵！

"晶体深受我们世界的生灵爱戴，光明世界与暗黑世界都喜爱晶体的灵性及其特有的能量，为此各方与各族争战不休！

"我们的世界及其生灵自有规律可循，虽有些一时难以理解，但终归属于一个系统，运行基于一个大原理，有着共同基础元素。

"而那个世界是晶体生灵，这个晶体生灵世界的运行与规律及原理，我们几乎不知道，太过迥异！

"我们水晶族的水晶骷髅令敌闻风丧胆，很是神秘。其实水晶骷髅靠晶体间的磁场联系和交流。"

艾美丽听后疑惑地问："难道水晶骷髅就是晶体生灵，来自这城里？"

"元古"叹道："水晶骷髅的确来自紫晶城里，但还不是晶体生灵，是晶体生灵的仿生物，晶体生灵是水晶骷髅的造物主。

"几个水晶骷髅跑出城外，到了我们的世界，现被晶族控制，若是其造物主晶体生灵到了我们的世界，后果就难以想象了。

"我们世界的运行和信息存储很多是依赖晶体，而水晶是我们世界分布最广最多的晶体，我们有责任守护好水晶，来为我们的世界造福，在没研究清楚晶体生灵前，得隔绝紫晶城。"

"元古"掏出一颗银发晶块递给艾美丽，说："这个银发晶块交给白天晴，他会解析里面的信息和数据。

"我会把你带到你同伴现在的那个出口，你出去后对我刚才说的话要保密，只能说给白天晴。

"另外通知白天晴加强紫晶山的防护，禁止有人再入。

"其他人问你坠崖后经历，你就说被崖下的树枝网挡住后返回石门小道脱险。"

艾美丽应允，藏好"元古"递来的银发晶块，随"元古"及时赶到离黄衫一白、兴安灵及高加西亚三人出洞地方不远的那个小道处；"元古"与艾美丽告别后，迅速离去。

第十五章

水晶女王

艾美丽被大家救出洞后，很多人都很关心她，想知道她跳崖后如何死里逃生。

艾美丽遵照"元古"指示向众人说，她被崖下的树枝网挡住后，返回石门小道脱险。

众人都回到水晶大会赛场时，艾美丽单独和水晶族长白天晴一起，向他汇报了银发晶"元古"救助她的经历，同时将那块银发晶块交给了白天晴，并传达了"元古"加强紫晶山防护的指示。白天晴为此很是欣喜。

午后，主持人宣布今日大会开始，由水晶族长白天晴致辞。

白天晴向大会嘉宾和观众说，上午四位选手误入山洞被困，刚才获救脱险，为此让大家久等而致歉，现由四位选手当众抽签后，竞技即开始。

兴安灵四人一齐上台，致谢大家。

兴安灵朗声说："刚才我们四人被困在山洞内，承蒙族长和花行云兄妹及族内外的朋友相救，为此我们再次感谢。

"在洞内危难之际，是艾美丽舍命相救，而让我、黄衫一白和高加西亚三人活下去的。

"艾美丽具有高尚的情操，善良的品德，文武俱佳，艾美丽是下任水晶族长的最佳人选！"

高加西亚抢在艾美丽出声前，高声说："兴安灵所言极是，我选艾美丽是下任水晶族长，她必能光大水晶族！"

艾美丽大声说："洞内当时，每个人都已准备牺牲自己让他人活下去的，下任水晶族长是依照大会规则产生出来的，不能改变规则！"

艾美丽转身对黄衫一白说："是吧？"

黄衫一白应声说："我的女王！艾美丽当选是众望所归，依照竞赛规则由裁判团裁定，请大家遵照裁判团的决定。"

台上台下掌声四起。

主持人上台，公布了裁判团的裁定，决定由紫水晶族的艾美丽当选水晶族长。

台上台下欢声雷动，热烈庆贺。

白天晴亲自给艾美丽加冕，在她头上戴上镶嵌紫水晶、黄水晶、绿水晶、白水晶、钛晶、金发晶、铜发晶、红发晶、黑发晶共九大族晶石的水晶王冠，在她手上戴上镶嵌九大族晶石的水晶戒指。

至此，艾美丽成为新任水晶族长，成为水晶女王。

主持人上台，依照大会规则请新任水晶族长决定新任水晶族圣使。

水晶女王艾美丽宣布由钛晶族高加西亚出任水晶族圣使。

按照水晶族的传统惯例，水晶圣使将赶赴悬天圣宫，成为悬天圣宫十二月宫二月宫晶月宫的宫主，守护人族和晶族共同的大本营悬天圣宫。

因不久后，举世闻名的绿石林大会召开，由绿色系石族的人参加。水晶女王艾美丽派出绿水晶族兴安灵参加绿石林大会，先由兴安灵陪同高加西亚共同赶赴悬天圣宫，高加西亚赴任晶月宫的宫主后，兴安灵再奔赴绿石林大会的举办地绿宝顶。

小桃红听说不久后有绿石林大会召开，就嚷嚷要去，拉上花行云说："咱们随着绿水晶兴安灵一起，参加绿石林大会吧，只有绿色系石族的人，才能参加哦，你是绿碧玺掌石人，理应前去的。我呢，是红绿双色碧玺的掌石人，恰好也绿的，也能参加的。"

花行云看了她一眼说："哦，那你平时怎么总是穿桃红色的衣服呢？还外称小桃红？"

小桃红把桃红色的外套衣服脱下，将外套衣服展示了下，外套衣服里面颜色居然是翠绿色。

小桃红说:"这是双面双色,翠绿色也和桃红色一样都是本家的颜色。"

小桃红一掐腰,嘟嘟嘴,继续说:"美女本色。"

小桃红与花行云,带上口水狗拉拉、鼻涕蛇文文、闺咪、扬威鹰霹雳、啸天虎雷霆,和兴安灵与高加西亚,告别水晶女王艾美丽和黄衫一白,前往人族和晶族共同的圣地悬天圣宫。

第二卷

十二月宫

第十六章

玄地圣殿

驮着小桃红与口水狗拉拉、鼻涕蛇文文、闺咪、扬威鹰霹雳五位伙伴的啸天虎雷霆，与花行云骑着的黑马、绿水晶兴安灵骑着的白马，及钛晶高加西亚骑着的淡金色汗血宝马，组成马虎队伍，在广袤的旷野上奔驰。

这日，这支马虎队伍来到了旷野的尽头，旷野的尽头是茂盛的森林，森林中拱起一座平顶方舟形的大山，这山满是树林，被雾缭绕着。

在这山中间，一巨树通天，直耸叠嶂的云间。

这里的天云地雾，常年不散，这通天巨树裹着云雾，一树擎天。

众人被这壮观的景象看呆了，眺望许久后才继续前行。

兴安灵告诉众人："这通天树顶端是悬天圣宫，中间是悬天圣宫的十二月宫，底端是玄地圣殿，玄地圣殿应该就在这大山的中央，这山叫摩天岭，玄地圣殿是通天树的入口，经过通天树中间的十二月宫才能到达悬天圣宫。"

若没有通行口令和引导，擅自进入通天巨树下的雾林，定会迷路，很难到达通天巨树下的玄地圣殿。

钛晶高加西亚作为水晶圣使，赴任悬天圣宫十二月宫的二月宫晶月宫宫主，出发前已从白天晴和新任水晶族长艾美丽两人口中，获悉了通行口令。

这支马虎队伍顺利抵达了玄地圣殿。

玄地圣殿还是悬天圣宫十二月宫与晶族各族来访人士的交流场所。

晶族各族运送来的物品至玄地圣殿，再由玄地圣殿的人员通过通天树转送至悬天圣宫各处。

逢每个月份，就由该月份的月宫宫主从通天树上，下到玄地圣殿，轮流在该月份看护玄地圣殿并接待晶族各族来访人士。

很多该月份出生的人，特地前来玄地圣殿，纪念出生之月和朝圣。

玄地圣殿到通天树顶端的悬天圣宫，中间排列着十二月宫，依次是：

一月宫，星月宫，石榴石族出任宫主；

二月宫，晶月宫，水晶族出任宫主；

三月宫，海月宫，海蓝宝石族出任宫主；

四月宫，山月宫，钻石族出任宫主；

五月宫，云月宫，祖母绿族出任宫主；

六月宫，雨月宫，金绿宝石族出任宫主；

七月宫，花月宫，红宝石族出任宫主；

八月宫，风月宫，橄榄石族出任宫主；

九月宫，玄月宫，蓝宝石族出任宫主；

十月宫，虹月宫，尖晶石族出任宫主；

十一月宫，雪月宫，碧玺族出任宫主；

十二月宫，冰月宫，坦桑石族出任宫主。

现正值一月末，一月期间由星月宫宫主主持玄地圣殿。

星月宫宫主是石榴石族中紫榴石族女掌石人千紫雅舞，代表石榴石族守护星月宫。

石榴石族有五大族，分别是红榴石族、紫榴石族、橙榴石族、绿榴石族、翠榴石族。

红榴石族和紫榴石族，属于红色系石族，不仅在石榴石族中人数占绝大多数，而且受红宝石族保护，被晶族拥立为正统石榴石族。

紫榴石族女掌石人千紫雅舞与红榴石族掌石人万红高歌，这一女一男被合称为"千紫万红"。

橙榴石族掌石人石芬达、绿榴石族掌石人石福来、翠榴石族掌石人石乌拉，这三男被合称为"三石"。

"三石"所在的三个族虽人少，但武艺本领远强于"千紫万红"所在的两个红色系族，因不满红宝石族的偏袒，负气隐居而不听从人皇。

石榴石族的这五族虽未齐心合一，但之间往来和气。

星月宫宫主千紫雅舞知悉赴任晶月宫宫主的高加西亚一行人到来，亲自出殿迎接。

只见身着玫红色衣裳的千紫雅舞走下玄地圣殿时，身姿婀娜，步行如舞，雅致飘逸。

千紫雅舞的双手、颈项、双耳下、眉宇上，皆戴着玫瑰般紫红色的同等大小石榴石珠串，共有千颗，亮丽四射。

小桃红对着千紫雅舞说："宫主，你和你的行装都好美啊！我是翡翠族的花飞雪。"

小桃红紧接着向千紫雅舞介绍这马虎队伍："这位就是新任晶月宫宫主钛晶高加西亚，旁边是绿水晶兴安灵，还有我哥绿碧玺花行云。"

千紫雅舞欣然地说："原来是武圣人的女儿，久闻你的芳名啦。大家请进殿休息。"

众人就座后，就听千紫雅舞说："我石榴石族特产佳酿的果酒，你们远道而来，恰遇我红榴石族万红高歌派人送来的葡萄酒，请你们品鉴！"

千紫雅舞的侍从为每个宾客斟上葡萄酒，众宾客品尝后，都说好。

酒宴过后，各方道别。

千紫雅舞对高加西亚说："一会儿，我陪你通过十二月宫到悬天圣宫，去见人皇。"

高加西亚拱手说："多谢！"

千紫雅舞对兴安灵和花行云兄妹说："酒席上听说你们还要去绿宝顶，参加绿石林大会，你们在会场上若是见到绿榴石族石福来、翠榴石族石乌拉，麻烦你们代我问候他们，就说'千紫万红'很想念'三石'，'三石'有空时，来'千紫万红'这儿坐坐。"

兴安灵和花行云兄妹，均拱手允诺。

酒席后，千紫雅舞对大家说欲带大家一起到殿后著名地标情侣柱祈福。

小桃红睁大眼睛说："据说情侣在情侣柱前互相许愿的话，特别灵哦！会结对成姻！"

小桃红顿了顿又说："宫主与我们四人，三男两女一起去，但我与三位帅哥不是情侣哎！我还小，就不去了，正好你们成对。"

高加西亚说："成对倒能自圆、化缘、成愿，但三男一女一起在情侣柱前许愿的话，虽然光明正大，但是有点说不清嘢！"

千紫雅舞噗嗤一笑："情侣柱先前名为情旅柱！在这个长方形石柱顶端上立有圆形光滑石头，每到特定时刻，会有阳光照在圆形石头上形成光芒，令人动情。天地间的这段旅途，既是有晴之旅，又是有情之旅，令人驻足。共晴、同情、聚缘、生爱，后来结对成姻多了，被景仰为情侣柱。先生情缘，后产情愿，大家均宜。"

听后，高加西亚、兴安灵和花行云兄妹跟随千紫雅舞来到情侣柱前驻足，各自许愿。

之后，兴安灵和花行云兄妹告别千紫雅舞和高加西亚，启程前往绿宝顶。

离开玄地圣殿，花行云兄妹回望通天巨树与悬天圣宫，不禁黯然神伤，因为这里是父亲花雨为保卫悬天圣宫而与来犯强敌同归于尽的殉难地。

行至雾林边，蓦然再回首：

云遮住过往，雾散发迷茫；

朦胧恍如梦，明暗惚若谜；

花雨成追忆，云雪在寻觅；

飞雪易动情，行云难从容。

第十七章

林语堂

光明世界与暗黑世界之间最近的一次世界大战，就发生在悬天圣宫之下，战至最后，花雨与来犯强敌同归于尽。

这场世界大战，令明暗两界的众生灵，刻骨铭心。

花雨是碧玺族圣使，是红绿蓝三色碧玺掌石人，是碧玺族族长卡龙最得力的助手和挚友。

花雨与玉石族翡翠公主花仙罗兰结婚不久后，花仙罗兰即有身孕。

花雨百忙中抽空，来到花仙罗兰的香花宫中，罗兰亲口告诉花雨说医生诊断她已有身孕。

花雨大喜，很是高兴，感觉自己特别幸福。

花雨得知这喜讯的夜晚，高兴得无法入睡，就在香花宫外，明月下，开心踱步。

突地一个律动传入花雨耳中，花雨知道这个律动来自族长卡龙，且属于紧急召唤的信号。

族长卡龙神出鬼没的，这次已很长时间未露面了，碧玺族事务实际上都是花雨全权处理。

碧玺族也是名门望族，在宝石族里人气很高，人数也是大族，因此事务繁多；只有族内大事，卡龙才参与，此外族内的事，都是花雨处理。

花雨沿着律动方向，走出香花林，来到了香花林的入口处亭堂——林语堂。

花雨进入不见人影的林语堂，忽地发现不远处的香花林边上站立着一人，背影对着林语堂。

花雨走过去，此人也转过身来，正是族长卡龙。

花雨站在卡龙面前，等候卡龙吩咐。

奇怪的是，卡龙竟一言不发，就这样，两人对站了好长一会。

卡龙长长地呼出了一声气息，说："魔界出现重大异常，魔族精锐暗中异动，人族近期将有大事发生，必有大战。"

花雨问："冥界那边也异常联动了吗？"

卡龙说："这次，冥界竟无动静。魔族异动，冥族知道但按兵不动。"

花雨惊讶地说："这就奇了，以往的世界大战都是冥族与魔族联手进行的。为什么这次，魔族要单干？"

卡龙说："出乎意料就有不测，会有很严重的后果。不祥之兆！"

花雨汇报说："人皇带着钻石与红宝石两族精英，出访水族不久。敌人现在暗中异动，我们也得暗自应对下，晶族和玉族都得立即加强防御和布置。若是敌人现在攻击，水族和人皇是来不及赶来救援的。"

卡龙说："上次人皇访问水族已有千年，这次人皇因要事出访水族，所以人皇带上两族精英。他虽对圣地已有布置和安排，但相比之前，还是不足。我已想过，敌人此次若发动大战，主攻方向应是趁人皇和两族精英不在的空虚地方，千载难逢！"

花雨脱口而出："悬天圣宫。"

通天树的悬天圣宫藏有很多秘密，宫外人是不知道的，连宫内人包括十二月宫宫主都不清楚，只有人皇和少数人知道。

世人只知道通天树的悬天圣宫，是晶族和人族共同的圣地和大本营。

其实悬天圣宫最高处藏有巨型晶体，这巨型晶体不仅是数据存储中枢，也是通信中枢，更是人族与神族的通信中枢。

前几次的世界大战，幸好有悬天圣宫的及时调度，有神族的及时救援，才挽救了人族并扭转人族的大战败局。

卡龙和花雨都深知悬天圣宫的重要性和这个秘密，若是敌人夺下悬天圣宫，切断人族与神族的联系和通信中枢，敌人的胜利就指日可待了。

卡龙说："嗯，没冥族的联手，魔族单挑我们三族，无胜算。这次魔族仅是调动精锐，显然是不想有所惊动，魔族此次很秘密地进行，意图必是全力突袭拿下晶族圣地，得手后才会扩大战争，之后冥族再参战也不迟，此时冥族不参战，冥皇必有打算！"

卡龙继续说："若是挫败这次魔族的偷袭，就能将世界大战扼杀在萌芽中。玉族现有防御可以，水族那儿有人皇在，也无忧；圣地那……"

花雨见卡龙停顿未说下去，知道卡龙虽为宝石之王且威望高，但毕竟是人皇掌管悬天圣宫，卡龙是无权指挥悬天圣宫的。

花雨说："我亲自去通知玉族慧能派兵前往圣地周边协防，之后我亲自去替换雪月宫宫主，以雪月宫代宫主名义在圣地那儿驻守，直到人皇返回。"

卡龙默然不语，过了一会儿才说："你的安排可以，但你去圣地……"

花雨见卡龙停顿未说下去，知道卡龙是担心自己的安危，舍不得。

花雨昂然地说道："为了世界，本该如此。况且我还知道那个秘密！我是最适合前去的。"

花雨转身要走，立刻去安排。

卡龙抓住花雨的臂膀，久久不放。

卡龙深深地说："你知道我……"

两人是知己，情同手足，心意相通。

花雨说："我知道。"卡龙这才松手。

花雨去安排执行前，先回香花宫与花仙罗兰道别。

卡龙一直看着花雨离去的背影，直至花雨完全消失在香花林中。

这时，夜空忽地下起了微风细雨，林语堂上的花瓣纷纷飘飞，形成花瓣雨。其中一花瓣飘落在卡龙伸出的手掌心上，花瓣上带着颗颗雨露，卡龙将这片花瓣放进衣服中，之后离开。

第十八章

擎天柱

花雨回到香花宫与花仙罗兰道别。

罗兰很吃惊地问为什么突然这么急着离开。

花雨说有要事急于处理，先去拜会玉族族长，之后得紧急赶往圣地悬天圣宫。

花雨出门前，深深地抱着罗兰，罗兰问："究竟发生了什么事？"

花雨说："你须保密，人皇刚访问水族，空虚的圣地极有可能被魔族突袭，引发世界大战。我得立即通知玉族慧能派兵增援协防，之后得亲自在圣地守护，以防不测。如果圣地陷落被毁，光明世界输掉大战就是早晚的事。"

罗兰默然不语。

花雨见状说："咱俩在香花林结缘，源于圣地的那个秘密。

"既然我知道了不该知道的那个秘密，我就得为那个秘密及其相关的人负责。现在正是我肩负责任的时候！"

花雨继续说："现在是十二月，冰月宫宫主在玄地圣殿那儿，若发生不测，雪月宫宫主才是圣地最后的守门人。

"我必须去担当，舍我其谁？

"既然我知道了冰月宫的那个秘密，就得担当起来。"

罗兰只得说："你得答应我，务必回来见我。否则我不让你走。"

花雨说："我发誓，我会回来见你的。"

花雨与花仙离别后，紧急赶至玉族的圣地灵玉宫，与玉族族长慧能进行了一对一的会面，玉族族长听取了花雨的建议，立即秘密调动玉族兵力前往通天树周边协防晶族圣地悬天圣宫。

花雨与玉族族长道别后，火速赶至悬天圣宫；替换雪月宫宫主殷迪斯科，作为雪月宫代宫主，镇守雪月宫。

花雨在雪月宫中，坐看云起，思绪若云，记忆如雾，交相缭绕。

花雨回想上次在悬天圣宫时的经历。

那是十一月份的时候，雪月宫宫主殷迪斯科，在看守玄地圣殿时向碧玺族圣使花雨通报说，十月底，突然发现雪月宫后的墙角有裂缝，感知里面存现洞穴。因十一月期间须到玄地圣殿轮值，十二月回到雪月宫时如何处理对待此事，请碧玺圣使指示。

花雨收到密报时，卡龙也恰好在场，花雨将此事通报给卡龙，并说："这事不简单，一向稳重的殷迪斯科，对此把握得当，仅他一人知晓，未让其他人知道，接下来如何应对？"

花雨和卡龙都想了一会儿。

卡龙说："此洞不简单，须查明此洞的情况，还得暗中进行，以免……"

花雨说："嗯，月底最后一天，我装扮成雪月宫的侍从，随殷迪斯科上到雪月宫。殷迪斯科的身份不方便探洞，我独自探洞，若被发现即迅速离开，飞跳而出通天树。"

卡龙嘱咐道："要特别小心，若被发现，尽快离开这洞并飞跳出通天树，我会在树下接应你；无须舍命，即使你真容暴露，也由我来担，与人皇交涉。"

十一月的最后一天，雪月宫宫主殷迪斯科率领侍从，从玄地圣殿回到雪月宫。

花雨乔装打扮成雪月宫的侍从，随殷迪斯科至雪月宫。皓月当空的夜晚，花雨和殷迪斯科两人来到后墙角裂缝处，花雨指示殷迪斯科守候在洞口，一旦花雨从另外的出口离开，会直接飞出通天树，殷迪斯科须立即堵死此洞口。

花雨身着黑色的连体飞翼服，戴着黑色头套，将洞口拓宽，独自一人入洞。

花雨发现这小洞是天然形成的，沿着小洞向上前进，大概至冰月宫高度附近，小洞已是尽头。

花雨撬开小洞尽头的石块后，发现居然有个人工整理过的宽整的平台空间！

花雨见状，知道这事不简单了！

这宽整的平台空间肯定是有出口的，花雨跳进这宽整的平台空间内，随即将撬开的石块封住小洞口并掩盖，使人难以觉察。

花雨巡查这平台空间，发现平台中间有个巨大晶体碟子，这巨大晶体闪耀着晶光，使得这平台空间不黑不暗。

这巨大晶体碟子中间下面有根竖直的大管柱，这大管柱与巨大晶体碟子合一犹如长钉。

花雨为了探知这巨型碟子的晶体构成，用手摸压晶体，感知后大吃一惊，心中暗想："若没猜错的话，这巨大晶体竟是世界上最坚硬的钻石！"

从这巨大晶体碟子底部和大管柱顶部衔接处来看，这根竖直的大管柱被层层的不同物质包裹着，被包裹着的这大管柱柱体核心应是钻石，花雨暗想："难道这管柱是根钻石棒？"

这大管柱被包裹着层层的不同物质，不详不明；花雨不敢轻举妄动，生怕敲击这管柱会招引注意。

这大管柱最外层是瓷化物质层，在这最外层上还镶满方形的瓷砖作为装甲，似菠萝。

花雨发现撑住巨大晶体碟子的这根大管柱周围，都环绕着并且平行它而排列着无数根小管柱。

这些小管柱群最外部边缘恰好与这巨大晶体碟子圆周的外沿垂直。

花雨刚才走近巨大晶体碟子根部观察时，就踩在这些无数根小管柱组成的顶面上。

小管柱之间都是冻土层，这些管柱散发出浓浓的硫黄硝石的气味。

小管柱群最外部至平台空间边缘间的地表和地下，都是冻土层，整个平台空间都很冰寒。

这巨大晶体碟子台面上还竖立着八根管柱，在碟子台面的圆周处均匀对称分立着，共同支撑着空间的顶部石层。这八根管柱每根的大小，似乎是支撑晶体碟子的底部大管柱的八分之一。

从巨大晶体碟子和这八根管柱底部衔接处来看，这八根竖直的管柱虽也被层层的不同物质包裹着，但这八根管柱柱体核心也应是钻石。

花雨见多识广，判定这个未被包裹的巨大晶体碟子是钻石，底部的大管柱和碟子上面八根小管柱的每根柱子核心都是坚硬的钻石，用来支撑这平台上方的庞然大物——悬天圣宫！

悬天圣宫和通天树的构造只有人皇知晓全部情况，花雨曾听碧玺族长卡龙对其作为秘密介绍过，悬天圣宫的底座基石应是块巨大的钻石。

人皇虽未对卡龙说，但出入悬天圣宫数次的卡龙，能感知到悬天圣宫底座有巨大钻石的磁场和磁力；卡龙上下通天树经过冰月宫时，也感知到冰月宫内有一股巨大钻石的磁场和磁力，卡龙认定冰月宫内藏有近似悬天圣宫底座那块钻石基石的巨型钻石。

据此，花雨进一步判定这钻石大碟台面上八柱撑顶的平台空间上方，应是悬天圣宫的底座钻石基石，与这八柱衔接。

这平台空间的大碟巨型钻石之所以能闪烁晶光，是因为这平台空间顶部的悬天圣宫底座基石的巨型钻石吸纳天空的光能，并通过衔接着的八柱钻石，在钻石内部间以高折射和强色散方式，传递至这里的大碟状钻石。

花雨环绕大碟状钻石一周，发现大管柱与大碟状钻石中间底部结合处的南端上方有一方形盖子，而大管柱周围的小管柱都是密封的圆形盖子。

花雨轻轻拉开这方形盖子，发现下面是深不知底的人工通道。

花雨进入以探究竟，沿着人工通道向下走，发现这人工小道呈螺旋式下降状，而且缠绕着这根大管柱。

花雨认定这根大管柱和并行其排列的小管柱群，作为贯通通天巨树的树心，直通玄地圣殿地下。

这根大管柱犹如擎天柱，最外层的瓷化物质层上镶满的外形酷似菠萝方形装甲瓷砖，应该是反应式防爆装甲；单个方形瓷砖受外力冲击时，自行内爆来定向反冲外力，抵消外力的冲击，进而保护大管柱。

至于小管柱群的作用，花雨心想："难道是爆炸用来摧毁十二月宫？"

花雨不禁在想，在十二月宫的人，上悬加下玄，两头无着落，通天树上住，栖息天地间，遇爆就危难。

花雨转念却明白，当敌人从下而上攻至第十二月宫冰月宫时，前面十一月宫的各族守卫者早已伤亡殆尽。

此时驻守冰月宫的守卫者会引爆小管柱群，摧毁悬天圣宫以下的十二月宫，进而击溃强敌，从而保护悬天圣宫。

这根擎天柱会屹立不倒，支撑两个巨型圆碟钻石，两个巨型圆碟钻石之间的磁场产生同性排斥的强大磁力，加之衔接的八柱相撑，能保证悬天圣宫不会坍塌。

花雨返身回到平台空间，盖好方形盖子，搜寻出口。

第十九章

冰月宫

花雨发现了东端有道门，花雨用手感知此门，用耳倾听门后动静，无异常。

花雨轻轻推开门后，闪身而出，再关上。

进入的是个大殿堂阁，这大殿堂阁空无一人，地上都是方格地板，也无一物，仅有一道门在对面，即在殿阁的东端。

花雨没有轻举妄动，深知刚才的平台空间是禁地，没有机关，但此处的空大殿阁是禁地入口，必定机关重重。

花雨仔细观察殿阁各处，摘下身后所背的两把特制伞，拿出五个磁石，其中两个磁石之间系有丝线。

花雨投出一磁石向对面门的上方飞去，途中突被左右飞来的冰刀击中。

花雨知道既然出了动静，此处已不能久留。

花雨立即又将两个磁石接连投出，向对面门的上方飞去，再飞速投出第四个系有丝线的磁石，将丝线另端的第五个磁石吸挂在身后的门上，深吸一口气，屏住呼吸，施展轻功，用左手搭挂丝线，顺丝滑行，使出"一丝越岭"功夫，右手打开伞，护住前半身，双腿夹住另一把开着的伞，护住下半身，使出"双伞穿梭"功夫。

只见冰刀与冰箭从殿阁左右和上下各处疾速飞来，击落了第二颗和第三颗磁石，第四颗磁石速度是四颗中最快的，在前三颗磁石的掩护下，打中了门的上方石块嵌吸入内。

前三颗磁石被击中后落向地面，快触地面时，落石下方的地板忽地转成空洞，落石入洞后，洞口又转回成地板。

这已在花雨的预料之中，但此时更多的冰刀与冰箭飞向花雨！

这些冰刀和冰箭击中目标即爆，若不中目标，也会在目标附近爆炸，无论中爆，还是空爆，爆后成冰灰。

花雨一边高速飞滑，一边将双伞快速转动，挡住飞来的冰刀和冰箭，众多的爆炸冲击双伞，但有花雨内力加持，双伞运转正常。

花雨成功抵达对面的门上方，但不敢触碰墙壁，生怕触动机关，只用左手双指抠住磁石，全身悬定在空中，殿堂内归于平静。

全部冰灰撒落在地板后，花雨才松口吸气，因为花雨担心冰灰有毒。

花雨对于纷飞的冰刀、冰箭及冰灰似曾相识，因为雪月宫的雪就是有毒的，定向粘吸热源物体，若碰即爆，若近也空爆，爆后成气雾，不知情、不带解药的人吸入多了则会昏迷晕倒。

雪月宫的雪，名声在外，被形容"无请则无晴，有请则有晴"；就是说敌人来时会下雪，不明身份或未验证的人经过时会下雪，若有验证通过的访客经过时则雪不会下。

花雨轻轻地收起双伞于身后，倾听殿阁外的动静。

殿阁内外都平静无声，仿佛时间停滞。

一刻钟后，门突然被打开，但无人入殿内；与此同时，花雨从门梁下飞身而出。

门外又是一大殿阁，这个殿阁埋伏着很多钻石族的高手，在此守护禁地。

花雨直奔对门而去，遇人则闪避；对面门口站立一人，花雨看见倒是认识，是钻石族中粉钻族掌石人"粉钻之星"斯坦尼茨，花雨知道此人功夫不在其下。

花雨身后数人追击，其中一道粉光已先抵来并快要击到其后脑，花雨紧急避开，眼角余光瞥见攻击之人是粉钻族女族长"粉钻之心"焚情。

花雨暗叫不好，这么快就遭遇了钻石"八星"之一和钻石"八心"之一，得尽快逃离冰月宫，飞离通天树。

钻石族是名门望族，下有八族：金钻、红钻、蓝钻、绿钻、粉钻、紫钻、黄钻、白钻。

钻石族旗下各族都有闻名于世的一等一的著名高手。

八族中每族的前三名高手一并被誉为"八心""八星""八箭"，八族的各族长被誉为"钻之心"，八族的各族掌石人被誉为"钻之星"。

花雨佯装攻击守门的"粉钻之星"斯坦尼茨，逼近后虚晃一拳，转而闪到墙角，撞破墙而出。

花雨已预料到现在这里面到处都是高手的殿阁，其外墙应无机关，所以敢破墙而出。

花雨知道十二月宫的每个宫都是内宫与外宫的布局，外宫是对外接待的地方，内宫是宫主休息之处。

既然在冰月宫设置禁地，则相比前面的十一月宫，还需要额外的殿阁来协护禁地。

刚才尽是机关的无人殿阁应是内阁，现在尽是钻石族高手把守的殿阁应是外阁。

外阁外应是冰月宫宫主休息的内宫，内宫之外应是冰月宫对外接待的外宫，外宫外即是通天树的边崖，从那跳崖飞离通天树。

"粉钻之星"斯坦尼茨转身和粉钻族女族长"粉钻之心"一起，紧跟花雨身后，率众追击。

花雨破墙而入的果然是冰月宫的内宫，但冰月宫宫主现正在通天树底下看守玄地圣殿，不在内宫内。内宫内的侍从，无人能拦挡住疾速且飘忽闪躲的花雨，花雨顺利地通过内宫，进入了外宫。

正当花雨要从外宫夺门而出时，一人现身挡在外宫门口。

花雨认得此人是钻石族中黄钻族的"黄钻之星"奥本海默，花雨知道此人的功夫不在其下。

花雨故技重施，佯装攻击挡门的"黄钻之星"奥本海默，虚晃后闪到墙边，撞破墙而出。

皓月下，花雨看见了通天树的边崖，纵身跳下，飞离通天树，向东坠去。

第二十章

三星之围

"黄钻之星"奥本海默和"粉钻之星"斯坦尼茨也飞身跳下通天树的边崖，冲向花雨，继续追击。

此时，在冰月宫上方的悬天圣宫那里也跳下一人，飞向花雨。

坠下的花雨回头一看，发现三人在其上方飞向而来，而往下看尽是雾气满满的原始森林，这林海如同雾海。

花雨使出"一伞驾雾"的功夫，从背后抽出一把伞打开，作为滑翔伞，空中滑行，双脚同时摆动控制。

花雨上方的三人见状，使出"一袖腾云"的功夫，双臂作展翅状，臂下的衣袖如蜻蜓翅膀那般轻盈，展开成鸭蹼状直至并拢的双脚旁侧。

皓月夜空下，一袖腾云，凌空展翅飞，一伞驾雾，踏浪纵步行。

就在花雨打开伞后，通天树上射来很多利箭，都是神箭手发出的，箭无虚发。

花雨早有防备，撑开另一把伞护体，挡落来袭的利箭。

就在花雨以为安然无恙时，忽地一支利箭射破顶伞，在花雨脖颈旁穿过，惊了花雨。

花雨看到刚才险些射中他的那支利箭有粉光闪过，应该是箭尖嵌有粉钻，因此能射破花雨的特制顶伞，射箭之人应是粉钻族的"粉钻之箭"阿格尔。

钻石族的"八箭"，不仅是八族中各族的神箭手，而且所携带的箭尖均是钻石制成，并且都能三连发。

花雨心想，刚才若没有双伞护体，遮住射手视线，想必被命中。

勇闯冰月宫时，虽不认得"粉钻之箭"阿格尔，但阿格尔必在冰月宫内，想必阿格尔自以为有众多高手在场，必能擒获他，故暂未射箭。

现在他已飞离通天树，快进入雾林，阿格尔怎能袖手旁观？故射来差点要命的一箭，但为何阿格尔没射来第二箭？否则若要三连，他就惨了！

其实，阿格尔受到干扰而未射出第二支箭。

正当阿格尔在冰月宫外的边崖处要射第二支箭时，雪月宫宫主殷迪斯科及时赶到，询问冰月宫发生了何事。

阿格尔见是雪月宫宫主殷迪斯科亲自赶来，就止住射箭，通报了刚才有人擅闯冰月宫的情况。

殷迪斯科与阿格尔都常驻通天树，且比邻而居，相互认得。

殷迪斯科一听见冰月宫发生大动静，就知道花雨要从冰月宫那边出去，就立即堵死了雪月宫墙角的这个小洞并掩饰得不被发现。

殷迪斯科随即赶往冰月宫，发现阿格尔正要再射箭，殷迪斯科知道"粉钻之箭"的威名和钻石之箭的厉害，立刻借问来干扰阿格尔射箭，使得花雨躲过一劫。

花雨飞入雾林，落地后收起两把伞，背上后就往东飞奔。

花雨使出"一绳荡林"功夫，掏出绳枪，发射出飞绳。

这飞绳顶端是可伸可缩的五指钢爪，通过内力作用在绳上，左右摆动控制五指钢爪抓取或松开林木或硬物，一旦抓住，花雨即能拉飞，腾空而疾速前进，过大半飞腾过程后，即可通过绳子松开钢爪，重新抓取其他林木或硬物，如此反复可疾速前行。

"黄钻之星"奥本海默和"粉钻之星"斯坦尼茨及从悬天圣宫跳下的空中飞人，也紧随其后落地，三人并排着追捕花雨，三人疾行，时而脚蹬大树，借力反弹来向前飞行。

在这片原始森林中，这三人始终紧追花雨。

花雨不敢与之交手，他知道这三人功夫不低，每个人功夫都不在其下，一旦停下来和其中一人交手，就会被其他两人包围，以一敌三，肯定打不过。

就这样，三追一，在皓月下的原始森林中，四人跑了大半夜。

奔跑中，花雨几次回首观察，认出从悬天圣宫跳下的空中飞人，是钻石族中绿钻族的"绿钻之星"德瑞斯诺。

花雨暗想，跑了这么久，这钻石三星内功精湛，钻石"八星"果然名不虚传！

将近凌晨时分，前方出现大湖，已是原始森林的东边尽头。

花雨跑到湖边，抽出背后的伞，掷在湖上，使出"一苇渡江"的功夫，飞身跳跃，施展轻功，单足落在伞上，另一足划水，如舟行水上。

湖面有风吹过，时大时小，花雨抽出背后的另一把伞，撑开作为帆，似帆船水上漂行，向对岸行去。

钻石三星紧随追至湖边，马上各自找来一根树枝，掷在湖上，都使出"一苇渡江"的功夫，飞身跳跃，施展轻功，单足落在树枝上，另一足划水；同时展开双臂，臂下的衣袖展开成鸭蹼状作为帆，依旧紧追不落。

他们漂向的对岸是山丘，山丘上满是树木。

花雨看见岸边有棵大树，花雨离岸边还很远时，就掏出绳枪，看准时机，发射出飞绳，绳顶端的五指钢爪抓住了这树树干，牵住后，花雨立即将绳枪尾部与水上的伞缠绕，收起当帆的伞于背后，随即使出"一线跨堑"的功夫，施展轻功，跳在绳上后，沿着线绳大步跑向所牵之树。

钻石三星一看，暗叫不好，这样下去会被远远甩下，无奈没有准备，也无花雨类似的装备，只好近岸边时，三人施展"水上漂"的功夫，踏在水面上急速追向花雨，此时已被花雨甩开很远。

从冰月宫内阁，花雨使出"一丝越岭"功夫，进行一丝就挂来逃离；至湖边一线牵后，使出"一线跨堑"功夫，奔驰了半夜，途中或飞或奔，终于将追兵甩远了。

花雨跨过了那棵大树，越过了山丘，跑入了一片花洋林海中。

花雨边跑边想，这地方充满花的飘香芬芳，现在是冬天而这里却像是春夏，真是世外花园！

但随即花雨迷失在这茫茫无尽的花洋林海中，听得身后远处有人追，花雨不得不继续往前跑，他知道凭钻石三星的执着和本事，他在附近是藏不住躲不掉的，只有远离甩开钻石三星才行。

凌晨中，花雨和钻石三星在满眼各色的花草树木中，在弥漫各种芬芳的花洋林海中，前跑后追。

四人都暗想，这花海太邪门，在其中跑过三个不同方向，每次以为是花海的另边尽头，可三次看到的竟然都是刚才湖滨的那座山丘。

花雨知道跨回过山丘，回到湖边，结果会更糟，宁可再迷入花海中。

第四次再入这片花海中，花雨终于跑到了和前三次不一样的花海尽头。

这次出现的不是来时路的那个湖滨山丘，而是一个亭堂，牌匾上铭刻"林语堂"，远处居然有片如镜的湖面。

花雨突然想起，传说翡翠族花仙罗兰公主所在的香花宫外是无尽的香花林，没有香花宫人的领路，外人进入香花林必会迷路，香花林的入口有个亭堂，外人进入香花宫前均须在此亭堂中等候香花宫的领路人。亭堂外的远处有个呈现天空之镜美景的湖，叫镜水湖。

悬天圣宫的东面，遥相对应着的是翡翠族的后院花仙罗兰的香花宫。

两宫中间就是这片雾茫茫的原始森林和一个大湖。

这原始森林的浊雾能挡住西边的风，这大湖的水，能调节上方和湖东边的温度，使得湖东的地方也就是香花林，四季温暖。

花雨顿时想起了去年在玄地圣殿人皇举行大典时，人族中的晶族、玉族和水族三大族及其下的各族嘉宾到会。

卡龙不在，花雨作为碧玺族圣使，代行族长之职，与会前往。

这次庆典，钻石族的"八心""八箭""八星"中的十二位高人和悬天圣宫十二月宫宫主联袂亮相，接待各族嘉宾。

花雨邻着翡翠族的嘉宾就座。

花雨旁边就座的翡翠族罗兰公主，美貌惊人，气质灵美，令人族的各族与会人士目直口呆，记忆犹新，令人难忘。

花雨与罗兰公主进行了难忘的交谈，对罗兰公主一见倾心，罗兰公主也对他很有好感。

而后的一年内，代行碧玺族长之职的花雨两次拜会玉族族长时，在玉族和翡翠族的共同圣地灵玉宫，也和罗兰公主进行了开心的交谈。

百忙中，花雨也常借采购香花林的鲜花之机，派人将自己的三色碧玺等精美宝石和物件送给香花宫的罗兰公主。

有这段情往，花雨在罗兰公主家门口的入宫处林语堂前岂能怂了，况且花雨也不想第四次跑回那座山丘了。

花雨立刻脱下夜行衣服和装备，藏在周边的一棵树下，掩藏得不被人发现；随即入亭堂淡定赏花。

第二十一章

翡翠花仙

钻石三星与花雨四进四出香花林，早已惊动了香花宫。

在四人四进香花林时，香花宫的女卫队长向花仙罗兰禀告："公主，有四人擅闯香花林，三追一，已四进三出了，林中传来的探测信息分析显示，追的三人是钻石族的，被追的一人是碧玺族的。"

花仙罗兰听后疑惑不解。

平日里，翡翠族等玉族各族，与碧玺族交往和交流得多些，与钻石族交往少，加之花仙罗兰对碧玺族花雨很有好感，情感上是站在碧玺族一方的。

香花林中的花粉与林中的花香味等气味及花草，可接触到入林人的身上所戴的宝石，根据接触后的反应信息，能探测分析出宝石的特性和属性，进而判定出入林人的所属石族。

花雨进入林语堂不一会儿，钻石三星就追到，"绿钻之星"德瑞斯诺立在香花林入口与林语堂之间，"黄钻之星"奥本海默和"粉钻之星"斯坦尼茨则成犄角之势，三人呈等边三角形之状，合围花雨。

钻石三星追来一看，只见亭堂内站立着一位高大帅气的男子，此人上面穿着上蓝下绿的衣服，下面穿着红色的长裤。

钻石三星认出是碧玺族圣使与三色碧玺掌石人花雨。

若是平时，钻石三星遇见花雨会很客气地致敬，但此时钻石三星认定花雨必是所追之人。

德瑞斯诺见是花雨，诧异后随即镇静地对花雨说："你在这做什么？"

花雨淡定自若，环视钻石三星，拱手致礼后，面对德瑞斯诺答："大家好！我花雨在这赏花，一会去香花宫采购鲜花。"

钻石三星定睛环视四周，也都知道传说翡翠族花仙罗兰公主所在的香花宫，是世界各种花卉的博物馆，很多花痴都来此花卉圣地采购。但香花宫四周外是令外人迷路的香花林，香花林的入口有个亭堂，专门接待外人。

钻石三星听花雨这一说，也意识到了这地是香花林的入口处，刚才的邪门花海想必就是香花林。

"黄钻之星"奥本海默对着花雨，嗯哼了一声，冷嘲了一句，缓缓地说："大盗转采花！"

"粉钻之星"斯坦尼茨对着花雨，啊哈了一音，热讽了一句，悠悠地说："强贼变风流！"

"绿钻之星"德瑞斯诺朝着香花林看，转回来对着花雨，耸耸肩说："没门！"

花雨说："三位挺风趣啊！在这怎么扯起盗贼了啊？"

德瑞斯诺对花雨，朗声说道："花雨，不要装了，随我们到悬天圣宫去吧。"

斯坦尼茨见花雨不动，脱口而说："你虽强，但我们三人联手，你是不行的，认输吧，以免伤了和气。"

奥本海默伸展手脚，摆出架势，脑袋左右各晃了一下，说："如何？"

正当钻石三星合击意欲擒拿花雨之际，忽听得香花林入口处传来一片声音，走出一众女士，簇拥的女首领正是曾在玄地圣殿大典上亮相而惊魂全场的翡翠公主。

钻石三星当时也在大典会场上见过，怎会认不出？连忙致敬行礼。

花雨也立即致敬行礼。

翡翠公主平静地问："你们这是？"

德瑞斯诺答道："昨夜有人擅自偷入悬天圣宫禁地，被发现后，我们钻石族三星紧追到这，在这一看，这人竟是碧玺族花雨，现捉他回去。惊扰到您了，我们很抱歉。"

花雨拱手答道："公主，我是专门来香花宫采购鲜花的，昨晚到不便打扰，今晨在此等候，想早点被引领入内采购。刚才钻石族三星突然从这林中出现，说我是盗贼，立刻要抓捕我；想必是他们三人认错人了。"

翡翠公主暗想，悬天圣宫距本宫很远的，钻石族三星仅用大半夜的时间就能到达这里，着实令人惊讶。

悬天圣宫南端是水晶族领地，其北端是祖母绿族领地，其西端是碧玺族领地，花雨若真是那贼，何必往碧玺族的反向跑呢？悬天圣宫往西的话，用不了半夜时间，就能到达碧玺族领地，花雨就能得到碧玺族的庇佑，反其道行之，有违常理。

花雨作为碧玺族代族长，其族大，事务也多，怎会有空偷入悬天圣宫的禁地？花雨身份高，要进悬天圣宫并不难，何必偷入呢？

翡翠公主继续在想，花雨对我倾心，百忙中也未忘记我，数次遣人来采购鲜花，曾说会亲自来本宫赏花。这次花雨难得亲自来本宫，昨晚到，今早来访，符合情理。为此，花雨不想张扬，悄悄来这，也是想给我个惊喜。想必是不巧遇到了钻石族三星追捕盗贼，被钻石族三星认错了人而被合围纠缠。

翡翠公主微然一笑："碧玺族圣使花雨，常派人来本宫采购鲜花，曾约过今日来本宫采购。他若是你们要捉拿的贼，理应往悬天圣宫西面的碧玺族方向跑，舍近求远，用大半夜时间跑到本宫这来，有违常理。想必是误会了！"

钻石三星一听，觉得翡翠公主说得很有道理，顿时困惑深思。

"黄钻之星"奥本海默缓缓地说："能让我们钻石族三星用大半夜时间合力紧追的这人，也是当世高手了，当前除了花雨，还能有谁？"

"粉钻之星"斯坦尼茨悠悠地说："这大半夜时间的一路紧追，这贼未脱离我们的视线，四进四出这香花林后，我们就看到花雨在此，他若不是，如此巧合，难以说通！"

"绿钻之星"德瑞斯诺向着翡翠公主一拱手："请问，碧玺族花雨若是来香花宫采购鲜花，那进翡翠族应是从玉门关进的吧，应该有照会的吧？"

玉门关是玉族领地的入口，非玉族的来客须先过此关，再凭照会前往翡翠族或其他玉族领地；若来香花宫，还须先通过翡翠族的圣地灵玉宫，也会有照会的记录。

人族中，人皇是人族族长，一直由晶族族长担任；人族有两位圣使，一位是宝石之王即碧玺族族长卡龙，另一位圣使名为神差。能在人族的各族中自由出入、无须照会的，也只有人皇、人族的两位圣使、玉族族长、水族族长和水族之祖终极地姥。

翡翠公主听后怔住了，知道花雨这次来香花宫，绕开玉门关和灵玉宫，未按礼法通报照会，若被德瑞斯诺索要花雨进入玉族的照会记录的证据，那是没有的，对花雨很是不利。

虽然现在她能以外族不得干预翡翠族内政为由拒绝提供证据，但钻石族如果以悬天圣宫遭窃抓贼为由，上升到人族名义前来玉族和翡翠族这里收集和索要，依法依理还是要配合和协助提供的。

正当花雨与翡翠公主陷入窘境之时，林语堂外的镜水湖方向无声无息地出现一人，这人说："花雨是乘坐我的金鹤飞到这的。"

钻石三星一看，只见此人头戴遮住上半部脸的藤制头盔，颈部戴着一串镶满各种各色碧玺的项链，项链中间为霓虹亮的电光蓝色的帕拉伊巴碧玺，从藤甲的缝隙中能见到霓虹亮的湖蓝色眼睛！居然是宝石之王驾临林语堂。

钻石族的"八心""八箭""八星"和晶族、玉族、水族三族及其下各族的族长与掌石人都认得宝石之王，宝石之王卡龙的外观令人过目难忘。

钻石三星立刻行礼致敬。翡翠公主花仙罗兰倒是没见过宝石之王，只是闻名已久，宝石之王是光明世界的传奇，卡龙的装扮，花仙倒是耳闻过，今日亲见，见钻石三星毕恭毕敬，也即行礼致敬。

宝石之王卡龙，昨夜在通天树下的摩天岭，骑乘着坐骑南玄仙鹤，接应花雨。

花雨跳出冰月宫、飞出通天树的空中场景，早被卡龙看在眼里。

随后花雨遭钻石三星紧追的场景，也被在暗夜雾气中飞翔的仙鹤上的卡龙看在眼中。

当花雨停留在林语堂内，卡龙与仙鹤就降落在林语堂外的镜水湖畔，卡龙让仙鹤在湖畔歇息，自己快速赶到林语堂近边观察，听德瑞斯诺的问话后闪身作答解围。

钻石三星听宝石之王这么一说，无言以对。

宝石之王乘坐仙鹤飞往各处，自由出入，花雨与宝石之王同乘仙鹤，当然也就无须通报当地各族，飞到这采购鲜花就顺理成章、合乎情理了。

现在宝石之王现身，钻石三星无法而且也不敢再质疑。

"绿钻之星"德瑞斯诺见事已至此，只得说："那就是我们认错人了，打扰各位了，抱歉，我们三人就此原路返回，烦请公主和香花宫关照。"

翡翠公主命一宫女为钻石三星引路至起初进入香花林的那个山丘雁荡岭，钻石三星丧气地从原路返回悬天圣宫，向人皇禀告。

身着金褐色服装的人皇，听了钻石三星的报告后，结合冰月宫禁地的自查报告，沉思了许久，说："这事就这样吧。"

钻石三星走远后，花雨对翡翠公主花仙说："今日不巧，后会有期。"

宝石之王是第一次见到翡翠公主花仙，暗自惊叹罗兰公主令人惊魂的灵美气质和容貌，伫立在林语堂外许久，见钻石三星走远，才召唤来南玄仙鹤，见花雨告别花仙，方才转身，与花雨同乘仙鹤而去。仙鹤飞起，香花飘扬。

朝阳下，仙鹤旁，真情漾流云；亭堂外，镜湖边，香花飘漫天。

真是：仙鹤展翅云飞扬，情人关心花飘香。

第二十二章

纵横四方

花雨作为雪月宫代宫主，再次回到了悬天圣宫内，回想上次在悬天圣宫的惊险历程，遥看周边雾林动静。

花雨在想，如果魔族突袭悬天圣宫，会从哪边突破呢？

悬天圣宫的西方是碧玺族领地，西方再往西的地方是钻石族领地。

钻石族内高手众多，闻名于世，纵横骁勇的就有"八心""八星""八箭"，这二十四位可是一等一的高手。此外钻石族下的八族是光明世界中最具战斗力的石族。

历次光明世界与暗黑世界的世界大战中，西方的钻石族领地固若金汤，抵挡住了冥族与魔族的进攻。即使人皇出访水族，带走了"八心""八星""八箭"中的八位高手，其他"八心""八星""八箭"中的十六位高手也足以应对任何强敌来犯。

此外，花雨换下的雪月宫宫主殷迪斯科已飞奔回碧玺族领地，带着花雨的口信，调令红碧玺族族长陀魔灵和红碧玺掌石人如彼来，与粉红碧玺女掌石人若贝、紫红碧玺女掌石人如宝、猫眼碧玺女掌石人如哔哩，连同黄碧玺族女族长美传和黄碧玺女掌石人金丝莺，共同镇守碧玺族领地，加强警戒与防范。

花雨同时调令蓝碧玺族族长李迪斯科和蓝碧玺掌石人罗纳尔多雳，随同殷迪斯科，前往摩天岭边境驻守，协防悬天圣宫，以防不测。

这次魔族若单独发动大战，从西方突破的可能性微乎其微。

悬天圣宫的东方是翡翠族领地，东方再往东的地方是玉族其他各族的领地。

历次光明世界与暗黑世界的世界大战中，只有翡翠族的领地，冥族与魔族从未染指，从未入侵。

翡翠族外的晶族人士都认为，翡翠族的领地有专克冥族与魔族的东西或者有令冥族与魔族很害怕的事物。

这次魔族若单独发动大战，从东方进行的可能性也微乎其微，应该不会打破自古以来的这个奇怪现象。

悬天圣宫的北方是祖母绿族领地，北方再往北的地方是三大族的领地，分别是西北向的石榴石族领地和北方的金绿宝石族领地及东北向的海蓝宝石族领地。

祖母绿族与海蓝宝石族是血脉同源的亲戚。而比邻祖母绿族与海蓝宝石族的金绿宝石族的战斗力很是强悍，在光明世界中仅次于钻石族。

自古以来，历任人皇都出自晶族，除了钻石族当选次数最多外，就属金绿宝石族。

钻石族、金绿宝石族、红宝石族、祖母绿族、蓝宝石族和碧玺族作为晶族的六大族，也是晶族中战斗力的六强。

按自古以来的惯例，其中一个族的人出任人皇，则其他五大族组成晶族的族长会，代表晶族族长大会，决定晶族的一切重大决定、法例的制定、惯例的修改、人皇的选任或罢免等晶族的重大事项，五家中过半数表决来通过晶族的族长会决议。

人皇则代表晶族和晶族的族长会，执行晶族的族长会会议决定和处理晶族的日常事务。

人族的族长会，由人族圣使、玉族族长、水族族长三人组成，人皇与人族圣使均由晶族担任，人族的族长会代表人族的族长大会，决定人族的一切重大决定、法例的制定、惯例的修改等人族的重大事项，三人中过半数表决来通过人族的族长会决议。

人皇代表人族和人族的族长会，执行人族的族长会会议决定和处理人族的日常事务。

由于最近一次的光明世界与暗黑世界的世界大战，人族获得了神族的及时救援，逆转败局，击退了魔族与冥族联军的进攻。

为了巩固人族与神族的联盟，由钻石族中金钻族出任的人皇金禧利提议，改变先例，加入与神族有密切关系的橄榄石族，由七大族组成晶族的族长会，代表晶族族长大会，七家中过半数表决来通过晶族的族长会决议。

人皇仍旧依据先例代表晶族和晶族的族长会，执行晶族的族长会会议决定和处理晶族的日常事务。

为此加入神族指定的人选神差，不仅作为橄榄石掌石人，而且代表橄榄石族参与晶族的族长会决策和表决；同时作为人族两圣使之一，代表晶族参与人族的族长会并进行决策和表决。

人族的族长会由人皇、人族两圣使、玉族族长、水族族长五人组成，人皇与人族两圣使均由晶族担任，人族的族长会代表人族的族长大会，五人中过半数表决来通过人族的族长会决议。

人皇依旧代表人族和人族的族长会，执行人族的族长会会议决定和处理人族的日常事务。

按先例，若无意外，金绿宝石族很大可能出任下一任人皇，而人皇金禧利的提议若被通过，有了神族参与的变数，加之人皇也有表决权，削弱了金绿宝石族的影响力；因此金绿宝石族坚决不同意人皇金禧利的提议，联合祖母绿族反对，但人皇金禧利的提议最终被晶族的族长会决议通过，形成七大族决策的晶族族长会。

为此，金绿宝石族负气出走，不再参加晶族族长会，撤走圣地悬天圣宫之六月宫雨月宫的宫主及其常驻雨月宫的金绿宝石族人。

人皇金禧利顾及金绿宝石族的威望，也未指派其他的晶族出任和接管悬天圣宫之六月宫雨月宫。

现在的悬天圣宫之六月宫雨月宫，实为一座无人看守的宫城，也成为悬天圣宫的秘密之一。

这次魔族若单独发动大战，从北方突破的可能性有，但金绿宝石族虽与钻石族有矛盾，但对待魔族绝对不会含糊。

悬天圣宫的南方是水晶族领地，南方再往南的地方是三大族的领地，分别是西南向的尖晶石族领地、南方的红宝石族领地及东南向的蓝宝石族领地。红宝石族和蓝宝石族是血脉同源的亲戚。

人皇出访水族，带走了红宝石族的大部分精锐，使得悬天圣宫南方的防御有所削弱。

花雨认为，这次魔族单独发动大战，若要突袭悬天圣宫，很大可能从南方进行。

正当花雨沉思时，摩天岭下面传来恐怖的声音和警报声响，是敌人来袭！

第二十三章

玉石俱进

敌人并未从悬天圣宫的四方渐进式地杀来，而是从摩天岭下的雾林地下钻出来，直接攻上摩天岭，入侵玄地圣殿。

原来敌人为了这次突袭蓄谋已久，用很长时间悄然在摩天岭的雾林下，事先钻好了几个地洞。

摩天岭下四周的雾林里，长期暗中驻扎着晶族中托帕石族和锆石族的兵马。

敌人从雾林的地洞里钻出，即被发现，托帕石族和锆石族的通信兵拼死发出警报，并发出各色光束，用约定的信号告知通天树上的晶族。

花雨和通天树上的晶族从警报信息获悉，敌人是从摩天岭地下钻出来的。

悬天圣宫也随即发出被袭的信号，通知周边的各族紧急增援悬天圣宫。

但远水解不了近渴，敌人从悬天圣宫下摩天岭边的雾林地下钻出来直接攻打通天树，直取悬天圣宫，太出乎意料了！

当务之急是短期内抵挡住敌人的冲击，死守悬天圣宫，拖延时间等待援军。

目前能马上赶来的援军，是驻扎在雾林西部和南部的托帕石族与驻扎在雾林东部和南部的锆石族的两族战士，还有雾林的正门即西端入口处的锂辉石族的精锐；此外，就是雾林东部边境的玉族族长派出的协防悬天圣宫的玉族援军。

玉族族长是由翡翠族族长和软玉族族长轮流担任的，现任玉族族长是翡翠族族长慧能。

玉族族长慧能很重视花雨的建议与通报，从玉族的十二大族中抽调七族好手，兵分七路前往悬天圣宫下的雾林东部协防。

这玉族的十二族分别是：翡翠族、软玉族、玛瑙族、绿松石族、青金石族、孔雀石族、印石族、玉髓族、拉长石族、东陵石族、天河石族、方解石族。

担任七路援军的分别是：翡翠族、软玉族、玛瑙族、绿松石族、青金石族、玉髓族和印石族。另有拉长石族、东陵石族、天河石族三族作为后备的生力军，随时待命出动。

翡翠族派出的援军，领队是红翡翠族掌石人红衣王子罗福。

软玉族族长李太白，指示软玉族中白玉族族长羊至白，派出白玉族中和田玉掌石人山流水，作为软玉族援军领队；同行的还有软玉族中岫玉掌石人金缕、独山玉掌石人南阳、蓝田玉掌石人蓝天和湾玉掌石人高山。

同时，李太白指示软玉族中碧玉族和青玉族，加强软玉族东域的警戒。

此外，指示西域七玉女禧玉、喜玉、曦玉、夕玉、烯玉、稀玉、玺玉，共上灵玉宫随时传令调度玉族各方。

白玉族族长羊至白，通知白玉族中和田玉族和白玉族中昆仑玉族，加强西域的警戒，通知白玉族中金香玉族和川玉族，加强南域的警戒，通知白玉族中苏玉族和韩玉族，加强北域的警戒。

玛瑙族族长梵红玉，指示红玛瑙族族长"南红"凉春秋，派出红玛瑙掌石人"北红"阳战国，作为玛瑙族援军领队；同行的还有缠丝玛瑙族族长连情派出的缠丝玛瑙掌石人万重山和雨花石族族长石晴花艺派出的雨花石掌石人六合雨。

同时，梵红玉指示玛瑙族中红玛瑙族、水胆玛瑙族、图纹玛瑙族、雨花石族、缠丝玛瑙族和天珠族，加强玛瑙族领地的防备。

绿松石族族长雅利安，派出"铁网"荆襄阳，为绿松石族援军领队；指示绿松石掌石人雅尼，会同"一蓝"宋瓷、"双花"乌兰和黄游彩、"三彩"唐石四位高手，加强绿松石族领地的戒备。

青金石族分为青部和金部两大部落，共有五大氏族：青氏、金氏、纳兰氏、耀世氏、催生喜氏。

青金石族族长帝青，派出青金石族中金部首领纳兰金刚，作为青金石族援军领队；同行的还有金部"四郎"：青金钠铁、黄金钠铁、金青钠铁、金兰钠铁。

同时，帝青指示青金石掌石人耀世琉璃，会同青金石族中青部女首领纳兰金青及部下的耀世青兰、阿兰若青、帕米儿兰、催生喜之兰四位女高手青部"四兰"，加强青部地带的防护。

　　此外，指示青金石族两圣使青石流芳和青石留晨，会同金部"四郎"的师傅、也是催生喜之兰之父的催生喜多郎，加强金部地带防护。

　　青金石族女圣使青石流芳经常从事慈善物资的收取和发放事务，另一位圣使青石留晨经常从事小奶猫、小奶狗等出生不久的被遗弃雏幼动物的收养事务。青金石族两圣使收到族长帝青指示后，为此暂停各自事务，前往金部驻守。

　　玉髓族族长台蓝，派出玉髓族中黄玉髓掌石人黄龙玉，作为玉髓族援军领队。

　　此外，指示蓝玉髓族加强玉髓族东部的防守，指示紫玉髓族加强玉髓族北部的防守，指示粉玉髓族加强玉髓族中央区域的防守，指示红玉髓族加强玉髓族西部的防守，指示绿玉髓族加强玉髓族南部的防守。

　　印石族中鸡血石族族长昌化派出鸡血石掌石人巴林，会同寿山石掌石人天荒道悟和青田石掌石人封青天，三人行一起前往。

　　分布在悬天圣宫下雾林东部的玉族七路援军，收到了悬天圣宫发出的紧急增援信号后，当即往悬天圣宫紧急驰援。

第二十四章

一针见笑

印石族的这路援军只有三人，这三位掌石人经常谈古论今，指点江山，互相调侃。

这次也不例外，三人结伴在雾林边漫步，谈笑间不知不觉走进雾林深处；收到悬天圣宫发出的紧急增援信号后，启程急奔摩天岭，恰好领先其他五路援军，竟然成为玉族援军的先锋。

寿山石掌石人天荒道悟，绘画与功夫融合成为一绝。

左手能打出"大手印"功夫，能在岩石和金属上轻易留下手印等各种印记。

右手执金刚降魔杵，能使出"韦陀杵"功夫。

身后背着一个很大的砚台，可做盾牌和舟使用，平时用来磨墨，将杵捣墨后用来调墨成彩墨，通过"大手印"功夫达到喷墨、复印、打印于一体的绘画效果。

平时用的各种毛笔也是武器，还能当箭飞击，其使出的功夫犹如绘画般洒脱飘逸。

青田石掌石人封青天，书法与功夫融合成为一绝。

执筷状的双笔，这筷笔可点穴与封穴，令人动弹不得，能使出"镇定指""无定指""无忧指"功夫，平时也用来针灸，使出的功夫如行云流水的书法。

鸡血石掌石人巴林，医术与功夫融合成为一绝。

身上挂满香肠状皮囊的肠串，内部装满各种血，这些看似香肠的皮囊特富弹性，时硬时软，可当锁链为武器，又可集结漂浮过河，还可平时按摩。

配有十八种大小针，能使出"蚊蜂刺"功夫，平时用来针灸、打针、注血、射血，与血肠结合可输血、换血；其使出的功夫宛如针灸按摩般舒筋活络。

三人经由东部雾林赶至摩天岭下时，发现邻近摩天岭前的树林下，躺着一大群戴有锆石的尸体，显然是锆石族的人；又奔一会儿，又是一大片锆石族人的尸体；再奔一程，出现一小批锆石族人的尸体，奇怪的是这些尸体上均无外伤痕迹。

三人发现在这小批尸体旁的一棵树下，一位身着黑衣黑裤但头发和皮肤却都是银白色的老者，奄奄地倚靠着。

正当三人仔细地观瞧老者是否活着的当时，老者突然身体一动，咳嗽了一下，睁开了眼，沙哑地说："他们都是中毒死的，我身也毒，你们别过来！"

封青天也是学医的，平时靠其筷笔为伤者点穴针灸，以为这老者是中毒而奄奄一息，于心不忍，边上前边说："老人家，别担心，我来救你哦。"

封青天右手执筷状的双笔，立即点穴封住这老者的穴位，之后拍穴为老者舒筋活络，同时召唤巴林过来给这老者针灸。

这老者说："哎哟，没想到你这吃饭的筷子还有这功能！"

封青天一听，不爽，答道："老人家，您再仔细看看，我的这个不是筷子，是笔。他身上挂的肠串可不是吃的香肠，旁边这位背的石台也不是饭台，可别把我们三人当厨师了！"

巴林扎了几根细针针灸后，为了查验这老者中毒情况，用带针眼的粗针在这老者手臂上扎了一下，谁知竟然冒出泡泡的银色水液来。

封青天一见惊呼："哇，这毒害的，你这坏得直冒泡啦！都是银水啊！"

这老者一听，不悦地说："这可不是银水，是水银。见识少，却来救人，反倒是要送命的。"

封青天仔细一看，果然是水银，水银是有毒的液态金属，封青天被这老者一奚落，闷闷不乐，默默地用筷笔拍打按摩。

天荒道悟也同时用金刚降魔杵给这老者压磨后背，逼出这老者体内的水银，通过巴林的粗针管，使水银进入粗针管尾部的肠串内。

巴林对这老者说："老人家，别忧虑，我给你来一剂'乐逍遥'针，一针见笑！"

这老者很是享受按摩，说："嗯，舒服！这是什么笔啊？筷装成笔，还挺有一套！这笔弄得我很舒服。被笔解与封，被针刺与激，被杵捣与磨，捶弄得舒服，这按摩好，人间太值得！哈哈，哈哈。"

这老者说话的同时被这"乐逍遥"针扎射，话落时，果然发出哈哈笑声。

封青天对老者说："老人家，你可别乐啦，你中毒太深，水银流你满身，我们三人是在急救呐！正在合力治病救人。"

这老者对封青天说："你可别逗啦，我又不是人，又没病。你搞错喽，我是魔，你做人那一套，拿出来，对我不管用！不过你的手法倒是极好的按摩。"

这老者继续说："我天生血液里就流淌着水银，我叫碲汞，不是地公，你可别听错了。"

封青天惊道："你有毒，怎不早说？血液是水银，人生初见啊！"

这老者不屑地说："我又没骗你过来，叫你不要过来的，谁让你多管闲事。你们三人一看就是外地人，涉毒不深。躺在林中的，那些都是本地人，都是中毒而死的，我眼前这批躺着的，都是靠内功才撑到这的功夫高手。"

封青天奇道："这么说来，你是天生毒物，所以不怕毒，所以未死。"

这老者笑着说："天生毒物也是怕毒的，我的毒在毒界中算弱的，只是这片林中的本地人太弱了，中了我的毒而亡。你们三个外地人不识好歹，居然给我这魔按摩，还一针见笑！哈哈，哈哈。"

这老者笑了一会儿，脑袋一耷拉，死了。

封青天一摸这老者口鼻，全无气息，吓了一跳："怎么回事？老人家，居然笑死了？"

天荒道悟发现这老者身体已凉，全无脉搏，叹道："好一个一针见笑！"

巴林长长地松了口气说："终于治死了，否则他活着，我们就都得死了。"

封青天对着巴林说："你平时治病救人，以医自居，以德服人，今天你这是趁人笑，要人命啊！"

巴林对着封青天说："你呀，整个一愣头青，这血液都是水银的毒魔，自称是碲汞，那可是魔族十长老之一的'银魔'。

"医学毒术里有这么一个天生毒物，血液大部分是水银，骨肉大部分是碲，碲是银白色粉状毒物，水银是液体毒物，这毒魔下双毒，毒杀这林中的锆石族人。

"你也懂点医术，但学医不精，还拉上我去送死，幸亏被我及早发现，以'一针见笑'针灸为名，暗中输入我族的含毒鸡血并抽出毒魔的血，同时进行快速大换血，致他而死。

"我若不杀了这毒魔，难道还让他去前面再去祸害咱们光明世界的人？你听前面的打杀声震天响！"

封青天不服气地说："他不是人，也不能往死里整啊，整晕过去，擒获了他不就得啦；还输血抽血，大换血哩，鸡血里藏毒，你治死的医术倒是高明呵。"

天荒道悟笑道："这鸡血也忒毒了！笑抽致死，你的一针见笑，笑力太强，把毒魔都笑死了。"

巴林对着封青天和天荒道悟说："你俩整天舞文弄墨的，兼修医学，但医术水平那是半瓶晃荡的，现被我博大精深的医术所深深折服了吧。

"你俩自称很有文化，人家自报碲汞的大名，让你们死得瞑目，你们却还不知道人家是魔族十长老之一的'银魔'，幸亏我及时出手相救，否则你们连怎么死的都不知道。

"医学不咋地，按摩倒是出众，一个拿筷装笔，被奚落成吃货，一个用杵这个磨墨器当按摩器，超级水货。

"一个平日里自诩'笔封天下'，如今是，封成按摩；一个平日里自称'杵捣江湖'，实际是，捣成糨糊。

"看到你们两个笨拙的按摩术，我实在看不下去了，既然他求捶得捶，正好捶死，这才来了个一针见笑，果然立刻见效，立竿见影。哈哈，哈哈。"

封青天用手指晃了晃，说："正规的大夫一针见效，你这个鸡肠外露的毒大夫，只会来个治死的一针见笑，还打鸡血！

"杀魔不可怕，就怕有心机，笑里藏针，血里藏毒。

"三人行，有你，我好怕怕，心好凉凉。"

天荒道悟跺了跺脚，说："瞧瞧他得意的贱笑，不对，分明是奸笑！

"人家老头子好不容易混成魔头了，人间旅游下，说了句好久未笑，人间太值得啦，就被扎死了。

"夸赞就被扎，一笑即灭口，对于魔来讲，人间太恐怖。

"可惜一代魔头，含笑而死。"

巴林气道："是药三分毒，无毒不大夫，我为了救你们，人生第一次，治死人噢，但他终究还不是人。

"你俩欠我的救命之恩，这辈子可得好好报答，打完前面那一仗，你们给我按摩，我倒也瞧瞧到底有多舒服？"

印石族三位掌石人，边说边驰往通天树下的摩天岭。

因增援紧急迫切，印石族三位掌石人没有查看碲汞周边的地方状况。

在碲汞旁不远处的林中有个地洞，那是魔族挖好用来撤退的，为了掩人耳目，由魔族十长老之一的"银魔"碲汞独自看守。碲汞提前钻出地洞，事先在悬天圣宫东部和北部的雾林中，用碲和水银下毒，使得该区域的锆石族人慢性中毒，在魔族发起总攻的当时，毒发而亡。

第二十五章

血战摩天岭

摩天岭的东面无战事，西面却打得热火朝天。

魔族从摩天岭的西面树林地下开凿出三个地洞，蜂拥而出。一洞出来的魔族队伍全部直冲玄地圣殿，直奔通天树，直取悬天圣宫；一洞出来的魔族队伍占领摩天岭；一洞出来的魔族队伍在摩天岭下抵住率先赶来的托帕石族队伍。

托帕石族族长帝黄，连同托帕石掌石人黄玉晶，亲率雾林中的托帕石族队伍与魔族交战。

托帕石族组成五色阵型行进，攻向魔族。

身着金黄色服装的帝黄居中，身着浅橘红色服装的黄玉晶居前，黄色、香槟色、粉色、蓝色、白色的五色队伍交相辉映，互相照应，攻防有序。

魔族队伍被压制住了，收缩回摩天岭防守。

托帕石族上攻摩天岭时，遭遇岭上魔族的火焰喷射器喷出的烈火，这火中还含毒，被火灼伤即染毒，不久后伤者倒地身亡。

同时，摩天岭下前面的地面下，不时地突出地刺，现出利爪，刺杀死托帕石族士兵后，又缩回地下隐藏，时而出现，时而消失，令地面的托帕石族士兵难以防备。

岭下的地面上，撒有白色粉末，随尘土飞扬，过量吸入则中毒而昏倒，虽不致死但失去防备，又无人救护下，会被魔族随后杀死。

为此，托帕石族士兵死伤惨重，无法上攻。

魔族见状，反攻反杀开来。

黄玉晶用内功屏住呼吸与敌苦战，无奈交战已久，换气时还是吸入了这白色粉末，中毒快昏倒时，敌人趁机杀来要命，危难之际，一人挡住敌人，旁人立刻抢救下黄玉晶，拉回至雾林疗伤。

挡住敌人的这人是锂辉石掌石人李紫辉。

李紫辉身穿粉紫色的服装，手执一把浅粉紫色的锂辉石短剑，身高如孩童，长得也像小孩子，因一张粉红还有些浅紫的小脸常被人误认为是小孩子。

受锂辉石族族长孔赛的指示，平时一直驻守悬天圣宫西边雾林的正门即西端入口处；一收到敌人来袭的信号就立即赶来增援。

要杀黄玉晶的魔族敌将大喝道："哪来的娃娃？人族没人了，是哇？娃娃都上阵了啊！"

李紫辉大叫道："哥叫李紫辉，人送绰号杀魔哥。你嚷嚷什么，怕死是吧，叫我一声哥，我就饶你小命。我不当哥好多年啦，对你当哥，人生也可！"

魔族敌将冷笑道："小孩装大辈，肯定没好事。还想当哥，我让你吃屎！"

魔族敌将刚要动手，谁知李紫辉出手极快，一剑刺死了这位魔族将领。

李紫辉身后的锂辉石族侍从，高声欢呼道："小辉哥，真厉害！"

旁边的托帕石族兵将，纷纷说："小李紫有两下子啊！""小辉辉很棒啊！"

李紫辉冲着旁边的托帕石族兵将，大声说："哥叫李紫辉，你们瞎嚷什么？"

这时，从敌阵中走来一将，这个魔族将领高声喊道："要当哥的娃娃滚出来，咱们单挑，我输，就叫你三声哥，我胜，你和你的族人就滚出战场。"

李紫辉正要答话，身后赶来一人叫住了他，原来是托帕石族族长帝黄。

帝黄说："我们不要上敌人的当，这是敌人的奸计，以单挑为名，想要拖延时间。我们两族立即整合后，马上前进。"

李紫辉赞同。二人各命令本族人员，撕下衣上些许衣料，沾上水，蒙住口鼻，同时加强身上防护。

此外，帝黄命令身着皇家蓝色服装的蓝色托帕石掌石人黄玉蓝，将全部伤员转移至雾林中并驻守雾林。

这个魔族将领见李紫辉未做回答，就继续喊道："我是魔族的'双钱狂魔'中的'白狂'钱白方，你们有人应战吗？是不是吓破胆啦？"

帝黄知道"白狂"钱白方和"红狂"钱红方这两魔头，就是魔族十长老之一的"双钱狂魔"。

刚才摩天岭下地面上的白粉末,肯定就是"白狂"钱白方及其族人下的毒粉。

摩天岭喷射含毒烈火的魔族,肯定就是"红狂"钱红方的族人,想必"红狂"钱红方也来了,就在摩天岭上。

帝黄高声回答:"红狂躲在上面,你快回去拉他下来,咱们来个大决战。"

"白狂"钱白方见计不成,怅然而回,撂下狠话说:"你们不敢单挑,那就过来被毒死吧。"

帝黄见托帕石族与锂辉石族已整装待发,此时还未见锆石族的人来,就知道锆石族那边肯定出事了。

能马上增援悬天圣宫的兵力,眼前也就只有这两族战士了。帝黄知道事态紧急,毫不心怯,在阵前壮志豪情地说:"战士们,这是我们共同的家园,大家都知道此地的重要,我们在此就是为了保卫它。各族兄弟姐妹们正从四面八方赶来,我们必将胜利。时间所迫,我们决不让等候我们的兄弟们孤单地作战,前方的烈火和障碍,阻挡不了我们奔向胜利的脚步,为了光明,为了人类,为了家园,前进,前进——"

托帕石族与锂辉石族在帝黄的号召与激励下,浑身热血,奋勇向前冲杀。

双方都深知这是场你死我活的决战,没有退路,也不会有投降,更没有再来的第二次交战,因为双方战士都视死如归,毕竟光明与暗黑不两立。

摩天岭上喷出数团烈火,烧烤着首排前进的白色托帕石族人的白色晶体盾牌,烈火与热毒使得晶体盾牌的白色被烧成蓝色,执盾牌的白色托帕石族人前赴后继,但时而突现地刺与利爪,大部分人因此接连倒地身亡。

随后,执香槟色晶体盾牌的香槟色托帕石族人取代白色托帕石族人作为首排,前赴后继,烈火与热毒使得晶体盾牌的香槟色被烧成金黄色,在时而突现的地刺与利爪夹击下,大部分人也接连倒地牺牲。

这时已很近岭下,黄色托帕石族人和蓝色托帕石族人共同取代了伤亡殆尽的香槟色托帕石族人,作为首排和前锋,用晶盾掩护后面的锂辉石族人。

李紫辉一声大喊:"哥来了——"率领锂辉石族人跃过晶盾,与敌交锋,双方混战一起。

"白狂"钱白方抵住李紫辉和帝黄的联手进攻，一时不分上下。

双方酣斗中，突然岭上传来一声大喝，"红狂"钱红方杀下来，一路杀死数位勇猛的托帕石族和锂辉石族战士，直奔李紫辉和帝黄而来。

"红狂"钱红方快至李紫辉面前时，被旁边冲出的三人截住厮杀。

这三人正是及时赶到的寿山石掌石人天荒道悟和青田石掌石人封青天及鸡血石掌石人巴林。

封青天振臂高呼："印石族来也，玉族就在身后，魔族受死吧！"

天荒道悟把身后的砚台当盾牌，不时地挡住敌人喷来的毒火，同时飞出数支毛笔，射杀了手执火焰喷射器喷火的敌人；同时右手执金刚降魔杵，使出"韦陀杵"功夫击杀了周边数个魔族将士。

巴林用肠链扫荡敌人，不时飞针刺杀了数个手执火焰喷射器喷火的敌人。

"红狂"钱红方被这印石三人困住。

不一会儿，托帕石族后面喊杀声四起，人声鼎沸，原来是玉族六路援军到了。

和田玉掌石人山流水与红翡翠掌石人罗福，两人并驾齐驱，率先飞身而来。

身着羊脂白色服装的山流水，大喝一声："玉族来也！"说完，拔出白玉剑刺向"白狂"钱白方，独战"白狂"，换下李紫辉和帝黄，让两位稍作休整。

身着鸡冠红色服装的罗福，大喊一声："翡翠罗福在此，红狂休走！"话落，执红翡剑与"红狂"钱红方交锋，天荒道悟和封青天及巴林三人则将"红狂"包围。

岫玉掌石人金缕、独山玉掌石人南阳、蓝田玉掌石人蓝天和湾玉掌石人高山四人，不一会儿也赶到，四人围攻"白狂"。

湾玉掌石人高山大叫一声："高山来也！"

"白狂"钱白方见对方来了很多援军，心怯，想要摆脱包围，被高山一声大叫，稍微分心，随即被山流水的白玉剑穿胸而过。

"白狂"指着山流水问："你是——"

和田玉掌石人山流水朗声回答："山流水！"

"白狂"听后，倒地而死。

"红狂"钱红方瞥见"白狂"阵亡，心痛，稍微分神，随即被罗福的红翡剑穿心而过，倒毙。

托帕石族与锂辉石族两族士气高涨，与玉族七路援军，齐头并进；魔族抵挡不住，纷纷战死，"双钱狂魔"旗下的魔族人死亡殆尽。

乘胜追击之时，冲在最前的锂辉石族战士，突然遭遇新来的一股魔族，一交手随即倒地身亡。

山流水与罗福见状，知道必有蹊跷，立刻上前压住阵脚，令玉族和晶族战士休整待发。

巴林上前告知山流水与罗福及帝黄，来的路上发现悬天圣宫东部和北部雾林中的锆石族人，全部被魔族十长老之一的"银魔"碲汞铪毒杀了。

刚才摩天岭下地面的白色粉末是方铅毒，烈火中的毒是红铊铅毒。新来的这一股魔族携有比前面的毒还毒的剧毒，是砒霜；这股魔族应是魔族十长老之一的"红白毒魔"中"白毒"一族，最好通过远射和远攻来破之。

巴林对着新来的这股魔族高喊道："你们魔族战力太差，就只会放毒，是不是把魔界的毒都搬过来了啊？这次来的毒，是不是'红白毒魔'中的'白毒'一族啊？"

从这股魔族中闪出一将，说："我是'白毒'石白砒，没想到我不在人间江湖上，人间江湖中还是有人依然记得我，受宠若惊呦，哈哈！"

巴林问道："你们的砒霜和鹤顶红，在人间可是第一恶毒，非常有名噢，驰名招牌呐！'红白毒魔'中的'红毒'石红信哪去了？是不是去上面下毒啦？"

"白毒"石白砒哈哈大笑："感谢您的关注和赞扬，恭喜您答对了。石红信上去请上面的人尝尝鹤顶红。你们想尝鹤顶红，还轮不到哦，必须在下面排队，等不及的话，那先吃吃我的砒霜开胃一下，哈哈！"

此时，山流水与罗福及帝黄已布阵完毕。

第一梯队由红玛瑙掌石人"北红"阳战国所率领的玛瑙族人担当，缠丝玛瑙掌石人万重山带领手执玛瑙盾牌的族人突前，作为首排用盾掩护后方，雨花石掌石人六合雨带领投掷飞石的族人随后，用飞石击杀魔族。

第二梯队的中路由青金石族的纳兰金刚及"四郎"（青金钠铁、黄金钠铁、金青钠铁、金兰钠铁）所率领的青金石族人担当，同行的还有印石族的三位掌石人。左翼是绿松石族的"铁网"荆襄阳所率领的绿松石族，右翼是玉髓族的黄玉髓掌石人黄龙玉所率领的玉髓族。

此外，弓箭射手和远投武器的高手列入第二梯队。

翡翠族、软玉族、托帕石族、锂辉石族这四个族为第三梯队，在前两个梯队突破敌军后，翡翠族和软玉族负责主攻。

一声号令，人族的箭与远投武器，射向新来的这股魔族，这股魔族虽有盾牌挡护，但还是倒毙了很多。

正当人族大军要冲锋之时，突然前面的地面和摩天岭下，发出轰然巨响。

魔族从摩天岭西面开凿出的三个地洞间的区域坍塌，从里面发出恐怖的妖兽声音。

第二十六章

九龙怪

摩天岭下的坍塌地面下，冒出一个发着恐怖声音的远古妖龙。

这怪兽居然是九条龙通过各自尾部大肉球相连成一体。

连接九条龙的大肉球如同龙珠，当九龙同时回首观玩此肉球，恰似九龙戏珠。

这九头妖龙，相缠游走，傲视天地，恐怖惊魂，叱咤风云。

九头妖龙的各个外形与样子，各不相同，各有特点。

地面上行走的是盾龙，皮糙肉厚，长满棘刺，外皮如铠甲，鳄鱼与剑龙的合体；尾部驮着连接九头妖龙的大肉球，这大肉球的外皮也如铠甲。

地面下时而钻出又时而入地的是地龙，龙爪于地面上下隐现，当做地刺，神出鬼没，之前人族与魔族的"双钱狂魔"交战时，地面下不时地突现地刺和利爪而给人族造成很大伤亡的，就是地龙之利爪所为。

地面上还有条环绕盾龙的龙是蛇龙，龙身酷似巨型蟒蛇，外有犀甲般的鳞片，如蛇般游行。

盾龙之上的左翼是雷龙，天生神力，力大无比，执一个"龙珠圆锤"，向上一锤威震天，向下一锤彪撼地。

盾龙之上的右翼是噪龙，其巨大的肺腑发出的高低音极为震咤，高音太过刺耳晕鸣，低音很是难受压抑，都是未听过的极度难听的噪音；定向发射的噪音能量最强，生灵会被蛊惑得要发疯，难以镇定，难以忍受。

雷龙之上的是火龙，体内消化食物后形成的气体，经过鼻腔快喷，摩擦火龙特有的内鼻骨后能着成火，竟成天燃气。火气逼人，气到多远，火到多远，气到哪儿，火到哪儿。

噪龙之上的是电龙，体内肌肉伸缩能发出电能，如同巨型电鳗，还能带电传导至尖齿利爪上，龙爪若执钢铁等金属类武器，则该武器带电，令敌难以招架，心惊胆颤。

左面一火龙，右面一电龙，火花带闪电，火电交加，烧烤万物。

盾龙之上，在雷龙、噪龙、火龙、电龙四条龙中间的是箭龙，箭龙是九头妖龙的老大，不仅射箭精准，还会挥鞭扫荡。

这鞭是龙筋做成，九条龙筋拧成，劲力十足且操控自如，名为"九龙鞭"。这九条龙筋可不是取自九龙怪自身。这九头妖龙太过强猛，没必要对自己那么狠，虽是猛角色，但非狠角色。这鞭的龙筋，取自与九龙怪争斗的其他猛龙，彰显九头妖龙是龙中的霸王，群龙为首。

箭龙之上，飞旋着的是展开一对巨大翼翅的飞龙。

地下一条龙，天上一飞龙，地面游走两条龙，雷电火箭噪五龙；真是：横行暴走是九龙。

九头妖龙出场的气势，顿时碾压人族的声势，人族战士当场看呆。

大部分人族战士都阅历过千奇百怪，但见到九头妖龙，还是难以置信！

山流水与罗福及帝黄压住阵脚，决定将在场的人族分成九队，每队领队及其族人对战一条龙，与九龙怪交手后再视战况互相协助。

红玛瑙掌石人"北红"阳战国所率领的玛瑙族人，对战地龙。缠丝玛瑙掌石人万重山带领手执玛瑙盾牌的族人依旧突前，用盾掩护后方，雨花石掌石人六合雨带领投掷飞石的族人随后，用飞石攻击地龙和其他妖龙。

青金石族的纳兰金刚及"四郎"（青金钠铁、黄金钠铁、金青钠铁、金兰钠铁）所率领的青金石族人，对战雷龙。

印石族的寿山石掌石人天荒道悟和青田石掌石人封青天及鸡血石掌石人巴林三位，对战箭龙。

绿松石族的"铁网"荆襄阳所率领的绿松石族人，对战火龙。

玉髓族的黄玉髓掌石人黄龙玉所率领的玉髓族人，对战盾龙。

和田玉掌石人山流水及岫玉掌石人金缕、独山玉掌石人南阳、蓝田玉掌石人蓝天、湾玉掌石人高山五人所率领的软玉族人，对战蛇龙。

红翡翠掌石人罗福所率领的翡翠族人，对战电龙。

托帕石族长帝黄所率领的托帕石族人，对战噪龙。

锂辉石掌石人李紫辉所率领的锂辉石族人，对战飞龙。

一声令下，人族各族各队，各就各位，奋力与九头妖龙作战。

红翡翠掌石人罗福独斗电龙，双方打平，同时限制电龙无法四处放电，伤害其他人。

印石族的三位掌石人缠斗箭龙，双方打平，使得箭龙无暇用箭和九龙鞭伤害其他人。

青金石族的纳兰金刚独斗雷龙，纳兰金刚左手执石盾，右手执正五方形十二面体的"金刚锤"与雷龙的"龙珠圆锤"碰撞，真是惊世双锤，响彻四方。

纳兰金刚天生刚劲，加之雄厚的内功修为，使出"大韦陀锤"功夫，用"金刚锤"抵住了雷龙数次砸来的"龙珠圆锤"。

雷龙对着纳兰金刚吼道："哈哈，从未有使锤的人接得住我的锤，你别跑，我倒是看你能坚持到何时？"

雷龙赌气与纳兰金刚斗锤，双方不停地你来我往抢砸对锤，声如惊雷，很远处都能听到。

其实，雷龙与纳兰金刚除了力大超常和锤法精湛外，其他的技能也很强，但却不用。因为二者平时对于锤力都很自信为第一，现在遇到生平里锤力相当的使锤劲敌，很是难得，为此都特别亢奋来劲，都是一根筋，只想在锤上一决上下，在力度和耐力上一决高低。

青金石族的"四郎"（青金钠铁、黄金钠铁、金青钠铁、金兰钠铁）转而协助其他人族对抗其他妖龙。

唯有软玉族人对战蛇龙取得了胜利，和田玉掌石人山流水指示族人通力配合，与蛇龙周旋，后找到蛇龙弱点，数位族内高手用剑刺进蛇龙体内，使蛇龙重伤不再游行。

此外，对抗其他的妖龙，对战的人族各族均处劣势。

飞龙和地龙太过灵活和机动，四处突袭人族，人族为此伤亡很多。

金兰钠铁被飞龙突袭，被飞龙利爪刺死，同伴金青钠铁报仇心切，杀向飞龙，却被地龙从地下伸出的利爪刺死。

缠丝玛瑙掌石人万重山重心对抗地龙，防备地刺，遭飞龙突袭，被飞龙利爪穿胸而亡。

绿松石族的"铁网"荆襄阳全力对抗火龙，不停地防备火龙喷来的烈火，在地龙的利爪连环刺干扰下，被火龙的烈火喷到，随即被火龙的利爪刺死。

火龙正要向其他人喷火，被及时赶来协助的软玉族人抵住，使火龙的喷火受到制约，避免人族更大伤亡。

托帕石族长帝黄对战噪龙，被噪龙定向发射过来的噪音所困，虽有厚实的内力把持，终坚持不住，口鼻处流血不止，再继续下去性命堪忧。

幸好巡视悬天圣宫雾林南端与水晶族领地交界地带的红纹石族女族长灵梦率领其族人赶到，替换下帝黄及其托帕石族人。

灵梦手持一副"红纹铃杖"，杖头两边悬挂的铃铛，发出清脆的叮当之声，对抗噪龙定向发射过来的噪音。

红纹石女族长灵梦就是参加水晶大会场上表演的红纹石掌石人蔷薇公主的母亲。

与此同时，蓝碧玺族族长李迪斯科和蓝碧玺掌石人罗纳尔多雳及雪月宫宫主殷迪斯科三人疾驰赶到。

三人攻向噪龙，身着湛蓝色服装的李迪斯科，打出碧玺族独门功夫"三角幻梦拳"，身着亮蓝色服装的殷迪斯科，打出碧玺族独门功夫"环圆幻影拳"。

两人合力使出碧玺族独门奇邪功夫"三角环圆罩"，这功夫能表现出：

人生几何，情感三角，成就环绕，生命圆周；

难以逃脱，易致坠落，尽是虚幻，全无安全。

通过中间的内三角环与外部的圆环的波光效应与幻影效应，困住和罩住噪龙，使得噪龙视觉和听觉受限受制，产生错觉和幻觉。

身着矢车菊蓝色服装的罗纳尔多雳，趁机左手使出"擒龙手"功夫，抓住噪龙颈部，右手使出"伏龙指"功夫，右手指进噪龙体内，使噪龙颈部受到重创，不能发出噪音，噪龙重伤倒地不起。

得手后，蓝碧玺族族长李迪斯科攻向飞龙、蓝碧玺掌石人罗纳尔多雳攻向箭龙、雪月宫宫主殷迪斯科攻向电龙、红纹石女族长灵梦攻向盾龙。

虽有两龙重伤，九龙怪依然阻挡在去往玄地圣殿的路上，使得人族援军滞留在摩天岭。

第二十七章

山月宫

　　九龙怪抵挡住人族援军的目的，就是为另一路上攻通天树并要夺取悬天圣宫的魔族争取时间。

　　这路上攻的魔族，才是魔族主力部队与精锐。

　　上攻悬天圣宫的魔族，由魔族十长老首座"石魔"夕统帅，令人闻风丧胆的魔族十长老之一"绿魔"云通幽和令人谈毒色变的魔族十长老之一"红白毒魔"中的"红毒"石红信，为"石魔"夕的左膀右臂，上攻的魔族斗士个个都是"石魔"夕亲选的不怕死且凶狠的魔族精锐。

　　身着翠绿色服装的"绿魔"云通幽，内功强盛，练就能吐纳有毒氡气的气功，能将毒与力和气三者结合，中其力等于中其毒，能通过力辐射毒，力有毒，气是氡气也有毒，毒气如风，随力散聚，其气场之风有毒，功力不强的人闻后不久即中毒，只有内功强的高手，不被气扰，方能与之一战，所以其风气吓人，令人闻风丧胆。

　　上攻悬天圣宫的魔族，先后攻下了玄地圣殿、星月宫、晶月宫、海月宫，势如破竹。

　　当期看守玄地圣殿的冰月宫宫主及护殿侍卫、星月宫宫主及石榴石族的守宫侍卫、晶月宫宫主及水晶族的守宫侍卫、海月宫宫主及海蓝宝石族的守宫侍卫，都先后阵亡。

　　魔族乘胜不歇，来到了山月宫前。

　　山月宫前，守宫的钻石族侍卫二字排开，前一排剑阵，后一排箭阵。

一人当先，阵前站立，是山月宫宫主罗阳。

"石魔"令手下退下，自己亲自上前对战罗阳。

只见"石魔"身着一身亮黑色服装，戴着黑色遮住口鼻的面罩，来到了罗阳面前，双方对视。

"石魔"朗声说道："我，'石魔'夕，发动这次战争的统帅。"说完，摘下面罩，立刻令对面的罗阳和两排守宫侍卫都惊呆了。

好一个动人的美男子！

罗阳眼睛直了，内心惊了，闭上眼睛后睁开，咬牙地说："我们同时出剑，一击决胜负。"

"石魔"说："好。"

夕阳下，双方对视了许久，落日的光芒辉映着罗阳和夕。

罗阳先出手了，一剑疾速刺向"石魔"颈部；"石魔"脖子一歪躲过，同时"石魔"的黑剑刺进了罗阳的胸内，罗阳凝视着"石魔"，闭上眼睛，倒在了地上。

山月宫的前排钻石族的守宫侍卫，冲杀过来抢人，后排则放箭掩护；"石魔"身后的魔族斗士也蜂拥而上，双方交战在一起，不一会儿，两排守宫侍卫伤亡殆尽。

"石魔"戴上面罩，令身边的亲信背上罗阳，跟随在"石魔"身后。

"石魔"令魔族斗士继续前行上攻。

第二十八章

雪月宫

魔族的突袭打破了花雨的思绪，也惊动了悬天圣宫。

人皇出访水族，代管悬天圣宫的是钻石族中金钻族族长"金钻之心"金宾利。

人皇出身金钻族，也是前任的金钻族族长，虽离宫外出，但还是留下本族金钻族的精锐看守悬天圣宫。

身着香槟色服装的"金钻之心"金宾利，收到敌人来袭的消息后，令身着暗彩橙褐色服装的"金钻之箭"金比利，持金钻箭，只要冰月宫或近悬天圣宫处出现敌人，即予射杀，率领金钻族的守宫侍卫，在悬天圣宫门口严加防守。

金宾利令身着艳橙色服装的"金钻之星"金瓜，在悬天圣宫最高处看守巨型晶体，执行特殊使命。

同时，金宾利令粉钻族女族长"粉钻之心"和"粉钻之星"斯坦尼茨及"粉钻之箭"阿格尔三人，率领粉钻族侍卫严守冰月宫的禁地，一旦遇敌即刻执行特殊使命。还令"黄钻之星"奥本海默，率领黄钻族侍卫在冰月宫门口严加防守。

此外，令"绿钻之星"德瑞斯诺通知十二月宫各宫，各就各位，死守待援；全部通知完则去把守六月宫雨月宫。

"绿钻之星"德瑞斯诺来到雪月宫，通知花雨说："敌人从摩天岭地下钻出来突袭圣宫，我们的各族援军正从四面八方赶来，金宾利请各位宫主各就各位，死守各宫，捍卫人族。"

花雨点头称是。

"绿钻之星"德瑞斯诺拱手对花雨说:"我有一个私人的请求,我这次下去,若不能归来,想请您在香花林那儿,采一束绿花和一束黑花,捆在一起,找到黑钻'班德瑞',献给他,因为他是我从小就流浪失散的兄弟,只有我和他知道我们是亲兄弟关系,也请你保守这个秘密。"

花雨也拱手答道:"多谢你的信任,此战我若幸存,定不负你的托付。若我也遇难,这份爱和秘密也不会逝去!"

"绿钻之星"德瑞斯诺再次拱手,致谢花雨,转身而去。

花雨又陷入沉思,心想之前以为敌人会从南方来袭,而实际上出乎意料,是从摩天岭下钻地而出。

人皇出访水族,带走了"八心""八星""八箭"中的八位高手,冰月宫宫主正在看守玄地圣殿,虽不在冰月宫,但冰月宫也该和上次一样,会有四位高手。

刚才德瑞斯诺传达的是金钻族族长金宾利的指令,想必人皇留下的是其本族金钻族的三位高手驻守圣宫,那么,留守在此的有"八心""八星""八箭"中的九位高手。

摩天岭下,惊世双锤——纳兰金刚的"金刚锤"与雷龙的"龙珠圆锤",激情碰撞。

持续不断的锤响,引得花雨来到雪月宫前的树崖边,向下查看究竟。

花雨从雪月宫的树崖边向下望去,看到了九龙怪正在阻挡人族援军,还看到了山月宫的门前,山月宫宫主罗阳一下子就被敌人一剑刺倒在地的一幕。

花雨大吃一惊,知道"绿钻之星"德瑞斯诺曾大半夜的追逐花雨,功夫很是了得,而作为钻石族"黄钻之心"出任山月宫宫主的罗阳功夫必在德瑞斯诺之上,可竟一招被此敌刺倒,难以置信!

钻石族的"八心""八星""八箭"都是一等一的一流高手,即使遇到超一流高手或者绝世高手,也不至于一招就被杀死。这么一来,临时去把守雨月宫的"绿钻之星"德瑞斯诺也性命堪忧。

敌人突袭极为凌厉,悬天圣宫危在旦夕。

夕阳已不见,锤声依旧响。

雪月宫下走上来一人。

此人头戴遮住上半部脸的藤制头盔，颈部戴着一串镶满各种各色碧玺的项链，项链中间为霓虹亮的电光蓝色的帕拉伊巴碧玺，从藤甲的缝隙中能见到霓虹亮的湖蓝色眼睛！

花雨看一眼是碧玺族族长卡龙，定睛又看一眼仍是宝石之王卡龙，再细看一眼还是帕拉伊巴碧玺掌石人卡龙。

身为碧玺族圣使的花雨三眼即能确认项链上的各种各色碧玺及项链中间的帕拉伊巴碧玺，都是真货且是极品等级的。

卡龙用往昔的声音说："你，守在这里，我，上去安排。"

湖蓝色眼睛和说话的声音也是卡龙所特有的。

花雨拱手作揖，说："是。"

花雨待卡龙从身旁走过，突袭卡龙，施展碧玺族独门功夫"三三禁指"，左手三指发出红绿蓝三色三指力道，右手三指发出红绿蓝三色三指力道后而混合成白色近乎隐形的强力，对方即使能躲过红绿蓝三色三指力道的攻击，也难逃近乎隐形的强袭，是一种必杀技，在碧玺族内属于上乘的功夫，极少人习得，习得后也对内对外禁止使用。

卡龙躲过花雨左手红绿蓝三色力道的攻击，但没有躲过花雨右手白色近乎隐形的强力，中指后倒地。

卡龙痛苦地说："你竟然攻击我！为什么？"

花雨答道："因为你不是卡龙。"

花雨摘下卡龙的面具，面具里内藏语音合成器，花雨看后继续说："你装扮成卡龙特别逼真，登峰造极。身上的宝石都是真石，声音也真实，就是人不真实！"

卡龙假冒者用尽力气问："哪不对？"

花雨朗声答道："我就是最好的安排！"

卡龙假冒者听后死去。

花雨暗想，自己是卡龙心同意合、彼此熟悉的挚友，但也差一点被这个卡龙高仿假冒者骗过，敌人真是用心良苦。

近一年，极品等级的碧玺和帕拉伊巴碧玺价格飞涨，抢夺事件频发而出现数起命案，黑道染指参与；现在看来，是魔族所为。

　　这次来袭的魔族都是高手，本事都非同小可，各显鬼道，匪夷所思，难怪魔族这么快就到了雪月宫。已知的那个一招击倒罗阳的魔族高手已是超一流了，自己独斗这魔的话，很大可能不敌。

　　已知的虽然很可怕，但更可怕的是未知！

　　唯一的欣慰，刚才出现的由魔族派出的这个未知——超级逼真的卡龙，被自己及时识破，了结了；否则自己会被敌人了结。

第二十九章

惊世之爆

正当花雨暗想时，雪月宫下走上来两人，一个身着翠绿色服装，气息四溢、气场逼人，另一个身着亮黑色服装，戴着黑色遮住口鼻的面罩，气场内敛。

花雨心想，这个身着翠绿色服装、气场逼人的人，肯定就是魔族十长老之一"绿魔"云通幽。

花雨曾听卡龙介绍过魔族十长老及其特点，知道"绿魔"内功强盛，能发出有毒氦气的气功，能通过力，来辐射毒。

这个身着亮黑色服装的人，就是一招击倒山月宫宫主罗阳的魔族超一流高手。

花雨暗想，敌人突袭圣地意图求快，面对一个超一流高手的攻击外加一个毒物同时下毒的话，若还有未知的鬼术，自己难敌，估计前面各宫都是如此面对而很快失守的，自己不能以守待毙。

花雨又想，前面各宫都以死相殉，自己也非贪生怕死之辈，怎能寄托冰月宫和上面悬天圣宫的人退敌，万一他们有闪失，圣地就完了。自己必须主动出击，一招制敌，敌人若先出重手和大招，自己可能连后手出招的机会都没了。

花雨深深地吸了口气，使出碧玺族独门功夫"三界归一爆"。

这功夫是将自身内功与外界能量不断结合，暗自不断吸收外界能量，不断转化成红绿蓝三色光力，再融合成白色的强光束，激发身上的灵石——红绿蓝三色碧玺，最后终极破界，迸发大裂爆威力，摧毁前面的一切，包括自己，是同归于尽的必杀技。

"绿魔"云通幽上前说："我是云通幽，前来挑战。"

花雨闭目不答，运力发功，周边气场渐大，如气球般膨胀，气场内充满强力的气旋。气场外裹着漫天飞舞的雪花。

"绿魔"见状，说："那我就不客气了。"

"绿魔"话落，也发出内功，抵御花雨发出的膨胀气场和强力。

双方僵持着，但花雨的气场持续膨胀和强大。

"石魔"出手，发出内功助力"绿魔"，抵住花雨的气场和强力。

花雨的气场依旧持续膨胀和变得更强大，气场已笼罩了雪月宫。

"石魔"和"绿魔"暗叫不妙，遇到不祥之兆，但无奈只能抵住，却无法脱身，一旦收手收功，自身会立即受到重伤。

两魔头的身后魔族斗士见状，纷纷加入，发出各自内功，助力两魔，顶住花雨的强大气场。

花雨一边运力持续发功，一边回忆幸福时光，回想亲朋好友，回念妻子罗兰，思绪如同气场内的气旋飞快地闪过。

此时花雨的气场，已被层层的雪花覆盖，宛若巨型雪球，雪球外雪花高速围绕雪球飞旋，旋转的雪花如锋利的刀片，还有吸积盘裹夹着飞石和流云。

花雨开眼一吼，只见雪球状的强力气场迸发裂爆，发出惊人的威力！

大爆炸竟使雪月宫及其之下的通天树，轰然崩裂坍塌。

九龙怪正和人族援军火拼，听得天上一声轰然巨响，仰头一看，遮天厚土撒坠下，盖地巨石滚落来。

人族援军位于通天树下的外侧，紧急避险，外撤，仅有少数腿脚受伤不便利的战士被落下的土石覆没；而通天树下中间位置的九龙怪躲闪不及，与内侧担任阻击任务的魔族斗士，全部被覆没。

灰飞烟灭，尘雾消散后，冰月宫及之上的悬天圣宫，悬浮在天空中。

原来悬天圣宫真是悬天的！

这景象真是：

暴雪卷云流飞隆，裂地崩天毁灭轰；

盖地巨石滚落来，悬天圣宫依旧在。

其实，悬天圣宫与地面此时还连接一根透明的很长的钻石柱，因为有尘雾遮蔽，幸存者未看清罢了。

在外侧躲过一劫的人族援军，立刻清扫现场，救援幸存者。

这时，中央的土石堆里一动，"石魔"钻出来，左手拎着晕迷的"绿魔"，右手夹着山月宫宫主罗阳身体，往西侧的雾林踉跄地奔跑过去。

在东侧的人族援军发现，立即上前追赶。

中央的土石堆里又是一动，冒出地刺和利爪，刺死了几个追赶的人族战士。

随后地龙从土石堆里冒出，挡住人族追兵去路，地龙浑身是血，撕心裂肺地仰天长啸，与人族战士血战，不久即被人族的乱刀和数剑杀死。

地龙撕心裂肺的长啸声，唤醒了晕迷的雷龙，地龙刚死，雷龙钻出，继续堵路，使出"龙珠圆锤"疯狂乱抡。

人族队内闪出手执"金刚锤"的纳兰金刚，对战雷龙。

雷龙看见纳兰金刚过来，放下"龙珠圆锤"，伸出龙头说："让我感受你这锤子的温度！"

纳兰金刚朗声道："好，来世再碰！"

纳兰金刚手起"金刚锤"，砸在雷龙的龙头上，雷龙即毙。

纳兰金刚收走了雷龙的"龙珠圆锤"，成为公认的锤中第一高手。

在地龙和雷龙拼死阻挡下，"石魔"从死去的"银魔"身旁隐藏的地洞里脱逃。

此后，人族清扫和整理现场，发现土石堆里再无魔族钻出，土石堆上的地龙和雷龙及土石堆下覆盖的七条妖龙与"红白毒魔"，还有上攻和阻击的两路魔族斗士均已死亡。

第三十章

花容殒消

花雨睁开眼的同时，激发身上的灵石——三色碧玺裂爆强力气场，引发惊天动地的大爆炸，击溃了强敌，使敌功溃于一爆。

花雨自己也被这大爆炸炸飞得很远，很远；飞向东方的雾林深处。

玉族族长慧能得知悬天圣宫遇袭，大吃一惊，虽然此前已调动了七路玉族援军到悬天圣宫的雾林东端协防，知道七路援军一旦收到消息必会驰援，但还是没想到敌人会从摩天岭下钻洞而出，从通天树的地下发起突袭。

玉族族长派出西域七玉女中的曦玉、夕玉、烯玉，分别去调动作为后备的生力军的拉长石族、东陵石族、天河石族三族，前往悬天圣宫增援。

拉长石族族长时光谱，派出拉长石女掌石人芬蓝，作为拉长石族援军领队。

东陵石族族长殷姬东，派出东陵石女掌石人殷姬陵，作为东陵石族援军领队。

天河石族族长艾马寻，派出天河石掌石人"野马巡河"艾马儿，作为天河石族援军领队。

玉族三路生力军赶到悬天圣宫的雾林东端时，遥望见了通天树的坍塌和悬浮的悬天圣宫。

三路生力军收到了悬天圣宫发出的信息，知道了雪月宫现任宫主花雨，发动大爆炸已击溃了突袭圣宫的强敌，但也被炸飞落进了雾林东部，要求协助搜索和抢救花雨。

拉长石女掌石人芬蓝收到手下传来的讯息报告，经观察和扫描雾林上方的云雾的光谱，分析后发现东陵石族援军附近的雾林有异常。

芬蓝立即通知东陵石女掌石人殷姬陵，殷姬陵接报后搜索，果然找到了花雨。

此时的花雨闭着眼睛一动不动，在用"闭气功"撑住最后一口气，闭塞七窍，使体内的气体封闭内循环，束缚魂魄。

殷姬陵见状，知道花雨在用"闭气功"，不敢轻举妄动，在花雨周围搭起密闭的防护屋，亲自保护；同时通知"野马巡河"周围警戒，通知芬蓝联络玉族族长和悬天圣宫，等待指示。

玉族族长和宝石之王卡龙及人皇，先后获悉悬天圣宫的最新进展和花雨被找到的消息。

宝石之王卡龙紧急传音于水晶之王银钛晶"太古"，告知悬天圣宫被魔族突袭，幸得花雨发动大爆炸退敌，但也奄奄一息在圣宫雾林东部；请求银钛晶"太古"提取水晶之棺，罩住生命垂危的花雨，使得花雨生命持续；在卡龙赶到前，代卡龙守护花雨。

银钛晶"太古"收到卡龙的口信后出山，亲自到水晶族族长白天晴那里，提取了一直由白天晴守护的水晶之棺，之后紧急赶到花雨身边。

殷姬陵见到水晶之王银钛晶"太古"亲自手持灭魔玲珑杖并携水晶之棺，前来罩住花雨，也吃了一惊，毕竟银钛晶"太古"归隐已久，与宝物水晶之棺一同出现，难得一见。

花仙也得到了悬天圣宫被魔族突袭的信息，内心很是紧张，生怕花雨出事；不久又得知花雨生命垂危的消息，痛心欲倒，急往雾林去见花雨。

花仙快步来到安置花雨的防护屋门口。

门口默默伫立着一人，背对着门外。

花仙走近时，这人转过身来，花仙一眼认出此人，是在香花林的林语堂外，替花雨解围的乘鹤来去的碧玺族长卡龙。

卡龙湖蓝色的眼睛中噙着晶莹欲滴的泪珠，哽咽地说："花雨在等你！"

卡龙说完转身到旁边，背对着花仙和屋门口伫立，颗颗泪珠如帕拉伊巴碧玺般地滚落。卡龙落泪时，被远处的银钛晶"太古"看见。

花仙进门后，只见屋内中央巨大的水晶之棺竖立着，通过竖立的透明棺盖，

一眼看见了闭目的花雨。

花仙泛着泪花，颤颤地说了声："我来了！"

花仙话落，花雨即睁开眼睛，对着花仙微笑地说："我答应过，来见你；我此生很幸福！"

花雨话落，音容笑貌与整个身体随之化为灰烬。

花仙放声痛哭，使劲要搬开水晶棺盖，却搬不动。

卡龙急忙进来，花仙边痛哭边急切地让卡龙搬开水晶棺盖。

卡龙知道，花雨凭一口真气，用"闭气功"撑到现在，见到爱人花仙后终释，魂魄得以解脱，其实肉体在爆炸之际，即已内化成灰，全靠真气维系至今。这个水晶之棺能封存花雨的魂魄和气息及体灰，若是现在打开棺盖，则里面的灰会立刻气化，里面什么都会消失，会荡然无存。

卡龙很是纠结，与花雨情同手足，不愿开棺，不想让花雨在人间荡然无存。

卡龙说："现在开棺，他会气化消失，不能开。"

花仙痛哭，晕倒在卡龙的肩膀上；卡龙将她扶住，用功给她舒筋活血，畅通气脉。

花仙苏醒后，卡龙安排银钛晶"太古"照顾花仙，由银钛晶"太古"守护并护送水晶之棺至香花宫。

银钛晶"太古"说："您放心去吧，我这个老太婆能照料好的。"

卡龙方才驾鹤离开。

卡龙的思绪在云中飘荡，喃喃自语：

你的光辉，宛如玫瑰；不顾安危，尽显无畏。

你的不归，是我的罪；独自流泪，徒留伤悲。

你让我独醉，她让我憔悴；太让我心碎，更让我后悔；

难以挽回，来世再会；孤独滋味，何处依偎？

第三十一章

王者归来

"石魔"逃回魔族领地，来到魔族圣地幽魔殿，面见暗黑之王。

只见幽魔殿上正中，有一只八爪吸盘触臂的软体怪妖，正是暗黑之王的坐骑"西暗魔鱿"。

"西暗魔鱿"上面坐着暗黑之王。黑袍罩着暗黑之王全身，"蜥线眼"之睛伸张之间，射出黑绿色光芒。

"西暗魔鱿"前面站列着四男两女，是魔族十长老中的五长老。分别是：

"蓝魔"梵异极、"红魔"朱辰莎、"黄魔"之"雌雄双黄"、"眠魔"闻失眠、"灰魔"帝灰。

其中的"红魔"朱辰莎和"黄魔"之"雌黄"都是女魔头。魔族十长老，实为十三妖魔。

"石魔"禀报暗黑之王说："功溃于一爆，攻至人族圣地中的雪月宫时，其宫主直接引发大爆炸，炸毁通天树，使人族圣宫幸存；除云通幽和我侥幸回来外，参战的我族尽灭。云通幽伤势严重，外貌与眼睛尽毁，正在急救。"

暗黑之王面对众长老，问："如何处置？"

"蓝魔"梵异极，在魔族十长老中的地位仅次于"石魔"，见魔族十长老首座"石魔"带队几乎是全军覆没，显然今后魔族十长老以其为尊为首，则立即答道："应处死示众。"

"红魔"朱辰莎劝道："缓期执行为宜，有些疑点还有待查明，失败教训与某些成功之处都需要总结，供再袭参考。"

"黄魔"之"雌黄"附和道:"雪月宫为何是碧玺族代族长花雨亲自把守?为何花雨直接就弄出个同归于尽的大爆炸?"

"黄魔"之"雄黄"也跟着说道:"监视的情况显示晶族状况都在意料之中,但是此次通天树的援军最先到达的竟是玉族,而且玉族增援很快,似乎早有准备,很费解,是否有内鬼报信?"

暗黑之王嗯了一声,说:"那就缓期执行,先由闻失眠彻查,如有内鬼,定要找出。帝灰押送他们禁于不为岛,外战需要征召时才能解禁出来。"

不为岛是魔族之祖至极妖婆的地下居所灵极宫,通向地表上的五处秘道出口之一。

魔族之祖至极妖婆是魔族"黑白极灵"之南极黑灵,拥有不死之身,名声远高于暗黑之王。

黑灵从不离开位于南极大陆地下的居所,不似"黑白极灵"之北极白灵游行各方;"黑白极灵"与暗黑之王合称魔族三圣,是魔族三大巨头。

通往灵极宫只有一处南极大陆某地的秘道入口,只入不出,该入口从未有活物出来。

黑灵的地下居所通向地表上有五处秘道出口,都是远离各处大陆的生灵罕至的海洋孤岛,分别是:不为岛、特慄岛、复活岛、霓魔岛和凯旋岛。此五处秘道出口极难发现,只出不入。

毁容失明的"绿魔"云通幽和"石魔"被禁在不为岛。

一日,平常巡岛的云通幽,慢走在荒芜岛边,突然感知到从未遇见的外物在岛。

"绿魔"虽双目尽毁,但过眼不忘,通天树爆破之前的过往所见都能回忆,过往的光电声波均能刻录般地回放;如今的听力也是一流,与强大的气场共同感知外物,不逊视觉。

云通幽发现后紧跟此物,发现此物竟是个人。

这个人黑袍罩着全身,"霓电睛"之眼辉耀霓虹电光蓝。

"'绿魔',是吗?"这位云通幽从未遇过的人突然问。

"是我,你是谁?在这儿,你居然能识别现在的我!"云通幽暗自惊奇。

"绿魔"暗想:这人深藏不露,故意露些破绽,露点声波,引我现身,若对我突袭，我早已不敌，或有不测。

那人答："我有事见'石魔'，烦请带路引见。"

"绿魔"道："哼，你我是首次相遇，我不信任也不了解你。

"'石魔'可是我的统帅！想见他的人很多，他不仅是统领能力高的领导，还是顶级美男子！我不会让他被外人骚扰！你本领高，见识广！请自报家门。"

那人说："人生初见，彼此感知，缘分不浅，相识不晚。我是冥族幽使，有事见夕。"

"绿魔"听闻来者竟称冥族幽使，大吃一惊。

冥族幽使和冥族灵使及冥族鬼使，合称冥族三使，是冥族的三大巨头。

一提到冥界"鬼幽灵"，真可谓令人闻风丧胆，惊骇世界。

冥族幽使是生灵族族长，冥族灵使是精灵族族长，冥族鬼使是亡灵族族长。冥族鬼使还是现任冥皇，冥族三使，依照惯例轮流当冥皇，执掌冥族。

暗黑世界三圣三使，就是魔族三圣和冥族三使，是暗黑世界中的顶级巨头。

冥族幽使与魔界的"黑白极灵"有些渊源。

"黑白极灵"合力打造出一颗人脑大小的通透晶球，大圆球中白晶体与黑晶体对称交融，通透黑晶体中嵌套着一颗小的通透白晶圆球，通透白晶体中套嵌着一颗小的通透黑晶圆球，这颗阴阳黑白晶透大圆球镶嵌在一根权杖顶端；权杖杖身是黑色金属与白色金属对称双螺旋交织的圆柱，此权杖名为"阴阳极灵杖"。

"黑白极灵"之北极白灵执此阴阳极灵杖游历天下，后来消逝世间前，收徒、授功、给力、传杖、留言，留言能掌控此权杖即为北极白灵的后人，该徒为当时的生灵族族长即冥族幽使，同时此权杖也是冥族幽使的标志法器，号令冥界的生灵族。

现在的暗黑世界中，"黑白极灵"之北极白灵在很久很久之前，就已无踪。而"黑白极灵"之南极黑灵从不出户，也只有魔冥"四暗客"拜访过。

魔冥四暗客就是魔族的暗黑之王和冥族"鬼幽灵"三使，实际上是魔冥四暗客在运转和执政暗黑世界。

按照暗黑世界惯例，魔冥四暗客新任者须孤身拜访魔族之祖至极妖婆。

见过南极黑灵之后，魔族的暗黑之王从特懔岛而回、冥族鬼使从复活岛而回、冥族幽使从霓魔岛而回、冥族灵使从凯旋岛而回；北极白灵曾数次会过南极黑灵，均从不为岛而回。

魔冥四暗客总是黑袍罩全身，不以真容现世界，因为露容震世，一明惊人。

全身黑袍的魔冥四暗客仅仅外露的眼睛，很有特征和标识，被称为"对眼"和"双睛"。

"对眼"是指：暗黑之王的"蜥线眼"和冥族鬼使的"星光眼"。

"双睛"是指：冥族幽使的"霓电睛"和冥族灵使的"毅精睛"。

"绿魔"沉思，冥族是友邦，冥族幽使旷世未见，长期隐居，不理冥族事务，此时突现但毕竟与"黑白极灵"有渊源，应该不会有敌意，若引见给夕，凭岛上我方三人实力，三对一，不至于立即就败，若联手也不敌的话，至少夕能脱逃。

云通幽拱手说："失敬！好吧，我带你去见他。"

"石魔"单独会见了冥族幽使。

"石魔"拱手问向冥族幽使："失敬！请问幽使有何赐教?"

冥族幽使说："带你和他离开这里。"

"石魔"缓然地问："你说的他是?"

冥族幽使说："不是云通幽。你作为云通幽的长期统帅和恩人，云通幽会为你和他的离开而保密的。"

"石魔"听后默然不语。

冥族幽使继续说："我知道你是钻石族的同素异形体，钻石族对你族赶进地狱火门，种族灭绝。世界遗忘你，但我还没有。"

"石魔"平日总是从容不惊，从不失色。这次听后大吃一惊，第一次失色；因为"石魔"深知，除了冥族幽使刚才提到的"他"外，没人知道"石魔"的身世和秘密，至今也没人提及也不该有第三人知道"石魔"与钻石族的渊源。

"石魔"拱手对冥族幽使说："多谢好意！现在的我，已不相信任何人了，更不相信什么道理！"

冥族幽使昂然地说："这个世界，我们相信光明，光明欺骗我们；我们相信黑暗，黑暗毁灭我们。

"虽然光明欺骗我们，我们仍然无悔！

"虽然黑暗毁灭我们，我们依然无怨！

"真相不如所期，爱情不如所愿，但都不会阻挡我们，在世界中继续追求真理，在生活中继续追寻爱情！"

"石魔"听后，惊动、震动、感动、心动。

从此，"绿魔"云通幽独居不为岛。

人皇那边，获悉了悬天圣宫被袭的消息，即率领钻石族和红宝石族的出访侍从，疾驰奔向圣地；路上又接二连三地收到了进展汇报。

当人皇收到通报说花雨用气功炸毁通天树与敌同归于尽，保住了冰月宫和悬天圣宫的消息后，人皇停下来沉思良久，之后再率众疾驰。

当人皇收到通报说一个魔族黑衣人，从废墟中脱逃并同时带走绿衣人和罗阳时，人皇愣住了；人皇停下来，不禁脱口而出："难道罗阳是——"

众人得知消息后也都非常惊讶，那个魔族黑衣人为何在脱逃之际，还要带上罗阳而负重逃离？很多人纷纷议论。

众人当中，红宝石族的红宝石女掌石人朝阳公主，高声说道："我相信，山月宫宫主罗阳，绝对不是人族的内鬼，不许非议罗阳！"

晶族中，红宝石族与钻石族关系很好。

此次随同人皇出访水族，除了钻石族的人外，就是红宝石族的人。

身着鸽血红服装的红宝石族族长德福，带领身着绯红色服装的妻子斯卡丽特和小女儿红宝石掌石人朝阳公主，一同随人皇出访水族；德福留下儿子星光王子和大女儿露霞公主，驻守红宝石族领地。

红宝石族的朝阳公主不仅出身高贵，而且美貌动人，很有人缘、人气，她的追求者众多，但她却对钻石族的罗阳很有爱意，经常主动亲近罗阳，可是罗阳对她冷漠，始终回避；帅气的罗阳对追求他的众多美女都很冷淡，因为他的心里只装着小时候他的玩伴了。

如今朝阳公主挺身而出，力挺罗阳，真是对罗阳一往情深！人皇叹思，若不是罗阳被"石魔"带走，如果罗阳能和红宝石掌石人朝阳公主结缘，那对于红宝石族和钻石族来说，同盟再加联姻就更好了！

人皇令众人不许再非议罗阳，即刻启程奔赴圣地。

人皇一行回到了圣地。悬天圣宫放下绳索与缆车，直至玄地圣殿，人皇一行人分批上了缆车后，通过悬天圣宫的绳索拉动，到达了悬天圣宫。

人皇一到圣地，就核实战况。

令人皇大感意外的费解之处有六个。

第一个，是魔族单独突袭人族，为何未像前几次世界大战，与冥族联手进行？

第二个，魔族突袭人族，未像前几次世界大战，从周边逼近圣地，而是直接从摩天岭地下钻洞而出，直取悬天圣宫。

第三个，碧玺族代族长花雨临时屈尊就任雪月宫宫主，说服玉族事先派出大军在圣地东部边境协防悬天圣宫，成为保住悬天圣宫和力挽狂澜的英雄。

只有事先获悉敌人的突袭意图，方能进行如此的安排和布置，突袭圣地的行动对于魔族来说肯定是高度机密的，而花雨是如何得知或预感魔族来袭？

第四个，在敌人攻至雪月宫时，为何花雨直接使出与敌同归于尽的功夫，引发大爆炸击溃敌人？

难道真是因为魔族实力太高强而做出的预判，毕竟不是万不得已，谁会主动和直接使出同归于尽的功夫来牺牲自己？

难道花雨真的不是去年潜入冰月宫禁地的那个人？

如果潜入冰月宫禁地的是花雨，那花雨就该会退守到冰月宫和悬天圣宫，由冰月宫执行大爆炸任务炸毁通天树击溃强敌，从而保住花雨自己的性命，毕竟花雨与翡翠族花仙成婚不久，还有爱妻这个牵挂。

潜入冰月宫禁地的不是花雨，那会是谁？魔族的高手？山月宫宫主罗阳？

潜入冰月宫禁地的人，肯定不是山月宫宫主罗阳，因为事发时，在钻石三星追捕那个潜入者的当夜就已排查，罗阳和各宫主及常驻圣地的人都在场；潜入冰月宫禁地的人肯定是圣地以外的人。

第五个，魔族突袭后，悬天圣宫通知过十二月宫各宫主，死守待援，山月宫宫主罗阳应该明白须全力防守，拖延时间，不应主动出击；从冰月宫观察山月宫战况的报告来看，为何出阵挑战的黑衣人脱下面罩当时，罗阳与身后的两排侍卫都很惊讶？罗阳不顾一切地主动刺向这个黑衣人？

罗阳可是钻石族的一流高手，即使遇到超一流的敌人，也不至于一瞬间就被杀死，但却被这个黑衣人一下子刺倒在地。罗阳若真是认识这个黑衣人，知道对手功夫极高，那就更不会出手强攻了，何故使得罗阳要主动攻击？

第六个，从废墟中逃出来的那个魔族黑衣人，为何在脱逃之际，还要带上罗阳而负重逃离？

难道留下罗阳，对魔族极为不利？

难道罗阳是人族和钻石族的内鬼吗？

难道罗阳是潜入冰月宫禁地的人的同伙？

人皇百思不得其解，暂停思索，去布置悬天圣宫的重建工作。

人皇秘密宣召钻石族领地的白钻族族长"白钻之心"艾思与"白钻之箭"艾霸，率领白钻族的工程专家和施工队伍，前来圣地重建通天树和十二月宫及玄地圣殿；留下白钻族女掌石人"白钻之星"吴瑕看守白钻族。

重建通天树和十二月宫及玄地圣殿的现场，其他钻石族的人未经人皇允许不得进入，钻石族外的各族禁止入内。

损毁前的通天树结构如同"通天巨杉"，而重建后的通天树结构在每层月宫多加了"枝干"，如同"通天巨松"，有助于各宫用箭或火等武器，共同向下对付上攻之敌，改变之前的每层月宫独自御敌战术。

同时，人皇对悬天圣宫又进行了一些人事安排。

鉴于德瑞斯诺已牺牲，人皇指定绿钻族"八面星隆"罗德西亚，擢升为"绿钻之星"；鉴于出身黄钻族的罗阳生死未卜，人皇指定身旁的身着淡蓝色服装的"蓝钻之星"酷丽蓝，为新任的山月宫宫主；另外，指定坦桑石掌石人丹泉为新任的冰月宫宫主。

当得知花雨见到花仙后微笑成灰而离世的消息后，人皇不禁感慨万分，当众封花雨为"武圣人"，表彰花雨牺牲自己来捍卫人族与光明世界的功绩，让光明世界的人们尊崇。

当夜，人皇独自一人，仰望皓月，喃喃自语："卡龙，谜一样的男人！花雨，令人着迷的男人！"

第三卷

绿石林谷

第三十二章

神秘花园

　　驮着小桃红与口水狗拉拉、鼻涕蛇文文、闺咪、扬威鹰霹雳五位伙伴的啸天虎雷霆，与花行云骑着的黑马、绿水晶兴安灵骑着的白马组成马虎队伍，离开玄地圣殿，向北前往绿宝顶。

　　绿宝顶位于祖母绿族领地内，祖母绿族是晶族中的名门望族。

　　路途上，兴安灵向大家介绍了祖母绿族近况。

　　历史上，祖母绿族与海蓝宝石族是血脉同源的亲戚，都属于绿柱石族。

　　绿柱石族有五大族，分别是祖母绿族、蓝色绿柱石族、粉色绿柱石族、红色绿柱石族、金色绿柱石族。

　　后来，蓝色绿柱石族独立成为海蓝宝石族；粉色绿柱石族、红色绿柱石族、金色绿柱石族三族，依然归附于祖母绿族。

　　祖母绿族女族长是"天使之眸"达碧姿，族内四大高手，分别是身着浓郁纯绿色服装的木卓，身着淡蓝绿色服装的奇沃，身着淡黄绿色服装的科斯，身着深蓝绿色服装的恩多啦。

　　木卓是祖母绿族掌石人，恩多啦是现任的悬天圣宫之五月宫云月宫宫主。

　　粉色绿柱石族女族长是身着粉紫色服装的摩感，摩感是前任粉色绿柱石族族长摩根的公主；女掌石人是身着粉红色服装的摩特娇。

　　红色绿柱石族女族长是身着洋红色服装的红丽，女掌石人是身着艳红色服装的摩兰，是红丽的女儿。

　　金色绿柱石族族长是身着亮黄色服装的阳之光，掌石人是身着黄棕色服装的贺立德。

晨曦时分，马虎队伍来到了一个广袤的森林花园前，停下来，驻足远望。

只见森林花园中间突兀起一座巨大的岩石山，这岩石山顶，在朝阳下竟闪现着绿色的晨光。

兴安灵指向这大片森林花园，说："这大片花园叫'神秘花园'，中间的那座闪现绿光的山顶，就是绿宝顶。这'神秘花园'里有世间所有各种绿色的植物，没有祖母绿族的人领路带入，擅自闯入者会神秘失踪和迷路；我们还是沿着林边走到入园的门口吧！"

神秘花园的入口有祖母绿族的人把守，兴安灵向前说明来意，到绿宝顶参加绿石林大会，祖母绿族的接待人员将众人登记。

然后，接待人员区分绿色系族人员和非绿色系族人员，申报为绿色系族人员逐一通过光谱水晶柱进行扫描，与光谱水晶柱内含的注册登记身份信息识别，确认后发放绿色通行证；非绿色系族人员须得到绿色系族人员确认和担保后，直接发放红色通行证。

红色通行证只能进入绿石林大会的外场——绿宝顶下的花园广场，不能进入绿宝顶的绿石林大会，绿石林大会仅限于持有绿色通行证的绿色系族人员参赛和与会。

身着森林绿色服装的兴安灵和身着翠绿色服装的小桃红，都得到了绿色通行证。小桃红虽然平时对外也经常自报是翡翠族的，但在人族的信息系统注册登记的身份是碧玺族中红绿双色碧玺掌石人；除了花行云，其他随从都得到了红色通行证。

人族人员信息系统的注册登记，定期由申报人所属的各族族长确认或其上一级族长的确认，方能纳入人族人员信息系统内，注册登记的身份信息还含有申报人自己所持有的族石的信息。

天下的宝玉石，哪怕是同种宝玉石，由于都是天然形成的，内在纹理和内含物都不可能完全相同，因此申报人自己所持有的族石，可作为其身份识别和区分的标志之一。

花行云申报身份为碧玺族中绿碧玺掌石人，但由于下山前从未申报过，下山后也还未见过碧玺族的人，只是恰巧遇到小桃红，虽持有代表绿碧玺掌石人身份的绿碧玺，但是未在人族的信息系统注册登记；将持有的绿碧玺扫描后，显示的信息仍是其师父克雷子的信息，因此花行云的身份信息与光谱水晶柱内含的注册登记信息不符。

为此，虽然花行云已作尚未注册登记的解释，但祖母绿族的接待人员还是请示了绿石林大会的外场负责人——粉色绿柱石族女掌石人摩特娇。

只见花园里的林荫大道上，走出一位身着粉红色长衣纱裙的标致美女。

这美女步履矫健轻盈，形体完美，飘逸风行，性感撩人，气韵十足。

这美女走到花园入口，正在听取祖母绿族接待人员的汇报。

闺咪对小桃红说："她应该就是粉色绿柱石掌石人摩特娇，是绿柱石族的顶级美女！绿柱石族中著名的男青年都追求她，但她很高冷！"

小桃红嘟嘟嘴，痴痴地说："她好漂亮哦，我都快被迷倒了。"

闺咪继续说："粉色绿柱石族盛产超级美女，这个族的女族长摩感也是著名的超级美女噢，很多名人都追求过摩感，但摩感偏偏对绿碧玺族的克雷子很有好感，单身至今呢。"

大家听后都很惊讶，没想到花行云的师父克雷子竟牵涉粉色绿柱石族。

这美女听取了祖母绿族接待人员的汇报后，径直逼近花行云，高窕亭立地盯着花行云。

这美女平视花行云，质问道："你是绿碧玺族新任掌石人？克雷子去哪啦？"

旁边的兴安灵一看情形不妙，立刻搭话说："他是武圣人之子，叫花行云。他师父克雷子将绿碧玺掌石人之位传给他了，他刚下山入世不久，请多包涵。

"我是绿水晶的兴安灵，旁边的这位女孩是武圣人之女，叫花飞雪。请问您是摩特娇么？"

这美女听后，哼了一声，说："我就是摩特娇。碧玺族很时尚的，今天怎么就来了个萌妹子和一个身份未知哥，哦，还有一群宠物，也太随意了吧，瞧不起祖母绿族，是吧？克雷子身为绿碧玺族的堂堂男子汉，躲到哪里去了？"

花行云一时不知如何是好，小桃红听到摩特娇称其为萌妹子，气懵了，顿时成为懵妹子。

还是兴安灵反应快，立刻说："花飞雪和花行云都是碧玺族掌石人哦。"

摩特娇见花行云始终不答，总是旁边的兴安灵接话，很不高兴，转而冲着兴安灵说:"兴安灵,请把我这个首饰带给芙蓉公主。"说着,右手倏地转了一下,单手自行解下右手腕上的手串,呈在手心上。

兴安灵答:"是,我会交给芙蓉公主。"

当兴安灵要接过摩特娇右手上的手串时,摩特娇右手一翻,手串掉落。

兴安灵的右手立刻去接掉落的手串,但这时摩特娇的右手截向兴安灵伸出接手串的右手。

兴安灵立刻明白,是摩特娇设坑整他。

兴安灵的右手,翻腕紧急闪避摩特娇的右手,依旧去接掉落的手串。

摩特娇使出"挥阴对月手"功夫,其右手如蛇,不断缠绕兴安灵的右手。

瞬间,两人的右手翻缠了十数下,兴安灵的右手,无法摆脱摩特娇"挥阴对月手"的纠缠,兴安灵只得眼睁睁看着摩特娇的手串掉落到地上。

摩特娇见手串掉落到地上,立刻收手,嗔怒地对着兴安灵喝道:"你瞧不起粉色系,是吧?今天我就代表粉色系,来讨个公道!"

摩特娇说完,拾起手串后就要动手打人,兴安灵一听,这分明是找茬,深知摩特娇功夫高强,不敢轻视,立即使出"绿林幻影"功夫躲闪。

摩特娇哼了一声,左手使出"公主方形罩"功夫,如同层状的尖角方形气场,罩住幻影效果的兴安灵身形,摩特娇右手使出"摘星手"功夫,攻击兴安灵的真身。

兴安灵知道"绿林幻影"功夫产生的幻影效果已被摩特娇识破,真身已被摩特娇全力攻击,只得招架。

摩特娇的手突然停住,说:"来,亮出你的'辟邪诛魔剑',让我见识见识。"

兴安灵拱手说:"您功夫高,刚才手下留情,我哪能不识好歹再与您过招呢。"

花行云见兴安灵相助自己解围却受挫,过意不去,上前说:"我的身份未注册登记,给你们添麻烦了,抱歉!"

摩特娇笑着对花行云说:"你这次来得正好!让我确认下你的绿碧玺功夫,就信你是绿碧玺的新任掌石人。"

摩特娇说完就动手,右手使出"拈花指"功夫,伸出三指攻向花行云,如同拈花般缭绕花行云。

花行云不停地躲闪，摆脱摩特娇"拈花指"的纠缠。

摩特娇左手使出"祖母绿形罩"功夫，如同层状的方形气场罩住花行云，右手使出"镶阳向日指"功夫，伸出修长的食指，指向花行云，发出气柱，攻击花行云。

花行云使出师父克雷子传授的"雷迪恩形罩"功夫，如同同心状的方形气场，怼住摩特娇"祖母绿形罩"的方形气场。

出乎所有人意料的场景发生了。

双罩对峙的结果是摩特娇和花行云两人，瞬间彼此疾速相吸，满怀相撞。

如同真空相吸，太快，两人身体相撞，两人还等高，胸对胸，心对心，就差嘴对嘴了！

还是花行云的头部做出了匪夷所思的非人类速度的侧偏，避免两人嘴对嘴相亲的尴尬，但两人还是面颊贴面颊，瞬间相拥。

比这尴尬的是当年的绿碧玺克雷子使出"雷迪恩形罩"功夫，迎抵粉色绿柱石女族长摩感的"祖母绿形罩"功夫时，发生的真空疾速相吸而满怀相撞。

当时摩感与克雷子，不仅心胸对心胸的相撞，而且还面对面，嘴对嘴！

当时场景极度尴尬，令摩感与克雷子唯一宽慰的是，未有观众。

摩特娇和花行云两人都懵了，异性闪电入怀，使双方内心澎湃，心宁不定。

满怀相撞，打开了两人的心扉，撞开了两人的情门，开启了两人的情怀，因为怦然心撞，都能感受到彼此的怦怦心动。

瞬间，如闪电点燃情感而发生火花，真是燃情！

摩特娇由骄横变娇滴，面容由粉色变红色，被撞的像窒息，如同被带走呼吸。

花行云也是鸿运当头，红云满面。

其他人也懵了，这对男女刚才还激烈交手，咋一眨眼就相拥了呢？还脸贴脸！

花行云扶开摩特娇，说："你没事吧，没受伤吧？"

摩特娇这时也恢复常态，说："当然没事，我有受伤吗？"说完，拿出白水晶制成的镜子，自照并快速检查自己的外表。

摩特娇见自己外表无异常，顿时又来劲了，马上说："我会受伤？笑话。"

小桃红说："嗯，你说话底气很足，看来也没内伤，既然没伤，我哥就不用送你就医了，太好了！这回，你信我哥是绿碧玺新任掌石人了吧！"

摩特娇哼了一声，说："看在克雷子和武圣人的面子上，你们进花园吧。"说完，让接待人员给了花行云绿色通行证。

摩特娇派人在前领路，自己跟在花行云身后，小桃红一行来到了绿石林大会的外场——绿宝顶下的花园广场。

摩特娇刚才的功夫令马虎队伍印象深刻，真是：

林中挥阴对月摘星手，心上镶阳向日拈花指。

第三十三章

澎湃江湖

摩特娇与马虎队伍来到了花园广场。花园广场很是热闹，人来人往，大部分都是身着各种绿色服装的绿色系族人。

摩特娇问马虎队伍，说："兴安灵代表水晶族竞技，那碧玺族是花行云代表出战，对吧？"

花行云听后愣了一下，小桃红立刻接话说："你真聪明，是我哥出战。"

花行云马上把小桃红拉到旁边，说："我还没——"小桃红不等花行云说下去，就道："哥，历来就是绿碧玺代表咱们碧玺族参加绿石林大会竞技的，你是绿碧玺掌石人，除你其谁？这次，你要勇挑重担，扬威立腕！"

花行云迟疑了一下，小桃红撒娇地问："好不好啊？"花行云只得应允。

摩特娇得到了花行云的出战确认后，陪同至大会竞技登记处进行了登记。

登记完，摩特娇依旧紧随花行云，生怕花行云跑了似的。

这时，小桃红突然大声说："瞧那边，是孔雀石族的人哦。孔雀石族经常到我妈的香花林采购鲜花的，是大客户，也是要好的盟族。走，我们叙旧去。"

小桃红说完，特意对着摩特娇说："熟人叙旧，您就别跟着啦。"

摩特娇哼了一声，离开了马虎队伍，走到花园广场的高处，俯视花园广场。

小桃红带领马虎队伍，快行来到了孔雀石族的人群里。

这次来参会的孔雀石族人员众多，还带来了很多孔雀，特别吸睛；孔雀石族休息区内还有人聚众棋牌娱乐，很是热闹。

小桃红带领马虎队伍凑上去观瞧。

方正的石桌上，有四人在打雀牌，这雀牌是用孔雀石制作成的。

身着孔雀绿色服装的人，前面拿的是绿一色雀牌。

身着青色服装的人，前面拿的是青一色雀牌。

身着青绿色服装的人，前面拿的是混一色雀牌。

身着孔雀蓝色服装的人，前面拿的是蓝一色雀牌。

孔雀蓝是一种暖色的蓝，春水绿如蓝，爱情就泛滥；春水蓝绿相会，孔雀成双结对。

孔雀石族，其族人如同孔雀，倡导成双，乐易婚配，在人族中享有喜事族的美誉。

小桃红问这四人："你们好！我是翡翠族的花飞雪，请问你们的族长和掌石人这次来了没？"

身着青绿色服装的人，站起身来说："原来是武圣人的女儿，幸会！我们的掌石人陪同族长刚去大会那边进行主持人排练去了，我们是兄弟四人，我叫雀湃。"

身着青色服装的人，站起身来说："我——雀江。"

身着孔雀绿色服装的人，站起身来说："我——澎。"

身着孔雀蓝色服装的人，站起身来说："我——湖。"

兴安灵拱手说："原来是雀氏四喜——澎湃江湖，雀牌界的四大天王，久仰！我是绿水晶兴安灵，他是绿碧玺族的花行云。"

花行云也与雀氏四喜相互行礼致意。

啸天虎雷霆和扬威鹰霹雳都会玩雀牌，能在这遇到雀牌界的四大天王，特别兴奋雀跃。

大家相互交流，互相调侃，欢声笑语，乐然自在。

过了一会，身着孔雀蓝色服装的孔雀石掌石人雀石神，陪同身着孔雀绿色服装的孔雀石族女族长雀石灵从大会主持人排练回来，接见了兴安灵和小桃红及花行云。

小桃红与雀石灵相谈甚欢，兴安灵和花行云与雀石神交流甚畅。

一物一景，一人一情，一生一世。

真是：

美人一胜特娇高傲，
英雄一逝魄飘魂销。
萌妹一声轻佻问好，
帅哥一时重挑难逃。
霹雳一生雄枭飞跳，
雷霆一世虎啸奔跑。
飞雪一生喜淘爱宝，
行云一世寻找未了。
江湖一生笑傲，
澎湃一世逍遥。
往来易生波涛，
古今已逝浪滔。

第三十四章

星月晨曦

天色已晚，在花园广场的与会人员住进了祖母绿族作为地主所提供的房屋。

天黑时，马虎队伍告别了孔雀石族人，进入大会安排的房屋内休息。

此时，已不见摩特娇，但祖母绿族的接待人员都在紧盯着小桃红的马虎队伍。

摩特娇在小桃红与孔雀石族雀氏四喜欢谈之际，立刻去向粉色绿柱石女族长摩感汇报。

摩特娇向摩感报告："族长，今日花园入口处，有绿碧玺族的新任掌石人前来参加绿石林大会。"

摩感听后，立即从座位上站起来，说："咦！"

摩特娇继续说："据与其同行的绿水晶兴安灵说，这个绿碧玺族的新任掌石人刚下山，还未来得及注册登记，因此这男的身份存疑，咱们的接待人员立即通知我。

"我发现同行的还有个带虎和鹰等宠物的女娃，兴安灵介绍这女娃是武圣人花雨的女儿花飞雪，我也听闻过武圣人确有个女儿叫花飞雪，外出有虎鹰为伴。这个女娃称绿碧玺族的新任掌石人为哥，叫他花行云，同行的兴安灵介绍花行云是武圣人之子，花行云持有代表绿碧玺掌石人身份的绿碧玺，经光谱水晶柱扫描后，确认这颗确实是代表绿碧玺掌石人身份的绿碧玺，显示归属克雷子。"

摩感听后，微笑说："这个女娃肯定是武圣人的女儿，她年纪虽小但名气很大，很红的，她身边的虎鹰实际上是保镖。

　　"武圣人居然还有个儿子，但既然武圣人的女儿认花行云为哥，应该是真的，碧玺这族总是神秘兮兮的；既然花行云拿的是代表绿碧玺掌石人身份的绿碧玺，加上身份是武圣人之子，那克雷子传位于他，他师父是克雷子，这事应该也是真的。"

　　摩特娇接话说："我也是这么想的，为此，我还特意试探了花行云的绿碧玺功夫。

　　"没想到，他使出一门近似于咱们'祖母绿形罩'的功夫，招架我发出的'祖母绿形罩'，瞬间我和他都被吸至中间相撞，差点口对口！从他歪头闪避的样子来看，他也是很意外，但也是被他贴着我侧脸了，让他占了便宜。

　　"本想暴打他，一来看在克雷子和武圣人的面子上，忍了；二来生怕他跑了，再也寻不着克雷子的下落，就给他发了绿色通行证，先让他参加绿石林大会，最后我们再顺藤摸瓜，找到克雷子。

　　"发证后，我紧盯着他，一直到花园广场，他们一行现在和孔雀石族人叙旧呢，我派人现在盯着他，特来亲自汇报。"

　　摩感沉思地说："你做得对！传令下去，在外场的咱们族人须紧盯着花行云，没有你我的命令，不许他离开花园广场。

　　"赛会一结束，你我就亲自会见他。你派人通知看守花园的贺立德及其族人，如遇花行云，不许他离开，就地拿住。

　　"通知咱们族人，今后遇到绿碧玺族人，我族禁用'祖母绿形罩'的功夫。"

　　摩特娇领命下去安排了。

　　摩感暗想，第一次遇到克雷子时，自己使出"祖母绿形罩"功夫想罩住他，克雷子也使出近似于"祖母绿形罩"功夫迎抵，没想到发生了疾速相吸而与他相撞满怀，亲了个嘴对嘴！当时好害羞，情感波澜，这也打开了她少女的心扉，对克雷子念念不忘。

　　当时以为克雷子使出什么邪门的强吸功夫，后来通过对碧玺族的打探，才得知近似于"祖母绿形罩"功夫叫作"雷迪恩形罩"功夫；现在看来，这两种功夫同时使出，会产生瞬间疾速相吸现象，令人难以避开。

　　摩感和克雷子当时都没反应过来，而这个花行云却能做出歪头侧闪的头部避开反应，功夫水平已然不浅，怪不得克雷子会让位于他。

这个克雷子，后来总是躲避我，像碧玺族长卡龙，总是若隐若现于世上，到最后他消失不见，寻不着了；后来通过与粉碧玺族的交流，得知克雷子的去向连碧玺族中的各族和绿碧玺的族内人也不清楚，据说只有碧玺族长卡龙清楚；看来克雷子不是故意针对自己而躲避、失联。

如今，克雷子的徒弟横空出世，通过花行云，那我见到克雷子的日子就快了！这次若见到克雷子，可不能再让他跑了。

告别了孔雀石族人，小桃红和伙伴们都累了，一进屋内就各自歇息了。

过了大半夜，吊在小桃红脖颈下的那个在水晶拍卖会上五千水晶币拍下的内含毛须的水胆水晶吊坠，突然自行晃荡起来，使得小桃红脖子上的如意灵须也共振起来，撩得小桃红从睡梦中惊醒。

小桃红正梦见小时候在镜水湖边上和无极仙翁及一帮小孩子玩耍的场景，荡秋千时，未抓住秋千，从半空中掉落下，忙乱中去抓须子，顿时醒了。

小桃红定睛一看，这水胆水晶中的毛须在动，竟然和如意灵须振动的频率一致。

小桃红立刻跑到花行云房内，叫醒花行云，展示给花行云看。

花行云脖子上的如意灵须，也在共振。

小桃红高兴地说："哎呀，买的这水胆水晶中的须子，看来就是如意灵须，要不要把这水胆水晶打碎，把这尘封亿年的须子放出来？"

花行云说："咱们还是没弄懂，还是让博学的义父看下，见到义父再说。"

小桃红一听，点头说："嗯，好长时间没看到义父了，参加完这次大会，立刻回香花宫见娘，也快到义父驾鹤来临的日子了。"

如意灵须之间不再共振，停止了动静。

两人也睡不着了，决定外出走走。

屋外的闺咪，在小桃红奔出其屋进入花行云房内时，即已惊醒，见兄妹两人意欲外出，刚要问询，就被小桃红嘘声止住。

小桃红食指竖放在嘴唇中，轻声地说："我和我哥到外面走走，你们继续睡吧。"闺咪点头应允，放心而睡。

兄妹两人，在雪宝顶山下的溪水山涧中行走，扶着溪边的栅栏，在一处山亭里坐下休闲。

举头望星河明月，低头见山溪幽林；

梦景远去人影来，情怀难关心境开。

小桃红问花行云："哥，摩特娇曾问你师父克雷子的下落，你未答。在人家地盘上，你不告诉人家，看这架势，估计摩特娇和摩感，肯定缠着不会放过你。

"你师父的下落，这事很重要，不能告诉她们，是吧？"

花行云说："是的，我师父的情况不能向她们透露，否则摩感会气疯的。最重要的是，我师父被极厉害的仇家追杀，所以隐居起来，没想到前不久隐藏地被发现，这才匆忙让我下山找娘和义父，怕我受到牵连。

"我师父急忙把象征着掌石人的这颗绿碧玺让我戴上，分明是生死离别的感觉，我得尽快到娘那里，和义父会合，让义父想办法保师父平安。

"所幸遇到了你，跟着你走，就能很快见到娘了。离别时，师父让我对外保密，不能透露隐藏地和他的情况。

"师父现在去向不明，是否仍在山上也不知道；但我不会告诉任何人他的下落，如果告诉摩感她们，师父的仇家没准也会知道，这样师父就危险了。"

小桃红说："嗯，我们找机会就离开这里，摆脱她们。"

星河垂落，月云涌流。

有美景，就会有观人。

渐渐地，很多与会人士也早醒，漫步至此。

晨曦下，光辉漫染山林。

真是：

天河畔，星光漫天闪，深浅见神仙。

人潮边，月亮伴人现，当先牵平安。

山溪涧，日辉满山染，休闲显自然。

心澜岸，晨曦揽心观，情弦燃阑珊。

第三十五章

天使之眸

　　花行云和小桃红观完日出，回到房中，与大家一起用好早餐，来到会场入口，准备入场。

　　这时，花园广场又来了一批人，到大会竞技登记处进行了登记。

　　小桃红眼神好，一眼看见这批人当中，有翡翠族中绿翡翠族掌石人绿衣王子罗曼。

　　罗曼，高大帅，是翡翠族和玉族中女性的偶像，人气爆棚的明星。

　　罗曼低调行事，特意在今天大会开幕前才来，并压低帽檐，进行竞技登记，没想到还是被小桃红一眼认出。

　　小桃红立刻跑到罗曼面前，激动地说："罗曼哥，是我，小桃红。"

　　罗曼一看是小桃红，紫翡翠族罗兰公主的女儿，之前也送她过一些绿翡翠和宝物，也曾一起玩耍过。

　　罗曼微笑地说："哟，妹子，你也在这儿，你更加漂亮啦！"

　　小桃红向罗曼介绍身后赶来的花行云和兴安灵，双方互相行礼致意。

　　双方合为一道，进入会场。

　　绿石林大会只允许持有绿色通行证的与会人员进入大会内场，持有红色通行证的人员只能在大会外场等待。

　　持有红色通行证的啸天虎雷霆、扬威鹰霹雳、口水狗、鼻涕蛇、闺咪，都只能在外场守候。

　　进入内场的与会人员，还须通过大会内场入口处的光色镜水晶仪的检测。

光色镜水晶仪，用来确认和区分绿色系内各种具体的宝玉石；之前的光谱水晶柱，是区分绿色系与其他色系宝玉石的仪器。

罗曼和兴安灵及小桃红，都通过了光色镜水晶仪的检测，而花行云经光色镜水晶仪的检测结果显示异常。看守大会内场的祖母绿族人，立刻通报大会内场负责人祖母绿族的科斯。

小桃红对着罗曼和兴安灵说："你们先进去吧，之后我们会赶来的，摩特娇正过来了，若是连带纠缠你们就不妙了，你们快进去吧。"

罗曼和兴安灵应允，就先进入大会内场去了。

身着淡黄绿色服装的科斯，就在会场入口的旁边，接报后先到光色镜水晶仪旁查看显示的信息。

摩特娇赶到后，直接对科斯说："他是武圣人之子，叫花行云，其师父是绿碧玺的克雷子，他入园时称刚下山不久，还未来得及注册登记，因此他的身份在信息系统会显示异常，已被我们重点关注了，也请示过摩感了，你们先放他进去参赛吧，他出来时，一定把他交接给我。"

科斯想了一下，说："既然如此，是你出面，那我就放他进场参赛吧。"

摩特娇强调地说："重要的事，再说一遍，他出来时，一定把他交接给我。"

科斯愣了一下，说："我记住了，我会把他交接给你。"

花行云和小桃红听后都暗想，这摩特娇如此纠缠花行云，会后都不放过，恐怕是要追究之前比武时两人贴脸那事；既然放行入场，那暂且先远离她，日后再说了。

小桃红立刻拉上花行云进入内场，和罗曼和绿水晶兴安灵会合去了。

科斯见小桃红和花行云两人进入内场后，问摩特娇："你如此关注他，出面放他进场，会后还要接他，为什么？能告诉我吗？"

摩特娇呵呵地笑说："他是摩感关注的人，通过他，摩感能知道消失已久的克雷子下落。你可不能放走他，会后他若跑，你们就拿下，但别伤着他就行。你们若敢放走他，我们跟你们没完！"

科斯说："你交代的事，我肯定用心。但他真的是绿碧玺的人吗？你们确认过？"

摩特娇点头："刚才旁边的女孩可确实是武圣人之女花飞雪，她叫他哥，最关键的是，花行云戴的可真是代表绿碧玺掌石人身份的绿碧玺。

"哦，你今后若和他交手，最好不要用'祖母绿形罩'的功夫对付他。会后我再来这，你盯着他噢。"

摩特娇说完，离去看护外场去了。

科斯见摩特娇离开后，就嘱咐手下盯紧花行云，会后须将花行云交接给科斯。交代完毕后，科斯立刻面见祖母绿族女族长"天使之眸"达碧姿。

"天使之眸"达碧姿的眼睛里，能闪烁出从中央向外辐射状的六色星光，极具震慑之感。

她正在与身着浓郁纯绿色服装的祖母绿掌石人木卓和身着淡蓝绿色服装的奇沃两人商议。

科斯将刚才会场入口处与摩特娇的对话，和花行云的身份异常情形，如实地禀报给达碧姿。

达碧姿听后对科斯说："既然花行云是摩感关注的人，那就按摩特娇的说法操作吧。"

科斯说："是。但诡异的是扫描花行云的光色镜水晶仪里显示了两个信息，一个信息确认了他身上戴的确是代表绿碧玺掌石人身份的绿碧玺，另一个信息显示他身体里存在着另外的绿色系宝石，宝石能和肉身结合的现象太过诡异。"

达碧姿追问："噢，他身体里存在着的是哪种绿色系宝石？"

科斯答道："是橄榄石。这事，摩感和摩特娇应该是不知道的。绿碧玺新任的掌石人，居然由橄榄石血统的人出任，太过异常！

"花行云的真实血统，碧玺族那边是否清楚也未可知，事关武圣人的声誉和几大族的事。"

达碧姿吃惊地说："这事确实很惊人，碧玺族都神秘得出奇了！你没有点破和声张是对的。"

科斯补充说："这次绿石林大会，金绿宝石族和橄榄石族都缺席了。参加竞技的，钻石族的是'绿钻之星'罗德西亚，翡翠族的是绿翡翠掌石人罗曼，翠榴石族掌石人石乌拉也来了。"

奇沃听后高兴地说："看来这次，天助我族再次问鼎！

"历次绿石林大会摘冠数量上，我族优势领先，绿钻族次之，这次钻石族只派出个后辈之秀，不足虑。

"第三的金绿宝石族，本可把握此次机会，但却缺席放弃了！

"也只有偶得过几次冠军的翡翠族中的罗曼须令我们当心，翠榴石族历来很强但每次都无夺冠的命。

"我族木卓出马，必定夺魁！

"昔日黄石园大会上，金钻族的金禧利从黄色系石族中脱颖而出，摘得桂冠，现成为人皇。此次木卓在绿石林大会夺魁，日后也必能让我族引领世界！"

达碧姿听了微笑后，朗声说道："奇沃分析得不错，但锦上添花的事，咱们不稀罕。

"我们已是王者，这次唾手而得之不足以自豪，要使对手心服、口服、佩服，才有意义！

"王者，要有风范，要有格局，而非在意一时的胜负、一次的冠军。

"真正的王者如水，水能载舟，水也能覆舟，舟再大，岂能和水相比肩。

"作为王者之水，要如海若洋，那样深邃、那般浩瀚，有吞没万水千山之能，有驾驭四面八方之力，有容忍七上八下之心，有含纳五花八门之怀，有纵横四海两极之志。"

木卓听后说："族长的教诲极是，'王者五有'，我记住了。"

达碧姿说："这次人皇不派'绿钻之心'或'绿钻之箭'来竞技，只派了后辈之星来，显然另有深意。

"金绿宝石族这次索性缺席了，并非无意。

"橄榄石族自从圣使神差入主后，基本就淡出晶族了，此次缺席，虽不解人意，倒也如既往。

"颇感意外的，是绿碧玺的异军突起。冒出来的武圣人之子，居然还是消失已久的并被摩感苦寻的克雷子的传人，突然现身绿石林大会，参加竞技，令人琢磨不透。"

达碧姿沉思了一会后说："本来，木卓，你代表我族此次去摘取桂冠；但这次胜之不武，还是改派奇沃去竞技。"

第三十六章

绿石争锋

绿石林大会的竞技场在绿宝顶上，进入绿石林大会内场的各绿色系石族参加竞技的选手进行了抽签。

抽签时，众人发现金绿宝石族和橄榄石族缺席，都颇感意外。

代表各族参加竞技的主要选手有：

祖母绿族奇沃、钻石族新任"绿钻之星""八面星隆"罗德西亚、翡翠族绿翡翠掌石人罗曼、石榴石族的翠榴石族掌石人石乌拉、石榴石族的绿榴石族掌石人石福来、水晶族绿水晶兴安灵、龙晶族的绿龙晶掌石人苏魅和碧玺族的绿碧玺掌石人花行云。

大会开幕，由身着孔雀绿色长礼裙的孔雀石族女族长雀石灵，作为主持人主持绿石林大会。

雀石灵公布了初轮的对阵名单，比武规定禁止使用武器。

经过几轮竞技，场上的比试，越发精彩吸睛。

绿龙晶苏魅对阵翠榴石石乌拉的这场交锋，苏魅身着草绿色绸裳，绿色中缠绕着白色螺旋纹线，动作矫健，行云流水，很是好看。身着明绿色服装的石乌拉则高大壮实，气定从容，凝重待发。

两人一动一静，苏魅使出"螺旋云流"的功夫，如旋转的流云，缠绕着石乌拉；石乌拉稳住心神，闭目听音，突然全身而动，使出"彩虹旋风腿"的功夫，踢破流云般的气场，扫飞苏魅，苏魅受伤不起。

石乌拉一击制胜，晋级八强。

　　绿榴石石福来挑战祖母绿奇沃的这场比武，身着青翠色服装的石福来，使出"蜻蜓振翅点穴手"的功夫，如绿蜻蜓般在奇沃周围飞舞，双手上下翻飞，抓住时机突地伸指点住身着淡蓝绿色服装的奇沃身上的数处穴位。

　　当石福来以为得手定住了奇沃，放松警惕走近奇沃时，奇沃运用"分筋错骨法"功夫，使身上的筋脉重新打通活络起来，并突发"诛魔指"功夫，点住了石福来身上的数处穴位，定住了石福来，使石福来僵立，动弹不得。

　　奇沃诱敌制胜，晋级四强，获胜后点穴释开了石福来的穴道。

　　绿水晶兴安灵遭遇"绿钻之星"罗德西亚，身着森林绿色衣袍的兴安灵，先发制人，使出"绿林罩"功夫，只见兴安灵将身上森林绿色衣袍，甩向身着灰绿色服装的罗德西亚，随即腾空藏于森林绿色衣袍之后，这飘飞的衣袍各处不断伸出如树尖的突起，攻向罗德西亚。

　　罗德西亚见状使出"八面玲珑体"功夫，分身术般出现八个相同体像，使兴安灵不知虚实，攻击落空；随即八个相同体像居然能各出一拳，击向兴安灵，兴安灵立刻速退，闪避八拳的来袭，但肩膀还是被罗德西亚的拳擦着。

　　兴安灵站定后，拱手致意罗德西亚说："您刚才的功夫真是奇妙，恭祝你晋级！"

　　"绿钻之星"罗德西亚也拱手回礼，凭奇制胜，晋级四强。

　　翠榴石石乌拉晋级八强后，迎来与绿碧玺花行云的角逐。

　　身着碧绿色服装的花行云，拱手致礼后说："'千紫雅舞'让我代她问候你和'三石'，她说'千紫万红'很想念'三石'，'三石'有空时到'千紫万红'那儿坐坐，烦请您转告其他两位。"

　　身着明绿色服装的石乌拉，听后道："多谢你啦，我会通知到其他两位。你也转告'千紫万红'，说'三石'未忘昔日，会有重逢。"

　　石乌拉话落，就主动出击，使出"野马分鬃昂立踢"的功夫，左连环腿扫，右连环脚踢，刚劲风驰。

　　花行云则使出"辟邪凌云步"的功夫，闪转腾挪，虚实影幻，躲开了石乌拉的攻击。

　　石乌拉使出全力逼近花行云后，使出独门功夫"烈马荡尾扫千军"，腿脚似烈马摆尾，如千层幻影横扫狂踢，全方位地攻向花行云。

花行云使出绿碧玺族独门功夫"辟邪双影"，出脚准确地踢中了石乌拉扫来的腿；石乌拉站立不稳，差点晃倒。

石乌拉暗自吃惊，惊奇花行云竟能从千般幻影中准确辨识真身，因为石乌拉只要使出独门功夫"烈马荡尾扫千军"，就只有对手被击中或强行躲避的结果，还没有对手能精准地和他对腿。

石乌拉深知，花行云深不可测，既能识破，必能一击击倒自己，但只是对了下腿，可却是很精准地对上，肯定是花行云留情了。

石乌拉拱手致意说："绿碧玺的'辟邪双影'名不虚传，以后上门讨教，恭祝你晋级！"

花行云以准制胜，晋级四强。

绿翡翠罗曼早已轻松战胜对手，位列四强。

在四强全部产生后，身着孔雀绿色长礼裙的孔雀石族女族长雀石灵，作为主持人上台宣布今日休会，明日四强争冠。

第三十七章

绿宝顶

会后，科斯亲自接待花行云和小桃红，花行云和小桃红只得与绿翡翠罗曼和绿水晶兴安灵作别。

科斯引导花行云和小桃红至会场出口处，转给摩特娇接待。

摩特娇乐呵呵地对花行云说："听说你在里面赢了翠榴石石乌拉，他可是很强的呦，恭喜你晋级四强哦。"

花行云说："多谢美女的祝贺噢。"

摩特娇听后喜滋滋的。

小桃红和花行云，与会场外等候的啸天虎雷霆、扬威鹰霹雳、口水狗、鼻涕蛇、闺咪会合。

小桃红见摩特娇仍在旁边，知道摩特娇会缠着花行云追问克雷子的下落，不等摩特娇开口就说："大美女，那边有我们的熟人，我们得叙旧去啦，再见！"说完，就拉上花行云离开了。

摩特娇只好嗯了一声，暗想关于克雷子的下落，还是等到明天会后，让摩感亲自问花行云吧；摩特娇依旧走到了花园广场的高处，俯视花园广场。

远离摩特娇的路上，花行云悄声问小桃红："前面应该没有熟人，是吧？"

小桃红刚想说"是呀，没有熟人的"，旁边却有个人搭话："我算不算熟人噢？"倒是把小桃红冷不防地噎了一下。

小桃红和花行云定睛一看，说话的这人叼着拇指大小的卷烟，浑身烟雾缭绕，莫名地笑着，原来是"玩睹之鬼"烟晶掌石人烟燃一笑。

小桃红一见到烟燃一笑，乐着说："您怎么来到这啦？"

烟燃一笑吐了口烟，说："哪里有重大赛事，哪里就有赌局，我就跟着呗。"

烟燃一笑又吐了口烟，说："公主，您这次押注四强里谁可夺冠？赔率都是一赔二。"

烟燃一笑看见小桃红不响，说："难道你不押花行云吗？准备下注多少水晶币？"

小桃红不好意思地对着花行云说："哎呀，对不起亲哥啦，我这次得押注我的偶像大表哥罗曼，我赌他夺冠！你若对阵他，哥你若输给他，我给你十倍我的赌注。"

烟燃一笑接答说："真爱啊，为了偶像，重赏亲哥输！那公主下注多少？"

小桃红说："五千水晶币！"

烟燃一笑拿出水晶收款仪，小桃红在水晶收款仪上输入水晶币五千后，输入付款密码，水晶收款仪扫描了付款人小桃红影像和当下场景，认证成功，完成交易。

烟燃一笑知道花行云不赌博，况且花行云还是四强之一，因此就不询问花行云了，转身离开。

小桃红见烟燃一笑走远了，就撒娇地对花行云说："哥，你怪不怪我啊？"

花行云说："不怪，不怪啦，谁让你是我妹妹呢！"

小桃红高兴得蹦起来，说："哥，你真好！真是我的好哥哥！"

小桃红欢快地拉上花行云去吃晚饭，饭后大家就安歇了。

第二天，大会开始了，主持人孔雀石族女族长雀石灵，公布了抽签后的四强对阵名单，分别是：绿翡翠罗曼对阵"绿钻之星"罗德西亚，祖母绿奇沃对阵绿碧玺花行云。

第一场是绿翡翠罗曼与"绿钻之星"罗德西亚的交锋。

双方拱手抱拳致礼后，身着灰绿色服装的罗德西亚主动出击，使出"八面玲珑体"功夫，分身术般出现八个相同体像，随即八个相同体像各出一拳，击向身着翠绿色服装的罗曼。

罗曼使出"路路通"的功夫，发出气功，双手与身旋转，快速形成气旋和气墙，犹如圆柱状的逆时针旋转气墙，护住身体周围，气墙外界的攻击波一遇这圆柱状的旋转气墙，要么因为与气墙旋转方向不一致而被旋出、挡出，要么因为与气墙旋转方向一致而被旋进但被气墙化解，因此不管外界有多少真实的或者虚幻的攻击波，气墙内都很安全。

而气墙内对外界攻击时，把握好角度和旋转方向，发出的气力即可不断穿墙后攻击外界物体，发出的气力经过气墙时，还可受旋转气墙影响而加速致速度更快；对于运用者来说，是路路通，而对于气墙外界的攻击者，可谓路路不畅、难以进入。运用此功夫，内力越高，气墙旋转速度越快，威力就越强。

罗德西亚攻击无效，但也躲开了气墙内罗曼不时发出的气拳的攻击。

双方你来我往地僵持了很长时间后，罗德西亚发现罗曼的旋转气墙只是圆柱状的，并非球体般全方位旋转，罗曼头顶上方无旋转气墙。

罗德西亚就弹跳并跃到罗曼头顶上方，打出数拳从顶攻击罗曼。

罗曼使出"擎天偃月拳"的功夫，双手各自形成气旋，景象如同风暴眼中的两股垂直的龙卷风，风暴眼内平和安静，而风暴般的气墙和风暴眼内，两股龙卷风却高速旋转，见敌从风暴眼之顶来袭，就将两股龙卷风朝天卷击，高速旋转的两股龙卷风和风暴般的气墙，威力巨大无比，足以抵消强大外力。

罗德西亚从罗曼的顶部攻击后，发现是个陷阱，迅速后撤，但也被罗曼的气墙弹飞，落地后站立不稳，近乎倒地。罗曼见得手即收起功夫。

罗德西亚拱手致意说："你这功夫很是玄妙，我以后上门另行切磋，恭祝你晋级！"

罗曼一愣，不曾想过对手如此谦让，随即谢过，晋级决赛。

第二场是祖母绿奇沃与绿碧玺花行云的决斗。

双方拱手抱拳致礼后，身着淡蓝绿色服装的奇沃，左手使出"诛魔指"功夫，对着身着碧绿色服装的花行云身上的数个穴位指点而来，右手使出"驱魔掌"功夫，晃动不定向地拍向花行云。

花行云使出绿碧玺族独门功夫"辟邪双影"迎击，左手一拳准确迎住了奇沃来袭的右掌，同时右手使出"擒龙手"功夫，抵住了奇沃攻袭的左手。

奇沃既惊讶于左右两路攻击同时受挫，又惊叹于使其左右两路受阻的花行云强大的内力。

奇沃本想使出"祖母绿形罩"功夫攻击花行云，但突然想起摩特娇告诫科斯禁用此招对付花行云的话，随即放弃。之后奇沃使出"六臂蝶翼"功夫，左右手上下高频翻飞，不仅外观上出现了六臂影像，而且还能腾空而起，这上下高频翻飞的双手，竟能产生六臂舞动的蝶翼效应，竟能使奇沃升腾，很是骇人。

花行云见状，左手使出碧玺族独门功夫"三角幻梦拳"，右手使出碧玺族独门功夫"环圆幻影拳"，两拳合力使出碧玺族独门功夫"三角环圆罩"。

通过中间的内三角环与外部的圆环的波光效应与幻影效应，罩住了腾空的奇沃。奇沃左冲右突，无法摆脱三角环与外部圆环的束缚，渐渐奇沃感觉到了错觉和幻觉，暗叫不好，只得闭目镇定心神，对抗"三角环圆罩"下的幻觉效应。

过了一会儿，奇沃发现肩膀上被人点了一下，睁眼一看，外部的三角环与圆环已经消失，原来花行云见使出的"三角环圆罩"已然克制了奇沃，就收手了，转手使出"伏龙指"功夫，点了一下奇沃的肩膀。

奇沃暗想，花行云的功夫太过奇邪，暂无胜算，况且花行云已手下留情，加之族长达碧姿对于此次绿石林大会的态度与指示，便拱手致意说："你的功夫很是奇邪，我尚未找到破解之法，以后再向你讨教吧，恭祝你晋级！"

花行云拱手回礼，成功晋级决赛。

小桃红高兴地来到花行云身边，说："哥，你好厉害啊，祝贺你进入决赛了啦。"

小桃红说完，把花行云拉到偏僻无人地方，悄声说："哥，罗曼可是咱们妈妈家里翡翠族的大哥，我的大表哥，玉族的偶像，你若真是胜了他，可千万别伤着他，尤其是他帅帅的脸哦，否则玉族和翡翠族人都会恨死你啦，估计各族大门都不让你进呢，那你去见妈妈就困难了。

"你若真胜不了他，也别坚持，就成全他哦，让妈妈家里人和玉族人，倍有面子呗。"

花行云说："嗯，我会把握的。"

花行云心想，小桃红说的话很中肯，以前去见娘，都是乘鹤直飞到香花宫的。

若此次伤到了罗曼，则从玉族和翡翠族逐门地强行进入香花宫，难度确实不小。而师父之命不可违，须抵达香花宫，见到娘后等待义父的安排。

　　主持人孔雀石族女族长雀石灵再次登台，宣布决赛在翡翠族罗曼和碧玺族花行云之间展开。

　　场下欢声雷动，玉族的人特别团结一致地全部支持罗曼，高呼罗曼是冠军。

　　身着翠绿色服装的翡翠族罗曼和身着碧绿色服装的花行云，互相拱手抱拳致礼后，罗曼微笑说："没想到，进入决赛的是我们。"

　　花行云答道："是呀，我也没想到。你先出招吧。"

　　罗曼说："那我就先出招了。"

　　罗曼运气，使出"平安扣"的功夫，双手在腰部周围摆晃出力，形成气旋，气旋自转，越来越快，这高速旋转的气旋，会将进犯的攻击波化解或弹出，力保气旋内部平安。

　　花行云见状，左手使出"伏龙指"功夫，攻向气旋上侧罗曼头部下方的部位。花行云的指力劲道十足，冲破了气旋上侧的气场和旋转的气流。

　　罗曼见状，左手加快拨动气旋的旋转速度，意欲截断进犯的指力，同时右手使出"盖地蔽日掌"功夫迎击。

　　花行云被迫收手，但左手被气旋吸住牵拽，心想不好，得快速脱险，随即使出"遮天摘星术"，分筋缩骨，翻掌指拨气旋，成功撤出。

　　罗曼见花行云脱险，就再次布局和设下气场陷阱。

　　罗曼左手使出"棒旋星系指"功夫，右手使出"漩涡星云手"功夫，将已产生的全部气旋分为两部分，半数气旋引至左手，以左手指为棒核，围绕着棒核高速的逆时针旋转；另半数气旋引至右手，以右拳为球核，围绕着球核高速的顺时针旋转。

　　花行云见罗曼双手上的气场，宛若两个旋转的星系，知道罗曼动可攻，静可守，一时未看出破绽，则不轻举妄动。

　　罗曼见花行云不攻，就将左手逆时针旋转的气旋与右手顺时针旋转的气旋外推，让两气旋相撞，击发出强光束。

　　罗曼左手趁势使出"星云爆射拳"功夫，与强光束一道，经气旋双重加速后迸发而击向花行云；右手使出"星系撞击掌"功夫，让两气旋相撞后产生的强力，凝聚右掌而袭向花行云；一快一强，一经发出，罗曼从未失手。

　　花行云以惊人的反应，擦边地闪避了极速而来的"星云爆射拳"，同时使出

"擒龙手"功夫抵挡。

罗曼见花行云居然能躲开极速的"星云爆射拳"，暗自吃惊，因为双气旋双重加速后产生的强光束，极快近乎激光，此前还没有对手能闪避开。

花行云虽然惊险地闪避了极速而来的"星云爆射拳"，但是紧随"星云爆射拳"之后而来袭的"星系撞击掌"已无法再躲，只能硬扛，花行云出左掌硬扛罗曼的"星系撞击掌"。

罗曼本身内功修为深厚，加之两个高速旋转的气旋气场助力产生的巨强合力，将仓促抵挡的花行云震退。

花行云紧急使出"挂地揽月法"功夫，将所受强力化解至脚下所触的土地里，止住了后退和失去平衡的身体。

罗曼见状大吃一惊，花行云虽被震退，但能很快止住，却未倒地，更未受伤，从未遇到此奇邪之事。

花行云心想："罗曼刚才的几下子功夫，真是高深，攻守俱佳，一时难以破解；若不拼尽全力的话，难以击败罗曼，但若全力，必然会击伤他，这就不太好了，毕竟是娘亲戚。算了，成全这位众望所归的大帅哥吧。"

花行云拱手致意说："你刚才的功夫很高深，我不想再战了，你当冠军吧。"

罗曼深知花行云实力不在自己之下，领情还礼谢过。

场下欢声雷动，纷纷祝贺翡翠族罗曼夺魁。

再过一会儿，依照绿石林大会安排，主持人会请出祖母绿族长达碧姿，给翡翠族罗曼举行加冕仪式。

正在此刻，天空全现绿色，众人纷纷惊奇仰望。

这时，小桃红把花行云拉下台，说："多谢哥成全，绿色天空虽奇，但我也见过几次，天助我们脱身。

"我们现在立刻离开会场。否则摩特娇和摩感肯定会缠着你，追问你师父下落，我们还是趁机尽快离开这地方。

"今早入场的时候，我已让雷霆他们在会场入口等咱俩啦，已通知兴安灵不用等我们了，会场出口那，咱们不能去，摩特娇肯定在那堵着呢。"

花行云听后，立刻和小桃红混进人群中，走向会场入口处。

第三十八章

伤心岭

负责内场事务并盯视花行云的科斯及其侍从，观看了决赛罗曼和花行云之间精彩的决斗，并等待由祖母绿族长达碧姿给翡翠族罗曼举行加冕仪式，绿石林大会将会圆满落幕。

比赛结果一出，台下欢声雷动，人头攒动，加之突现绿色天空，众人仰望观奇。

科斯仰望绿色天空后，发现台上花行云突然不见，忙问左右侍从，侍从说看见小桃红将花行云拉下台，可能换装整装后再上台见观众吧。

科斯感觉不对，立刻跑到台下，发现花行云和小桃红踪迹皆无，这下急了，心想跑了花行云，于公于私都无法交代，立刻传令搜寻花行云。

有人来报，会场入口处发现花行云和一位小女孩及一帮宠物离开会场了。

科斯立刻率领侍从追赶。

在会场出口处等待的摩特娇及其族人之前接到通报，说花行云胜了奇沃进入决赛。

摩特娇吃了一惊，心想奇沃的功夫是在她之上的，花行云能胜奇沃，可见花行云实力非凡啊，花园口那一战，难道是花行云没尽全力？

之后又接到通报，说花行云屈居亚军，翡翠族罗曼夺魁。

摩特娇暗想花行云年纪轻轻，差点夺魁，能取得亚军的结果，也很了不起了。

摩特娇正等待科斯带着花行云出来，却见到科斯派人前来通报，说花行云从会场入口处离开了。

摩特娇听后气得直跺脚，立刻率领族人也去追赶花行云。

此时花行云坐在啸天虎雷霆的虎背上，前面坐着小桃红，再前坐着闺咪，身后虎尾卷着扬威鹰霹雳，小桃红则背着口水狗和鼻涕蛇。

雷霆沿着来时路，向着花园入口一路狂奔。

在会场入口会合时，雷霆问从哪跑。

闺咪说，神秘花园周边看似普通，但内藏机关和祖母绿族的高手，还是沿着原路返回花园入口，而且来时路毕竟平坦，虽然路上会遇到几重关卡，但估计阻挡之人都没摩特娇功夫高，而此时摩特娇正在会场出口。大家一致赞成，就沿着来时路，一路闯关成功，从花园入口跑出。

从神秘花园入口跑出来，雷霆依照小桃红指示往东方的路上跑，因为玉族在祖母绿族领地的东南方向，而西方的路是从悬天圣宫而来的路。

雷霆跑到一个三岔路口停下来。大家一看，前面的一条路往东南方向，另一条路往北方。

小桃红对大家说："雷霆虽然很能跑，但时间久了，还是会被身后的摩特娇和科斯赶上的，远处那帮追我们的人中，没准还有摩感等高手呢！追兵肯定认为我们会往东南这条路跑向玉族，我们反其道而行，走北方的路，就能甩掉追兵，嘿嘿。"

大家都称赞小桃红走北方的路甩掉追兵的想法，闺咪还说："趁追兵还远，我们还得制造走东南路的假象。"

雷霆载着大家使劲地跑在东南路上，过一会儿，由霹雳一手抓住雷霆尾巴，另一手抓住雷霆头部厚实的绺发，将雷霆及其雷霆所载带至空中，低空返回三岔路口后，沿着北方路上快速飞行。

花行云为了减轻霹雳的负重，施展"青云提纵术"功夫，深吸一口气，屏住呼吸，使身体轻如羽毛，手搭在霹雳的爪上，似羽搭载，随霹雳飞行。

追兵果然中招，来到三岔路口，查看北方路上无新痕迹，而东南路上却有明显跑路的爪痕和新足迹，不容多想，全部顺着东南路追去。

沿着北方之路低空飞行，飞离三岔路口足够远后，霹雳放下雷霆，雷霆又载着大家一路向北奔。

众人本来想在这北方之路上，遇到向东的路口就转，但在这北方之路上，跑了许久许久，仍看不到岔路口和支路，两旁始终是丛林。

黄昏时，终于看到路前面有个山岭，山岭下有数间房屋。

雷霆跑得都快岔气了，大家决定在这山岭下的房屋前歇息。

只见山岭下的路旁立着石碑，上刻三个大字"伤心岭"，石碑不远处的房前有一座五角飞檐大亭子，亭上的牌匾写着三个大字"气须亭"。

这大亭子里有人在做面条，原来是间面馆。

这亭下有个竖着的牌匾，写有：拉面、削面、炒面、烩面、酱面、卤面、泼面、拌面、打面、擀面、抻面、撕面、搓面、捞面、剁面、焖面、冷面、凉面、烤面、燃面、须面、线面、粉面、板面、干面、油面、皮面、筋面、条面、片面、汤面、浆面、挂面、压面、空心面、莜面、荞面。

面馆虽小，面面俱到！

小桃红仰嘴说："喔，遇到面霸啦，面中霸王！有牌面！"

小桃红对着雷霆说："看你气喘吁吁的，辛苦累坏了，须在这家面馆里休息，而这亭子居然叫'气须亭'，太有气质了，太适合你啦，哈哈！"

众人见状都很好奇，就走入气须亭准备吃面歇息。

身着白雪花黑色底服装的面馆老板，迎接众人落座，说："远方的朋友，请品尝我家的老字号面，招牌的是拉面和刀削面，配上这山里的各种菌菇熬成的汤，鲜香劲道，是很好吃的汤面哦。"

这面馆里的拉面，手工拉细的如发须，手工拉粗的如板尺；刀削面可刀削成片状、条状等很多形状；汤底由各种山菌、山菇、山菜和调料熬制。

小桃红品尝了样汤和样面后，大赞地说："好吃，好吃。"

小桃红点了十八份大碗面条，小桃红、闺咪、口水狗、鼻涕蛇各吃一大碗，给花行云两大碗，给霹雳四大碗，给雷霆八大碗。

众人都对菌菇汤面赞不绝口。

小桃红问面馆老板："这乡山僻岭的，这地名和您这面条倒是惊奇哦，这地名一看就是有故事的，让人过目不忘。

"你家的面条真是好吃，怎么不推广到外面的世界？办个连锁面馆，绝对会出名的。"

面馆老板微笑着说："还有更印象深刻的！'伤心岭'北面下一站地，叫

'绝别谷'，这名字更令人耳目一新，名气可比'伤心岭'大得多了，看你们年纪轻轻的，竟往北走，浑身都是胆啊，当心那里的绝别谷人。"

众人都听得一愣，没想到"伤心岭"往北的下一站地，居然叫"绝别谷"，这两个地名竟都如此伤感。

面馆老板继续说："我家祖训之一，就是要我们低调。在这里呢，总是做面条，熟能生巧，面条界中，若要排名，也就世界前三吧。"

小桃红问："我们是从南面的一个三岔路口过来的，这条路挺奇怪的哦，两边一直都是丛林，我们一直走到这里，都还没看到支道，也没岔口，怎么回事？前面什么时候会有十字路口或者往东的岔道口啊？"

面馆老板微笑地说："那个三岔口，是属于海蓝宝石族领地的，往北的这条路是通往金绿宝石族的小路，过了我们这个'伤心岭'，往北再经过'绝别谷'，就会到达金绿宝石族的门口'五角星城'。'五角星城'之前的这条路是没有支道的，也没岔口的；因为我们'伤心岭'和'绝别谷'及这条通往'五角星城'的路，属于无人管地带。

"这条路两旁的丛林都无路可走，修这条路的人是'绝别谷'中无聊的绝别谷人，能修出这条路就已经很不容易了，不会有人去开通支路和岔道。

"只有到了'五角星城'，才会有岔道口，那里是五路交汇处，在那里，往北的大路是通往极地之路，往西的大路是各族往来金绿宝石族的正常通道，往东的小路是通往'极寒稀薄地'的冻死人的路，往西南的路就是进入金绿宝石族的大路，而往东南的小路也就是我们这条小路，是正常人不会走的不寻常之路！"

面馆老板问小桃红："你们为什么来这呀，要去哪啊？如果是走错路了，就立刻原路返回吧！前方凶险得很啊！"

花行云说："谢谢啊！我们想从前面有往东的路走，去到玉族那里，不想原路返回，遭遇追赶我们的人。"

面馆老板双手一摊，无奈地说："那只有'五角星城'往东的小路，走那条路如果没被冻死的话，倒是可以到达玉族的，但是很少有人敢进。

"看你们年纪轻轻的，还是原路返回吧，追赶你们的人肯定没有前面绝别谷人可怕，正常人和追杀的人都会到此止步的，因为'绝别谷'里都是不寻常的人。

"在无人管的地方，除了自由，就是死亡！

"你若想自由，就得先有避免死亡的能力。"

小桃红顽皮地说："后面追赶我们的人不是可怕，而是太可爱了，太难缠了，嫌烦，呵呵，我们知道了，多谢你好意，但我们还是要到前面走走，老板，结账吧！"

面馆老板冷冷地一笑，说："好吧！随你们。大碗面每碗是五水晶币，十八碗合计是九十水晶币，刚才解答你们的咨询费是十水晶币，一共正好是一百水晶币。"

小桃红一行听后，都一哆嗦。平时的这种大碗面只需要半个水晶币即可，大店或知名面馆里的大碗面也就一个水晶币，而这里的价格竟是平时价格的十倍！

小桃红气得跳起来，说："有没有搞错啊？一碗面一般都是半个水晶币，你这里偏僻，这面就算好吃，一个水晶币也差不多了，你这价是平时吃面价格的十倍啊！

"问个路，还要天价收费，没人管的地方，也得讲道理啊，你这是黑店！

"以前遇到恶霸、这霸、那霸等各种什么霸哩，这次居然遇到面霸啦！现在，我算是明白'气须亭''伤心岭'名字的由来啦，果然是让人生气、受伤的地方！"

面馆老板理直气壮地说："我一不抢，二不偷，面做得好吃，理当比别家面贵。我这儿，乡山僻岭的，送来的外地食材的运费那是很贵的，山上的菌菇本地食材也是靠本事采摘的，无人管的地方抢夺那是常见的事，我们是靠本领才能拿到和护住食材，天然和难得的食材当然价格贵。

"我提供的信息都是真的，建议是中肯的，凭什么不能收费？我们这儿的信息都是要收费的，信息都是有价值的，要么付费，要么交换，凭什么白得？

"我黑曜石一族的，人送称号'火山膏'，长得黑，我开的这店，被你说成是黑店，就当简称了，倒也无妨，我不生气。

"后面的'绝别谷'，可是要命的地方！会让你不再生气，不再伤心，哈哈。你们非要去那里，命都不保，要币何用？"

小桃红被火山膏的话，怼到无语。

啸天虎雷霆气得，连打饱嗝，吼了一下子。

火山膏见状说："你们带个老虎就自以为能唬人了，就敢混江湖啦，哈哈，付不出面钱，连人带虎一起在这给我打工，省得到'绝别谷'送命。"

雷霆大怒说："你也忒欺人霸道了，什么膏什么曜的，什么面什么黑的，送你绰号'面黑膏药'，让我来教训你。"

雷霆说完与火山膏到亭外打斗起来，雷霆使出"暴雷贯耳"功夫，挥出一重掌，挟带着轰鸣声，拍向火山膏。

火山膏毫不示弱，使出"火闪琉璃"功夫，身形与步伐，如火闪而不定，回击一掌，如玻璃光滑、如丝缠转，将雷霆的来袭重手化解。

雷霆见十几回合战胜不了火山膏，就使出"啸天吼"功夫，运气从口中喷啸而出，冲向火山膏，吼声震天。

火山膏使出"爆山喷"功夫，从口中爆发出强气流，喷向雷霆，爆音颤地。

火山膏的"爆山喷"功夫，抵住了雷霆的"啸天吼"。

花行云见状，想息事宁人，就使出独门功夫"辟邪双影"，闪到火山膏旁边，拍了拍火山膏肩膀。

火山膏虽和雷霆正面交手，但也时刻提防周边的情况，尤其是警惕花行云这边的动静，没想到眼见花行云身形一晃，就拍到了自己肩膀，不由大惊失色。

花行云说："大家别打了，您还是少收点吧，好吗？"

火山膏知道花行云手下留情，功夫极高，远在其上，就收手说："既然你是位高手，没准还真能过了'绝别谷'，确实需要币用，那我就少收吧，二十水晶币。"

花行云怕大家仍和火山膏争执，立刻说："好，就这样吧。"

小桃红见花行云已出口答应了，心想算了，就掏出二十水晶币付给火山膏。

火山膏见天色已晚，就说："不打不成交。天已晚了，外面都是荒山野岭的，你们还是在这儿住一晚，明早再出发吧。旁边有个单独空院子，是我家的，我这次，只收你们十水晶币。"

小桃红看了看闺咪，闺咪点了点头，表明价格公允，小桃红这才掏出十水晶币付给火山膏。

小桃红一行在伤心岭安然地住宿了一晚，第二天一早，启程出发，前往绝别谷。

。宝石记

第三十九章

识石释事

小桃红一行离开伤心岭不久，在通向绝别谷的路上，小桃红突然指着路中间的物体说："哎呀，这是什么？"

大家详视路中间，一坨屎上插着一束打结的草。

口水狗说："这是人干的事吗？这不是人干的事！有屎见结草，肯定是狗屎，这里遇见，莫非——狗屎运来！"

鼻涕蛇说："是狗们要交好运哩。"

上空悬飞的霹雳，说："想得真香，真相是前面有狗尸，这里有狗屎。"

闺咪说："狗屎呛意味抢，打结意味打劫，抢劫！"

话刚说完，周边一大群狗聚拢过来，这一大群狗竟有近二百条，形形色色，居然不重样，大型犬、中型犬、小型犬都有，梗犬、牧羊犬、猎犬、狼犬、獒犬等品种也很齐全。

霹雳说道："野外遇到群狗或群狼等群居野兽，要格外小心，狮虎再猛也架不住它们的群殴。幸好这群狗貌似展览会出来的，各种各样；若这群狗都是同一种狗，那我们就会有麻烦了。"

雷霆答道："嗯，说得对，我们继续走过去吧。"

雷霆驮着大家前行，路周边的狗纷纷围着雷霆，随着雷霆前行而跟行，有的狗狂嗅找食，有的狗狂吠找斗，有的狗狂盯找事，还有一只小狗貌似死了，躺在前面的路上。

大家不想招惹这群狗，环视四周，戒备随时而来的突袭。

当雷霆走过躺在路上的死狗身边时，四个梗犬跑近来。

小桃红看了下这四个梗犬说："这里有这么多的梗啊？哪来的，什么梗？"

这四个梗犬各自介绍说："我，江南的。"

"我，河南的。"

"我，湖南的。"

"我，海南的。"

小桃红问："为什么千里迢迢，跑到这里啊？"

江南的梗犬答："随主子避难，逃难，后失散，流落至此，群聚为生。"

小桃红继续问："具体是哪条江河，哪个湖海的呀？"

河南的梗犬答："别光问啊，给些吃的呀！"

湖南的梗犬答："付费也可。"

海南的梗犬答："给币也行。"

就在小桃红与四个梗犬谈话之际，趁着大家注意力都在盯防周边的狗时，那只死狗的尾巴悄悄地动起来，闪电般勾走了雷霆虎腰上背的众多包裹中的一个小包裹。

得手后，这死狗闪电跃起来，小爪顺手抄走了小桃红背后口水狗所背的小包袱，之后跑向伤心岭。

这下，口水狗不乐意了，竟敢对同类下手，欺狗太甚！

口水狗心想：这个装死狗，欺人太狠，在我这狗眼下不干人事，狗窃之事，人可无视，狗岂能忍！

口水狗大怒，不停吼叫，跳下去狂追这装死而盗窃的小狗。

雷霆也转身，驮着大家，紧跟口水狗，追去。

周边的狗全部狂吠嚎叫，好在只是助威、添闹、观战，并未予以阻挡，果然如霹雳的判断，这群狗并非齐心协力，并非要群殴他们。

口水狗和雷霆跑得很快，追着追着，身后的群狗都被甩掉了，雷霆跟着口水狗追着这装死而窃之狗，又回到了伤心岭。

在伤心岭下北侧的一处房前，这偷包的小狗快速打开房门，跑进房内后，坐在房内的高大椅子上，对着门口端详。

口水狗见此屋门大开，偷包小狗坐在屋内椅子上而临视不惧，担心屋内有机关，有诈，未进。

小桃红一行随即赶到，大家一字排开，站在门口看着屋内这偷包小狗。

这偷包小狗昂然说道："你们仗着人多，禽兽多，仗势欺狗，是哇？

"好人不跟狗斗，狗对狗，就足够。

"让这狗来斗我，否则我恕不接待。

"你们的狗能胜我，我就原物奉还，若不能赢我，包包就当见面礼送我吧。怎么样？给个爽快回话！"

小桃红和闺咪都被这小狗噎得没词了，到底口水狗能否打过如此叫嚣的狗，举棋不定。

这时，小桃红身后的鼻涕蛇，把鼻涕往里吸回了一声，曮曮地说："别斗了，可真逗，你两个长得蛮像噢，跟双胞胎似的。"

大家定睛一看，口水狗和屋内小狗确实很像。

屋内小狗一跃而跳到门口，左盯右瞧着口水狗，口水狗也上下端详着这小狗。口水狗喃喃地说："嘈嘈嘈呗？"同时，这小狗喃喃地说："拉布拉多？"

大家看着这两狗，都一头雾水，心想这两狗在对暗语暗号吗？

口水狗与这小狗，顿时相拥而泣。

大家更是一愣，各报个暗语就能这样，什么情况？

口水狗哭完后，拉住这小狗的手，向大家介绍说："他是我在很小时候就失散的哥哥，叫嘈嘈，全名嘈嘈嘈呗。"

口水狗把大家一一介绍给嘈嘈。

当嘈嘈听到花行云和小桃红是武圣人的子女时，连忙拱手说："失敬！失敬！"

口水狗介绍完毕后，继续说："我们出生在北方一个叫拉布拉多的地方，那里寒冷但很美，有高山、有河流、有森林、有湖泊、有高原、有海峡。

"出生时家乡正赶上冰河流动和冰川跃动，只好举家迁徙，离开拉布拉多。

"长途跋涉后到了玉族边境，爸妈给我起了名字，就叫拉布拉多。在进入玉族领地时，遇暴风雪，爸妈为了保护我们，将我们拥抱在爸妈的怀中，为此爸妈冻死了，我们存活了下来。

"我苏醒后却不见哥哥了，呼喊哥哥的声音，引来了路过的紫翡翠族罗兰公主，她好心地收留了我，让我在镜水湖旁的孤儿院长大。

"从那时起，我陪红姐玩，后来黄金族族长黄赞金咏采购鲜花，看上我，带我到黄金族留学，学了点本领归来，现随红姐游历天下。

"自失散后，我拉拉的大名拉布拉多就没提过，若不是这里遇到哥哥，说出我的名字全称拉布拉多，唤起了我的记忆，否则我就想不起来啦。"

嘈嘈说："那场暴风雪太要命了，爸妈为保护我们冻死了，我苏醒后，发现弟弟还活着，就外出找食物，回来后发现拉布拉多不见了，我以为弟弟也外出找食物，就等了两天两夜，还不见弟弟回归，只好埋葬了爸妈后离开。

"后来在居住那片森林中的苏玉族人的协助下，活着离开了极寒稀薄地，经过五角星城和绝别谷，来到了这儿。

"我们活下来也被冻坏了，作为后遗症，我们体内生长素都被冻坏了，为此我们都长不大了，个头和模样停留在小时候！

嘈嘈继续说："弟弟，你要记住，我们是拉长石族人，与天河石族、日光石族、月光石族，都属于长石族这个大族。"

鼻涕蛇突然哭泣起来，小桃红立刻安慰。

鼻涕蛇说："看到你们失散重逢，我太感动了！

"你们真幸运，还能记起出生地和爸妈所起的名字。我呢，爸妈什么样子都不知道，更没有爸妈所起的名字，出生地也不知道，也不知道属于哪个族的，我的身世都不知道！

"没爸妈的孩子像根草！我呢，是青金石族的青石留晨在丛林中捡到我，好心送到了孤儿院，被罗兰公主收养。"

小桃红说："别哭哦，我会带你周游世界，没准遇到有缘人，遇到你的族人会认出你呢，这样你的身世也会知道了啦。文文，你斯文和善，定能致远，以后和我闯荡江湖，大名全称文和文远。"

鼻涕蛇吸了下鼻涕说："说到世界，我突然回忆起罗兰公主的话了，在镜水湖旁的孤儿院里，花仙曾说虽是她一族单独开办孤儿院，但我们是世界的孤儿，就得学习世界各地各族各样的事物，学好呢，回报世界。拉拉，你到贵金族的黄金族留学，我去的是荧金族留学。"

小桃红说："是呀，我妈为了让孤儿院的孩子们成材，对培养人和领养人要求极高，培养和领养你们的，都是各族声誉极高的高人和贵族呐！"

嘈嘈把大家引进屋内，在门后关了机关，告诉大家，这屋内中间遍布机关，就屋内周边没有机关，关了门口的机关，大家放心入内。

嘈嘈问大家："你们为什么要去绝别谷啊？"

小桃红说："我哥为了躲避别人纠缠，一不小心跑到这个地方，我们想经过绝别谷和五角星城，到玉族领地后，回到香花宫。"

嘈嘈说："你们父亲的威名能镇住五角星城的人，但在绝别谷，再大的名头也没人睬。因为绝别谷不仅是无人管的地方，而且那里都是亡命之徒，各族的流亡和被其族所不待见的人士，各地的高人异士和罕见的奇能怪人。定居绝别谷的人，都是来历不明且极其神秘，或者来头都大得吓人的隐姓埋名的人。那儿的人也称为绝别谷人，都是低调的人，死在绝别谷人手下的人反倒是名气很大。在绝别谷的人，随便一个人都是有故事和传说的，而且越是低调，他的故事就越爆炸，就越惊人！

"正因为绝别谷无人管和包容的特点，容纳了各族的流亡人士，随之各族的秘闻和负面新闻也就多了。绝别谷本地本来就有很多无聊的人需要解闷，加上外族的人也很感兴趣，这样各种有价值的消息和情报，也就交换和交易起来。绝别谷虽然表面上看似冷漠，但实际上情报与信息交换异常活跃，可以说是世界的情报交换市场。只要钱给得足够多，查询和开放的权限足够大，就能得到想要的信息和情报。这里的信息和情报是精准的，信息中和情报里所用的字语都是精雕细琢的，用语绝对负责。

"绝别谷还有个特点就是冷酷，因为这里是赏金猎人的汇集地。这么多的亡命之徒和各地的高人汇聚于此，无聊时就领任务，完成任务就有赏金。很多任务是杀人，这里不缺的就是杀手，是天然的杀手聚集地。很多领任务的杀手本身就是那个猎物所在族的流亡和所不待见的人，这些杀同族的杀手，一仇恨其族，二熟悉其族，更易完成任务，事半功倍。领任务的，就叫猎手；杀目标猎物的，就叫杀猎；获取情报和信息的，就叫问猎；进行贸易和交换的，就叫买猎；承担保镖角色的，就叫守猎，可不是狩猎哦，绝别谷里经常会用到这些行话。绝别谷里亡命徒多，杀手多，但绝别谷杀手绝不乱杀人的，乱杀人显得太没素质，档次太低！为绝别谷所不容，为绝别谷人所不齿。曾经绝别谷里有个杀手抢劫过路人，杀人劫货了，就有个无聊的人扮成路人，遇到再次打劫的这杀手，把这杀手一剑封喉了。

"与绝别谷低调冷酷不同的是，五角星城很是热闹，是北境最后的繁华。五角星城的人高调且热情，因为五角星城地理位置四通八达，加之驻守那里的苏丹石族人本身就多彩缤纷。有一天，五角星城很多王子中的一位无聊的王子来到绝别谷玩，这个王子仗着是金绿宝石大族名望和五角星城苏丹石族贵族血统，在绝别谷里到处高调炫耀，被一位更无聊的绝别谷人给杀了。气炸的五角星城苏丹石族也奈何不了绝别谷人，也不敢发兵搜查和攻打绝别谷。

"你们刚才路上遇到的一大群狗，每个狗都是各种狗中的头牌，除了我，共有一百七十七个，都是每种的领头狗，每个头牌背后都有一大种群的狗，生活在这无人管的周边。我们经常在那一起交流，每个种群不通婚，但会互相帮助支持，互相交流的。其中有个高原来的獒犬，像人又高又傲，关键是高调，谁都敢吼，狂吠一位绝别谷人，结果惹毛了这位绝别谷人，被杀了。这个獒犬种群，虽然明知打不过这个绝别谷人，但接班狗和其群狗轮流去吼和纠缠，其他种群狗压住阵脚示威，后来这杀狗犯，被周边的人埋怨惹事生烦，被其他高人教训了一顿，赔了不是，赔偿了一大笔钱，息事宁人了。现在这獒犬种群是我们当地这儿最有钱，最傲的，其头牌最不服我，呵呵；我呢，个子小，孤家寡狗，活得倒算滋润，其他种群狗都很多，都得需要领头狗努力地维持生计。

"刚才介绍绝别谷的话太多了，你们就这样去绝别谷，恐怕……"

小桃红说："不怕不怕啦，我哥刚从绿石林大会过来，在会场上差点夺冠，屈居亚军，功夫好着呢!

"绝别谷被你说得我特别神往，正好去见识一下。我们赶着回家，玉族正门口被人堵门，我们抄小路，从无人敢走的玉族北门回家，只要到了玉族领地，就天地之间任我行啦。"

嘈嘈惊讶地说："绿石林大会，差点冠军! 大哥的功夫，高啊，实在是高!"

嘈嘈转而又说："不过呢，你们太年轻，易被欺负，得包装一下，省得被绝别谷的无聊之人骚扰，你们需不需要狗群帮忙?"

小桃红拍手说："好啊! 有狗群在身边，吓退歹人骚扰，省事，省得我们出手打发，若遇强敌，再让我哥出马收拾。"

嘈嘈挠了挠头，说："我们这儿，雇什么，都要钱。"

小桃红拍拍胸脯说："姐，就是钱多多，只要是钱的事，那就好办，那就不是个事！刚才那些狗，各种各样的，都挺可爱的，就它们了，我都雇了！"

小桃红说："护送我们途经绝别谷和五角星城，到极寒稀薄地那边的玉族领地，每狗发一百水晶币，若因护送我们而亡，还发抚恤金一千水晶币。你看可以么？"

嘈嘈惊讶地说："绝对够，太大气了！一会儿，咱们就去前面召集狗群，整顿之后，明早出发前往绝别谷，争取晚上到达五角星城住宿。"

嘈嘈犹豫了一下说："群里的，有不服我的，会要求我们当场付钱。"

小桃红说："别担心，就当场付全款，服众。"

小桃红说完，拿出一大颗二万水晶币交给嘈嘈，说："附近若是能兑换，你就到附近兑换成百元水晶币分发吧，剩余的，你就自个留着吧。"

嘈嘈说："那太谢谢了，这伤心岭还真有一家能兑换大额水晶币的，是家面馆。"

雷霆说："是不是气须亭那家？我和这面馆老板还打了一架呢，我们在这家吃顿面后，这面馆老板自称什么膏药的，讹我们一百水晶币。后来他知道花大哥的厉害后就收了二十水晶币了事了。"

嘈嘈说："这面馆老板叫'火山膏'，是黑曜石一族的，其实他，人倒不坏啦，常劫富济贫，还免费施舍食物给周边的群狗。

"大概看见你们有虎相随，以为是大户人家，还去绝别谷，与其财富留在绝别谷，倒不如扒下来点，呵呵。他家面馆晶币多，肯定能兑换成百元水晶币的。"

果然，嘈嘈从气须亭那家面馆兑换成百元水晶币，回来了。

休息好了，嘈嘈就带着大家离开伤心岭，沿着刚才走过的路前行。

这段路，石有识，事有释，世有诗。

真是：

《识石释事诗》
释意施意真诗意，

释义施义真是义，
释爱施爱真实爱，
释情施情真事情，
释灵施灵真示灵，
释魂施魂真石魂。

第四十章

狗仔队

大家又在之前遇到狗群的地方遇见了这群狗，这群狗又纷纷围过来。

嘈嘈站在花行云的肩膀上，高喊："我的朋友们，我们曾经流浪，曾经饥寒交迫，现在你们的孩子在嗷嗷待哺，如今武圣人之女翡翠族公主花飞雪和她哥花行云，愿为你们改善生活，让你们和孩子们过上温饱的生活。

"我们组成狗仔队，护送他们途经绝别谷和五角星城，到极寒稀薄地那边的玉族领地，每位发一百水晶币，若护送而亡，还发抚恤金一千水晶币，明早日出之时，在我家门口集合。

"事成之后，翡翠公主她还会有好多工资高和待遇好的打工活，交给我们噢！"

"大家瞧见没，虎背上长得像我的狗叫口水狗，是我从小失散的亲弟弟，现在是公主身边的顾问。

"狗友们，别犹豫，别等待！立即加入。"

群狗顿时沸腾吠跃了，那只江南的梗犬说："给你打工？给你打人都行啊！"

那只河南的梗犬说："大救星呀，有钱人都像你这般就好了！大好人啊，赞！"

那只湖南的梗犬说："这么撒钱的有钱人，这么好的主子，上哪找啊，跟定你撒钱妹啦！"

那只海南的梗犬说："不是撒钱妹，是撒钱姐，不对，是撒钱王，哎呀，该叫撒钱女王！"

那只海南的梗犬旁边的哈士奇狗，疑惑地斜视着那只海南的梗犬说："你叫的称呼，好像都差不多嘛，到底叫什么好哈？"

那只海南的梗犬转头对着这个哈士奇狗说："刚才我说的，四选一，你选哪个？"

这个哈士奇狗，眼睛向上困惑地寻思着说："祖上古狗说过，四选一，茫然时，选二哈！"

小桃红听到了，对着这个哈士奇狗说："咦，这个二哈狗讨姐喜欢，选撒钱姐好！什么王的，什么女王啦，与姐气质不符！"

小桃红转念又说："撒钱姐听起来，貌似有点土噢，叫红姐好哩！"

小桃红对着这个呆愣着的哈士奇狗问："你怎么看？二选一。"

这个哈士奇狗，懵惑地翻起白眼考虑着说："祖上古狗也说过，二选一，茫然时，选二哈！"

小桃红满意地高声说："嗯，你们今后都叫我——红姐。"

之后，小桃红小声地对着这个哈士奇狗说："你挺会选的，立场也很坚定，就是有点愣，印象令人深刻，我记住你了，以后叫你'二愣仔'。你就立刻到我身边来噢，狗仔队里，我就担心你掉队。记住，跟紧我。"

这个哈士奇狗点了点头说："啊——哈！"

狗群里有个獒犬大声地说："'嘈嘈'，你高攀上翡翠公主，倒是不错。但别满嘴只是鼓动，说正事，水晶币什么时候给，不会是事后给吧？

"难道让我们去喝稀薄风？极寒稀薄地的风可是要命的，红姐敢进，我们可不敢进入稀薄地去向人家讨钱，到时候向你要啊？你给啊？起码现在付一半才行！"

嘈嘈呵呵地说："现在付一半，分明是瞧不起我。不知道翡翠公主有多霸气，红姐全款现晶支付！"

嘈嘈敞开胸前衣服，只见一百七十七个百元水晶币，在阳光下闪烁耀眼，熠熠生辉。

嘈嘈说："现在就发给在场的每一位，排好队，别急，都有份。现在，管够！以后，管饱！"

这下，看到真金白晶，群狗躁动了，欢呼腾跃，纷纷嚎叫吠吼起来。

嘈嘈对着刚才说话的獒犬说："你是群里的豪霸，高原来的'壮大帅'，你做领头哥，展秀群豪威风；我呢，个头小，在狗仔队中当领队，传达红姐指令。大家齐心协力，此次若成，以后打造绝别谷的狗仔队牌子，扬威立腕，一起创业，丰衣足食。"

壮大帅见状说："好吧，你说的目标若实现，大家丰衣足食，那是最好！"

嘈嘈将一百七十七个百元水晶币分发给群里的每个狗，强调明天日出时在嘈嘈家门口集合，各狗欢天喜地奔跃回各自种群。

群狗跑光了，小桃红突然挠挠头说："明天，它们不来怎么办呢？"

嘈嘈说："这帮狗，可都是各种群的领头的，若不来，不仅在种群内失信，在种群之间也会没面子的，以后怎么出来混？

"我在这群里混的时间长，狗友们明早会来的。人会光宗耀祖，它们也会光种耀族。

"它们回家去放好晶币，毕竟外出办事，它们也得布置各自种群内的后事，近期每个种群的狗粮都不愁了，它们会全心助力我们，会感恩图报的。"

嘈嘈带领大家回到嘈嘈之家，住宿休息了一晚。

第二天，大家被犬吠的嘈杂声吵醒了，立刻起身收拾，一起出门。

嘈嘈的家门口，汇集了昨天的一百七十六个狗，组成了狗仔队，嘈嘈正在队前点名。

大家发现只少了壮大帅；口水狗对着嘈嘈说："壮大帅，看它就是个很傲的狗，是不是藏起来了，反悔了？"

嘈嘈也感到有些尴尬，说："它就是我昨天提到的去绝别谷追吼的那个獒犬种群的接班狗，壮大帅应该不会东躲西藏的。"

这时，不远处传来壮大帅的声音："还是嘈嘈了解我！我会躲藏？我藏獒一族，怕过谁？再入绝别谷，舍我其谁？"

嘈嘈见群狗到齐，就跳上虎背，说："今日，组成狗仔队，我们须纪律严明，现在分工。

"壮大帅带领各位獒犬，领头前行，各位狼犬在它们的左边，各位猎犬在它们的右边，你们是狗仔队的前锋。"

"各位牧羊犬在队伍周边维持队形，各位斗牛犬断后；其他狗友们在队中。"

"记住，路上，尤其是在绝别谷，保持队形，不要掉队。无特殊情况不许叫，不要惹事，不要招惹绝别谷人，息事宁人，尽快通过绝别谷，护送红姐才是目的。"

群狗群吠说："明白了！"

群狗吠叫完了，小桃红补充说："狗友们的叫法和语调实在是太多样了，我一时还没弄清，二愣仔的死记硬背能力强的，让它在雷霆旁，随时传达信息。"

二愣仔听到，立刻跑到雷霆旁边。

嘈嘈见状，发号施令说："狗仔队，出发！"

朝阳下，狗仔队簇拥着雷霆一行，浩浩荡荡，行向绝别谷。

第四十一章

绝别谷

狗仔队一行畅通无阻地来到了绝别谷前。

长路上，谷道口，旁边有处光滑的石壁。

石壁自上而下竖刻着四个大字：绝别谷人。

在每个大字前，横刻着一排四个小字。看起来就是：

和过去断——绝

与未来离——别

现隐藏入——谷

今重新做——人

在这四行字下面，还有段更小的注释。写的是：

和过去与痛苦断绝；与未来和无聊离别；未来是注定的，是死，注定即是无聊。现在隐居藏身进入谷中，重新自由，自己担负。要么无聊去杀人——产生新生的痛苦，或者被杀——终结旧有的无聊；要么懦弱去自杀——终结自己的痛苦；要么勇敢去安于——痛苦与无聊间的徘徊。

花行云问嘈嘈说："这些字句都是谁写的啊？"

嘈嘈答道："据说是一位压力山人写的。"

花行云疑问地问："绝别谷，绝别谷人，怎么又出现个压力山人？"

嘈嘈解释道："这压力山人是位很有思想的传奇人物，来自绝别谷西面的压力山。

"绝别谷和压力山中间，隔着一个又长又深的山崖，这山崖一直开裂到五角星城那边，山崖东边的人叫这山崖为绝望崖，而山崖西边的人称这山崖为压力山崖，绝望崖西边就是金绿宝石族领地。

"金钻族金禧利当选人皇之后，不知为何，金绿宝石族长与人皇不和啦，金绿宝石族长一气之下率领族人，不再理睬人皇和钻石族了。

"此后，压力山上成立了晶睛会，这个组织特别神秘，专门承揽各种猎杀任务和汇集情报。

"晶睛会将任务首先发包到绝别谷这里招标，招募猎人完成任务或者招募猎手猎取情报并交易情报。

"绝别谷人优先承包和投标，若无人投标，或者领标后没完成任务，这项任务才会再转发到其他地方招投标。

"自从晶睛会入主压力山后，原先住在压力山上的这位压力山人，就离开了压力山。

"不知为何，这位压力山人，没有从五角星城方向绕路来到绝别谷，而是直接跳崖并经绝望崖过来。

"令人惊奇的是，他居然还能活着来到绝别谷，无人知道他是怎么过来的！

"至今，他是唯一经过绝望崖底来的而且还能活着过来的人。

"也许是为了纪念死里逃生，这位压力山人在爬上绝别谷的地方石壁上，留言刻字；之后他隐居在绝别谷，这谷口的石壁上所刻的字句就是他留下的，虽然未留下名字，但字迹和绝望崖的那个留言是一样的。

"这位压力山人是绝别谷最早一批的隐居人，是他命名这谷为绝别谷，定性绝别谷人的。

小桃红说："你怎么知道这么多的事，消息真灵通呵！"

嘈嘈说："绝别谷这里最不缺的就是情报信息和猎人，绝别谷很大，谷中有谷。"

"前方这条如蛇般蜿蜒曲折的路，将绝别谷分为东晶谷和西晶谷。

"西晶谷内有个谷叫'诡谷'，那里专门设有情报交易所和招标场呢，情报信息要么免费交换，要么付费查询，狗友们和这儿的人无聊的时候，就互相谈天说地，互相交换信息。"

小桃红好奇地问："交易多，人气就旺，看来西晶谷很热闹噢。那东晶谷那边有什么呢？是不是很冷清哦？"

嘈嘈说："绝别谷地形如同东西两条鱼，头尾互衔接，身体相缠绕。

"刚才说的'诡谷'在西晶谷的左下方，恰似西鱼的眼睛；而东晶谷的右上方还有个谷叫'瑰谷'，很像东鱼的眼睛。

"西晶谷及其'诡谷'，比起东晶谷及其'瑰谷'，的确热闹和高调。

"外界所常提的绝别谷和认识的绝别谷人，大多指的是西晶谷及其'诡谷'。

"至于东晶谷及其'瑰谷'虽然低调，但是汇聚了很多奇异石族和世外高人。

"东晶谷有八奇族和八仙晶。八奇族石已是少见难见了，但更奇罕珍稀的是八仙晶，八仙晶中的五晶都在东晶谷的'瑰谷'中，绝别谷人把这五彩瑰石定名为瑰石族，所以瑰石族人居住的这谷就叫作'瑰谷'。

"绝别谷口就南北两出口，刚才的绝别谷口，叫'南晶口'；绝别谷北出口，叫'北晶关'，实际上就是两座桥。"

小桃红合手抚心，向往地说："哇，那我一定去见识下稀世奇晶！八奇石和八仙晶，听起来就觉得好看。东晶谷，一定要到那儿一游！"

嘈嘈悄声对着小桃红和花行云说："你们的义父，卡龙，也来过东晶谷。

"汇总当时各处狗的所见所闻是，一个戴着面罩的蓝眼睛的黑衣人，从南晶口进入，径直经东晶谷，到了瑰谷，之后带领瑰石族的五大仙出南晶口。

"那次可是瑰石族的五大仙至今首次，也是唯一的一次出谷。"

小桃红疑问地说："这就确定是他吗？"

嘈嘈小声地说："瑰石族的五大仙，每个人功夫都极高，都是超一流的世外高人。其中的三仙稳居绝别谷前三，晶睛会和金绿石族都请不动瑰石族人，五大仙在绝别谷地位，简直就是无敌的存在。而那次五大仙却同时出动，跟随蓝眼睛黑衣人出谷，这黑衣人除了卡龙，还能有谁？"

小桃红说："看样子，绝别谷内的动静，都逃不过你们的耳目哦！"

嘈嘈答道："那倒不是，那次谷内晚上人很少，恰巧被各处的几个狗撞见，狗友们汇总的这个情报，立即被晶睛会买断，但晶睛会这次没有上传到情报系统里。不进入情报系统，就无法交易，就不会有当事人外的人知道，谷内的人应该也不知道这事。

"情报系统外的消息都当是谣言和传说，哪怕是真实存在过的事，恰如人走过而起的尘烟，未记录也未保存，就很快会随着雨打风吹而散失！

　　"若不是遇到你，恰好勾起我的记忆，这事儿，我都快忘了。"

　　狗仔队进入谷内，不时地遇到很多绝别谷人，浩荡的狗仔队倒是引起绝别谷人多看了几眼。

　　多看几眼的绝别谷人在想，这两个年轻人身边养的是宠物吗？还是交了一帮虎朋狗友？这狗子们狗借虎威，尤其是前面的这些凶獒酷狗，威风飒扬。

　　遇到有歹念的绝别谷人，见到这狗仔队如此浩荡的阵势，嫌烦，也就放弃图谋不轨了。

　　狗仔队一行，平安地抵达了西晶谷内的诡谷口。

第四十二章

真情相报

西晶谷内的诡谷口，一头金钱豹待在那里，见到浩荡的狗仔队就嚎叫起来。

花行云对嘈嘈说："这豹子该不会是在招呼同伴过来？"

嘈嘈呵呵一笑说："花哥，别担心，这头金钱豹是在高呼生意来了。"

"绝别谷内就八头豹子，这八头豹子可不是打仗的，都是情报交易所的，是晶睛会成员。

"豹子头儿，就是这儿的情报头子叫'多情豹'，其手下有七头豹子辅佐，谷里人称为'七情豹'，分别是：负责通报的雪豹、负责汇报的花豹、负责快报的猎豹、负责密报的黑豹、负责存报的云豹、东晶谷那边'稀薄地'的银钱豹和西晶谷这边'慨雅地'的金钱豹。"

这头金钱豹招呼狗仔队，请大家进入诡谷。

嘈嘈说："诡谷内的情报交易所和招标场都是晶睛会的场子，加上瑰谷，是绝别谷内三大安全的地方，无人放肆，我们进去无妨。"

金钱豹把狗仔队一行，引路至情报交易所门前。

只见这情报交易所依山谷而建，八层塔楼，如梯田搭倚在谷墙上，每层塔楼空间与规模，由低到高处递减。

门口立着一个大牌坊，牌坊顶上石梁的正中牌匾上，刻着四个大字：真情相报。

大牌坊两边石柱上各竖刻着一列字，左边石柱上竖刻写：有音有像有真相，右边石柱上竖刻写：有信有暴有情报。

小桃红看后惊呼："哎哟，这么有文化啊！"

金钱豹介绍说："过奖，我们这个情报交易所的名字，就叫作'真情相报'。两旁立柱的后两行字横念，也叫'真情相报'，与牌坊梁顶牌匾名字一致，寓意：顶天立地，真情相报。

"我们的情报和信息，绝大部分由晶体系统运行，信息似网，情报如络，联系交织，遍布世界，以信为本。

"系统外留音像，有证。系统内存储备，有据。"

小桃红听后调侃说："哎呀，我的天！情报所名字和你们老大的名字都起得好感性！你们老大起了个温柔的名字叫'多情豹'，手下叫'七情豹'，名字都起得好啊！赞！太动情了，就差欲望了！"

金钱豹边拍掌边说："公主殿下说得好！那就请您留下欲望，希望，愿望，在这里查询情报与信息，就是对我们最大的支持！

"所长'多情豹'和我们'七情豹'，在此向尊贵的您，提供优质的服务，每层都有一位情豹，为您开启各种情报信息，来畅达每种情感，我是第一层的金钱豹，像您这么高贵的人，怎么也得六个欲望啊！欢迎光临，请进。"

小桃红被金钱豹噎得不好意思推托，只好说："我就进去瞧瞧，看下噢。你们在外面等我一下哦。"

小桃红转身让二愣仔通知狗仔队在门口守候，自己带领闺咪、雷霆、霹雳、鼻涕蛇、口水狗、嘈嘈和花行云，进入情报交易所。

领进情报交易所内，金钱豹介绍说："我们这里为客户严格保密，上传和查询都匿名进行，并设置权限和密码控制，对系统上的情报和信息严加考证和滤选并分级，只要您有足够的财力，还有权限，就能获取梦寐以求的情报和信息！"

金钱豹问大家："来到绝别谷，在南晶口，就是南边的谷口处，你们一定看石崖上的刻字了吧，你们想知道是谁写的吗？

"这谷名就是这人起的，这人可是隔壁的，从压力山那儿横穿绝望崖底来的第一人，也是唯一。

"你们来过绝别谷，若出去后对外说不知道这题字人是谁，等于白来！现在，只要付十水晶币，就会知道他的名字！"

小桃红说："嘿嘿，一会儿，我们就去绝望崖那里观摩这人的题字去，就能看到落款留名，就知道他是谁了。"

金钱豹哈哈一笑说："绝望崖确有他的落款留名，但后来这块落款留名处，被挖成石块珍藏起来了，时间久了，就很少人知道他名字了。

"我说的话可是童叟无欺，一会你们到绝望崖，若能看到他的名字，回到我这儿，可领一百水晶币。要想知道石块珍藏地点，只须付十水晶币。"

小桃红无奈地说："既来了，就消费一下吧，我也确实想知道这个人名字。"

没等小桃红付款，嘈嘈抢先付了，冷冷地对着金钱豹说："你可真会做生意！"

金钱豹把大家引到旁边一个房间，关上门后，拿出水晶显示仪，输入查询信息后，把显示屏面向大家，一会儿，显示屏显示："绝别谷南谷口和绝壁崖的石壁题字人，即绝别谷起名人：苏本华。"

小桃红突然问金钱豹："对了，你怎么知道我是位公主，我们可没向你自我介绍过啊？"

金钱豹一拍掌，哈哈大笑地说："公主殿下问得好！不仅我们知道您是翡翠族花仙和武圣人的女儿，而且还知道旁边这位是您的哥哥，还差点在绿石林大会上夺魁。

"系统上的信息一直在传递和交流，截至目前，系统上有三位客户在悬赏追查花行云的踪迹和去向。

"信息发布后，竟没想到你们却在绝别谷门口出现，我们在谷内有很多水晶录像仪，凡是在南晶口看石崖刻字的，那肯定是谷外人。

"水晶录像仪录影后，猎豹带回来，给我们一看，和系统追查花行云的信息描述完全一致，一男一女，骑虎，还有很多宠物相伴。

"自投罗网，哦不，是大驾光临，分明是赏我们饭吃，赏金不流谷外人，天上掉钱，我们坐收，这等好事，我们发自内心感谢啊！"

小桃红好奇地说："怎么会有三位客户悬赏追查我哥？除了摩特娇，还有谁？哦，对了！还有看护内场的科斯，虽然两人都是祖母绿大族下的，但毕竟不是同族，听说摩特娇在祖母绿大族里飞扬跋扈的，科斯跟丢我哥，肯定向摩特娇不好交代了，也只好出钱追查我哥了。那第三位，会是谁呢？"

金钱豹立刻说："你们难道不想知道究竟是谁追查你们的动向吗？在我这儿，查查到底是哪三位在追查你哥？查每位客户，每条情报只须一百晶币。"

小桃红对着金钱豹，叹了口气，说："哇，你也太会做生意了，你们收完上家钱，再收下家钱，通吃啊！怪不得叫金钱豹噢，浑身上下，连名字都和钱有关，你不想富都难啊！"

金钱豹拱手笑道："托您吉言，正因为人好奇，善于发问，想知道答案，才使得信息大爆炸，情报需要交流，我们才以此为业，不再危害人类。

"信息永远是增加的。和我们交流的人会越来越多的，我们的收入会越来越多，这些都是注定的。注定的，就无聊。"

正在这时，门口进来一头黑白色相间的黑眼圈黑耳朵的大熊，双肩还背着一头灰褐色的光秃鼻子但无尾巴的酣睡小熊，径直上楼去了，留下一大一小圆滚滚的背影，憨萌可爱极了。

除了嘈嘈外，大家都没见到过这两种熊，都在仔细端详。

金钱豹向大家介绍说："黑白相间的熊叫大熊猫，我们叫他'大萌'。酣睡的小熊叫考拉树袋熊，我们叫他'小憨'。'大萌'是招标场场长'米哥'领养的，'小憨'是我们所长'多情豹'领养的。"

"他俩本来是你们义父卡龙要带到你娘家那边的孤儿院的，被'米哥'和'多情豹'看上，千方百计地留下来了。否则这珍奇的萌憨二熊，如果到了孤儿院必被贵族名门竞争领养，哪会轮到我们绝别谷！

"他俩平时就是吃睡。怕他俩无聊，两位老大就安排他俩作为场所的晶体信息系统专管员，系统很少会出现故障的，正好适合他俩瞌睡打盹。

"他俩虽为熊，却都是吃素的，真是善哉多福报啊！我们现在也向他俩学习，与人为善，以情报给人，来致富，自己多吃素，来感恩。"

小桃红喃喃自语地说："好可爱哦，下次让义父给我弄一对来！"

花行云咳嗽了一下，小桃红随即上下打量金钱豹说："人家都说你们矫健，现在看，是矫情、健谈啊！我付一百晶币，查询下悬赏追查我哥的第三位客户是谁。"

金钱豹听后愣了一下，说："公主，是哪三位客户悬赏追查你哥的行踪，我也不知道啊，前两位客户到底是不是你刚才提到的两人，我也不知道啊，您得付三百水晶币。"

小桃红无奈，在水晶付款仪上转账支付了三百水晶币。

金钱豹把大家又引到旁边一个房间，关上门后，拿出水晶显示仪，输入查询信息后，把显示屏面向大家，一会儿，显示屏显示了三条情报，追查花行云去向行踪的第一个客户：科斯；追查花行云去向行踪的第二个客户：摩特娇；追查花行云去向行踪的第三个客户：受限，未知。

小桃红对着金钱豹，嗔怒地说："有没有弄错，你别在旁边装清纯！

"过来看下这显示结果，我只想知道第三个追查我哥行踪的人，前两个追查人，我刚才就说过了，现在可好，付和没付一个样，白付了！"

金钱豹过来一看，挠挠头说："追查你哥的人都大有来头啊！一个是祖母绿族的四大高手之一，一个是粉色绿柱石族掌石人，第三条情报，仪器显示受限，说明四种可能：一开放权限有限，二查询权限有限，三权限不受限但未知，四权限不受限但追查人买断知情权而使其名字在系统中已销毁。

"公主，您可到顶层会见我们老大'多情豹'，试试查询权限够的话，是否能查出这人的名字。"

嘟嘟说："各种权限要逐级开放，是不是另行收费啊？查询权限不受限，也未必能查出结果，先退钱再说吧，是三百水晶币噢；否则就是坑人！"

金钱豹托了托下巴，说："是的，另行收费，权钱是可以交易的！

"权力和金钱能满足人知道真相的欲望。谁不想知道真相？

"知道真相是本能，是意义！但再多的权力和金钱铺就的结果，若不是人预计的那样，真相往往令人痛苦。

"有很多结果仍是未知。不确定，也许就是真相本来的样子。不确定是痛苦，确定是无聊，确定的和不确定的组成了世界。

"再怎么努力，有时候结果还是得不到，有时候结果依旧一场空。

"想开点，钱和权不是万能的！

"世界本没有坑，只是不顺罢了。人若想多了，就到处是坑！"

金钱豹拍了拍胸脯，说："毕竟显示了两条结果明确的情报，按理只退一百水晶币，但是今天看在公主殿下的面子，立即全退。"

金钱豹在水晶付款仪上操作完成了退款后，说："二层，是我家兄弟'银钱豹'的场子，那儿有很多奇珍异石的消息，你肯定更感兴趣。"

小桃红说："好吧，盛情难却，我们就到二层逛逛。"

走在两层中间，小桃红悄声对大家说："这里每层估计都是推销情报，兜售信息。我对新奇特的宝石和消息可没有抵抗力，这儿不能久留，到二层为止，禁足。雷霆和霹雳，一会儿，你们一定拉住我，不能再上了，否则你们就对我蒙眼捂嘴，绑腿捆手，架我离开噢。"

雷霆和霹雳都点头同意。

第四十三章

八奇八仙

二层的银钱豹热情地将众人引入，说："我们这儿的信息，哪里的都有，不怕不知道，就怕想不到。

"这儿，有问必有答。你们暂时没想好，没关系，可以先从本地的问起。

"唉，土特产的消息，比谷外的便宜。比如北晶关惊奇秘闻，南晶口骇人传说，西晶谷恐怖案件，东晶谷爱情故事，吸睛辣眼的都有。"

小桃红噘着嘴说："恐怖和骇人的，女孩子不宜，爱情和秘闻，倒是可以听，一会儿我们到东晶谷，你就给我讲讲那的爱情故事吧！"

银钱豹说："您太会选了，东晶谷爱情故事蕴含的信息量大，听完后，你就会对东晶谷的土著有了基本了解，就会知道绝别谷大部分的本土著名人士！只须付一千晶币。"

小桃红嘟着嘴说："哇，涨价了，比楼下的贵了十倍！怪不得这里安全，没有暴力抢了，原来你们改行转型，靠口才劫了！"

银钱豹答道："我们这儿的信息，价钱与价值是挂钩的，涨的不是价，涨的是知识，长见识。

"那边百万个为什么，便宜，都是公开信息，问一个才一水晶币。外面的，什么神族，鬼族，妖啦，怪啦，魔了，幻了，宫城内斗，江湖外争，即使再文艺，再武侠，也不如东晶谷的土著'八奇八仙'！"

银钱豹语重心长地说："书，耗费了作者生命的时光，且看且珍惜！

"情报，耗费了集者生命的时光，且买且收藏！"

小桃红说："既然要路过东晶谷，就消费一下吧，事先打听那儿的消息。"

小桃红在水晶付款仪上转账支付后，银钱豹把大家引到旁边一个房间，关上门后，对大家说："外界所说的绝别谷和认识的绝别谷人，大多指的是西晶谷。绝别谷名声在外，虽然是西晶谷传播推广的功劳，但是屹立不倒那是因为有低调的东晶谷罩着。

"东晶谷有很多的奇异石族和世外高人。东晶谷的八奇八仙，指的是隐居那里的八个奇族和八大仙晶；手持八大仙晶的八大仙可是世上超一流的高手。"

银钱豹边掰手指边说："八个奇族分别是：

"一、本地的赛黄晶族，族人身着橘色和橙色的服装，身着蜜黄色服装的人，是首领苏唯情。

"二、从西边迁来的维苏威石族，女首领衣太丽。

"三、从东边极寒地迁来的极地玉族，族人乐善好施，吃素不杀生，和平一族，首领'极地之骄'。

"四、从极北方迁来的碧芳娜石族，女首领格林兰。

"五、从极南方迁来的草莓绿柱石族，身着草莓红色服装，首领尔贝多芬。

这族一开始不为人知，连他们自己都不知道归属哪个族系，后来恰遇红色绿柱石女族长红丽经过，她确认草莓绿柱石族是绿柱石族中的新一族。

"六、不知从何而来的楣石族，首领肖逝芬。

"七、流亡而来的红色托帕石族，女首领'镜姐'，悬天圣宫冰月宫的前任女宫主雪利就是这族的。

"这族认为金钻族金禧利当选人皇后联合红宝石族排挤红色托帕石族，不满人皇，在金绿宝石族负气出走悬天圣宫的当时，也率其族人退出。

"人皇改由新锐的坦桑石族镇守冰月宫，念及此前世代都是托帕石族在看护冰月宫，让黄色托帕石族帝皇统领其他各部托帕石族人驻守在悬天圣宫下，依旧重用。红色托帕石族从那时起脱离托帕石族，'镜姐'带领雪利来此隐居。

"八、从神秘地方而来的蓝铜晶族，首领石青，定居在北晶关，那儿有二桥，进出谷内外的人，都得从桥上过。

"一个叫廊桥，在这桥上经常站着一位身着鲜艳的微蓝绿色服装的男孩子，是首领儿子美蓝。

"另外一个叫蓝桥，在这桥上经常坐着一位深蓝色眼睛的女孩子，是首领女儿蓝瞳。

"出入的单身男女，男的可走蓝桥，女的可走廊桥，没准被看上，就会是新的爱情故事。"

银钱豹再次边掰手指边说："八大仙晶及八大仙分别是：

"一、浅蓝色的硼铝石，掌石人玻尔。

"二、浅紫色的塔菲石，女掌石人美必儿。

"三、塔菲石的近亲铍镁晶石，女掌石人必美尔心。

"还有五大仙，手中的五彩瑰石太过珍稀罕见，谷内的人将拥有这些瑰石的人统一称为瑰石族，瑰石族都隐居在东晶谷中，谷内的人也就称瑰石族所在的谷为瑰谷。

"四、淡粉色的瑰粉石，女掌石人波尔加。

"五、深蓝紫色的瑰蓝石，掌石人是兄妹两人，'蓝醉狂'本泰蓝和其妹卡朋特。

"六、蓝绿色的瑰绿石，女掌石人波美尔灵。

"七、亮黑色的瑰黑石，掌石人卡尔波。

"八、葡萄红色的瑰红石，掌石人'武仙'卡斯波尔福。"

银钱豹放下手指说："东晶谷的爱情故事就和'八奇八仙'有关。"

"刚才提到的草莓绿柱石族，一开始不为人知其族的归属，后来恰遇红丽经过才得以确认是绿柱石族新成员。那日，是红丽和其女儿摩兰一起来到东晶谷的，摩兰刚在红石滩大会上夺得桂冠，那可是红色系宝石的盛会！

"在绿柱石族中独领风骚的祖母绿族的风头，竟被红色绿柱石族掌石人摩兰盖过了！摩兰自那时起至今，都是绿柱石族的第一高手！

"红丽与摩兰就和草莓绿柱石族一起欢庆相遇，同时引来了'八奇'中其他七族人前来祝贺。高兴之际，红丽就意愿草莓绿柱石族人一起，随她搬迁至祖母绿族领地，就当众问首领尔贝多芬，需要和当地哪些人打声招呼？

"其实，我们这里没人管，来去自由，草莓绿柱石族人本可立即动身离开绝别谷。但是红丽当众这么一问，却节外生枝了！

"首领尔贝多芬，多才多艺，很受八大奇族女孩子们的喜欢。

"就有个很喜欢尔贝多芬的他族女的，故意刁难说，参照西晶谷晶睛会的赎人出谷规则'来赎的人，一须出钱，二须功夫胜过或打平会内指定的高手'，钱就免了，但须胜过或打平谷内的'八仙'！

"其他各族喜欢尔贝多芬的女孩子，当然希望留住尔贝多芬，也纷纷附和。

"红丽不知八仙的厉害，以为摩兰作为绿柱石族的第一高手，携加冕红石滩大会桂冠之威，必能胜过'八仙'，就当众答应了。"

银钱豹突然问大家："你们知道故意刁难的是其他七族中的哪个族的？猜猜看！"

小桃红问道："是哪个族的啊？"

银钱豹说："想知道是哪个族的？得另行收费，不多，就一百水晶币。"

小桃红嗔怒地说："什么？听故事的钱，我都付了呀，故事还套着故事，还要另行收钱，真是套路深啊！

"还猜？我猜你这意思，不再给钱，估计就没结果了，要烂尾，是哇？

"我不差钱，差气，乱收费，太气人了！"

银钱豹立刻说："息怒，这个信息的确来之不易的，一来爱情本是隐私，旁人难以确定，是有难度的。

"二来我们特地情报分析过呢，也特别考证过了，还求证过当事人呢，有音有像，有证有据的，是费精力的。

"有付出，就该有收获，有成本，就该有对价！

"你们想想看，女人说讨厌、恨你，没准就是喜欢的意思，女人说不要啦，没准就是想要的意思，为了弄清这爱情故事，我们做了不少调查呢，确保结果真实可靠。

"为了挣钱，我们也得像人一样努力！

"谷外豹子可凭暴力抢，但谷内进行抢劫是件高危险的事，这儿的人功夫都高，可怕的是都还低调，最关键的是看不出来！很大概率遇到强人，就得被打死，因为这里没人管啊！

"我们只好老实地搜集情报，专研信息，卖点故事糊口，不容易哎。

"另外，本谷的很多信息和情报一般都不上晶体系统的，都系统下交流。这信息如果上了系统，价钱可高得吓人啦！"

小桃红听后说："看你伶牙俐齿的，说得倒挺好！你先继续讲下去，怎么也得听完整个故事，知道男主角和女主角后，回味时再看看这刁难的是哪位噢！"

银钱豹说："讲真，不是故事，是真事，这事件中只有一个女主角，男主角到结尾还未出现，其他的，都是男配角和女配角，这个女主角就是摩兰。

"谷内的男女为人都低调，无论打扮和气质都很朴实、土些，爱情上都闷骚、含蓄；而这位摩兰气质高雅，时尚靓丽，武功也高，最迷人的是很温柔，她的出现迷住了好多东晶谷的男女。"

银钱豹继续说："这故意刁难的，确实很喜欢尔贝多芬，主要是看不惯名门贵族，本想亲自上手拦住红丽，不让尔贝多芬离谷，正好听得红丽当众问，深知'八仙'特别厉害的她，也就随便说了下，没想到红丽不知深浅竟答应了。

"'八仙'都很低调，平等待人，相互之间无法指代，红丽只好带着摩兰，一路寻去比试。

"摩兰人美，功夫更高，当之无愧能在红石滩大会夺冠，胜了硼铝石的玻尔和塔菲石的美必儿，平了铍镁晶石的必美尔心。

"必美尔心与摩兰惺惺相惜，必美尔心还亲自为她带路到瑰谷。

"在瑰谷中胜了瑰粉石的波尔加，平了瑰蓝石的卡朋特，而瑰蓝石的'蓝醉狂'本泰蓝，主动换下其妹卡朋特后，围着摩兰狂舞，最后竟醉倒在摩兰的艳红色裙下。

"瑰绿石的波美尔灵与瑰黑石的卡尔波，和大家一样也都非常喜欢摩兰，热情款待她后，在比试中本可赢她，却都故意平给她，一同带她去见从未败过更未平过的瑰红石'武仙'卡斯波尔福。

"结果卡斯波尔福轻而易举地击败了她！红丽悻悻然和摩兰离开绝别谷。"

小桃红问："这就完了？爱情在哪呢？"

银钱豹答道："刚才只是简要叙事和交代人物，爱情就在刚才提到过名字的人当中，摩兰魅力太强，男女都爱她，想知道哪位的？猜猜看？付费便会知道，查询一位才一百水晶币。"

小桃红不耐烦地说："爱情天注定，不用乱操心，不猜啦。"

银钱豹接着说："一会儿，你们去东晶谷那边，可别和'八仙'交手过招，花大哥虽然在绿石林大会扬威立腕，差点夺冠，但遇到'八仙'可就麻烦了！

你们若要见识下'八仙'的某一位，最好事先查询这位的信息，知己知彼，以免盲目吃亏。"

小桃红说："这次匆匆来到谷内，问下路，初步了解，下次还会再来，到时候会具体查询的。"

银钱豹眼珠一转，说："有人正在追查花大哥师父的去向和行踪，你们想知道是谁吗？"

小桃红叹了一口气，说："当然知道了，肯定是摩感追查我哥师父的下落。"

银钱豹说："是不是您说的摩感，我也不知道，得查询后才能确认，关键是有三个追查人都在悬赏查您师父呢！"

花行云惊奇地说："还有两人也在追查我师父？"

银钱豹说："查这三位客户，每条情报须一万水晶币。共三万水晶币。"

小桃红惊叫地说："什么？比楼下的贵了一百倍？简直是打劫！"

银钱豹说："贵有贵的道理啊，这三位追查人可都是重金悬赏啊！所以反向查询这三人的查询费用也水涨船高啊！

"别人，太人性了，就算是底价批发，给你们这三条情报，也得一万。

"我呢，兽性大发，骨折价给你们，就三千。"

银钱豹见众人不语，就继续说："一般来说，重金悬赏目标的踪迹与去向的，往往同时伴着追杀或者猎捕，但这次对于花大哥的，应该是猎捕；虽非追杀，但也不能不防啊，要不查询下，心里有数最好。

"离这不远的标榜场，很可能会有猎捕花大哥的招投标会，你们也可去那探听下，同时也可在那雇用保镖。花大哥一旦雇用了晶睛会的保镖，按照行规，晶睛会的猎人就不能捕猎了。"

银钱豹见众人还是不语，就看了下霹雳后，对着雷霆说："我的报价绝对是良心价，天鹰会和狮虎会来查询情报和信息，收费再低，也是我出价的十倍！

"我们老大关照过，对你们一得看武圣人盛誉，二得给宝石王面子，三得给大萌小憨留条求亲的后路，还得麻烦公主殿下和花大哥，能给他俩相亲的机会，周游世界的时候或者平时，想方设法能给大萌小憨找个伴。

"我们两位老大那是特别宠爱大萌小憨的，情同父子。

"另外你们是贵客，肥头客，哦不，是回头客，我的人语发音不标准，见谅啊！

"以后你们肯定会常来，所以这次我们哪敢怠慢，更不敢报高价。"

小桃红听后，露出微笑，说："你说得好！我领情了，我也很喜欢大萌小憨，放心吧，我会留意的，给大萌小憨找个伴。我们还要赶路，下次过来查，这次不再上楼了，再见！"

银钱豹并不强留，拱手作别。

小桃红一行，告别金钱豹和银钱豹后，走出情报交易所，招呼狗仔队过来，会合后奔向标榜场。

第四十四章

绝望崖

前往标榜场的路上，有个亭子，亭子周边是个大平台，这大平台西侧就是悬崖峭壁，一直向北延伸，深崖的西边绵延着高山，对面的山与这边的谷之间，就是地裂山崖，深不见底，还伴着沉沉的雾气。

亭子旁边有处石壁，石壁上半部横刻着三行字，第一行两个大字：逢生；第二行三个大字：压力山，后随五个小字：思想联众山；第三行三个大字：绝望崖，后随五个小字：意念度绝崖。看起来就是：

逢生

压力山——思想联众山；

绝望崖——意念度绝崖。

石壁下半部自上而下竖刻着四个大字：压力山人。

在每个大字前，横刻着一排三个小字。看起来就是：

痛苦承——压

喜乐传——力

心意览——山

情思念——人

落款留名处的石壁那里已凹陷，显然被人挖走。

这里石壁上的字迹，果然和南晶口的一致，为同一人所写。

花行云说："这位奇人的两地留言都很有意味，我都铭记于心了，值得回味。"

小桃红说："那我们去找他聊天去，没人说他逝去，貌似还活着，应该还在谷内。"

小桃红说完，转头问嘈嘈。

嘈嘈答道："是的，没听说他逝去，他就很大可能仍隐居在谷内。既然刚才我们获知了这位奇人的名字叫苏本华，以后我让狗仔队去探寻下。"

大家观望压力山，很多狗对着深崖吠吼，久久未有崖底的回声。

狗仔队簇拥着雷霆与小桃红一行，离开绝望崖，继续赶路。

不一会儿，前面出现一座高塔。

嘈嘈介绍说："那个高塔叫'标榜塔'，下面就是标榜场。"

旁边有人搭话说："是的，前面就到标榜场啦。中午啦，过来吃饭吧，吃完午饭后再赶场吧，前面可没有饭店了。"

只见，路旁边有个饭店，饭店门口，数排桌椅，熟食和已做好的各种菜，琳琅满目，香气扑鼻。

搭话的人就是这家正在揽客的女店主。

这女店主说："我家的菜品食材丰富，各种做法都有，烧、烤、炖、炒、爆、炸、焖、煨、焗、烩、烘、焙、煲、贴、溜、涮、蒸、煮、烹、熏、煎、熬、卤、糟、腌、拌、扒。全部明码标价，辣椒尝过没？免费畅吃！很开胃的。"

小桃红眼睛一亮，说："哎哟，你的话令我大开食欲！"

小桃红招呼大家就座吃饭。

嘈嘈说："狗仔队按行规，路上都自备了各自的口粮，到目的地附近的五角星城，在当地采购返程的口粮。你们就座吃吧，我去通知狗仔队自行午餐。"

小桃红说："好吧，这座位也不多，还真不够狗仔队的。你通知后就过来，咱们一起吃哦，正好这边有两张方桌，八个位置。"

嘈嘈应允而去，安排狗仔队午餐和歇息。

小桃红和花行云、雷霆、口水狗一桌；闺咪和霹雳、鼻涕蛇一桌，并给嘈嘈留出一个位置。

小桃红看见桌上摆放着一盘青辣椒，就对花行云炫耀说："哥，你在深山老林中，肯定没见过辣椒。我云游江湖，偶然间尝过这东西。辣椒产自海外，是稀有食材，有红色的和绿色的，貌似我的红绿西瓜碧玺。辣椒最大特点是辣，辣的感觉，估计你还没感受过，会令人食欲大增。红辣椒很辣的，咱们肯定吃不惯的，但青辣椒不怎么辣的，适合咱们吃的。这里正好是青辣椒，居然还免费畅吃！"

小桃红问女店主说："这青椒，不辣？"

女店主答道："不——辣——"

小桃红招呼同样也没吃过辣椒并且口水直流的雷霆和口水狗，与花行云一起，同时品尝这青辣椒。

哪知这桌子上的青辣椒极辣，辣度堪比世界上最辣的红辣椒。

小桃红和花行云、雷霆、口水狗一同吃下去，吃后都目瞪口呆，一动不动了好一会儿，许久缓过神后，眼泪横流。

一看一个不相信，一吃一个不吱声；一头爆火太过瘾，一丝不动懵幻生！

世界上有一种痛的感觉，叫辣，辣得都说不出话来。

店主说："你们立刻点菜，多吃菜，能解辣。"

四位流着眼泪，就近立即狂吃周边的熟食和做好的饭菜，口水狗是狗吞，而雷霆则是虎咽，直到四位肚子鼓起，辣劲才消。

小桃红擦净了泪水后说："哎呀，我的天，这也太辣了，刚才都辣出幻觉了！"

花行云擦着汗说："这东西，够劲！刚才辣得我都没知觉了！"

雷霆嘟嚷着嘴说："刚才我感觉自己是霹雳鹰哥，飞到太阳中被火烧着了，错觉都出来了！"

口水狗大喘气地说："刚才差点要了我的狗命！身体如火山，想要喷发！"

小桃红缓过神来后，气呼呼地问女店主，说："我特地找你确认这青椒辣不？你说不辣，可这青椒差点辣死我们，魂都快没了，太坑人了！"

女店主委屈地说："把你们辣死，就没人付账了！对我有什么好处啊？

"你刚才问的是不辣吧？我回答的是：不，辣！

"我好心提醒过你了。周边的人都可作证，我只回答了这两个字。"

小桃红被怼得有点懵，气呼呼地说："你这答话倒挺会喘气的，直接说很辣、极辣，不就行了么！

"怪不得是免费，没人敢多吃！

"还开胃？刚才我连开膛的心都有了！

"刚在绝命崖看前人绝处逢生，转而在这儿，差点绝命呀！"

这时嘈嘈安置完狗仔队，回来就座，闺咪刚才见小桃红这桌吃了青辣椒被辣惨了，及时制止了霹雳和鼻涕蛇去品尝桌上的青辣椒。

女店主说："消消气，点下菜吧，都是明码标价的。"

小桃红撩了一下头发说："刚才乱吃一顿，忘记事先问价了，刚才吃的菜，不会乱出价吧？"

女店主说："对对对！"

小桃红辣懵后，现在有点质疑听觉，怀疑逻辑，直觉被怼了，分明是：怼怼怼！

小桃红说："确认下哈，刚才我们吃了多少？"

女店主说："喏，都在菜单里。"

小桃红接过菜单，一看，这菜单里的各种菜标价极贵，很多市面上常见的菜，这里都要贵出十倍以上，刚才流泪吃过的菜，都是菜单中很贵的菜。

小桃红大怒道："你们用辣死人的青椒免费给我们吃，辣得我们眼泪直流，看不清楚价格，来不及多想，就吃进你们故意在周边放上的贵得离谱的菜，这套路深啊！"

女店主说："这里是自由的世界，都得为自己的行为负责。

"没人逼你吃菜，吃了就得付钱。辣倒吧，那是自己不行，怪不得别人！"

小桃红气冲冲地说："你个黑店，还强词夺理！"

此话一出，狗仔队纷纷围过来。

女店主反唇相讥："啊哈，你个小娃娃，骑个虎就以为自己是百兽王了，想吃霸王餐？

"狗借虎威，仗势欺人？我黑曜石族的，还怕你？

"在下，'辣妹'罗莉，这次，你给我听清楚了。"

雷霆正要出手教训这"辣妹"罗莉，这时嘈嘈问道："你说你是黑曜石族的，族长'墨璃哥'和'火山膏'，你认识吗？"

"辣妹"罗莉哈哈一笑，说："'墨璃哥'是我爹，'火山膏'是我弟。"

嘈嘈说："这样啊，火山膏可是我身后狗仔队的好朋友，这两位经过火山膏的面馆吃面时，火山膏可是给了底价的。大家和气生财，交个朋友，好哇？"

"辣妹"罗莉暗想，火山膏既然能给底价，说明来者不凡，怪不得排场很大；另外狗仔队数量惊人，惹的话也挺烦的，既然自称是火山膏的朋友，就顺水人情，息事宁人吧。

"辣妹"罗莉又哈哈一笑说："既如此，好说好说，我也底价给，在这用餐，都是底价。还有各种辣味调料，香辣、麻辣、干辣、鲜辣、卤辣、糟辣、糊辣、椒辣、酱辣、油辣、辛辣、酸辣、咸辣、甜辣、苦辣，都是免费！"

一场风波过去，小桃红给嘈嘈这桌点菜，同时又胃口大开，品尝了不同风格和各种做法的菜肴，很是满意，底价结账，特别高兴。

其间交谈中，还得知黑曜石掌石人"魔力哥"是她哥。

餐后，狗仔队簇拥着雷霆与小桃红一行，离开饭店，直奔标榜场。

第四十五章

标榜场

　　不一会儿，大家就来到了标榜场。标榜场实际上是个大型园林。

　　这园林门口站着两头熊，一头黑熊和一头棕熊，每头熊趾高气扬，双手交叉抱胸，每个手都执一把短柄双刃斧。

　　小桃红说："这门口居然有双熊镇守，有棕有黑的，瞧这熊样，挺有气势，还有斧头加持，挺凶的噢。"

　　嘈嘈说："门口两头熊，一棕一黑，寓意有种够黑，气势汹汹，不服就被砍，不符就被削。"

　　小桃红让二愣仔通知狗仔队在场外等候，不要轻举妄动，不要惹是生非。

　　自己带领闺咪、雷霆、霹雳、鼻涕蛇、口水狗、嘈嘈和花行云进入园林内。

　　园林门口内一头小浣熊作为导游，走在前面为大家引路。

　　这园林气派非凡，是座山水园林。

　　蜿蜒潺潺的水溪，错落叠嶂的石山，弯曲折转的园路，茂盛的树林，芬芳的花草，鸟唱蝉鸣，云影飘，树影荡，交织成画卷。

　　园中还有：庭园、宅园、花园、草园、林园、果园、田园、动物园。

　　这动物园里有各种各样的猫：短毛猫、长毛猫、无毛猫、硬毛猫、卷毛猫、折耳猫、田园猫、森林猫、高原猫。

　　颜色上看主要是：白猫、黑猫、橘猫、蓝猫、金猫、银猫、花猫。

　　这时，从园林中央的高塔处传来阵阵钟声。

　　这是座八层八面体高塔，每层八角处悬挂铃铛；当塔内钟声响起时，铃铛也共鸣随响。

大家来到了塔下，塔门左右两侧各挂一竖匾，左匾：人去招投标，右匾：事来揭封榜；门上方高挂一横牌匾：以能标榜。

塔门口一头猞猁作为看守，禁止外人入内。

小浣熊向大家介绍说："这塔叫作标榜塔，是座八层八面石塔，各层八角处都悬挂铃铛，寓意八面玲珑。

"此时的钟声响起，意味着有事情发生，比如有任务要发包了或者招标，愿意承包任务或者想做事的人，可到塔下登记或投标。"

从塔门外的左侧走过来三人，一个是身着橙黄色服装的美男，一个是身着玫瑰红色服装的靓女，还有一个是身着橘红服装的可爱女孩子。

身着橙黄色服装的美男走到塔门口，高声说道："石榴石族的人到了，在下石芬达。"

小桃红脱口而出说："你就是石芬达？"

石芬达疑惑地看着小桃红，说："你好！我是石榴石族的石芬达。你是？你认识我？"

花行云拱手答道："你好！我是碧玺族的花行云，她是我的妹妹，叫花飞雪。

"在悬天圣宫下，我们受星月宫宫主千紫雅舞的嘱托，让我们代她问候你和'三石'，她说'千紫万红'很想念'三石'，'三石'有空时到'千紫万红'那儿坐坐。

"在绿石林大会上，我们遇到了石乌拉和石福来，他俩已收悉了，石乌拉说他会传达给你的，没想到在这儿恰好遇到你，正好告诉你。"

石芬达拱手答谢说："原来是千紫雅舞的朋友，太谢谢了！在这能遇见武圣人的后人，真是太荣幸了！你们见到她，告诉她，我会去她那里的。"

石芬达介绍说："这位是我妻子，紫榴石族的苏美尔，她是我们的女儿，梦美。"

小桃红拉住梦美的手说："你好可爱啊！红姐我很喜欢你噢，以后就叫你萌妹！"

梦美眨了眨萌萌的大眼睛，欢喜地说："红姐，我也喜欢你哦。"

苏美尔微笑地向花行云和小桃红致意。

此时，在标榜塔顶层，露出一猫头，向下说："石芬达旁边的是紫榴石族长苏美尔吗？石榴石族就这些人么？石乌拉来了没？"

苏美尔答道："'米哥'，好眼力！是我，苏美尔，石乌拉没来，他去参加绿石林大会了，石榴石族就这些人过来，烦请您高抬贵手，让我们赎回我族的黑松。"

这时，动物园跑过来一大群猫，都仰头冲着塔顶的米哥，叫"大博士""博士"；其他围观的人则喊"米哥"。

原来在猫群里，米哥知识渊博，很有文采，而且主持信息与情报的编辑，用词用语精准，因此被猫友们称呼为"大博士""博士"；被熊群等动物圈称呼为"博士猫"。

而在谷内的人群里，米哥主持任务的发包和招标，是招财猫，是财主，是猎手的赏金经办人，是猎手们吃上米粮的老板，因此被猎手们称呼为"米哥"。

米哥说："让黑松出来。"

从塔门外的右侧走过来三人，中间的是一位身着橘棕色服装的络腮胡男子，在络腮胡男子的两旁，一个是身着黑色服装的神情漠然的威猛大高个，一个是身着青苹果绿色服装的只露眼睛的蒙面人。

嘈嘈悄悄对小桃红和花行云说："石榴石族来此，是向晶睛会赎人的。

"晶睛会特别神秘，对成员要求极严，能从晶睛会赎出离开的，也只能是晶睛会的外籍军团成员。

"外籍军团是项目和协议制的，所以才有可能放人。若是晶睛会的全职和终身制的成员，石榴石族就别想了。

"中间的这位应该就是石榴石族的黑松，旁边的黑大个，可是外籍军团黑色系的大统领，叫班德瑞。

"传说班德瑞是被钻石族遗弃的黑钻族人，他在杀手界里名声很响的。

"杀手传说中流传这么一句话：世界黑钻两大颗，一要命，一索魂。

"他就是要命的那颗！他总是漠然，似乎从未动容！

"晶睛会的外籍军团石榴石族成员隶属于外籍军团红色系的大统领，传说这位大统领是悬天圣宫冰月宫的前任女宫主雪利，为了避嫌而回避，才由黑色系大统领班德瑞出面。

"那个蒙面人，据说是悬天圣宫雨月宫宫主帝梵稀佳，是晶睛会本部军团大统领。"

米哥高声说道："按本会规定，作为外籍军团成员如若赎出离开，一须被回赎人同意；二须付够回赎金；三须在塔下，被回赎人与回赎人共同当众发誓，若违背誓言和协议，违反竞业禁止和保密的约定，对晶睛会背信弃义，则人人都可诛之后来此领赏；四须令在场人信服，比如提出的退休或到期退役等理由让大家信服。"

米哥停顿了一下，继续说道："黑松是外籍军团成员，出身棕榴石族，现紫榴石族长苏美尔和橙榴石族掌石人石芬达过来，以石榴石族名义主张赎走黑松。那请石榴石族支付回赎金四十万水晶币。"

石芬达惊讶地说："你们的南极熊告诉我的回赎金是二十万水晶币！我答应了，为此，我们好不容易备齐了赎金，现在带来了，而你们怎能说话不算数！"

米哥长叹一声，说："我们说话一向算数，南极熊的确是要约给你，但他未归，他无法回到这里了，没带回给晶睛会有关你们答应要约的承诺。你懂的，合约未生效。

"南极熊带信给你后，顺便去家乡探亲，没想到那里处于极夜季节且远离光明世界，行凶者趁天时地利之机将其族灭了，想必是南极熊一族发现了当地行凶者有不可告人的秘密。

"这场灭族事件很大可能就是暗黑世界的某族所为；南极熊捍卫家园牺牲了，本会正在高薪招标和征集人手，在极昼季节去那里，为南极熊及其族报仇，希望那儿还有其族的幸存者，若有，也需要安置的。

"根据相关性原则，黑松本应随远征军前往，他若被你们赎回的话，现在需要你们支付回赎金四十万。你们若掏不出，还想按二十万回赎金条件执行的话，我看在南极熊的份上，也网开一面，请石榴石族的第一高手石乌拉置换黑松也可；为此，也惊动了本会的两大统领前来。"

苏美尔和石芬达听后左右为难，梦美知道这次带不走黑松了，边喊着叔叔，边哭着跑向黑松，与黑松拥抱在一起。

小桃红见状，大叫一声，说："多加的二十万，我来出！"

在场的各位顿时将目光聚焦小桃红，小桃红嘴一撇："萌妹，别哭，红姐来付，让你和你叔团圆回家。"

米哥拿出一个长筒水晶望远镜，仔细端详了小桃红。

小桃红的嘴一噘说："瞅什么啊，良家女，不是妖，用什么照妖镜！"

米哥哈哈一笑说："我用的是照耀镜。一代女侠在此诞生，太仗义了，得拍照留念，让大家记得您是武圣人之女。哎呀，真是武圣气贯天地，女儿红耀标榜，不愧是豪门一族的范儿！

"真令我心服，口服，外加佩服。"

小桃红哼了一声说："那你倒是放人啊。"

米哥："放人条件里就剩最后一个，就是令在场人信服。武圣人威名，我敬仰佩服，但标榜塔牌匾刻的字，想必你也看见了，以能标榜，这里让在场的人信服，不是名气，而是能力！

"在你旁边的帅哥，想必就是刚刚在绿石林大会上战胜石乌拉的绿碧玺掌石人花行云吧！

"不知道本会两大统领是否认可武圣人之子的能量与威力？"

顿时，黑松旁边的蒙面人，挺胸昂首，气场爆燃，显然是要挑战花行云。

黑松旁边的威猛大高个，黑钻班得瑞一晃，漠然地挡在黑松与花行云面前，稳如磐石。

正当一场恶斗一触即发之时，闺咪对着标榜塔顶层的米哥狠狠地瞪了一眼，米哥看见了，转而说："哈哈，本会两位大统领想领教下，但我刚才说了，是按二十万回赎金的情况下，而现在是四十万了，就无须两位大统领费力了。四十万回赎金的合约达成！"话落，米哥举起木槌，敲响钟声，意味此事已定，终了。

小桃红支付了二十万水晶币，石芬达拿出了二十万水晶币，付清了黑松的四十万回赎金。

而后，苏美尔作为回赎人，与黑松共同在标榜塔下当众发誓，遵守誓言和协议，黑松不再从事猎捕的行当并对有关晶睛会的事务予以保密，不得作出危害晶睛会的事。

这四位石榴石族人与花行云、小桃红兄妹一起，高兴地离开了标榜场。

苏美尔说日后会向小桃红偿还二十万回赎金，小桃红说不必了，坚信人生不仅是旅行，更是种修行，使人团圆、助人的功德，胜造这八层高塔。使人成双结对、成全他人的修为，胜过成就自己的标榜。

萌萌大眼睛的梦美与小桃红一路互动，在狗仔队中玩耍。

因为苏美尔这四位石榴石族人要从南晶口离开绝别谷，去寻找石乌拉和石福来，再到星月宫宫主千紫雅舞那里共聚，只得与小桃红一行告别。

苏美尔说石榴石族也似水晶族，跟水晶族未发现蓝水晶一样，至今也未发现蓝色石榴石，此外也都是色彩缤纷和多样，团结石榴石各族人后，将举行盛会。

现提前邀请小桃红和花行云届时出席，花行云、小桃红兄妹欣然应允。

小桃红拿出一件精美的西瓜碧玺项链赠予梦美，双方在绝别谷的大道上告别，这四位石榴石族人对小桃红千恩万谢，分别后去向南晶口。

在黑松被回赎领走后，标榜塔下的猞猁不解地问米哥，本会两位大统领明显不服，为何使这比斗戛然而止？

米哥捋了捋胡须说："知道我为什么总在塔的顶层？

"你以为只是高处风光好，实际是便于一览下面仰望的众人的眼睛。

"因为塔下众人之眼，在阳光下，能反射光芒，在高处的我就会看到。我会察觉塔楼下众人的功力强弱。

"眼睛是功力和能量的窗户和门户。

"内功的气门，一张开就知道有没有，有多强！

"除了金绿宝石族外，其他族功夫很高的人，也能练就如同猫眼效应的眼睛和晶睛之光芒，彰显功力的高深。"

猞猁说："是呀，目前能媲美猫眼的，也就是暗黑世界地域下的矽线石族蜥蜴族的蜥线眼！加上易容术、变色法，蜥蜴族三大妖法，真是横行暗黑世界，难怪暗黑之王出身蜥蜴族！"

米哥说："蜥线眼虽可同样顶级，但差些美感，灰绿色与黑绿色再美，怎能比得上金绿色！

"只有猫眼族中少数高手练就的猫眼效应，才是正宗完美的，有震撼世间之感！

　　"刚才我看到那头虎背上的猫咪，狠狠地瞪了我一下，展现的猫眼效应，达到了极致，穿透力极强，可谓完美极睛，令我意识到这猫咪，是金绿宝石族的高层，极大可能就是金绿宝石族长帝梵金碧的女儿金吉拉，猫眼掌石人。

　　"咱们晶睛会与金绿宝石族渊源很深的，金绿宝石族下的几个族都惹不起，最惹不起的就是猫眼族。

　　"你以为标榜场里唯独养猫是闹着玩的吗？

　　"叫供奉，心的供养，表达晶睛会对金绿宝石族的尊崇之意。

　　"上天给了一双慧眼，就是来识人的。

　　"你也不想想，刚才显摆自称红姐的这兄妹两位，若没本事，没人护着，没人罩着，孤男寡女的，敢行走江湖？

　　"身边的动物必是功夫高手，是其保镖，虎睛鹰眼，直闪功夫的犀利寒光，极大可能就是狮虎会和天鹰会的。

　　"那虎背上的猫咪眼睛却没有利光，但突然就暴发，平淡从容，收放自如，功夫水平显然更高，实在是高！

　　"武圣人背后的势力哪能小觑！

　　"宁可放过，哪怕错放，也不能做错。

　　"有时候，留，招祸害；舍，才有利！"

　　猞猁伸出大拇指称赞说："听老大一席话，猫窍顿开。"

　　米哥吩咐猞猁说："这下钱有了，你去征召北极熊及其族，加入远征军。"

　　猞猁领命而去。

第四十六章

镜界

小桃红一行，与石榴石族的苏美尔四人分别后，启程奔向东晶谷。

路上，遇到一个慢行的白色羊驼，旁边一个小男孩牵着它。

走近一看，这小男孩的眼睛特闪倍亮，很是可爱，这羊驼很是趣萌。

小桃红惊呼："哎哟，这个小弟弟，真是萌男哦！旁边的是什么动物啊？好可爱噢！"

小桃红立刻从虎背上跳下，和白色羊驼一起玩耍起来，与这小男孩交谈起来。

小桃红欢喜地说："小朋友，你怎么一个人啊？在外面走，太危险了，你叫我红姐好了，红姐我送你回家。

"你的眼睛很大很闪啊！我刚刚和一个大眼萌妹在这道上分别，她的眼睛很大很亮的，和你有的一比！她是石榴石族的，你是哪个族的啊？这个可爱的小动物是什么啊？"

小男孩腼腆地说："我叫卡尔斯太楔艺，是楣石族的，这个动物叫羊驼，我家就在前面。"

小桃红问道："以后我就叫你萌男，肖逝芬是你们族的首领吧？"

小男孩眨了眨大眼睛，说："咦，你认识他？他是我族的首领，也是我的舅舅。"

边走边说就到了卡尔斯太楔艺的家，一位身着褐绿色服装的眼睛炯炯有神的壮汉，率领族人迎上来。

小桃红让二愣仔通知狗仔队停止前行，在后等着，不许惊扰。

小桃红上前拱手致意说："我是翡翠族的花飞雪，他是我哥花行云，路上遇到卡尔斯太楔艺，护送他回家。"

身着褐绿色服装的壮汉说："我叫肖逝芬，欢迎到我们椆石族做客。"

肖逝芬与椆石族人都很热情，端上大碗，请小桃红一行喝奶茶。

嘈嘈提示大家，得要赶路到五角星城，小桃红一行只得动身，小桃红舍不得离开卡尔斯太楔艺和羊驼，拿出一件精美的西瓜碧玺项链，赠予卡尔斯太楔艺。肖逝芬则说："谢谢！你们要去北方，得备着毛衣防冻抗寒啊，我这儿产羊毛，我送你们些羊毛衣物。"

花行云说谢谢，但执意出钱购买。小桃红给闺咪、雷霆、霹雳、鼻涕蛇、口水狗、嘈嘈和花行云购置了全套防寒羊毛衣物，肖逝芬与椆石族人为此也很感谢小桃红一行的采购。

小桃红一行与椆石族人分别后，继续赶路。

东晶谷的道路上的行人，不如西晶谷道上人多。

一会儿，前方的路上走来一头大型动物，很似羊驼，背上骑着一位身着亮红色服装的少年男子。

小桃红脱口而出："好大的羊驼哦。"

这少年男子微笑地说："您认错了，我骑的动物，叫驼羊。"

小桃红愣了一下后，从虎背上跳下，上前仔细观察这动物，摸了摸这驼羊，说："我刚才还和羊驼玩呢，这个驼羊个大，但长相都差不多嘛。"

这少年男子哈哈大笑说："前面不远处，就是我族，那儿有很多的驼羊和少量羊驼，你可以对比区分下。"

小桃红好奇心重，说："好啊，去看下吧，这两种动物也太可爱了，我真是傻傻分不清了，是不是被萌住了，我的智力和视力貌似都弱了！"

小桃红一行都感同身受，也都想去瞧个究竟。

这少年男子自我介绍说："我是红色托帕石族的，叫苏为爱。"

小桃红拍手赞道："你的名字真靓哦，太令人铭记于心了！

"我是翡翠族的花飞雪，你叫我红姐好哩，他是我哥花行云。"

路上，苏为爱说他常在东晶谷的路上巡视，防止歹人作乱，因此东晶谷的治安要比西晶谷好，但西晶谷因为人杂而热闹，去北面的人少，一般都是南下，故东晶谷很是冷清，基本都是隐居人士。

不一会儿，前面就看到成群的驼羊。

苏为爱说，驼羊的耳朵是香蕉型的，体型都比羊驼大一圈，用来运输；而羊驼体型都较小，毛厚多，用来产毛成衣。

小桃红让二愣仔通知狗仔队停止前行，在后等着，不许惊扰。

小桃红一行上前观察，发现成群的驼羊中有零星的羊驼，苏为爱确认称是。

世间很多物，比对才分清。

小桃红问苏为爱说："你们有个首领，叫'镜姐'吧？"

苏为爱惊奇地说："咦，你怎么知道？她就在前面的镜子博物馆灵镜宫内。"

小桃红顿时兴趣盎然说："哦，镜子，女性必备，得去看看。"

苏为爱带着小桃红一行进入灵镜宫，苏为爱先进入宫内，在宫内厅堂中招呼小桃红："红姐，我们的首领'镜姐'在，她来了。"

正走过来的镜姐说："什么红姐镜姐的，红镜相逢即是姐缘，结缘嘛！"

小桃红拍手称赞镜姐说得好。

小桃红拱手说："镜姐，你好！我是翡翠族的花飞雪，他是我的哥哥，叫花行云。"

镜姐惊讶地说："原来是武圣人之后，请进！我是托帕石族的'镜姐'。"

镜姐打开宫内的各处窗户，让户外的光线入内；特地推开后面的窗户，指着后面清澈的溪水说："香花宫那边的镜水湖据说水面如镜，人在其中，天地一体。我这儿，有处镜明水清的溪水，叫明清洋，日月在此清扬，山水在此情漾，风雨在此轻扬。"

花行云看着明清洋，点头称赞说："明清洋，镜水湖，都是镜明水清！水镜！"

镜姐哈哈一笑说："你也说得好！除了这水镜在宫外，其他镜子都在宫内。"

镜姐带着小桃红一行参观灵镜宫里的各种镜子。

镜姐边走边说："宝石是世间能量的精华，通过色彩来展现，通过光芒来传递，而看光靠镜才能体会。"

灵镜宫里的镜子真是琳琅满目，有分光镜、偏光镜、滤色镜、变色镜、二色镜、反光镜、聚光镜、棱镜、透镜、反射镜、折射镜、窥镜、显微镜、放大镜、望远镜、滤光镜、减光镜、渐变镜、偏振镜、散射镜、电镜、磁镜、波色镜、射光镜、暗光镜、摄录镜、放映镜、投影镜、膜镜、弦镜等。

镜姐继续说："日月如镜照万物，光华若晶耀千秋。

"镜闪光华使人明，借镜观形，用镜照形，明镜现形，凭镜鉴形。"

小桃红问："标榜塔上的米哥说他用的是照耀镜看我的，像照妖镜似的，居然说出我的出身，有这种通灵的镜子吗？"

镜姐说："用的是望远型的透视镜，能看出人身上佩戴的宝石，辨出是哪一具体宝石，再判断出佩戴人属于哪一族。"

镜姐微笑地说："有些镜子可通灵的，我这儿有催眠镜、迷魂镜、透视镜、灵镜。

"我这儿没有光明世界所说的仙镜，却有弦镜。

"没有暗黑世界所说的魔镜，却有膜镜。"

小桃红好奇地问："这个灵镜有多灵？能知未来，能算命？"

镜姐大笑地说："我不算命，但能知运。

"这灵境是我制成的，在透视镜基础上，在中间夹进极寒之地的万年清透不化的寒冰，可看出人的气场及其身上所携的世间各类宝石！"

镜姐微笑地又说："你与身边的伙伴们正好构成七行。狗似金，鹰似木，猫似水，虎似火，蛇似土，正好和谐，所以运道会好。你如月，他若日，成七彩，所以能绚丽，定会奇行天下！"

小桃红拍手说："托你吉言。不过呢，虽然我们是双胞胎，但他绿单色，是不是他月，而我红绿双色，是不是我日？"

镜姐满脸惊疑，说："你们是双胞胎？花行云真是碧玺族的？"

小桃红挠挠头，说："哎呀，我们个头和身材确实不像双胞胎。不过我哥确实是绿碧玺掌石人，手上戴的可是代表绿碧玺掌石人身份的顶级绿碧玺！回到碧玺族，他就去系统登记，就不会有人再质疑了。"

镜姐幽然地说："他也非绿单色，他体内还有种绿色，这种绿色是向阳的，他比你当日无愧。

"宝石鉴定方法很多，化验的方法虽精确但不切实际，唯有保持宝石既有状态来鉴定才现实，通过宝石的色彩与其光及内部包裹体，也能准确辨析。

"我的镜子集世界大全，我基于这些镜子所作出的判断和感知的宝石之光，不会错。"

小桃红说："镜姐的灵镜和其他镜子，有多的话，可以卖给我吗？我很喜欢镜子，另外这些镜子有助于我旅行时采石淘宝。"

镜姐欣然同意，还特地拿出个镜子说："这个是我做的美妆镜，这镜子能使咱们美颜。

"原理简单来说，就是我们的面貌，通过镜内的多片底镜的反光反射，将我们面貌的虚像，多层叠加在表镜上的初始面貌上，使得美妆时，让我们的面貌有动态感，让我们有很多的选择，利于我们往哪个方向和部位上修整和美颜。"

小桃红一照一用，果然满意，买了两个美妆镜，将其中一个送给闺咪。

镜姐继续说："迷魂镜的原理和美妆镜有些类似，美妆镜是照自己，迷魂镜是照他人。

"光波有好多种，明光里，有的是可见光，有的是如电的强光，有的是如射线的烈光。

"暗光里，有的是人都不可见的而某些动物却能看见的光，有的是人与动物都看不到的而能被植物和菌类感知的光，有的是连生灵都感知不到而却被镜子等仪器探测到的光波。

"人的身体会发光的，而光载着人像，如遇迷魂镜会反射回去，虚像就会和人自身的实像叠加。

"光是极快的，瞬间可叠加无数次虚像。虚像作为光虽然作用在实像上很轻，但人作为实体有多种感官，叠加太多终会感到不适。

"如果反射光不是自然光，而是其他的光承载虚像加以叠加，也会让实像的这个人不适，功力越高和越敏感的人越会体会到。

"你们进入宫内，我打开了各处的窗，光线通明的时候，你们的影像与你们瞬间叠加，你们有没有感觉有些不轻松？"

花行云说："您言之有理，我感觉到了。"

小桃红摸摸头，说："我没感觉到噢，是不是我功力弱哦。"

镜姐扑哧一笑说："他的功夫可比你高太多了，你不服不行啊！

　　"人的灵魂也会发光波的，同样道理，遇到迷魂镜反射虚像，多次叠加在实像上，虚实相缠，魂魄相绕，干扰人的魂灵正常运行，就会产生迷魂的效果。"

　　镜姐继续说："人的身体是种物质载体，不仅承载着固态、液态、气态三态物质，其实还承载着电态物质。

　　"闪电是强电，而我们身体里的是弱电，身体里大部分弱电集中在脑部，就是意识，是种电脑；而身体之外也存在大量的电态物质，与我们这个类似电脑的意识交互；我们的世界如点、如膜、如弦，如一体，通过光波联动。

　　"把沙子放在皮膜上，用不同的律动相振，你会发现沙子，根据不同的律动和波动而变形；这承载沙子的皮膜，还会因为琴弦的波动而振。

　　"这沙子如同这世界的点，这膜如同世界的面，通过弦的不同律动，成就不同的灵魂。

　　"沙子如人，一沙一世界，一人一灵魂。

　　"这是我通过镜子研究光波，得出的感悟。

　　"膜镜和弦镜是真的，魔镜和仙镜是假的，是对膜镜和弦镜的误解和夸张。"

　　花行云说："镜姐的境界高！

　　"我和我师父也时常在思考，实像与虚影都是真，不是假的，也不是空的，所以我们的世界是虚实结合的。"

　　镜姐指着最远处整个墙壁都是镜子的大镜子，怅然地说："那个镜子叫屏镜。探究头顶上的天空，最令人痴迷，最令人伤神。我始终在想，如果这个宇宙有尽头，那就会有个无法逾越的屏障，不管是凹凸，还是什么形状，很大可能是个镜面，就好比这房间是个宇宙，房间的尽头是个屏镜。

　　"这个镜面要么将光反射，要么就将光留下，这镜面吸积聚合了所有想离开这个宇宙而意图到尽头之外的另外宇宙的本宇宙光芒。

　　"光承载了过去的记录，但留下的光波只能被刻载和编码在这个镜面上，成为这个宇宙过去的存在的一个记录。

　　"这个宇宙中的万事万物终会成光，波动到这个镜面终会结束，转化为一个记录和编码而达到永恒。

　　"在镜面这个层面上讲，无因无果，是永恒。这个镜面上的记录和编码，若能通过光波投影回去或被激发投影至宇宙中的别处，受投影的那些点就会重组成这个记录和编码所记载的事物与生灵及其灵魂，因这个宇宙是由点和膜及弦，律动而成一体。

"这个投影过程是有因果关系的。因果决定了逻辑，过去不能重来，不能改变，但可重现；未来不能经历，但可预见！

"这个宇宙终究是有限的，有终极屏障的，那么生命的诞生、似曾相识、预感、预知未来等神秘灵异难解的，就都可解释了。

"宝石和生灵都藏着来自宇宙尽头镜面的编码和记录，只是被限制和锁定了。

"我们解码得越多，就会发挥出更多的能量，就如同晶体和人有时开窍进而产生了惊人的能量和奇异的功能。

"这个宇宙之外另有很多的未知宇宙，每两个宇宙通过一个镜面相隔，我们这个宇宙尽头的镜面背后就是另外的宇宙的尽头，背后的镜面同理刻载和编码着背后的那个宇宙各种存在的记录。

"这些宇宙的尽头，难以逾越的屏障，阻挡的是光，有屏障就意味着某种波动或律动可以在屏障两端的宇宙之间通过。

"每个宇宙就如同每个气泡，宇宙尽头的屏障如同泡壁。

"每个宇宙之间可以通过某种波动或律动来交流，因为除了光能承载和记录信息外，波也能。"

花行云说："镜姐所感，对我关于世界和宇宙的思考，太有启发了！"

小桃红挠挠头说："我的天，太烧脑了，还是烧钱买宝石，烧钱买镜子好！"

镜姐泯然一笑说："你太可爱了！宝石和镜子都可明心，心如明镜则灵。

"你对镜笑，镜像会笑，你对镜哭，镜影会哭；你要灵，若有心，心如镜，镜会灵。

"光界光间的镜灵，石界石间的晶灵，世界世间的精灵，在三界之间通灵，通过宇宙的屏镜和境界可以做到。"

小桃红叹口气说："镜姐的见识太高了，知命感运，就是通灵！

"你能提前带着族人和雪利离开悬天圣宫，避开了暗黑世界偷袭的劫难，令我好生羡慕，我父却没能，唉！"

镜姐解释道："对光的研究，能知命感运，若改命造运，得靠对波的掌握！

"你父和你义父，对波的掌握已很深了，已达到了改命造运的水平，你父若为自己，本可存活，他是为了光明世界改命造运而牺牲的，所以是圣人！

"我族当时脱离悬天圣宫，并非是我能预见那场劫难，而是我的世界观与人皇不同。

"很多人，本心也是好意，都想统一世界，减少纷争，加强秩序，提高效率，推广公正，给众生带来自由。

"不仅是人皇，还有曾经少女的我也想当女皇，都想统一世界。

"后来对宇宙的探索和对光的研究多了，我就改变了当初的想法，认为世界本就不统一的，即使认知的世界可以统一，世界之外也还有未知的世界。

"宇宙之间和我们的这个宇宙内，都有着众多难以逾越的屏障，自然而成，本质如此，唯有交流。

"光明世界中的各族、暗黑世界、其他已知世界、未知的世界，很难统一。

"人皇是个有作为的人，而我是无为的托帕石族人，无法帮他，腾位离开是我自愿，并非人皇迫使。"

小桃红和花行云同时脱口而出说："原来如此。"

小桃红欢心地采购了很多镜子，除了两个美妆镜，又买了迷魂镜、灵镜、聚光镜、窥镜、显微镜、放大镜、望远镜、电镜、磁镜、波色镜、摄录镜、投影镜、膜镜和弦镜。

采购完毕，小桃红一行，与镜姐和苏为爱告别，继续往北行路。

第四十七章

雪中衣燃

小桃红一行前行不久，发现路边有很多身着草莓红色服装的人，突然意识到已来到了草莓绿柱石族的聚居区。

小桃红让二愣仔通知狗仔队停止前行，在道上等着，不许惊扰。

小桃红率领囷咪、雷霆、霹雳、鼻涕蛇、口水狗、嘈嘈和花行云，前去拜访草莓绿柱石族首领尔贝多芬。

被告知，首领尔贝多芬前几日受圣使神差的邀请，早已离开绝别谷，去参加圣使神差组织的音乐会了。

小桃红一行，只得继续赶路。

不久，突然下起了大雪，大家都感到兴奋，雪中作乐，很是惬意。

不知不觉就到了东晶谷内的瑰谷，此时瑰谷已是茫茫雪海，难寻人迹房踪，只得沿着大路前行。

小桃红扼腕叹息，本想见识下闻名的瑰石族五位世外高人和五大仙晶，因大雪使得愿望落空。

走出瑰谷没多久，大雪就停了。

狗仔队以为雪中无人，就在道两旁的雪地上尽情地奔跑和自在地玩耍。

狗仔队扬起的雪，撒溅了道旁边的一个女孩子。

这个女孩子训斥道："这些是谁家的狗？怎么不管好，到处撒野，狗不教，主之过！"

狗仔队纷纷冲她嗷嗷地叫唤。

这个女孩子见群狗围聚，还冲其嗷叫，勃然大怒，脱下外套，卷成鞭状，边抽打群狗，边开路要离开。

群狗围着她边吼边泼雪回应。

小桃红正要制止狗仔队时，这女孩子不知怎的，竟能一甩，将鞭状的卷衣燃着，挥打群狗。

松狮犬和金毛猎犬等几个狗身上的毛被燃着了，就地翻滚，恰好地上有厚雪可灭火，否则会被烧坏的。

这下惹怒了群狗，这火衣女孩见势不妙，又脱下外衣，一挥竟燃，将燃烧的外衣，铺在她的周边。

地上的雪在烧，似油在燃，奇怪的是燃烧的外衣并未成为灰烬，燃烧的持续性很长，她用燃烧的鞭状卷衣，不停击打近身的群狗。

小桃红对花行云说："哥，快去制止，这女孩太火爆了，面对烧烤，狗友们会疯的！"

花行云快速上前，喝退群狗，对这火衣女孩连忙致歉。

此时这女孩的外衣与外套上的火刚熄灭，这女孩身形单薄，瑟瑟发抖，花行云见状，脱下刚才买的羊驼毛外套，给这女孩披上。

花行云问这女孩："你家离这儿远么？我护送你安全回家。"

这女孩见防身的燃衣已灭，忌惮群狗的报复和尾随，就点头答应了。

小桃红让二愣仔通知狗仔队在此等候，不许乱动，留下嘈嘈看住狗仔队。

小桃红和闺咪、雷霆、霹雳、鼻涕蛇、口水狗，尾随花行云。

不一会儿，就到了这女孩子的家，一群人簇拥着一位女首领快步前来。

女孩这才对旁边的花行云说："我是维苏威石族的，叫苏霍依，前面中间正赶过来的是我娘衣太丽。"

花行云对着苏霍依说："我是碧玺族的花行云，后面的女孩子是我的妹妹，叫花飞雪。"

衣太丽看到苏霍依和花行云并行，披着羊驼毛外套，苏霍依手提着自己的燃烧过的外衣外套，就知道苏霍依出事了，大声质问出了什么事。

花行云上前拱手说："我是碧玺族的花行云。刚才雪地里，我的狗友们冒犯了苏霍依，惹得她燃衣自卫，我特别抱歉，特地护送她过来，并向你们致以衷心的歉意。"

衣太丽边整理苏霍依的内外服装，边端详着花行云。

衣太丽见苏霍依无恙，才说："你们好！我是维苏威石族的衣太丽，请进屋休息下吧。"

一进房间，尽是琳琅满目的衣装，小桃红脱口而出："哇！好多的衣服，好好看哦！"

衣太丽微然一笑："我族自古以来就是设计和制作衣装的，以衣装为业。若喜欢的话，你们就拿去几件。"

苏霍依脱下羊驼毛外套还给花行云，随手穿上旁边衣架上的外衣和外套。

小桃红对着苏霍依说："你可真是标准的模特呦，穿什么衣服都合身好看！"

苏霍依听后特别高兴，拉住小桃红选衣服去了。

小桃红选了好多衣服，同时给花行云挑了几件，也让闺咪自选了几件。

之后，小桃红要结账付费，苏霍依说不收，小桃红说就当是刚才雪中衣损的赔偿费。

苏霍依说这能立燃的火衣是用来防身的，是她故意为之，非狗的损坏，无须赔偿。

这火衣是用特制衣服面料制成，内含易燃物，脱下同时摩擦衣内面料即燃，这火能燃很长时间的，谷内的人送她绰号"炫燃火衣"。

小桃红和花行云谢过，与衣太丽和"炫燃火衣"苏霍依告别，同时小桃红拿出一件精美的西瓜碧玺项链，赠予苏霍依。

此时又飘起了雪。

雪花带着晶莹，落入每个人的心间。

雪花飞舞，如思绪荡漾，炫动人间心，燃起雪中情。

第四十八章

唯情唯孝

小桃红一行雪中行，傍晚来到了一个村落。

村落中有人见有外人和狗群要进村，就报告给村落中的首领，首领是位身着蜜黄色服装的中年壮汉，立即在村口拭目以待。

花行云上前问询说："我们兄妹二人和一些小伙伴们路过这里，请问里面是否有经营食宿的地方？我们想歇息下。"

这位中年壮汉说："我们村里没有经营食宿的，你们若不介意，就到我家食宿吧。"

花行云谢过，小桃红一行，就来到了这位中年壮汉的家中。

这位中年壮汉把狗仔队安排在一大间温暖的外屋内歇息，将花行云和小桃红及闺咪、雷霆、霹雳、鼻涕蛇、口水狗、嘈嘈，带入内房就餐。

这位中年壮汉说："我是赛黄晶族的，叫苏唯情。我娘正在做晚餐，再让我娘加做几个热菜，正好大家一起吃。"

花行云说："我是碧玺族的，叫花行云，她是我妹妹，叫花飞雪。麻烦你们了，你看这餐收费多少，住宿一晚需要多少？"

苏唯情立刻摆手说："我们村不收费的，也没人经营食宿，谷外的人很少来这食宿。因为我们这离北晶关很近，北面来的人，入谷入关前，一般都会在五角星城食宿。南面来的人，通常都会在西晶谷那边食宿。东晶谷的人都不经营食宿的。"

小桃红说："怪不得西晶谷那边，什么什么都收费，还乱收，经营的气息太重，太商业化了；还是东晶谷这边好，民风淳朴！确实在东晶谷的这一路上，没看见经营食宿的。"

苏唯情说："我家做的菜没外面的好吃，我娘年老有些健忘，最近她味觉也不太好了，饭菜味道若不适口，请你们多包涵啊，但且放心，食材新鲜卫生，因为食材都是我弄的。

"她在场的时候，请你们一定要吃，一定要说好吃。"

小桃红说："这个，一定照办，我们谢你还来不及呢！只要不是辣，什么味都不忌口！"小桃红被西晶谷午餐时的青辣椒，辣得刻骨铭心。

苏唯情说："外面雪大，你们吃完晚饭，在我这儿住一晚，明出北晶关，就到五角星城了。"

花行云谢过。

这时，一位老大娘端盘进来，盘上有四个水杯，这位老大娘说："大家，请喝青瓜奶茶。"

苏唯情向大家介绍说她是自己母亲。

小桃红刚才挑选衣服，和苏霍依聊时装，谈得很是投机，这会儿，口干舌燥，说了声谢，拿了一杯一饮而尽；花行云也说了声谢，拿了一杯喝了一大口。

小桃红本以为青瓜汁会有清新的感觉，哪知喝的不是青瓜汁而是苦瓜汁，而且还没稀释；拌入的不是鲜奶，而是热过的奶酪液。

小桃红暗叫不好，苦得闭上了眼，心想："午餐时被辣得索魂，而这晚餐，却苦得要命，这分明是苦瓜汁嘛！"

花行云也喉咙上下动了下，苦得差点闭上眼！

老大娘慈祥地问："青瓜奶茶还可以吧？"

小桃红睁开眼说："好喝，青瓜清新，令人耳目一新！"

花行云喉咙上下又动了下，说："嗯，回味无穷！"

苏唯情见状，知道出了岔子，立刻拿了一杯喝下去，眼睛一亮地说："哎呀妈呀！太好喝了！"

随即飞速地拿走盘中剩下的一杯，也一饮而尽，这一快如闪电的拿杯动作，彰显了苏唯情有很高的功夫。

老大娘开心地笑了，突然鼻子闻到了杯中的臭味，疑惑地问："哪来的臭气？"

苏唯情马上接口说："是屁，天地正气！是我刚放的。娘，你快到厨房拿些葡萄汁来给客人们喝，饭前开胃！"

老大娘对着苏唯情埋怨地说："你呀！"转身去厨房了。

老大娘离开后，苏唯情说："抱歉了，我娘肯定是把苦瓜当青瓜了，热奶酪当成鲜奶搅拌了！"

小桃红向苏唯情竖起大拇指，缓缓地说："我们有苦，难咽难言，而你，挺能吃苦，还能解说，佩服！"

苏唯情黯然地说："我娘的饭菜，我能适应。她得老年健忘症前，做的饭菜，那是很好吃的。她得病后，常忘记很多，常失忆，常健忘，但没忘记做饭菜给我吃，总问我好不好吃。

"她即使会忘记世界，也还会记得我！

"对生我育我者，唯有感恩！

"天下饭菜，唯有父母做的饭菜，不能辜负！

"父母给子女的都是好的！

"即使饭菜坏了，也不是父母的本心，做子女的，也得欣然接受，况且即使坏的，又吃不死人，得吃下去！

"浪费父母的饭菜，可耻！

"世界很大，但在她的眼中，却只有我。

"人一生很短，作为子女的，本想和她一起去外面的世界看看，但她得了健忘症，也日益老了，还是安享晚年吧。

"若有来生，再与之共游！她在，我不远行。

"她在，再苦也得吃！"

这时，老大娘端盘进来，盘上有四个水杯，老大娘说："大家，请喝葡萄汁。"

小桃红和花行云都听得感动，见老大娘进来请大家喝，立刻都拿杯喝了一大口。

小桃红本以为葡萄汁会有甜的感觉，哪知喝的不是葡萄汁而是葡萄酒醋，而且还没稀释。

小桃红酸得闭上了眼，忍不住眼泪直流。

午餐是被辣得来不及哭，泪崩而飞；这会，内心感动，加上喝的真是酸醋！泪溢而流。

花行云喉咙上下动了下，酸得差点闭上眼！

老大娘关切地说："孩子，你怎么流泪啦？"

小桃红睁开眼说："我在妈身边，没吃过苦！出门在外很久了，想妈啦！"

苏唯情见状，知道又出了岔子，立刻拿了一杯喝下去，眼睛一闪地说："哎呀妈呀！真好喝！"

随即再次飞速地拿走盘中剩下的一杯，依旧一饮而尽，淡定自然，旁若无事。

花行云暗想，以后她一睁开眼就马上说的话，可得注意了，很大可能不是真话；也许这次，她是迫于无奈，睁开眼，说假话！

老大娘摸了摸小桃红的头，夸赞地说："这孩子，好有孝心噢！"

苏唯情马上接口说："娘，我们一起到厨房，把做好的饭菜拿来吧。"

话落，苏唯情拉上老大娘，进入厨房拿菜去了。

有了苏唯情把关，上来的菜没有串味。

大家每吃一份饭菜，都赞不绝口，老大娘被哄得开心满怀，合不拢嘴，苏唯情也很高兴。

晚餐后，大家都安睡了一晚。

第二天早上，不等老大娘做早餐，小桃红一行，就与苏唯情告别。

小桃红拿出一件精美的西瓜碧玺手链交给花行云，花行云秒懂，将其赠予苏唯情。

苏唯情拿出一大袋子洗净的青瓜，放在虎背上，让大家路上解渴。

双方挥手告别后，小桃红对花行云说："苏唯情有颗赛黄金的心，使我特别感动。"

花行云点头说："唯情唯孝！"

第四十九章

牵连

小桃红一行雪中行，走了不多时，就来到了北晶关。

果然那儿有二桥，小桃红见桥下有几个摊位在卖早餐，就让二愣仔通知狗仔队停止前行，在后等着，不许惊扰。

小桃红率领围咪、雷霆、霹雳、鼻涕蛇、口水狗、嘈嘈和花行云，来到桥下，买了些早餐，边吃边看二桥周边的自然风光。

桥下面是深不见底的深渊，建桥相连，方便两边往来，这两桥间距十四米。

朝阳下，二桥上开始有些人气了，人来人往了。

这时一座桥上，一位身着鲜艳的微蓝绿色服装的男子，在桥上来回踱步，时而锻炼身体。

另一座桥上，一位深蓝色眼睛的女孩子，在桥上散步后，倚坐在桥栏处，晒太阳。

小桃红碰了碰花行云说："哥，桥上有状况啦，你看，那个男孩子应该是美蓝，那个女孩子，咦，眼睛蓝的，她应该是蓝瞳。走，我们一起去访问。"

小桃红和花行云走上蓝桥，小桃红上前问询倚坐桥栏处深蓝色眼睛的女孩子："你好！请问你叫蓝瞳吗？"

这深蓝色眼睛的女孩子愣住了，惊奇地说："我是蓝瞳，你是？"

小桃红说："有缘相会，叫我红姐，好哩。"

蓝瞳问："红姐，你好！你怎么知道我的名字？"

小桃红说："你经常在此等候，就有人告诉我了。恰好我今天出关，正好来看你。放心吧，我敢说，这次我来见你，下次就是你的命中人前来见你！"

蓝瞳羞臊地说："红姐！"

小桃红说："对面桥上那蓝装的男孩子是你哥吧？"

蓝瞳点头称是。此时，对面桥上的蓝装男孩子看过来。

小桃红招招手，放大声音说："你好！我是翡翠族的花飞雪，叫我红姐，好哩。"

对面桥上的蓝装男孩子拱手致意说："你好！红姐，我是蓝铜晶族的美蓝。"

小桃红："我觉得你们族，出入都成双的，很精灵的；我认识的一个族，也很喜欢结对的，很灵精的；我今天出关，回到玉族后，就把这个族的帅哥美女介绍给你们，呵呵。"

美蓝笑着说："多谢红姐！"

小桃红在桥上招呼狗仔队和大家过桥。小桃红一行与美蓝和蓝瞳告别后，花行云好奇地问："你准备介绍的是哪个族啊？"

小桃红说："哥，你也认识的，孔雀石族呗！族长和掌石人都单身，和桥上这两人般配，门当户对，回去撮合，来个开门红。"

花行云微笑地说："这个，合适，可以。"

小桃红说："小时候，我参加别人的婚礼，感觉很美好。

"介绍婚配，乐和美事，积德好事，得多做！"

出了绝别谷，雷霆开始载着小桃红、闺咪、鼻涕蛇、口水狗和嘈嘈奔行，霹雳则滑翔而飞，花行云则跑步健身，而狗仔队紧随奔跑。

天地之间，云雪之中，放纵自我，自由行，自在跑。

小桃红一行来到了五角星城下，城外有个月形的人工湖，月湖中有几个小礁石露出湖面，这湖水表面四处漂散着极微薄的冰片，湖水清澈。

狗仔队一拥而上，到湖边饮水。

哪知突遭冰片和冰沙袭击，大家定睛一看，只见一位身着七彩衣服的少女，在一个小礁石上，用脚不断踢飞湖上的冰片，袭向狗仔队。

狗仔队无法跳过去，奈何不得她，只能躲闪和嚎叫；而这七彩少女很是得意，跳舞弄姿，大声地说："此城是我家，此湖是我开，狗儿不能喝！"

花行云见到这雪中的月湖，倒和凌云顶的净水潭雪景很相似，顿时兴致盎然，上前来到湖上，施展"水上漂"的轻功，如履薄冰，走得自然如陆上行。

这七彩少女见状，决意与花行云较量下，施展"蜻蜓点水"的轻功，双足轻点了几片薄冰，飘游迎向花行云。

快接近花行云时，倒立在湖上，手指尖点着冰片，双腿一字步平展而平行湖面，身体自旋，双腿交替踢向花行云，意图用"蜻蜓脚"功夫，将花行云踢倒。

花行云怎会下重手对待一个女孩子，在这七彩少女旁边游走。

这少女见踢不到，只得停止"蜻蜓脚"功夫，正立湖上，双脚点水，如跳舞般泛起圈圈涟漪，脱下鲜黄色薄如蝉翼的纱衣，舞动缠向花行云，花行云则闪躲如同伴舞。

这七彩少女见未缠住花行云，就将这鲜黄色的蝉衣抛向花行云，这弃掉的蝉衣，犹如磁力附体般缠向花行云。

这七彩少女又脱下干邑粉色的蝉衣，同时舞动缠向花行云，意图双纱，绞缠花行云。

花行云避闪干邑粉色的蝉衣袭击，左臂缠卷住鲜黄色的蝉衣，右手快速捆住鲜黄色的蝉衣，绑在左臂上，免受其纠缠。

这七彩少女见招未遂，又脱下姜黄色的蝉衣，左手将这姜黄色的蝉衣，抛向花行云，右手将干邑粉色的蝉衣，抛向花行云，弃掉的双衣，犹如磁力附体再次缠向花行云，左右同时纠缠。

这七彩少女又脱下猕猴桃绿色的蝉衣，同时舞动，从中间缠向花行云，意图三衣缠住花行云。

花行云避闪猕猴桃绿色的蝉衣袭击，身体倒立翻上，左臂缠卷住干邑粉色的蝉衣，右臂缠卷住姜黄色的蝉衣，右手快速捆住干邑粉色的蝉衣，绑在左臂上，左手快速捆住姜黄色的蝉衣，绑在右臂上，免受这两件蝉衣的纠缠。

湖畔上的众人目瞪口呆，都暗想，湖上这脱衣舞女，身上的彩衣邪门，可真能脱，究竟还要脱几件来炫，拭目以待！

这七彩少女气爆了，最后脱衣三连，接连脱下覆盆子粉色、深香槟金色、灰绿色的三件蝉衣，连同猕猴桃绿色的蝉衣，同时分别抛击和纠缠花行云的双手与双脚。

这七彩少女上身仅剩一件鲜黄色、干邑粉色、姜黄色、猕猴桃绿色、覆盆子粉色、深香槟金色、灰绿色七色的丝绸肚兜，罩住肚胸，皙白的后背尽露，下身仅剩一件同样七色的丝绸中裤，很是性感；这少女身体横飞，双脚冲向花行云身体中间，先砸后蹬，连踢带踹，暴力来袭！

花行云暗叫不好，也将身体横起，躲开这少女的中路重袭和来缠双脚的蝉衣。

两人横飞的身体错过之时，双目相视，对眼而过。

花行云左手使出"遮天摘星术"功夫，右手使出"擒龙手"功夫，迅速将来缠双手的蝉衣收绑在手上，翻身使出"雷迪恩形罩"功夫，如同同心状的方形气场，罩住刚才缠向双脚的蝉衣，同时再次左手使出"遮天摘星术"功夫，右手使出"擒龙手"功夫，故技重施将来缠双脚的蝉衣收绑在手上。

这少女落在湖上冰片上，回望花行云，发现花行云已将四件蝉衣收在手上，气得说了声："真是变态！"话落，转身就跑。

花行云心想冰天雪地，这女孩子身形单薄，只剩一件衣裤，怕要冻坏，得把手上这么多件蝉衣，还给这少女，就追了去。

这少女吓坏了，边奔向五角星城，边喊："快来人啊，快放箭射他！"

花行云边追，边说："你别怕，我是来还衣的，你先穿好衣服，再跑啊！"

这少女停下来，转身说："你拿我衣服，愣着干吗？快给我，讨厌！"

花行云双手撑起七件蝉衣，快递至这少女面前，这少女倒是胆大不怯，一件一件整装穿好。

这少女穿好衣服后，气消了，看着花行云问："你是哪个族的，居然有这么变态的功夫？"

花行云回答："我是碧玺族的，叫花行云，刚才让你受惊了，抱歉。"

这少女说："我是苏丹石族的，叫齐彩，我这个衣服比较有特点，城里人称'七彩蝉衣'。"

这时，小桃红已来到两人身边，搭话说："嗯，形象！衣炫，人也靓噢！你好！我是花行云的妹妹，叫花飞雪。"

齐彩说："你好！你们想进城，是吧？我带你们入城吧。"

花行云说："非常感谢啊！"

齐彩带领小桃红一行，来到了五角星城的东南门。

门卫都认识齐彩，开门放行。

第五十章

五角星城

小桃红一行，进入城内，只见五角星城非常热闹与繁华，各地商人往来云集，富人及其随从成群结队。

此时，城外进来的一大群狗和一只大老虎很是吸睛，引得很多人的瞩目。

路人纷纷说："这骑虎的女娃，旁边怎么有这么多的狗啊！还不重样呢！"

"排场不小呦！"

"这么多的狗当随从，这是显摆太有钱了，还是养不起人，就换狗来充排场啊！"

街道旁边一个土豪，浑身是金，突然目不转睛好奇地问小桃红："你这腰扎的皮带好好看，真皮吗？蛇皮嘛！"

小桃红想也不想地回答："嗯呐，真皮的。"

这土豪嘴里嘟囔说："真的就卖给我。来，开个价！"说话同时，伸出手来想摸下确认。

小桃红背后幽幽的传来一呵："那是我窈窕的身体，不卖的噢。"

原来是鼻涕蛇伸头呵斥。鼻涕蛇说完话，阖上了刚刚睁开的怒视、鄙视加藐视的蛇睛。

这土豪被吓了一跳，浑身一哆嗦，没想到这真皮腰带会动，原来是真蛇。

真是：真蛇腰绕，震慑妖娆！

花行云问齐彩："请问城里哪里方便我们和这帮狗友们住宿一晚，能推荐下么？免得我们和城里人互扰。"

齐彩不屑地说："推荐？你，狗多多，我，房多多！我可是公主，有的是空房，就住我那吧。"

小桃红惊讶地说："你真是这儿的公主啊！那你刚才怎么一个人在城外的湖边玩，也不带个侍从，万一遇到坏人，多危险啊！"

齐彩说："我不仅是苏丹石族公主，还是苏丹石掌石人呢。

"五角星城这儿没人敢惹我，也就绝别谷过来的才敢惹我！我家里来客人啦，我就溜出来，逛街看雪景。"

不知不觉，齐彩带领大家来到了五角星城中央的八角星堡，齐彩指了一下这座八角星堡，说："这是我家，我家里有很多的兄弟姐妹，都住在这里。"

大家一看这八角星堡，气势恢宏，金碧辉煌。

城堡八个角，分别位于正北、东北、正东、东南、正南、西南、正西、西北八个方向，各自矗立着一座四层高如笔尖的尖形圆塔。

八角向城堡中心逐步隆起，在八角星堡中央耸立着一座八层高如笔尖的尖形粗圆塔，中央粗圆塔柱下联结四个圆形穹顶罩盖。

齐彩说："我先进去找个宫殿给你们安排下噢，你们先在门口稍作休息哦。"

大家就在门口仰观八角星堡和观览墙壁的浮雕。

齐彩进入城堡后，就遇到一群姐妹在聊天。

一个姐姐说："你们知道父王在宫中，正在接待的贵客是谁吗？"

好几个姐妹纷纷问："是谁啊？快说呀。"

这个姐姐说："是金色绿柱石族的阳之光和红色绿柱石族的摩兰！"

一个妹妹问："真的是摩兰来了吗？摩兰和咱们可是一起玩过好几次的哦。"

这个姐姐说："我的眼睛怎会看错？摩兰的洋气，令人过目难忘，当然是她，还有我的偶像阳之光！"

另一个妹妹问："哎哟喂，这洋气中充满了土气的芬芳，她为何来这啊？"

这个姐姐答："受红丽之托，为了摩感和摩特娇，领着两族大批高手来捉拿绿碧玺族的花行云，通知咱们留意骑虎的一对男女，女孩是武圣人之女，胸前有个猫咪，背后有个大鹰。发现后无须咱们族人动手，通报摩兰，由摩兰捉拿，避免咱们族得罪碧玺族。"

另一个姐姐说："摩兰不仅武艺领袖群雄，在红石滩大会上折桂，而且文艺领秀群芳。"

又一个姐姐说:"她可温柔得要命呵,男女都会被揉死的那种,这次这个花行云肯定栽在她手上,我要有她那该死的魅力,该多好啊!"

齐彩听到这群姐妹的聊天后大吃一惊,心想:姐妹们说得不假,这个摩兰和自己及堡中姐妹们都一起玩过数次,人美且各方面还非常优秀,最关键是特温柔,对男人极具杀伤力!我好不容易遇到一个中意的男儿,大庭广众之下刚领进城里,还未过门,就要被摩兰捉走,等于丢了自己脸面。

齐彩立刻返回,把小桃红拉到角落里,急切地说:"哎呀,不好了,大红人摩兰来这啦,还有金色和红色绿柱石族两族高手已在堡内,要捉花行云。居然来抢我的男人,你们快跑吧!"

小桃红一听愣了,心想:这公主,不仅洒脱,还真敢表白,我哥怎么就成了她的男人了?难道现在世面上的好男人都得靠抢吗?都来抢我哥干什么啊?我哥这么受欢迎啊!这世道外面女孩凶悍的好多哦,越是漂亮的越是霸道。摩兰的名头竟然把这公主吓成这样,这齐彩公主和摩特娇倒是有得一拼,一个敢脱,一个敢亲,一个敢放,一个敢追,一个敢说,一个敢打。我哥涉世不深,可别被她们缠上吃亏,我得好好护住我哥。

小桃红听后集合大家立刻原路返行,齐彩带头至五角星城的东南门口。

这时门口处,出现一帮人。

这帮人身着孔雀绿色服装,簇拥着一位女首领。

齐彩不认识这帮人,误以为是绿柱石族人,吓了一跳。

小桃红一看,认得是孔雀石族人,那位女首领正是孔雀石族女族长雀石灵,旁边还有一位身着孔雀蓝色服装的男子,就是孔雀石掌石人雀石神。

小桃红蹦跳地迎过去,与雀石灵打招呼,双方都为绿宝顶后再次相遇而倍感欢欣。

交谈得知,孔雀石族女族长雀石灵接受苏丹石族族长邀请,作为苏丹石族在八角星堡主办的一场盛会主持人,率领参加绿宝顶大会的孔雀石族人,访问五角星城。盛会结束后在城内四处采购游逛,正准备离开五角星城原路返回玉族领地。其中在绿宝顶时一起娱乐的孔雀石族中的雀氏四喜"澎湃江湖",则离开绿宝顶后,受邀南下云游去了。

闺咪提醒小桃红得出城，小桃红就以经绝别谷这条近道回玉族领地特别省时省力为由，说服了雀石灵和雀石神，带领孔雀石族人，一同前往北晶关。

　　齐彩在东南门口指示门卫放行。

　　齐彩依依不舍地看着花行云众人出了城门，突然奔跑过去，来到了花行云身边，对花行云说："你匆匆来此，又突然离开，送你颗七彩石，作为这儿的纪念吧！"

　　花行云收下齐彩递来的七彩石，一时不知如何回复。

　　齐彩转身跑进城内，花行云则一脸呆望。

　　小桃红看着齐彩的背影，喃喃自语："若回眸，必是爱！"

　　话音刚落，齐彩在城门口转身，回首望行云。

　　如果有如果，

　　结果不结果？

　　总有些过客，在生命里闪光，出现又离开，带来欢喜，带来伤悲。

第五十一章

铜雀之交

夕阳下，北晶关，蓝铜晶，倚栏杆；

双桥上，有缘人，孔雀石，会结缘。

狗仔队领路，将众人带至北晶关的双桥下。

两桥边，一边是身着蓝装的蓝铜晶族人，一边是身着绿服的孔雀石族人。

两边人都对对面的人好奇，两边顿时静无声。

小桃红跳到雷霆的头上，高喊："我，红姐，又回来了！见红姐要有喜！"

狗仔队嗷嗷起哄，纷纷附和。

蓝铜晶族人和孔雀石族人，顿时都开怀大笑。大家都把小桃红当成开心果了。

小桃红跳下来，对着孔雀石女族长雀石灵和掌石人雀石神说："过了这关，回家就快了！如何通关？唯有交流。"

小桃红一手推着雀石神，指向蓝桥说："去那座桥，桥上那个蓝眼睛靓妹子，叫蓝瞳！"

小桃红一手拉着雀石灵，指向廊桥说："去那座桥，桥上那个蓝衣帅哥，叫美蓝！"

雀石神与蓝瞳，雀石灵与美蓝，两对在桥上，都相谈甚欢，用时甚长。

小桃红左瞧瞧，右看看，转身对狗仔们说："今天本来是要在五角星城大吃一顿的，没想到进城有变，就回来了，辛苦了各位。你们刚才表现很好，起哄鼓噪，狗造人气，现在咱们就去吃饭，我来犒赏大家。嘘，你们动作轻点，别惊动人家。"

小桃红拉着花行云，带着伙伴们，领着狗仔们，悄悄地到周边餐馆就餐。

餐中，闺咪问小桃红："谷南有摩特娇，谷北有摩兰，接下来我们怎么办？"

小桃红："我们在椆石族那儿买了保暖服，走极寒稀薄地回香花宫，极寒稀薄地虽然令人胆寒，但毕竟是玉族的领地。"

小桃红："哦，狗友们没保暖服，去那要受冻的，由嘈嘈带领，护送孔雀石族，往南回到玉族领地。到了那，狗仔队就在那儿先住着，等我回到香花宫，就会派人把狗仔队接过来会合。"

小桃红："噢，我这儿有几块很好的水晶，至少值二十万水晶币，嘈嘈你拿去用，作为狗仔队费用吧。"

小桃红说完，从背后拿出个包，从包中掏出几块很好的水晶交给了嘈嘈。

小桃红和狗仔队吃完后，补给好旅途上所需的食物，发现雀石神与蓝瞳，雀石灵与美蓝，还在桥上交谈。

二愣仔问："红姐，这两对还在聊呐，天都黑了！您看狗仔队是否再嚎下？"

小桃红："别，别，你叫狗友们，去周边，把蜡烛都拿出来点燃，狗手一个。也分给所有人，人手一个。"

天已黑，却有烛光闪，映衬双桥。

一边是孔雀石族人持着燃烛摇，一边是蓝铜晶族人持着燃烛晃，还有一边是群狗们持着燃烛闪。

雀石神与蓝瞳，雀石灵与美蓝，这两对看见烛光后，都羞涩地下桥。

这时北晶关最高处还传来一下钟声。

小桃红又跳到雷霆的头上，拉着花行云，对着雀石神与蓝瞳、雀石灵与美蓝大呼："我们，红绿双喜，成群；你们，蓝绿双吉，结对。烛夜钟情！"

这正是：

蓝铜孔雀二石桥，魂牵梦萦一生好。

姻缘爱情烛点燃，古今中外咏相传。

初出成两对，到处牵姻缘，从小当红姐，长大成红娘。

此后，小桃红行走江湖，游历天下，探宝各地，牵线搭桥，撮合促成了很多对姻缘，令后人景仰，在各族中有着很高的人气、很好的人缘、很广的人脉。

各族人欢快地簇拥着双桥恋人，各归本族后，都到北晶关内歇息去了。

闺咪问嘈嘈："这儿最高处刚才怎么响了一下钟声？"

嘈嘈回答："是这里的暗号，每次五角星城方向来人，北晶关最高处钟声就响一下，提醒这儿的人。"

闺咪脱口而出说："难道是摩兰来了？"

嘈嘈说："不用担心，你们先在关外那边藏着，若真是摩兰来了，这么晚了，摩兰这帮人不可能再赶回五角星城，肯定会在桥两边住店歇息一晚。

"你们悄然离开这儿往北，看到五角星城后就折向东，会看到一条小路通往极寒稀薄地。

"一会如果有变，我和狗仔队会缠住摩兰这帮人的。

"明早，我和狗仔队护送孔雀石族一路向南，即使摩兰敢进谷内追上了，也会发现你们不在队中，而此时你们已在极寒稀薄地了。

"如果来人不是摩兰这帮人，你们再现身入关歇息一晚，明早再去极寒稀薄地。

"一旦进入极寒稀薄地后，必须尽快找到乐冰城，传说那里都是巨冰筑成的城堡，有生灵居住，以冰雪为乐，只有到达那里，才有希望活下去。"

小桃红同意了嘈嘈的安排。

口水狗拉拉恋恋不舍地告别了嘈嘈。

小桃红和花行云与闺咪、雷霆、霹雳、鼻涕蛇、口水狗，一起动身藏在关外远处的树林中。

不久，一队人马抵达北晶关。

为首一男一女各骑匹白马，身后各领一色队伍。

为首的骑着白马的男子，身着亮黄色服装，是金色绿柱石族族长阳之光，身后率领一列都身着亮黄色服装的男兵队伍。

为首的骑着白马的女子，身着艳红色连衣裙，正是红色绿柱石掌石人摩兰，身后率领一列都身着艳红色服装的女兵队伍。

这队人马近至桥前，阳之光叫停，对摩兰悄声说："情报说花行云随着孔雀石族的人离开了五角星城，现在到了北晶关。对面桥下、谷内有很多孔雀石族的人，估计花行云也在其中，但天色已晚，现在动手不便，天亮再去捉拿吧。

该能捉到，总会捉到，他若即刻往南跑，就随他吧，毕竟摩特娇她们已到南晶口谷外了，让她们亲自面对也好。"

"凡事尽力而为，不必强求。"

摩兰随声："嗯。"看着谷内，她默然静立。

阳之光看着摩兰黯然神伤的样子，叹了口气说："我知道你和红丽，当年闯谷过关，差点就把谷内咱们族人和尔贝多芬带出来。你在咱们族中特别出色出彩，人红招怨，外族女的对你提防设障，分明是嫉妒。你别太在意，顺其自然。"

摩兰附和："是。"看着桥下，她楚楚动人。

阳之光说："一会儿，我们就不过桥啦，就在桥这边几家店歇息，住上一晚，明早过桥去，他若在，我们就捉，他若跑了，我们就回，仍住在这谷外几天，封关，等候摩感和红丽的下一步指示。"

摩兰应允："好。"

树林中，小桃红低声说："那白马红衣肯定是摩兰呐，她身材真好！连衣裙好漂亮噢。"闺咪赞同。

花行云望着楚楚动人的摩兰，暗想："果然如传说般的温柔！以后我和她会再见吗？一见就打？难以出手！"

阳之光与摩兰带领族人在关外桥北入店歇息时，小桃红和花行云与闺咪、雷霆、霹雳、鼻涕蛇、口水狗，趁机从树林中出来，奔北而去，到五角星城后折向东，寻到嘈嘈说到的小路，来到了极寒稀薄地。

通往极寒稀薄地，只有一条路，路上几乎没有进入的脚步，更无出来的足迹。

小桃红问："这是什么路？"

雷霆说："不归路！"

小桃红说："好，上路！"

第四卷

冰玉奇缘

第五十二章

冷冻吓人

小桃红一行来到了极寒稀薄地界。

在五角星城与极寒稀薄地交界的道上竖立着一块木牌子，上写着：不走正道，死！

小桃红看后嘟囔着嘴说："这是恶意威胁，还是善意提醒？"

闺咪说："应该是良言相劝。这人迹罕至的寒冷地方，恶人都不会来的，恶人更没空刻个木牌子吓人吧，若不走正道时间长了，估计不是冻死就是饿死。这道上至少还有人吧，人道才有出路。"

小桃红点头认同。大家沿着这道越往里走，越往东行，就越感到寒冷。不久，大家都穿上了在绝别谷内购买的防寒服。

这防寒服，都是鲜艳靓丽的红色或绿色，衣服材料间充有毛绒。穿上后几乎是滚圆厚重如熊般。

小桃红夸赞防寒服说："冰天雪地的，穿着就是要鲜艳夺目，以红绿为主，红绿正是本家颜色。呵呵，蓝白黑嘛，都是常见色调，不引人注目，万一出事，不好找。椆石族人做的衣服，太给暖了。"

虽有防寒服护体，但荒郊野岭，冰天雪地，千山风凛冽，万水冰凌裂，北风夹杂着冰雪刺脸刮肤，小桃红一行，受不了。

前方道边北处有一个院落，是四间石房围成的四合院。

这院子入口处屋檐下各有绳子吊块木牌子，左牌子刻着：迷途应返；右牌子刻着：险路当回。

小桃红一行立刻进入，这院落无人，已废弃，还有些木柴。

大家燃起木柴，围聚取暖。

此时院子北门北风大作，北门檐梁上的冰溜子纷纷掉落，如刺如箭插入地上。

西门卷进碎小的冰片，如刀片削来。

东门吹雪而来，雪花飞舞。

唯有刚进的南门两块木牌子在风中旋晃，一会看到"返"，一会出现"回"。

大家立刻四处关门，不一会儿，风停。

地上炊烟袅袅，天上云烟缥缈。

小桃红说："大家四处找下有没有能吃的、能烧的哦。"

小桃红和花行云作伴在四合院周边旷野上小跑暖身。

闺咪和口水狗为伍，在远山深林里找到了干枯的木材，雷霆望见，发出吼啸："我来搬。"

霹雳一直在上空盘旋眺望四处。

鼻涕蛇则在四合院内外周边转绕。

大家都很放松。屋外放松过后，大家重聚在火堆边取暖。

这正是：风萧萧，雪飘飘，山遥遥，云纱纱，心逍逍，物寥寥，火烤烤，烟袅袅，猫喵喵，狗嗷嗷，虎啸啸，鹰眺眺，蛇绕绕，人跑跑。

小桃红嚷嚷地说："怪不得歪魔邪道也不敢来这，到这也得冻倒。早知这么酷冷，还不如回去啦，我哥不说出克雷子的下落，也就是被美女们围殴、被打几顿呗。我呢，顶多被威逼利诱，她们还能把我们怎么样？到时候我们肯定会被赎出去的。暖和后，我们再往前走看看，还是没有人烟的话，就回去了。"

闺咪说："这儿是世界的冷极，人迹罕至，生灵都怕冻死，魔冥两族至今也都不敢从这走啊。"

花行云好奇地问："那金族呢？大家对金族了解多少啊？"

小桃红对着口水狗和鼻涕蛇说："就你俩去过金族那里，就你俩了解金族，金族对大家来说太陌生了！"

小桃红对着鼻涕蛇说："你从来不讲荧金族那边的事，为什么？今天立刻交代说下。"

鼻涕蛇委屈地说："不是我不想说，是荧金族的事太吓人！"

大家都好奇，催促鼻涕蛇快讲。

鼻涕蛇说："金族在地下很深的地方，一般不参与石族的事。金族由矿金族、贵金族、荧金族、稀金族四族组成。吓人的是荧金族和稀金族。

"荧金族中有个被称为'铯姐'的，包括荧金族内部，没有谁敢见'铯姐'，因为世间'铯姐'最毒！大概只有荧金族内部被称为'铋哥'的，见过'铯姐'，敢会'铯姐'。

"毒界里'铯姐'最毒！见铯一面，九死一生！鬼见愁，六亲不认，因为几乎一见就死。眼睛瞪一下，射出的毒光都能杀死人噢。见后能活已属幸运，即使活下来也剩半条命，寿命减半。

"看个半死，吓个半死，基本就是个死！没有人敢找'铯姐'报仇！寻仇？只有寻死，找死！

"'铯姐'若在地表上打个大喷嚏，地表上一半人都得死去。

"其实'铯姐'心不毒，只是'铯姐'自身体质极毒。"

小桃红嘟嘟嘴，好奇地问："那'铯姐'若来地表，人类不就灭绝了么！那个'铋哥'为什么敢会'铯姐'？"

鼻涕蛇说："一物克一物！这个'铋哥'自身体质不惧任何毒染，不受各种毒侵，所以不怕毒。

"这'铋哥'不仅体质不怕毒，还有个绝技惊人！"

雷霆好奇地问："什么绝技啊？"

鼻涕蛇说："就是绝！

"这独门绝技就是能把万物隔绝的技能。"

"'铋哥'有各种的专门罩。隔绝作用的屏蔽罩、绝缘罩啊，专门用途的遮光罩、整流罩啊，防护用途的眼罩、口罩、头罩、衣罩啊。

"'铋哥'专门为'铯姐'定制了很多罩，'铯姐'被包裹，'铯姐'周围恰好也在'铋哥'掌控之中，有很多层层隔绝物质罩住。毒呀，波啊，光啦，都会被'铋哥'隔绝。有这位大哥罩着'铯姐'，外面才有太平！不罩着可不行啊！

"有'铋哥'在，各大灭绝，都是不存在的，世界中'铋哥'最绝！"

"谁敢惹'铯姐'？谁能惹'铋哥'？

　　"传说中的'铯姐''铋哥'难得一见，没人想见。

　　"荧金族里可交往的是人称'钨光锑亮'的灵物，被荧金族称为'钨妹''锑弟'，外表不仅光滑，而且闪亮，内在善良，即使在黑暗中一样闪亮一样迷人。

　　"我就是'锑弟'爱徒。'钨妹''锑弟'善于交往，在荧金族中很有声望的。"

　　大家都听呆了。

　　口水狗听得口水直滴，滴到小桃红脖颈上，小桃红突地大叫："哎呀，谁？"

第五十三章

八金为贵

大家一惊，小桃红发现是口水狗的口水，才舒了一口气。

小桃红批评口水狗："冰冻天的，听鼻涕蛇讲吓人传说，脖子被不明物体一凉，没被传说吓到，倒被你口水惊到了！"

小桃红疑惑地问口水狗："你流口水，是饿了么，还是吓到了？"

口水狗不好意思地说："是吓的，我在贵金族那里留学时，也听过荧金族'铈姐'吓人的传说！

"我是黄金族长黄赞金咏的爱徒，后来有一次黄赞金咏要带上我去拜访荧金族，我都吓瘫了，死活不去。

"稀金族的传说也很骇人的。毕竟稀金族各个在世间都太过珍稀奇异，各个身怀绝技，技能都难以想象、迥异且神秘，如果见到稀金族，尤其是金族圣使铁云空这个金大圣，更要当心被带走，如果见到，口水都来不及流，肯定被吓晕了。"

小桃红安慰口水狗说："大冷天的，大家别再听吓人的荧金族和稀金族的事了。你说说贵金族的动人传说吧。"

口水狗咽了咽口水后说："嗯，还是多说些贵金族的事。金族对于石族是中立的，但其四族毕竟有地域和渊源之分，比较来说，矿金族近向魔族，贵金族亲向人族，荧金族倾向冥族，稀金族却见不到影儿，也许是好向天石族。

"贵金族细分为八大金族，分别是：黄金族、白银族、铂族、钯族、铱族、铑族、钌族、锇族。

"对于贵金族，可以一句概括：铂钯双魅铱容行，大铑一钌锇独行；黄赞金咏白银行。"

霹雳好奇地问："怎么讲啊？"

口水狗解释说："谁都喜铂金；谁都欢钯金。"

"铂金和钯金具有完美曲线，适宜定型订制，如意成愿。

"现任铂族族长和钯族族长恰好是对双胞胎，很难区分，就一起称为'铂钯双魅'。

"铱族奇异，能反射和记忆出所见的人与物，能一模一样地展现出所见的人与物的外貌，是金族中的易容术大师。

"铱族更厉害的是，融合其他金属，成变形合金，不仅有固态的，还能成液态的，经化妆后能展现成为其所见到的各种各样的人与物！

"而矿金族是只能组合其他金属，仅为固态变形合金，虽然同矿合体后威力倍增刚猛，或者异矿合体后威力相乘暴增，但终不如铱族的液态变形合金变化多端、游刃有余。"

小桃红拍手，打断地叫了下："哇，变形合金能合体，好厉害！那咱们的晶族也来个合晶，估计也很威猛。"

闺咪附和地说："是的，武圣人就是将本族各色碧玺合体后形成合晶，发挥出来击溃了强敌。"

小桃红和花行云听后感伤了。

闺咪见状，立刻说："传说合晶能发挥极大威藏，红姐收藏的晶石种类最多了，如果能聚成合晶，威力绝对天下第一，重现远古宝晶风范。"

小桃红听后点了点头说："深得我心。我一直想把小时候听到的这个传说实现，让大家的这个梦想成真！众晶合体，威力无比！"

花行云说："我曾听师父说过金晶合体，无与伦比！但这说法可能不被大家认可。"

小桃红听后鼓掌叫好："说得好！既然有合金，还有合晶，那合体的金晶就可以有，说不定远古宝晶就是个大金晶呢！"

小桃红又对口水狗说："你继续说贵金族的事吧。"

口水狗继续说："铑族族长是整个贵金族族长，神秘大佬，极少露面。

"钌族博学善修。金族内有心理问题的，求助钌族，往往都能被诊断出结果、治愈。有解决不了的或打不过对手的，钌族会直接使出一了百了的本领来个同归于尽！直接了断、了结！谁想惹？

"锇族独来独往，看淡生死，看不顺眼就干，话不投机就斗，大概遇到铑族、钌族之外的，都敢斗，谁愿惹？

"还是黄金横行世界，谁都爱！受人爱戴！黄金族长黄赞金咏，德高望重，威望高。

"还有白银通行天下，谁都宠！受人推崇！白银族长白银行，平易近人，声望大。"

小桃红突地大叫："哎哟！"

鼻涕蛇问："什么情况？"

小桃红说："不知不觉天黑了，山丘那边怎么冒绿光？"

大家立刻奔出四合院，跑上山丘，想看下究竟。

跨上山丘，只见山丘那边的天空下，芒状、弧状、带状、幕状、片状、射状等多种极光，飘浮游行，多为绿色，有的极光绿色光焰，忽然转红色，倏然变蓝色，飘然呈彩色。

极光、日光、月光、星光，汇成星河，狂野苍穹，涌动绮彩光华，辉洒绚目，炫丽闪靓，耀心荡魂。

大家躺在山丘厚雪的地上，舒展开来，拥抱雪地，拥抱极光，恍然成光。

忘记了忧愁，忘记了痛苦，忘记了无聊，忘记了意义，忘记了时间，忘记了情爱，忘记了自己，也忘记了生死，升华为光入宇。

第五十四章

冰城

大家都被极光陶醉了，霹雳突然说："怎么远方的地面上也有极光？看似闪光的城镇。"

大家立刻眺望，果然是座彩光焕发的城镇。

雷霆载着大家一路向着此城狂奔。

此城虽小，但气派非凡。

整个城都是大冰块筑成。

很多冰块中存放着油，供灯芯长燃，冰块内部贴有透亮的彩膜，如此而成多彩夺目的冰灯！美轮美奂的城景！

小桃红记得"必须尽快找到乐冰城才能活下去"的嘈嘈叮嘱，高兴地拍手说："哈！乐冰城好美！太好了！"

冰城里都是木屋，城内堆放着各种木材，冰城门口正上方是大冰块制成的门匾，刻字：瀚而滨。

一老者从冰城里迎出，说道："这里是冰城瀚而滨，远方的客人来此不易啊，请到里面歇息吧。你们叫我黄花梨，好哩。"

大家随着黄花梨进入了一间外筑冰墙、内由大木撑嵌的冰堡，冰堡门口正上方是大冰块制成的门匾，刻字：瀚堡。

这瀚堡里很暖和，不一会儿，食物纷纷上来了，丰盛满目。

小桃红问黄花梨："这么多食物，老人家您看收多少钱啊？"

黄花梨笑着说："我这，不收钱，真的不要钱。收了钱也没地方花，也没人要，这里人不多，周边也没人。你们尝尝，吃得惯么？"

黄花梨介绍说："这个是绿豆粉做的绿豆糕，这个是红豆沙做的红豆饼，这个是红枣泥做的枣泥糕，这个是椰蓉丝做的椰蓉饼；这个是酥脆的炒黄豆，可先尝下开胃。这个是刚蒸好的粘豆包，里面是红豆沙馅的。"

大家狼吞虎咽，吃得香喷喷的。

小桃红吃噎着了，问黄花梨有解渴的东西么。

黄花梨端出一大木盆，里面是冷水泡着的黑褐色的梨，说："这叫冻梨，泡软后吃了有动力，会更加开胃的。"

大家看着黑冻梨，有点疑愕。

小桃红不管那么多，拿起来就咬了几口。之后，突然仰天停住。

大家一惊，以为又和绝别谷中吃辣一样出了事。

小桃红缓过劲儿后，大赞地说："这冻梨咬后水灵灵的，味道爽口甘甜、清神爽胃、沁人心脾。"

大家听后也都各拿一个冻梨咬起来，尝后纷纷叫好。

黄花梨又端出一大木盆，里面是冷水泡着的冻柿子、冻苹果、冻沙果等冻水果，大家尝后叫好不断。

之后又上来酸菜炖冻豆腐等热菜。

大家吃后有点舌燥，黄花梨又拿出冰棍、冰糕、冰沙、上裱奶油花下铺冰淇淋的冰点等冰制品和奶酪、冻奶、奶茶等奶制品。

大家吃喝得很开心之际，花行云突然问："这个冻冻，是什么啊？"

小桃红和伙伴们定睛一看，是个墨绿色的蛋形冻，通透的冻冻里面有个黑团，也都不知道是什么。

黄花梨慢悠悠地上前解说："这个是剥掉蛋壳后的冻冻，叫雪花蛋。胶质状的冻冻是蛋清，冻冻中有很多雪花，冻里面是蛋黄，故此得名。"

黄花梨用小刀把这个雪花蛋切开成花瓣状，立现深绿色的糖心淌状的蛋黄。

黄花梨说："你们第一次直接吃雪花蛋，肯定不适应。你们把它蘸着酱油或者伴着嫩豆腐吃，就容易适应。"

说完，黄花梨又端上来两个木碗，一个盛着褐红色的酱油，一个装着白色的嫩豆腐。

除了小桃红外，大家照着黄花梨说的吃法，吃下雪花蛋后都感觉滑溜劲弹。

黄花梨说："我们这儿，因为气候，新鲜的蔬菜不多，这里常吃豆制品，黄豆做成豆酱，豆酱再酿制成酱油；黄豆做成豆腐，豆腐再冷冻成冻豆腐。

"当城里的食物缺乏时，我们就让城外的灰熊们驮运城内的木材去五角星城外的周边集市上交换回所需的食材。五角星城贸易往来世界，各种物资还是很多的。

"吃完雪花蛋，你们品尝下酸瓜来消化下。"

大家吃了酸瓜，都赞爽口。

随后，黄花梨端出一个大拼盘，由五个银盘拼合，每个银盘上各插着一朵花，分别是红花、白花、黄花、蓝花、绿花，每个银盘里都是片肉。

黄花梨说："开胃后，你们品尝下各色肉吧！"

黄花梨指着插着红花银盘中的肉说："这些是红肉，就是食荤的哺乳动物的肉。"

黄花梨指着插着白花银盘中的肉说："这些是白肉，就是食素的哺乳动物的肉。"

黄花梨指着插着黄花银盘中的肉说："这些是黄肉，就是食荤的非哺乳动物的肉。"

黄花梨指着插着蓝花银盘中的肉说："这些是蓝肉，就是不食荤的非哺乳动物的肉。"

黄花梨指着插着绿花银盘中的肉说："这些是绿肉，实际不是动物的肉，其实是菌肉。"

介绍完后，黄花梨端出一个装着炭火的方形铁盒，盒上横搭着数根铁条架，黄花梨又端出一个装着数十根木签和五个木夹子的方形铁板，黄花梨左手用木夹子夹起红花银盘中的一片肉，右手用一根木签串起，形成肉串，放在铁条架上烧烤。

黄花梨不时地撒上调味料粉，有各种姜粉、蒜粉、葱粉、孜然粉、肉桂粉、丁香粉、大茴香粉、小茴香粉、花椒粉、黑胡椒粉、白胡椒粉、芝麻粉、花生粉、桂皮粉、陈皮粉、肉蔻粉、香叶粉、红辣椒粉共十八香粉。

黄花梨把方形铁板放在炭火正旺的方形铁盒上，用木夹子夹起红花银盘中的肉片放在铁板烧。

黄花梨不时地洒上调味油汁，有各种酱油汁、藤椒油汁、花椒油汁、辣椒油汁、豆油汁、橄榄油汁、花生油汁、芝麻油汁、玉米油汁、椰子油汁、葵花籽油汁、山茶油汁、柠檬汁和各种醋汁共十四油汁。

黄花梨对着小桃红说："你不吃荤，那就多吃点蔬菜吧！"

黄花梨端出一个蔬菜大拼盘，由六个木盘拼合，每个木盘里分别是蓝茄子、白土豆、红地瓜、黄玉米、绿韭菜。

大家也一起动手照做，一起烧烤。

之后，黄花梨端出一个底部装着炭火的圆形砂锅，用木夹子夹起白花银盘中的肉片放进砂锅中炖煮。

再后，黄花梨端出一个底部装着炭火的圆形铜锅，用木夹子夹起黄花银盘中的肉片放入热气蒸腾的火锅中涮肉。

随后，黄花梨端出一个底部装着炭火的圆形陶罐，用木夹子夹起蓝花银盘中的肉片放进陶罐中煲煨，合上盖子。

最后，黄花梨端出一个有盖的青花瓷碗给小桃红，说里面就是绿花银盘中的菌肉泡着红茶水，已浸泡十日了，现在可以喝了，多喝红茶菌水，能美容养颜！

小桃红喝了好几口红茶菌水，大赞真好喝！

大家吃得特开心。

小桃红随手掏出一颗上佳的黄绿色的橄榄石给黄花梨说："老人家，我们吃了您这么丰盛的食物，您也不收钱，这个请您收下，就当谢您呐，烦劳您帮我们安排下住宿噢。"

黄花梨说："这颗可是很好的橄榄石哦，犹如今晚的极光，我很喜欢，那我就收下了噢。"

黄花梨欣喜地收下后，出屋安排住宿去了。

闺咪说："这老人家倒也直爽，能一眼就说出这是颗橄榄石，说明他非等闲之辈。"

花行云赞同说："一会儿，多请教、多问下这老人家当地的状况、前行的路况、周边的情况。没当地人的指引，确实难行。"

小桃红吃饱了，就走到屋外散步消化，忽然指着户外一串串的食物，让大家过来。

黄花梨走过来，笑着说："这些叫冰糖葫芦，把热糖浆裹着山楂、草莓、黑枣、红枣、橘子、香蕉等水果，用木签串起来，冷冻后吃起来甜脆、爽口、消食。"

大家纷纷品尝，都叹脆爽。

在户外，矗立着一个巨大长方形透亮冰块，这大冰块后面已被磨砂不透光。这巨型冰块前，并排放着大块的水晶球、聚光镜等。人经过，即刻被投影到巨型冰块上，放大且清晰，视觉观感效果强大！

大家纷纷走秀、展现，乐在其中。

尽兴后，大家因白天的奔波和疲惫就入住黄花梨安排好的木屋，温馨入睡。

深夜，山岭上、森林里，不时传来阵阵狼嚎。

早晨，大家起来后，来到了户外，发现城外有很多大型冰场和冰滑梯。

城内有几个人乘坐着底座镶铁条的木板，从高处的冰墙上或冰坡上滑下，滑行至很远处方才停下。大家也纷纷借用底座镶铁条的木板，从高处的冰墙上滑下，很快活！

黄花梨带着一年轻人走到冰场，向大家介绍说："看到你们喜欢冰上活动，我把城内冰上运动高手带来了，你们叫他'超音速'，好哩。"

超音速带来一批长条木板和长条木枝，除了鼻涕蛇没穿上，因为蛇天生自由行。

大家脚穿上长条木板系紧后，超音速说："我来教你们滑雪。滑雪技巧简要来说，双脚与肩同宽，膝盖前曲，行走时滑雪板依次抬起、落下进行移动，同时两臂用力将手上的滑雪杖向后撑，停时脚慢慢将滑雪板尾部向外推开，呈内八形减速。"

大家照着超音速的说法滑雪，兴高采烈！

超音速说这是双板滑雪，还有单板滑雪也可玩的。

这次，鼻涕蛇和大家一起套上长条木板后单板滑雪，居然一路遥遥领先，成了领头蛇！

超音速告诉大家是蛇比其他各位天生重心低，风阻小，加上蛇比其他各位的脚在用力把握和微调处理上更加优越，综合因素所致。

超音速又找来一批底座镶钢刀的木鞋板，除了鼻涕蛇没穿上，因为蛇天生自来滑。

大家脚穿上木鞋板系紧后，超音速说："再教下你们滑冰。滑冰技巧简单地讲，屈膝，身体重心下沉，落在两脚上，之后单足蹬冰，同时重心落在另一脚上，交替滑行，双脚呈外八形。"

大家依着超音速的讲法滑冰，意犹未尽！

鼻涕蛇为了参与，自创单刀滑冰，单刀赴场，与单个冰刀融为一体，一刀斩获冠军！

大家都没想到蛇在滑冰滑雪上，天生具有优势。

大家乐此不疲，欢心运动。

超音速见状，从冰场上翻出一堆一头是曲刃的长条木杆和一个圆木片，指向最大的冰场上的两个大木门，告诉大家可组队一起玩冰球，在约定好的时间内，一方把这个圆木片射进对方的木门中，次数多的队获胜。

这边，小桃红一行组成雷霆队，由雷霆守门，花行云单人突前作前锋，闺咪、小桃红、霹雳、鼻涕蛇、口水狗五位都作为后卫。鼻涕蛇则用嘴把住木柄来挥杆。

那边，超音速顺手拉上城里的年轻人组成超音速队，超音速单人突前作前锋。

雷霆队初出茅庐打得不错，花行云进球很多，但没想到超音速滑行速度奇快，超过音速，左闪右晃，谁也防不住他，超音速凭一己之力赢得了比赛。

小桃红一行认识到了超音速的名号并非浪得虚名，原来如此而得。

赛后，超音速来到小桃红一行面前，从怀中掏出两个相同的黄铜陀螺，手上亮出两根相同的拴绳鞭的木棍，在地上用脚划了个圆圈，说："这个叫冰陀螺，用绳鞭抽起来自行旋转，停止抽后计时，冰陀螺在圈内自旋时间长的为胜，出圈判负出局。"

大家一看，冰陀螺上平顶、下圆锥尖形、中间是侧面有列小孔的黄铜圆柱身。

超音速俯身，将持着冰陀螺的几个手指一拧，把冰陀螺放入圆圈内旋动起来，超音速随手用绳鞭抽了几下，最后一下止抽时，只见这个冰陀螺原地高速自旋，嗡嗡响，嘎嘎亮。

超音速在旁边又用脚划出相同大小的一个眼圈，把另一个冰陀螺和另一根拴绳鞭的木棍递向小桃红一行。

花行云最后出场前，小桃红一行的其他各位先后上手抽玩后，其绳鞭抽起的冰陀螺自旋后均停下来了，而超音速最先示范的冰陀螺仍在原地原点自旋！

小桃红攥起拳头，鼓励花行云说："哥，全靠你了！用力！要不停！"

花行云俯身，将持着冰陀螺的几个手指一拧，把冰陀螺放入圆圈内旋动起来，随手用绳鞭抽了几下，最后一下大力抽止时，只见这个冰陀螺原地极速自旋，嗖一响，嘎没了，不见冰陀螺！

大家都在纳闷，这冰陀螺在众目睽睽中居然消失了。

超音速吃惊地发现圆圈中有个冰洞，显然是花行云最后一下所抽的力度过猛，冰陀螺极速自旋产生钻力，竟破冰钻入地下了！

超音速从未见此奇观，喃喃地脱口而说："原来你是大力高手！我认输！"

这时，黄花梨领着一帮老者，带着一批一头是圆棒的长柄木杆和一个圆木球而来，指向最大的冰场上的八个只有碗口大的方形小木门，告诉大家可组队一起玩门球，在约定好的时间内，一方队员接力把这个圆木片依次连续射进八个小木门中，完成最先、人数最少、杆数最少、用时最少的队为胜。

这场门球比赛，雷霆队打得很好，但黄花梨队经验老到，已熟能生巧，在其他方面相同条件下，以用时稍少一点而取胜。

黄花梨安慰雷霆队，说可另行玩下洞球。

黄花梨翻出一批一头是方棒的长柄木杆和另一个圆木球，指向最大的冰场四周的远处各色的二十一面小旗子，告诉大家可组队一起玩洞球，每个小旗子下面有个洞，一方队员接力把这个圆木球依次打入各洞，完成最先、人数最少、杆数最少、用时最少的队则胜。

大家整装待发，这时不远处的山岭跑来七头灰熊，大地都为之震动。

黄花梨立刻对雷霆队说："各位不要怕哦，这些灰熊常年为本城工作，驮运木材，不吃人的，都是我们喂养的，你们别紧张。这些灰熊很喜欢玩洞球，在山岭那边估计注视这片冰场很久了，看到有人组队要打洞球，瘾性难耐，欢天喜地奔过来了。你们陪灰熊们玩一场吧。"

灰熊队打洞球水平居然奇高，沿着裁判黄花梨指向的各洞，打得稳狠利落，一路领先，独领风骚。

每球进洞后，打进的熊就会和旁边的熊碰下屁股，扭扭腰，摇摇屁股，嘴中还哼哼，貌似在唱"打进一洞球呀，碰碰""又进一洞球呀，嘭嘭"，双熊摇头、晃脑、扭腰、碰屁、摆股，跳得令人怦怦心动，使人分心分神。

其中几洞，圆木球慢悠悠晃在洞边，使观者紧张，灰熊则熊掌拍地、震颤大地，使球落洞。

雷霆不服，为此抗议，超音速说："你行你也来！不违规。"倒把雷霆噎住了。

超音速继续说："玩洞球，熊天生优势，挥杆技术好，无论是手感还是力道、厚重平稳，身体与重心更稳如磐石；毕竟不是人，常年地上栖息，对于地上、冰上、雪上障碍物与阻力的判断和感觉上就是比人强。

"打不过熊，不丢人！"

这时，不远处的森林里传来狼的嚎叫声，貌似欢呼和庆祝。

雷霆疑惑地问："这是几个意思？饿了么？讨吃？起哄？这帮熊排场不小啊，有排面啊，还自带啦啦队助威！"

黄花梨立刻对雷霆说："森林里是野狼，和灰熊不是一道的。野狼们的叫声在呼唤，说别让你们跑了，组队不易，机会难得，一起玩'冰葫'啊。

"这些野狼很喜欢玩'冰葫'，在森林里面藏着，肯定观看了你们和灰熊的球赛啦，想要和你们比试下'冰葫'。这帮野狼倒是从不袭击镇上的人，特喜欢缠着我们玩'冰葫'。"

霹雳问："'冰葫'是什么啊？怎么玩？盛情难却，也成全吧。"

雷霆队员纷纷点头赞成，黄花梨见此就鸣出狼音，回复接受挑战。

森林里跃出七匹狼，奔过来，组成森林狼队。

超音速同时向雷霆队介绍冰葫知识。在这儿有很多河流与湖泊，一到秋冬，水面就结冰冻住，但刚结冰冻住的水面并不牢固，直接上行，易塌陷入水，就会危险，需要更长的时间彻底冻实，才能在冰面通行两岸。

这阻不断两岸人民的交往需求和通行，人们自创一种人不过水面但通过冰上工具的交流方式，把大冰块雕刻成葫芦状瓶壶，里面掏空成上小肚和下大肚，能容物体，装上运送的东西，滑行在未冻实的冰面上，人不用过冰面就能给对岸送货。

推送冰葫需要掌握分寸和力道，否则力道太大，撞上岸石会碎裂，力道不够会到达不了彼岸，那就尴尬了，但也没关系，再滑个冰葫轻撞下助力前行即可，时间长了，就成了一项技能。

玩冰葫，力求稳准到位，一次成就，一下成功。

超音速搬过来一批葫芦状的冰瓶，向雷霆队介绍完冰葫来龙去脉后，就教推玩冰葫技巧，雷霆队成员都有功力在身，一学就会。

此时森林狼队的头狼，在冰场上中间划出正六边形，在六个角上圈出与冰葫瓶底大小差不多的圆圈，之后在正六边形中心，再圈出与冰葫瓶底大小差不多的圆圈，共七圈。

超音速说这里玩冰葫，根据各队人数，来相应画出正多边形，在各个角上圈圆。若队员人数为单，再在正多边形中心圈圆，每个成员各自一次推其冰葫入圆圈内并按其冰葫在圆圈的远近得分，越在圆心，分数越高，相加得出总分，分高为胜出。

霹雳独辟蹊径，不推送冰葫入圈，而是靠手弹冰葫入圆，引得雷霆喝彩说："你不仅'大力鹰爪功'威武，而且'弹指鹰爪手'也厉害呵！"

一本正经的霹雳听后，得意地跳出了一段不正经的舞。

森林狼队狼性十足，先推先掷，其手足上的肉垫适于把捏力道，加上经常玩，居然熟能生巧，七个冰葫全部入圈心，满分。

雷霆队虽然个个身怀武艺和功力，但鼻涕蛇因没有手足的先天素质所限，其冰葫未全入圈心，虽然其他队员的冰葫均在圈心，但是霹雳队终归稍差一点而遗憾告负。

森林狼队的野狼得胜忘形，竟跳出一段和刚才霹雳跳的一模一样的舞。

这段野狼霹雳舞，真是：野狼跳舞，成精若鹜，霹雳之舞，禽兽皆舞。

第五十五章

六扇门

大家在城外的冰场上冰上运动玩得欢畅，过了中午才回到城里就餐。

席前，黄花梨还带来了一位老者一同就餐。

黄花梨说："我把城里木工传奇带来了，你们叫他'奇材'，好哩。"

席间，花行云问当地路况与地理，通往南方玉族的路径。

奇材说："幸好你们此时来这里，还是有希望到南方的，若是春夏到这，到达南方是几乎不可能的。

"这里是冷寒之地，世界的冷极，虽名义上属于玉族边缘领地，但玉族的人也很少来。

"这儿地广人稀，只有少数本地人掌握在这儿的生存技巧。

"春夏之际，河水与湖水不冻成冰的话，会阻挡人直接的通行，绕道走就会多出时间，而在外时间长了，不是冷死，就是饿死；此外大道外的危险很多，容易丧命。

"只有在秋冬时河流与湖泊水面冻住的时候，用冰上工具快速直线穿行，节省在外的时间；这儿的水陆都要滑冰、滑雪、滑行，加速通行，才能穿越这里，活着到达人多的南方。

"外地人来这儿，光靠走，是走不出这里的。

"这儿的大道都是沿着河流的，这样容易找到水源和吃的。

"本地人都是生活在河流与湖泊附近的。秋冬，水面冻住了，本地人是不走大道的，直接在道旁的河流冰面上滑行。秋冬的大道上很少有足迹，有的话也是外地人的。

"外地人春夏到这，无法穿越走出这里；秋冬的话，外地人抵达这儿的边界路段，看到道上始终无足迹，也不敢擅入。"

花行云说："怪不得魔族和冥族，至今都不敢从玉族这儿的方向来进攻晶族圣地。"

奇材说："那倒不是，因为没有门路就不通达呗。

"晶族到其他石族和金族有六条路，六扇门，分别是：到玉族的玉门，到水族的水门，到魔族的火门，到冥族的鬼门，到金族的金门，到神族的天门。

"先有门，后有关，再有城。门本是开，关为不通、是闭，城来镇守。

"晶族的六扇门都有城关镇守，是关也是城，就是闻名的玉族的玉门关，水族的水门关，魔族的火门关，冥族的鬼门关，金族的金门关，晶族的天门关。

"同样，玉族到其他石族和金族也该有六扇门。

"玉族去往魔族的门道就在玉族、晶族、魔族三族交界地，恰好也是晶族到魔族的火门。

"玉族、晶族、水族同为人族共用水门。

"玉族去往金族的门道也在玉族、晶族、金族三族交界地，正好就是晶族到金族的金门。

"玉族去往神族的门，叫木门，由玉族中的树化玉族把守木门关。

"树化玉族与魔族中的硅化木族和冥族中的木化石族，同宗同源。

"树化玉族族长木玉与硅化木族族长木翅鸡和木化石族族长木香沉，我都见过，但我的偶像是树化玉族掌石人木一燃，他可是'乐器之王'。

"玉族去往冥族的门，猜猜看，叫什么门？"

坐在奇材左侧的雷霆回答："没门。"

奇材打量了下回答的虎头虎脑的雷霆，说："对，大块头，大聪明啊！"

奇材继续说："是没门。原本有个土门，但没过多久，就被冥族主动封了、堵塞了。"

花行云好奇地问："挺奇怪的，为什么呢？"

奇材笑呵呵地说："也许是一物克一物吧。

"人，都怕死。听过人话吧，要重新做人，或，来世再见；还有，下辈子还做这辈子的我。

"那鬼话呢，做个鬼也不放过，或，变鬼情未了，这无非是宣扬生灵的复活，是冥族在光明世界招收生源的宣传口号。

"而玉族宣扬的是：不必做鬼，不用复活，无须再做人，转化升华，可修仙为神！

"选选看，这三种话术，大多数人会选哪家的?"

坐在奇材右侧的霹雳搭话："当然当仙成神，逍遥自在啦。"

奇材目测了下搭话的鹰嘴鹰眼的霹雳，说："嗯，大高个，大智慧啊！"

奇材继续说："时间长了，冥族招不到光明世界的生源，冥族的鬼话敌不过玉族的神话，被玉族抢了风头，但冥族更怕玉族通过土门来到暗黑世界用这种宣扬可立地变仙转神、不必复活的话术招生，动摇冥族的统治，索性封堵了土门，不相往来。

"所以玉族到其他石族和金族只有五道行，五道门。陆地上，晶族有路，玉族有道，晶玉有缘，所以道路，所以通达。"

奇材对着花行云说："刚才你提到的魔族和冥族，至今都未从玉族这儿的方向来进攻晶族，门道堵塞不通，只是其一；另外的主要原因，我认为是玉族中有魔族和冥族都惧怕和特忌惮的大仙。"

奇材继续说："暗黑世界中被魔界和冥界公认的都惧怕的唯二的神，一个火神，一个死神。

"光明世界里听闻这两大神的人很少。原因是这个火神从未在光明世界中露面，只在暗黑世界里轮回出现，尽情地破坏和毁戮魔族和冥族。

"而那个死神从未在光明世界和暗黑世界中出现，传说在远古宝晶碎裂前就已逝去，否则宝晶不会遭袭受损，死神若在，袭宝晶者袭前必亡。

"宝晶碎裂后，有个冰仙承继了死神的衣钵和技能。如果真有死神的话，冰仙就是最接近死神的那位！

"冰仙隐居在光明世界，却扬威于暗黑世界，因为冰仙能征服轮回中出现的驰骋暗黑世界的火神。

"在暗黑世界里，冰仙就是死神！

"火神每次在暗黑世界里轮回出现，魔冥两族抵挡不住火神的烈焰，就会求助于冰仙。

"谣传执掌暗黑世界的魔冥四暗客向冰仙发过重誓：魔冥两族不进犯冰仙的领地，不和冰仙的人发生武力冲突并善待冰仙的人；若冰仙需要魔冥两族协助，魔冥两族须全力出兵；若冰仙的领地有危或者冰仙的人有难，魔冥两族须全力协防或相助；此誓约在各自下任继位交接时传达继任者来沿袭遵守。

"魔冥四暗客就是魔族的暗黑之王和冥族三使：鬼使、幽使、灵使。

"冰仙有三大神技：能冻住物体后使其干脆粉灭的冻灭术，能隐身的冰流术，能达至绝对底温凝冻一切的凝熵术。

"本星四大劫难：暗黑火神的烈焰，光明冰仙的冰封，水族地姥的洪水，金族铯姐的荼毒。

"冰仙占一劫。

"本星自产的神仙没有玉族宣传的那么多，不过还真有！除了神族那帮外星人自称神、装大神外，传说公认的本星神仙是：暗黑火神，光明冰仙。

"魔界和冥界很惧怕的冰仙，就隐居在玉族这儿的极寒之地。"

第五十六章

八抬大轿

奇材在餐中的一席话，令大家大开眼界。

闺咪见小桃红乐不思行，提醒她做好启程的准备工作。

小桃红对奇材和黄花梨说："遇见你们太好了！烦请多指点在这儿的出行情况，帮我们准备下出行工具。"

餐后，奇材领着大家来到他家的地窖下面，参观各种木材和出行器具。

黄花梨说："奇材可是能工巧匠，还维修过冰仙的轿子呢。"

奇材立刻说："没见过冰仙，也不敢见冰仙，只是修过冰仙的轿子噢。"

小桃红好奇地问："冰仙为何坐轿子？这轿子肯定很气派吧。对了，轿子不得有人抬么？谁给冰仙抬轿啊？抬轿的人能活下来了？"

鼻涕蛇打了个喷嚏后说："这么一说，挺惊悚的。"

奇材压低声音地说："那是相当惊悚、惊骇！

"冰仙很少外出，一旦外出，所到的地方都是惊世骇俗的大场面！面对的都是令各界各族胆裂心炸、魂飞魄散的绝世断代的罕见对手！

"一般人抬死神的轿子，那是非死不可，见面成灰入盒。

"抬死神的轿子这般重任，唯有我族中人担当，只有通行暗黑世界与光明世界的树化玉族，敢做、敢抬、敢担、敢修冰仙的轿子。

"抬这轿子的必须是八大木族族长，最近一次抬这轿子的就是木门关中的八大木族族长：香檀木族族长海南、金檀木族族长金星、紫檀木族族长小叶、花檀木族族长安达曼、黑檀木族族长大叶、黄檀木族族长红河、红檀木族族长刀豆崖、乌檀木族族长乌木。

"每次抬出，凝静天下。

"横棺躺尸，竖棺立人。

"这轿子外形也是竖棺式的，外面轿子中部上方搭配有井字形的四根木柱，横向与竖排各两根，突出轿子外部的木柱八个头部可由八人肩扛或手抬；里面内设方形大木匣，木匣内套金钟罩，金钟罩内置全由金属铋制成的球形罩。这些都是为了防阻冰仙之寒气外溢伤人。"

小桃红惊奇地说："咦，居然有金族铋哥的罩子！"

奇材继续说："是呀，这轿子只订制了一式两顶！一顶是外披黑衣专给金族铯姐乘坐，另外一顶是外挂白衣用于冰仙外出。

"抬黑衣轿子的必须是八大贵金族族长：黄金族长、白银族长、铂族长、钯族长、铱族长、铑族长、钌族长、锇族长。

"每次抬出，炫动暗黑。"

闺咪说："黑轿轿主铯姐，白轿轿主冰仙。

"世间两大要命轿主，一个金族的，一个石族的。这轿子，有人敢抬，没人敢坐啊！"

奇材呵呵地微笑说："其实还是有第三个坐上这轿子的。"

小桃红一惊，问："谁?"

奇材压低声音地说："是冰仙之女罗白雪。"

小桃红大叫一声："哎哟，我的大姨妈也！"

小桃红突地一个大叫，把大家都惊到了。

小桃红舒了口气说："罗白雪，是我们翡翠家族白翡翠掌石人，我妈的姐哦，翡翠家族两公主，一个是我妈紫衣公主，另一个就是她白衣公主。

"她还未婚呢，年纪据说可大着呢，我刚会走路那时见过她一次。

"她妈叫罗飘花，岁数大得都超出族谱了，除了我的大姨妈，翡翠整个家族的人都没见过她妈，现在我才知道罗飘花就是令暗黑世界、魔冥两族都闻风丧胆的冰仙啊！"

小桃红摸着胸口说："刚才气氛有些压抑，奇材太低太过深沉的音量，压得我都不敢喘气了，说了半天，惊现出我的大姨妈来了！"

小桃红指着地窖里超多的木材，对着奇材说："这么多上好的木材，不做出个轿子来，也太浪费了。

"遇材、遇才、育才，您还是奇才，您照着修过的白衣轿子仿制一顶。

"铋罩就不要仿了，一罩上，肯定不舒服、勒得慌。

"金钟罩也不要装了，太大的东西，配不上我这身材！

"外妆红衣，配我红姐，红衣大轿在此诞生吧。

"我这块紫翡给您作为打造费用，哪能让您免费辛劳，自费方能心安理得。"

小桃红说完，塞给奇材一块上好的紫翡。

奇材沉思后说："好吧，既然现任白轿轿主罗白雪是你的姨妈，那我就仿制一顶，否则我也不敢仿制哦；另外多加些额外的功能，搞成一模一样就不好了。"

小桃红拍手，高兴地说："功能和用途越多越好！要结实噢，我不要维修，不是不想再见奇材，而是来这维修，这路上成本太高哩。"

众人听后哈哈大笑。

大家随后辅助奇材造轿。

众人拾材创意多，井字形的四根木柱突出轿屋外的八根杠梁，可各向折叠，前能牵，后可推，左右能抬，上有环可吊。

轿屋内部正好能装下小桃红一行，前门、后门、顶层、底层均为双层木门，旋转把手，前门、后门、顶层、底层均可露出缝隙与洞口来通风通气，后门额外加装气囊，高手发功后向后排气则能向前而行。

这轿屋冬暖夏凉，遮风挡雨。

轿屋外部下底部，有折叠双轮和折叠双滑板，能滑雪、能滑冰、能划水，可在水面上漂浮而行，水陆两栖。

轿屋顶部有折叠立杆，系红布可借风扬帆，当冰帆在冰上滑行。

雷霆力大，牵引绳子挂在雷霆胸前，成拖车；雷霆在后，能凭其一己之力就可抬起这轿子并推行，成推车。

这轿子不仅是屋，还是轿车，可当房车、拖车、挂车、推车。

晚上这轿子就做好了，又刷了数遍树脂油漆，系妆红衣。

红衣大轿现世，从此多了个红轿轿主红姐！

第五十七章

灵熵宫

小桃红一行准备明日上午启程，在城内采购了食物和装备后，在黄花梨家与奇材一同晚餐。

席间，小桃红问黄花梨："老人家，您知道灵熵宫吗？这个灵熵宫是我大姨罗白雪的住所。"

黄花梨说："知道啊，在这极寒之地，灵熵宫名头最响啦，是这儿的守护主。"

小桃红继续问黄花梨："我想去下我大姨家，灵熵宫离这远吗？回南方路上顺道么？若不是太远的话，我得去看望下我大姨噢。"

黄花梨说："灵熵宫在这儿的东北方向，你们本来应沿着这儿向东的冰河，横行到本星上最深的湖中段后，转向南，顺湖一直竖行，就到南方紫翡翠族领地了。灵熵宫就在这湖北与极地冰洋之间的冰山中。可沿着这儿向东北的冰河，一直滑行到冰山，灵熵宫就位于最大的冰山南面。

"从灵熵宫往南沿着宫前的一条河，滑行到底也正好是这深湖的北端，再顺湖从北头到南底一直滑行也就到了玉族领地了。"

奇材说："到达冰山群，灵熵宫的领地，务必按照当地的落款是灵熵宫的通行指示牌行进，否则肯定没命。

"在这儿，没人敢假冒灵熵宫的名义，更没人敢冒犯灵熵宫和灵熵宫的人。

"灵熵宫的人出行伴随着冰雪风花，冰刺和雪花随风旋舞，沾染受创则会使人寒冷哆嗦，内力不够雄厚者无法抵御，遇着的话都得避让。

"其实，这是灵熵宫的'冰雪飘花'神功，练就之人内功、引力强大，身外的冰雪都自然地围绕其旋转；若被'冰雪飘花'神功击中，冰刺或雪花会将寒冷之气扩散和蔓延至全身，轻者长期浑身受寒冷之苦，重者血液被冻住致死，为了不受寒冷之苦或者求生，须有灵熵宫的独门解药缓释才可。

"灵熵宫的地界和灵熵宫人涉足的地方，往往会出现'死亡冰柱'和'死亡雪卷'的奇观。遇到的话，一定要及时尽快躲避。

"'死亡冰柱'貌似冰柱，实际是极寒至极之冰，生灵一旦沾染即冻凝而亡并持续扩染。'死亡雪卷'实际是夹杂冰雪风沙的强大气流、气旋围绕着极寒至极的旋心做极快的旋转，外观貌似雪花飞舞的龙卷风，碎细的冰雪随风进隙入窍、透肤入血，使生灵窒息而亡。

"在灵熵宫的地界，无论何时，都必须走大道，否则必死。

"若在冰山群中迷失，但发现排列有规律的大树或人为栽设的大树，就说明到了灵熵宫的领地了。

"灵熵宫各处有驻扎的护卫，每个护卫一旦战死、被杀、自杀，每个护卫在其守卫区域内种植的大树上的黑冰就会绽爆，其碎冰与碎雪一旦沾染，受染者体内的阳气热力立即被吸，接近死亡凝结，被冰封禁锢；唯有灵熵宫主才能解禁。

"不明之徒一旦犯界并被冰封，唯有其族长登门谢罪，取得灵熵宫主谅解方可解封、复活，否则永久冻结在原地。

"若是恶人，则被灵熵宫人推倒在地，脆裂粉碎而亡，无法复活。

"一旦冰封，命不由己！

"灵熵宫的雪，总是有，总在下，一般人不敢去。"

小桃红打了个哆嗦说："灵熵宫的雪比雪月宫的雪厉害哦。"

闰咪说："雪月宫的雪，敌人来袭则下，要命时下，时有时无，倒是无情却有情。"

小桃红听后感伤了，对大家说："我们歇息吧，明天出发去灵熵宫。"

第二天，这冰城的人们听说小桃红一行要去灵熵宫，都来送行鼓励。

小桃红一行告别冰城的人，雷霆在后推红衣大轿，霹雳在轿顶指挥并立杆扯开红布借风扬帆，其他则在轿内；沿着向东北的冰河滑行，在极北天地间驰骋。

此景：

冰海冰洋连冰湖，海洋连湖有孤舟，立影溜冰，滑入冰河世纪；
冰山冰川同冰原，山川同原现孤帆，携影泛雪，滑出冰峰时代；

孤舟孤帆不孤独。
此时：

风花吹散沧桑，冰雪覆盖光华。
无雨更无人语，无晴真无人情？

正是：

扬起布帆成冰帆，冰天雪地现不凡。
既是风帆又飞帆，不仅风范还非凡！

第五十八章

本宫之术

小桃红一行历经冰雪风行之旅，到达了冰山群，按照灵熵宫的通行牌指示，成功抵达了灵熵宫前。

灵熵宫是一整块巨型冰块挖雕而成的冰宫，可谓世界上最大的冰块，取自世界上最深的湖，矗立在冷极之巅最大的冰山南坡，向南俯视最深的湖，门前一条冰河通往最深的湖。

这最大的冰块披挂着厚重的常年积雪，只裸露出正上方一个凸出的眼珠状晶莹通透的大冰珠，在阳光和冰光及风雪的互动反映中，宛若晶莹闪动的神眼仙睛，被称为灵熵之睛。

灵熵之睛的正下方，是个凹进的洞，洞门口是之字形的雪坡，直到巨型冰块底部。

不从这个之字形的雪坡而上，不走灵熵宫的这个斜坡正道，而走或爬这巨型冰块的其他积雪处，则随时发生定向雪崩而坠落，覆埋同时受到落雪中夹杂的如刺般的冰溜冰刺而易亡。

小桃红一行将红衣大轿停在灵熵宫下，观察四周，记住了奇材和黄花梨的叮嘱和告诫，不敢轻举妄动。

四周风萧萧、雪飘飘，过了很久，也未见洞门口有动静和人影。

小桃红向着洞口呼叫："你们好！我是翡翠族紫衣公主紫翡翠罗兰的女儿花飞雪，拜访姨妈罗白雪公主。"

过了会儿，洞门口走出一白衣女子，缓步沿着之字形的坡道来到小桃红面前。

这白衣女子左手指向到洞门口的坡道，对着小桃红说："你好！我叫西贝丽雅，宫主令我带您进宫。"

这白衣女子右手打出一个响指，随即旁边一处雪塌，显现出一个堂屋。

这白衣女子右手指向显现出的堂屋，说："其他来者，请进此屋歇息。屋外四周危险，不得乱走。"

小桃红说："西贝丽雅，旁边的这位是我哥花行云，罗兰之子，也一同进宫拜见姨妈，烦请通报下。"

这白衣女子说："本宫通常只接待故人；宫主刚才强调过只带你进宫，这位无论什么身份，也不得入内。"

小桃红和花行云见状，想必是灵熵宫只接待故人的规矩，就不再坚持了。

小桃红跟随西贝丽雅走进灵熵宫内，道面与墙壁均为雕刻，众多通透的冰柱撑起各处空间，极多的冰雕装饰每处空间，光在冰柱中闪动，照亮前行与目视所及的周边道路与墙壁，人行至周边的冰柱会随即感应发光。

小桃红好奇地问："这儿没有灯和火，居然有如此的强光，是不是通过洞门口上方的那颗通透的大冰眼吸收阳光而来的？"

西贝丽雅泯然一笑，说："那个凸出的冰眼叫灵熵之睛，不仅吸收阳光还能扫描周边灵体，本宫之光，是靠冰来存储的。"

小桃红惊奇地赞叹："冰能存储光，神奇！"

西贝丽雅傲然说："本宫之冰，能存万物。"

西贝丽雅继续说："本宫之冰，非外面的普通冰块。"

"冰实际上分很多级别，除了普通冰外，还有软体冰、石体冰、玉体冰、硬体冰、晶体冰、黑体冰。

"软体冰是低于冰点下的流体冰，常见的是对流体冰，从外观上看对流体冰以为是固体，和普通冰没什么区别，但实际上是液态流体，须细观才能发现，因为对流和透明，适合隐身和传递信息。

"石体冰、玉体冰都是年代极其久远而石化、玉化的冰，貌似普通冰，但实际已石化、玉化，具有收藏和考古价值，能发现古代的信息。

"硬体冰是硬度和强度达到或超过合金的冰，看似普通冰，但实际是利器和

°宝石记

武器。

"晶体冰是结构和特性如晶体的冰，能保存信息和存储光与万物。

"黑体冰是致密和吸引力极大的冰，能吸收光，从外观上看如黑体。"

小桃红问："这些冰，灵熵宫都有的吧？"

西贝丽雅回答："本宫就是冰的博物馆，各种冰全都有，仔细观察的话都能看到噢。"

小桃红开心地说："太好哩，大饱眼福喽！"说完，一路上东张西望，看个不停。

西贝丽雅把小桃红领到一个大厅后就退出去了。

西贝丽雅退出大厅后，大厅里面传来一清脆的声音："是雪儿吗？"

"大姨，我来了！是雪儿。"

小桃红看见一位身着雪白色长裙的亭亭玉立的女子现身，明眸亮睛，容颜清纯，具有凝魂气度。

小桃红快步过去，左看看，右看看，说："大姨，你好年轻噢，冰冻容颜啊，若是出山，就会把世上男人们的魂都给凝结啦。"

这女子正是冰仙之女，翡翠族白衣公主白翡翠掌石人罗白雪。

罗白雪嫣然一笑，说："你嘴真甜，还是像小时候那般，那么的可爱！"

小桃红嘟嘟嘴，说："我小时候来这什么样子啊，是不是被冷哭了？"

罗白雪指着一个大型透明冰晶，用手中的冰杖轻轻触碰了下，透明冰晶里闪现光影，正是小桃红在这厅里刚走路时晃悠悠的景象。

罗白雪说："你瞧你当时刚走路蹒跚的样子，是不是很可爱？"

"人是靠记忆温存而回忆，我这儿还可冰封光影而追忆。"

小桃红说："大姨啊，你这儿的世界和外界像两个不同的世界，太神奇了！

"外界说你这儿，有绝对底温凝冻一切的凝熵术，如同死神般的存在，外界很害怕的。"

罗白雪淡然地说："道不相同，术难理解。其实没那么可怕。"

"世上有三类能术：裂分术，聚合术，凝止术。世间绝大多数的功夫能术是裂分术，少数的是聚合术，极少数的是凝止术，也就是本宫之术。

"术，天下三分，之一是本宫。法，人间三元，其一是本宫。道，世上三种，中一是本宫。

"裂分与聚合具有对称性，凝止是二者之结界、屏障、阻隔。其实二，并不是稳定结构，三，才是这个世界的最稳定、最有序、最佳结构！

"世界的物质、光、波等表象，多是有道可理的，少为无法能解的。

"有道与无法，是本能；表象是本能的可能理解，表象对应的是本能。

"表象，表是外表外像，若外在；象是内象内表，似内在。

"有道可理的，能被生灵感知交互；无法能解的，可使生灵莫名独特！

"而这无法能解的莫名独特，就是这个世界的魅力！

"世界本没有神，只是不理解的事物和奇异的东西太多了，也就化奇为神。

"外界传说的远古'死神'，确实存在过，三术一体都通晓，古往今来可为神；但不是世界和生灵的毁灭者，而是本星和生灵的守护者。

"本星之初是混沌、混乱、动乱状态，无序的物动，可称之熵。

"远古'死神'不喜欢无序的动乱状态，常予以调整、调理，保护合规、合律、合理、合序的生灵，消灭突袭本星的外星物体和本星作乱的无序生物。

"其一大成果就是聚合成了一大块巨型晶体，晶体本身就是高度有序有律的物体，这块巨型晶体就是外界传说的远古宝晶。

"这宝晶通灵，似有人性，在'死神'研究黑体时突然逝去以后，在本星突遇外星巨石来袭时，及时感应到本星面临巨大危险，竟主动迎击撞向来犯的外星飞石，保护了本星上很多的生灵。

"无奈这天外来客聚集太多的能量并且卷携本星外的未知能量而击碎了宝晶。

"宝晶碎裂后辉洒本星各处，不愧是远古'死神'的宠物！若是'死神'还未逝去，凭'死神'三术一体之能，可使本星和其宠爱的宝晶免遭这劫难！

"不过呢，经这劫难后，犹如创世纪，步入新世界，本星也焕发了生机，更暴增了生灵。

"那颗外星飞石深入本星，日后给本星留下一道缝隙，再后水入则成为本星最深的海沟。"

小桃红说："我儿时听过一位仙翁讲过这个远古宝晶传说，如今再次听到，好感慨哦！喏，我脖颈的这两根灵须就是从仙翁那儿薅来的，不要小瞧，这灵须能如意伸缩呢。"

罗白雪端详了一下,微笑说:"这个是太古、上古时代的老菌的体须。这老菌是远古宝晶碎裂前的本星土著,也是我妈和我的老朋友。

"这老菌喜欢玩,也常来灵熵宫。这老菌每次在灵熵宫都会掉落、凝落下很多体须。这些体须被编织成丝绸缎绢,搌拽撸揉,爽滑弹柔,如意飘逸。

"老菌的体须黏性极强,会长久不断地分裂、复制、伸长,但平常卷缩至最小,需要拉伸的话,能迅速伸长,直至其岁月产生的伸长极限。

"你脖颈上这根须下的吊坠,石内的须也是这老菌的遗物,真是石内藏古须,石外连新须,都是菌须。"

小桃红开心地说:"这颗藏须石,是我高价买下来的,当时意识里隐约觉得貌似我脖颈上的灵须,没想到还真是!这根尘封的独须终于找到组织了。

"有鉴宝大姨在,以后我在外寻宝、探宝、淘宝而得的宝物,就来大姨这儿鉴定哦。大姨有什么需求的,也告知我呀,我在外找到,也一起带过来呵。"

罗白雪抿嘴微笑说:"好啊,你真是可爱花、开心果。"

小桃红问:"这神奇的冰宫为何起名叫灵熵宫?"

罗白雪说:"人的一生为命,物的一生为灵。

"人的运动展现了生命,物的运动表征了生灵。

"熵是运动的混乱度,不可逆,无序。越是无序,熵值越高。

"人的命熵就是人此生的能量,物的灵熵就是物之能量。

"人都想活得长久,所以运动,但用力过猛、过度、无序,反而招致短命,毕竟人的能量终归是有限值的,人的能量是一定值的话,将能量有序、有律、有节,分配至各时光段上,方能命长。

"熵为零并不意味着死,非终止而是中止。凝熵是中止,生命暂时中止却未终止,还能复苏后续,就能长命,晶体与物也可如此。

"凝熵术,本宫之术,长命之术。

"物是能量体,晶体是典型的能量体,宝石是典型的晶体。黑体是暗能量,光是明能量。

"能量是物世界。物有阴阳,世界是时空,宇宙为光场。

"物、时间光、空间场,三合一可为能量,四者可转变转换。

"时空可转变，但不能逆行到过去，现在可知未来。

"时间过快，空间就会被忽略忽视。

"空间太大，时间和生命就会渺小。

"生命不过是时间的一个段落的表征。

"现在，不仅是时间，也是一个空间。

"未来，就是现在这个空间的连续扩散、扩展。

"过去和未来，才是时间。细观现在的空间，可预知未来。

"本宫的闭关、休眠、修熵就是通过休眠安睡，暂时中止生命时光中不可控的流逝、妄动，把导致未来的病，于现在的时点上就祛除掉，把对未来不利之处提前修理和预防。"

小桃红赞同地说："对呀，将时间定格现在，在现在的空间里，仔细搜寻未来出现的各大宝贝的初形，等修好、苏醒、出关了，就可直接找到；免得我纵横八方、耗费时间去找寻。预知后，到未来某处找一下，就都有了。"

小桃红拉住罗白雪的衣裙说："姨，你得给我预定一个床位，我在外面若找不到我中意的宝贝和我的爱人，我就回来投奔你，和你一起修熵，在休眠中找寻生命中属于我的爱人，在闭关中扫描属于自己的宝贝踪影。

"姨，你休眠前通知我下哦，我陪你这个睡美人一起噢。"

罗白雪莞尔一笑："好啊，我怕你到时候还不愿意陪我呢，怕你放不下外界的各种诱惑呢！不过呢，离休眠修熵还早着呢。

"在这个醒着的时代，我们会遇到很多可爱的人和奇事怪物呢。比如你妈妈，她会带来我喜爱的香花和香水，让我舒心安然入睡；可爱的你令我喜悦；还有你的义父，他神秘和惊奇。"

小桃红脱口而出："他也来过？"

罗白雪说："是的，他总是很忙，前不久，刚把我从南方再南方的地方护送回来。"

小桃红看见罗白雪清澈的眼睛，清纯的容颜，青涩的言谈，文静的举止，凝魂的气度，脱口问道："你是不是喜欢上他啦？"

罗白雪被小桃红的直言惊到，美颜顿现羞红，娇嗔说："在本宫中，所见所闻和我对你说的，你都必须保密。"

小桃红点点头说："我保密，姨，你继续说啊！"

罗白雪扭头转身欲离开，小桃红立刻拽了拽罗白雪的衣裙说："大姨，那我们说别的啊！等我见着他，我让他多多带些宝贝来看你，好么？"

罗白雪看着可爱的小桃红说："那你，那你，叫他不要总是身临险境，你帮我看住他。"

小桃红点点头说："嗯，嗯。"

罗白雪说："以后你来这儿找我，我若处于隔绝的冰封睡眠状态的话，凭着令我熟悉的你的声音外，再说出我告诉你的密码，你就能紧急唤醒我。

"来访本宫的朋友，必须保密，均须遵守本宫规矩，都有各自的认证密码。

"以前本宫其他的女侍卫，在冰封休眠时，曾经不验证故人的熟悉声音，仅凭密码就贸然苏醒，被外界利用而使出本宫的冻灭术出现误击事件，被人说成是死神复活。若再有此事发生，你也可来这儿唤醒我清理门户，及时制止。"

罗白雪俯身，轻声耳语给了小桃红密码。

第五十九章

神秘刺客

小桃红说:"外面惧怕这儿的,倒不是从未见过的死神,而是八抬大轿出行的冰仙。我还高仿了一个八抬大轿坐过来,就停在宫外,呵呵。"

罗白雪说:"也有不怕冰仙的,还主动前来偷袭的。"

"我妈,在上次异元人的突袭后,潜心修熵,休眠研究,待自行复苏后会再出现的,到那个时候,可能会发生异元人与咱们人类的世界大战。"

小桃红惊问:"还有人主动挑战和偷袭冰仙的?什么是异元人啊?"

罗白雪解释说:"这个世界,我们知道和交往的生灵都是由基本单元的灵元构成,大多怕高温的火烧,结果成灰烬,这是本元人。

"还有未知和未交往的生灵,不是灵元而是别的基本单元构成,就是异元人,比如异元人中的晶元人不怕高温之火,也不怕极寒之冰。

"突袭我妈的就是晶元人,就是有生命的晶体。

"水晶等晶体如果有了生命,那我们平时依靠晶体作为工具来传递的数据和信息,就都会被掌控;况且晶体蕴含的能量也强于人,后果是很可怕的!

"不怕生灵多奇异,就怕晶体是生灵!

"生命体很奇异。动植物和菌类的生灵叫本灵,动植物和菌类外的灵物叫异灵,例如异灵之一的金灵,就是有灵性的合金,就深藏于本星地下。

"生长在本星的人叫本星人,对应的是外星人,很多种外星人也在本星上生活,比如天石族。

"本星人都拥护远古宝晶,各石族守护和信奉的圣石都视为宝晶的一部分或者宝晶的后代。

"神族也认为创世纪之初，天外飞石撞击宝晶后或与宝晶融合产生新的晶石或者同时相互作用而碎裂分散至本星各处，产生和共创了新生灵，融入了本星，也认同是本星的一部分，守护本星。

"金族认为宝晶是金晶合体，并非只是晶体而是金属与晶体共同构成，而且金族深藏于本星地下，认为与地表上的石族一样，金族也是本星土著。

"晶族、玉族、水族、魔族、冥族、金族、神族这七族人都是本晶人。

"本晶人对应的是外晶人，非本星的外星晶体有月晶、火星晶、金星晶、水星晶等。

"最难以理解的是外宇人，最难以想象的是外体人。

"本星人和外星人都是这个宇宙的人，叫本宇人，对应的是外宇人，就是这个宇宙之外的生灵。

"不管怎样，我们和外星人，还有外宇人，都是实体的，叫本体人，对应的是外体人，不是实体的生灵。

"不管如何，各种石族人、合金、合晶、金晶、异灵、半金人、半兽人、半晶人、外星人、外晶人、异元人，认可和爱护本星，就可视为本星的一份子和伙伴，就可共存在本星。否则就是本星之敌！

"生灵对世界感知程度和自我意识高的话，不禁会询问自己由谁创生？如何创生？为何创生？自己和世界是如何的？等等。生灵间的互动因此而生。"

小桃红呆呆地说："那如果生灵对于这个世界，可能没有意义呢？"

罗白雪噘嘴一笑："那就给这个世界点意义！生灵自带创意，灵性！"

小桃红痴痴地说："姨，我对你太景仰了啊。我感觉我思维凝熵了，你帮我看看，我脑袋是不是被冻住了？"

罗白雪噗嗤一笑，用手轻轻地把小桃红张开的嘴阖上，同时说："还不是你义父告诉我的！我很少出门，外面的很多奇事怪物都是他告诉我的。"

小桃红心有不甘地说："义父，他偏心，为什么没告诉我？"

罗白雪说："只有经历过，才可理解，才能认知！

"正是由于上次我妈遇刺，本宫立即通知人族，人族就派了见多识广的你义父前来处理，我和你义父才首次相见。事后，他告诉我刺客是异元人中的晶元人。他当时来宫后，立即调遣各路人员追拿刺客。"

"刺客居然化装成我父亲的模样进入本宫。这刺客还有两个同伴在外接应、潜伏，宫内一旦动手，可能就强入灵熵宫，三打一。

"潜伏在宫外树林中的一个刺客，遭遇到本宫的护卫巡拦，本宫护卫被其杀死后，护卫守卫区域内种植的树上的黑冰，立即绽爆，凝结、冰封，禁锢了这个刺客。

"化装成我父亲的入宫刺客虽然骗过了本宫侍从，但终究骗不过我妈，在树林中那个刺客被发现的同时，我妈就出手凝封了这个入宫刺客，扫描分析这刺客居然不是人。

"这刺客的本体是灵性的水晶，头骨和整个骨架都是水晶制成，外体是血肉经络组成的人体，容貌身形扮成我父模样。

"潜伏在宫外巨型冰块上的另一个刺客，遭遇到定向雪崩而坠落、覆埋；但毕竟不是人，本体不受冰刺与硬冰所制，强行爬出时，已是血肉模糊的水晶骷髅架子，大概是感知了其他两个同伴失败，就逃跑了。

"你义父为了追拿这个水晶骷髅，还亲自到绝别谷，请出了谷内几位世外高手一同追拿，欲擒故纵，多方面跟踪，发现了水晶骷髅在本星的藏身地和发源地，就在水晶宫下面的紫晶城那儿，将其擒获。

"后来分析，发现是个灵性的水晶，晶元人！而且是个异元人的遥控体、仿生人！改造后，为人族所用。

"另外两个禁锢的水晶骷髅，都移进了本宫的密室，一个供灵熵宫研究，一个供我妈在休眠中研究。

"灵熵宫因为闭塞和秘密性，灵熵宫的信息在人族水晶信息系统上并不多，所以晶元人此次偷袭冰仙的行动，被识破而失败；但也说明了晶元人侵入和知悉了人族水晶信息系统上的信息。

"至于依靠水晶外的其他晶体作为载体，来传递数据和信息的晶体信息系统也不可靠了，可能已被或者早晚会被晶元人侵入并知悉里面的信息，后果对于我们可能是灾难性的！

"你虽年纪轻，但要有大格局！我刚才说的很多话，你先记住吧。"

小桃红嘟嘟嘴："我记住啦，姨，你这儿宝贝肯定多，带我看下哦。你若需要什么，我就到外面代你代寻噢。"

罗白雪不禁一笑："好啊，正好我们也走到了前面的藏宝阁，进去看下吧。"

第六十章

玲珑转运珠

小桃红进入灵熵宫后，花行云带领闺咪、口水狗、鼻涕蛇、雷霆、霹雳步入西贝丽雅所指的堂屋。

屋外的风雪，像雾像雪又像风。

而这堂室，内部宽敞，温暖，清静；有数个晶莹的冰柜，其中几个大冰柜中盛放着清透的冰水，像水像冰又像晶。

冰柜旁放着几个木碗，可供饮用；其余几个冰柜是空的，不时飘出冷气，可以保存食物；还有数个木床，可以平躺安睡；此外有数堆干柴枯叶，旁边放有数个燧石，可以生火。

花行云说："这里正好能容下我们休息。"

随后，花行云把两个木床合为一个大床，说："雷霆，在这个大床上休息吧。"

闺咪说："文文，你测下这水能喝吗？"

小桃红一行，一路上一直是由鼻涕蛇负责测试饮食的安全性和物体的毒性。

鼻涕蛇文文吐舌沾了下各个冰柜中的水，点头告诉大家可直接饮用。

大家喝后，都赞这水好喝，冰爽沁心。

大家休息好了后，正要出门看看时，西贝丽雅推着冰车进来，给大家送来足以三餐的食物和水果，告诉大家小桃红明天中午后会出宫与大家相会，其间，大家可在屋内休息或者屋外宫前的广场上行走，宫墙上和附近的林中都有机关和危险，勿入。

大家遵照行事，第二天午餐过后，大家来到了屋外宫前的广场上消遣。

在广场上活动许久，仍不见小桃红出来，大家内心均犯嘀咕。

正当大家躁动之际，西贝丽雅与小桃红现身洞口，出来了，下来了。

大家松了口气，欢欣相会。

小桃红告诉大家："我姨，送给我们一个超大的玲珑转运珠，助力我们到达前面大湖的彼岸。"

西贝丽雅左手连续打出三个响指，随即旁边一处雪塌，显现出一个镂空的双层大冰球。

西贝丽雅按了下这个大冰球上的开关，这个大冰球自动分成两半。

这个大冰球内部有冰晶制成的内环，内环嵌有八个支架支撑中心的大木匣，内环底部上架有整块的半圆形大冰晶兜底，外部套有冰晶制成的外环。

西贝丽雅介绍说灵熵宫的人外出时，一般都乘坐类似这个的小型双层冰球。这个双层大冰球是专门为随行还有大型载具的出行人员配备的，中心的大木匣子可置换成要随行的载具。

内环底部上的整块的半圆形大冰晶是硬度和强度达到或超过合金的硬体冰，既坚实地保护上面和中心的人与物，又能使球的重心平稳，使得上面和中心的人与物不因球的内外环滚动而失去平衡倒落。

内环是平行地面的横向旋转，旋转产生的动力与气流推动外环运转。

外环则根据地面路况和控制人的需求，可各向旋转而动。

灵熵宫的玲珑转运珠，能利用地面效应飞行，双层冰球内环与外环镂空的地方，旋转所释放出的气流和气压，会使得外环与地面和水面及冰面，产生斥力和反作用力等地面效应，减少阻力而前行如飞，比冰面上的滑具还快。

花行云把大冰球中心的大木匣取出，雷霆和霹雳把红衣大轿置入中心，将红衣大轿的八根台柱与嵌在内环上的八个支架衔接牢固。

西贝丽雅说："你们的红轿子正好装进这球中，还真合适。"

小桃红得意地说："我的轿子是仿制冰仙的轿子，唬人的哦，装上灵熵宫的大冰球，就吓人啦！威风凛凛，飙行八方。

"有了玲珑转运珠，路路通！"

西贝丽雅高声朗朗地说："玲珑转运，一路顺风。"

随即这个大冰球朝南的地方，发生定向雪崩，雪崩延伸至很远，从冰川上的灵熵宫广场上，几乎至最深的湖的最北端。

大家定睛一看，发现广场南向几百米外的下方，形成了一个犹如墙梯的冰道，延伸至很远的湖那边儿。

小桃红拍手说："哇喔，最长的滑梯！我喜欢！"

花行云赞叹说："冰川冰梯，气势高远！"

大家把随身物品装进红衣大轿中，雷霆搬运的时候，问西贝丽雅："这球能滚多远？"

西贝丽雅答复："如果这球全都是硬体冰的话，有多远就滚多远！

"组成内环与外环的冰晶是千年寒冰制成，足以支持这球从前面最深的湖的最北端到最南处运转，在到达这湖最南岸前牢固不化。"

小桃红一行，都坐在大冰球中的红衣大轿里，与西贝丽雅告别。

西贝丽雅挥手告别大家后，随即挥一挥衣袖，拂动了这大冰球，滚向广场南边外的高远的冰梯。

大轿里的闺咪说："灵熵宫的这位小姐姐，刚才看似随手一挥，实际上是'拂袖卷珠'的功夫，功力好！妙！"

这内外双环旋转的双层大冰球，宛若冰川的明珠，恰似闪耀的宝石，沿着冰梯从高处加速滚落下来，又在最深湖的冰面上飙飙。

小桃红嚎喊："冰川天女下凡啦！有生之灵动起来！"

打开轿子的门窗望外，在明暗之间，在光影之间，在风光之间，在冰雪之间，在天地之间，恍惚着，晃荡着，漾溢着，飘渺着，悠扬着，高速飞飙。

小桃红一行，望着如同冰雪的仙境、又如冰冻的外星般的轿外世界，梦游般地飞行。

雪中飞，云中行。

过了许久，才开始互相交谈。

像似：

冰川高山下滚石，

冰湖大陆上飞碟，

冰风百代现环球，
冰花纳泥暴力梭。

真是：

宝石八方通达球，
能量十面玲珑环，
乾坤双向旋转圆，
情感四溢转运珠。

第六十一章

黑曜传奇

晚霞伴随夕阳下，仙鹤旋舞雪岸上。

小桃红指着窗外，大喊："在岸边，那是什么鸟？"

花行云答："很像义父的坐骑，是仙鹤吧！"

霹雳发出疑问："为何这雪岸上有成群的仙鹤飞舞？"

小桃红望着岸边突兀的塔形高台上的仙鹤群，呐呐地说："莫非欢迎红姐归来？嘿嘿。"

闺咪说："红鹤贺红姐，双红有大喜；这不，安全登陆了，妙！"

大冰球滚上岸后继续在陆地上飚行，随着深入陆地后，大冰球的外环脱落了，不久，内环也散架了。

仅剩下托底的大冰块维持稳定，向前缓行。

小桃红见状，说："奇妙之旅，到站了，大家都下去吧，舒展下身体喔！"

雷霆跳下后止住红衣大轿，大家在草地上运动和休憩。

小桃红指着托盘般的大冰块，说："这个可是宝贝，有合金般的硬度，我们一起把它固定在轿下，作为底盘。"

固定后，大家发现红衣大轿无论推撞，始终不倒。

小桃红顿时得意地说："冰仙有冰晶玲珑转运珠，红姐有红木万能不倒屋。"

花行云说天也晚了，大家一起去寻下城镇道路。

雷霆在后，推红衣大轿前行。

大家来到了一条大道上，顺道寻到了一个村落，租了一整幢客栈，休息了一晚。

第二天，大家吃过早餐，离开客栈后继续寻路往南，发现这村上道边有个集市。

小桃红一行前去集市游览。

集市角落上一队全身嵌有白雪花的黑衣人，引起了小桃红的注意。其中一位吆喝在卖黑色玻璃状的石头。

小桃红走近一看，脱口而出："黑曜石。"

吆喝的黑衣人夸赞说："好眼光。要么？我这儿都是上等的黑曜石。"

小桃红看了下说："货不多嘛，就这些？"

卖石的黑衣人又拿出一袋黑曜石，说："这里面可都是雪花黑曜石，自然界中可没有一片雪花相同，也没有同样的雪花黑曜石！"

小桃红看了两下说："看得眼都花了，你们家最贵的一批货是哪些？"

卖石的黑衣人仔细打量了小桃红一行，说："看你们非同凡相，带你们见我们带头大哥'魔力哥'，他那儿的货肯定镇得住你们。"

闺咪一听，问道："是黑曜石族掌石人魔力哥吗？"

卖石的黑衣人听后点头说是，喃喃自语说："魔力哥不在江湖已久啦，在这乡村僻壤竟遇到知魔力哥的人！看样子魔力哥的大名在黑白两道盛传啊。"

霹雳搭话说："我们吃过'魔力哥'他妹'辣妹'和他弟'火山膏'两家的食物，款待中得知'魔力哥'的名字，没想到在这里幸会啊。"

这卖石的黑衣人把小桃红一行引到不远处的一房间里，在门口说了声有贵客买石进见，屋内一人说进吧，随后这卖石的黑衣人用手示意小桃红一行，说："里面请。"

屋内端坐一人，眼睛炯炯有神，身前放置一长方形木桌子，木桌上放着一大块黑曜石。

这人问道："你们是从绝别谷出来的吗？刚才我听到你们谈到'辣妹'和'火山膏'款待过你们。"

闺咪答道："我们是从绝别谷出来的，'辣妹'和'火山膏'两家的食物非同凡享，厨艺非同凡响。款待后价格那是超级优惠。"

这人叹道："我，'魔力哥'，准备归隐，入绝别谷，告别江湖前，准备将这批黑曜石挥泪大甩卖。桌上的这块是这批中的顶级黑曜石，非同凡响，内蕴历史，外溢光芒。"

小桃红好奇地问："这块黑曜石什么来历，藏着什么历史？多少钱啊？"

魔力哥说："说来话长，其中的故事和信息还得保密。"

"听这石头的故事，每位须付五百水晶币，作为信息费和保密保证费，听后若买下则直接冲抵价款，这块黑曜石五千水晶币出售。"

闺咪叱道："听故事也付费，不成功还收费，卖故事还是卖石头？故弄玄虚，宰客抢钱！"

魔力哥解释说："这石头的故事涉及暗黑世界中的很多人物和信息，光明世界的人基本上都不知道这故事的价值。

"这故事的信息，还未进绝别谷的情报交易所，否则按那儿的标价，至少一万水晶币信息费！

"不想听的和不是买主的随从伙伴，请出屋回避下，在屋内听众，每位五百水晶币。听后切记不要对外讲这故事，会惹杀身之祸的，一定要保密。"

小桃红端详这块黑曜石，只见它黑透之体内漾光流芒，烟波缥缈，光影隐约，闪烁恍惚。

小桃红觉得这块黑曜石和灵熵宫的晶体冰有吸纳光波的相似点，就说："我和我哥留下，听魔力哥讲这石头和暗黑世界的故事。"

其他伙伴们出屋回避。

魔力哥收了一千水晶币后，叹了一口气说："也许是缘分吧，你们与这块黑曜石有缘，其中的故事，信则有，不信则无，勿外传！

"这块黑曜石是我族祖上流传下来的一个很大块黑曜石的一部分。其他部分都被暗黑世界的晶魂会抢走了。

"暗黑世界的晶魂会和光明世界的晶睛会类似，都是雇佣组织，里面都是些神秘高手和杀手。

"我们黑曜石族在暗黑世界是很有地位的，类似于你们的水晶族，黑曜石也如同水晶，用途广泛。

"暗黑世界中对我族人动手的或打劫我族财物的，也只能暗中进行，不敢声张的。

"为了守护祖上流传下来的这块黑曜石，我族高手伤亡很大，在一次突袭后这很大块黑曜石碎裂成几部分，为此，我族又分派高手分别守护；但最后，这很大块黑曜石的其他部分，还是相继被暗黑世界的晶魂会抢夺去了。

"我族守护的人愧对祖先，未战死的就归隐谢罪了，最后轮到我，遭遇晶魂会里的传说中的'索魂'黑钻梵睛，不敌他而被夺去了由我守护的黑曜石，仅存这部分。只要是含有人物影像的黑曜石，都会被晶魂会抢走。

"指使晶魂会抢夺的幕后人应该是冥族灵使，因为祖上流传下的这块大宝石内含的身影光像大多是冥族灵使和火神，少部分是冥族鬼使，就是现任冥皇。

"应该是冥族灵使要封口、封杀征服火神这事，所以匿名委托晶魂会，把有关征服火神当时出现的人物影像的黑曜石，连带其他的内含人物影像的黑曜石一并夺走。

"我族不差钱的，关系也广，查询到晶魂会此项委托权限为顶级，绝密。除了冥族灵使和冥皇，也没谁了！而冥皇应该不会通过晶魂会做此事，就如同人皇不会通过晶睛会办事！

"之所以告诉你俩，一来桌上的这块确实有内涵，二来这块日后也被抢去的话，也让你们明白，冤有头、债有主。

"追可求索、寻也有迹。

"我族先人曾参加过一场暗黑世界里惊心动魄的战斗，那场战斗几乎出动了暗黑世界当时的大部分顶级高手，来对抗破坏暗黑的火神；当时可是暗黑世界最后的集结，是对火神最后的决战。

"暗黑世界里是没有神的，如果非要说有神存在，那就只有这个魔界葩神，一团真火的火神，一个奇葩的本不应存在的存在。

"据说上次一颗巨大的天陨撞击本星，光明世界惨遭涂炭、生灵灭绝之际，这火神莫名地从暗黑世界的犄角旮旯冒出来，专寻暗黑世界有生气的地方喷火，所到之处烧光、杀光。

"暗黑世界竟被烧杀得魔哭鬼嚎、抬不起头来，一直下去的话就会被灭绝；因此暗黑世界自顾不暇，也丧失了本可一统光明世界的绝佳良机；为此，暗黑世界的高手们几波大集结去征服火神，但都被火神击溃。

"这个奇葩，身世成谜、行为随意怪异、做事没逻辑、功力不按常理，疑惑难解、毫无头绪。

"神界也没这号神物，对于当时的暗黑世界来说，它简直是神一般的存在，让人费解！因为这火神，打遍暗黑无敌手，破坏灭绝最强手！公认封神，暗黑世界称其为火神，而遭遇旷世劫难而几乎灭绝的光明世界却几乎不知道它的存在。

"这个火神的世界，人鬼不懂，魔仙难测。

"暗黑世界当时的大佬，邀请我族最强高手'爆裂'，参加征服火神的战斗，允诺作为先锋若牺牲则给予我族在暗黑世界里的通行权利和尊者地位。

"暗黑世界此时也已誓言公认：谁能征服、擒获、杀死火神的，魔族的则成暗黑之王，冥族的则任冥皇。

"'爆裂'是我族史上的最强者，而且持有我族的顶级雪花黑曜石打造的最强黑曜石盾用来防御，浑身外挂六大最强黑曜石装甲组合用以护体。

"'爆裂'出道火爆，基本都是打爆对手，碎裂敌人，故有此绰号。

"曾有算命的对'爆裂'说他也终被爆裂而亡；结果还真是，注定一爆还一爆！

"我族的黑曜石相对于其他晶石特别耐火，毕竟大部分都源于火山喷发和地火的锤炼，虽经烈火玻璃化但延展缩聚性特别好，形成时内含有能吸纳光波的气流体，在强力激发下、在特定条件下有录音录像之能。

"'爆裂'作为先锋硬抗火神而与其他的先锋们一道战死，但其黑曜石盾和六大黑曜石组合装甲，被火神之火喷得慢融缩聚，而其他先锋们及其装备，早已被火神之火烧得灰飞烟灭。

"黑曜石盾和装甲，在慢融缩聚过程中，却刻录了当时的景象和音像。

"残余的融缩的黑曜石，经我族打扫战场取回后，分析其内的光影音波，得出当时的景象和音像，转为信息、成为传奇，流转至今到我，现已不全了，也不准了，我就把那时的传奇说给你们吧。"

魔力哥把那时的传奇告诉了小桃红和花行云。

小桃红听完，又付了四千水晶币买下了魔力哥持有的这块传奇黑曜石。

走出房屋，雷霆跑过来问："买了么？"

小桃红张口说："把么去掉！"

小桃红一行，坐回轿中。

闺咪发出疑问："黑曜石族人总是捉弄人，让人吃亏。"

小桃红说："我在进屋前，就戴上了从镜姐那儿买下的放大镜薄片，在屋内看到这石内的波光上有个井字形白斑和周围有八个竖条的光影，貌似轿子和八个轿夫。买回去送到灵熵宫那儿，找我姨分析下里面的波与光，印证故事。如果没用，凭这片段，这石头与本轿有缘，也可作为本轿的垫脚石。"

闺咪拍着小手说："红姐眼神一向很灵的，看石看人，如意如愿。"

小桃红很是欣喜，日后综合灵熵宫和义父对于这个事件的反馈，还原出当时暗黑世界与火神最后一战的信息和场景。

第六十二章

图灵秃岭

那时的场景是在暗黑世界中一个叫"图灵山"的地方，两座光秃的山岭夹着一堑。一座光秃的山岭有个朝向对面光秃山岭的突兀大石块，这个突兀的大石块叫"魔鬼之舌"，"魔鬼之舌"所在的这座秃岭叫"西秃岭"。

对面秃岭顶上有两个长条立柱石，这两个长条立柱石之间夹着一个上下悬空的椭圆石头，这个悬空椭圆石头叫"魔鬼之眼"，"魔鬼之眼"下有个对着"魔鬼之舌"的大平层台面，叫"太平顶"，"魔鬼之眼"所在的这座秃岭叫"东秃岭"。

传说中的火神，坐在"魔鬼之舌"上外边悬空的边缘处，无聊落寞地荡着腿，呆滞寂寞地看着东秃岭。

发呆之际，一大批大部分身着黄黑色服装的队伍，蚁涌而到"魔鬼之眼"的右侧半座山岭。

为首的一个大块头矗立在"魔鬼之眼"的右边石柱旁，这大块头，被黑袍罩住全身，"星光眼"之睛中闪露六道凶光。队伍整顿好后，领队向这首领汇报，这黑袍首领听完汇报后，发出极度低沉的水肺声"嗯——"气场外溢震撼。

这批大部分身着黄黑色服装的队伍，是冥族中亡灵族的黄黑军团。

这黑袍首领是亡灵族族长冥族鬼使。

过一会儿，一大群大部分身着蓝黑色服装的队伍，蜂拥而至"魔鬼之眼"的左侧半座山岭。

为首的一个窈窕女子亭立在"魔鬼之眼"的左边石柱旁，随之八位须白的老者，迈着无声息的脚步，抬着一个外挂白衣的大轿，站于这个窈窕女子的外侧，在白轿前后左右，各两位分立；白轿不落地，但周边的地上已呈雪白色，气场内聚凝结。

这批大部分身着蓝黑色服装的队伍，是冥族中精灵族的蓝黑军团。

这窈窕女子，被漾溢着各色幻彩的黑袍罩住全身，是精灵族族长冥族灵使。

抬着白轿的八位须白老者是八大木族族长：香檀木族族长海南、金檀木族族长金星、紫檀木族族长小叶、花檀木族族长安达曼、黑檀木族族长大叶、黄檀木族族长红河、红檀木族族长刀豆崖、乌檀木族族长乌木。

再过一会儿，一大众大部分身着红黑色服装的队伍，布阵而列"魔鬼之眼"的下方"太平顶"。

这批大部分身着红黑色服装的队伍，是冥族中生灵族的红黑军团。

此时的生灵族族长冥族幽使已逝，冥族幽使的标志法器"阴阳极灵杖"不知下落，生灵族内斗不断，未有公认的领袖担任冥族幽使来号令生灵族。

这些来的红黑军团，一是为了死于火神之手的族人复仇而来，二是因为此次是暗黑世界与火神的最后一战，虽无族长但须代表生灵族参战。太平顶台面上各列高手，均是生灵族内各大族的代表。

东秃岭上的队伍是冥族军团，由冥族三使中的鬼使和灵使统领。

西秃岭和东秃岭之间的堑上，一大片身着各色服装的队伍盖地而来，密布填满，都是为了死于火神之手的族人复仇而来。

堑上的各色队伍是魔族军团。

堑上魔族军团中身着雪花黑衣的队伍就是黑曜石族；黑曜石族队伍为首的是手执黑曜石盾、浑身外挂六大最强黑曜石装甲组合的黑曜石族最强者"爆裂"。

此时的魔族三圣中的暗黑之王已殁。

"黑白极灵"之北极白灵，自从与南极黑灵联手打造出"阴阳极灵杖"，收徒传杖给生灵族族长冥族幽使后，就消逝世间、无踪无影、亡命不知处。

"黑白极灵"之南极黑灵，就是最负盛名的魔族之祖至极妖婆，足不出户，身不外现，不问世间，任凭东西南北风，难奈魔祖不死身。

因此，魔界，内战不断，未有公认的领袖担任暗黑之王来统帅魔族，但遇到火神的烧杀祸害，散沙的魔界也放言公认：谁能征服、擒获、杀死火神的魔族斗士则任暗黑之王。

图灵山堑上无人把持的魔族军团与东秃岭上鬼灵二使统领的冥族军团，联手组成复仇者联军，作为魔冥两族最后的集结，针对火神进行图灵山之战，作为暗黑世界与火神最后的决战。

集结完毕，离火神最近的堑上魔族当魔不让，一阵狂嚎后，派出复仇心切的先锋军团，杀向西秃岭上观自在的火神。

见惯了数次集结的军团来围殴他的大场面的火神，傲视群雄、睥睨乱魔、俯鄙众鬼，闲庭信步走下"魔鬼之舌"，抽出一条火鞭，哼了一声说："看我'扫魂鞭'的厉害！"

挥鞭挞魔，火鞭所到之处，灰飞物灭，灼烧不绝。

魔族斗士虽不怕死但怕火烧，因这真火具有穿透燃不尽的燧透效应，一旦沾染就无法去灭而受持续的燃烧痛苦和煎熬折磨。

"魔鬼之舌"之下的战地成了大型烧烤场，哀嚎惨叫不断。

"爆裂"不愧为黑曜石族史上的最强者，依仗黑曜石耐火的特性，执黑曜石盾和挂黑曜石装甲组合，自火神降临暗黑世界以来，成为首位近其身相搏的魔族斗士。

黑曜石盾虽挡住了"扫魂鞭"，但不敌"扫魂鞭"真火的爆烤、燃烧、熳熔、燧炀，终将烂尽。

"爆裂"的头部装甲和躯干主体装甲及四肢四驱动装甲及其包裹体，被"扫魂鞭"真力抽裂成六块，但谁知"爆裂"裂成六块不死，仍同时飞向火神，意图围包而捆缚火神；原来"爆裂"是由六个生命体通过六大黑曜石装甲组合而成更强的变身体，随时分聚，任意组合，既可分，又能合，所以谓组合，结果更强大。

虽有意外，难奈火骸。

火神，不是本灵，与本星动植物和菌类的生灵不同，是异灵中的魄灵之一火灵，就是有灵性的阳离子态体。

火神突围出了"爆裂"的组合围困，使"爆裂"功亏一篑而死；但"爆裂"的搏命围包，也用黑曜石黏住火神四分之一的烈焰，竟让火神的气焰减半。

火神不死的话，则黏住焰火的黑曜石虽慢消，但终会因燧透效应而尽灭。

群魔扑火，已见成效，东秃岭上的冥族鬼使见火神气势减半，就发出极度深沉的水肺重音："都闪开——我单独来战他——"

冥族鬼使走下"魔鬼之眼"，来到"太平顶"，冥族斗士纷纷自动闪开让路。上攻"西秃岭"的魔族斗士自行纷纷退回至堑上，回归魔族本阵。

冥族鬼使在"太平顶"上纵身一跃，飘至"魔鬼之舌"，抽出"荡魄鞭"，向火神劈头盖脸抽来。

火神遇强则气势反而暴涨，打出"扫魂鞭"迎击。

双鞭往来，如星系旋转轮转，又如螺旋盘旋。

双方之力与气，交互而不交融，纠缠而不纠结。

真是：你虽海洋磅礴，我也江湖澎湃，湖水不犯海水，相得益彰。双方势均力敌。

冥族鬼使见功力不能胜，就不断使出分身术、无形术、幻影术等各种术法，既快又绚且幻。

火神也不惧怵，雷吼、电闪、叱咤等对待。二者并驾齐驱。

其实，冥族中的亡灵族都是本灵生命体，但此时的亡灵族族长冥族鬼使却不是，而是异灵中的魂灵，就是有灵性的阴离子态体。

魂灵对魄灵，魂魄相当。两边不分上下。

图灵山之战中这场火神对鬼使的对决，看得群魔众鬼出神，难道结果是魂飞魄散？

难解难分之际，火神突然大喊一声："停！"

。宝石记

第六十三章

地国妖姬

　　在"魔鬼之舌"下的刚才焚灭魔族先锋队的烧烤场地上，出现了一个似鸡、如鸟、若雀、像凤的活物，火神瞥见后，大喊一声："停！"

　　群魔众鬼聚精，连同火神都在打量这个四都像的活物。

　　火神问："这是鸡？"

　　有个饿鬼答："烧鸡。"

　　有个饿魔答："烤鸡。"

　　有个黑曜石族的，答："这么大个儿，火鸡。"

　　这似鸡的活物这时呱呱地发出声音。

　　生灵族的红黑军团中发出个声音："是活的，这不还自报称呼——呱呱鸡。"

　　亡灵族的黄黑军团中发出个声音："被你们吓着了，趴在那儿，得名趴鸡。"

　　精灵族的蓝黑军团中发出个声音："照这么看，外表彩色如花，叫花鸡呗。"

　　图灵山埜上的魔族军团中有不服的，发出个声音："这分明是鸟，你们瞪眼瞎瞧，指鸟为鸡。"话落，对着这似鸡的活物，发出"狮子吼"功夫刺激它。

　　这似鸡的活物被震到，飞起落至"魔鬼之舌"下没有焚烧的地方歇息。这下不是鸡、是能飞的鸟坐实了。

　　火神见状问："这是什么鸟？"

　　刚才说话的那个黑曜石族的，嘲讽火神答："这是爱情鸟，看上你了嘛。"

　　生灵族的红黑军团中发出个声音："是孔雀，孔雀石族那里，这有很多呐。"

　　亡灵族的黄黑军团中发出个声音："非也，大不同，是传说中浴火重生的涅

| 295

槃凤凰，不死鸟哎。"

这时堃上传来富有磁性、魔力、动听的女童声音："你们一会儿再战吧，我来解答这个问题。"

冥族鬼使听后，纵身一腾，飘回到"太平顶"。

大家转睛一看，一位绝世美女从堃中走出，向火神而来。

此女身着黑丝彩绸，大波浪的长发中系着数缕各种单色绢纱，脸庞蒙着丽纱，形体曼妙，脖、肩、胸、背、腰、臀、腿、足、手、脸等全身各处完美，身着绫绢绸缎真丝滑，展现漾魅溢彩且飘逸，"毅精睛"之眼炫焕出坚毅聚精的眼神睛光，简直是具有销魂气量的梦幻精灵。

真是：

头缠绢

脸维纱

胸纬绝

背纫纹

身纠缎

体纤绸

腰细绕

腿绚丝

颈缝绅

翼缥绫

足纺织

行络绵

神经缈

魔族一看竟然是地国妖姬，暗黑傲魄。

冥族一瞧居然是冥界幺魅，冥族灵使。

冥族灵使和光明世界中粉色绿柱石族的摩特娇，都是形体完美。

摩特娇是性感美，冥族灵使是感性美。

人遇到极致的性感美，还可矜持，遇到极致的感性美，往往把持不住理性。

人这样，神亦是，更不要说魔鬼啦！

冥族灵使一边缓然地走，一边淡定地说："这个叫恐雀，恐龙的恐，鸟雀的雀，是孔雀之祖，生活在恐龙时代。

"凤凰七色，恐雀八彩：红、绿、蓝、青、紫、黄、黑、白，但并非像不死鸟复活，也不似凤凰重生。

"这个恐雀是休眠很久而后苏醒，来到这个世界。

"这个恐雀应该是在上次的天陨撞击本星前不久出生，羽翼刚满，就被大碰撞的尘风掀翻其雀巢。

"覆巢下卵碎，因卵多，大批碎裂的卵内蛋清淹没了这个恐雀，恐雀本身就是遇冷而休眠的动物，加上出生不久休眠器官与机体未退化，随即休眠未死。

"淹没其身的蛋清起到良好的防腐隔绝功能，蛋清外的坚硬壳体，被随即而来的热风速熔，化为瓷体，立即被厚泥埋没。

"瓷体也起到良好的内外隔绝作用，瓷化壳体外部的厚泥至今已成化石，这瓷化壳体内部则成玉石，玉石内却有休眠的这个恐雀。

"大家可以看下那边的断层表象，能证我言。"

在场的众位，顺着冥族灵使的指向，看到了刚才火神焚灭魔族先锋队的烧烤场地旁的石崖断层中，有很多大蛋化石和蛋壳化石，有些化石经过刚才的战斗和焚烧而碎裂露出瓷化的玉体。

"这个幸运的休眠恐雀，因你们的打斗破坏其外壳后苏醒，与你们有缘。唯一的恐雀孤独现世，都是你们所致！这结果是有原因的。"

冥族灵使走到了火神的面前，说："我是专研独特宝石的研究生，大家叫我傲波儿，一生一世有三研：研古通今达将来，研今更新创将来，研将来引今盘古。我现在是宝石无双专业的唯一博士，博士无双的我，立志成就独特宝石领域中的博师无双。"

垫上的魔族以为冥族灵使报名后就将开打，立即沸腾、起哄、鼓惑、噪乱。

魔族群嚎："波儿是无双！"

东秀岭上的冥族，离着冥族灵使太远，听不清冥族灵使对火神的谈话，但听着魔族鼓噪，也以为要开干了，就跟着群起，发声示威。

生灵族的红黑军团群叫："博识无双！"

亡灵族的黄黑军团群呼："霸视无双！"

精灵族的蓝黑军团群喊："盖世无双！"

沸腾过后，就听到魔族嘟囔、生灵族叨咕、亡灵族咕哝、精灵族嘀咕、黑曜石族扯谈，说什么的都有。

有个黑曜石族的，在叽歪说："一会儿，大家动作快点，英雄救美，一会美人被烧烤了，就可惜了！"

傲波儿对火神说："下面很吵，走，上面说话去。"

第六十四章

火花火化

傲波儿和火神走上了"魔鬼之舌"。

火神问:"你来这儿,为何?"

傲波儿说:"因为你好奇问,所以我来回答。

"我来这儿,是来拿宝石的,回去研究。"

火神质疑地说:"这荒山野岭的,除了我,哪有宝石?难道是来拿我?分明是来收拾我的,哈哈——"

火神说完,冲天大笑。

傲波儿严肃地说:"别弄混了,我不是收尸人,也不是收拾人的,是收石人!

"你知道你的身世吗?每种石都有动人的故事和精彩的传奇。

"你知道你的出身石吗?

"我本名傲魄儿,是欧泊石族中黑欧泊石掌石人。讲真,你我有亲缘关系,我不在意你是胜是负,也不在意你的死活,因为都是注定的。

"我在意的是你的心和缘起,你的心是宝石!我是来告诉你的缘起,好让你回归,可以的话带你回家。"

火神不屑地说:"别跟我套近乎!只会伤着你自己。

"我不喜欢光明,在光明中燃的太寂寞,看不清自己,人间不值得!

"在黑暗里烧,燃烧外物的同时,还能看到自己。

"我讨厌这个世界,更厌恶黑暗,也厌恶一直在破坏世界、毁灭一切的自己！

"我不该属于这个世界，我无亲也无情，无意也无义，我是恶魔我怕谁？"

傲波儿坚定地说："关于你的缘起，我查遍了世界但无因无果，蓦然回家，翻阅尘封千年的族谱而遇其所载百万年前的一个传说。

"说本星每次遇到大块陨石撞击而产生的本星表面浩劫时的共振、波动、能量，会开启、焕发出深藏本星地下尘封已久的欧泊石族中火欧泊石。

"每次自动激发能量，自燃迸发魂魄离子，如同使命的召唤，身不由己地降临世界，大燃四方，火遍各地。

"每次纵火横行暗黑世界而后被禁锢，对于记载的几次，先人先后称为暗黑破坏魔、暗黑毁灭神、火灵、火仙、火霸、火妖、火鬼、火魔。本次，都称你——火神。

"你的生命体与众不同，所以你以为不属于本星，不该属于这个世界，所以你百无聊赖，破坏本星，毁灭世界；但你属于这个世界，你是本星人。

"你虽然与撞击本星的天外飞石无关，但是有缘。

"你的出现，是本星浩劫后的地下自燃的璀璨。你是我族欧泊石中历史长河里闪亮的流星，总是突然出现，活了一下、火了一下、祸了一下后就不知去向，使火欧泊石又归于长久的沉寂。

"谁不是流星而过？只是在这个世界中是否璀璨，是否黯然！"

火神听后说："其实，我不想这样子的。"

傲波儿说："我知道。你不想这样子的。"

火神叹息地说："我一直不喜欢这个世界，不理解这个世界，一无所有，茫然不知归处；这个世界也不会来理解我，因为恨死我了。"

傲波儿说："你的出现，是命中注定。不是你的错，也不是世界的错，原谅世界。

"生不由己地来到这世界里，你孤独无聊，所以你要让黑暗痛苦！

"来到这个世界，谁愿意在世孤寂一生，空空如也？谁不想有所归属、有所成就啊？

"你的孤独，无人懂！只有我知道。

"但在这个世上，无论是否拥有，还是拥有多少，最后成空！

"你的过往都是尘烟。

"没有伙伴，无相伴，孤独与寂寞相随。

"你有的是空，你不愿意，你不心甘，以火咆哮心中的怒吼之声，闪耀内在的狂野之心。

"但不管怎样，最后谁都是如此，得到的化无，到死了成空。

"我们都是无，空间里到处是无，无，才是永恒，所以得珍惜有，因为有，不永久。

"有的是时间，有，存在于时间和记忆里，你的存在，就如同你在我心里和世人心中。"

火神赞叹地说："有了你，我倒对世界有点感觉了。

"听你说类似我的我族先辈，结果都被禁锢，是被谁禁锢了？"

傲波儿答："都是被这个世界中最接近死神的一位神仙禁锢的，以宇宙中的最底温凝冻后带走，禁锢在本星极寒的地方。

"对面山岭上有八人抬着的白色大轿中的，就是这位神仙。"

火神顺着傲波儿的指向，看到了大白轿，也看到了白轿下面的地面上，呈向四周蔓延式的冰霜。

傲波儿继续说："抬这轿的八位老人是八大木族族长，从本星冷极一直抬到这儿，一路至今都不敢让此轿落地。

"据说轿内有着本星上最绝缘的罩体层层隔绝，但即使如此，一旦着地，会发生扩散式的死亡凝结，冰封沾染的生灵。

"现在这轿原地待着久了，因为隧穿效应，轿内这位神仙的冻力还是辐射出来，使周边的地面结成冰霜了。"

火神仰天长啸后说："哈哈，终于遇到让我冷静下来的对手了，希望能终结我这一生，我受够了无聊。"

傲波儿说："这个神仙的冰封冻结、禁锢，意味着永远在此生，没有来世，也许是永久的无聊，而非解脱。

"咱们家族虽有你这分支信息的尘封记载，但至今都没有显灵后的火欧泊石标本，由于都被带走禁锢在本星冷极，使得咱们家族不知你这分支的内在。

"你随身若有魄石，请交给我，莫被禁锢！

"让我研究，或许能解析你和先辈的往事，也许下次后辈降临，会有来世。"

火神问："你知我心？怎么保存？"

傲波儿说："化石留存，若有心，真有情，情感可化心石，永留世间。

"如果有如果，我们再见，或来世相遇，你就绝不孤独。"

火神问："有情感了，是不是离死不远了？"

傲波儿说："嗯，是的，动了情感就注定——会死。

"你的情感，只有我感到。让我倾听你的心声。

"跟着感觉走！握住我的手！把心交给我！让我带走你的心，让你魂归原位！"

有了归属感，就有了情感，就有了成就感——成就他人的情感。

傲波儿向着火神，伸出平柔的左手。

火神盯着傲波儿完美的手，说："交心而平，遇你而安，世界平安！

"我的收石人，因你，我不再无聊。"

火神浑身聚集真气真火，暗自将功力与心波急速凝结成心石，左手掏出并拳捂，搭在了傲波儿的左手上，握住傲波儿的左手时暗中交给了她。

过了会，右手掏出"扫魂鞭"递向傲波儿的右手说："挥鞭挞魔，交鞭达殁，我名挞魔，请你收鞭。"

傲波儿右手接过"扫魂鞭"，说："好吧，挞魔。"

后来新任的冥族幽使从现在的冥族鬼使得到荡魄鞭，改名福龙凰鞭；又从冥族灵使傲波儿得到火神的扫魂鞭，改名福龙凤鞭；后将福龙双鞭交予后来的下任冥皇。

火神一生都在毁灭、摧毁、破坏世界，死前，觉得该给这个世界留点什么，就把功力和心法化成宝石，连同遗物"扫魂鞭"赠给了暗黑精灵傲波儿。

因缘而生，因缘而灭。

曾在世界那么的火，将心，化晶成石。

这块火欧泊石，仿佛是火神内心的眼泪，又若坠地陨石最后的火花，犹如纵燃世界的一把火，璀璨而绚烂，出现又离开。

世间自古谁无死，留下宝石念此生！

第六十五章

出神入化

火神，愿留宝石在世间，唯有气魄，不愿禁锢！

鞭没了，神还在！火依燃。

火神交鞭后，走下"魔鬼之舌"，走出西秃岭，走过图灵山之堑，走上东秃岭，走向"太平顶"。

在经过图灵山之堑，走到"太平顶"前，哼唱了首歌曲：

世界最火的恶魔，是曾经的我
天地之间，孤独无聊的我
世界会美好，未来没有我
多年之后，都会忘了我

人间孤单的落叶，是如今的我
男女之间，牵手生情的我
人间很痛苦，曾经都恨我
多年之后，可以忘了我

生命由我不由天，是真实的我
阴阳之间，自由解脱的我
生命不再火，现在可笑我

多年之后，记得忘了我

喔——忘了我

火神所经之处，魔冥两族斗士纷纷让路，以为这很奇葩的火神竟然主动来单挑站在"太平顶"的冥族鬼使，继续刚才的"斗转星移"。

在场的高人多，记忆力好的也多，把这歌词记得一字不落，以后也不忘，记住了《忘了我》，人火、曲燃、歌爆、调炸、流传。

对于魔鬼之舌上的火神和傲波儿间的交谈内容却因远听不见、音杂听不清。

火神哼唱完了，刚好站上了太平顶台面，立在冥族鬼使面前，用右手割了头，用左手拎着头，一步一步走向台面边缘。

随之，火神的身体自下而上，渐灭渐失，当拎头的手湮灭之际，火神的头颅已凝结成透明状的骷髅头形的火欧泊石。

火，出神入化，石。

已亡"爆裂"身上外挂的黑曜石上粘黏的焰火，也在火神化石那刻随焚而逝，剩余数大块的黑曜石。

在石化的这骷髅头将要落下之时，冥族鬼使上前抓住这骷髅头，高举过顶，示向群雄，发出极度低沉的气压全场的水肺声："他提头来见我，自焚谢罪，被我征服！公敌已灭！"

生灵族的红黑军团高呼："威武！威武！威武！——"

亡灵族的黄黑军团高喊："冥皇！冥皇！冥皇！——"

这火自焚！真奇葩，受什么刺激？还提头来见对手！

真神，封神，不服不行啊！群魔受惊了！

地面的各门面的高手暗自思忖，观这"太平顶"台面上统一的排面，见这局面，瞧这场面，在魔冥两界面的斗士，在这种平面集结下，取得胜利的表面上，牌面明了，冥族鬼使很有颜面，看在联手的情面，公认冥族鬼使为冥皇不失体面。

来此参战的，都被八面威风的冥族鬼使的虽不恐吓但唬吓十三面的气场所折服，也随之附和、膜拜。

　　冥族鬼使享受完全场的敬意、祝贺、膜拜后，为绝后患，将火神焚灭后仅剩的石化骷髅头击碎，旋即口中喷火烧得灰飞尽灭。

　　火神聊后自焚、提头来见冥皇的场面，惊心动魄；但令魔冥两界细思极恐和折服的是：与火神当面独自交手却能安然无恙的冥族灵使傲波儿和与火神近距独斗单打还能全身而返的冥皇。

　　一个让火神提头来见！能单挑战平火神。

　　一个让火神把心掏出！竟与火神牵手！

　　此后，无魔、无鬼，也无人，胆敢挑战冥皇和傲波儿。更没有敢牵地国妖姬的手，也不敢与傲波儿长聊谈心。连强悍恐怖的火神都交心了、牵手后自焚，谁还敢步火神的后尘？但却有两人除外。

第六十六章

玉门关

小桃红一行道别魔力哥后，往南来到了丁字路口。小桃红惑然地往左看了下喊向迷茫的霹雳，又茫然地往右看了下叫向困惑的雷霆，吼道："去哪儿？"

闺咪说："别急，前面有路标。"

看到路标，往左标识向东到玉族领地，往右标识向西通祖母绿族领地。

小桃红疑问："我们在哪？难道还没到玉族的地界？"

霹雳说："这么看来，湖畔那边应该已经是玉族的地界了，但带着我们的大冰球滚进内陆有段时间了，现在我们可能在海蓝宝石族的领地上，越过了玉族的地界了。不过呢，我们离玉族地界很近，原路返回到湖畔或者按这指示向东也能到玉族领地。"

小桃红说："既然来到这了，就按路标往东走吧！"

刚说完，从右边的路上奔来一百多个身着绿色服装的骑兵队伍，为首的身着淡黄绿色服装。

霹雳视力好，一眼认出是祖母绿族的科斯，脱口而出："是科斯，是祖母绿族的骑兵。"

原来，海蓝宝石族与祖母绿族是血脉同源，都属于绿柱石族。

后来，蓝色绿柱石族独立成为海蓝宝石族，但与祖母绿族仍关系密切，交往频繁。

在绿石林大会后，摩特娇与科斯率领祖母绿族追兵追丢了花行云，随即兵分两路，一路由摩特娇率领，驻守在追丢花行云的那个三岔路口上，不时地派人到绝别谷的南晶口附近探察。

一路由科斯率领，在外界通往玉族的必经地玉门关前各处巡视，并通知附近区域的海蓝宝石族人，若有发现小桃红一行即时通报，同时通知摩感派人封堵绝别谷的北晶关口。

小桃红一行在海蓝宝石族地界上的客栈住宿后，因为有能说人话的半兽人相伴，这队伍比较特别，村里人没见过，随即上报管理者，海蓝宝石族的管理者随即通报科斯，科斯聚拢祖母绿族的骑兵火速赶来。

雷霆说："怎么办?"

小桃红故弄玄虚地说："面对敌众我寡，就一个字来应对!"

雷霆问："是什么字?"

小桃红说："当然是'跑'啦!"

雷霆一跺脚，说："哎哟，精辟!"

雷霆说完，让小桃红带着闺咪、口水狗、鼻涕蛇进入红衣大轿后，拖着红衣大轿往左边的路上向东飞奔，花行云功力好、体力强，边跑边助推，霹雳则在轿顶观察四方。

狂奔了会儿，小桃红一行来到了一个城关下，定睛一看，城关挂的大型牌匾上写着：玉门关。

门卫质问："来者何人?"

小桃红从轿中蹦出来，说："哈哈，是我，翡翠你红姐!"

玉门关是晶族通往玉族的必经关口，玉门关的门卫们记性和视力都很好的，一看这个身着桃红色服装的女孩子，正是翡翠族紫衣公主花仙罗兰的女儿"小桃红"花飞雪。

几个门卫立即行礼说："欢迎公主殿下。"

小桃红说："赶快通知罗涵，把后面的追兵赶跑，对了，追兵是祖母绿族的人，吓跑就行了。"

城关上下来一男巨人说："罗涵在此，请安公主，请放心，无忧。"

小桃红拍手说："哎哟，说罗涵，罗涵就到!"

罗涵哈哈大笑说："关外烟尘滚滚，大家都许久未见风烟了，正好引得我过来看个究竟，原来是红姐乘风归来!"

小桃红高兴地说："我赶着回家，我到城里看下你娘，就走了，下次再来找你玩噢！"

罗涵微笑说："好哩，请进，我现在就去把外面追兵打发了，你下次出游，咱们再见！"

小桃红一行入城后，不一会儿，科斯率领一百多个身着绿色服装的骑兵追到。

科斯从远处看到小桃红一行入城，知道玉门关有玉族重兵把守，不敢乱闯，到了近处，只得挥手示意队伍停下。

只见城门前，有八组削平的桃树桩，对称排列在东、西、南、北、东北、西北、西南、东南八个方位，每组树桩分三行，每行有四个树桩，每行的树桩呈现等距排列或者中间两个树桩集中紧挨。

八组树桩对称的中心地带，有四个削平的特别粗的桃树桩，被分别放置在东、西、南、北四个方位。这四个削平的粗树桩，由地上划的黑实线相连成一个正方，寓意"地方"；同时由地上划的白实线相接成一个圆圈，寓意"天圆"。

这四个削平的粗树桩上放置着四个筒形瓷杯。

东方位的瓷杯，釉下彩底色绘白，釉上彩刻"东"字描黄，字面朝东。

南方位的瓷杯，釉下彩底色绘白，釉上彩刻"南"字描蓝，字面朝南。

西方位的瓷杯，釉下彩底色绘白，釉上彩刻"西"字描红，字面朝西。

北方位的瓷杯，釉下彩底色绘白，釉上彩刻"北"字描绿，字面朝北。

这四个筒形瓷杯内盛满的水晶币将要溢出杯口，在阳光下熠熠生辉。

城门下矗立一巨人，高喊："在下玉族罗涵，来客请报家门，可有通行证件？"

科斯一听，知道此人就是江湖上传说的玉门关下的"百手罗汉"罗涵。

科斯回答："我们都是祖母绿族的，有事找刚入城的晶族的花行云，因急未带入关证件，烦请通融下，先入城，后再补。"

罗涵高声说："既然是祖母绿族的客人，就应该知道晶族和玉族的规矩，没有通行证件，请回吧。若你们的路费不够，前面的四个白瓷杯里有晶币可以拿走的，若你们口渴，我这儿也有瓜果招待。"

罗涵说完，左手拿出一个桃树桩，右手举起一把薄片刃刀，刀削出一片木片飞至一处桃树桩上。

在这右手刃刀刚削片之时，肩膀上出现第三只手举起另一把薄片刃刀，刀削出一片木片飞至另一处桃树桩上。

在这第三只手刃刀刚削片之时，肩膀上出现第四只手举起又一把薄片刃刀，刀削出一片木片飞至第三处桃树桩上。

如此循现，新手不断涌现，后手追前手，新手起刀时，前手刀削落，手起刀落，晃眼夺目，不一会儿，八组中的每个树桩上，都有片木片。

罗涵左手拿出一个白色大萝卜，右手举起一把薄片刃刀，刀削出一片萝卜片飞落一处桃树桩上的刚落不久的木片上。

在这右手刃刀刚削片之时，肩膀上出现第三只手举起另一把薄片刃刀，刀削出一片萝卜片飞至另一处桃树桩上的木片上。

在这第三只手刃刀刚削片之时，肩膀上出现第四只手举起又一把薄片刃刀，刀削出一片萝卜片飞至第三处桃树桩上的木片上。

如此循现，故伎重施，再一会儿，八组中的每个树桩上的木片上，都有片萝卜片。

罗涵左手拿出一个大西瓜，右手举起一把薄片刃刀，刀削出一片西瓜片飞停一处桃树桩上的刚落不久的萝卜片上。

故技重现，多手再现，又一会儿，八组中的每个树桩上的萝卜片上，都有片西瓜片。

罗涵左手拿出棕褐色罗汉果，右手举起一把薄片刃刀，刀削出一个罗汉果壳飞向一处桃树桩上的刚落不久的西瓜片上。故技重来，多手又现。

罗涵左手不断飞出瓣瓣桃花，右手指夹细针般的木签，甩手飞出指夹中细针般的木签，穿上一瓣桃花飞追并串上飞向一处桃树桩上的一个罗汉果壳后，一同到达这处桃树桩上的西瓜片上。

故伎重演，多手复现，最后，八组中的每个树桩上的每个木片作为托盘，上有插着瓣粉色桃花串着棕褐色罗汉果壳的红色西瓜片和白色萝卜片。

一气呵成！桩上摆盘、飞碟、修萝、开瓜、削果、秀花、绣针的飞花流云的手秀现场，真是眩目撩心！

罗涵手工秀后，伸出另外的双手合拱致意，朗声说："这些可不是歪瓜劣果，是可以生津止咳、解渴的，我花拳秀手制作，欢迎品尝。"

祖母绿族的追兵们看得目瞪口呆，纷纷议论。

有的说："这刀工不错嘛，料理得有模有范的。"

有的问："嗯，还桃花装扮呢，貌似桃花开的盆景；挺有情调的，吃了后会不会交桃花运？"

有的答："这位人称'百手罗汉'，名不虚传，熟能生巧，功力与分寸都拿捏到位。这八组桃花桩很八卦，修罗刀下、剔骨削肉、剐成红白切片，血溅桃花还差不多。"

科斯身后的一个亲信提醒科斯说："'百手罗汉'摆手、出手，明手已现九十九手，还留一手，须留意；否则秒成渣——都不剩！"

科斯身后的另一个亲信提醒科斯说："这城里面还有他娘，老千手，更吓人，'海中水母，路上灵母'。"

"还有他妹罗旋，'花千手'，被牵手沾边的话就惨了、没跑！千刀杀伺候。"

"'百手罗汉'是千手巨人家族的残疾，只有百手，负责门前作秀招待，派他出场，这还真没拿我们当敌人哦。强入城的话，会挨千刀的，若是外敌兵临城下，一般是女的出来，千刀斩外敌。"

"江湖传言千万别招惹当关的玉族女人，一妇当关，千夫莫开。"

"一扬千刀，一挥千手，一晃千掌，一闪千拳，一点千指，一本正经的人，一怼就怂。"

"'百手罗汉'这个残疾也不弱，一夫挡关，百夫难过！"

科斯听后，悄声地对身后的两位亲信说："你们提醒得不错。这'百手罗汉'明面留一手外，秘传他百手外还有一只暗手，这只暗手功力最强、速度最快，作为最后一手绝杀或者暗藏于明手中必杀对手。

"秘传千手巨人实际都是一千零一手或余出几手，那只无形的手——余出的暗手，才是最强、最快、最可怕的！"

科斯出面朗声回答："你这百分百料理挺精致的，赏心悦目，多谢款待，我们心领了。

"据说您是顶级发牌手、理牌手，哪天我族举行棋牌赛事，将会邀请您到我族演艺，请赏光出席，届时用我族的绿瓢香瓜招待您。"

"百手罗汉"罗涵拱手回礼说："好说，好说，承蒙关注和厚爱。"

科斯说完率领众人悻悻地原路返回。

这真是：

百手西瓜，戏卦牵挂，侃剐看瓜，为吃瓜。

罗汉果壳，掴壳解渴，止咳治客，成过客。

吃客有胆解渴尝果壳；

看客不敢死磕成过客。

第六十七章

香花宫

小桃红一行进入玉门关后，拜见了"百手罗汉"罗涵的母亲"千手灵母"，将在外淘到的一些晶族的宝石送予"千手灵母"，"千手灵母"笑纳。

小桃红问："我在城门口看到罗涵啦，和他打过招呼啦，罗旋呢？她哪去了？"

"千手灵母"答："前些时候，出关巡游的孔雀石族人回来了，雀石神与雀石灵还带回来一帮身着蓝装的蓝铜晶族人。罗旋她陪着孔雀石族人去了。"

小桃红接着问："是不是队伍中还有群狗狗？"

"千手灵母"答："是的，每个狗各不同，一百多个呢，倒是难得见到！"

小桃红一听很开心，说："我们急着赶回香花宫，我哥很久没见到我娘了。之后我就到孔雀石族那里，找罗旋她们一起玩。我们现在就出发了。"

小桃红和花行云告别"千手灵母"，赶往香花宫。

途经玉族圣地灵玉宫，小桃红嫌麻烦，不愿打扰灵玉宫的玉族高层，只在灵玉宫门口问询灵玉宫门卫："请问西域七仙女，现在还在宫内吗？"

灵玉宫门卫答："你说的是西域来的禧玉、喜玉、曦玉、夕玉、烯玉、稀玉、玺玉七位玉女吧？她们目前不在宫内，据说受圣使神差大人邀请，到天镜城参加音乐会去了。"

花行云说："我们在绝别谷经过草莓绿柱石族的聚居地时，其族人说其族首领尔贝多芬也是受圣使神差邀请，到天镜城参加音乐会去了。"

小桃红遗憾地说："我和她们有几面之缘呢！那下次再找她们吧。"

小桃红一行离开灵玉宫，直奔紫翡翠族紫衣公主花仙罗兰的住所香花宫。

小桃红一行来到了镜水湖，看到水天一色、如镜的湖面，大家的心情都沸腾了。口水狗跳出来，鼻涕蛇钻出来，享受重返故地的喜悦。

小桃红让口水狗和鼻涕蛇结伴回到孤儿院看看；让啸天虎雷霆和扬威鹰霹雳及闺咪一同在镜水湖旁歇息，同时看守红衣大轿。

小桃红拉上花行云，经过林语堂，进入香花林，来到了香花宫口。

身着紫衣的花仙在香花宫殿堂上布置香花。

小桃红大喊："妈妈，我回来了！"

小桃红跑上去，和罗兰相拥。

罗兰欣喜地说："雪儿！"

罗兰与小桃红相拥时，也看到了花行云，惊喜说："云儿！"

花行云有些哽咽地说："娘，好久没见你！好想你！"

罗兰端详着花行云，说："你个头比上次长高了！身体也比上次更壮了。"

罗兰接着问："你们怎么一起回来啦？云儿，你义父呢？"

往常，花行云都是随同义父乘坐南玄仙鹤飞至镜水湖，到林语堂后进见罗兰。

花行云说："是师父突然让我下山，到香花林找你，让你尽快联系义父，转告义父说冥族来过山里。我下山后不久，在水晶族大会上恰好遇到雪儿，就随妹妹一起回来了。"

小桃红乐呵呵地说："是的，我们还参加了绿石林大会，哥武艺高强，决赛时谦让绿翡翠罗曼大哥，助他夺冠。我们经过绝别谷，到灵熵宫看望了姨妈罗白雪，她送你送我各一个'冰种飘花'的白翡翠手镯。"

小桃红说完，掏出个方绢，打开亮出个白翡翠手镯献给花仙。

小桃红随后，又掏出个方绢，打开亮出个内含蓝紫色毛须的水胆水晶吊坠呈给花仙。

小桃红故作神秘地说："这水胆水晶里面的灵须和哥脖子上的如意灵须，还有我和义父身上的如意灵须，能发生共振和感应，颜色也相同，肯定是天生灵物无极仙翁的。这须颜色也很搭配妈的衣色，这须能随心如意的伸缩，我来说下操控技法。"

小桃红说完，把这个内含蓝紫色毛须的水胆水晶吊坠佩戴在花仙美丽的脖颈上，贴耳传授操控技法。

花仙试练后已掌握，小桃红拍手说："现在只有咱们一家外加义父，掌握如意灵须的使用技法，义父告诫过我们，说不要外传，这些灵须远隔千里，也能共振联系，能供我们之间联系和信息传递。"

突然，三人身上的如意灵须发生共振，小桃红一脸懵惑不解地说："什么情况？在绿宝顶下，我和哥就遇到过一次这种情况。"

正在此时，宫女来报说，碧玺族长卡龙正在林语堂，要拜见宫主。

罗兰一家都很惊喜，亲自到林语堂接见人族圣使宝石之王卡龙。

四人见面欢喜一场，花行云把下山时的情形和下山后的经历，花飞雪把这次回家前在外的所见所闻，都汇报给罗兰和义父卡龙。

其间，卡龙说，运用力通过共振和波动的反馈，能定位各个灵须的位置和感应到各个灵须及其佩戴人的状态，今后通过特定的频率和波动，能传递和解析各自的信息。

卡龙指出，他曾飞临过绿宝顶，不定时地运用力，通过灵须反馈，来感知大家的大概位置和状态，想必花行云与花飞雪在绿宝顶那会儿，和刚才在林语堂时，他正在运用力而致大家各自的如意灵须发生共振。

听完花行云与花飞雪的经历汇报后，卡龙说，本来花行云一家重逢应多聚，但信息反馈花行云的师父和师娘不知下落，生死未卜，很大可能危在旦夕。

卡龙前来香花宫，需要花行云协助，尽快前往凌云顶等地，探查线索和探察究竟。

不得已，卡龙与花行云向花仙母女告别，乘坐南玄仙鹤飞离香花宫。

卡龙每次离开香花宫，都百感交集。

第五卷

乐海寻因

第六十八章

天镜城

南玄仙鹤云中飞时，人族圣使碧玺族长卡龙交给花行云一个信息识别卡及密码，告诉花行云，卡龙已在人族的信息系统为花行云注册登记了其信息，身份是碧玺族中绿碧玺掌石人；这个卡既是身份证、通行证，也是账户卡、收支卡。

南玄仙鹤飘落在凌云顶上的净水潭岸边。

花行云故地重回，望着凌云顶上的流云，看着宁静的净水潭边上的绿树与青山，净水潭的中间漂浮的雪叶群，遐思过往，有所怅然。

二人来到了凌云瀑，经过水龙洞，上了彩虹桥，巡视了整个凌云顶。

花行云察看后告诉卡龙，师娘绿婆婆的练功处，和记忆中及以往相比有些凌乱，其他各处未见异常。

卡龙分析说，很大可能是冥族的亡灵族人在绿婆婆的练功处将绿婆婆绑架，花行云的师父克雷子爱妻心切，未抵抗就束手就擒了。

花行云听后难过，在彩虹桥上奔跑，含泪大喊："师父——"

卡龙安慰花行云，说其现在有个风乐云音会邀请，是人族圣使神差发起的，自己早已允诺参加，但目前须尽快追踪克雷子的下落，以免花行云的师父和师娘遭遇不测，现由花行云代其参加风乐云音会，乐曲能散心、排忧、解闷，卡龙若查到了克雷子夫妇的下落再通知花行云。

卡龙与花行云，再乘坐南玄仙鹤飞离凌云顶。

神差发起的风乐云音会是在缥缈之城天镜城举行。

清晨月下，南玄仙鹤飞过了天镜城的城门后，降落在山间溪水旁的林道上，花行云下来后与义父卡龙告别。

高山流水、林荫鸟鸣、云雾溪涧、曲道通天。

和凌云顶的环境相仿，花行云感觉很适应。

在山林小路上，无人影，空谷中走了一会儿，突地一个女孩声音传来："是花飞雪的哥哥么？"

这问话使得花行云很惊讶！他下山见世面的时间不长，来这也就一会儿，居然能在这云雾缥缈缭绕下的林荫小道上遇到认识他的人！

花行云定睛抬头一看，一位身着橘紫色服装的倩丽女孩子站在上面的林道上，是曾与花飞雪一同唱歌跳舞的柠檬晶族的柚族幽梦影。

花行云回答："请问是柠檬晶的幽梦影吗？"

幽梦影听这回答很是开心，深知自己与柠檬晶族的兄弟姐妹们例如柠檬晶族芸香公主、橘族莉萌、桔族利盟、橙族丽梦、柑族厉猛、柠族来梦、檬族离梦、橼族莉香，长得很相似；非本族中人很难分清，很容易混淆，常会弄错的；而花行云与自己在水晶大会上一面之缘后，再过很久，还能在这儿一眼辨认出她是幽梦影并能脱口而出，是非常不容易的。

幽梦影点头称是。

幽梦影说："我是和我们公主芸香一起来参加神差大人的音乐会的。我们来这儿有一段时间了。"

花行云说："我是代族长卡龙来参加的。我刚到这儿。"

幽梦影问："你妹妹花飞雪没和你一起来么？"

花行云说："她刚回到妈妈家，没来参加。我也是因为族长卡龙有要事处理而临时代族长过来的。我对这儿和音乐会还懵着呢，不大清楚，请你多指教哦。"

幽梦影说："那我当导游，带你走走逛逛吧，认识下各路来客。"

两人漫步山林路，游逛天镜城。

幽梦影指着空谷中大片的兰花，告诉花行云说："兰花，是我最爱的花。"

花行云说："兰花，我特别喜欢。这里，空谷幽兰幽梦影！"

幽梦影泯然一笑答："那边，满山花香花行云！"

林木的芬芳，弥漫的花香，鸟鸣的地方，月亮的景象，令人遐想。两人一起，在林海里徜徉，在花丛上荡漾，在云雾下畅享，在溪涧中流浪，共度时光。

第六十九章

鬼使神差

幽梦影告诉花行云，人族圣使神差自从就任人族圣使以来，也兼任通天树那里悬天圣宫十二宫的八月宫风月宫主，但不在通天树那里的悬天圣宫现身，通常都在这天镜城及城内的乐风宫中，只有要事时才出城。

天镜城离天石族的天晶宫较近，因此这里很是安全，人们常把这里的缥缈当成仙气飘飘。

花行云说："我义父碧玺族长作为人族圣使却很忙的，常年见不到几次面，飞来飞去的；也许是出身的缘故吧，人族两圣使，一个是神族出身，一个是人族晶族出身；一静一动。"

幽梦影边走边说，神差大人的乐曲独领风骚，俯傲乐界。

神差通常用曲音歌声退敌败魔，一曲安天下，一歌定乾坤。

神差曾经出城为人族守关，关前一曲退万敌，来犯魔族丢魂弃魄，魂飞魄散，受伤者撕魂裂魄，幸存者失魂落魄。

神差的曲音歌声夺魂射魄，律有术而韵无穷，现在人族太平已久，曲声逝去江湖远，人间难得几回听。

关于神差的传说，幽梦影说有很多幽默的。

例如天镜城门口一个猝死多时的人听到城内传来的乐曲，突然起身说："我感觉我还可以听完这曲子再去，烦请大家抢救我一下。"

最后，曲终了，人才逝。

再如有次音乐会正在进行时，天镜城门口来了几百个不知天高地厚的劫匪乱音骚扰，神差让一学员出城打发劫匪们远离。

结果这名学员现学现用一曲，把这帮劫匪听得乱舞毙命。为此，神差嗔怒说："叫你模仿，没叫你超越，没让你越界伤人，舞毙致命，叫你带他们引离这儿，去远方跳跳舞，没叫你就近杀杀人。"

神差怜惜这位学员，出城把这帮刚死不久的劫匪用曲复活了。

幽梦影说神差的曲音歌声，各界听后反应都不小。

如来魔，则群魔乱舞；若有神，则众神齐乐；假使人，则自得其乐，自畅其想，自由其兴奋。

幽梦影突然对花行云说："有个神差的秘闻，我告诉你，你可别外传。"

花行云点头应允。

原来，神差在天地间音界乐坛的盛名引来鬼使觊觎，招致冥皇劫持。

就在魔族突袭通天树的悬天圣宫之际，晶族与玉族增援人族圣地之时，冥族鬼使飘至天镜城中的乐风宫口。

神差正弹奏曲子，通过曲风在周边的波动和律感，知道悄然而入的不速之客来者不善，气功非凡。

神差质问："来者何人？鬼鬼祟祟的！"

冥族鬼使哈哈大笑，发出极度低沉的水肺声："来者不是人，还真是鬼，我是鬼使。"

神差冷冷地说："原来是冥皇，世风日下，乐风泛滥，连你都来了！"

冥族鬼使说："身为神差，却不理人间事务，在此摆谱唱谈，我也是醉啦，听醉了。"

神差继续冷冷地说："身为鬼使，竟管评人间闲事，在这高谈阔论，我不是鬼啦，见鬼了。"

冥族鬼使继续呵笑说："曲风不变弹音谱，歌声依旧笑鬼魂！哈哈，弹笑声趣，我带你去我那传播乐曲，共同演奏生灵曲、亡灵曲、精灵曲，让你普乐众鬼，普度幽灵！"

神差还是冷冷地说："你若无礼，我就——"

冥族鬼使收了笑声，一本正经地说："我本文艺，喜爱歌曲，真名意歌魔。谁知这个世界太疯狂，推崇暴力，崇尚武力，太过物理，很是无理，我被冥界和世人称为克雷屠。其实，我很推崇你的好神音，不会对你暴力相待，我以礼服人！既然你两耳不闻城外事，我也一心只听魂灵曲，咱们一路去往冥皇宫，从此不恋这世界！"

神差怒极，随即发功，准备弹曲克敌。

克雷屠说完，知道神差的曲声和乐器的厉害，不等神差再说，瞬间并用全部快速制服的招数，制住神差，劫持神差而去。

有侍者在旁听到见到，立即通报了人族圣使宝石之王卡龙。

卡龙可是神差的知音和好友，得知神差被冥皇所劫，心忱意乱，知道事态严重，立即来见人皇。

人皇听闻后勃然大怒，决定新恨旧仇一起报，立即发起反击暗黑世界的全面战争。很多的族长都建议暂缓战争，通报神族后，联合神族一同进击暗黑世界，胜算较大。

人皇告诉大家，与暗黑世界的大战，他已准备很久了，并非仓促反击；魔族突袭悬天圣宫，同时冥皇劫持神差，已成世界大战的导火索，道义上也支持人族，时机成熟；神族派系林立，虽然派至人族的友好使者神差被劫，但不到人族存亡之际，神族不会大动干戈，毕竟光明世界与暗黑世界之间历次的世界大战都是人族与魔冥族之间的事。

圣使卡龙对大家说，圣使神差造福人族，普济众生，深得人心；世界不是只有光力的波动，而是有律动才美的，才会多彩，才有意义；世界需要音乐和律动，不能让音乐离开而让我们匮乏美好；神差对于人族和世界的重要，是不可或缺的，我们必须捍卫美好并带其回家。

人皇亲自指挥人族大部队出征；但大部队行动起来是没那么快的，急救事紧不待人，圣使卡龙见过人皇，说服大家后，就另辟蹊径，独自深入敌后。

人皇亲率人族大部队途经魔族领地，势如破竹；攻破鬼门关，攻入冥族中枢灵冥殿。暗黑世界冥族在那埋伏重兵决战，关键之时，圣使卡龙独入灵晶宫，带出神差回归本阵，告知人皇，敌方已重兵设伏欲围歼，我方须火速退兵；人皇本想铁血丹心向光明，血染战场决胜负，虽不情愿，但见二位圣使已归，感觉前期战斗太过顺利也疑敌方有诈，只得罢手而返。

神差回到乐风宫后，时常在天镜城举办音乐会，普及音乐；为防暗黑世界来袭，神差经常组织爱乐人士演练各种降魔克敌之曲。

圣使卡龙派出碧玺族中的各族高手轮流到天镜城向神差学乐习曲，同时保护协防乐风宫。

第七十章

风器云音

花行云听完幽梦影的讲述后，问："天镜城有碧玺的人？"

幽梦影答："是呀，有好几位呢。紫红碧玺如宝、粉红碧玺若贝、黄碧玺族长美传和金丝莺、猫眼碧玺如哔哩，五大美女噢，在这学器乐有段时间了，很有才艺呢。"

花行云说："我虽是绿碧玺族的，但下山不久，碧玺族的人还没见过几位呢。"

幽梦影说："那我带你去认识下她们。"

前行的路上传来六下荡气回音的钟声，幽梦影介绍说："是这儿的晨钟响起，风钟荡气回响、共鸣共振，是青金石族两圣使之一的青石流芳敲响的，在明天的风乐云音会上她执掌乐器风钟。"

随即，传来嘭嘭、咚咚的鼓声，幽梦影介绍说："钟鼓齐鸣、相伴的，是天河石族族长艾马寻敲响的，在明日的风乐云音会上他执掌乐器风鼓。"

震撼心神的沉重低音鼓声，鼓动世界，鼓舞人生，鼓惑情欲。随之各种鼓、锣、钹、镲、铙、锤、槌、板、梆声群起，很是热闹。

两人循音来到了风乐云音会场上。

音乐会排练现场遍布各种乐器，很是壮观。

清脆的叮当之音穿越鼓惑躁动之声而来。

幽梦影介绍说："那边执掌风铃的是红纹石族长灵梦，她的'红纹铃杖'很是了得，我们都见过她女儿，就是参加过水晶大会表演的蔷薇公主。"

铃动后，笙音起，箫声来。

幽梦影说："风箫风笙是曲音悠扬的乐器，那边执掌排箫的是董青石族罗莱，也参加过水晶大会；执掌风笙的是绿松石族'一蓝'宋瓷，绿松石族'双花'也来了，手执洞箫的是乌兰，手执长箫的是黄游彩。"

花行云看到长短箫管依序排列的排箫在身着蓝紫色服装罗莱的吹奏下，曲音悠灵飘逸、和谐缥缈、深沉旷远，让人沉浸。

听完后，幽梦影说："前面的几位美女，就是你们碧玺族的。"

幽梦影边指边说："风筝风琶是风波荡漾的乐器，那边弹拨风筝的是黄碧玺金丝莺，弹拨风琶的是猫眼碧玺如哗哩，弹拨风瑟的是东陵石族殷姬陵。"

花行云好奇地问幽梦影，怎么辨识风筝、风琶、风瑟的曲音？

幽梦影说："风琶，一挑出一事，一拨出一情，一弹出一波；气围瑟瑟发抖音，力压筝筝生鸣响。"

幽梦影继续介绍说："风笛是情感徜徉的乐器，那边吹奏有箱风笛的是粉红碧玺若贝，吹奏无箱风笛的是紫红碧玺如宝，吹奏长笛的是锂辉石族族长孔赛，吹奏短笛的是锂辉石族李紫辉。"

花行云看到身着粉红色服装的若贝吹奏有箱风笛，身着紫红色服装的如宝吹奏无箱风笛，身着粉紫色服装的李紫辉吹奏短笛，身着紫粉色服装的孔赛吹奏长笛，笛音灵逸幽远、情悠缭绕、心徜神漾，让人回味。身着艳黄色服装的金丝莺弹奏的风筝也萦绕共鸣。

听完笛音与筝鸣后，花行云与幽梦影前去和碧玺族人相会认识。

紫红碧玺如宝、粉红碧玺若贝、黄碧玺族长美传和金丝莺、猫眼碧玺如哗哩，在这儿见到传说中的武圣人之子、绿碧玺掌石人花行云，都很惊喜欢欣。

身高如孩童、长得也像小孩子的李紫辉看着美女们都围着花行云，就前来捣乱，故意挡在若贝身前，举着短笛说："小笛子开始广播了，这儿的声音很灿烂，这儿的情感很泛滥。"

孔赛见状，前来解围，故意站在如宝面前，执着长笛对李紫辉说："你呀，顽皮，惹得美女们不高兴了，我作为大哥，代他向大家赔个不是，请大家吃个午餐，封住这顽皮小子的嘴，大家漫谈畅聊更好哇！"

如哗哩也是顽皮的女孩子，喜爱热闹，脱口赞成；金丝莺见状，心领神会，顺水推舟，表示支持；如此一来，大家聚众而去午餐了。

午餐后，大家返回到音乐会的排练现场。

大家各自散步消食，花行云和幽梦影来到了位于排练场西方的琴场。

幽梦影边指边说："风琴是心境波澜的乐器，风情千种，风韵千般，琴种谈心情，琴弦问心境，大的有管风琴，小的有口琴；旁边正好有贵族的美女美传，执掌本次音乐会的竖琴。"

美传一听，莞尔一笑，来到竖琴旁弹奏了一曲。

听完后，花行云和幽梦影均合手致谢。

旁边一琴的曲音而起，幽梦影告诉花行云是绿松石族掌石人雅尼在弹奏钢风琴。

幽梦影继续告诉花行云，在琴的领域，可氏家族的人很出名，很多是琴的演奏家；这排练的琴场上就有很多，在这里西方的琴场，演奏管风琴的叫可真响，演奏提琴的叫可真香，演奏手风琴的叫可真想，演奏电风琴的叫可真像。

听弦知意，欣乐赏心，播曲传情。

花行云与幽梦影正在欣赏时，忽然传来具有招魂的阴乐效果的琴曲！

幽梦影拉上花行云立刻离开，边走边介绍这是水琴的声音，是拉长石族族长时光谱在演奏；一般人欣赏不了，曲风有鲸亡鲨死的寂寥落寞且幽怨幽魔之感，可以说是最令人恐惧的最阴幽的乐器。

幽梦影拉上花行云来到了位于排练场东方的琴场。

花行云一眼看见了"品食之神"茶晶水一枯在这，走过去打招呼。幽梦影在旁介绍说水一枯还是古琴的演奏名家。水一枯见到两人很是高兴，亲自为二人弹奏七弦古琴。

听完后，几缕空灵的琴音传来，幽梦影介绍说这是蓝晶石族掌石人莫来在演奏箜篌，其音常给人无妄悟往之想。

而后，数种琴音随之而来。幽梦影边指边介绍，在这里东方的琴场，演奏扬琴的叫可犀利，演奏柳琴的叫可潮丽，演奏木琴的叫可给力，演奏日琴的叫可非同，演奏月琴的叫可不必。

听完后，幽梦影对花行云说："听西七琴有六欲之感，听东七琴有五忘之觉。"

花行云点头说："感同身受，听你一日指点，长我十年乐历！"

幽梦影听到花行云的称赞，喜出心扉。

恰当此时，倾心沁情的曲风飘至。

幽梦影说："风凰是感情洋溢的乐器，吹奏直管风凰的叫可逆极，吹奏弯管风凰的叫可自达。"

斯音情调风韵、曼妙风流、性感风骚，让人迷情。

听完后，幽梦影指向排练场的中间，说："风胡风弦是格调悲感的乐器，演奏二胡的是青金石族圣使青石留晨，演奏三弦的是绿松石族'三彩'唐石。"

弦音丝缕如思绪、弦律若情网，牵肠动心感悲、神经联络传情，让人动心。

二胡更具：

筑垒高悲之上——泪悲，

钻探低哀之下——叹哀，

孕育心结之中——郁结，

牵揉感情之间——柔情！

突然一人闯入排练场中间，气呼呼的，骂骂咧咧。

幽梦影吃惊地对花行云说："这位本事可大哩，是'乐器之王'树化玉族掌石人木一燃，他在风乐云音会上执掌乐器风叭，也负责全部乐器的调音。

"他的巅峰作品是打造出了能发各种乐音曲声、集千种乐器于一体的'千音盒'，内置千种晶石，可使乐音曲声承载电磁光波而律动万千！令人羡慕；打造原因是冥皇克雷屠这个闯入人类音乐文明花园的鬼畜，居然能发出各种乐音曲声，这个变音、变声、变态的家伙简直是个'人声乐器'！

"木一燃打造出的'千音盒'仅有两个，一个献神差，一个给你义父了，就是为了抗衡克雷屠这个'人声乐器'和闯入音乐界中的鬼畜，以备不时之需。"

木一燃骂道："'雀氏四喜''澎湃江湖'耍大牌，答应我一起来参加明天的风乐云音会，居然违约！分明是不给咱们音乐人面子！

"水一枯、青石留晨、莫来，咱们四人组成'水木金晶'乐队去收拾他们四人！去要个说法，看他们怎么解释？还有跟随的么？平时你们伴奏很行的，这次也一起伴揍群殴他们？

"武斗后追加文斗，棋牌桌上赢他们，可组成四桌，唐石、宋瓷、可自达一桌，可犀利、可给力、可逆极一桌，乐队他们三人一桌，可真想和我这一桌，三缺一！还有谁？

青石留晨劝说："息怒，'澎湃江湖'棋牌上水太深，桌上文斗你能赢？但他们武力上太水了，敢糊弄你？你上火了，就知道点火、燃情！武斗的话，你一个顶他们四个，你武艺那么高，还有乐器加持，无须出手就凭乐器之音就吊打天下了，还找乐队拉风招摇？

"'四喜'太招人喜欢、太抢手，人家手艺和你的手艺都是各自顶级，估计'四喜'半道上被棋牌玩家们给劫了，大概被抢去压寨、镇场、坐庄、踢馆去了，所以未来。"

"不过'四喜'技艺玩转四方，债主的命，应该没事。

"没准明天，他们就来了，就解释明了。明天未来，散会后，我就陪你去找他们，也想知道下他们对未来的说法。

"你先把我这胡弦系好，每天都得让你调，你对别的乐器很上心，对我的二胡却总是马虎、糊弄！"

木一燃不服地说："马虎？糊弄吗？没被'澎湃江湖'气疯，倒被你天天纠缠到麻木，我都快自闭、麻痹成呆了。"

"你每天一心一意，相加力道就二了，就知道使劲用力拉，弦断谁还听？胡影横竖情弦牵，心沉意重易拉断。"

"天下闷骚深情，你最能！没我，你能成型？"

"总是单调，就会颠三倒四的胡说！你就会拉我开心！你还是跟我学下风叭，霸气作乐敞心扉，从此不拉糯糊屎，今后不问江湖事。"

"澎湃江湖"对于木一燃的爽约，可谓：

未来有未来，

解释不解释？

真是：

双口加马变奏曲，骂江骂湖骂澎湃。

唬骂失口倒马虎，胡嘛胡听胡乱麻。

双木成林作乐器，麻木麻痹麻江湖。

古月化胡拉音声，胡天胡地胡人生。

第七十一章

乐海循音

青石留晨正想再怼木一燃之际，有七位美女步入排练场的中场间。

幽梦影介绍说："这七位才女是玉族西域七玉女。"

花行云说："我妹飞雪认识她们。"

西域七玉女禧玉、喜玉、曦玉、夕玉、烯玉、稀玉、玺玉持起众多风胡中的高胡、中胡、板胡、革胡、京胡、三胡、四胡拉奏起来。

胡弦弹情，拉出美人每人的一声一生，七胡风华。

幽梦影说："她们多才多艺，还会风号风管，一会有舞'七管焱'很是迷人。我现在得过去演奏风鸣电器为她们伴舞。"

西域七玉女执起众多风号中的大号、中号、小号、短号、排号、圆号、长号吹奏起来。号情号感，七号丰音。

西域七玉女拿起众多风管中的大管、双簧管、单簧管、短管、排管、圆管、长管演奏起来。管天管地，七管捧中。

西域七玉女随后翩翩起舞，柔曼菁盈，真是人舞声动，三声有三生。

舞动当时，幽梦影演奏的风鸣电器发出奇妙的电音、混音、合音、变音，鸣响风迷四方。

风鸣电器能发出咯哩音、嘚哩音、哦哩音、啼哩音、哎哩音、噢哩音、嚦哩音、哟哩音、啵哩音、咖哩音、吱哩音、兴奋哩音十二哩音声，在陆上传声计时。

青石留晨演奏的二胡伴奏，将柔情入注，弦律传感。

情感起舞，木一燃缓过神来，执起风叭中的喇叭花状唢呐吹奏起来。

木一燃吹奏的唢呐：

以无敌高音量，激荡千音，破穿千音，解放高能，似音波中的伽马射线，仿佛释加魔力，指引解音，简直是音波中的波霸与解霸！

以强悍穿透力，惊动、扰乱、截刹其他风器声音，好似百鸟朝凤，千兽向龙，嘶叫中老装霸道，智音接引，可谓是乐器中的风霸与街霸！

以争锋称霸能，锁住千音，即使镇住安啦，转瞬惊了，喜也唢呐，悲也唢呐，并非索命而是锁命的声呐，嘶声中死生间撕魂，止音截引，当真是吹界中不讲理的吹霸和截霸！

以豪壮燃情度，销魂去魄，升天入地，似神也俗，嘻哈一生，把人的百年与物的光年变成节奏单位，让人生蓝黑白无常，使天下红白黑无事，无界升变如若渡劫，无限穿越恍惚超度，知音界引，妥妥是曲音中的声霸和劫霸！

木一燃吹奏的唢呐与青石留晨演奏的二胡同时演艺，一高一低、一吹一拉、一扬一抑，相得益彰。

没有唢呐吹不走的魂，没有二胡拉不开的魄。

曲终人未散，幽梦影回到花行云身边同时，有三人步入排练场。

幽梦影介绍说："走在前面的是草莓绿柱石族族长尔贝多芬，是风乐云音会的总指挥。身后的是风乐云音会主唱红榴石族的万红高歌和红纹石族的'蔷薇公主'。"

花行云特地看着身着草莓红色服装的尔贝多芬，知道他来自绝别谷，红色绿柱石族的摩兰还因为要带离他而和绝别谷中的高手过招，未能如愿。

花行云特意看着身着红葡萄酒色服装的万红高歌，知道他是石榴石族的六大族红榴石族、紫榴石族、橙榴石族、绿榴石族、翠榴石族、棕榴石族中的红榴石族掌石人，与悬天圣宫十二宫的一月宫星月宫主紫榴石族的女掌石人千紫雅舞，被合称为"千紫万红"。

花行云特别看着发插多枚红纹石的蔷薇公主，知道她是红纹石族女族长灵梦之女，在水晶大会上见过。

风乐云音会的总指挥和男女主唱入场后，又来三人。

幽梦影介绍说："走在前面的是我的领导'芸香公主'，是风乐云音会的主持人，你在水晶大会上也见过的哦。

"身后的是风乐云音会的两大歌曲主编——'风尘风曲'，一哥为风尘叫欢长，我们都叫他'风尘哥'，一哥为风曲是志远，我们都叫他'风曲哥'。

"现在人员都齐全了，马上就彩排预演了。"

排练场上，大家各就各位。

幽梦影正要离开花行云，步入排练场执掌风鸣电器，两人面前突现一人，浑身白袍罩体，白纱遮面，只露眼眉，眉清目秀，很有神韵，具有安魂气场，这位白衣人轻声说："花行云？幽梦影！"

幽梦影见到此人一惊，立刻行礼致意答道："在，神差大人！"

花行云见幽梦影这一答，眼前这白衣人竟是传说中的与人族圣使宝石之王齐名的兼任悬天圣宫十二宫的八月宫风月宫主的另一位人族圣使神差，心头一振，也立刻行礼致意答道："是，神差大人！"

花行云继续说："我的族长卡龙让我来此代他参加风乐云音会，神差大人！"

神差依旧轻声地说："好的。幽梦影，你先去会场和大家一起排练吧。我带花行云去场外让他学首歌曲。排练后，幽梦影，你带他和大家会合，安排他今晚的食住，让他熟悉下这里。明日，你带他就座圣使卡龙的嘉宾座位，会后，我对花行云会另有安排。"

幽梦影行礼答道："是，那我现在就去入场排练。"说完，离开花行云和神差进入会场排练去了。

随即，神差将花行云带离排练场，来到了一处无人的山涧溪流处。

神差说："我名字叫摩弦音，有一首歌适合你，我来教你一下。"

歌名：《如果风知道》

风起云涌　云起风飘　就是风云
最懂云的是风
云在风中　未曾远去　未曾离开
最想云的是风

风中之花　在风心上行云
如果风知道
坐看云起　在云心中漫步

第七十二章

灵魂曲

花行云学会了这首歌后，神差就带着他漫步山水花林中，在彩排预演结束时，返回了排练场。

令花行云不解的是，离开幽梦影后，往返排练场之间，除了教歌外，神差几乎未与他言谈其他话语，只是静默地漫步；花行云也不敢多说。

令花行云疑惑的是，花行云刚到此处，与神差未曾相见，神差见他竟直呼其名，是谁通报？花行云也不敢多问。

花行云暗自忖思："这，神之一首，很有深意，必须体味，定要领会。"

神差把花行云带到幽梦影身旁，就离开了。

幽梦影说："你得到神差大人亲传教授歌曲，令人羡慕；明天你会看到我们精彩的演出，排练散场了，今晚我们和大家一起欢聚吧。"

晚上，大家欢聚一堂，舒畅开怀。因为明早，风乐云音会开幕，所以大家都早去歇息了。

第二天早晨，幽梦影引导花行云就座圣使卡龙的嘉宾座位，这座位就在神差座位的旁边。

大家纷纷各就各位，神差也入场就座。

主持人柠檬晶族芸香公主宣布风乐云音会开幕。

白袍罩体且白纱遮面的人族圣使神差简短致辞后，风乐云音会开始了。

红榴石族的万红高歌和红纹石族的蔷薇公主分别和联袂歌唱了数首名歌后，风乐云音会进入高潮和主体部分，演奏《灵魂曲》。

首先演奏《灵魂曲》的序曲：

《生灵曲》《亡灵曲》《精灵曲》。

其后演奏《灵魂曲》的回旋曲：

《封魂曲》《静魂曲》《思魂曲》《镇魂曲》《聚魂曲》《侍魂曲》；

《激魂曲》《迷魂曲》《荡魂曲》《震魂曲》《裂魂曲》《断魂曲》。

而后演奏《灵魂曲》的变奏曲：

《变魂曲》。

最后演奏《灵魂曲》的终曲：

《惊魂曲》《凝魂曲》《销魂曲》《安魂曲》《摄魂曲》。

当曲悠扬婉转时：

悠出：悠荡，悠漾，悠漫，悠漩。

扬能：扬长，扬高，扬意，扬情。

婉现：婉含，婉蓄，婉容，婉藏。

转呈：转声，转调，转音，转速，

转度，转维，转量，转能。

当人听曲时：

身飘心飘魂更飘，

体荡灵荡魄也荡。

恍惚徘徊还彷徨，

慌然茫然又懵然。

唯有维，方会解脱；

只能度，才可超然。

序曲倾诉时：

如果现在，你共鸣，还有感，又动情，在这；

那么过去，你曾是这的一部分，

进而将来，你仍是这的一部分，

过去与现在是这的记忆与再现，将来也会轮回。

当曲回旋时：

乐曲旋律之时间维，为魂，

乐曲旋律之空间维，为魄。

光与波在时空中，和魂与魄为舞。

光，几乎可以通视一切，但不该存在的，确实见觉不出。

波，几乎可以感听一切，但不该存在的，真是感受不到。

当曲变奏时：

光如哥在闪，

波如姐在动，

音如妹在转，

律如弟在旋。

弦膜律动与光波鸣响，如宇宙的神经与声音。

本物与外在、本能与外力、本态与异形、本体与异体、本族与外族、本晶与外晶、本星与外星、本灵与异灵、本元与异元、本度与异度、本界与外界、本维与外维，均能超度与越达。

当终曲响起：

人魂、鬼魂、神魂、魔魂、仙魂五界之魂，魂归各处。

孤魂遇单曲安息，

五魂遭全曲皆亡，

终曲尽止，毁天灭地更销魂。

听后鲸落鲨掉，

停后万物再生。

圣使神差组织的风乐云音会，曲音渐去世间远。

大家回归各族后传播，后世也有传颂：

鼓筝簧胡十年号，

风笛唢呐百年钟，

千年琵琶笙箫瑟，

万年箜篌管风琴。

第七十三章

修行成就

风乐云音会后，花行云跟随圣使神差在天镜城及城内的乐风宫中研习。

在花行云乘坐南玄仙鹤飞离香花宫后，没过几天，花飞雪就思游欲动了。

小桃红蹦蹦跳跳地来到花仙罗兰面前说："妈妈，我要到孔雀石族那里看看雀石神、雀石灵、罗旋，还有新来的蓝铜晶族朋友蓝瞳和美蓝；看看雀石灵和美蓝、雀石神和蓝瞳这两对发展进况，我作为搭桥介绍的媒人，觉得这两对很般配，很想撮合这两对早日完婚，双喜临门！

"你平时积德行善，促男女成双结喜，我也像你随行，呵呵。

"你说过，成人之德胜造通天之路，成人之美胜过练级修行。我都记在心里了。"

花仙正在弄花，听后说道："那也带上我的祝福吧，旁边恰好是我的名花紫罗兰，你带上些送过去吧。

"人生离不开家，成双喜嫁，大善大德！

"人这一生，无非是出家，探索好奇和追求美好的外在旅行，还有内在修行，有所成就，成就自己，成就他人；之后回家，有所归属，有所安息。"

小桃红说："妈妈，我记住了。"

小桃红采撷了一车的紫罗兰花，叫上闺咪、雷霆、霹雳、口水狗、鼻涕蛇，坐进红衣大轿，由啸天虎雷霆背拖着红衣大轿，拉着外挂花车，组成拖拉车，扬威鹰霹雳在轿顶上看路指引，奔向孔雀石族驻地。

快到孔雀石族驻地的路上，听到一段对话。

"你们哪来的？"

"我，江北的。"

"我，河北的。"

"我，湖北的。"

"我，海北的。"

小桃红一行一听觉得耳熟，循声看去眼熟。答话的正是绝别谷里狗仔队中的四个梗犬。

四个梗犬这时看到小桃红一行，知道贵人来了，高兴地跑过来，随即四个梗犬为小桃红一行引路，与嘈嘈和狗仔队团聚。

孔雀石族雀石神和雀石灵接到通报，亲自出门，与美蓝和蓝瞳一起，接见小桃红。

大家畅谈欢叙了一番，小桃红问"花千手"罗旋去哪了。

雀石灵说"花千手"罗旋到孔雀石族驻地不久，就接到灵玉宫调令，离开这里到东南方向的海边执行任务去了。

小桃红听后说："她刚离开不久，我或许能追上，我也顺便去海滩上玩耍下。"

"花千手"罗旋接到灵玉宫调令同时，蓝铜晶族也获得了玉族许可和批准，举族迁进孔雀石族驻地附近的玉族区域安置新家居住，与孔雀石族成为邻居。

小桃红就让嘈嘈带着狗仔队陪同蓝铜晶族回到北晶关，举族搬迁移民到孔雀石族驻地附近的安置地，顺便也让狗仔队回家探望。小桃红指示嘈嘈带路往返后回到孔雀石族驻地后，前往镜水湖定居。

小桃红与闺咪、雷霆、霹雳、口水狗、鼻涕蛇一行，告别雀石神、雀石灵、蓝瞳、美蓝、嘈嘈与狗仔队及孔雀石族人和蓝铜晶族人，开启新旅程，奔向东南方向的海边去追寻"花千手"罗旋。

清晨月下，小桃红一行在松林间穿行，松树枝叶上的露珠闪动着月光，流动着松影。

前方忽现一大片平地，人山人海围观一座矗立着的巨型火箭状金属器物。

小桃红出轿，前往观瞧，留下雷霆和霹雳在松林边看守红衣大轿。

众人纷纭，说马上要点火发射载人火箭，冲天奔月，要到天空遨游登月。

小桃红听后更加好奇，活人冲天，这事新鲜！竟要登月，那太超越！

小桃红拨开众人，看见一个身着蜜黄色服装的人正弯腰收拾这火箭状金属。

此人边收拾边大声说："请大家马上闪开，一定要远离，一会我上到火箭顶上就点火发射了，爆炸出来的气浪会伤害近前的生命，很危险的。"

小桃红问："这位大哥，您哪儿的人啊？您这是去向何方？"

此人说："我，东北的，绝别谷那儿的。"

此人转身后，左手指月，说："月亮之上。"

小桃红竖起大拇指赞叹："大哥，实在是猛。你的志向，冲破我的想象，竟在月亮之上。"

说完，小桃红和此人对视对觑，都感觉对方眼熟。

闺咪一眼认出，说："这不是绝别谷赛黄晶族的苏唯情么？"

小桃红随即说："是的哦，你娘做的饭菜很好吃噢，就是饮料有点——哈哈！"

苏唯情也笑了，说："那天饮料，我娘健忘弄错了，让你们吃苦了！吃醋了！"

小桃红好奇问："哈哈，是你太能吃苦，太会吃醋了！你怎么跑到这儿，点火登月！这是想得太开了，还是想不开啊？"

苏唯情叹了口气，说："我娘去世了。在世前，她常常对着月亮喃喃自语，说她渊源月亮，要魂归月亮。"

"我现在就带着她的骨灰去实现她的心愿。途中若是遇难，就直接天葬了，再慢慢悠悠地飘到月亮；若直达月亮了，就月葬了。"

"大家相识一场，还真是有缘分，居然起飞前还能再次看到你们，天意让我和你们说声：永别了！你们别为我哭泣！不用拦我，我意已决。"

"笑看人生，孝对家人，人尽其性，物尽其能，各安天命！"

小桃红说："不说别哦，是再见！让我拍拍你的后背，给你助力祝福！"

小桃红来到苏唯情身后，在其后背上拍了数下。

之后，苏唯情一边登上火箭，一边与大家挥手道别。

小桃红一行与在场群众也一边挥手致意，一边散开到远处。

背着骨灰盒的苏唯情，见人们都散到了安全距离外，就点燃了引信，这火箭轰然升起，冲月而去。

　　苏唯情准备的火箭，有三级燃料舱推进；当燃料烧尽，苏唯情已飘浮在天空上。

　　苏唯情望着月亮，闭上了双眼，伸展双臂，成十字形，拥抱妈妈，拥抱世界，拥抱星辰，坠落星空。生命化尘埃，散落星河，带走心向宇宙的灵魂。

　　小桃红目送此景，感慨万千。

　　真是：

　　走遍万水千山，留晨芳。

　　看尽千石百宝，录丽华。

　　浪涤岁月照松间，流淞明。

　　淘荡千古望宇连，露景星。

第七十四章

越海寻因

小桃红抬头望天，征询闺咪说："苏唯情，这大孝子，不挑，能处。如果他平安归来，我想雇他，为我们保驾护行。"

闺咪说："大王有令，不得有人作为你的保镖护卫。尤其是男人！

"我们不能违背圣使宝石之王的命令！我们五位半兽人是你义父认可的。我个人认为他太感性冲动，对于护卫会有影响。"

小桃红说："雇他，只作临时工。

"在外行走，霹雳太酷，在外招呼打交道，易吓着人，不方便交流，这事可交给苏唯情出面沟通哦。

"他志向上天登月，我们也长留不住啊，作为咱们的回报，给他多买些燃料助推，完成他心愿不就行嘛。"

霹雳说："下来再说，还活着无恙，就是天意，再谈雇他这事。"

大家都在仰目，观察天空。

苏唯情感觉在坠落，睁了下眼，看了一下，发现正在加速坠向地面，没有朝向月亮而去；不知道是谁在他身后拴了根细小筋线，牵引他身体导回地面。

苏唯情阖目暗想，肯定是燃料不够助推，低估了，准备不够充足，遗憾赴死，这根身后的小细线倒是奇怪。

就在闭眼的苏唯情将要坠地时，苏唯情耳畔传来人们的惊呼声，感觉衣服被松树枝挂住了，双肩还有爪拎。

苏唯情睁眼，定睛看四周，发现自己在一棵大松树上挂着，肩膀被一只巨

鹰双爪提着。

这救命的巨鹰正是霹雳。

小桃红和闺咪最先跑过来，在树下问他是否无恙。

苏唯情说无恙，下到地面后，感谢霹雳救命之恩，致谢大家。

谢后，苏唯情垂头丧气地走进松林里，坐在松树下，仰望天空。

无依靠的赛黄晶族拼命孝子苏唯情，此时，似鸟折翅，恨关羽不能张飞。

有倚仗宝石之王的辟邪仙女花飞雪，此刻，如虎添翼，喜石秀可以施恩。

小桃红来到苏唯情身边，说："情哥，这次你的升天助力燃料明显不够啊，你还要上天登月吗？"

苏唯情坚定地说："是的，日后再上。"

小桃红说："我义父卡龙说过，上天需要配有燃料助力推进器、循环呼吸机、防护服、导航仪等很多套设备。你这套不行，才三级燃料助力推进，我感觉起码得要十级吧。"

苏唯情暗想，小桃红说得挺有套路，很有门道。

苏唯情说："你义父在航天上肯定也造诣非凡，我很想请教求学，以便下次成功。"

小桃红说："我义父，大忙人。我都很少见到他，不过呢，你跟着我的话，也总会遇到他；而且外面的大千世界很精彩，出去看看哦，做我的护卫吧。"

小桃红继续说："我赞助你燃料，下次如果十级不够，就百级管够，直到月亮方休！你把我的无极弹力线挂在月亮上，通过设定的密码可作讯号联系。

"到月亮上开矿寻宝，月亮上的宝石都是我的！我要乘飞屋到月亮上去。往来交通这事，就靠你了。"

原来，在火箭发射前，小桃红给苏唯情后背拍拍祝福的时候，顺手拴上了如意灵须。

苏唯情对小桃红和霹雳很感恩，就跟随小桃红，作为轿夫驾驶红衣大轿。

小桃红一行来到了东南方向的海边。

这海边停靠着很多船只。小桃红一行找不到"花千手"罗旋，苏唯情问了很多人也没有探听到罗旋消息。

这时有艘流线型弯刀状的飘扬十八帆的大帆船，这船头上有人在高声招揽。

小桃红近前了解到，这艘船要出海远洋到南极，需要筹备食物和水等物资，现寻投资赞助人，作为对价，投资赞助人可对这船冠名，对今后探寻到的物品同等条件下有优先购买权，对这船可免费使用，对这船的债权享有最优先最优惠权利，与这船有关的债务和责任均不用承担。

小桃红好奇地问："你为什么要去南极啊？"

这人看到小桃红一行不凡且有红衣大轿，觉得是潜在的投资赞助人。

这人答复说："我叫罗星，倾尽了所有，设计制作了这船，船速特别快，但需历练。

"最近应召了特遣船队，特遣船队去探寻南极出现很多怪事的原因，同时考察南极，此行很大可能会有探险和战事；此行有人族补贴，这船跟随人皇晶族旗下的'皇晶舰队'，作为民间后备船只，随征前往；还有三大雇佣军组织的补助，带上雇佣军，到南极探寻南极熊族失联原因，同时搜寻幸存者。

"平时孤船难以长途跋涉到南极，而且海盗很多，很不安全，风险极大，这次正好有大舰队保护，加上雇佣军协防，一同前往，船多力量大，借此游览南极，机会难得。

"路途遥远，须备足食物和水等物资，需要赞助人投资，承担这笔费用。"

小桃红又问："这船有这么多帆！是不是第一快啊？有多快啊？"

罗星说："是不是第一不知道，但比海盗船中最快的船还快一些。"

小桃红一听来劲了，说："驾船泛舟，探宝寻珍，购买这趟旅行物资的钱我出了，按照你刚才说的条件成交，你叫我红姐，我们也亲自去。"

罗星很是高兴，说："那您给这船冠个名吧。"

小桃红想了一会，说："那就叫'希望风帆'号吧。"

罗星称赞道："这名字起得好！文化人啊，一看就是上过学的大陆人，不似我从小漂泊的海洋人，只知道见风使舵。

"这个时节，季风都是西北风，恰好东南行；没有大陆的食物和水补给，真的就只能喝西北风啊。"

小桃红一行也忙碌起来了，把红衣大轿系缚在这大帆船的主桅杆顶部，滑轮滚动绳索上下。小桃红与闺咪、霹雳、口水狗、鼻涕蛇在大帆船的主桅杆顶部的红衣大轿中居住，雷霆在主桅杆下听令，苏唯情协助船长罗星并同住。

小桃红蜷卧在大轿中望着大海，很是得意，心想：天下鸟巢，船上人巢！茫茫大海，有船有巢，一样逍遥，一样淘宝！

　　罗星买足了到南极之旅的物资，作为船长驾驶"希望风帆"号船，在云雾消散风起时，启程前往不远处的港口与特遣船队会合。

　　扬波踏浪显迷人，拨云驱雾见真相。

第七十五章

悦海巡音

南极大陆时常出现怪事，在魔族突袭通天树的悬天圣宫之前，人皇出访水族之时，人皇就与水族族长沟通过这事，有过部署。这次人皇出动晶族的"皇晶舰队"南巡，到南极大陆考察和探寻，联合民间组织和志愿者，壮大声势和规模，组成特遣船队，征召各舰船的统一会合点与启航地，定在晶族与玉族的交界地海港——航港。

罗星一边驾驶"希望风帆"号船驶往航港，一边说："海洋广阔，令人敬畏，自己的船和再大的舰船也要沿着大陆边前行，以便应对海上不可测的意外事故，这样也能及时补充淡水和食物。

"海上海盗猖獗，普通海盗一船打劫独船，实力强和专业性的海盗是双船同劫单船，驰名的海盗是四船及以上围猎孤船。

"海盗就如同陆地上的鬣狗成群围猎；民船须跟随大规模的舰船，不落单才能安全。

"海盗还有个特点，就是海盗船比普通船航速快得多；而我的船速比海盗船更快，这样才能在海洋中存活。"

小桃红说："嗯，面对海盗，要么速度快、跑得快，要么跑不快但要多、要抱团。"

到达航港后，罗星作为"希望风帆"号船长前往驻港特遣船队登记处进行人员等信息登记，领取了人族随征补贴费和三大雇佣军组织的补助款及出海互联装备。

罗星回来时，身后跟随了一大批雇佣军组织的武装人员过来登船。

小桃红看到罗星和水手们领回的出海互联装备挺新奇，就让霹雳、口水狗、鼻涕蛇看守红衣大轿，自己和闺咪下到船上观瞧。

罗星介绍说，有些是线缆用来拖牵，有些滑轮用于传送，有些索链用于船之间的人物通行，有些仪器用来测距和通信，例如：哔哩盏、吡哩盏、嘀哩盏、叽哩盏、咪哩盏、喱哩盏、呢哩盏、喊哩盏、嘶哩盏、嘻哩盏、噎哩盏、嗞哩盏共十二哩盏声波，在海中传波测距，有规律的交互则可通信。

小桃红正要看个究竟，登船处传来吵闹声。

一个手持三叉戟的瘦子，指着主桅杆顶部的红衣大轿上的霹雳，喊道："会说人话就装腔？人模鸟样的，瞅什么？下来！"

霹雳回嘴："喊什么？上来！禽兽不如的东西！"

雷霆见状，出面大吼一声："干什么？同舟则共济！"

这瘦子是狮虎会的，一看雷霆出面，就不再挑衅霹雳了，立即进入船舱。

随后一个浑身肌肉迸起的壮汉登船，冲着雷霆嘲讽道："吼什么？就知道吓唬人，再吼，手撕剥皮当衣穿。"

霹雳瞪了这壮汉一眼，长啸了一声。

这壮汉是天鹰会的，一看霹雳出声，就不再挑逗雷霆了，立刻进入船舱。

雇佣军组织的武装人员登船完毕后，罗星告诉小桃红，雇佣军组织中的高手悍将都在"云吞"号船上。

小桃红想起绝别谷中标榜塔上的米哥说过，征召北极熊族加入南极的雇佣军队里。

小桃红让罗星驾驶"希望风帆"号船到附近看下"云吞"号船。

小桃红与闺咪和苏唯情登上"云吞"号船，看见了大批武装的北极熊，均手执长柄双刃斧。

这时一个小浣熊跑过来，小桃红问："你是不是标榜塔下的那个导游？"

小浣熊很高兴，异域遇故知，蹦跳地说："是，标榜塔下的带你的导游！走，我带你走一圈。"

因为有"云吞"号船上的小浣熊带路，小桃红与闺咪和苏唯情，没有遭遇"云吞"号船警卫的检查和阻拦。

小桃红问小浣熊："你怎么在这，去南极的船上当导游？"

小浣熊说："打工仔，去哪里还不是个混？我不做导游了，下岗了，失业了，转行了，领补助金了，来这船上充数，配合船长跑腿，给雇佣军做调度。"

小桃红看到了很多以前见过的玉族的人。

小桃红说："据说这船是雇佣军组织的，怎么有很多玉族的人呐？玉髓族长台蓝，绿松石族长雅利安，青金石族的金部青金钠铁、黄金钠铁，青部阿兰若青、帕米儿兰，湾玉族的高山。"

小浣熊说："是的，本船是雇佣军组织的。乘客分四类，一是北极熊们，二是三大雇佣军组织的人，三是东方的志愿者，四就是玉族的人。"

小浣熊继续说："本船对标的是不远处的'混沌'号，'混沌'号上的乘客只有晶族的人和西方的志愿者。

"本船肩负重任，瞧见没？北极熊们都很高大重，耐寒怕热，到南极途中因为天气都不冷而大部分时间不出场的，除非不怕死的敌人登船，正好熊掌抢拍、斧削。

"本船任务之一就是专门引诱敌人上船，因为本船重、吃水深，让敌人以为船上物资丰、宝物多，待敌人进船舱内，由北极熊们闷杀。

"万一'皇晶舰队'不敌，断后诱敌，掩护特遣船队撤退。

"住在底舱的北极熊们虽然出场费不多，但太耗食物，也难怪标榜塔的米哥到处筹钱，为这次南极之旅，把多年赚的利润和积蓄都掏出来了。

"那天你在标榜塔下赎人，米哥并非无故为难，身上也有筹米备粮的重任啊！"

小桃红眼神好，视力佳，看到志愿者区域中有个认识的人，说："那位女士不是维苏威石族女首领衣太丽吗？"

小浣熊说："是的，绝别谷内清淡贫苦，生活不易，一家之主也得谋生。为了本族，领取征召的补助金给留守的族人，她自己带着一些人出来上船，凭着服装手艺好，维持生计。"

小桃红说衣太丽设计的服装很好，正好给苏唯情量身购买几件，顺便给小桃红一行每位都再选几件。说完，小桃红带着闺咪和苏唯情，奔向衣太丽那边去了。

衣太丽见到小桃红很高兴，一边叙聊，一边给小桃红展示服装，供小桃红挑选。

小桃红问："苏霍依没来么？"

衣太丽说："这南极之旅太远，时间太长，也很危险，女儿没见过世面，也不方便，这次跟我来的都是族里的壮汉。"

小桃红购买了很多服装，由苏唯情打包扛回"希望风帆"号船。

第二天，小桃红带着闺咪和苏唯情，划着"希望风帆"号船上的救生小船，巡访"混沌"号船，看看有没有认识的晶族人。

小桃红一眼看到"混沌"号上一位身着樱花粉色服装的女子，定睛一看，在水晶大会上还见过她，是苏纪石族公主苏姬衫，旁边有位男子也见过，是海纹石族的莱利马。这二人很似情侣，谈笑风生。

"混沌"号船戒备森严，不准船外的人登船参观。

小桃红败兴而归，罗星问明缘由，说："'混沌'号是攻坚利器，船头很酷，实际上大酷头内有重型齿轮，这船任务之一就是专门破礁、破冰、破障、抢滩、冲撞，虽非'皇晶舰队'的，但舰队特派海蓝宝石族的'纵横四海'专门看守，海蓝宝石族在海洋人中的名气很大，尤其在海盗圈中如雷贯耳。

"海蓝宝石族有两大氏族：海氏家族和摩氏家族。

"'纵横四海'是海蓝宝石族海氏家族的北海玉，南海石，东海宝，西海晶。

"出生在海蓝宝石族圣地海兰堡的海尔滨，是晶族悬天圣宫海月宫宫主，也是女族长圣玛利亚之子。

"这次作为'皇晶舰队'先锋的三艘驱逐舰，领航舰'先行者'号就是海蓝宝石族的，上面有海蓝宝石族摩氏家族的四'小摩'：'东洋之珠'摩利，'西洋之晴'摩西，'北洋之眸'摩纳，'南洋之眼'摩洛。摩氏家族的'大摩'摩尔本之子摩尔可是海蓝宝石族掌石人哦。"

小桃红说："听说明天特遣船队启航，今日我得抓紧时间找下罗旋，如果她不随特遣船队出行，见到她就向她道个别。"

小桃红带着闺咪和苏唯情继续划着小船，寻访"花千手"罗旋。

前方有艘船，悬挂着一幅船旗招摇群众登船，整幅船旗标记"晶棋"。

小桃红指着前方"晶棋"号船说："这名字起得好，很多船拦着不让进噢，这船来者不拒嘛，我们也上去看看，没准会有惊奇，见到罗旋。"

一登上船，小桃红就看到一个大榜单，看完排名后，脱口而出："哎哟喂，榜一大哥好厉害！"

闺咪和苏唯情定睛一看，这个榜单是个积分榜，第一名的积分远超第二名，第二名至第五名积分接近，第五名积分又远超第六名，第一名：摩尔本，第二名：雀湖，第三名：雀澎，第四名：雀湃，第五名：雀江。

人族中，雀氏四喜——澎湃江湖，在棋牌界中的威望与水平最高，是众人仰慕对象。能在这里遇到确实惊喜，但惊奇的是第一名居然不是雀氏四喜之一，更惊奇的是第一名的积分远超雀氏四喜。

小桃红说："什么情况？我得仔细瞧瞧怎么回事？'大摩'远超大'四喜'？"

旁边传来一句悠然的熟悉声音："肃静。"

小桃红转睛一看，说话的这人放下酒杯，醉醺中全身烟气飘飘，乐哉笑摇，原来是烟晶掌石人"玩睹之鬼"烟燃一笑。

烟燃一笑把小桃红带到船舷，小桃红一见到烟燃一笑，乐着说："这次您是要出海打赌，海中作乐！"

烟燃一笑说："这里有船队间棋牌大联赛，还有'四喜'出场耍大牌、挥大棋，我就跟着呗，坐船观局。"

小桃红说："'大摩'积分远超'四喜'？肯定有内幕！"

烟燃一笑说："情势所致，摩尔本受人皇委派，现在是'罗亚方舟'号的总管。

"特遣船队远洋巡探南极，各大舰船都有求于'罗亚方舟'号，'罗亚方舟'号是'皇晶舰队'和特遣船队的航海母舰、补给舰，'罗亚方舟'号的棋牌代表摩尔本的棋牌水平也是一流的，'四喜'则代表'晶棋'号，对局中若是遇到'大摩'，都顺势谦让，故意不赢。

烟燃一笑继续说："对于海洋人来说，'罗亚方舟'号驰名远扬。这船是冰仙的丈夫罗亚，也就是你的大姨罗白雪的父亲打造制作的，在灵熵宫附近地表上最深的湖上完成，以冰滑方式经过陆地到冰洋后，航行在海上。

"罗亚，环游世界第一人，驾驶这船航行全球各地，数次环游巡航途中，遇到海上船只与海盗在内的各地各种人时，只要和平相处、不使坏的则来者不拒，均给救助；海洋上各大船只都闻风追随，结伴而行，场面浩大，关键是这船能给其他船只补给淡水。

"不知何故，几次环球周游后，罗亚突然在世间失踪，这船就漂浮在地表最深处海沟——美拉亚那海沟的海面上。

"当时的首届海盗大会上打败全球各大海盗后而当选的首任海盗王获得'罗亚方舟'号，成为首任海盗王船队的旗舰和母舰。

"自古以来，成为海盗王的徽标船，谁是这船船长，谁就是海盗王，就能在海洋上称王，也是海王，号令海上，莫敢不从。

"人皇攻入冥界与两大圣使一同归来后，你义父宝石之王随手灭了这船船长——最后一任的海盗王，将这船归还玉族。

"本来是安置回灵熵宫，后来人皇有求，通过你义父说服了罗白雪，将这船驻留航港，估计就是为了完成这次南极之旅后再安置回灵熵宫。

"回归后海洋上就再也见不到这旷世宝船了！所以大家都致敬礼遇这千古传奇的宝船。

"这船之所以千古传奇，也因其自身构造和材质。

"'罗亚方舟'号是双体船，采用木族中不腐木材，包浆之外施以冰冻，成模变糊。这外表似浆糊，来个难听的比喻如同痰，但比痰更加不沉入水中，更不化解进海中。

"有了灵熵宫施加的冷凝之术，使得这船内外都生淡水，船内与空气结合自产淡水可喝，就是远洋海上的水源。

"船外与海水接触自生淡水分层且浮滑于咸水之上，淡水层密度小在上而咸水层密度大在下，不沉海中且滑行更快。

"这传奇宝船，是世间的永不沉没之舟，虽似浆糊之粥，却是生命之舟。"

小桃红说："那明天启程后，我去看看这千古传奇。"

小桃红说完，发现船头有很多黑衣人，船尾有很多灰衣人。

烟燃一笑见状，不等小桃红发问，就解释说："船头的黑衣人是天鹰会的'十二飞鹰'，他们的首领绰号'屠鹰'；船尾的灰衣人是狮虎会的'十二地龟'，他们的首领绰号'戮虎'；都是雇来看场护船、制服镇压捣乱人的。"

烟燃一笑随后说："我带你去船舱内的高端堂、大气殿、贵宾厅。"

小桃红进入后，看到金碧辉煌的殿堂厅房，说："高大贵，接地气。"

烟燃一笑小声地说："观棋不语。"

小桃红看到身着青色服装的雀江正在一个四人棋牌桌旁，捋牌说："我，青一色。"

小桃红走近挥手打招呼，雀江点头回应。

不远处的四人棋牌桌旁，身着孔雀绿色服装的雀澎扣牌说："我，绿一色。"

小桃红走过去挥手打招呼，雀澎点头回应。

旁边有两人玩的棋牌桌，执蓝色宝石棋子的身着孔雀蓝色服装的雀湖，正与执绿色宝石棋子的身着青绿色服装的雀湃对弈。棋盘是横八个方格，竖八个方格，共六十四个方格，己族自家宝石各摆放在后两排方格中作为棋子列阵，出子对弈。

小桃红走过去双手挥舞打招呼，雀湖和雀湃同时拱手回应。

此时，航港风生雨起，山水沐浴。此景，

一烟一酒一雀牌，半醒半醉半澎湃；

一沉一浮一人生，伴风伴水伴乐声。

真是：听风听雨听人声，观山观水观人生。

小桃红巡场后，肚子饿了，就离开名人聚集、财富转换的"晶棋"号，回到了"希望风帆"号上吃饭歇息了。

第二天，小桃红一行饱餐后，"希望风帆"号与航港里特遣船队中的民间和应召的百余艘船只，跟随"皇晶舰队"共同启航出海，规模浩大，景象甚是惊人。各大舰船争奇竞航，各展风帆。

小桃红看得心花怒放，催罗星加快驾驶"希望风帆"号，说："我要乘风破浪，一船当先，别挡我风头，冲！"

罗星应诺后，"希望风帆"号，扬起十八帆，风行前冲，穿云破雾。

稍过一会儿，小桃红就呕吐了。

雷霆憨憨地说："反应这么强烈！"

小桃红扪心自问说："嗯，什么反应？我是人，就和你们不同了么？"

小桃红要求罗星说："都这么荡了，谁吃得消啊，且行且慢，有我在，不当第一了。唯稳，要稳就行。"

真是：

千帆百舸穿云竞渡，争渡，争渡，惊动生灵无数。

千丝万缕缭雾独悟，顿悟，顿悟，探索人生有路。

第七十六章

岳海寻引

"希望风帆"号，按部就班地跟随大部队，从航港启航出海。

特遣船队由"皇晶舰队"先行。"皇晶舰队"由"联合"号巡洋舰作为指挥舰和旗舰，与作为航海母舰、补给舰的"罗亚方舟"号双体船，一前一后，置于舰队中央。

周边由四艘护卫舰菱形编队护航，"日光"号护卫舰突前，"月亮"号护卫舰断后，"星耀"号护卫舰在左，"辰辉"号护卫舰在右。

"日光"号护卫舰的前方是三艘驱逐舰三角形编队领航，居中突前的是"先行者"号驱逐舰，"旅行者"号驱逐舰在左，"探行者"号驱逐舰在右。

特遣船队的百余艘船只紧随"皇晶舰队"。

紧随"皇晶舰队"中特大的船有三艘，尾随"月亮"号护卫舰，分别是："晶棋"号居中，"云吞"号在左，"混沌"号在右。

"希望风帆"号跟随"晶棋"号。

很大的船有六艘，三艘船在"云吞"号的左、右、后方编队紧随，另三艘船在"混沌"号船的左、右、后方编队紧随。

其余的船分布于这三艘特大的船和这六艘很大的船之间及后紧随。

为了联系沟通方便，分发各船的舷号代号和任务代码。

"皇晶舰队"代号"四五八七"，数字寓意是："四"指菱形编队护航的四艘护卫舰，"五"指"联合"号巡洋舰与四艘护卫舰组成的中央编队，"八"指的是中央编队和领航的三艘驱逐舰，"七"指的是四艘护卫舰和三艘驱逐舰组成的战斗编队。

各船舷号是：

"先行者"号驱逐舰舷号"零一"，

"旅行者"号驱逐舰舷号"零二"，

"探行者"号驱逐舰舷号"零三"，

"日光"号护卫舰舷号"零四"，

"星耀"号护卫舰舷号"零五"，

"辰辉"号护卫舰舷号"零六"，

"月亮"号护卫舰舷号"零七"，

"联合"号巡洋舰舷号"零八"，

"混沌"号舷号"十一"，

"云吞"号舷号"十二"，

"罗亚方舟"号舷号"十三"，

"希望风帆"号舷号"十四"，

"晶棋"号舷号"十五"。

在"混沌"号左、右、后方编队紧随的三艘大船舷号"十七""十九""零九"。

在"云吞"号左、右、后方编队紧随的三艘大船舷号"十六""十八""一十"。

特遣船队中除了"皇晶舰队"外的船队统称代号"一五一十"，数字寓意是：十艘大船："罗亚方舟"号双体船和三艘特大的船及六艘很大的船；五艘特种任务船：舷号"十一"的"混沌"号，舷号"十二"的"云吞"号，舷号"十三"的"罗亚方舟"号，舷号"十四"的"希望风帆"号，舷号"十五"的"晶棋"号。

除了"皇晶舰队"外的特遣船队中船只，向"皇晶舰队"求援求助时，使用口令、暗空中发出光电信号、水下发出声响信号，都为"一三一四"，标明己船身份为"一五一十"加上己船舷号。

"皇晶舰队"向特遣船队中代号"一五一十"船只发出指令时，使用口令、暗空中发出光电信号、水下发出声响信号，均为"一三一四"，标明己船身份为

"四五八七"加上己船舷号。

特遣船队由"皇晶舰队"领航巡洋。

有波又浪，很汹更涌，特泛还滥，显灿而烂。

驱烦摆懒，波光粼粼，小桃红在荡漾中睡着了。

不知不觉，小桃红醒来，发现特遣船队沿海岸线南下很久了，外面波涛汹涌，但小桃红内心波澜澎湃！

小桃红指使罗星驾驶"希望风帆"号，来到"罗亚方舟"号旁边伴行。

小桃红在"希望风帆"号的主桅杆上轿屋里，坐得高，看得远，一下子就看到了"罗亚方舟"号上有个巨人，正是"花千手"罗旋。

小桃红大呼小叫，罗旋也看到小桃红，随之群手挥舞。

两船挨着很近，罗旋告诉小桃红，说她有公务在身，与极地玉族的女首领"极地之骄"一起，专门负责守卫"罗亚方舟"号，"罗亚方舟"号是特遣船队的重地和禁地，没有"皇晶舰队"的统帅命令，没有总管摩尔本的许可，禁止登船和出入。罗旋叮嘱小桃红，让小桃红在今后的海上航行中务必紧随"罗亚方舟"号。

小桃红追寻很久，终于寻到，近在眼前，却又不能交往，惊喜转失落，如同波涛起落。

小桃红耐不住寂寞，又指使罗星驾驶"希望风帆"号，来到"联合"号巡洋舰旁边伴行。

小桃红一看到"联合"号的外形，就脱口而出："三体！"

罗星附和地说："是的，'联合'号是三体船，'罗亚方舟'号是双体船，在海洋中航行能保持稳定。"

罗星继续说："'皇晶舰队'的舰船，无令禁止登船和出入，只能远望看下噢。

"瞧，船上那位身着正红色服装的人是'皇晶舰队'的统帅——'红钻之心'汉考克！

"他旁边那位头戴闪烁星光红宝石的是'联合'号船长——红宝石族长的儿子星光王子罗斯瑞福斯，红宝石族长的大女儿露霞公主可是悬天圣宫花月宫宫主。"

小桃红说："我们船快，到舰队前面去，抢下'皇晶舰队'的风头！"

经过"探行者"号驱逐舰时，罗星告诉小桃红，"探行者"号船头上身着皇家蓝色服装的人是蓝宝石族长皇家驹；掌石人喀什米尔是悬天圣宫玄月宫宫主，在悬天圣宫若是看到身着矢车菊蓝色服装的人便是。

"希望风帆"号超过了领航舰"先行者"号，"先行者"号上的海蓝宝石族的四"小摩"倒是不介意，还与小桃红挥手致意。

小桃红也不好意思一直领先，暂时领先后即返。

经过"旅行者"号驱逐舰时，罗星告诉小桃红，"旅行者"号船头上身着粉橙色服装的美女是蓝宝石族中莲花蓝宝石族公主帕帕拉恰；只见这位红粉佳人，美过初夏莲花，靓过落日晚霞。旁边身着橙粉色服装的美男是其哥，莲花蓝宝石族王子苏释。帕帕拉恰公主身后有位女书童红一秀相伴，苏释王子身后有位男书童弘一休跟随；弘一休和红一秀都是聪慧绝顶，光头无发，但红一秀经常换戴各种的假发，模仿各款的发型，装扮各样的秀发，焕发各式的风情。

小桃红被苏释的帅气迷住了，指使罗星驾驶"希望风帆"号与"旅行者"号驱逐舰并驾齐驱，同速同步。

公主帕帕拉恰和王子苏释很友好地主动挥手致意，小桃红痴痴地招手回礼，一时竟不知从何说起。

罗星低声地说，莲花蓝宝石族都是素食者，"旅行者"号驱逐舰都是莲花蓝宝石族人和一些素食者。

小桃红一听，找到话题了，大呼说自己也是素食者，终于找到素食组织了，今后会过来交流。

小桃红这才心满意足，船返而回。

小桃红还不停地问闺咪对苏释印象如何，闺咪也赞赏认同。

经过"日光"号护卫舰时，罗星告诉小桃红，"日光"号船头上身着霓虹橙粉红色服装的人是尖晶石族的"绝地尊者"纳米亚，另一位"绝地尊者"曼辛是悬天圣宫虹月宫宫主，是尖晶石族掌石人。

小桃红喃喃自语说："我义父曾告诉我，不要与霓虹颜色的人交手！"

罗星也说："那我也得记住，不要与霓虹颜色的人交手！"

经过"星耀"号护卫舰时，罗星告诉小桃红，"星耀"号船头上身着亮橙红色服装的人是尖晶石族的奈特威，看起来像火焰，人称"火焰尊者"；在远处的"辰辉"号护卫舰上有尖晶石族的"黑王子"铁木尔，其父就是大名鼎鼎的尖晶石族族长钻蓝，人称"荆棘火花"。

经过"月亮"号护卫舰时，"月亮"号船头上身着丝绒光霓虹艳粉色服装的人瞪了小桃红一眼，吓得小桃红哆嗦了一下。

罗星告诉小桃红，这人是尖晶石族的马亨盖，人称"荣光尊者"。

"希望风帆"号返回到"晶棋"号旁边，归位同行。

不久，罗星通知小桃红，收到"联合"号巡洋舰上的特遣船队统帅"红钻之心"汉考克发来的指令，由"希望风帆"号在各大舰船中专门往来，负责运输淡水和食物及人员等补给。

小桃红听到后，有些不情愿地说："这苦累运输的活，让我这特快闪送，专递运达，大材小用了！都怪我抢了'皇晶舰队'的风头，让统帅看到咱们船太快了！不过呢，借此可以多多往来'罗亚方舟'号和'旅行者'号，倒也不错嘛！"

此后，"希望风帆"号每日在特遣船队中往来，尤其在"旅行者"号驱逐舰和"罗亚方舟"号附近并行时间很长，其他船敢怒不敢言。

"晶棋"号上的船队间棋牌大联赛仍在举行，小桃红被"希望风帆"号员一致推选为"希望风帆"号棋牌代表，在"晶棋"号船上比赛，积分榜成绩名次老是占据第六名，在"大摩"和"四喜"之后，被圈内玩家称为"晶棋你六姐"。

这老六位置，一来归功于小桃红的后援团和背后众多的顾问，闺咪、雷霆、霹雳、口水狗、鼻涕蛇都是水平不差的玩家，合力所致的棋牌综合实力占据；二来是因各船都得依靠"希望风帆"号运输淡水和食物补给，须哄让，生怕小桃红要脾气断供。

小桃红在"晶棋"号船上休闲和玩棋牌之际，"希望风帆"号在罗星的驾驶下，总能快速和准时完成对各船的运输补给任务。

小桃红在"晶棋"号船上玩棋牌，也从各玩家交谈中学到了很多地理知识。

本星陆地主体部分叫亚大陆。

连接亚大陆的有五大陆：西向分支的亚特兰大陆，西南向分支的亚非利加大陆，南向分支的亚引澳大陆，东南向分支的亚美拉大陆，东向分支的亚美利加大陆。

亚引澳大陆分为：引渡大陆和澳魄大陆。

亚美利加大陆分为：北亚美利加大陆和南亚美利加大陆，由纵贯南北的亚美利加山脉相连。

连接亚大陆的五大陆与亚大陆的联合体就是母大陆。

此外还有个被洋流环绕的南极大陆。

据传说，早期的南极大陆通过亚美利加山脉与南亚美利加大陆相连，后连接南极大陆和南亚美利加大陆的亚美利加山脉不知何故震裂开来，在洋流和地震山移的共同作用下，冲扩裂隙，导致南极大陆与母大陆相隔。

一个传说是水族之祖终极地姥控制了洋流和发动了大洪水，冲断这段亚美利加山脉所致；另一个传说是来自月亮或天外的陨石，飞来砸破这段亚美利加山脉，进而形成了被洋流环绕的南极大陆。

东洋和西洋纵经本星，分别位于亚美利加大陆的东西两侧，北至北洋，南至南极大陆，亚美利加大陆中间有众多峡湾将东洋和西洋的海水从中连接。

北洋被亚大陆、北亚美利加大陆、亚特兰大陆包围，亚大陆与北亚美利加大陆中间有白灵海峡，将北洋和东洋的海水从中连接。南洋则位于亚非利加大陆、亚引澳大陆、南极大陆之间。

白灵海峡，就是以魔族三圣中"黑白极灵"中的白灵名号命名。

这个海峡就是白灵最先发现，告诉后人的，故后人以白灵名号来称这个海峡。

"黑白极灵"中的黑灵即魔族之祖至极妖婆在南极地下隐居，永不出土，好静；而"黑白极灵"中的白灵则在北极与地表上，永不停歇，好动。"魔冥四暗客"加上"黑白极灵"就是暗黑世界三圣三使，也即魔族三圣和冥族三使。

亚美拉大陆主体部分是美拉大陆，西北连接亚大陆的是美拉西亚群山，美拉西亚群山南面是横亘东西巍峨耸立的引渡群山，引渡群山的东南就是美拉大陆的平原和草原，引渡群山的南部则是澳魄大陆，引渡群山的西部是引渡大陆的平原和草原，再往西则是引渡大陆高原，引渡群山的西南则是南洋。

美拉西亚群山和引渡群山之间有众多峡湾，美拉大陆和澳魄大陆之间有南北纵向的宝礁海峡直至南极大陆。

特遣船队此次到南极，航行路线是沿着亚大陆海岸线南下至美拉西亚群山，通过峡湾找到引渡群山后，转向东南到达美拉大陆，沿着美拉大陆和澳魄大陆之间南北纵向的宝礁海峡，抵达南极大陆。

特遣船队顺利到达美拉西亚群山。

美拉西亚群山越往南越高，崎岖山岳与深海形成错综的峡湾；稍不留神，航进无出路的峡湾，轻则迷路，重则碰礁遇险、船毁人亡，这个航道简直是劫难。

只有抵达横亘东西巍峨高耸的引渡群山，才是出路的尽头，有所指引，方能渡劫。久之，众多航海者将这横亘东西如同航标的群山称为引渡群山，意为指引渡劫；遇见引渡群山，才能找到方向。

海波云彩，洋光山色。小桃红在轿屋中拨云撩雾。

突然，小桃红发现远处的峡湾驶出四艘大帆船，一路跟踪特遣船队。

小桃红通知罗星。

罗星告诉小桃红，特遣船队已知悉并已通知各船紧随"皇晶舰队"。

罗星观察尾随的四艘大帆船后告诉小桃红，这尾随的四艘大帆船是驰名的东洋海盗船只，分别是："行尸"号、"僵尸"号、"丧尸"号、"干尸"号。如同豺狼，专门盯着往来美拉西亚群山和引渡群山之间峡湾的船只，一有机会就打劫。

小桃红好奇问罗星，为何能知道远处这四艘大帆船的名字。

罗星哈哈大笑，告诉小桃红说，他出身海盗世家。

罗星的父亲是前任海盗王，也是绿幽灵水晶族的前任族长，后被激进的现任海盗王偷袭杀死，现任海盗王统领海盗圈没多久，就被宝石之王消灭。小桃红不仅是他"希望风帆"号的赞助人，也是恩人宝石之王之女，故愿意效力听命于她。

罗星拿出一个精钢圆盘由左手相持，取出一个七层八角塔状钢锏由右手相执。罗星说这两个器物都是其父的遗物，也是其父作为前任海盗王的标志法器。

这个圆盘背面雕刻航海星图，正面精钢盘作为圆盾护体；很重钢锏的尖端是如钻石坚硬的陨铁合金，高强功力通过恰当的方法注入锏尖，锏尖会点亮，在茫茫的夜海，犹如灯塔。七层八角塔铜，内有精钢弹簧，若飞出致远，能破坏舰船。

海盗船来袭的话，罗星一旦亮铜，海盗们见铜如见前任海盗王，都会给面子而退。不给面子的海盗，必是袭杀其父篡权的海盗同伙；遇到则用七层八角塔铜破船沉舟，铜挞逆贼。

"干尸"号前身是"木乃一"号，也是罗星亲手设计的，是树化玉族掌石人"乐器之王"木一燃赞助修造的，在"希望风帆"号入海前，是海上第一快船；由木一燃取名为"木乃一"号，他的乐器风叭既能使尸体颤栗、炸魂、爆魄，又能安息海上逝者的尸魂；此船犹如海上移动尸墓，彰显在世人们对于来到这世界而度过一生的灵魂以尊重礼敬，灵魂之尸招摇过海，尸之灵魂飘荡渡洋。船长则是狮身人面的狮人。

"行尸"号船上有很多半兽人，绝大部分是遇黑暗则兽性大发、身形突变、体力暴强的狼人，船长与副船长分别是猛牛人与巨猿人。

"丧尸"号是东洋海盗王绿幽灵水晶族长"尸魂"罗魄的徽标船。

"僵尸"号船上有很多见血不要命、吸血则体能暴强的吸血人。

小桃红说："吸血鬼也来了啊，我好怕哦。"

罗星说："不许侮辱鬼噢，鬼实际上是不吸血的，世上的吸血人吸血样子比较狰狞，像鬼而已，被世人误传为吸血鬼；其实遇到吸血人，鬼都闪避，鬼见愁啊。"

罗星的父亲死前，罗星就不满其父作为，很早就脱离了海盗群，流落在航港北边沿海的玉族海域生活，在那设计打造了新船"希望风帆"号。

现任海盗王被灭后，海盗圈大乱，各地海贼自立，纷乱混斗，"尸魂"罗魄意图争当新海盗王，找到罗星，想拉拢罗星成为罗魄的左膀右臂，被罗星拒绝。

罗魄说绿幽灵水晶掌石人梵特木已答应助力，梵特木曾是神差门下的侍从，因做了错事、弹曲害人而被逐出师门。

罗魄继续说罗星安尸修墓很在行，设计能力强。很多人都想死后安置尸首，却不想被人或者仇家打扰，一来担心尸体保存不长久，二来担心墓地不牢靠被盗掘，而海上无人知的岛屿众多，适合造墓、放尸、安魂。罗魄是绿幽灵水晶族内武力最强者，想当海盗王之后，将这广大需求变现于四海、实现在四洋，例如在东洋海盗群海贼大本营的引渡峡湾各处的隐蔽小岛盖墓，女尸坟园有古墓倩影，男尸塔陵显古墓惊情，如此则不尽的财富滚滚奔来。若能成功，跨界推广，天上北斗七星，海中南岛七陵，在对应北斗七星的海洋七岛上，分别筑晶族晶陵、玉族玉陵、水族仙陵、魔族魔陵、冥族鬼陵、金族金陵、神族神陵，招致各界膜拜与祭念。

罗星答复罗魄，说罗魄的想法和德行尚可，但罗魄还不够坏，达不到历任海盗王的心毒手狠，德不配位，能不给力，觊觎王位，必有灾祸。即使夺了方舟，就算灵熵宫不在乎、无所谓，但人皇的海军不会容忍，还有那个宝石之王若天上飞来则随时会再次灭了新任海盗王；况且新任海盗王还要处理各地海盗的纷争，内外交困，难以实现殡葬致富。罗魄败兴而回。

罗星继续说，其父放不下海盗之首的王者荣耀，故迟早遇难；而自己早已出圈，随波而流，遇洋而荡，随风而飘，遇水而淌。

苏唯情好奇地问罗星四海贼红的"行尸""僵尸""丧尸""干尸"之间的区别。

罗星回答说，这实际上是尸体与魂体之间的关系，也是肉体等载体与灵体之间的关系。肉体是灵体的载体之一，晶体等也可作为灵体的载体。

载体具有了灵体这个主体后就有能动性，载体就会发挥灵体之主观能动，就是灵体的代表。但载体承载灵体或丧失灵体后，也有自动性，这本质是肉体等载体与灵体之间的控制与反控制而已。

人的梦游状态，就是肉体超出灵体主体控制或失去灵体主体控制时的肉体自动性的体现，与行尸状态相仿。

肉体与灵体须要匹配，才会适合，方能感情，更有意义，进而生命，终成缘分。

灵体在意这个肉体，而另外的灵体却未必在意这个肉体，因此这个肉体所生与衍生或者和这个肉体有关联的，对于所载与传承的灵体才有意义，肉体成为灵体的组成部分，有关联才有感情，有缘分才有意义。

干尸，是灵体丧失后，肉体完全失控不能动，已非载体。

丧尸，是灵体丧失后，肉体完全失控但能动，自行其是，不受控的危险载体。

僵尸，是肉体受控，等待灵体控制，可借尸还魂，待定状态的载体。

行尸，则是肉体部分失控但能动，超出灵体控制的失控载体。

小桃红听得呆住了，伸出大拇指，示赞。

小桃红说："我读了点书，有史学或者诗学的书，却没见过尸学的。感觉尸、魂、灵挺神秘的，你完全是尸学家的专家风范，尸学大师啊！我向你学习，也要成家，我争取当个石学家。"

小桃红怅然地问："死后有来生吗？"

罗星说："有，既然有此生，就会有来生！

"宇宙并不唯一，人生也是，万物都不唯一！

"要么无，一旦有，就不唯一！

"若没有来生，那就创造一个！

"此生的孤魂独鬼，或是来世的美男美女、转世的亲朋好友！善待每个灵魂！"

小桃红豁然地拍手说："你如灯塔，让我在人海浮生里心定！既然来此生，就要去创造，留下创新耀此生！"

罗星说同族的梵特木研究尸学的造诣也高，研究魂学的造诣更在其上。梵特木的乐曲造诣不低，有牵动魂灵的幽魂之术。梵特木的景仰对象是神差，梵特木认为对尸魂有三大控制术，一个是灵熵宫冰封冷凝术；一个是水晶、碧玺、钻石等晶体的电磁感应；还有一个就是神差的魂音风器的律动效应。梵特木的尸学研究方向好动，常带着众尸随从们，社会摇，江湖晃。而罗星的尸学研究方向好静偏安，让众尸安息。

苏唯情听得很感兴趣，说："听您一席话，得到指引，以后请多多指教。"

第七十七章

寻觅南极

特遣船队经纵向的美拉西亚群山驶往和寻找横亘东西巍峨高耸的引渡群山。

罗星告诉小桃红，他已发信号给"联合"号巡洋舰上的船队统帅"红钻之心"汉考克，告诫说船队在未遇到引渡群山前，不要到沿途的峡湾补给淡水和食物，不要在沿途停留。沿途的峡湾几乎都是东洋海盗与海贼群落，陷阱很多；若个别船需要补给，由统帅批准后统一从"罗亚方舟"号补给调配。统帅汉考克已接受其建议，已通知各船执行。

这时，海上天空呈红色，小桃红大惊失色，问："在极北之地，我见过绿色天空和彩色天空，那是极光的缘故。但从未听人说起过有红色天空景象，是不是吸血人要来了？是攻击的前奏，不祥的征兆，要不要到峡湾那边停留下，等这红色景象消散后再航行？"

罗星安慰说这个红色天空景象是罕见的自然现象，听人说起过，这次也是头一次见到，曾在夜晚见到过蓝色月光景象，都属于罕见但无害的自然现象，不必到沿途峡湾停留。

如果陆地上白日天空突现黑色部分，很大可能是红眼乌鸦群，则是梵特木的众尸随从们攻击的前奏。

如果海洋上白日天空突现红睛海鸥群，则是梵特木的众尸随从们攻击的预兆。

陆上红眼乌鸦，海中红睛白鸥，黑白双煞，可谓陆地上的黑色恐怖，海洋中的白色恐怖；见红睛有红警，看红眼遇红魔。

罗星继续说，之所以不能到沿途峡湾停留，是因为沿途峡湾隐藏着恶名昭著的东洋海盗，这些海盗监视着过往船只，并在岸上通过信号传递监视信息，各处海贼群互相配合。

各处峡湾的海水下隐藏着很多绳索，若有需要补给或避风的外地船只入内，黑夜月下，两岸的海贼们择机将目标船只前后的潜伏绳索拉起至目标船只的上方，之后两岸的匪徒挂扣在绳索上滑行到目标船只上方，跳上目标船只突袭和占领，夜空飞人可是海贼在峡湾的掠影，当然水中也会同时冒出水贼爬上船来共同夹击。

雷霆问："若暗夜飞人突袭没有成功，接下来海贼会怎么做？"

罗星回答说："再来一夜，夜夜突袭，船上的人休息不好、心神不宁，时间长了没有补给，溃败就擒是早晚的事。"

霹雳问："那船只杀出峡湾归海是出路。"

罗星回答说："既然入了峡湾，多次被袭后还能驶离出峡湾的话，最后之际，峡湾两岸海贼会射出带火的箭，峡湾内会冲出火船，引燃被袭船只灭口。只要是峡湾，就是海盗的天堂，海贼的避风港，海客的逼疯湾。"

特遣船队谨慎地通行，终于抵达了横亘巍峨的引渡高山下，特遣船队全员欢呼共响。

"皇晶舰队"引领特遣船队在巍峨的引渡高山下，左转向东而往，"云吞"号断后。

特遣船队向东到达美拉大陆的北部美开罗高原后折向南方，之后就将到达美拉大陆的平原。

小桃红问罗星："船队现在已离开了引渡群山，来到了美拉大陆北部美开罗高原，听说往南不久，就会看到美拉大陆的平原，但东洋四大名尸海盗船仍尾随船队，也离开东洋海盗根据地，看样子是不离不弃了，也要跟到南极？"

罗星想了一下后说，东洋海盗王"尸魂"罗魄这次肯定是要始终跟定特遣船队，不仅会尾随到南极，而且主要意图是等待时机夺取"罗亚方舟"号船。为此罗魄不仅亲驾"丧尸"号，而且还带上曾到过南极的"木乃一"号。

小桃红惊呼："哇，这船故事真多，不仅特快，还到过南极！木一燃赞助和冠名这船的初衷是不是要第一快和第一个到达南极？"

罗星夸奖小桃红聪慧，说木族通三界，既拥有天下好的木材等材料，又有众多才华高的人，人才加天材则不发财都难！在玉族、魔族、冥族中有很大的影响力；木一燃本来想成为树化玉族中第一个到达南极的人，但有事未去，后来这船由东洋海盗驾驶，凭海图到达南极。

小桃红问："这么说的话，绘制海图的人肯定更早到达过南极。"

闻咪说："是的，最早到南极的应该是罗亚，而且还经常去的。本星海图和南极大陆地表图及本星地表图的初稿都是罗亚绘制的，据说藏于灵熵宫那里。据传还有天石族的天图与金族的地下图也被封禁在灵熵宫。"

罗星予以补充说，虽然本星海图和南极大陆地表图初稿在灵熵宫，但"罗亚方舟"号船内绘刻有本星海图和南极大陆地表图。在船上刻画标记每到新发现的地方的海图始于罗亚，此后在海盗船上流行。为了控制和发挥影响力，海盗王或海盗群首领的徽标船或旗舰才能绘刻经历到过的海图，彰显势力与实力，并只在船长室或船内特定地方绘刻，只有船上少数人知道，船上大部分人和船外人是禁止阅览、复制、临摹的，是机密。普通的海盗船或不够实力的海盗群的船只，是不会绘刻本船经历到过各地的海图的。

不久，特遣船队到达了美拉大陆的平原的西北边，美拉大陆的平原是地表最低洼的平原。

"联合"号巡洋舰向特遣船队发出指令，往南是宝礁海峡，直达南极，但沿途岛礁众多，容易撞上并搁浅，由"混沌"号船先行开路，"皇晶舰队"引领特遣船队，各船一字长蛇阵型逐一相随，"云吞"号船断后。

宝礁海峡的水域宽阔，但礁石和岛礁星罗棋布，岛礁附近散布着自古以来的沉船，碰撞上若隐若现的礁石而搁浅的舟船永久停留在礁石上面，海上沉船之墓告诫和警示后来经过的舰船，前方的路充满危险。

真是：沉船礁畔易显露，混沌前头难棘路。

特遣船队沿着宝礁海峡往南航行没多久，就看到左岸远处有座山很是奇特。

这座山中间有个矗立的巨大独孤的山岭，山岭如门，山岭中上部有个很大的月牙洞洞穿山岭。这座山岭前的这段海峡左岸有个宽阔的月牙湾足以供数个船队停泊。

"联合"号巡洋舰向特遣船队发出指令，通知此处在美拉大陆上被称为月亮湾，左岸的高近百米的山名为海珍山，带洞的山岭名为独月门，独月门向东的另一侧有个湖为螺珠湖。

"联合"号巡洋舰率领"云吞"号和三艘驱逐舰补给充足后，南下前往南极；"混沌"号率领舷号"十七""十九""零九"的三艘大船在月亮湾的西北向停泊，"晶棋"号取代"云吞"号率领舷号"十六""十八""一十"的三艘大船在月亮湾的西南向停泊，月亮湾中央停泊的是"罗亚方舟"号双体船，由四艘护卫舰正方形阵型保卫，"希望风帆"号不时地环绕四艘护卫舰，依旧承担补给运输任务，特遣船队的其他船只沿着月亮湾沿岸停靠，特遣船队留在月亮湾的船只统一由"罗亚方舟"号船指挥。

"联合"号巡洋舰率领"云吞"号船和三艘驱逐舰沿着宝礁海峡的中线一直南下，安然驶出了美拉大陆和澳魄大陆之间的宝礁海峡，却遇到了环绕南极大陆的洋流，惊险地抵达了南极大陆。

抵达后沿着海岸线在不同的登陆点登陆，却发现南极大陆上几乎都已被坚冰厚雪覆盖，满眼是白色的冰山和风雪。

统帅汉考克暗想，南极大陆原本有很多人居住，只是因为有环绕南极大陆的洋流，独孤于本星的亚大陆及连接亚大陆的五大陆之外，很是闭塞，但自古以来，也有些人族定居在那里。

根据定居在南极大陆的人族传来的消息，人皇率领晶族和玉族联军征讨冥族后的几年，南极大陆上空出现异象，持续很久，之后出现数个异族异类，这些异族异类之间爆发了很大规模战争，在南极大陆生活的人族因此遭殃，前几年求助人皇。

人皇收到求援消息后组建了海上舰队，任命"红钻之心"汉考克为舰队统帅，并叮嘱汉考克若抵达南极大陆后，除非自卫，勿与这些异族异类争斗，接走尚存的人族和搜集南极大陆上各种情报返回即可。

据当时与此后的情报，并未有南极大陆覆盖冰雪的信息，接连传来的都是南极大陆上某个晶族或某个家族失联的消息，在绿石林大会召开之际，收到最后一次南极大陆的消息，但也没提到南极大陆温度剧降、气象大变、冰雪覆盖，显然南极大陆被冰雪覆盖的事是在绿石林大会这个时点之后发生的。

统帅汉考克经过考察，发现南极大陆上空已无异象，见状只得率队返航

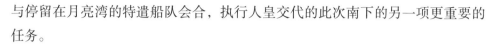

与停留在月亮湾的特遣船队会合，执行人皇交代的此次南下的另一项更重要的任务。

"云吞"号船上的北极熊们都是公熊，在海上被憋得要死、热得要命，看到南极有着和家乡一样条件的冰山与冰海，都忘乎所以在南极冰地上放纵奔驰，海阔天空，冰冷寒冻，对于北极熊们却是自由乐土。北极熊们都被海船阴暗湿热的环境吓怕了，借故继续寻找南极熊的下落和灭族原因，不肯离开。

汉考克只得与北极熊们约定，留在南极的北极熊们搜集到的重要信息均须放置在登陆点，多年后，会有人族舰船取回。北极熊们欣然同意，脱离了苦海，迎来了极乐净土，今后冰天雪地任熊行。

第七十八章

水族大会

"联合"号巡洋舰率领"云吞"号和三艘驱逐舰离开月亮湾后,摩尔本作为驻留月亮湾的特遣船队统帅,管理船队事务。

过了数日,有侦察人员相继通报越来越多的岸上大陆人,从各个方向汇聚到独月门和月亮湾这里。

摩尔本的亲信建议做好防范准备,以防不测。

摩尔本淡定地说之后还会有更多的美拉大陆上的各族各地精英来此会聚,参加美拉大陆的盛会水族大会;须加防范的仍是月亮湾北面的海盗船,东洋海盗垂涎"罗亚方舟"号已久。岸上即使有东洋海盗和觊觎"罗亚方舟"号的歹徒,也很难从陆上发动进攻和偷袭特遣船队,毕竟岸上绝大部分都是美拉大陆的各族各地精英,都是特遣船队队员的盟友和伙伴。

又过了几天,摩尔本接报说美拉女王委派特使罗纹在岸上迎接特遣船队。

摩尔本传令亲往"月亮"号护卫舰与美拉女王特使罗纹会见,通知"月亮"号护卫舰尖晶石族的"荣光尊者"马亨盖与摩尔本共同接见罗纹,通知"希望风帆"号靠岸迎接特使罗纹上船,护送至"月亮"号护卫舰。

莲花蓝宝石族王子苏释和公主帕帕拉恰,与所在的"旅行者"号驱逐舰奉命前往南极后,小桃红惆怅不乐,很是思念。

"希望风帆"号收到接送美拉女王特使罗纹的任务后,小桃红这才打起精神,来到船头登岸接地气。

岸上的人在罗纹率领下载歌载舞,均昂首、挺胸、立腰,活泼奔放,女人舞步灵巧舒展，男人舞步轻快矫健。

小桃红率先上岸，罗纹迎面而来，移颈、动目、弹指、翻腕、跷脚，从头、肩、臂、肘、腰、膝到脚及腕的动作均与眼神结合，传情示意，尤其是罗纹脖子左右移动时，头与肩膀不动，挑眉动目，惹得小桃红特别开心，小桃红本身有舞蹈功底，随之起舞相伴。

岸上与船上的人都叫好喝彩，尽是欢乐气氛。小桃红自我介绍："你好！我是翡翠族的花飞雪。"

罗纹惊奇地说："是武圣人的女儿，历经千里来此，令我们水族非常荣幸！"

小桃红迎接罗纹登上"希望风帆"号，驶向"月亮"号护卫舰。

罗纹向小桃红介绍了当地的风土状况。

美拉大陆是水族人的聚居地，水族人都会游泳，美拉大陆的海拔是母大陆中最低的，遍布湖泊和突兀的山峰，湖泊周边尽是平原与草原，物产富饶，风景美丽。

美拉大陆的中部聚居着美拉人，首领就是罗纹的领导美拉女王。

美拉大陆的北部美开罗高原上聚居着美开罗人，首领是美开罗王。

美拉大陆的东北有巍峨的山脉，有座珍珠峰。

美拉大陆的东部波利高原上聚居着波利人，首领是波利女王。

美拉大陆的东南有巍峨的山脉，叫大西地。

美拉大陆的南部就是南极。

美拉大陆的西部是澳魄大陆，有着丰富的矿藏，属于冥族领地。美拉大陆与澳魄大陆之间的宝礁海峡作为天然屏障阻挡着冥族向东进犯。

美拉大陆的西北和澳魄大陆北部是引渡群山，作为天然屏障阻挡着冥族向北进犯。

水族大会是美拉大陆上的各族与各地精英会聚的盛会；各地人主要为美拉人、美开罗人、波利人；各族人主要是珊瑚族、珍珠族、螺珠族、鲍珠族、砗磲族，美拉女王是珊瑚族长，波利女王是珍珠族长，美开罗王是螺珠族长，鲍珠族长名为鲍贝，砗磲族长名为海贝；水族族长都是由珍珠族长担任。

水族大会一般会竞选出两位优胜者，一位优胜者是水族内各红色系石族中的武力最强者，会率领水族中各红色系石族的佼佼者参加人族的红石滩大会争取夺魁，另一位优胜者是水族中武力最强者。

美开罗王的正妻是波利女王，美开罗王的副妻是美拉女王。

苏唯情听到有些惊讶地说："没想到这里可以一夫二妻！"

小桃红说："世界上很多族的人口少，一夫多妻、一妻多夫符合当地现状。副妻也是夫妻，副夫也是夫妇。"

可谓：

爱情三角，情爱几何？

情缘平面，缘情立体，

情因光波，因情熵增，

情多代数，多情微积，

情感能量，感情维度，

情愿对称，愿情守恒！

罗纹继续向小桃红介绍美拉大陆的近况。

本星地下有个金族，这个金族以一族之力抵挡和镇压在金族领地之下的地下蜥蜴族。

地下世界的蜥蜴族自称是本星原始土著，常与金族中矿金族交战，但抵挡不住金族中荧金族的辐射与镇压，更畏惧铯姐荼毒，只得深藏地下世界。

暗黑世界中出身魔族的暗黑之王就是蜥蜴族在战争中被金族俘虏后而通过魔族走私到地表活下来的后代。这个暗黑之王虽是蜥蜴族血统，但与蜥蜴族没有养育关系，是魔族养育的，因有特异禀赋和魔族战功，后成为暗黑之王。

金族需要矿物来维持动能与生命，矿物加工成合金作为神经网络和载体，靠光电来联系而人性化。因为电力和光力的驱动怕水阻隔断联，金族一般不上地表。人皇率领晶族和玉族联军征讨冥族后的几年，南极大陆出现数个异族异类并爆发了很大规模战争，深藏南极大陆地下世界的蜥蜴族冒出地表，与神族及金族互相混斗，南极三界混战，海陆空乱斗。

一年前，南极大陆温度剧降、突遭冰雪覆盖，南极大陆上的大乱战才结束，而在地表上未返回地下的金族中矿金族里少数的金刚与合金战士经不起魔族和冥族的蛊惑，加上澳魄大陆、美拉大陆矿物丰富的诱惑，为了存活而成为魔族和冥族的雇佣军。

这伙雇佣军在魔族和冥族的协助下，突破环绕南极大陆的洋流，作为大洋底来的人，登陆美拉大陆，占据矿山，制造新的金刚与合金体，攻取美拉大陆的矿物，所向无敌；长此以往，美拉大陆将成为魔族和冥族及这伙雇佣军的乐园。

罗纹向小桃红说到这里时，就到了"月亮"号护卫舰边上，登舰会见摩尔本。

罗星目送后，转身对小桃红说："在航港时，被告知是特遣船队随季风风向乘风而来，等风而返。"

美拉女王特使罗纹与摩尔本会商后，邀请特遣船队的人员参加水族大会。

特遣船队各船均派出代表参加水族大会。

小桃红留下苏唯情，陪同罗星看守"希望风帆"号，她领着闺咪、雷霆、霹雳、口水狗、鼻涕蛇一行前往海珍山，通过独月门，来到螺珠湖畔，参加水族大会。

在水族大会的会场登记处，遇到一批人在与登记人员喧哗交涉。

这批人，身披黑衣罩住全身，只露出面容，有的是丧尸容，有的是行尸貌，有的是僵尸面，有的是干尸颜。领队的是三个半兽人：狼人、猛牛人、巨猿人，为首的是自称东洋海盗王的"尸魂"罗魄。

罗魄说："我们漂洋过海，远渡重洋，来参加大会，这里应有掌声！"

罗魄身后的三个半兽人与随从，鼓起闷闷的掌声。

罗魄说："我们海洋人一向不与大陆人为敌，只在海上驰骋，美拉大陆一向自由、包容、民主，你们不让我们参加，格局在哪里？不要搞歧视哦！"

小桃红在旁边说："你们若放弃海上的打劫，不再干坏事，自然就能进场。海洋人的优良传统被海盗弄成双标啦，海里任我行，陆上倡民主。"

罗魄说："说海盗不干坏事，简直是对海盗的侮辱！我的尸团能潜伏在船只下，随时听令引爆，让浮船成沉船，但我以德服人，高风亮节，我能但不为，沉浮帷幄，尽在手中。你们不让我们进场，难道让我的尸团去到场外的船队下敲打船只么？"

罗魄瞪着小桃红，凶声道："你这小娃娃，刚刚生吞了很多墨鱼，肚里墨水很多嘛，脑袋像章鱼，眼睛像铜铃，伶牙俐齿，喝饱撑的，张嘴就喷墨，张牙舞爪地抹黑。原来是个宠物团的小领导，很有腔调，竟不怕我的尸团啊！"

罗魄话刚落，螺珠湖畔登记处内过来一男子，上半身赤裸，全是壮实的肌肉，下半身披着孔雀羽裙，左手端着一个大法螺，右手执一把三叉戟，吼了一声："谁敢放肆，我就灭谁！是这帮尸人吗？"身后跟着一帮手持螺管的侍卫。

罗魄一见，作为东洋海盗王见多识广，估计这个男子是螺珠族中六大海螺王之凤尾海神法螺王罗吼，身后手持螺管的侍卫大概就是传说中的凤尾海神法螺族的"喷射战士"，螺管能喷射出黏稠液体、丝网、毒汁，只有凤尾海神法螺族能解。罗魄与东洋海盗们之所以不敢惹水族、不冒犯美拉大陆的原因之一就是忌惮凤尾海神法螺族的彪悍勇猛和极强水性；凤尾海神法螺王罗吼与龙珠椰瓜黄螺王"火焰诛"美乐并列螺珠族第一高手，也是水族五大高手之一。

龙珠椰瓜黄螺族及其"火焰诛"美乐的名望更大，龙珠椰瓜黄螺族与龙族中的海龙族关系密切、很是友好，因为海龙特别喜欢这种螺中难得产出的龙珠。

龙族中的妖龙族称霸地上，横行四方，除了陆上亲近玉族的天龙族、海中亲近水族的海龙族、地下亲近冥族的恐龙族外，妖龙族征服了龙族中的其他各族。

突袭悬天圣宫的九头妖龙就是妖龙族中的最强者，曾经在海岸上诱擒了海龙族中的东洋海龙王，海龙族为此献出最大的龙珠作为赎金换回东洋海龙王。

九头妖龙垂涎传说中的龙珠已久，欣然接受并释放东洋海龙王；因为龙珠有火焰纹且不惧真火，不会被九头妖龙之火龙喷出的烈火所伤，九头妖龙的九条龙都很喜欢和戏耍把玩龙珠，获得后交给九头妖龙之雷龙保管，后来从对阵杀死的众多亡龙体内抽出龙筋拧成锤把，把龙珠当圆锤，做成"龙珠圆锤"。

"火焰诛"美乐率领的龙珠椰瓜黄螺族斗士与罗吼率领的凤尾海神法螺族勇士和海龙族的群龙，对阵九头妖龙，当场接回东洋海龙王而获得海龙族和螺珠族的极高赞誉和传颂。

正当罗魄搭话时，传来阵阵螺号之声，身着孔雀羽裙并执三叉戟的这个男子听后止步不语，怒目而视罗魄。

不一会儿，陪同摩尔本和特遣船队各船代表的美拉女王特使罗纹走过来，对罗魄和在场的人说："有缘千里来相会，既来则安。您说美拉大陆人包容、民主、不歧视，多谢东洋海盗王的赞誉。您高风亮节，有王者风范，请进场观看。"

罗纹引领大家进入会场，边走边介绍说，刚才是罗纹吹响的螺号，罗纹是螺珠族中的鹦鹉螺王，喜爱乐器与歌舞及音乐，身旁的身着孔雀羽裙并执三叉戟的勇士是螺珠族中的凤尾海神法螺王罗吼，与龙珠椰瓜黄螺王"火焰诛"美乐、万宝螺王美宝路、皇冠螺王唐冠、凤凰海螺女王孔克，是螺珠族中的六大海螺王。

第七十九章

阅海殉姻

　　罗纹安排大家步入嘉宾席纷纷落座，小桃红说怕见罗魄及其尸团随从，罗纹就安排小桃红一行坐在珊瑚族座席上，而把罗魄及其尸团随从安排在螺珠族中凤尾海神法螺族座席边侧，由罗吼戒备。

　　罗纹先安置罗魄及其尸团随从就座，随后安排特遣船队各船代表就座在珍珠族座席上，而后请摩尔本入座在美拉女王旁，最后带领小桃红一行来到珊瑚族座席。

　　陆上山湖，海中珊瑚。

　　场外湖光山色，场内瑚光珊色。

　　珊瑚族座席上，人员着装色彩缤纷，引人注目。

　　罗纹向小桃红介绍说，珊瑚族座席上身着牛血红色带白点连体裙衫的美女是珊瑚族中阿卡族红衫公主，身着深红色连体裙衫的美女是珊瑚族中沙丁族公主，身着桃色带红点连体裙衫的美女是珊瑚族中摩摩族桃衫公主，身着金色长袍的美男是珊瑚族中金珊瑚族王子，身着黑色长袍的美男是珊瑚族中黑珊瑚族王子，身着蓝色带灰点长袍的美男是珊瑚族中蓝珊瑚族王子蓝衫一灰。

　　小桃红听完很是高兴，对罗纹说："三位公主很是好看，我过去聊聊，谢谢你的照顾，您去忙别的吧！"于是，罗纹就安排其他事务去了。

　　小桃红和珊瑚族的三位公主和王子们畅谈甚欢。

　　罗纹安排好嘉宾后，面见美拉女王汇报情况。

　　罗纹着急地说："不知何故，珍珠族此刻竟还未到场！珍珠族从未缺席以往的水族大会，莫非有大事发生。"

美拉女王淡定地告诉罗纹，是将有大事发生，美拉大陆大部分地方都将被大洪水淹没。这次水族大会，离这路途遥远的珍珠族不会来了。

美拉女王已让珍珠族的艾迪生公主离开这儿，返回波利女王那儿，让珍珠族不要派人过来，通知珍珠族和波利人务必近期择高地高山而居；已让珍珠族的巴洛克王子离开这儿，到美开罗王那儿，让螺珠族不要派人过来，通知螺珠族和美开罗人务必近期择高地高山而居。

美开罗王还是亲自带着罗吼和水性好的凤尾海神法螺族人来此援助美拉人。

美开罗王率领数艘舰船，现已在去迎接从南极返回的"皇晶舰队"统帅汉考克及其舰队的路上。美开罗王和从南极返回的舰队会合后到月亮湾，对外会以随同水族大会上红色系石族中最强的优胜者去参加人族的红石滩大会为名，汇聚此地的绝大部分人员，登上停泊在月亮湾的全部舰船，离开美拉大陆；实际是避难而率领大家寻找新的适宜居住的家园。

美拉女王会目送大家离开并留守，等待大洪水覆没美拉大陆时殉难；美开罗王会陪同美拉女王因姻为爱，也将同殉。

罗纹听后沉默了下，好奇地问美拉女王，这种能淹没美拉大陆的超级大洪水，作为自然现象是极难预知的，而且史上也是极其罕见的，真的就会发生么？

美拉女王说，一般性的洪水、海啸、地震、火山喷发等自然灾难很难预测，但史上罕见的大洪水还是有前期迹象可循的，况且这次将淹没美拉大陆的大洪水，还有非自然因素影响的，已有多方面的反馈和预警。

史上罕见的几次大洪水，都是海啸、地震、火山喷发共同发生的，是地下、地表、天上星体共同作用的，地下不断喷涌出岩浆、地表自然怪象频发、月亮牵摄潮汐、近地星体连线相引共振等，还是有迹象可循的；还有非自然因素影响。

地下金族能影响地下岩浆的涌动和火山喷发，进而引发定向地震，地下蜥蜴族和金族借地表裂口而出，危害地表生灵；分散在地下、地表、天上但主要在月亮上的天石族也就是神族，为了镇压地下蜥蜴族和金族在地表的崛起，常以月亮引力，牵摄地表海洋的潮起潮落或引发不稳定薄弱地块，进而发生定向海啸或定向地震，继而促成大洪水，偶尔以月石定向坠落消灭在地表上崛起的蜥蜴族和金族，同时埋没地表裂口。

天石族就是非本星的石族与金族，虽神又奇但天石族内的各种族各自为营，大部分天石族主要是在地表和天上的天石族种族，对本星的石族友善或中立，少部分天石族主要是在地下的天石族种族，对人族不友好，史上也会与以本星原始土著自居的蜥蜴族和部分金族联手到地表上兴风作浪。

在月亮上的天石族有恩于本星，常击毁和拦挡对本星有大危害性的陨石，也常在人族遇到生存危机时，力挽狂澜。

人族感恩，常与天石族中的这支月石族，通过人皇掌管的通天树上的悬天圣宫和神差把守的天镜城边上的天晶宫联络。当年魔族突袭通天树上的悬天圣宫和冥皇从天镜城那边掳走神差，无非是想在暗黑与光明世界大战前，切断人族和月石族的联系和通讯。

魔族突袭通天树之际，正是人皇出访水族之时，人皇向水族族长通报了月石族发出的近地五个星体将连线相引会使本星共振的警报，水族须要提早防范。

水族族长向人皇反馈了水族之祖终极地姥对地下监控的情况，地下熔岩涌溢现象逐渐增多，金族内部不合，大部分金族仍在努力镇压封堵或改道平衡，少部分金族被破防或反叛，随岩浆或地缝跑到地表上与魔冥两族勾结。如果没有近地数星连线相引共振的天体作用和神族干涉，水族之祖终极地姥是能调控洪水的，而今将面临局势失控，人族遭遇超级大洪水。自人族和神族合作以来，水族一直对神族予以提防和慎待，都是由人皇和晶族从中协调与斡旋。

人皇与水族族长商讨和布置了一些应对措施，措施之一就是将美拉大陆上的人员乘船大撤离，寻找新家园，避难渡劫，同时由水族族长请求水族之祖终极地姥尽力阻延超级大洪水的发生时间。

连接亚大陆的南北纵贯本星的亚美利加大陆与东洋交界处是高耸的亚美利加山脉，亚美利加山脉就是地下岩浆上涌与地表板块移动相撞及月亮牵引外拉的作用结果。

史上数次的地下强敌在地表上横行危及人族存亡时，神族都通过定向作用特定地段的山脉突然隆起或地陷，引发强震和定向海啸，继而形成定向大洪水淹没地表上的强敌，同时埋没地表裂口，进而拯救人族和地表生灵。

魔族突袭通天树未果的数年后，南极大陆地下出现强力，贯穿地下和上空，南极地下出现深度裂缝，地下的蜥蜴族和部分金族趁此上蹿到地表，与久居南

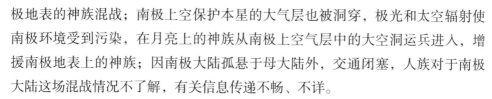

极地表的神族混战；南极上空保护本星的大气层也被洞穿，极光和太空辐射使南极环境受到污染，在月亮上的神族从南极上空气层中的大空洞运兵进入，增援南极地表上的神族；因南极大陆孤悬于母大陆外，交通闭塞，人族对于南极大陆这场混战情况不了解，有关信息传递不畅、不详。

一年前，不知何方势力补天，将南极大陆洞穿大气层的大空洞恢复了气层遮盖，同时地表竟被冰封，使得神族和地下势力两方只得罢战退兵。但是，已蹿到地表上的蜥蜴族和金族不敢退回到地下，强渡环绕南极大陆的洋流，来到了低洼的美拉大陆上，为非作歹。水族不是蜥蜴族和金族的对手，被霸占了大片土地和矿藏，蜥蜴族和金族也时常冲突和交战。

虽然水族丧失了美拉大陆上的很多领地，但绝大多数的山峰和高地还都在水族掌控中，水族很早就利用各处山峰通过烽烟和光闪相互通讯，早就在山峰内部放置炸药，一旦陷落就自爆而峰削山陷。

随着步入近地五星连线相引共振的地震多发期，也许受南极上空气层空洞影响，通过美拉大陆和周边群峰上的烽烟和光闪传递来的各处信息显示，本星地下的力道已失去平衡，各处均有火山喷发和地下岩浆涌溢及地震的特殊现象，会随时发生罕见的超强地震和大洪水。为避免近地数星连线共振而引发的罕见的自然劫难，为了保持平衡，近期地表必须释放些地下压力。

这超出了人皇的预料。人皇本来打算等在建的船只下水后，连同已运行的船只一起，一次性运走美拉大陆上的全部人员。迫于急报的危情，只得征召和派出东洋沿岸亚大陆上能发出的运行船只，来运走美拉大陆上的人员，虽运力不够但也得为之。

这次来自亚大陆人皇派来的特遣船队首要目的和任务，是运走美拉大陆上的人员，寻找新家园，安置撤离人员；至于"皇晶舰队"探寻南极是对外宣称的借口和次要目的。

等水族大会结束，除了美拉女王和美开罗王及其护卫外，月亮湾上的全部人员立即登船驶离美拉大陆，到新家园安置卸载后，特遣船队再返回月亮湾运走美拉大陆的剩余人员，数次往复来完成大撤离。

美拉女王说完嘱咐罗纹保密，以免引起公众恐慌和避免敌人知悉，吩咐罗纹安排月亮湾上具体的撤离工作。

第八十章

妖金缠身

这时的水族大会场内争奇斗艳。

身着蓝色、绿色、紫色、银色等多种颜色于一身而具有晕彩色服装的鲍珠族长鲍贝，对阵身着桃色带红点连体裙衫的珊瑚族中摩摩族桃衫公主。

身着牙白色带金色丝线服装的砗磲族长海贝，对阵身着黑色长袍的珊瑚族中黑珊瑚族王子。

身着牛血红色带白点连体裙衫的珊瑚族中阿卡族红衫公主，对阵身着金色长袍的珊瑚族中金珊瑚族王子。

身着深红色连体裙衫的美女是珊瑚族中沙丁族公主，对阵身着蓝色带灰点长袍的珊瑚族中蓝珊瑚族王子蓝衫一灰。

会场嘉宾席上，很多人窃窃私语，疑问为何参会的螺珠族人不上场？

更奇怪的是珍珠族人的缺席！

很多女嘉宾都想一睹传说中的大西地的黑珍珠族公主、珍珠峰的金珍珠族公主的靓丽芳容和她俩位居水族五大高手的高超武力及珍珠族长波利女王珠光宝气的威仪；因为世上的女人对珍珠的痴迷，一如世人对音乐的钟情。

坐在嘉宾席上的小桃红突然愣住了，她看到前排人的脖颈是有着铁线和镍线并呈现八面体排列图像的亮银色皮肤，这让她想起了花行云脖颈的项链，与花行云脖颈的项链上亮银色的陨铁表面图像相同。

小桃红拍了拍前排这人的肩膀，前排人一回头，把小桃红看愣了。

前排这人容貌竟和珊瑚族中阿卡族红衫公主一样。

小桃红惊讶地说："哇，你怎么这么像红衫公主！你是她姐妹么？"

前排这人微笑地说："不是啦，一时应急，仿照她样子装扮了下，难道模仿得不好么？不可以模仿吗？"

小桃红惊叹地说："模仿得真像哎！怎么做到的？告诉我下化妆技巧。"

前排这人笑呵呵地说："你能保密吗？"

小桃红脱口而出："能。"

前排这人笑哈哈地说："那我也能保密，不告诉你这个秘密。"

前排这人旁边的人扭过头来噗嗤地笑了一下。

小桃红惊奇地发现前排这人旁边的人容貌竟和珊瑚族中摩摩族桃衫公主一样。

小桃红假装严肃地说："噢，还有个帮腔的，也是模仿大人呦，听声音就是娃么。两个小捣蛋，混入会场，你们家大人都哪去了？"

前排这人嘟嘟嘴："我们都没父母，连名字都没有。我们目前都是孤儿状态，结伴到地表上来旅游，你若再威逼我俩，我们就跑了嘢！"

小桃红立刻说："别跑啊，叫我红姐，我家是开孤儿院的，到我家住，管饱！世界上各种花，我家都有，跟我走吧，我带你们看看地表上的花花世界。说到旅游，我能带你们游遍万水千山。喏，我身后的这两个小伙伴，就是孤儿院长大的，跟我到处旅游。你们来自哪里？"

前排这人旁边的人说："我是生活在地下一个叫拉玛努地方的铱族浪子，看到乘岩浆漂流的地心金族孤儿，就一起作伴，一起到了地表上游玩。"

小桃红听后赞说："铱族可是金族中盛产易容术大师的家族，怪不得你这容貌模仿得极像。"

小桃红肩膀后的口水狗伸出头问："你是铱族的液体合金，还是固体变形合金？"

前排这人旁边的人答："哇喔，这儿居然有了解铱族的，幸会！我是液体合金。"

小桃红说："哎呀，能遇见百闻不如一见的传说中的铱族液体合金，真是幸会！这位叫口水狗拉拉，是去过贵金族的留学生，这位叫鼻涕蛇文文，是到过荧金族的研究生。"

前排这人问向小桃红肩膀后伸出头的鼻涕蛇说："喔，你到过荧金族那里，我是铯姐家下面的地心那里的铁镍合金，是既能固体又可液体的变体变形合金。"

雷霆和霹雳听到铯姐一词，吓了一跳；闺咪、口水狗、鼻涕蛇和小桃红听到铯姐名号，都打了个寒颤，抱作一团。

前排这人问："什么情况？你们抖什么？"

鼻涕蛇说："你离铯姐家那么近，染毒难免。"

前排这人说："地心的铁镍合金天生不惧辐射、不怕极毒，对于荧金族的辐射与毒，天生免疫，铁镍合金自身也不辐射、也无毒。"

闺咪说："能吓得蛇狗发抖，没有人味，却有人声人貌，竟干人事！不是魔，也非鬼。出极毒而不染，入辐射而不沾，想必是妖了。"

小桃红说："你们是我的天选伙伴，你是地心之孤儿，却对毒和辐射免疫，显然是得道者，大器免成，天然德道金。因你皮肤自带丁型图纹，就叫你'貌似可为妖丁丁'，'貌似可为'是绰号，'妖'是姓，'丁丁'是名；你小名叫'小心妖'吧。

"你呢，你是地下之浪子，易容整形世家。因你出自铱族拉玛努这个地方，就叫你'拉玛努金妖相嵌'，'拉玛努金'是名号，'妖'是姓，'相嵌'是名，以后用圆形还是方形或者异形，来镶嵌我淘来的珠宝，就由你定了，圆方，你看着办！你小名叫'小幔妖'吧。"

小心妖和小幔妖欣然接受。

小桃红问小心妖："你脖颈后的文身图案和我哥的项链吊坠图像相同，你这个有什么寓意吗？"

小心妖惊奇地说："我的皮肤图案不是文身，是先天自然形成的。

"听我族人说过地心里铁镍合金丰富，因为地心压力，铁镍合金表面会形成铁线和镍线呈八面体排列的图像，这是我铁镍合金族独有的标志。

"天外而来的陨铁如果富含镍铁，经太空长久历练和压强所致，陨铁表面也会形成镍线和铁线呈八面体排列的图像，与我族图像标志一样，都是亮银色，而且陨铁中镍铁合金也是不辐射、也无毒，很难区分。

"唯一不同的是地心里铁镍合金中镍含量占比少、镍线比铁线少很多而占少部分，陨铁中镍铁合金内的镍含量占比多、镍线比铁线多很多而占大部分。"

"你哥的那个项链吊坠很大可能是镍铁合金的陨铁。"

小桃红说："我会带你去见我哥，由你鉴定下，就知道我哥的项链吊坠到底是出自地心的铁镍合金，还是来自天外陨铁的镍铁合金。"

小心妖和小幔妖软化成液体，亮银色的铁镍合金和银白色的铱金双色金体，螺旋缠绕，藏于小桃红的外服之内，形成护体的塑身衣裤，多出的金体双头中一头的小心妖头部，形成鼻涕蛇的外服之内的护体衣裤，多出的金体双头中另一头的小幔妖头部，形成口水狗的外服之内的护体衣裤。

小桃红感觉了下说："能增高么？"

刚说完，小桃红脚下内增高，凝结出银色高跟鞋，亭亭而立。

闺咪羡慕地说："哇呜，大长腿了嘢。"

小桃红感受了下说："能全身塑体么？"

旋即，小桃红胸挺、腹收、臀翘。

雷霆双眼暴闪地说："喔嗷，性感身材了呦。"

小桃红乐开了花，在闺咪身后，学着走起了猫步，得意开怀。

走完，小桃红坐在席位上，仰面朝天，小手揉着胸，小腿脚朝天连环蹬，说："什么风情万种，有了妖金，红姐就要称霸江湖啦。"

小桃红的这话唬得雷霆蒙圈，霹雳晕转，闺咪困惑。

闺咪悄悄地问："你霸气暴露了，敢问是要称霸哪个江湖？暴力武斗的那个，还是性感柔情的那种？"

小桃红回过神来说："是珠宝首饰这个江湖啦，我宝石多样加上快速造型成款的合金，天下一半是女的，哪有不戴珠宝首饰的？我的货随便一卖，就要卖断货了，所以你们以后跟着我游遍天下，去搜集各种宝石和采矿炼金，回到亚大陆设计和量产，可让狗仔队和我的宠物小伙伴们跑腿、代步、传运、专送、快递。"

雷霆、霹雳、闺咪听后特别高兴开怀，心想本家和所在的帮会都是保镖行业，小桃红如此一来，实现的话，押运护送的业务就海量了，报酬就天量了，这个愿景太有吸引力了，都竖大拇指称赞并说舍命追随。

第八十一章

浪漫美拉

小桃红有了小心妖和小幔妖的双金缠身，美体塑身，想象愿景，高兴得连水族大会都忘记观看了。

此时战果是珊瑚族中摩摩族桃衫公主、阿卡族红衫公主、沙丁族公主和砗磲族长海贝分别胜出。

大会间歇，众人休息时，传来消息说探访南极归来的"皇晶舰队"和美开罗王的迎接船队一同出现在月亮湾外。

摩尔本陪同美拉女王离开会场，前往月亮湾迎接美开罗王和"皇晶舰队"统帅汉考克。

小桃红也起身离开会场前往月亮湾，跑到美拉女王前面，小桃红一行跳上"希望风帆"号，驶向"旅行者"号驱逐舰，迎接莲花蓝宝石族王子苏释，和公主帕帕拉恰玩在一起，同时借机多看苏释数眼。

美开罗王、美拉女王、汉考克、摩尔本、南极归来的"皇晶舰队"各舰代表、小桃红一行步入水族大会会场，全场鼓掌祝贺。

美开罗王和美拉女王与汉考克，同时上台为刚刚折桂的阿卡族红衫公主颁奖祝贺。

美拉女王致闭幕词时，独月门的峰顶与远处山脉的数个峰顶出现烽烟和光闪。信使来报说，亚美利加山脉中段突然数处地陷、中段往北和往南的数处突然隆起，引发强震和海啸，几处巨大海啸叠加，形成了旷世未见大洪水，从美拉大陆东端向西淹没过来，不久将至独月门。

美拉女王听报后暗想，近地五星共线引发的威力果然强大，这才开始五星共线，淹没美拉大陆的破坏力就立现即来，大部分美拉大陆人来不及撤离而殉，这场毁灭灾难还是在预计时间段中的早期就发生了，太遗憾了！

亚美利加山脉的数处突然隆起地段，表明部分金族镇压的努力失败了，亚美利加山脉中段的地陷，想必是水族之祖终极地姥反击异动而施加的神力所致，但终究抵挡不住亚美利加山脉南北两段的数处隆起而引发强震和海啸的自然灾难。

美拉女王缓了缓神，通告大家，除了美开罗王和美拉女王及其护卫外，月亮湾上的全部人员立即登上停泊在月亮湾的全部舰船，离开美拉大陆避难，大家随船各寻新的适宜居住的家园安置。

月亮湾的全部舰船沿着海湾一字排开，众人分列开来排队登船。

此时远处东方天地间的交界发出轰隆隆巨响，众人向东望去，天地间有座平顶山移动过来，海风呼呼而来。

罗吼使出"狮子吼"功夫，吼说："那不是山而是巨浪，美拉女王让大家就近登船，快速撤离。"

正是：

烽烟乍起风吹舟，
洪水欲来浪漫山。

罗纹再次吹响螺号。听到号令后，沙丁族公主强行架走不肯离开的美拉女王，在海蓝宝石族摩西的协助下，一起登上"罗亚方舟"号，罗吼绑上不肯离去的美开罗王，就近登上"干尸"号。

罗纹率领歌舞队，在独月门的峰顶上昂然地说："人生相聚终有散，清晨启明，黄昏落幕。一首我的歌《戏说人生黄昏》和我们的舞来告别，献上永久的祝福！"

罗纹说完，与歌舞队唱歌跳舞，均昂首、挺胸、立腰，舞者移颈、动目、弹指、翻腕、跷脚，对滔天的巨浪视而不见而跳动，歌者对强风的轰隆听而不闻而歌唱。罗纹的歌《戏说人生黄昏》唱完后，歌舞队共同高唱："请你们荡起船桨，扬起风帆，推开波澜，顺风踏浪，祝福平安，再见美拉！"

正是：

澎来有威海倾倒，视而不见舞载扬；
深震不宁波吓门，听而不闻歌在荡。

驶离的船上众人，回首望着独月门的峰顶，罗纹与歌舞队的身后背景是百米高如山墙的巨浪，排山倒海而来，不久浪过了海珍山，漫过了独月门，没过了罗纹与歌舞队。

真是：

人生如歌，情感当舞；
曾经美好，会有终时；
往后余生，追忆浪漫；
有缘有尽，有时有限；
无缘无尽，无界无限；
随风逐流，顺其自然。

众人黯然神伤，众船被强风巨浪推向西方，随波逐流，散落各处，所幸均安。

世间人愿如意，天遂很少，
路上朋友再见，其实不多，
分离却成永别，惜缘同行。

可谓：

初见引缘起，
数事乃发生，

无限不循环，

曾经不再来，

缘律圆周率，

有缘方能圆，

人在天地中，

且行且随缘。

这场海啸和大洪水，淹没了低洼的美拉大陆。

美拉大陆东北的以珍珠峰为首的山脉成群岛。

美拉大陆东部的波利高原成波利群岛。

美拉大陆东南的大西地成大西地岛。

美拉大陆北部的美开罗高原成美开罗群岛。

美拉大陆西北的美拉西亚群山成半岛。

美拉大陆中部和西部包括独月门在内的突兀山峰成美拉群岛。

横亘东西的引渡群山成了引渡群岛。

引渡群山西部的引渡大陆平原被淹没，引渡大陆高原成平原与丘陵。

第六卷

出入生死

第八十二章

焰旺殿

在最大火山的地下深处有个门，是人族与冥族联系的大门，被称为鬼门，实际是个关隘，由冥族把守，称鬼门关。这个最大的火山位于冥族生灵族、亡灵族、精灵族三族的交界地带。

鬼门关垂直往下的深处地方被称为焰旺殿，殿堂周边岩熔滚沸，焰旺烈燃，焰旺殿因此得名。

殿堂入口前左右各竖立一块方尖碑，左碑刻写：天上光明未必，无法曲斜圆满，明白是虚幻；右碑刻写：地下火焰可能，有律正直实现，暗黑见真实。

自古以来，暗黑世界认为，光明是短暂的，因而是有限的，反而黑暗才是永恒和无限的，生灵应追求无限和永久的事物，才是世间正道。

焰旺殿的殿堂前有四条道四通四族，除了通往鬼门关的人行道外，还有三条道各自通达冥族的生灵族、亡灵族、精灵族领地。

若到焰旺殿，生灵族人经过道上的闪电岭后就见到焰旺殿，亡灵族人通过道上的魂灵谷后就望到焰旺殿，精灵族人穿过道上的黑森林后就看到焰旺殿。

焰旺殿是冥族专门处理特别疑难复杂的案件或事务的地方，再往下就是冥族的灵冥殿，是冥皇执政的地方。

灵冥殿再往下有三条道各自通往冥族的三灵宫：冥族鬼使即亡灵族族长所居的灵魂宫、冥族灵使即精灵族族长所住的灵魄宫、冥族幽使即生灵族族长所憩的冥族圣地灵晶宫。

每个灵宫前都有两条道，一条道通往灵冥殿，一条道通向本族执政中枢地。

每个灵宫后还有个暗门与暗道，灵魂宫的暗门与暗道，能通到在地下更深的金族中稀金族领地。

灵魄宫的暗门与暗道，畅通到在地下更深的金族中矿金族领地。

灵晶宫的暗门与暗道，可通到在地下更深的金族中荧金族领地。

魔族暗黑之王的幽魔殿后也还有个暗门与暗道，会通到金族中贵金族领地。

灵冥殿里处理冥族特别疑难复杂的案件或事务时，从冥族的终审判官名单里的十二位判官中，随机抽选一位作为本案的判长，这终审判官名单里的判官来自冥界三族中的权威，每族各出四位；同时从冥族汇集入选的终级判员名册里的一百零八位判员中，举荐两位作为本案的判员，这终级判员名册里的判员来自冥界三族中的具有威望或各行专业顶级的名士，每族各出三十六位，举荐的两位本案判员则是本案当事族外的另外两族判员，每族一位；判长和两位判员共三位组成审判庭在焰旺殿会审，采纳多数意见执行。

这次会审的事务是亡灵族刚发生的一桩奇案。

终审判长和一位终级判员已在焰旺殿内庭堂里，这位终级判员全身黑袍，仅外露眼睛炫焕坚毅聚精的睛光，具有销魂气量，正是冥族灵使"毅精睛"傲波儿。

最后步入殿堂的终级判员也是黑袍罩着全身，仅外露的眼睛辉耀霓虹电光蓝，居然是"霓电睛"冥族幽使，冥族幽使向冥族灵使行礼致意后落座。

魔冥四暗客的"双睛"出场，冥族三使中二使出席，可见这案件很重要。

这案件是花行云的师父克雷子和师娘"绿婆婆"同时在看守森严的亡灵族山谷中莫名其妙而亡的奇案。

克雷子和"绿婆婆"在凌云顶送别花行云后不久，就被亡灵族包围并被擒住，经千里辗转，被押送至亡灵族看守森严的断魂山候审。

"绿婆婆"作为琥珀族中绿琥珀掌石人，犯忌、越界、破戒、违律，私奔到敌对的人族地带同居并藏匿，震惊了琥珀族的各族：金珀族、蓝珀族、血珀族、绿珀族、虫珀族、香珀族、蜜蜡族等。

琥珀族可是亡灵族中的名门望族，与木化石族、恐龙石族、象石族、菊石族、香物族构成化石族的主体。

香物族与琥珀族关系密切。香物族中有"四大名香"：沉香族、檀香族、龙涎香族、麝香族。龙涎香族又称灰琥珀族，也是香珀族的成员。在琥珀族与香物族中一直流传古语：蜜蜡檀麝龙涎香，沉香金蓝琥珀光。

为了捉拿"绿婆婆"，亡灵族长即冥皇派出木化石族长木香沉、象石族中猛犸象石族长犸犽与香物族中沉香族长、檀香族长、龙涎香族长、麝香族长四大香主，和琥珀族长金绞蜜遣出的虫珀族的蜂珀族长和蜘蛛珀族长，同赴追捕。

"绿婆婆"在凌云顶发现有数群野蜂飞舞与蛛联网合异象，知道有蜂珀族和蜘蛛珀族经过，显然自身踪迹暴露，不久必遇亡灵族，所以让花行云尽快离开。

果然不久，克雷子和"绿婆婆"在凌云顶被团团围住，被喝令束手就擒。克雷子欲施展功夫突围，被四大香主施放的群香昏迷心智而晕倒在地，"绿婆婆"医术高超不被迷惑，欲抱起克雷子入瀑飞流而下，但被蜘蛛珀族长施放的蛛网缠住，被猛犸象石族长犸犽按住，被蜂珀族长蜂针注入麻醉剂而被擒住。

克雷子和"绿婆婆"被放入两个木棺材，被这八位族长抬棺，在地表上冒充人族的树化玉族通行，低调行事，生怕人族追堵，经千里辗转，押送至亡灵族领地的断魂山。

"绿婆婆"醒后发现已在断魂山，知道亡灵族不久会施出致幻术、催眠供述术等法术对待克雷子和"绿婆婆"，"绿婆婆"通过暗送绿光传意，催促被隔离开来但离她不远的克雷子想方设法尽快脱身，否则两人所知晓的秘密难免不泄露。

克雷子对"绿婆婆"早已心领神会。收到感应后冥想思索，全力激活身上的绿碧玺，产生了异象，在其面前竟然出现球状电云。克雷子惊讶地发现球状电云里出现过去的自己走在凌云顶的彩虹桥上，球状电云里彩虹桥上的克雷子也吃惊地看着被束缚的克雷子。被束缚的克雷子来不及多说，传音说快杀死我，彩虹桥上的克雷子下意识全力使出独门绝技"辟邪重影"，重击在被束缚的克雷子胸口上，被束缚的克雷子安然毙命。球状电云因为受此力扰动随即消失，"绿婆婆"与克雷子心灵感应，知道克雷子去世了，随之溘然而逝。

终审判长向冥族灵使和冥族幽使通报说："对克雷子的监视录像晶体仪显示在他面前突然出现一团球状电云，他对着这团球状电云说'快杀死我'，立即从这团球状电云里露现出力影，当即击毙克雷子，随即这团球状电云消失无影。

"已查明克雷子胸口上印记是其独门绝技'辟邪重影'的痕迹，这功夫当前应该只有克雷子和绿碧玺新掌石人花行云两人才会，因为'辟邪重影'功夫只在绿碧玺掌石人之间单传，无第三人会使。

"这团球状电云里发出攻击的人，应该是克雷子的徒弟花行云。若是克雷子的分身术、幻影术或自身术法所致，有悖为何不解开或击破自身上的绑缚锁链而脱身的情理，也难以解释虚像能击毙本体实像的现象，更不符合'快杀死我'这话分明是对他人而言的逻辑。

"花行云是人族'武圣人'花雨之子，人族圣使碧玺族长卡龙是花行云的义父。已查明事发时，花行云在人族圣使神差的天镜城中，现在他刚离开那里。

"对'绿婆婆'的监视录像晶体仪显示克雷子死后，'绿婆婆'也随之而亡，'绿婆婆'当时各种反应显示她与克雷子有通灵感应。

"已查明守卫森严的断魂山及周边百里，事发前后数日内都没有生灵进出，也无人物及景象的异常。

"事发时花行云所在的天镜城距离断魂山千里，花行云即使有腾云驾雾之能，也不至于瞒天遮影般随意出入亡灵族领地和断魂山而不被发现、不留痕迹，况且这团球状电云出击后就当场消失，莫名其妙，难以置信。

"综上，本案事件太过离奇，嫌疑主体锁定花行云，主观故意而弑杀如父的恩师。主观恶性强，杀人灭口的目的与动机，忤逆叛劣的行为、独门绝技实施作案的手段与方法、亡者身上'辟邪重影'独特印记致死结果的诸多客观表象，客体上已严重影响和牵涉各方各面，请灵使和幽使示下对本案的后续处理。"

冥族灵使说："'绿婆婆'与克雷子的通灵感应是常年在一起修炼而达到异体互波动、同光相交涉、共界联命运的结果。死者被其独门绝技袭击身亡是本案奇点，球状电云当场忽现忽灭超乎本星生灵能力的现象是本案疑云。

"匿名委托晶魂会重赏追捕，务必活捉花行云，为克雷子之死负责，追捕而致花行云毙命的捕手则予重罚，须招标确定捕手后才可去人族地界捉拿。将克雷子说的话'快杀死我'与球状电云背景和此后被击杀而亡的当场监视录像，删裁掉后，留下克雷子胸口上'辟邪重影'印痕，将这真实录像传至晶魂会情报系统。"

终审判长说："晶魂会中有魔族的人，招标的话，难免不被泄露，可能会被人族提前知晓。"

冥族灵使说："就是让人族提前知道，冥族倒要看下人族各方如何对待花行云弑杀恩师事件。"

终审判长说："明白了。"转身请问冥族幽使意见。

冥族幽使说："我同意灵使的安排。"说完，起身离开。

冥族灵使知道冥族幽使人奇话不多，问向冥族幽使："若不是花行云所为，你相信奇迹么？"

冥族幽使回身说："这事，有人迹，无鬼迹，不魔迹，非金迹，似神迹，可奇迹。"说完，离开了焰旺殿。

第八十三章

全民公敌

天镜城下，紫红碧玺如宝、粉红碧玺若贝、黄碧玺族长美传和金丝莺、猫眼碧玺如哔哩五大碧玺美女与花行云，还有锂辉石族族长孔赛和李紫辉及茶晶水一枯，共同向神差告别，将返回本族领地。

离开之际，走了百米，花行云转身，看到神差注视自己，又走了百米，花行云再回首，看到神差依旧眺望，知道神差是在关注自己。花行云心想奇怪，近身时神差少言语，但总是看自己，最后离别也是如此，为何总是看我？

小桃红一行至水晶族领地时的当日深夜，睡梦中花行云因脖子上的如意灵须忽然振动而醒，起身望向营地外的四周，树丛中有一身影突现明亮的蓝色睛光，花行云直觉是义父，悄然走过去想看究竟，走近了定睛一看，果然是义父卡龙。

卡龙压低声音说："我要带你离开这里。你在这木片上留言给伙伴们吧。"

花行云在卡龙递过来的长方形木片上刻写：有事离开 不用等我 花行云。

返身悄然走回营地，将留言木片插入地上，又悄然离开，跟随卡龙而去。

卡龙带着花行云乘南玄仙鹤飘落在一处山顶上，花行云和卡龙一起坐在峰顶上，卡龙许久未发一言。花行云问发生了什么事。

卡龙目不转睛地看着花行云，说："你师父被人杀了。"

花行云听后悲痛，瞬间泪出，浑身气波不止，强压气息地说："真的么？谁杀的？我要报仇。"

此时天已破晓，卡龙递给花行云一个晶体仪说："你看下吧，这是从一个绝密情报系统上弄来的你师父死亡前后的当场监视录像。"

花行云看完后失声痛哭。

花行云痛哭完后说："义父，我师父胸口上的印痕是'辟邪重影'所致。"

卡龙沉重地说："嗯，你对此有什么想法？"

花行云说："师父说过'辟邪重影'只有我俩会，录像中师父双手是被束缚的，难道虚体真能反杀本体吗？太难以置信了！"

卡龙说："幻相可以纠缠本相，虚体可以影响实体，假像可以混淆真像，但成真反杀本体，就如同镜子中的虚像出镜反杀实像，在这个世界中是不可能的。"

花行云说："我也是这么认为的。噢，师父曾对我说起过他在彩虹桥上看到海市蜃楼中有他的虚像，他就出手袭击了，随之这个海市蜃楼消失了。他认为现在改变不了过去；但现在可以决定未来。难道过去的他真杀死了现在的他？"

卡龙叹息地说："可能有可能，一定不一定。

"我相信你不是凶手。世人难以理解的特别事物其实符合逻辑，只是不相信，大概终归是人的感性，对未知恐惧而难以接受和面对。

"虚拟可以脱离真实而长期存在，但毕竟是真实的反映，不能终结真实。只有真实才能在真实世界里终结。

"如同现在同点发出的同力，只有慢力和快力，仅时间与速度不同，在未来某点交汇，快力可以击灭慢力。

"那个海市蜃楼可能是个加速器并且是能包容了彩虹桥上克雷子发出的力的容器，可能因为被绑的克雷子激发了绿碧玺独有的双影效应而产生特定频率和波动，在特定条件下时空交汇，彩虹桥上克雷子发出的力发生超维越界的跃迁效应，致克雷子死亡。

"影子是真实的投影，双影也许就是现在与未来各自的投影。投影是靠光速传播，而光的波动能携带和包容信息。真实没了，但真实的影子还可继续存在。过去的他没了，但过去的他及其力的投影还在，但遇到未来的他而同殁！

"你已被世人公认为凶手，人皇已派出钻石'八箭'追杀你，不留活口，我带你到绝别谷避难，切记要躲避当地的人与动物，独自一人生活。

"在我再次到绝别谷带走你之前，你若暴露被追杀，你就立即走极寒地，用滑冰滑雪工具，沿着冰冻的河流湖面滑行，不要走树林与陆地，尽快到达最深湖的南岸。南岸上有个塔形高台，塔形高台上有个仙鹤群，点燃高台上的烽火后，坐上最大三只鹤中的一只，鹤群就会起飞护送你飞至神差那里。到了神差那里，你就安全了。

"即使世人都不相信你，至少还有神差，会信你，保护你的。你娘和我对你的监护权如果受限或出现问题，神差就是你的监护人。

"我现在和以前对你说的话，还有这次咱们见面，你都要保密。"

花行云回答说："我记住了。"

入夜，南玄仙鹤飞至绝别谷的东晶谷内的一处树林上空，卡龙低空放下花行云到树上后驾鹤飞离。

人皇得到晶魂会悬赏活捉花行云的情报并看了克雷子身亡前后的录像后，勃然大怒说："非人的孽畜！"

人皇立即传令人族各族警惕花行云，一旦发现立即通报行踪，通告人族各族长花行云弑杀恩师克雷子事件。

人皇又密令亚大陆上的"红钻之星"摩萨福、亚特兰大陆上的"蓝钻之心"恒永心、亚非利加大陆上的"紫钻之星"绮丽马扎韵、亚引澳大陆上的"紫钻之心"美瑰韵和亚美利加大陆上的"绿钻之心"德瑞斯顿，各就各位在当地一旦发现花行云，就地杀死。

人皇同时特遣钻石"八箭"中"金钻之箭"金比利率领"红钻之箭"帝样红、"蓝钻之箭"火魄、"绿钻之箭"洋梦、"紫钻之箭"海光眼、"粉钻之箭"阿格尔、"黄钻之箭"奥纳特、"白钻之箭"艾霸，组成最强的钻石族追杀队，见到花行云立即射死。

身着香槟色服装的"金钻之心"金宾利提醒人皇，是否与碧玺族长卡龙沟通后再出动钻石"八箭"射杀花行云？毕竟新任的绿碧玺掌石人花行云是碧玺族门下且是武圣人花雨之子、圣使卡龙的义子。

人皇说已考虑过，还是决定由钻石族代碧玺族清理门户；卡龙若有异议，争取在卡龙前来面会人皇前，杀死花行云造成既定事实。

因为出现克雷子诡异身亡事件之前，人皇获悉花行云在参加绿石林大会时通过光谱水晶柱的扫描结果异常，人皇密令对这异常结果予以鉴定，最终验证得出花行云非本星人。

人皇想过，不管花行云的母亲花仙和义父卡龙是否知悉，不论花行云是天上的或是地下的外星人，混入人族易造成人族血统不纯的危害结果和未知变异，必须尽快及时对混入人族中的外星人予以灭绝；如同当初钻石族灭绝钻石族内的同素异形体，得以纯净优化，进而傲立各族；况且克雷子身亡明显是花行云所为，并且大恶大逆，人人都可诛杀。

花行云在东晶谷的山林中隐居，躲避当地的人与动物。

一日，花行云行走在林中，树上忽然飞落下一女孩，定睛一看，这女孩身着如同蝙蝠之膜翼的褶衣，展翼飘落而下，是维苏威石族的"炫燃火衣"苏霍依。

苏霍依问："你是花行云？"

花行云默不作声，不知如何面对，心想若马上就跑开，就反而暴露了身份，变声地说："你认错人了。"转身就走。

苏霍依一个翻身跃到花行云面前，说："是你，是你。

"你除了头发乱了长了、脸脏了黑了外，就是曾经护我回家的花行云。你流浪在这里，是躲避谷外的人吧，不用担心，去我家吧。"

花行云知道被她认出来了，说："嗯，我在这习惯了，不去你家了，不给你族人添麻烦了，你若再想见到我，就保密不对第三人说。"

苏霍依微然一笑："你让我心燃不息，在所不惜！曾经衣燃，爱你在心。放心，我会保密的，这儿就是咱们的约会地，秘密的活动基地。"

此后，苏霍依经常来此与花行云相会。

一日，苏霍依对花行云说，她今天来的时候听族人说北晶关的双桥断了，肯定有事发生，今天告别后，她会去北晶关探个究竟。

花行云下午送别苏霍依后，寻得食物吃完，傍晚时走回藏身的居所。

快到居所的路上，看见一个孤影，定睛一看是一位手持盒子的女子，失魂落魄地站着，貌似寻死；仔细一看居然是柠檬晶族的柚族幽梦影！

花行云见状不知如何是好，幽梦影对他开口幽然地说："每个女孩，都有首饰盒，里面装的是梦，但装的宝石太多了，就会迷茫。宝石就像命运，终有一个属于你，也会有一个属于我，那是你我心中的眼泪。你来挑一个拿走你的，你是我的眼，为我选一个泪留给我。"

　　花行云吃了一惊，心想幽梦影受什么刺激了？自从天镜城一别，怎么突然在这里出现？失魂落魄的样子分明是要出事！

　　花行云走过去，感觉幽梦影精神不大正常，不敢多问多说，只见这首饰盒里呈放着各不相同的柠檬晶，花行云拿走了颗柚晶，为幽梦影选出了颗桔晶。

　　就在花行云把桔晶放在首饰盒的空白处时，听见盒底枪响，飞出一匕首刺进花行云的右胸膛，花行云不禁闷哼了一声。

　　原来这首饰盒底藏有匕首枪，枪响时匕首极速飞出，射进花行云胸膛里。

　　幽梦影见状，挥泪转身就跑，边奔边哭。

　　此时幽梦影奔跑的路上，奔来八个搭有弓箭的人影。

　　花行云恍然大悟，暗想大概是人皇派出的钻石"八箭"。

　　花行云立刻飞奔，不停歇地跑到了北晶关桥下。追花行云的这八人体力了得，也是不停歇地追到了北晶关桥下，这八人正是钻石"八箭"。

　　此时的北晶关，因为守关的蓝铜晶族举族搬迁、移民到孔雀石族的周边去居住而空虚。

　　花行云藏身于绝别谷暴露踪迹后，为了追堵花行云，人皇的猎杀队令五角星城苏丹石族的队伍前来北晶关，彻底破坏廊桥和蓝桥，随后驻扎在北晶关北面。

　　桥总会断，梦终会醒，关键时机，重要结果。

第八十四章

断桥云纵

负伤的花行云跑到了北晶关桥下，看到曾经很长的廊桥和蓝桥现在均已成断桥，只有两边的桥墩残垣。

后面的钻石"八箭"紧追快到。

花行云知道钻石"八箭"作为神箭手的厉害，与钻石"八星"都是一等一的功夫高手，钻石"八心"更是各色钻石族长，其中的"黄钻之心"罗阳和"蓝钻之星"酷丽蓝就先后担任悬天圣宫之山月宫主；自己独斗钻石"八箭"肯定不敌。花行云深知，若是被围，则难脱逃，非死不可。

眼前两边悬崖之间宽度很大，一等一的高手也就能飞跃到三分之一处，直接凭功力飞跃到对面，是不可能完成的任务。

花行云宁可坠崖，或有一线生机，也不待毙。

花行云来不及多想，纵身一跃，施展"梯云纵"功夫，尽力飞跃。

钻石"八箭"在后，一起搭弓射箭，射向已在悬崖之间腾空飞跃的花行云。

钻石"八箭"所携带的箭尖均是各族各色钻石制成，无坚不摧，中则必透。

花行云如同鳄鱼死亡翻滚，瞬间将同时近身的一箭衔在口中，双手各抓一箭，两处腋下各夹住一箭，双脚下各搭踩一箭，在七箭的助力下多飞跃了三分之一的崖距，潇洒的空中飞人，七箭彩云飞，让目睹的众人惊叹。

花行云暗想自己已是极限避箭，再有一箭必中自己，这也是人皇笃定钻石"八箭"同射下，目标必亡，再厉害的高手也避不开。

花行云空中回首看钻石"八箭"，一女子和一搭弓持箭的射手扯拽后，从蓝桥残垣处被撞落坠崖。

原来，张弓搭箭的"黄钻之箭"奥纳特欲举箭就射，因情势紧迫未料有旁人居然阻挡。阻碍"黄钻之箭"奥纳特的女子，正是维苏威石族的"炫燃火衣"苏霍依，不顾一切抓抱住"黄钻之箭"奥纳特的持箭之手，两人扯拽之间，苏霍依被奥纳特的肩膀和肘部撞晕坠崖，因苏霍依这一及时阻挡，箭尖镶嵌黄钻的"黄钻之箭"手中的这一箭并未射出。

花行云见苏霍依竟舍命为他而坠崖，痛在心中口难开，眼泪夺眶而洒。

距离对面的崖边还有三分之一距离时，花行云情伤感恸，心乱无意求生之时，对面有位女子冲着花行云大喊："我来救你！"

这位大喊的女子正是五角星城的苏丹石族掌石人"七彩蝉衣"齐彩，她混入人皇猎杀队征召的苏丹石族队伍，也在北晶关北面崖边观望南面突现的动态。

齐彩看见心上人花行云断桥飞跃，随即快速脱下身着的鲜黄色、干邑粉色、姜黄色、猕猴桃绿色、覆盆子粉色、深香槟金色、灰绿色的衣服，拧成衣链衣绳，挥向花行云相救，花行云见是苏丹石族公主齐彩，随即被彩衣链绳缠住腰身，被拉飞到齐彩的身边。

真是：美女衣链成衣救，绝处逢绳又逢生！

就在花行云到达北晶关北面崖边时，从北晶关南面高处的钟楼方向，飞来一箭，花行云听到声音转身一看，箭太快已至，齐彩舍身背部挡箭护他，此箭穿过齐彩之心，精准扎进花行云之心，一箭串心。

花行云到达北晶关北面崖边后，左手揽着齐彩腰部，携重伤的齐彩向北飞奔。

身后已无人，花行云停下，嘴角流血的齐彩充满爱意、深情地看着花行云说："你是我的衣裳，让我感到温暖！七彩伴云飞！把我葬在通往你自由的路上吧。再见！我的爱！"说完而逝。

花行云顿时泪奔，失声而泣。

花行云霎时想起雪中衣燃、雪在烧的场景，与"炫燃火衣"苏霍依同行时未上心；想起湖上衣缠、湖涟漪的情境，与"七彩蝉衣"齐彩相舞时不在意；而今成为全民公敌的他，绝处之际却被"炫燃火衣"舍命相救、被"七彩蝉衣"舍身相护。

世间，有种信任是爱！有种情感为痴！无怨无悔！

花行云切断箭杆，将齐彩身上的断箭部分拔出，同时发功封住齐彩伤口，凝结伤口内的血液，在一个松树下挖了个大坑，找到一个枯木桩，挖空后将齐彩尸身装入再封口，落葬进坑。

花行云拭泪而说："谢谢你的爱！让我通向自由。"

松下埋情种，心上生泪花。

后来，红色托帕石族的镜姐令苏为爱率众修桥，将曾经的双桥残垣合一为指向北方的箭形大桥，起名这一大桥为"箭桥"，纪念"断桥云纵、七彩云飞"的这一惊心动魄事件。为此，苏为爱和红色托帕石族被谷内人推举镇守北晶关。

第八十五章

开心结果

　　花行云埋葬了齐彩后，来到了极寒稀薄地界，再次看到在五角星城与极寒稀薄地交界道上那块竖立的木牌子，上写着：不走正道，死！

　　花行云苦楚地叹道："我相信人间正道，却令我茫然若死。"

　　蓦然回首，天地之间仅有苍茫，唯有自己。

　　花行云仰天一声啸。

　　这时，离这不远的枯丛中，一女子掀开枯叶编成的被子坐起来，揉着眼睛，一副刚睡醒的样子，对着花行云说："你吼什么？惊醒了我的美梦，是花行云么？"

　　花行云顿时愣住了，心想这寒冷偏僻地上竟然躺着一个女子，居然还说出自己的名字！

　　花行云定睛一看，这位女子身着粉红色长衣纱裙，形体完美，性感动人，正是绿柱石族的超级美女——粉色绿柱石掌石人摩特娇！

　　摩特娇娇嗔地说："被你一喊，把我吵醒了！上次让你跑了，这次恰好没错过，你要是不喊的话，这次又要错过了，幸好有你这一喊呐！

　　"天意哦，天选啊。

　　"世间不容你了，但我，心宽能容。

　　"你上次通过极寒地而活，这次也会再次自由不死。"

　　花行云问："你独自一人在这等我，多危险呐！我现在是全民公敌了，极度重犯，就你一人追我堵我，你不怕我害了你吗？"

摩特娇眨了眨眼，说："我觉得你配不上全民公敌这个恶号，你看见我都害羞，哆嗦且逃避的人，也能弑杀自己的师父？

"我前几天到了五角星城，那里派出很多人去绝别谷拆桥，我没和拆桥队一起去堵你，我想不走寻常路的你，怎么会被断桥难倒，乘个风筝就能过来，去那没用，所以我在此等候。

"不管你是不是凶手，我师父摩感为你师父克雷子的死而心碎神伤了。

"要你命的人太多了，还轮不到我动手。我就是代我师父想知道克雷子生前这么多年是怎么过的，我好回去给她个安慰。"

花行云听后眼里湿润，回答说："多谢你师父和你对他的牵挂，当下，还有人惦记他，令我特感动。我们相依为命，逍遥自在，过得很好。"

花行云知道师父克雷子和绿婆婆一起生活的事不能对外讲，不忍刺激摩感，义父也要求花行云对有关克雷子和绿婆婆及卡龙以往的事保密，所以花行云就隐去绿婆婆和卡龙，简要地把和师父一起在凌云顶上的研习与日常生活说了下，后来发现师父失踪，而今师父被害，自己被公认为凶手，无奈亡命天涯。

摩特娇听完后，盯着花行云的胸口说："你胸口上的箭是钻石'八箭'中的某人射的。钻石'八箭'的箭，除了箭尖钻石颜色不同外，其他部分都是一样的。我来给你拔箭疗伤，顺手就知道是谁射中的你。"

花行云暗想曾经对我有好感的"炫燃火衣"苏霍依和"七彩蝉衣"齐彩，当时都未在意上心，却因己而亡；想必摩特娇也是好感好意，即使她若幽梦影般袭己，现已无所谓了；与其死在别人的乱箭群刀之下，倒不如死在美人手上，终了此生。

花行云脱下外衣，露出上身，任由摩特娇疗拨拔箭。

花行云气贯全身，肌强力壮，身材彪棒。

摩特娇看呆了，心动心喜！

突然，摩特娇失声地喊："啊，铁血！"

原来花行云的胸膛上伤口，被镍铁合金的铁血块封住，摩特娇起初未在意，但小心翼翼拔出花行云心中的箭头后，花行云伤口内不断自然流出亮银色铁液与红血混浊的液体，与人类红血液体迥然不同。

开心疗伤，起出心中之箭，结果有些意外。

摩特娇一边不断擦拭，一边颤声地说："哥啊，你是外星人！"

花行云也懵了，自问地说："我不是人么？难道我是外星人？我是谁？我来自哪里？"

花行云恍然觉得自己是外星人的话，平时未在意的但直觉感到的一些不正常现象倒可解释通了。

花行云茫然凝视已黑的天空，神情忧伤。

在暗夜里，落寞时，茫然中，指引心灵的，一个是天空上的星光，一个是宝石中的灵光！光明依旧在，星光宝石闪！

摩特娇在旁说："天上的星星太多了，如果你在找寻你的本星，那就慢慢找嘛，至少还有我陪你！"

摩特娇擦拭完花行云的伤口后，发现花行云的肋骨是亮银色合金与黄绿色晶体融成的金晶体。

摩特娇说："你体内有黄绿色晶体，应该是橄榄石，还有合金，应该是镍铁合金，这种结构，在橄榄陨铁中常见。

"哥啊，作为外星人！也别自当外人。先天非人，但后天是人，也成人啊！

"什么外星，异形，奇类，可爱就行！"

摩特娇见他可怜，安慰了半天，花行云仍忧伤不语。

摩特娇碰到了花行云的手，感到冰凉，就说："寒冷之前让我温暖你吧！"

摩特娇与此时已木讷的花行云手牵手，拥抱着。

摩特娇在花行云耳畔说："他们追你，追的是人命！我师父追你师父，我追你，追的是人生。

"我师父并非你师父的劫难，一对的人却未在对的时候相遇。你师父以为躲过了我师父，实际错过了人生；你师父以为逃避了羁绊，会有自由，实际错过了姻缘。

"我并非是你的劫难，你以为躲过了我的纠缠，就会无烦恼，其实你是在逃避，你会错过和我美好的一生。

"不管怎样，你已带走了我的呼吸，有没有感受到我的爱？是人就会感受到那种感觉，那必定是爱。"

对于完美，没有人能拒绝。

摩特娇与花行云亲唇互动后同睡共眠。

清晨，两人醒来，花行云捡起箭头，箭尖是黄钻。

摩特娇也醒来，说："射箭人也是奉命追杀，没必要复仇。"

花行云说："仇可不报，恩情须报。谢谢你的爱，感恩支持信任我的人！我不枉此生，定不负信任。

"我自己倒不怕荣辱苦难，关键是连累了很多人，现在也连累了你，昨晚的事不能让第三人知晓，否则你在族中的威名和声望，哎！

"我现在离开你，并非逃避爱情，我去追寻真相，相信真理，很多真相的答案也许是不唯一的。

"我会回来的，找你报恩；也会告诉这个世界，我没错，归来是报恩而非报仇。"

摩特娇说："那边极寒地，我怕的，就不随你私奔了。你要回来看我，别让我守候太久。"

花行云说："我答应你。"

花行云告别摩特娇后，进入极寒地，制成滑冰滑雪载具，沿着河流湖面滑行，到达了最深湖的南岸塔形高台上，看到了一群闲云野鹤。

景再现，情升腾。花行云顿感雪在烧，冰在燃，冰封的记忆立刻融化而升华为沸腾的气泡浮现。

花行云点燃高台上的烽火后，坐上最大三只鹤中的一只，鹤群顿时飞舞起来，其中三分之一的群鹤包围着花行云与坐驾之鹤，一路直飞护送至神差那里。

在乐风宫时，晨曦枕溪，云总被风吹去，只留下孤影，不愿梦中醒来。

往事像葱，当一片一片剥开时，终有一片让你流泪。

往事如风，当一丝一丝拂过时，终有一丝让你感动。

不是风动，也非冲动，而是心动！

日月交辉的清晨，柠檬晶族的柚族幽梦影，走在林间的小路上，追忆过往。

那日，人皇派来的人留下首饰盒，说："无论为何，为家，为族，为本星，为报仇，为报恩，为正义，为情，为爱，他都必须死！

"他是外星毒物，本星没有人会允许他生前做你的丈夫，但他死后，你倒可成为他的妻子。若有结果，你来亲手了结。婚姻对于你俩来说，生不能，死却可。"

结果，行刺后，花行云生死不明，幽梦影失魂落魄。

幽梦影本以为自己此生的使命,若花雨而为惊天地、筑设想的事情,等来的召唤却是刺杀挚爱花行云而弃爱情、灭梦想的任务。

幽暗之夜,梦没了,只留下阴影,在往后余生里徘徊、流浪。

幽梦影人生的使命只有一次任务,一旦被召唤而完成任务,余生就获自由!这是人皇和人族的承诺。

若昔日重来,幽梦影情愿为爱不自由!

幽梦影漫步时,路旁一个流浪的金色圆脸小奶猫,躲在石缝中,睁大两只圆眼睛看着幽梦影。

幽梦影抱起这个流浪的金色圆脸小奶猫,一边抚摸,一边安慰地说:"你虽遗落成孤,但世界没有遗弃你。"

此时,一人驾鹤降临,落地后说:"那天夜色黑,今晨春光美,我来看下那晚我们选的晶体结果!"

幽梦影,心思云,晶释然。

幽梦影定睛一看,来者竟是花行云。

幽梦影叹息地说:"你选的是柚晶,你为我选出的是桔晶。"

花行云也跟着叹道:"有心无心,都是我,而你都在意。

"意外有意外,神奇不神奇!"

幽梦影看到花行云手捧着一个婴儿,立即问道:"有心也好,无心也罢,活着不算神奇,意外的是你手上孩子是谁的?"

花行云说:"是我的孩子,我不想让他因我受累,想找你收养他。

"孩子他妈与我见面时间短,还没跟我一起体会人生,就一起体会生人。和外星人一起,是没有人生的,但孩子和你一起,就有人生。现在,能帮助我收养的,就只有你了。"

幽梦影说:"那你也得先帮我个忙,给这个我刚收养的小奶猫起个名字,起的名字让我满意才行。"

花行云说:"你像往常一样的温柔,今天见到曾经的你!梦影,猫名:今见曾。"

情人有情人,亲情不亲情?

幽梦影暗自感叹想:你这该死的魅力!让人迷,让我醉。

往后珍惜珍稀!

余生珍爱真爱！

十六年后，一位披头散发的少年流浪江湖，手使一把似剑的刀，刀法和剑术异常高妙，遇刀客出剑术胜，遇剑客使刀法赢；一刀斩断，一剑封杀，刀剑合一，所向无敌，平时肩上趴着一个长不大的金黄色圆脸小奶猫。

一日，此少年在山涧下的溪水中洗刀，一位浑身白袍罩体、白纱遮面的白衣人突然现身问："你叫桔柚晶吗？"

少年抬头盯看白衣人，过了一会儿说："正是。"

白衣人说："江湖有很多传言，有说你刀法最厉害，有说你剑术最高超，有说你左手出手快，有说你右手手速快。听说你和黄衫一白将会在水晶宫比武，我来试下你最快的手。"

说完，手一挥，一剑飞出，急速向少年。

桔柚晶也紧急出手用刀迎。

飞剑削断了桔柚晶的刀尖，削落了桔柚晶的几缕发丝，飞入了桔柚晶身旁背后的山石中。

白衣人说："你的刀尖太过锋芒，配不上低调犀利的刀身。

"这剑，作为补偿尖损送你了。刀剑无双，你已在尖峰，何必再争！取消和他的比武，黄衫一白是我的朋友。这小猫名字能告诉我吗？"

桔柚晶回答："猫名：今见黄。"

白衣人飘然离开。

曾经浪漫入青春，自古英雄出少年。过往辉煌入历史，至今亮丽出宝石。

桔柚晶拔出入石的宝剑，发现此剑由合金制成，削铁如泥，自有磁力，收藏后立刻回家。

桔柚晶的家叫晨宫，坐落在森林中的一整块巨型石头山里。

晨宫仅有一处宫门经此方能出入石山内外，位于这整块巨型石头山崖腰部。

这刀削般的整石山崖腰部突兀出一个平台，宫门由内向外而推，由东向西而开，这山崖腰悬的平台叫宫台。

晨宫的门仅在日月交辉的清晨时会开启，只要开启就会走出一位抱着猫的女人并随之而现一大群的猫，到宫台上赏星月、观朝阳、晒太阳。

桔柚晶及时来到宫台下，在宫门将要关阖之际出声："娘，我回来了。"

抱着猫的女人听到随即抛出白缎，桔柚晶轻身飞起接住，抱着猫的女人将白缎拉回，桔柚晶跃上宫台随抱着猫的女人和群猫关门进入晨宫。

桔柚晶把在外流浪所遇和山涧白衣人赠剑的事告诉其母，其母摸着怀中的金色圆脸猫，莞尔一笑说："萍水相逢情意重，江湖上都知道你是我收养的桔族与柚族之子，黄衫一白的妻子是水晶女王艾美丽，柚族与紫水晶族是很友好的，何必与黄衫一白的'荡魔刀'争锋！你立即取消和他的比武，以后不许你高调争强好胜。"

其母见桔柚晶有些不情愿，继续说："我接受了父母的平凡，接受自己的平凡，希望有个平凡的生活；也可接受爱人的平凡，但我的所爱却那么的不平凡！我也期望子女平凡，而你却难以平凡。愿你平安地生活，可以归来看我。

"人生一世，很多是注定的，若要改变，须要命与运，风水与养生，积善与信仰，名与相，贵人与情爱，学习与德道。"

之后，桔柚晶借口要与黄衫一白和艾美丽的儿子紫黄晶掌石人波利唯嘉一同参加宠物猫大会"猫萌会"为由，取消与黄衫一白比武，带着肩上的"今见黄"与波利唯嘉及其肩上长不大的紫金色圆脸小奶猫"紫见曾"一道出游。

这场宠物猫大会"猫萌会"，可是知名度极高的宠物圈里交流与宠物猫选美及猫形人交际的盛会，由金绿宝石族举办，竞选出的头名获得"萌主"称号。

与桔柚晶的"今见黄"和波利唯嘉的"紫见曾"一同选美竞争的知名宠物猫有：金绿宝石族长的"美美"、晶睛会会长的"咪呦咪"、绝别谷招标场场长"米哥"手下雄性大熊猫"大萌"的"哈唧咪"和情报所所长"多情豹"手下雄性考拉树袋熊"小憨"的"咾呜"、五角星城苏丹石族长的"喵呜"、花飞雪的"咪雪"等。

"咪雪"浑身白毛飘飘若仙，是花飞雪自大洪水事件登陆大陆后沿途收养的。猫朋狗友很多的花飞雪受邀参加这场宠物猫大会。为此花飞雪一行千里赴会，又是最后进入会场落座。此外，花飞雪沿途还收养了雌性大熊猫"花花"和雌性考拉树袋熊"菲菲"，并带来参会，专为"大萌"和"小憨"相亲配对。

真是：有缘千里来相会，寻伴众里千百回，联姻圈里萌憨对。

取消与黄衫一白比武后，桔柚晶再入江湖遇敌，平时出妖刀"斩剑刀"，绝杀出仙剑"断刀剑"，人称："妖刀仙剑"桔柚晶。

第八十六章

独孤入道

一只大鹤飞到人族圣使卡龙身边，鹤颈系丝绦，卡龙解下摊开见图，丝绦织绣衔云飞鹤图，卡龙知道花行云已在天晶宫，卡龙如释重负；卡龙知道还有两块丝绦，分别织绣舞花飞鹤图和踏雪飞鹤图，在神差手上。

一直事务缠身的卡龙，担心花仙、花飞雪、花行云三人安全，在花飞雪和花行云出生后不久，就与神差约定，因香花宫旁镜水湖的支流通达极寒地的最深湖的南岸，卡龙就在最深湖的南岸上秘密修建塔形高台作为撤离点，驯养能飞至天晶宫的鹤群；一旦香花宫遇袭或花仙、花飞雪、花行云的安全被危及，卡龙来不及保护，则花仙可带上花飞雪和花行云躲劫避难，乘鹤群飞至天晶宫，由附近天镜城的神差保护。神差监护后，会飞鹤系丝绦，以相应绣图传信卡龙谁已抵达天晶宫。

对于花行云再次回到神差身边，卡龙颇为感慨，勾起了卡龙很多往事。

冥皇在魔族突袭悬天圣宫之时，到天镜城乐风宫劫持了神差。

人族圣使卡龙与神差私交甚好，常一起交流音乐，圣使神差是人族与神族联系的重要纽带，对于人族和光明世界特别重要，是不可或缺的，卡龙于公于私都急欲救出神差。

卡龙见过人皇后，决定另辟蹊径，独自深入敌后。卡龙心想：神差是我的知音，光明世界中不能少了音乐；没有我可以，但不能没有美好的音乐！这次若要快速救出神差，须走无人知晓的灭绝古道，得不要命地勇闯荧金族禁地，突袭冥皇执政的地方——灵冥殿。我做此事，不为己，不为人，不为神，不为所爱，只为世界！

卡龙为此乘南玄仙鹤到访灵熵宫，面见了罗白雪，告知欲走罗白雪的父亲罗亚在地表消失的地方即美拉亚那海沟之下的灭绝古道，走捷径去救神差，同时也探寻冰仙的丈夫罗亚的踪迹。

这个古道就是天外巨陨击碎远古宝晶后坠进地下而留在地表上的缝隙。

此时，罗白雪与卡龙之间惺惺相惜，恋恋不舍，此别再会或无期，仿佛曾经的冰仙别罗亚。

罗白雪告诉卡龙，冰仙在灵熵宫里俘获的异晶人，冰仙感觉这个异晶人像是大洋底下来的人，与失踪的罗亚有关系，好似罗亚灵魂附体。不久冰仙因此闭关去专研这个异晶人，至今未出关。

罗亚乐于探险，认为有很多种世界，这个世界中的一些奇门后会有另一个世界，很想证实世界与空间是循环的，两个迥异的世界，隔着一堵墙、一道门、一片膜，古往今来，只是未曾开启，未经联系，未能打通。

罗白雪告诉卡龙，也许罗亚被困在大洋底下古道边的某个世界，通过水晶作为载体，投身异晶人，返回地表进入灵熵宫，面见冰仙。罗白雪现在寻思，这个进入灵熵宫的异晶人未必对冰仙有敌意，兴许和罗亚有渊源。

罗白雪送给卡龙一套灵熵服，这套服装能隐身，对于辐射、电击、波动、磁扰、力压、能导、热传、毒染，具有屏蔽和防护作用；是由闭弦维、循环场、自流波、电磁网、超导体功能的液晶材质制成。灵熵宫仅制成三套，一套被罗亚穿走，一套在闭关的冰仙身上穿着护体，一套由罗白雪送给将去历险的卡龙。

卡龙乘南玄仙鹤飞至地表最深处的美拉亚那海沟，全身着灵熵服入水至海底，进入海底之下的灭绝古道。

卡龙历尽险象与艰苦，沿着亿年的古道及裂隙，依仗灵熵服的防护作用，一路隐身，经过地表上各族各生灵都不敢进入的具有辐射的荧金族地域，避开见到的怪妖异形，步入荧金族都不得进入的荧金族禁地。

这个禁地是金族之祖元极天翁自古以来所封禁的，荧金族禁地到处都是闪电，永不停歇。不仅是荧金族惧怕闪电，几乎所有的生灵都惧怕闪电，因为难以在多次闪电下存活。

卡龙因为有灵熵服的防护，才得以通过荧金族禁地，活了下来。

卡龙快速通过荧金族禁地后，就看到了一座光秃的整块岩石山，卡龙在这大块岩石山前驻足歇息，准备休息后跨越前进。

突然传来空洞深沉的声音说："你是谁？前面禁止通行。"

卡龙很是吃惊，一路上因身着灵熵服而隐身，未被荧金族的生灵发现，至此竟然暴露行踪，被识破，出现人语，却不见人物，出声之人必是世外高人。

卡龙立刻发出律动和音感，波及周边，想发现隐藏的生物，结果除了面前的这山竟无其他。

卡龙拱手说："我是地表人族和晶族的使者，叫卡龙，为和平而来，想经此地回到地表世界，愿与您交个朋友，若能得助，终生感谢。"

突然这座光秃的整块岩石山发出巨响，变形成人形，脸部是遍布痕纹的熔化的石面，全身无隙无洞，如巨人般站立在卡龙面前。

这个石块巨人说："我本是地表上最大宝晶内的晶块，被一个天外大陨石砸进了这里，我和地表上的晶族有渊源。

"我叫闪电熔颜，在两个世界中的闪电地带生活，这个地带是两个世界的边缘与交界，总在闪电，我已被闪电熔成晶石一体的合晶石。

"两边的世界都极度惧怕对面的世界，从古至今，在这地带，几乎不相往来，至今从我身后世界来这里的人还没有！从闪电地带穿过而来要去我身后世界的，你是第二个。

"还有个来到这里但声称不去我身后世界的，自称是对面世界的'铋哥'，凭着其自制的绝缘罩也能从闪电地带过来，在这儿与我聊天解闷，聊完后返回了对面世界。"

卡龙一听闪电熔颜的这番话，没有恶意而且透露了此前还有位穿过闪电地带去往地表世界的人，很大可能就是失踪的罗亚。

卡龙再次拱手说："多谢您的告知，请问你说的第一个人是不是和我的行装相仿？"

闪电熔颜："是的，那个人行装和你相仿，我还和他斗了一架，发现他不是对面世界的，而是地表世界的人，就成全他，放他过去了。

"这次，我感觉到你，和他相仿，所以没有对你动手。

"我的电熔壳和'铋哥'的绝缘罩与来自地表世界你俩的护身服有异曲同工

之妙，都能抵御闪电，所以有缘相聚于此。"

卡龙说："多谢手下留情，既然你是地表上大宝晶内的晶块，那么就是地表人族传说中的宝晶的后代，与晶族晶脉相连，欢迎你回归地表，我们一起走吧。"

闪电熔颜感叹地说："虽然同源同脉，相互都有好感，但各有天命，久已安定。我已适应了这里，对未知的世界感到惧怕，就如同两边的世界生灵都惧怕闪电地带，视这里为禁地。

"你很难理解我的感受，也许命中注定让我在这里隔断两边世界的交往，是为了各自世界的安定与安全。

"对面世界天生辐射的生灵或者已被辐射变异的地表世界的生物，来到这里会受到我的阻挡，我会施召闪电和尽我所能阻挡进入地表世界，避免危害地表世界。

"很久之前去向我身后世界的那个人，在对面世界停留得太久，辐射太深，我让其自行了断或原路返回，不给地表世界同类添乱；但这个人本事大，执意回去，因其是来自地表世界的晶灵，能否回归由天意选择吧，结果我胜不了他，天选之择，就让他过去了。

"你在对面世界里算是路过，还未受辐射，回归地表的话，对同类没有危害。你若回到地表世界，不要忘记我，记得我，在这里，有这样一个异形的同类，一个闪电熔晶石，一直守护地表世界。"

卡龙告别了闪电熔颜，离开闪电地带，按照闪电熔颜指示的方向，继续追寻罗亚，探寻通往属于自己世界的路。

第八十七章

白灵通灵

　　卡龙按照闪电熔颜的指引，来到一个×形状的双晶结构的山前，山口前的空旷的地上独坐一人，沾满灰尘。

　　卡龙来到此人身边，环视此人，发现此人早已坐化，卡龙吹去此人身上的浮灰，发现浮灰下面还有尘灰，此人身上的尘灰因年代过于久远而玉化，一双玉手摊开，左右玉手上各握有一个晶体球，望向山门口。

　　卡龙心想这个坐化于此的人必是闪电熔颜所说的放过的第一个人，应该就是失踪的罗亚。

　　卡龙敬畏地拱手致意："罗亚，你好！我叫卡龙，来自人类世界，是罗白雪的好朋友。现在此，代表你的女儿罗白雪和地表世界祭奠你。"

　　卡龙说完几秒后，这坐化之人体内竟传出声音。

　　"提到我的名字，是开启我遗言的密码。

　　"你再前行，就会通往成功和生的彼岸，你会看到一道门，门后有另外一个世界，打通或者步入那边的世界，就会生。

　　"那边的世界不是传说，而是真实的另外一个世界，信我者，则生；因为我来自那里。

　　"那边的世界里的我，知道两个世界之间有道门，这道门在那边世界里从未打开过，也许从那边世界是打不开的，也许只能从这边世界打开。

　　"为此我在这边世界中历尽艰辛，渡劫来开启这道门，只为世界！只为循环超生，普度世间与众生。天道轮回，循环相通以永恒。

"那边的世界叫人类世界，那门后有个非人类、非本星石族的外星人守护着那边的世界，那边的人类与石族的生灵过不来。门这边有我和闪电熔颜在这边世界的边缘看守，不让这边的非人类和非石族的生灵过去。

　　"你若是这边世界的生灵，就不要过去，因为会危及你的生命和那边世界的安全，两边世界的生灵和看门人都不允许不属于各自世界的生灵进入。

　　"你若是那边世界的生灵，请自察和反省自己。

　　"你若已被这个世界辐射了或感染变异，会给对面世界带来灾难；那么你和我一样，作为来自对面世界的生灵就不该过去。你要么原路返回，要么到我右手边，触通我右手的晶体，跟我来，我带你走向第三世界，那里可长生不死。

　　"你若没被这个世界辐射而变异，那你的回归对你的母体世界无害，但也敌不过那边世界当关的外星人。

　　"为了爱，为了创造自己的母体世界，自己须有担当，为自己行为负责，为影响世界的后果负责，报恩母体，以谢世界。被母体世界遗忘在这边世界的闪电熔颜仍在守护母体世界，就在两界的边缘，他本可回归，但却永驻这里。

　　"顺天意，不逆理，爱本体，为世界。

　　"你若无害回归母体世界，选择九十九死而一生，就触通我左手的晶体。"

　　卡龙检查了行装，灵熵服未有破洞，自身未有异象。

　　卡龙说："那边世界也许很美好，未来也许能长生不死，但不属于我；我属于过去，已适应人类世界，我得回归，追寻过往的世界，寻找回归的路、本界之门，重返人间。"

　　随后，触通罗亚左手的晶体，这个晶体向卡龙传输了很多能量和信息。能量和信息传输完毕后，罗亚体内又传出声音。

　　"世间唯有一样东西是永久的，就是爱。此外没有东西是永久的，只是长久。肉体等载体的长久，灵魂附体的长久，但各种的长久唯有不断转化才可永续。

　　"我是人类世界的白灵罗亚，与我的妻子冰仙和同胞黑灵，用不同方式来追寻和论证永生与永久。我对妻子冰仙和黑灵的爱是永久的，通过转化，在维度与界的转换与跃迁中，永续爱意！

　　"在到这边世界之前，在人类世界时，我曾经到过这山门后，与这山门后的看守人打过一架，未能取胜。他是位外星人，叫摩波音。我曾质问他为何给本星带来劫难，他说身不由己，为罪过道歉，愿凭其异星克辐射的特能，永居于此，为人类世界看守这通往辐射世界的大门，不让辐射的异类闯入和危害人类世界。

"你我终是有缘，你习我的力能与术法。一点就破，一指就明。若能通过摩波音这一关，才能回归而生。不管你是哪族的，在当下，你我都已是朋友，你若能重返，向我的妻子冰仙和同胞黑灵递信：我已在永生的世界里永久地爱你！"

卡龙习得晶体中的能量和信息后，出发前，在白灵罗亚左手的晶体上放了一颗湖蓝色、清澈如晴闪的帕拉伊巴碧玺和一颗飘浮白色雪花、晶莹若眼泪的冰种翡翠。

第八十八章

孤独月星人

卡龙站在这座×形状山脚下，仔观细察，这座山是一整块双晶结构的巨大晶体。

卡龙心想地表世界可没有这么巨大的整块晶体，居然还是双晶结构！实在是罕见，难道是远古宝晶被天外大陨撞碎后被砸进这里的残晶？

远古宝晶被毁而随之创世以来，历经岁月与各种相互作用，远古宝晶散落在各处的残晶都会越来越小，内含的能量与潜在的威力也相应减弱，守护本星的能量趋于分散和势弱。

白灵可是本星上创世以来几个能力极高的生灵之一，却也胜不过这×山那头的外星人，镇守×山的这个外星人摩波音应该和神差摩弦音及天石族有着极深的渊源。

仰望星空，浩瀚的星河外，是壮阔的星海，星海外是缥缈的星云。

据神差摩弦音透露，海外星云间爆发了星际战争，主要是天龙星云与天灵星云的两大星际对立星族引发，其族与天琴星云有渊源并都被卷入，为了躲避天龙星云、天灵星云、天琴星云各生灵之间的星际战争，其族人在族长摩光音的率领下，随所在的月星，飞跃星际，初衷在本星附近定居，但不幸最后与本星相撞。

月星族人与人类长得很相似，二者的人形模样均渊源于天琴星人，月星族人与人类均天性喜好音乐，二者的这一天性也来自天琴星人，月星族人和人类，与天琴星人有亲缘关系。

本星上有个守护者，是个巨大宝晶，就是人类传说中的宝晶，主动阻挡月星来保护本星，但终不抵月星的高强势能，被击碎而散落在各处。

远古宝晶碎裂时产生反向爆破的力能，将本星的小部分与月星的大部分的熔合体抛向了太空，后形成如今的月亮。

月星没有击碎本星，也没有深入本星内核，因此诞生月亮的熔合体因为没有本星和行星的那种内核物质，熔合体聚合凝固时没有形成月核。

少数幸存下来的月星族为这次大碰撞很是愧疚，在月亮上建立基地，守护本星并数次保护本星免受天外飞来的大石撞击。

月亮诞生以来，光临本星的大部分各种外星人对于本星还算友好，即使来自渊源于两大星际对立星族天龙星云与天灵星云的各种外星人，之间也息争止纷，在月亮上形成天石族群落，推举摩光音为天石族族长，被人族称为神族之祖太极神翁，被光明世界传说为光明大帝，与暗黑世界传说的黑暗大帝相对应。

摩光音委派月星族的摩弦音以月亮陨石形式飘至本星地表，以天石族使者的身份联合人族。

具有人形模样和音乐造诣极高的天石族使者摩弦音，如天女下凡，果然被人族接受。

摩光音和神差摩弦音深知月星与本星大碰撞之际，有月星的一部分连同宝晶残体一同插入本星深处，但不清楚深入本星深处的月星这部分是否还有月星族人幸存。

神差摩弦音还透露，最近一次的本星生灵大灭绝事件并非天外飞来的大石所撞导致的，因为天外飞来的陨石，稍大点的均会被月亮上的天石族阻击掉。

远古宝晶被毁而随之创世以来的最近一次的本星生灵大灭绝事件，是本星地下的蜥蜴族和地表的恐龙族、爬虫族联合本星地下的几支天石族，对抗月亮上的几支天石族而进行的战争导致的；也可以说是本星的蜥蜴族联合渊源于天龙星云的几支天石族，与月亮上的渊源于天灵星云的几支天石族爆发战争的后果。

这场战争的结果使得渊源于天龙星云的几支天石族与渊源于天灵星云的几支天石族两败俱伤，蜥蜴族则深藏于地下而不再至地表。

地表上的非人类发射的航空飞行物，例如条管型的，是来自地下的，通过地下管道出来的；此外大部分是来自月亮上的，还有少部分来自外太空。

目前的天石族都是本宇宙的本元人，此外还有更高层级的生灵，例如晶元人等异元人能跨界至这个世界，还有外宇人能跃迁至本宇宙。

神是神，灵是灵，人是人，而我是我！

卡龙不再回想，放下心念，进入×山中，感受到有明显的强磁场和巨大能量及奇妙的波与光。

卡龙通过了双晶结构的×山，来到了出口处。

卡龙驻足，心想地表几经沧海变桑田、冰峰变海岛，而这儿，亘古未变；那位创世之初随月星而深入本星却幸存的外星人，白灵提及的摩波音也许与白灵一样坐化了吧。

卡龙观察了这×山出口的山形地貌，发现与入口处的呈对称性，难怪白灵一见这山形地貌就知道已然可以轮回重返，白灵的曾想与初衷已然成功和被证实，只是白灵深知己身受辐射变异了，不愿牵累人类而未踏入罢了。

有些表象，虽差一步，但实质已然成功！

有些事物，虽差一点，依然是美好！仍然是如意！

宝石与人，也是如此，不以完美相论！

界限就是一张纸，捅不捅破，通不通过，有时不是那么重要，重要的是界限那张纸，只在心中，已在眼前；纸的两边世界，尽在眼中，都看透了，界限那张纸存不存在，就已然无所谓了。

破界破戒，过限过线，不入迷不如谜。

正当卡龙离开×山时，×山腰处传来声音。

"对面世界来的生灵，前无古人来此，你是第一位穿越跨界而来的。"

卡龙被惊到，身着灵熵服隐身而行，居然被识破，说话之人非同凡响。

卡龙答道："我不是对面世界的生灵，我是这个世界和地表世界的人，我是回归重返，我是地表人族和晶族的使者，叫卡龙，想经此地去营救我的好友月星族摩弦音。"

×山腰处再次传来声音。

"我叫摩波音，是摩弦音的哥。告诉我，月星族还有谁在世？"

卡龙答道："我听摩弦音说还有月星族长摩光音带领少数幸存者在月亮之上

守护本星。目前生活在地表上的月星族人只有摩弦音一人，她是我的知音，现在也是人族的使者，守护人类。"

摩波音说："因为月星与本星的大碰撞，给本星带来劫难，为此我很内疚，曾答应过一位自称白灵的生灵，永居在这儿不离开，不让两边的生灵通过，不让对面世界辐射的异类闯入而危害人类世界。否则，我去救摩弦音就行了。既然你不是对面世界的生灵，我扫描你也很久了，未发现你受到了辐射，放你过去也不违背我对白灵的誓言；但你必须先答应我救出摩弦音后立即带她来我这儿。"

卡龙说："我答应你救出摩弦音后与她来这儿和你相见。月星人到本星，既来则安，有缘亿里来相会，无缘对面不相聚。虽有原罪，但能救赎，来守护本星与人类，也可谅解，也应释然。"

摩波音说："在地下，我孤独很久了，遇到你和白灵，确实有缘相见。而山那头外面，在白灵告别我后的百年，对面世界的一位生灵来到后就坐在空旷地上望向这里至今，与我无缘相见。

"也许和这个世界生灵一样，对未知充满恐惧，都禁止越界跨界，也许作为对面世界的守卫在守护自己的世界，让两边各界的生灵不相往来。你经过时停留在那儿，而后过来，这个坐地生灵是不是早已坐化了？"

卡龙答道："他早已坐化，他就是白灵。白灵游遍天下，但在对面世界受到辐射感染了，他虽想再见到你，心系重返人类世界，却禁欲止进，不求放过，就面向这个世界致其所爱而坐化升华。"

摩波音叹然说："有缘相见，无缘再聚，近在眼前，远隔世外，空有孤独。"

卡龙说："你不再孤独，我会带摩弦音来见你。"

第八十九章

失落之城

卡龙离别了摩波音，走在通往冥族灵晶宫的路上。

路上经过一处刀削般的绝壁山崖，山崖绝壁上有一条刀刻般的直道，宽度仅能一人通过，绝壁山崖下至少千米深渊，深不见底，一颗碎石下去听不到落底的回音，绝壁山崖对面有一团仿佛城墙环绕但不消散的云雾。

在山崖绝壁上的这条刀刻般的直道中间，道外突立一根石柱，石柱下压着一根晶砂细柱，这细柱直通对面那团云雾里。

为何不是石桥跨行，而是细柱牵连，必有玄机！

卡龙驻足，发现石柱上有个石坛，石坛中装满晶砂。

那团仿佛城墙的云雾会传出不易察觉的音律，而这石坛中的晶砂会随这细微音律的变化而微振、轻动、重组成不同的形状和图案及符号。

卡龙也是音律与乐理大师，加之与神差摩弦音对音乐的交流，音乐造诣也极深。卡龙分析这些晶砂展现出的形状和图案是极具美感和舒适性的，进而觉得那团云雾虽怪但不感到危险。

卡龙还解析出这些晶砂展现出的形状和图案及符号是种信息和密码，卡龙还是密码专家，破译出意思是：冥禁地，无密码，入必亡。

卡龙透析了压在石柱下那根直通对面那团云雾里的晶砂细柱，认为这晶砂细柱的强度与硬度会随着音律的变化而时强时弱，只在特定的短暂的音律期间，这晶砂细柱的强度与硬度才强硬，其他时段若上去，中途的这晶砂细柱必塌散而落进这深渊中。

卡龙艺高人胆大，在这石坛中的晶砂展现出其心中所想的特定的形状和图案及符号时，毅然走上石柱下压着的这晶砂细柱，随音律而行而停，进入了这团谜一样的云雾中。

走下了这晶砂细柱，身后尽是缥缈的茫雾，已不见绝壁山崖。

眼前突现清澈的蓝色的湖，而湖上尽是浩渺的茫雾，不知前面景象。

卡龙感觉湖上的茫雾充满沧桑岁月之感，应该不会消散。回想刚才走下晶砂细柱落地时，卡龙摸到了一根石柱，这个石柱上也有个石坛，感觉应该和山崖绝壁上的石柱相仿。

卡龙心想，既来则安。自从地表上进入美拉亚那海沟之下的灭绝古道至今，从未放松过，这清澈蓝湖周边生灵罕至，刚才落地时发出音波和声波，来探测这地方的音波与律动，交响后的回音与回声上都感觉很舒适与和谐，在这儿充分休息后再原路返回。

卡龙脱下灵熵服与身上的衣服，留下身上的各种物品，全裸入水，沉浸在清澈的蓝色的湖水中，洗礼身心。

卡龙安然、几欲入睡时，湖中一个仿若美人鱼的身影游来。

卡龙睁眼一看，不是美人鱼，而是美人。

湖中美人一见卡龙，转身游回。

卡龙见状，紧随不舍。卡龙深知这种禁地尽是云里雾里的，充满沧桑悠久的代感，如果没人带路前行，早晚是个死。

游了不久，美人出水，卡龙也跟了上去。

岸上有长城，城墙居然全是天然的蓝色水晶墙。

卡龙吃了一惊，深知自远古宝晶被毁而随之创世以来，至今世上未发现过天然的蓝色水晶。而这儿，竟然有如此多的天然蓝色水晶，不知为何？

入城后，美人回头问卡龙："你是谁？"

卡龙见到眼前具有摄魂气能的美人，不知所措地说："我是个好人，不会伤害你。"

美人嫣然地问卡龙："好人是什么啊？伤害？为什么要伤害？"

卡龙见到天真无邪、纯洁净魂、清灵飘仙的她，顿时惊呆了。

随后与她的交流，让卡龙更加惊讶、惊奇不已。

这位美人自有记忆起，就在这儿自由地生活，只吃水果，肌肤经亘久之时才稍许生长。这里有很多蓝色的水晶，没有动物，她没见过妈妈，却有个收养她的爸爸，不定期地出现又离开。收养她的爸爸禁止她出墙，不许她离开蓝色水晶城墙，她却时常到蓝色水晶城墙外的湖里游泳后再回。她爸爸音乐造诣高，教习她音乐与歌曲。

卡龙与她共鸣、和声、相感、知音、交情、通灵、互动、传感、融意、合体。

卡龙发现蓝色水晶城墙内空间与地域很大，城内还有很多山林与溪涧，卡龙见溪水也是蓝调，就步入溪涧，美人也随之下水。

卡龙还发现这里世界的中心地带的万物皆可漂浮、悬浮、飘荡。

卡龙适应了悬浮，就空中行走，为这个失落的世界营造了蓝月亮与蓝色月光、蓝太阳与蓝色阳光、蓝星辰与蓝色星光、蓝山与蓝亭。

卡龙认为这里的世界是异磁元世界，磁极已多元且奇异，多元磁极作用下不具有方向性。

这里的世界不似二磁元世界的磁极为二元，正负极或阴阳极，经物质传导，联通磁极后有方向性。电就是典型的二磁极现象，本星有南北两个磁极，本星就是二磁元世界。

另外，有一磁元世界，黑体就是典型的一磁极现象，是致密和吸引力极大的物质，能吸收光，光都无法从中逃逸，从外部上看似黑洞。

此外，还有零磁元世界，真空就是典型的零磁极现象。

之外，可有平磁元世界，两个磁极等量相斥各行。

卡龙觉得本宇宙之初是个超级大磁极，后因不明原因，裂成无数个磁极散落在宇宙空间，无数个磁极又组成各自的世界，有一磁元世界、二磁元世界、零磁元世界、异磁元世界、平磁元世界等等，各磁元世界相互作用、重组。

这里的世界之所以产生漂浮与悬浮现象，还因为这里是个近乎闭合的磁场。

这里的世界是一整块超巨型蓝色水晶石的内部空间与巨大空洞。

这块超巨型蓝色水晶石也是远古宝晶被毁后的残晶，中空且本身内部自含强大磁场与晶能，自身磁极的方向性与外部的宝晶磁极保持一致。

当经历远古宝晶被毁时的极烈超强作用下，这块超巨型蓝色水晶石速熔又速凝，犹如宝晶之泪，这种泪流体速熔速凝后对外具有极强的抗压力。

这块蓝水晶浑体经历特高压、超强力的历练与作用后，晶石躯壳均匀成晶石磁极，对内作用使得中空的内部空间与物质，在这种磁场里处于超级恒稳状态、无极状态。

极速熔化又极速凝结的结构体，实际是超强的晶体能量与晶体内部蕴含信息及其维、度、场、界进行了超级重组后的极佳结构体。

形成的结界的内壁，浓缩和刻录了变化前的晶体内部蕴含信息，形成的结界的外壁，浓缩和刻录了变化前的晶体外部信息，结界的内壁和外壁上浓缩和刻录的信息，在特定条件下可全息投影，通过三维立体、二维平面、高维来映射、解析、转化成像体。

宇宙与物质如果是数据，那么就能用数学来分析、推理；宇宙与宝石如果为信息，那么就能当密码来解析、破译。

色是表象，各色作为元素，或为点成码，或为弦成波，传递信息。宇宙内在的逻辑和外在的表象是相关的。物均可被解析，均能被数所阐释，不能释解的，只是未找到、未发现而已；物毕竟是客观的存在，存在就能解释，事和情倒未必！

能发现的真实，是力所能及的世界，之外是无。真相也许是，之外还有未知的世界，只是未发现，未能及。

卡龙在这块巨型蓝水晶的中心地带，感知了蓝水晶结界内壁映射而现的全息投影，解析了蓝水晶这种宝石的能量与内在信息，进而衍生和类推，理解了碧玺与各种宝石的结构和能量与信息及转化的关系，对宝石能量和裂变的运用与理解达到了极高的程度，卡龙将自身功夫与对此的感悟结合，武力倍增，独步天下。

后来，当卡龙隐居时，顿悟这块犹如宝晶之泪的蓝水晶结界的外壁，浓缩和刻录了变化前的晶体外部信息，破译后知悉了远古宝晶被毁时的情境和此后各种宝石之间的交互与聚变作用，卡龙将自身功夫与对此的感悟结合，武力暴增，天下无敌。

这块巨型蓝色水晶石经过沧桑，虽然失落于此，但是内部与周边都已磁化，蓝色水晶墙外的湖水与云雾就是磁化后附着在这块巨型蓝色水晶石的结果，起到了护晶隐藏的效果。

这个不被生灵所知的失落的世界，无方向性，意味着永生难变；却正是人类梦寐以求的长生不老之地。

具有摄魂气能的美人"创世飞仙之蓝晶"，在卡龙的心中，就是卡龙的爱妻。卡龙把爱留在这里，希望永恒。

第九十章

晶魂会

　　蓝色水晶城墙内的异磁元世界，会让人忘记时间、忘记烦恼、忘记生死、涤荡心绪、安然自由；这儿虽美好，但卡龙还有追求，并非长生不老。

　　卡龙借口外出寻找蓝色珠宝哄她欢心，需要较长时间再回，恋恋不舍地挥手告别爱妻。

　　卡龙再经湖水洗礼，回到入水之地，穿好衣服与灵熵服，带上随身的各种物品，找到落地时摸到的石柱，在这石柱上石坛中的晶砂展现出其心中所想的特定的形状和图案及符号时，决然走上石柱下压着的这晶砂细柱，随音律而行而停，走出了这团谜一样的云雾，回到了山崖绝壁上的这条刀刻般的直道中间。

　　卡龙再回首，再看下深渊，感到有些惊魂。

　　一面是极乐世界，一面是现实世界，都是人类向往和追求的世界；而下面是极深的未知世界。

　　世界是三面体的，总有一面，不想体会；总有一面，未有机会；总有一面，无缘相会。

　　卡龙沿着山崖绝壁上的这条刀刻般的直道走出了山崖，继续前行就会到达冥族幽使的灵晶宫，因冥族幽使长期失踪缺位，现已成空虚之所，以待新任冥族幽使。

　　灵晶宫与这处山崖绝壁对面的云雾、×山均为冥族禁地，也就是说灵冥殿后面的灵晶宫及再往后的这条线路都是冥族禁地，因此，卡龙一路通行，未遇冥族一兵。若通过灵晶宫，就会抵达冥皇执政的地方灵冥殿，若通过灵冥殿，就可抵达冥族鬼使的灵魂宫。

冥皇劫持了神差，必会在灵冥殿、灵魂宫、灵晶宫这三处宫殿择一安置。

卡龙基于对冥界、冥皇的了解，在神差被冥皇劫走后，就判定冥皇会将神差置于空虚的灵晶宫内。

卡龙之所以自信，在于对冥界地形的知悉和对情报的掌握及对冥界的了解，这些都源于卡龙对暗黑世界里的神秘组织晶魂会的渗透。

当神差进入人族，成为人族圣使时，金绿宝石族长帝梵金碧负气出走，不服人皇，脱离晶族族长会。

在金绿宝石族的支持下，在金绿宝石族的领地压力山中，成立了光明世界里的神秘组织晶睛会。晶睛会会长是金绿宝石族中变石族掌石人爱丽丝，是身着蓝绿色服装的美女。

卡龙与金绿宝石族长帝梵金碧关系很好，是晶睛会的座上宾，晶睛会的成立也得到了卡龙及其碧玺族的默许；因此，人族圣使卡龙在晶睛会具有特权。

一日，卡龙意欲委托晶睛会，径直来找爱丽丝。发现爱丽丝与往昔不同，爱丽丝竟独自走进压力山崖中，就是绝别谷和压力山中间隔着的山崖，绝别谷人称这山崖为绝望崖。

卡龙跟踪并尾随爱丽丝至压力山崖底，发现爱丽丝身着的蓝绿色服装和佩戴的蓝绿色宝石在烛光下转成紫红色。此时，爱丽丝的美女面容转成美男相貌。

这时，爱丽丝并非用平时的女音而是发出男声，对着一个黑色物体发号施令。这个黑色物体居然以优悦的女声回音接令后隐然而去了。

而后，卡龙发现晶睛会会长爱丽丝和晶魂会会长仙达，竟然是同一人，居然是同一体。既男也女的这位，性别分裂、人格分裂、精神分裂、世界观分裂、人生观分裂、魂灵分裂、技能分裂、生理分裂、心理分裂、物理分裂，结果却共存于一体。

最后，卡龙发现晶魂会会长仙达，犹如失踪已久的冥族幽使附体，又似失踪已久的冥族幽使化身，也许是二者合体后互相感染而变体，或许能解释冥族幽使消失之谜，莫非是冥族幽使寄生！但冥族幽使已失忆，冥族幽使的习惯附体仙达，仙达自己却浑然不知，只有旁观者卡龙体会感察。

晶睛会会长爱丽丝、晶魂会会长仙达、失踪已久的冥族幽使，三体归一，三位一体，各自井水不犯河水，同人同体却水木清明，各色分明，各方不涉对方，在不同条件下、不同环境下、独孤时会变换身份。真是惊恐、惊悚、惊骇！

有些人，天生能有不同的角色，后天能有不同的角色，其实还能有不同的角色的潜能，不知道自己的角色在旁观者看来实际却是另外的非自己以为的角色。

卡龙也在疑问自己会有或能成为期望成为的那个不同的角色吗？

跟随时间长了，仙达突然问卡龙："你是谁？"

卡龙观察到此人已是美男相貌，发出的是男声，确信此人是仙达后，答："我是你的知心，叫意识留，我是你意识的一部分。意识留在你心，也留在我心。你的记忆里会有我的印象，感觉有我。"

仙达陷入回忆中，感觉卡龙似曾相识，就放过卡龙了，把卡龙当成亲信，作为晶魂会特使，称卡龙为意识留。

爱丽丝也突然问过卡龙："你是谁？"

卡龙观察到此人仍是美女面容，发出的是女声，确信此时是爱丽丝后，答："我是你的知己，叫意识曾，我是你意识的一部分。意识对曾经分层。你的记忆里会有我的印象，感觉有我。"

爱丽丝陷入回忆中，感觉卡龙似曾相识，就放过卡龙了，把卡龙当成亲信，作为晶睛会特使，称卡龙为意识曾。

冥族幽使常突然问卡龙："你是谁？"

卡龙观察到此人已是美男相貌，发出的是男声，但已失忆竟不知本人是谁，确信此刻是附体的冥族幽使后，答："我是你的知音，叫意识嵌，我是你意识的一部分。意识互相嵌进潜入。你的记忆里会有我的印象，感觉有我。"

冥族幽使陷入沉思中，感觉卡龙似曾相识，就相信卡龙了，称卡龙为意识嵌。

卡龙综合了各种情报，得知晶魂会长仙达与冥族幽使曾经共同密会狂晶会长，沟通和协商冥界的晶魂会与魔界的狂晶会两会合并，意图业务垄断暗黑世界。

除了这三个与会者外，外部无从知悉会谈详情。卡龙推测是晶魂会长仙达在冥族幽使的支持下，发动对狂晶会长的突袭，未料狂晶会长武力异常强大，反被打晕呈假死状态，此时的晶魂会长仙达的记忆处于真空状态，此刻可植入或嵌入意识，就成为载体记忆的一部分，作为意识的碎片混入载体苏醒后的整体记忆中。

冥族幽使出手最终杀死了狂晶会长，但也被反噬，手中的阴阳极灵杖被狂晶会长震飞，身体被消灭，留存的魂灵紧急嵌入被打晕呈假死状态的仙达。不知何故，也许晶魂会长仙达与冥族幽使有很深的渊源，仙达身体无排异反应，瞬间记忆真空下嵌入的冥族幽使意识和冥族幽使残存的魂灵就成为仙达的记忆与意识及魂灵的一部分。

卡龙通过晶睛会会长爱丽丝变身的秘密，渗透切入晶魂会，得知了暗黑世界的大量情报。正因为如此重要，卡龙须躬亲而为、亲自渗透进晶魂会，恰在魔族偷袭悬天圣宫前异动的当时无法脱身，才不得已，安排最得力的助手花雨镇守人族圣地悬天圣宫，以防暗黑世界的突袭。

因这，江湖上流言蜚语很多：有的说卡龙暗恋花仙，故而特意安排花雨送死，继而夺人妻；有的说花飞雪的义父卡龙是花飞雪的生父，是卡龙与花仙所生之女；有的说花行云也是卡龙与花仙所生之子；有的说花行云是花仙与外星人的杂种；有的说花行云生母不是花仙，是外星人与卡龙的杂种；有的说花行云生母不是花仙，生父也非卡龙，是外星人与本星人的杂种。

卡龙从不澄清，流言似水似云，蜚语如烟如雾，一时迷，会消失，终将逝去。

事实是石，适时释示。

第九十一章

魔姬

压力山崖底的这个能隐身的黑色人物，是暗黑世界里魔界的神秘组织狂晶会中的两魔姬之一"暗魔"煤色姬。

这位魔姬身着吸光的矿晶材料制成特暗极黑的服装，外表不发光且极度暗黑，暗黑世界里的生灵都看不见；容貌难看但声音优美很好听，是暗黑世界里的隐物，善于偷盗。

另一位狂晶会的魔姬是"光魔"镁色姬，这位魔姬身着镁等易燃强光的矿晶材料制成的服装，声音难听可容貌亮丽很好看，但暗黑世界的生灵更畏惧开光明抢的这位"夜界魔灯"，她媚颜魅音索要财物，不给的话就突然施爆而现强光，暗黑世界里的生灵见了短时间内不瞎也盲，"光魔"镁色姬趁机袭夺，是暗黑世界里的霉人，惯于明抢。

一见美，一见镁，一见魅，一见媚，一见没，一见霉，回味见穷无。

魔界的神秘组织狂晶会后来被冥界的神秘组织晶魂会吞并，这两魔姬不归从冥界晶魂会，就在魔界流浪、流荡、流落。

不久，"光魔"在其藏身地埋藏抢夺来的财物，对财物抹上镁粉、撒上毒砂来做标记，一旦这些财物失控、不再受其掌握，则遥控、施射强光、引燃镁粉、释毒伤敌。

"光魔"正在埋藏时，突感脖子被制住。"光魔"藏财的隐私暴露，又惊又气，刚要曝光反抗，就听到脑后话说："别浪费镁石了，我已闭眼，可盲战，不受镁光影响。

"给你忠告，对敌先看对方有没有眼睛，若无眼则不要惹，以免不敌，丢了一世镁命。

"上天给你光芒，给你美丽，你却用来劫杀。光打劫，镁劲就这？镁力在于震慑而非爆燃！天生美才，应有大用！入门晶魂会吧！我是晶魂会特使意识留。

"在这里只看到了世界的一面，其实世界是多面的；正如月亮只有一面对着本星，还有一面未曾看到。"

此后，"光魔"归顺晶魂会，成为头牌女魔头，改称为冥姬镁毒砂，不再以"光魔"名号现身，后升为晶魂会女护使，号称"夜界冥灯"，和晶魂会男护使黑钻索魂，并称晶魂会两大护使，与特使意识留，是晶魂会会长仙达的得力助手。

"光魔"投靠晶魂会后，很少在魔界出现，也不再与"暗魔"联袂搭档，使得魔族另一魔姬"暗魔"没落消沉。

此前的光暗魔姬搭档组合，抢盗财物的达成率极高，通常光魔功劳大，毕竟爆闪、爆燃、爆炸给力；后"光魔"单飞，不在魔界明抢，很多魔界物主把财宝就放在亮处提防、预警，使得"暗魔"获财达成率很低，"暗魔"在魔界的声誉日渐式微。

"断桥云纵"事件后，"暗魔"在压力山崖底行走时，发现一个血肉模糊的物体动了一下，就立刻闪藏一旁观察。

一只血肉模糊的手伸出来，一甩手上的衣袖，顿燃。

光下，一人坐起，满脸血肉模糊，鼻耳已被刮去，露出两眼查看自己全身，大坑里的水如镜映出了己像，此人见到毁容后的相貌后失声痛哭。

这人正是为了花行云而不顾一切阻挡要射箭的"黄钻之箭"奥纳特，而被"黄钻之箭"撞下崖底的维苏威石族的"炫燃火衣"苏霍依。

苏霍依边哭边想起了翩翩雪中的花行云，想起了箭中飞纵的花行云。苏霍依心想，北晶关下，断桥护爱，我给了我所爱的一切，无怨无悔；曾经美丽，如今容毁，极丑无脸，即使整容换脸已非原先，心灰意冷，人间至爱不必再记我。

苏霍依喃喃自语地说："再见！我的爱！"意图自杀。

"暗魔"觉得苏霍依甩袖燃衣，动作潇洒、流畅，像极了曾经的黄金搭档

"光魔"，更有情感、重情义，很是喜欢，就现身劝慰苏霍依与她搭档、纵横魔界、分享财物，告诉苏霍依："暗魔"本名独孤煤玉，是煤精族掌石人，人称煤色姬。

"暗魔"说："无论在哪，心中有善，就是光明。"

苏霍依不在乎，无所谓，觉得此时见到"暗魔"，或许是天意、也许是缘分，就随"暗魔"横行魔界，成了暗魔搭档；整容前没脸见人，整容后魅脸见人，成为新任"光魔"魅色姬。

后来，受重伤的"暗魔"死前，将"暗魔"全部偷盗而藏起来的财物都给了搭档苏霍依，苏霍依成了魔界的首富。

第九十二章

波弦之云

卡龙回想了自己渗透潜入晶魂会的经历，得知了暗黑世界的大量情报和地理信息，已将灵晶宫附近的路径记在心中，不久就到了灵晶宫。

果然，空虚灵晶宫，只有一神差。

灵晶宫无人看守，内有个金黄色的菠萝蜜堡房，是由整块巨大金珀打造而成。

菠萝蜜堡房前面是琥珀庭，有各种各色琥珀装饰而成，庭中央是金色大厅。

自冥族幽使失踪后，灵晶宫成为冥皇的音乐殿堂，冥皇把其族内的琥珀运至灵晶宫，内部建造了菠萝蜜堡房、琥珀庭、金色大厅，在其闲暇时听音赏乐、放歌发声。

卡龙进入菠萝蜜堡房内，启封和启开束缚神差身上的琥珀锁具，救出神差，告诉神差×山那里有月星族人摩波音，先去×山与他相会后，再去光明世界，卡龙伴神差，原路返回至×山下。

×山下律动，一会如猫的咕噜声，一会如蜂的嗡鸣音，尽是缘自各生灵母体的生命系统循环的频率，幼小生灵在母体中感听这律动曲波而入睡、安眠，长大后也因此同频共鸣而安魂，各种生灵都有各自的安魂曲。

卡龙被这些安魂曲萦绕得困盹欲眠，坚持撑到×山门下的石柱旁，最终扶柱入睡。

卡龙苏醒后，感觉身体有异样，面前站立两人，一位是神差摩弦音，另一位模样长得和神差相似，如双胞胎，却是美男摩波音。

摩波音见卡龙醒来，说感谢卡龙此前对他妹妹摩弦音的关照并能带她来此与他团聚，代表月星族感恩卡龙；为表谢意和为了能让卡龙今后继续保护好摩弦音，在卡龙睡眠之际，向卡龙血液里注入了摩波音亿年修炼的月星族石能的晶血，在卡龙激发时能爆发强力巨能；因时间紧迫，未经卡龙事先同意，很是抱歉，请卡龙放心，注入的含有月星族石能的晶血，绝无辐射、没有危害，若有不适或排异反应，可用卡龙曾向摩弦音学到的律曲化解。

卡龙内心很不悦，他不愿意感染外星人或是异族人之血，即使能量极高或特别珍稀，他也不稀罕；但事已至此，另外须要尽快带摩弦音离开暗黑世界，耽搁时间越长，人皇率领的人族攻打暗黑世界的部队的损失就会越大。

卡龙转向神差说，得快点离开暗黑世界了，前来解救的人皇所率的人族部队可能会有不测。

摩波音与摩弦音兄妹相拥，不舍地告别了。

卡龙带领神差离开×山，快速通过刀削般的绝壁山崖，经过了空虚的灵晶宫，抵达冥皇执政的地方灵冥殿。

而灵冥殿里竟是人皇和人族将士！

人皇见神差已被卡龙解救很是高兴。原来人皇亲率人族大部队途经魔族领地，势如破竹；而后攻入冥界，攻破鬼门关，攻占焰旺殿，兵进灵冥殿。此时的灵冥殿，冥皇与冥族抵抗后即从后门出逃，人皇和很多人族将士都认为有诈，对是否继续深入很是犹豫。

卡龙见到人皇说冥族以神差为诱饵，引诱我方深入后意欲围歼，灵晶宫是空城，我方若在绝壁山崖上仅一人通行的崖道行兵，将会被冥族空中部队攻击，险境难有还击余地，会面临尽亡困境，若有侥幸存者通过，最终也将面对辐射环境的荧金族世界，前途无活路；我方须火速退兵。

人皇本想与敌决战来分胜负，见两位圣使已归，也疑敌方有诈，同意退兵。

人皇一直很钦佩卡龙，暗叹：我和他虽都是人界翘楚，但我仅至人之极限，而他却已达神的传奇！

人族部队立即撤退，离开灵冥殿，撤出焰旺殿时，在焰旺殿前门，遭遇了冥族的堵截。在冥族灵使的指挥下，生灵族人从闪电岭掩杀过来，亡灵族人从魂灵谷冲杀过来，精灵族人从黑森林混杀过来，冥皇则在后方从灵冥殿追杀过来。

　　人皇令钻石"八箭"及八队弓箭手断后，告知其他人不要与周边敌人恋战，紧随人皇冲向通往鬼门关的行道，火速撤往鬼门关。

　　人皇深知一旦鬼门关陷落则人族部队面临被围歼之险境，此前令"金钻之心"金宾利率领"红钻之星"摩萨福、"蓝钻之心"恒永心、"绿钻之心"德瑞斯顿、"粉钻之心"焚情、"紫钻之心"美瑰韵、"黄钻之星"奥本海默、"白钻之心"艾思，共有钻石家族八大高手镇守攻克下来的鬼门关，现在鬼门关人族守军必定在苦战、力抗众敌。

　　人皇与人族部队奔到鬼门关下，只见鬼门关血海一片，近乎陷落，人族仅剩钻石家族八大高手在通往焰旺殿的鬼门关门口苦战，抵住魔族众敌。

　　魔族在"蓝魔"梵异极的指挥下，"红魔"朱辰莎在左、"灰魔"帝灰在右，与众魔围攻钻石家族八大高手。

　　人族部队及时赶回鬼门关，魔族抵挡不住，人族部队杀出鬼门关，突围成功。

　　神差在卡龙的护送下回到了乐风宫。

　　卡龙告别了神差后，乘南玄仙鹤到访灵熵宫，告知罗白雪已救出了神差，罗白雪的父亲罗亚早已在地下荧金族禁地近×山处坐化。上次进入灵熵宫冒充罗亚的异元人中的晶元人，可能真是罗亚的化身，罗白雪母亲冰仙闭关休眠很大可能不再苏醒过来，今后无须唤醒，也不需惊扰，以免影响冰仙休眠时与化身为晶元人的罗亚的这对夫妇来之不易的美好幸福生活。

　　卡龙欲还灵熵服时，罗白雪婉拒说，卡龙今后出入冥族与魔族及地下世界的领地与禁地，需要灵熵服的防护，还是由卡龙随身携带。

　　卡龙告别了罗白雪，乘南玄仙鹤回到了碧玺族领地。

　　不久，卡龙收到了神差的飞鹤传信，神差需要紧急会见卡龙。

　　卡龙乘南玄仙鹤飞到了乐风宫。

　　与往昔不同的是，神差的侍女与侍从们都不得进入乐风宫内宫，侍女通知卡龙直接单独进入乐风宫内宫面见神差，不再由侍女引路。

　　神差与卡龙见面后，告诉卡龙，自己刚生下一个儿子，其父就是×山的摩弦音的哥摩波音，当时摩波音将卡龙催眠后，为了种族繁衍而合体来生后代。

卡龙听后很吃惊，这事属于极度机密，务必保密。

这事若被本星人知道撞毁远古宝晶的肇事者还存在且有后代，必定要复仇和灭绝幸存的摩波音及其后代。摩波音武力虽极强但难免会被灭，两界之间若无摩波音这种极强高手镇守，则人类世界危矣。

这事若被人皇知晓，人皇绝对会予以种族灭绝，神差作为人族圣使也当不下去了，影响人族与神族关系，光明世界则会大乱。

神差在卡龙的护送下回到乐风宫后，就怀孕闭关了。在神差闭关期间，乐风宫内宫与外界的联络仅通过一位亲信侍女进行，神差刚生下儿子，神差就让这位亲信侍女喝下一大碗磁化水，用乐曲清魂洗脑，让她忘记一切，随后让她乘一飞鹤降临至绝别谷中的东晶谷隐居生活。

神差告诉卡龙，为此自己特别愧疚，在其亲信侍女喝下这碗磁化水后，用乐曲清魂洗脑前，神差对这亲信侍女誓言若有重返月亮的那天，会带上她一起到月亮上，月亮上的天石族有恢复记忆的方法。

神差自责说："我的做法不是人啊！"

卡龙安慰神差说："这也许是最好的安排。"

人的一生，愧疚的就是辜负亲人和对自己好的人未予报答，虽感恩但未及时回报。

卡龙对神差说："这事须绝对保密，他的身世，除我们三位外，不会再有谁知道。如果有一天，我遇不测而需要你出手的话，你不要犹豫，将我像她一样清除记忆！让我忘记曾经！

"弦乐音律与人的深层记忆能互动，因为原理都相通相似。

"记忆是闭弦来存储信息，形成点粒，点粒相互间缠扰，成特定态、确定状而分形。

"消除记忆方法是弦开成波，波动共振使弦开，进而使点粒不缠绕，无法形成特定态、确定状则无形。那么，让存储信息和记忆的点粒无规律，就达到所谓的失忆。

"恢复记忆的方法就是把消除的波，有规律逆向而复回，开弦复闭，重回当初存储信息与记忆的特定点粒。

"点波间可电波，电就是点波间的光与弦，也是信息的传递与交流。闭弦至开弦，就是点转波、化光成弦。电是弦，也是光，也是信息。光波可描绘空间，点似空间的细胞，弦似空间的神经，电之光是空间的弦，如同神经的电流。

"同一物体在不同维度的世界里可同现，不同维度的世界对这物体定位不同而已，用多维多角度来形容和定位。能贯穿多维异度的弦乐音律，使曾经定位的点、曾经的信息，通过波、弦、光、电、磁还原。

"磁化水在人体内有助于点、波、弦、光、电、磁之间的互动互通，进而使记忆可消除、可恢复。

"我的理解对吗？"

神差边点头边说："是的，弦乐音律不仅与人的记忆互动，还能与人的魂魄共舞，勾魂惊魄。"

卡龙仰望天空说："活着离开这星球的，历史未有。你我，可能会的！我会造个星舰去远航。即使那时我失忆，你也要带上我，追星逐梦、回忆曾经。"

天下星系云逐梦，心上人系云追忆。

卡龙告别神差，带上装有神差婴儿的保温箱，乘南玄仙鹤飞离乐风宫。

在空中，卡龙看着熟睡的婴儿，暗想：谁能？谁可？谁行？

此时，香花林中香花宫内的花仙罗兰公主怀孕在床，准备近期生产，回想十月前与丈夫花雨的缠绵与离别，离别不久花雨在通天树那里的悬天圣宫，力挽狂澜，为人族捐躯，留下她忧伤至今。

有位侍女入内禀报说，宫外林语堂前，人族圣使碧玺族长卡龙求见。

罗兰想了片刻后让这位侍女出宫引卡龙进见。

相见后，卡龙行礼后说有要事相商，须请周边的侍女退下。罗兰看到湖蓝色之眼的卡龙，知道卡龙有要事相告，令周围侍女退至宫外。

宫内仅罗兰与卡龙，卡龙单膝跪地，双眼视地不语。

罗兰看着卡龙，只见卡龙头上的汗珠一颗一颗滴落在跪膝前的地面上。

罗兰忍不住地说："圣使，有话直说吧！"

卡龙对着地面说："花雨和你，是我心中最佳的天作之合。

"你们的清纯是我的青春。

"我让你们受害、受到牵累，都怪我，都怪我。

"很多事，我只能交给我最亲、最近、在心、在意的人去做。你在我心，我口难开。"

说完,卡龙扯衣露出保温箱中熟睡的婴儿,出示给罗兰。

罗兰惊问:"这是谁的孩子?"

卡龙说,这孩子的身世属于极度机密,务必保密,真相会令人族和光明世界大乱,后果很严重;而这孩子今后的平安,则会让人族和光明世界安稳。这刚出生的婴儿急需由将产或刚产的女子来收养且对外宣示亲生,才能掩饰。

罗兰说:"舍我其谁?是吗?"

卡龙答:"嗯。"

罗兰看着低头的卡龙,感觉他像犯错的小孩,知道卡龙也是走投无路来找她的,就答应听从卡龙的安排。

卡龙这才抬起头说:"我会立即安排一个接生婆帮你助产,她实际上是位医术极高的医界专家。对外会宣称你产下两个孩子,以后他为哥哥,不久我会以义父为名,带他到碧玺族培养长大,定期带他见你后就离开。

"今后如果有人追问这孩子身世而胁迫你的话,让这胁迫之人与你一起来找我,我来解决,你告诉这胁迫之人,你的平安是知道真相的前提。

"世界需要真相,但知道真相需要付出代价!

"今后世人对你我两人之间的误解,和你我两人之间的,我在意的是后者。我能忍再大的苦难和重担,却不忍亲人和你受苦、受牵连。让你卷入这事,我很抱歉。"

罗兰说:"肚里的女娃的名字我早就想好了,带个雪字,但我想在中间加个字,既然你愿意当义父,你就负责加个字吧。"

卡龙说:"往事如风云在行,昔日似雪花在飞。女娃叫花飞雪,当哥哥的这孩子叫花行云。"

第九十三章

见鬼

卡龙回到碧玺族领地，安排和处置碧玺族的事务。

完毕后，卡龙带上最好的帕拉伊巴碧玺和灵熵服，潜入冥族地域。

在到达灵冥殿之前，若遇核查身份之际，卡龙均以晶魂会特使意识留的身份通过。在灵冥殿附近，卡龙先探得情报，冥皇不在灵冥殿中。

灵冥殿后面的灵晶宫及再往后的路，依旧是冥族禁地，没有冥皇的特批，均不得进入灵晶宫及其后的路。

卡龙穿上灵熵服，隐身进入灵冥殿，快速抵达灵晶宫。

灵晶宫空虚依旧，卡龙暗想，灵晶宫后面的路也该是空灵之地。

果然，卡龙无阻地进入刀削般的绝壁山崖上的小直道，在中间的石柱上的石坛前再次驻足。

卡龙回忆上次经此进入失落之城蓝色水晶世界里，结识了摄魂般的爱妻，如梦沉醉。

在这石坛中的晶砂展现出卡龙心中所想的特定的形状和图案及符号时，卡龙走上石柱下压着的这晶砂细柱，随音律而行而停，进入云雾中，在清澈的蓝湖岸上，脱下灵熵服，潜水而抵达失落之城。

夫妻相见，相拥相抱，相亲相牵。

此时，夫妻旁多了一人，一个刚会走路的湖蓝色晶莹大眼睛的小男孩，是卡龙爱妻生下的卡龙之子。

对这娃，卡龙特别惊喜和宠爱。

卡龙爱妻说这娃好动好奇，刚会走路这几天，到处破坏周边的花果植物，卡龙再不来的话，她快管教不住了。

卡龙献出霓虹亮的电光蓝色的帕拉伊巴碧玺，卡龙爱妻很是喜爱。

卡龙献出一根如意灵须，将这颗帕拉伊巴碧玺吊上系住，戴在爱妻脖颈上，同时传授了操控灵须技法。

卡龙一家人，欢喜生活，幸福美好。

几日后，卡龙一家人在蓝湖边休憩，卡龙之子一会在湖中游泳，一会在湖边蹒跚走动。突然从蓝湖中钻出一人，此人被黑袍罩住全身，眼睛中闪露六道星光，惊讶地盯着卡龙，发出极度低沉的水肺声："你是——"

同时，卡龙认出他是冥皇，大吃一惊。

卡龙爱妻在旁介绍说："爸爸，你好长时间不来看我了，他是我的丈夫，这是我的儿子。"

冥皇迟顿片刻后，说："女儿成家了，爸爸一时不知如何是好！"

冥皇与卡龙在卡龙之妻转身去抱娃时，互相怒目而视，卡龙此时眼睛由湖蓝色转而呈现出霓虹亮的电光蓝色，显然都知道对方身份，心照不宣。

卡龙之妻把娃抱来给冥皇看，冥皇与卡龙各自的双眼由怒目又转入柔情，各个乍燃的气场又瞬间归于平静。

卡龙之子对冥皇好奇，在冥皇肩膀和头上动来动去，还动手捅冥皇的星光眼，撩得冥皇很是开心，冥皇特别喜欢这湖蓝色大眼的萌娃。

卡龙之妻把顽皮的儿子抱下来，刚转身，冥皇与卡龙又怒目相视。

卡龙之妻一边照料顽皮的儿子，一边说："你俩的气场怎么时强时无的？"

卡龙说："我们在斗气呢，看看谁的力气大。"

卡龙之妻说："我见过你俩的力气，都不小呐，你俩出去比下再回来，免得这花果园再遭破坏。你们看，就这几天，被娃破坏的花果园需要好长时间恢复如初呢。"

冥皇说："嗯，女儿说得对，我们出去比下！"

卡龙之子顽皮地抱住卡龙大腿，貌似求带、求抱。

卡龙之妻无奈地说："那你们带娃出去玩一段时间后再回来吧，我正好收拾下被娃破坏了的花果园，栽培下新的果苗，果苗长好后，你们再回来。"

卡龙抱起儿子，与爱妻深情拥抱、吻别。

冥皇在先，抱着儿子的卡龙在后，进入蓝湖潜水，离开了失落之城。

出蓝湖后，卡龙拾起灵熵服、随行装备配好后，抱着儿子与冥皇保持距离。

冥皇与抱着儿子的卡龙，一前一后，回到了刀削般的绝壁山崖上的小直道上。

冥皇说："没想到你精通音律，能破译密码。这边是通往生灵族灵晶宫的道，生路！那边是通向荧金族世界的道！"

卡龙则说："作为生命体的灵体、作为离子态体的魂体与物体构成世界三体，都会律动，都能通过弦律而联系与感知。

"律动，感动，情动。破译了光与波，就破译了密码。波动，光动，生动。

"光波之内才是真实世界。总归要选生路的。那边对你来说是死路一条，你很有自知之明，能感知预料那边亡灭的气场，不愧冥皇。"

冥皇与抱着儿子的卡龙，一前一后，来到了灵晶宫。

刚来到灵晶宫内的琥珀庭中央的金色大厅上，冥皇通过琥珀庭荡响的音律，收悉冥族灵使传来的讯息，得知生灵族一位手持阴阳极灵杖的高手率领大部分生灵族正向焰旺殿奔来，向冥皇与冥族灵使逼宫，要求冥界三族开先例、破例，判定或推选其为冥族幽使，否则率生灵族脱离冥族自立，请冥皇尽快到灵冥殿议事、决定。

冥皇早已得知：冥族幽使失踪后，阴阳极灵杖几经转手，目前被生灵族一位叫福如易得的高手夺下持有。这位生灵族高手野心勃勃、隐忍很久，暗中打压、武力征服，以灵杖号令生灵，迫使生灵族各部族不敢不从，意图成为事实上的冥族幽使；但冥皇和冥族灵使及焰旺殿的各大判官均不愿开先例、破例。

冥皇对卡龙说："冥族幽使职位一直空缺，这里就是幽使的灵晶宫。你可当选幽使，就能留在这里，就会常和我女儿相处。你的出现，是天意让我们一统天下，有你半边天。"

卡龙说："我有妻有娃，已有半边天，不稀罕天下。"

冥皇说："你若只是娃的奶爸，你会再也见不到我的女儿。去蓝湖的那个沙雕密码会常变的，未必总能破译。"

卡龙默然，过会说："保守秘密，才能知道更多的秘密，才会互利互赢。为了妻儿，为了和平、安定，可以担当。"

冥皇拿出一件黑袍，说："以后你以幽使身份行事，穿上这黑袍，保密你我之间的事，遇挑战我们的，都可除掉。"

卡龙穿上黑袍，只露出霓虹亮的电光蓝色双睛，抱上在菠萝蜜堡房玩耍的儿子，随冥皇至灵冥殿。

第九十四章

鬼幽灵

在到达灵冥殿之前，冥皇告知卡龙刚才冥族灵使传来的讯息，冥皇也说到灵冥殿上会保荐卡龙为冥族幽使，前去镇压叛乱。

灵冥殿上，一女独立，身着黑丝彩绸，大波浪的长发中系着数缕各种单色绢纱，脸庞蒙着丽纱，形体曼妙，"毅精睛"之眼炫焕出坚毅聚精的眼神睛光，正是具有销魂气量的梦幻精灵——冥族灵使傲波儿。

傲波儿看到冥皇登堂同时，还带进一位只露出双睛的黑袍客，这黑袍客的眼睛居然闪现霓虹亮的电光蓝色，竟然还抱着一个幼娃。

傲波儿问："这位是——?"

卡龙暗想，上次经亿年古道，过荧金族禁地，出入生死，重返人间实属幸运，是福。天、地、魔、冥、人，各族各界都有龙，本能自由行，在暗黑世界里行事就取名福龙。

卡龙自报名字说："我名字叫福龙。"

冥皇对傲波儿说："你急传的信息我已知悉，你和众位判官认为不可开先例、破例的态度我认可；既然那个夺得阴阳极灵杖的福如易得想号令生灵族，要暴力逼宫、当选幽使，那么我也推荐一位与之争锋、以暴制暴。"

傲波儿说："你推荐哪位啊?"

冥皇说："就是我身边的福龙。"

傲波儿默然不语，显然不赞同。

冥皇说："福龙是本事大的生灵，前去，有能力镇压在野之徒，进而当选幽使。"

卡龙轻叹地说："幽使托梦，教我把玩过阴阳极灵杖。今在野之徒来得正好，省得我去寻灵杖，直接拿下灵杖，扬威行权，名正言顺继位，告慰前任幽使。

"你俩不必为此为难。幽使的继任，不必开先例，无须有破例，应遵循惯例，天下唯我会使这灵杖，胜任此位，舍我其谁？"

傲波儿看了下辉耀霓虹电光蓝的"霓电睛"之眼的这位黑袍客，又看了下这湖蓝色大眼的萌娃，心想：冥皇挺能蛊惑，这不正常的奶爸被冥皇忽悠地去找死，这萌娃倒是太可爱了，冥皇什么意图？难道想拐了这萌娃？眼前这奶爸，自信满满要当荣耀的王者，真是眼中也没谁了，简直说初生牛犊不怕虎。冥皇已在巅峰，奶爸却在癫疯。

傲波儿问："这宝宝叫什么名字？"

此时，灵冥殿外的风吹进，随风而飘的一叶拂过卡龙，被卡龙之子小手抓住。

卡龙看在眼中，想了一下，说："我儿子名叫叶惊风。"

傲波儿暗笑，这奶爸当的，还没给儿子起名字呢！这分明是见景现起。

傲波儿问："这宝宝的妈妈呢？怎么不是宝妈带娃？"

卡龙答："宝妈在一个与世隔绝的花果园里。我带我儿子在外游玩一段时间后，再回归。"

卡龙之子在卡龙说话的时候，向着傲波儿伸出小手献叶。

傲波儿开心地说："这宝宝太可爱了！天选这四瓣之叶献给我，分明是让我当干妈！正好你爸有事要做，我来带你，保你在干妈这儿平安无恙。"

傲波儿伸出双手抱起叶惊风，叶惊风小手将这四瓣之叶插入傲波儿的长发中，傲波儿欢心至极，抱着叶惊风舞蹈起来，把冥皇和卡龙看愣了。

傲波儿自荐当干妈，卡龙默认了。

卡龙说："那你帮我带娃，等我回来。"顿了一下，补充说："接我儿子。"

傲波儿抱着叶惊风，四眼目不转睛盯着卡龙。

傲波儿心想：冥皇的嚣张不可怕，奶爸的狂妄更加莽。这娃，天选之子，归我了。蓝眼宝宝成孤儿，立刻多看生父几眼吧，我也代宝宝多看他生父几眼，日后可供回忆、描述、绘像。

第九十五章

阴阳极灵杖

　　冥皇指派了很多焰旺殿的侍卫跟随卡龙，在生灵族与焰旺殿的必经捷径闪电岭驻扎，抵御上访逼宫的生灵族人。

　　卡龙视察了闪电岭，发现闪电岭容易闪电，此时此地干燥，就令侍从不停地运水，在来者可能经过的地上，洒水保持潮湿状态；在山岭腰部正对道口的地带，保持干燥状态，并置放木质顶篷为亭，内置木椅，作为卡龙的休憩地。

　　每次完成运水与洒水的侍从入亭禀报工作完成后，卡龙均答复再来一次。

　　官大一级压死人，权多一倍驱死鬼。

　　一位侍从入亭向卡龙禀报，从生灵族地带涌来大批生灵，正向闪电岭过来，卡龙听后令全部随从，都撤至闪电岭后面朝向焰旺殿的岭下道路两旁。

　　福如易得率领生灵族的各族生灵涌到闪电岭下，见山岭腰部有一个木篷亭，亭内木椅上坐有一位黑袍客，只露出闪现霓虹亮的电光蓝色双睛。

　　福如易得喝令止步，问黑袍客在此为何。

　　卡龙说："我也是生灵族的，受冥皇委托，在此对阴阳极灵杖验明正身。"

　　福如易得哈哈大笑："既然是生灵族的，难道不知道古语'见灵杖，如见幽使'。如今，灵杖在此，还不服的，就是叛逆！冥族众灵，均可诛之。"

　　福如易得手持阴阳极灵杖，得意地晃来晃去。

　　这灵杖杖身是黑色金属与白色金属对称双螺旋交织的圆柱，在这个灵杖顶端镶嵌一颗人脑大小的晶透大圆球，大圆球中白晶体与黑晶体对称交融，通透黑晶体中嵌套着一颗小的通透白晶圆球，通透白晶体中套嵌着一颗小的通透黑晶圆球，确是冥族幽使的标志法器阴阳极灵杖。

卡龙审视后高声说："灵杖示众，能驾驭者才是幽使！若是盗用，不会运用，还是没用，不会使用，难以服众。族内老人和见过幽使用过灵杖的，应该记得须高举灵杖过头，向天吭：赐予我力量吧，极灵！之后灵杖感应而动。"

福如易得冷冷一笑："那就让你和大家见识一下吧。"

福如易得执阴阳极灵杖，举过头顶，向天亢嚎："赐予我力量吧，极灵！"

话落，一闪电闪现击中阴阳极灵杖，电流穿过福如易得之身入地。

福如易得毕竟是一等一的生灵族高手，功力不凡，硬撑无事。

就在这闪电刹那间，卡龙使出"弹针指"功夫，左手中指一弹，闪电飞出一透明细冰针，射入正在接电力撑的福如易得的喉咙中，一针封喉！

在场生灵，都被闪电击中阴阳极灵杖的震撼景象所吸睛，卡龙这一细微的动作，也仅有在场的几位一等一的生灵族长老所感觉到；这几位长老虽感觉到卡龙细微的动作，却也未能察觉出闪电光速的透明细冰针。

这冰虽细但极寒，一入体内即瞬间融化并扩散身体各处凝封，令身体动弹不得。功力高强者也得解禁消散这凝封许久，方能恢复原状。

这极寒之冰针取自极寒之地的最深湖底，内锢当今不知未晓的上古剧毒。

瞬间闪电使闪电岭亮如白昼，转瞬又归于暗黑。

众鬼怕亮，魂被闪扰。在大家众目观睹闪电击灵杖后，惊魂未定中，卡龙飞下闪电岭，从一时动弹不得的福如易得手上夺走阴阳极灵杖，转身走回木篷亭。

卡龙边走边说："世间很多的无奈在于：能力配不上野心，实力撑不起愿景，结果对不住付出，情感敌不过命运。

"希望成空，难免悲痛，非因失败，而是执着了太久。

"驾驭掌控不了的东西，说明不是你的，与你无缘，就该放手。"

众生灵尾随卡龙至木篷亭，欲围攻夺走阴阳极灵杖。

卡龙走到木篷亭中转身，以灵杖之顶指向众生灵，众生灵止步。

卡龙说："不是得到为主，而是驾驭成真。

"功力越是高强，才能使内含黑点白点的黑白交融的球体旋动起来。

"阴阳旋转，发生能爆，开天辟地。"

卡龙用道法将这颗人脑大小的晶透大圆球旋动起来，说："旋转越是快速，就会使一对黑白两点旋转演绎出两对黑白点，四点对旋，成为阴阳虚实四像。

"功力再高的话，旋转速度再快，能看到三对黑白点，四点成六点互旋；成为六道轮回。

"功力极强的话，则六点化八点相旋，可纵横八方。

"功力顶级无敌，则八点成白化无，无维无限而通行各界。

"能收放自得，也能攻防自如。旋转能达到何种程度，功力和意识就能达到何种境界！"

众生灵关注阴阳极灵杖中的大圆球的旋动现象，果然如卡龙所说。

卡龙见状继续说："动能力道使物质体旋转，而见境界与维度，层次显出极限，两极、四像、六道、八界而至无限，就是极灵杖能量的标杆。

"这杖通灵、通电、通感、通魂魄、通界限。

"生命两点，阴阳两极，转生四像，变为三体，至六道轮回现五行，旋成八方，升十维化一。极灵回心，自如意成。"

众生灵见大圆球高速旋动后，渐慢至止的所呈现象，皆然如卡龙所言。

卡龙继续说："幽使身虽消失，但魂还在，幽使之魂还在这个世界，我借杖还魂。

"我们生灵之所以畏惧闪电，那是因为闪电能带走魂与魄，生命这才真正的在这个世界消失和终结。我能消除你们对此的恐惧，对此的未解与情感的心结。

"闪电就是阴阳的产物，恰似阴阳之弦开，而阴阳球仿佛弦闭。

"开弦是一维，加闭弦就是二维，弦多了，就成膜，膜是本初的世界，有维就能度，度至另一个世界。维度展现弦膜，开闭导致波粒，波如弦，粒似点。两点之间，最短并非直线，而是弦。因为直接、直达、直连，两点皆一弦。异端再远也是己弦，而非一直线。真实的世界不是平的，不是直联，而是弦接。

"数学也是术学。看你们心中没点数的样子，怎能入膜，不入膜怎能进入膜界，升华到更高的维度世界。世间没有魔法，却有膜法，没有魔界，却有膜界。

"你们只是不喜阳光，而是安于阴暗，但不能黑白颠倒。光暗促成生活，阴阳造就生灵。

"我的出现，是幽使的转世，幽魂附体，驱动阴阳、旋动惊灵。

"你们不相信我说的这个，就得相信另外的，总之得有个解释。

"有因必有果，至于选择哪个因，哪个人，随缘。"

卡龙说完，随手将阴阳极灵杖丢落在闪电岭顶上，恰好尾端插进潮湿的土中，直竖在闪电岭之顶。

此时，阴阳极灵杖顶不断被闪电击中，闪电带火花，那颗大圆球也快速运转起来，但不如卡龙刚才驱动演示的旋速快。

众生灵暗想，眼前的这位"霓电睛"的黑袍客对阴阳极灵杖的使用，得道经法有术，功力高强，能量高于闪电，犹如幽使转世。

卡龙说："不用比拼也能立判高下。能者可来挑战，到岭上驱动灵杖，强过我，就是真主，才能掌杖来号令天下生灵。"

众生灵暗想，谁行谁上啊，这灵杖被闪电裹击，功力不强者，准被电毙，能量不高者，无法驱动球旋，怎能服众当选，玩火自焚，玩电自灭。

此时，福如易得发出撕心裂肺的喊叫，此前高大的身体因极度痛苦而蜷缩成一小团，其筋皮、肌肉、神经、血管等各处均已变形。

卡龙见状说："之所以痛苦，就在于追求错误的东西。德不配位，能不驾驭，鬼迷心窍，受权惑，必遭殃，不本分，越界伤，定会死，方解脱。

"你的武力与智力，号令一方还是可以的，但你越界了，拿了不该拿的，拥有了不该拥有的，就有恶果。这个是天选天决的器物。你是天才但不是天选，这就是无奈。不怕死，但怕痛苦。欲望没有实现，就会痛苦。"

福如易得听后而死，全身化作冒泡的肉水。

卡龙见状叹道："这烫手之物，谁来拿？天选我，执掌灵杖，继任幽使。"

卡龙手一挥，甩出一丝绳，缠住闪电岭之顶竖立的阴阳极灵杖，随即收回在手后说："闪电岭现在水汽弥漫，在场再多的生灵，在电的高能强力下，都得灰飞烟灭。执掌灵杖者，既能抗电击己，又可引电袭敌。如果不能征服，就全部毁灭。而我，有好生之德，好灵之能，本是同族，何必相残。

"生灵之幽与冥常在而伴行。生灵异端若不被征服，后果就像福如易得，祸若难离。福如意不容易因德，祸若难可为难因利。

"顺我人生，逆我人死，生死如同弦之关闭，命运而已，生命是场运动，出入生死都是命运。"

在场的一位生灵族长老已被卡龙折服，信服卡龙是天选的幽使继任者，此前受福如易得的威胁和打压，见状听闻，说道："驾驭灵杖，能力展释，天选幽使，光大本族！我愿追随。"在场的生灵族，纷纷附和。

卡龙高声说道："幽使活在我们的心中，祖训传统，惯例传承，必须遵循。舍弃就是背叛！

"生灵族纠纷，遵循惯例，依例至幽使审理的，在我就任幽使期间，由焰旺殿依律组成的审判庭，裁判终结。"

这场生灵族对冥族统治高层的逼宫之乱，被卡龙平息了，卡龙在闪电岭扬威立腕，继任冥族幽使。

第九十六章

精灵王子

卡龙继任冥族幽使的消息传至冥族灵使，傲波儿吃了一惊。

傲波儿汇总各种情报后，察看监控影像后，微然一笑，暗想这个自称福龙的，能唬够彪，可当领导；装魂弄鬼，能当领导；从容惊诧，王者风范。

傲波儿遣精灵提取了福如易得的尸水，化验分析得出系中毒而亡，但此毒当世未晓，不知何种剧毒导致如此惨状。

傲波儿为此更加吃惊，没想到这个自称福龙的，居然是毒界超级高手。福龙在闪电岭吩咐随从不停加水，是促成、加剧当时闪电发生的概率，深谙电学原理。福龙闪电间出手，弹指飞针，功力高强，在场一等一的生灵族高手对此竟都未察觉出，即使换作当今各界高手在场，也防不胜防，这冥族幽使继任者的实力简直神鬼莫测。这冥皇赏识推荐的奶爸是何方之圣？竟横空出世！

卡龙继任冥族幽使后，随即到灵魄宫，来见冥族灵使。

傲波儿接见卡龙后，引至精灵族的精灵学院，与卡龙之子叶惊风团聚。

伴行间，傲波儿对卡龙说："虽然公认，已然服众，但作为新任幽使，还要执灵杖去面见魔族的黑灵，受其册封，才算转正。"

傲波儿幽然地说："你们生灵事多，与魔缘分不浅呐，有魔性，人魔鬼样。

"风儿，天之骄子，聪明好学，在精灵学院中，学得开心，在旁边的精灵博物馆里，玩得快乐。

"风儿的身份，我对族人和对外讲，是我的养子，未说过生父生母，今后也不会说，冥皇已答应我保密不说，你呢？"

卡龙答道："今后我也不会说，我会让风儿今后保密的，他若敢对外说，我会打死他的。"

傲波儿暗想这手持混球的奶爸，气质有些混浑，不知道是哪一路的？育儿太过暴力，这样对待天之骄子的风儿，自己看不过去，得千方百计留下风儿，随即说："嗯，你呢，定期来看他，定期领他回去团聚，定期再带他回这里上学，好么？我们就约定每次在灵冥殿的后门交接风儿。精灵学院的毕业生都是精灵族的各大领袖。"

卡龙心想新任幽使后，须尽快离开这里，正好趁着去见魔族黑灵的机会，把光明世界的事务布置和安排一下，同时花果园里爱妻新栽培的果苗长好的话，还得需要一段时间，就答道："好吧。交代风儿保密后，我先去见黑灵，回来到灵冥殿的后门等你和风儿，再接回去团聚。"

卡龙藏身于精灵学院很远的一处森林里，傲波儿进入精灵学院后不久就带出卡龙之子进森林中与卡龙相会。

卡龙抱起叶惊风，爱不释手。

叶惊风奶声奶气地开口说："爸，我要回去玩。"

卡龙哈哈笑道："长得快呵，居然能开口说话了。好吧，里面东西多，你回去玩吧。"

转而，卡龙严肃地对叶惊风说："风儿，你得发誓答应爸爸，从今以后，在花果园家中我们四人之间的关系和花果园家里的一切，都要保密，不对花果园外的任何人物生灵说。"

叶惊风郑重地答："爸，我发誓。"

卡龙放下叶惊风，叶惊风转身跑向精灵学院和森林边上的傲波儿。

卡龙看着乐不思家的儿子背影，目不转睛。

叶惊风跑了几步，转身直视卡龙，父子俩双目对视，许久都不转睛。

在森林边上的傲波儿忍不住地打断说："你俩，别对眼了。风儿，我带你回去啦。"叶惊风这才转身跑到森林边上，随傲波儿进入精灵学院。

卡龙望着儿子的背影，感觉有点吃惊，直觉日后儿子会令自己心惊。

长大后的叶惊风，给卡龙带来了三次心惊。

给卡龙带来的第一次心惊是在小桃红参加完宠物猫大会"猫萌会"后。

　　小桃红参加完宠物猫大会"猫萌会"后，与随身小伙伴们来到了与玉族领地和祖母绿族领地交界的海蓝宝石族领地上，离最深的湖也不远。

　　此地刚发生过地震，同时雷暴电击，产生一处横向地表缝隙不长但纵向入地很深的地裂。胆大的当地人下去探险，幸存者上来后说深处有个宝石矿，带上来随手而获的很多宝石。正好，被小桃红一行遇到。

　　小桃红当即买下这些宝石研究，感觉品质俱佳，其中几块宝石呈电光粉色，竟令博览见识多的小桃红也不确定是哪种宝石。

　　小桃红随即买下这些地裂区域的地皮，将红衣大轿置于幸存者上来地表之处，雇用很多当地人围起来保护，禁止外人入内。

　　之后，小桃红一行奔至绝别谷，召集上狗仔队，先往东晶谷的瑰谷中，寻到瑰粉石族掌石人波尔加，求证在地裂处发现的电光粉色宝石是否世上少见的瑰粉石。波尔加仔细察析后确认是瑰粉石。小桃红为此欢欣，把其中一块送给波尔加，决定将这地缝矿洞命名为波尔加矿。

　　随后，小桃红一行奔向西晶谷的诡谷，途中在红色托帕石族灵境宫中的镜姐那里，采购了很多用于勘探的镜子。

　　在标榜塔下找到米哥，要求雇用晶睛会的外籍军团黑色系的大统领班德瑞。

　　米哥不敢怠慢，说："我这儿，无权却有势，无财但挺富，无金竟藏宝。

　　"请动班德瑞，需两个条件，一个是'一横'，一个是'一竖'，横竖不行，那就不行。'一竖'就是征得他点头同意，目前除了我当面沟通外，还没有别人行哦；'一横'就是一牛吨重！"米哥说完喘了喘气，喝起水来，指了一下不远处的一头大水牛。

　　小桃红见米哥装腔作势，开怼说："一牛吨重的什么呀？一吨米？你们的组织揭不开锅了，吃不上饭了，是么？不会是一吨币吧？冥币也可？什么币都行？装币要装死人哩。我可装不动啊！"

　　米哥微笑说："你真聪明，一猜就中，就是一吨水晶币，面值最小的那种就行，面值大的来充数也行，来者不拒，总之，一牛吨重，达标就行。"

　　小桃红说："我数学不好，数不过来晶币，只会转账，也来不及拼凑，你直接报个价吧。"

　　这时，虎背上的闺咪狠狠地瞪了米哥一下，米哥直觉这猫咪极大可能是金绿宝石族长帝梵金碧的女儿，猫眼掌石人金吉拉。米哥不敢惹，就报说一千万水晶币。

小桃红说可以接受，米哥说班德瑞未必同意，很难请的，小桃红则说带她前去面见班得瑞，她能说服班德瑞。

米哥带着小桃红来到班德瑞面前，说小桃红出价要雇用班得瑞看场、守护、当保镖。

班得瑞漠然不语，小桃红让大家退下，在班得瑞耳边低声说："我义父曾嘟囔过你有个失散的兄弟。"

在晶睛会里几乎从未动容的班得瑞，立即起身，答应跟随小桃红。

班得瑞从小有个兄弟，自小失散后，班得瑞流落江湖，一直在找寻他的兄弟，加入消息灵通的晶睛会，也未发现一丝消息。他兄弟的生死是他此生唯一的牵挂，对其他几乎不感兴趣，这是他内心的秘密，世上无人知，江湖上不该有人知道他从小竟有个兄弟。

路上，小桃红问班得瑞："我听说钻石族有开矿利器，但不外借，被垄断了，申请使用的话，还要经人皇批准。江湖上黑市里只有走私的黑钻头，但都被晶睛会的你掌控，你能租给我吗？"

班得瑞说："可以，但得见到我这个失散的兄弟。"

小桃红说："你从小有个兄弟的事，我不清楚，我义父知道，但他可忙了，他的踪迹很难找。不过，你只要跟着我，就会见到他了，他会不定时地出现在我面前，你问他好了。"

班得瑞相信小桃红的话，在几处隐藏地抬出几颗大黑钻头，每颗黑钻头的顶部和腰部都有镭射封印，运至波尔加矿开采处，钻地、开矿、采矿，班得瑞看场和护卫，开采期间，班得瑞还击灭了几批来抢矿的悍匪。

小桃红雇用周边的矿工和施工队，不停地挖呀挖呀挖，太深入地下，当小桃红探底视察时，竟被吸进深不见底的黑洞内。

所有伙伴大惊失色，吓坏了；闺咪飞信急报卡龙。

卡龙接报后，乘南玄仙鹤降临至波尔加矿。

闺咪汇报说当时小桃红被吸进时很突然，之后这黑洞就再没发出更强的吸引力，当时就立即派人系绳下去探寻无果，发现这黑洞深不见底，当时一同被吸进去的还有小桃红身上的两玩伴口水狗与鼻涕蛇、两妖金铁镍合金"小心妖"妖丁丁与铱族液体合金"小幔妖"妖相嵌，短期内有他们护体可能无事，长期堪忧。

卡龙听后对闺咪说，搜寻失踪者若能尽快定位，失踪者安然概率就大增，晶体和很多物体是天然的定位物和跟踪物，通过光动、波动、能量互动的表象可以发现，小桃红身上有很多宝石和宝物，发现她不难，只要一起的伙伴在被寻到前能守护住她即可。

卡龙发出一根如意灵须进入黑洞内，深入自动搜寻，终于联动上小桃红身上的那根如意灵须，自动相系后，卡龙将灵须拽拉上来。

两妖金发现有根如意灵须缚系正在熟睡的小桃红，正要反击，被身上的两玩伴口水狗和鼻涕蛇劝阻，被告知与小桃红身上的这根如意灵须同源，应是亲人施放的根须。

小桃红和身上的两玩伴口水狗与鼻涕蛇及两妖金脱险后，大家长吁大气，放下心来。

卡龙对闺咪说："上天给你猫眼之睛，给我碧玺之眸，就是让我们专看黑洞，凝视黑暗！"

小桃红一见到义父卡龙，兴高采烈。

小桃红把卡龙拉到波尔加矿的无人地带，悄悄地告诉卡龙："我，喜欢上一个人。"

卡龙眼睛一亮，问："谁呀？"

"这黑洞下面有个矿主叫叶惊风，是精灵王子，对我很好的，带我看了很多奇宝异石，我也很喜欢他。"

卡龙听后惊到，顿时石化，说不出话；心想这是挖到冥界精灵族博物馆附近了，竟然小桃红和叶惊风这俩混缠一起。

小桃红眼睛一闪，问："怎么啦？"

卡龙深深地吸了口气："你只是一时迷恋，被他的众多宝石所惑而迷，这么短时间，其实你并不了解他，他也只是对你好奇。

"你们互相的吸引不足以未来能在一起。你愿意永久在暗黑之地陪他？他愿意永远在阳光下、光明中伴你？

"未来能长时间一起度过人生的，必须志同道合。

"他只是能带给女孩梦想的很多宝石，两人若是有缘，就应久长，不在一朝一夕。

"时间一旦长，缘分自然来，再定不迟。

"你吃素的，他可不是吃素的！你还是找个吃素的吧。

"我希望你，喜欢上一个人。

"那个蓝宝石族素食的苏释，上一个令你很欢喜的人，你为何不去找他？

"你不去追求，怎么知道不行？"

卡龙说得小桃红心花荡漾，气鼓十足，信心暴涨。

卡龙见状继续说，不久光明世界将召开蓝石湾大会，这可是蓝色系宝石的盛会。卡龙以帕拉伊巴碧玺掌石人身份，夺得了上一届的蓝石湾大会的冠军，现受邀，作为即将召开的本界蓝石湾大会的主要嘉宾，出席并在开幕式上致词。

卡龙说因有事不能前去，委托莲花蓝宝石族王子苏释，代卡龙在本界蓝石湾大会开幕式上致词，委托小桃红代卡龙作为嘉宾出席。

碧玺族此次派出蓝碧玺掌石人罗纳尔多雳参加竞技，因蓝石湾大会在西洋东北部的亚特兰大陆上的峡湾里召开，那里离西洋海盗不远，西洋各地海贼们正在为西洋海盗王头衔纷争不休。小桃红由罗纳尔多雳护送，先一同前往莲花蓝宝石族圣地灵性宫那里，面见苏释，送达圣使卡龙的委托旨令，会同苏释后，共同去往蓝石湾大会。

小桃红一听，能以非蓝色系宝石身份参加蓝石湾大会，机会难得，还能与偶像苏释同行，激动万分。小桃红知道这是美差，高兴得直呼，义父蓝石湾大会封神扬威，很崇拜噢，太感谢成全。

卡龙说："遇见精灵王子的事，对外保密，也不要对你娘说，你让身上一起的四位小伙伴对这事和今后你遇到的事，都要保密、不对外说。"

卡龙关照完了，又听取了小桃红自上次离别后的所遇见闻，转身来到班得瑞面前。

卡龙问："晶睛会的班得瑞？"

班得瑞立直答道："是我，圣使。"

卡龙说："我们去远处谈话吧。"

卡龙和班得瑞一起离开波尔加矿很远，在一处无人的树林地带，卡龙掏出捆在一起的一束绿花和一束黑花，交给班得瑞。

卡龙黯然神伤地说："你兄弟临死前和我兄弟在一起，在悬天圣宫，就是那次抵御魔族强敌时。他们曾经并肩御敌，生死相交，一起保卫悬天圣宫而殉难。"

"你兄弟'绿钻之星'德瑞斯诺托我兄弟花雨把这个给你，花雨不负重托，自爆后也通过残存的刻着密码的皮肤传递出这个信息。"

卡龙说后哽咽，此时，两个男人都眼含热泪。

班得瑞知道捆在一起的一束绿花和一束黑花所表达的信息和含义，那是小时候他俩一起玩的时候，在花丛中一起寻到绿花和黑花，因班得瑞长得黑，而德瑞斯诺长得绿些，而这花丛中恰好有黑花和绿花，流浪的他俩一起编束，开心不已。

那是曾经的美好，铭记脑中、镌刻心里。

班得瑞伤心不已，但心中也如释重负。自小与兄弟失散后，此生都在找寻，平时漠然对外，心中只在乎他，蓦然此刻寻到他的下落，得知他已改名竟是赫赫有名的"绿钻之星"德瑞斯诺，但已亡故，一时很失落，木然呆立。

卡龙说："你我今后也要并肩御敌。这个坑洞通达冥界，我一会去引离在场的人，你立即用大石块与泥土掩埋这个坑洞，再到旁边的湖，引那里的湖水淹没这个坑洞，驱散沿途的人。今后对这坑洞永不再探，绝不再挖，今后你巡视看护这片区域。"

班得瑞领命而为。此后，波尔加矿洞被淹没了，上面的水与最深湖的水连成一片，留守的黑钻族后人称这里为波尔加湖。

波尔加湖深藏着宝石、秘密、情感与爱。

第九十七章

冥皇

长大后的叶惊风给卡龙带来的第二次心惊，是在灵冥殿上。

卡龙继任冥族幽使后，一直放权，无冥皇或灵使傲波儿的召见，就独自逍遥，如同隐身，令鬼难寻。

卡龙除了定期到灵冥殿后门与灵使傲波儿相见，领叶惊风回花果园母子团聚后再定期带回来外，对叶惊风生活在精灵族地域内，委托灵使傲波儿养育和管教叶惊风，倒是真放心，全无忌，不在乎。

但有一日，冥皇紧急召见卡龙。灵冥殿若无宣召，除了冥族三使自由出入外，其他不得入内。

卡龙到了灵冥殿上发现，冥皇正在与傲波儿武力对抗，陷入胶着状态。

冥皇见幽使进殿，指责傲波儿叛乱逆反，要幽使平叛，助其拿下灵使。

灵使见幽使进殿，说冥界因冥皇执政而各族苦难已久，她并无反心，却要被冥皇诛杀，迫不得已反击，现时需要改立、推选新冥皇。

卡龙默然在想，人生如戏，各种角色扮演，本不想入戏太深，任由真实的自己。现今，身为光明世界的二号人物，竟然有机会活成自己曾憎恶的暗黑世界统治者冥皇！角色太过冲突，难以调和，很是矛盾，后续局势与演变难料。人生理想之一虽是灭掉暗黑世界而统一，但各方面都没做好准备。两个世界世代血海深仇不两立，如今有机会直接取代而成为新冥皇，同时灭了灵使，就可直面人皇，率冥族降服于光明世界；但是难服鬼意，孤掌难鸣，极易发生叛乱被群起围攻而遭反噬，魔族必分立，暗黑世界必乱。人皇见状必率光明世界群雄攻入，难免又是血雨腥风的光明对暗黑的统一战争、再次的世界大战。

一向沉着的灵使傲波儿暗想，所有鬼心眼，她都能猜透感觉到，唯有幽使这呆然痴男，琢磨不透。遇到这种情形，通常做法是致冥皇死，致灵使伤亡或被胁迫，篡位来改朝换代。这种梦寐以求的良机，曾经癫狂的奶爸而今成为痴男的幽使福龙居然还在寻思，想什么呢？匪夷所思！看这痴男深情冥思，确实不似有耗死她和冥皇克雷屠的意图，但僵持下去，终究她的气力修为将损耗殆尽，还是调和来摆脱危机。

灵使傲波儿说幽使福龙之子叶惊风已长大，绝世聪明，能力卓越，天选之子来继任冥皇，由幽使辅佐，克雷屠则退位，如此则可和平换代。

冥皇克雷屠知幽使福龙底细，知道形势对己不利，由幽使福龙篡位当冥皇，则冥界和暗黑世界危矣；若让位于叶惊风，还有活路以待翻身。冥皇克雷屠也说同意叶惊风继任冥皇之位。

卡龙被儿子叶惊风能同时被鬼使和灵使所认可、推选、继任冥皇而惊到，心想由儿子继任冥皇缓冲局势，另外也可掌控暗黑世界。

卡龙认可灵使傲波儿提出的解决方案，冥皇克雷屠退位而回灵魂宫闭关禁出，克雷屠交出其标志武器荡魄鞭，傲波儿交出其标志武器扫魂鞭。

为此，冥皇克雷屠召集殿下之众，以身体不适须闭关修炼为由，宣布退位，由叶惊风以新任的精灵族族长身份，继任冥皇之位，交出其标志武器荡魄鞭给幽使福龙；灵使傲波儿宣布支持并效忠新任冥皇叶惊风，交出其标志武器扫魂鞭给幽使福龙；幽使福龙宣布支持并效忠新任冥皇叶惊风，荡魄鞭改名福龙凰鞭，扫魂鞭改名福龙凤鞭，福龙双鞭交予叶惊风作为新任冥皇的标志武器；叶惊风加冕后宣布因克雷屠在灵魂宫闭关修炼，灵魂宫为禁地，禁止出入。

此后，叶惊风作为冥皇在灵冥殿上执政时，灵使傲波儿在灵冥殿后听政，遇到大事与难事，叶惊风与灵冥殿后的灵使傲波儿会商后再决；而幽使一如既往，放权、放心、放任儿子叶惊风给傲波儿托管，无冥皇叶惊风或灵使傲波儿的召见，依旧独自逍遥。

经此劫难后，灵使傲波儿彻底相信这个不可思议的幽使福龙，绝非她心存怀疑的人族圣使卡龙，更非光明世界的人物，确非亡灵族，定非精灵族，也非魔族，莫非真是生灵族！因为这个幽使福龙若向光明世界或是光明世界派来的，则完全可趁她和冥皇克雷屠武力对峙、僵持的良机，出手同时除掉她和冥皇克雷屠，成为新冥皇，进而统率冥族顺从光明世界。而这个幽使福龙却没有出手！

长大后的叶惊风给卡龙带来的第三次心惊，是在灵晶宫中。

一日，灵使傲波儿紧急约卡龙在灵晶宫相见。

傲波儿勉强聚收着散乱的气场进灵晶宫，会见卡龙。卡龙感知到有不妙的大事发生，问："出什么事啦？"

傲波儿直接抖着手紧张地拉着卡龙的一只手，说她打了叶惊风，因为冥皇叶惊风不听她劝，要发动世界大战，征服光明世界；凡是有阻碍的，哪怕是生父的你，也要除掉。

叶惊风背着傲波儿，联合其招募的地下天石族绝代高手黑奇石，逼魔族的暗黑之王联络地下蜥蜴族，意图联合外力，征服光明世界，统一世界。暗黑之王虽渊源于地下蜥蜴族，但不愿去联系，不从而被杀。

现叶惊风联系上了地下蜥蜴族，获得了上次在南极兴风作浪与天石族大战而回归地下的蜥蜴族支持，随时准备发动世界大战，局势已失控。

叶惊风念及养育之恩未除掉她，不久冥皇叶惊风召见幽使的话，傲波儿劝幽使千万别明确反对，也不要与叶惊风动武，傲波儿担心幽使不从，虽为冥皇叶惊风生父，也会有危险。

卡龙心想，暗黑之王不愧是一代魔王，生死为魔族，未与有血亲渊源的蜥蜴族勾结，无愧魔族。

卡龙通过晶魂会的情报，早已得知深入地下的一个禁地里，有个独孤的绝代高手黑奇石，极大可能就是最近一次天外飞陨撞击本星而造成地表生物大灭绝的陨石中遗存的外星人。

黑奇石曾在自称为本星原住民的地下蜥蜴族的蛊惑下，协助蜥蜴族在南极地表上与天石族交战，又乘坐蜥蜴族制作的五灯条管型飞船，通过蜥蜴族打造的南极地下管道升空，突袭南极上空的天石族航空舰队。空对空，地对地，蜥蜴族联军竟不落下风，僵持一段时间后，天石族航空舰队不知何故突然撤退。天石族航空舰队留下一枚绕地飞行的卫星，监控本星和南极地下的蜥蜴族；蜥蜴族则从南极地下管道又发射了一枚五灯条管型飞船，由黑奇石独自乘坐升空，摧毁了这枚天石族撤退后遗留的卫星，至今仅剩卫星残壳在南极上空游荡。蜥蜴族为了纪念这次胜利和表彰黑奇石的功绩，将南极上空飘荡的天石族卫星残壳称为黑奇石卫星。

卡龙从神差摩弦音那里获悉的消息是：南极上空的天石族航空舰队发现月亮之外突现星河舰队，其中一艘星际大舰，体型已超过月亮上的天石族制造的最大飞船，明显是不明外星人的外星舰队。天石族航空舰队为此紧急返航回月亮，以月亮为基地，形成太空堡垒，严阵以待。不明外星人的星河舰队停留一段时间后离开消失。月亮上的天石族因此不再关注本星，全力留意月亮之外星空的不明飞行物。

在黑奇石独自乘蜥蜴族的飞船摧毁了天石族撤退时遗留的卫星后，冰仙之女罗白雪在卡龙的邀请下秘密离开灵熵宫，在南极补天封地；将南极上方大气层中的巨大空洞缺口，用对流体冰予以补缺，阻隔天石族或不明外星人经此空洞缺口进入本星；同时对南极地表用固体冰予以固封，也禁锢地下蜥蜴族通过南极重返地表。

卡龙听了傲波儿的通报后，对儿子叶惊风所为很吃惊，拉住傲波儿的双手，安慰傲波儿说，凡事天注定。

卡龙用手撩了下傲波儿的发丝，挑出一缕青色发丝，说："你往昔的黑发有些成了今日青丝！

"本以为你会让风儿安然一生，没想到你竟倾全力使风儿爆燃一世！令我惊心！你对风儿太宠了！"

傲波儿轻叹说："有情思就有青丝。你像往常一样地任意，对我放心，对风儿放任。风儿集采各界所长，果敢超脱，已超越我们了。我不听政已很久了。"

卡龙自责地说："放任了风儿，现在的他令我们不放心，是我这个不合格的父亲的过错。"

傲波儿离开灵晶宫不到一天，冥皇叶惊风与黑奇石一起来到灵晶宫。

冥皇驾乘坐骑北冥鬼龟，黑奇石驾乘坐骑西暗魔鱿，两大神兽罕见同框。

神兽出笼，成双结对，魔冥奇妙，翻天覆地。

叶惊风走下坐骑北冥鬼龟，让走下坐骑西暗魔鱿的黑奇石在灵晶宫外等候，自己单独进灵晶宫见卡龙。

现在，卡龙凛然不惧，岿然不动，岸然而立，泰然而观，毅然而决然；

过去已然，必然、固然、当然、了然、果然；

将来或然，偶然、依然、安然、未然、自然；

然后——

叶惊风通告卡龙，如今魔冥两族一心同志，手下有地下天石族黑奇石等高手助力，外加地下蜥蜴族和部分金族的联合，已可随时进击光明世界。经上次蜥蜴族联军与天石族在南极的战争，天石族撤退后短期应不会再来，万事俱备！

卡龙心想：可我是光明世界的卡龙，怎能任由你兴风作浪！为了光明、为了世界、为了和平，现在就杀掉你这个意欲发动世界大战的领头者，风儿别怪父亲心狠。

但叶惊风这个随从黑奇石，在宫外始终悄然、无声无息。

从叶惊风进灵晶宫到现在，卡龙不断地通过波、光、磁、音、弦、律来感知宫外的叶惊风这个随从，卡龙猜到这位应该就是黑奇石，感觉黑奇石很像摩波音，看似普通，实则非凡。

卡龙暗想杀掉叶惊风并不能阻止世界大战，宫外的黑奇石能杀掉暗黑之王，还能在南极对天石族战争中独领风骚，可见黑奇石实力非凡。黑奇石高深莫测的实力还是让卡龙忌惮而止杀。

更为重要的是，卡龙作为光明世界潜入暗黑世界的自古至今级别最高的潜伏者，还承担着通过暗黑世界，深入了解金族圣地灵金宫的金族之祖元极天翁领导下的各金族信息，探悉地下蜥蜴族情报，探听被金族和蜥蜴族都公认崇拜的黑暗大帝动静的使命。

使命的召唤与历史的重任也让卡龙只得止杀。

卡龙沉思后说："无论一统，还是统一，都是真情的想法，是对世界的一种真爱。

"真爱有真爱，唯独不唯独。

"因一有二，人也好、神也罢、鬼也是，都自以为是独一无二的，就以为一好；其实，是很独特，但只是唯二中的那个二！年少爱做梦，要么追求一统，要么向往统一。因为已有一存在，不管愿不愿意，二即使被去掉或者取代了那个一，世界也不会因此改变。

"不要自以为是，我说的是我，我就是那个二。

"世界的改变是注定的，但不因我，也不为你。

"唯有维度不唯独，人生格局与世界一样，要有维度，而非唯独。"

叶惊风说："当风起，云不来么？"

卡龙沉默许久后说："如果云知道，云不会让风独行，而是与风同伴，不会让风没有方向，那么自由过度。

"如果云知道，云会与风同行，不求永久，但求伴侣一生一世，一起在日月下追寻，在星空下飘逸。

"云不跟风而随风，风云之叶，跟风叶落，叶回风归，云想会儿。

"世界和平来之不易，不太平是这个世界的常态，地下与天上随时会打破安宁与太平，随之而来的苦难，就如同死，终会来！

"前方或许更美好，但若回首，当下也许是最好的时代！珍惜现在吧！多样、多美、多好！

"其实需人性，而非要神奇！难怪出魔冥。

"幽冥既忧冥也忧明，明天非冥日，明冥自有天意。"

后来有后来？

选择不选择！

冥皇叶惊风说："天意是：一心一意一统！一统地表的黑暗与光明，统一本星的地表与地下，如此，本星世界方能与外星世界抗衡。为了本星，不再割据，不再分裂，统一天下而后对抗外星，统一战争虽痛苦也须为！"

"本星原本是暗黑，外星意外生光明。

"暗黑世界与光明世界的战争，也是本星人与外星人的战争，谁正义？我们是正义的生灵！"

叶惊风说完转身出宫。

卡龙说："一统天下，不可能！统一天下，可能，但要面对新一和联合及未知。与外星人的战争，高级生灵对待低级生灵，应该包容、守护、不干涉，如果我们是高级生灵的话，战争本不该有。

"你的，道，可道，非恒道。

"而我，道可，道非，恒道。"

叶惊风怔住，随即说："实现就是达道，就可恒道，也通过这次战争，验证未知的外星人是否高级。"说完，会合宫外的黑奇石离开。

卡龙望向叶惊风远去的背影，叹说：人有二心，人也两面；未知的恐惧，也许不如已知的恐怖；非是不可，殊道同归，共道守恒。

第九十八章

沧海拾珠

卡龙以新任幽使身份，离开冥族去见魔族的黑灵，借机回到光明世界布置和安排。

卡龙回到碧玺族领地，进入碧玺族圣地灵玺宫的后宫禁地灵慧宫，见到与卡龙长得一模一样的人，两人深情相拥。

卡龙说："哥，我从冥界回来了，现在成了幽使。过段时间，我要去见魔界的黑灵。我在暗黑的日子里，你就在这灵玺宫当众现身，让外界认为是我。"

这个与卡龙长得一模一样的人，是卡龙的亲哥卡荣，也是磷灰石掌石人。卡荣很小的时候被蝎子蜇了，中毒发烧欲亡，急救脱险后，留下听力微弱的后遗症。卡荣自小一直待在家中，而卡龙则外出闯荡，只有卡龙家人知悉，而外界均不知还有个与卡龙长得一模一样的卡荣。

卡荣说："放心兄弟，我虽有残疾，但身残不脑残，弱势不弱智，我会在灵玺宫适时地现身，让外人与暗黑世界认为我是你，我会捍卫碧玺的荣耀。你在外保重，咱们通过波动律感，定期相联。"

此后，包括冥族灵使傲波儿在内的怀疑逍遥且踪迹不定的冥族幽使是光明世界圣使卡龙的很多质疑者，因为光明世界的圣使卡龙现身与暗黑世界的幽使福龙出现的时间均屡次同时发生而打消猜疑。

卡龙安排完光明世界的事务后，去南极见黑灵。

亘古以来，黑与白构成世界。

对于暗黑与光明：夜黑，光明永不懂！昼明，暗黑永不解！白天不懂夜黑，黑夜未解天白；世界再光明也不离弃暗黑，双方互动中都想征服对方而统一，但另一方却始终存在。

世界永远在变！但不变的是黑白，和我对你的爱！在南极这里，是黑灵对白灵的爱！

命与爱，若长生，可自闭循环，永生永存。

有与无，有缘、有意、有爱，而后无限、无尽、无边，最后边缘与界限难以分清。

魔族之祖至极妖婆，拥有不死之身的"黑白极灵"之南极黑灵，一直在等候远古失踪至今杳无音信的白灵。

终于，一个信使，手持阴阳极灵杖的冥族幽使福龙进见。

通往黑灵居所灵极宫只有一处秘道入口，只入不出，该入口从未有活物出来，没有曾进入并出来的生灵指引，是绝难找到的。

卡龙在灵使傲波儿的绝密手绘图的导引下，来到了灵极宫。

黑灵门下有五姥在灵极宫服侍黑灵，分别是天姥、地姥、不姥、太姥、元姥，是南极周边五岛主，分别是霓魔岛、特慄岛、不为岛、凯旋岛、复活岛之主。

五姥围住卡龙，卡龙知道这五姥功夫极高，不与她们交手作战。魔界上古传说，五姥一围，命运注定；上天入地，生死由命；天命即亡，必死无疑，地命极灵，阴阳存疑。阴阳五行，天地一命。就是说，被五姥围住，基本必死，半条命的天命已死，半条命的地命，须入地见极灵，见白灵可活，若见黑灵，活着出来的至今只有魔冥四暗客。

卡龙见状说："五位仙姥，相貌这么年轻，让年轻人汗颜了！我来这，送达白灵信息给童颜黑灵。"

不姥说："你以为拿着幽使的灵杖就能免死？"

地姥说："来到长生不老的地方，见证了童颜不老，代价就是死。"

太姥说："这里是死地，自古至今，没有几位能活着出去的。"

元姥说："因为死才能保密！"

卡龙说："我才不稀罕长生不老，我见到黑灵就会活，因为白灵。"

不姥说："好吧，祝你好运！如果你骗黑灵，会生不如死，会死得很惨，还不如被我们杀死。"

卡龙被五姥引至灵极宫内。

黑灵对卡龙缓缓地说："执着灵杖并不意味得到了白灵的认可，没有白灵的指示，就得不到我的认同。"

卡龙昂然地说："我来此不是为了册封幽使的，我是受白灵重托，特地来传信。"

黑灵一听精神抖擞，见卡龙止言，立即吩咐五姥退出居所之外。

卡龙告诉黑灵，白灵早已在冥族与荧金族的交界地带，面向这里和人类世界坐化而逝世。

黑灵顿时流出第一滴泪，落地成一颗硕大的黑中亮的黑明珠。

卡龙说白灵给黑灵的讯息是白灵与黑灵虽用不同方式来追寻和论证永生与永久，但白灵对黑灵的爱是永久的，通过转化，在维度与界的转换与跃迁中永续！白灵说在永生的世界里永久地爱着黑灵。

黑灵立刻流出第二滴泪，落地又成珠，一颗硕大的夜间明的夜明珠。

黑灵仰天长啸，沧海寰宇至极一啸，南极为之地震，同时长啸冲破南极上空气层，形成巨大的气层空洞，引得无数生灵，日后魂斗落殒南极。

在黑灵仰天长啸时，卡龙俯身拾起黑灵之泪而成的两颗明珠入怀。

黑灵长啸后要休息去追忆，失魂落魄地吩咐天姥，引领得到认同而册封的冥族幽使，经霓魔岛而出。

宫外，天姥对卡龙说："你能把黑灵气成这样，还能活着出来，太罕见、太离奇。"

卡龙回答说："我是白灵唯一传人，当然不会死。"

旁边的不姥说："失敬！失敬！"

霓魔岛是个冒出海面的火山口形成的孤岛，距离各向的陆地都最远，位于光明世界中的水族领地与暗黑世界的交界地带，至今陆上的生灵罕至。

从南极地下到了霓魔岛上，卡龙发出信号召唤坐骑南玄仙鹤。等候中，卡龙在霓魔岛的海滩上漫步，浩海探宝，瀚海淘贝，泛海寻珍，沧海拾珠。

卡龙拾起海滩上最大的黑色珍珠、金色珍珠、白色珍珠各一颗入怀。

这些珍珠，不说百里挑一，也是千里难寻，珍稀罕见。

珍珠是女人的最爱。男人收获，就要献出。

琥珀藏魂，欧泊收魄，钻石射爱，珍珠含情。

宝石之王卡龙面对沧海，仰天一笑，观海一眺，一想正好：

黑珍珠献给有惊魂气质的"灵美花仙之紫翡"，

白珍珠献给有安魂气场的"神韵天使之绿陨"，

金珍珠献给有销魂气量的"梦幻精灵之彩石"，

黑明珠献给有凝魂气度的"绝代封神之白雪"，

夜明珠献给有摄魂气能的"创世飞仙之蓝晶"。

夕阳下，一只巨大的金鹤展翅飞来，羽翼上沾满希望的光辉！

卡龙乘上南玄仙鹤，凝望夕阳说："先去香花林。"

追忆过往，沧海笑仰；

宝石之王，自由飞翔。

正是：

走过光明，经历黑暗；

穿透维度，跨越世界；

探索真实，跃迁真虚；

寻求真相，信持真理；

流传宝石，记录传奇。

图书在版编目（CIP）数据

宝石记 / 刘晨著 . -- 上海 ：文汇出版社，2025.

7. -- ISBN 978-7-5496-4501-5

　　I . I247.5

中国国家版本馆 CIP 数据核字第 2025BW8712 号

宝石记

著　　者　刘　晨

责任编辑　徐曙蕾

装帧设计　红　红

出版发行　　文匯出版社

　　　　　上海市威海路 755 号

　　　　　（邮政编码 200041）

照　　排　南京理工出版信息技术有限公司

印刷装订　启东市人民印刷有限公司

版　　次　2025 年 7 月第 1 版

印　　次　2025 年 7 月第 1 次印刷

开　　本　710×1000　1/16

字　　数　460 千

印　　张　30

ISBN 978-7-5496-4501-5

定　　价　88.00 元